Du même auteur, chez le même éditeur :

Heris Serrano :
1. *Partie de chasse* (2003)
2. *Double jeu* (2003)
3. *Couleurs gagnantes* (2004)

*Héroïne d'un jour* (2005)

En collaboration avec Anne McCafffrey :

*Sassinak* (2002)
*Generation Warriors* (2003)

www.bragelonne.fr

Elizabeth Moon

# *Héroïne d'un jour*

Traduit de l'anglais (États-Unis) par Mélanie Fazi

Bragelonne SF

Collection Bragelonne SF dirigée par Jean-Claude Dunyach

Titre original : *Once a Hero*


Illustration de couverture :
© Stephan Martiniere

ISBN : 2-915549-16-8

Bragelonne
35, rue de la Bienfaisance - 75008 Paris

E-mail : info@bragelonne.fr
Site Internet : http://www.bragelonne.fr

Pour James, le nouveau marine de la famille. *Semper fi.*


**Remerciements**

Comme d'habitude, bien des gens m'ont aidée sur des détails. Tim Bashor, commandant à la retraite du corps des marines et propriétaire d'une librairie exemplaire, m'a suggéré d'innombrables manières de causer des ennuis à bord d'un gros vaisseau. Si vous estimez que cette partie du livre tient la route, ce sera essentiellement grâce à lui. Richard Moon, Malcolm McLean et Michael Byrd m'ont aussi dépannée sur des points de détail. Judy Glaister m'a évité d'accumuler les erreurs quant au rôle des infirmières dans la thérapie. Toutes les fautes sont les miennes (j'en fais très bien sans l'aide de personne...). R. S. M. m'a fourni les documents médicaux ; le club Déjeuner et Patinoire du mardi a approuvé le design du vaisseau (encore qu'approuver ne soit pas le terme le plus juste pour dire «éclater d'un rire incontrôlable»). Merci aussi aux experts dans divers domaines qui préfèrent rester anonymes, parmi lesquels M. M., E. M. et T. B., toujours présents.

# Chapitre 1

**Vaisseau amiral Busard des FSM, près de Xavier**

Esmay Suiza s'était décrassée de son mieux avant de se présenter devant l'amiral sur son vaisseau, mais la mutinerie puis la bataille lui avaient laissé peu de temps. Elle s'était douchée et avait nettoyé son uniforme, mais ce n'était pas sa tenue de cérémonie: la bataille à bord du *Mépris* avait criblé de trous les cloisons intérieures et causé d'innombrables départs de feu, dont l'un avait pris dans le compartiment de rangement des officiers subalternes. Esmay était restée propre, mais n'avait pas dormi correctement depuis le début de cette histoire. Elle savait que ses yeux étaient injectés de sang et irrités par l'épuisement, que ses mains tremblaient. L'impression la tenaillait, contractant son estomac, que faire de son mieux ne suffirait pas.

L'amiral Serrano ressemblait au capitaine Serrano en plus âgée, même charpente svelte et compacte, même peau mate. Ici, les cheveux noirs étaient striés de mèches d'argent et quelques rides marquaient le large front, mais elle dégageait une énergie crépitante tout juste contenue.

— Enseigne de vaisseau de première classe Esmay Suiza au rapport, amiral.

Au moins contrôlait-elle sa voix. Ces quelques journées de commandement étaient venues à bout du tremblement nerveux qu'elle avait coutume de combattre.

— Asseyez-vous, lieutenant.

L'amiral n'affichait aucune expression qu'Esmay eût pu déchiffrer. Elle prit place sur le siège qu'on lui désignait, soulagée de parvenir à maîtriser sa descente sans que ses genoux ne cèdent. La voyant bien installée, l'amiral hocha la tête et poursuivit.

— J'ai parcouru votre compte-rendu des événements à bord du *Mépris*. Un moment… pénible à passer, semble-t-il.

— Oui, amiral.

Une réponse sans risque. Dans un monde de dangers, elle l'était toujours. Esmay l'avait appris à l'Académie et sur ses premiers vaisseaux. Mais sa mémoire lui soufflait que ce n'était pas toujours exact, qu'un « Oui, capitaine » à Hearne avait relevé de la trahison, et un « Oui, major » à Dovir, de la mutinerie.

— Vous comprenez bien, lieutenant, que tous les officiers impliqués dans une mutinerie ont l'obligation de se présenter devant un tribunal pour justifier leurs actions ?

Question posée d'une voix presque douce, comme à un enfant. Ce qu'elle ne serait plus jamais.

— Oui, amiral, répondit-elle, reconnaissante de cette douceur qui ne lui ferait pourtant aucun bien à long terme. Nous… Je… dois en assumer la responsabilité.

— Très juste. Et comme vous êtes l'officier survivant le plus gradé, et celui qui s'est retrouvé au commandement du vaisseau, c'est vous qui devrez porter le poids de cette enquête et de la cour martiale.

L'amiral marqua une pause, braqua sur elle un regard inexpressif et tranquille. Esmay sentit un grand froid l'envahir. Avait-elle voulu dire qu'il leur fallait un bouc émissaire ? On lui attribuerait la responsabilité de toute l'affaire, alors même qu'elle n'avait rien su dans un premier temps, alors même que les officiers supérieurs (tous morts désormais) avaient tenté d'en exclure les jeunes ? Sous l'effet de la panique, elle brossa une rapide esquisse de son futur : renvoyée, en disgrâce, chassée de la Flotte et forcée de rentrer chez elle. Elle voulut protester que c'était injuste mais se ravisa. Il n'était pas question de justice ici. La survie des vaisseaux, qui dépendait de l'obéissance absolue de tous aux capitaines… Là était la question.

— Je comprends, dit-elle enfin.

C'était presque le cas.

— Je ne vais pas vous dire que cette cour martiale n'est qu'une formalité, même dans un cas comme celui-ci, reprit l'amiral. Une cour martiale n'est jamais une formalité. Chaque tribunal fait ressortir des choses qui portent préjudice à toutes les personnes concernées, et qui n'auraient pas d'importance en temps ordinaire. Mais, dans ce cas précis, je ne veux pas que vous paniquiez. Il apparaît sans le moindre doute, d'après votre rapport et ceux du reste du personnel… (ce qui, espérait Esmay, désignait la nièce de l'amiral), que vous n'étiez pas l'instigatrice de cette mutinerie, et qu'elle était justifiée. (L'estomac d'Esmay se dénoua légèrement.) De toute évidence, il faut vous retirer le commandement du *Mépris*.

Esmay sentit le rouge lui monter au visage, plus par soulagement que par gêne. Elle en avait plus qu'assez de chercher comment demander quoi faire aux sous-officiers sans violer le protocole.

— Bien sûr, amiral, répondit-elle avec un peu plus d'enthousiasme qu'elle ne voulait en montrer.

L'amiral souriait à présent.

— Très franchement, je suis surprise qu'un enseigne de première classe ait réussi à prendre le contrôle du *Mépris* et à le diriger en situation de combat, sans parler de porter le coup décisif. C'était du beau travail, lieutenant.

— Merci, amiral.

Elle se sentit rougir encore davantage et la gêne prit le pas sur la réticence.

— En fait, c'était l'équipage. Surtout le major Vesec... Ils savaient quoi faire.

— Ils savent toujours, répondit l'amiral. Mais vous avez eu le bon sens de les écouter, et les tripes de faire demi-tour. Vous êtes jeune ; vous avez commis des erreurs, bien sûr...

Esmay repensa à leur première tentative pour rejoindre la bataille, lorsqu'elle leur avait imposé une vitesse d'insertion trop grande, les obligeant ainsi à dépasser Xavier. Elle ignorait alors que l'ordinateur de navigation avait des ratés, mais ce n'était pas une excuse. L'amiral poursuivit, et elle se força à l'écouter :

— Toutefois, je crois que la vraie raison de votre réussite se trouve en vous. Affrontez la cour martiale, avalez leur pilule, quelle qu'elle soit, et bonne chance à vous, lieutenant Suiza !

L'amiral se redressa ; Esmay se leva maladroitement pour serrer la main tendue. On la congédiait ; elle ne savait pas vers quoi elle se dirigeait ni ce qui allait se passer ensuite, mais... mais une douce chaleur remplaçait le nœud dans son estomac.

Comme son escorte le lui fit comprendre, on la dirigeait vers une section des quartiers des officiers qui avait été mise en quarantaine. Peli et plusieurs autres officiers subalternes s'y trouvaient déjà, l'air sombre, occupés à ranger leurs paquetages dans les casiers.

— Eh bien, elle ne t'a pas mangée toute crue, dit Peli. Je suppose que mon tour arrive. Elle ressemble à quoi ?

— À une Serrano, répondit Esmay.

Voilà qui devrait lui suffire ; elle n'allait pas commenter le caractère d'un amiral à bord d'un vaisseau.

— Une cour martiale se prépare, mais tu le sais déjà.

Jusque-là, ils s'étaient contentés d'effleurer le sujet avant de s'en éloigner aussitôt.

— Pour l'instant, dit Peli, j'aime autant que ce soit toi la plus gradée et pas moi. Même si on est tous dans le même pétrin.

Elle s'était sentie soulagée de renoncer au commandement, mais l'espace d'un instant elle souhaita le retrouver pour pouvoir ordonner à Peli de se taire. Et parce qu'elle aurait ainsi eu quelque chose à faire.

Il ne lui fallut qu'une minute ou deux pour ranger son maigre paquetage dans le compartiment qu'on lui désigna, et seulement une de plus avant de se demander comment l'officier à qui on le confisquait apprécierait de le partager avec quelqu'un d'autre. Puis elle se retrouva face à des murs blancs – ou un passage vide – ou le groupe de camarades de mutinerie dans le minuscule carré qui représenterait tout leur espace commun jusqu'à décision contraire de l'amiral. Esmay s'allongea sur sa couchette et regretta de ne pouvoir éteindre les images incessantes qui défilaient dans sa tête, répétant les mêmes scènes atroces encore, encore et encore. Pourquoi semblaient-elles *pires* à chaque fois?

— Bien sûr qu'ils nous espionnent, dit Peli.

Esmay s'arrêta à l'entrée du carré; quatre autres s'y trouvaient déjà, en train d'écouter Peli. Il leva les yeux, l'invitant du regard à la conversation.

— Il faut partir du principe qu'ils enregistrent tous nos faits et gestes.

— C'est la procédure standard, dit Esmay. Même dans les situations normales.

Elle vivait dans la terreur que les experts médico-légaux envoyés à bord du *Mépris* découvrent qu'elle parlait dans son sommeil. Elle ne savait pas si elle le faisait, mais si c'était le cas, et qu'elle avait dit quelque chose pendant ses cauchemars…

— Oui, mais maintenant, ils sont plus attentifs, dit Peli.

— Dans tous les cas, on n'a rien fait de mal, *nous.* (C'était Arphan, simple enseigne de deuxième classe.) On n'était pas des traîtres, et on n'a pas conduit la mutinerie, non plus. Alors je ne vois pas comment ils pourraient nous faire quoi que ce soit.

— Pas à toi, non, répondit Peli avec une nuance de mépris dans la voix. Sur ce plan-là, au moins, les deuxième classe ne risquent rien. Cela dit, tu peux très bien mourir de peur devant le tribunal.

— Pourquoi je devrais passer devant le tribunal?

Arphan, comme Esmay, avait rejoint l'Académie alors qu'il venait d'une famille n'appartenant pas aux Forces Spatiales, les FSM comme on les appelait. Mais à l'inverse d'Esmay, il descendait d'une fratrie au bras long, avec des amis qui possédaient leur Fauteuil au Conseil, et il s'attendait à ce que l'influence familiale le tire d'affaire.

— Le règlement, répondit sèchement Peli. Tu étais un officier affecté à bord d'un vaisseau sur lequel a éclaté une mutinerie: tu vas passer devant un tribunal.

La franchise brutale de Peli dérangeait moins Esmay quand il la dirigeait vers quelqu'un d'autre, mais elle savait qu'elle en redeviendrait bientôt la cible.

— Mais ne t'en fais pas, reprit Peli. Tu ne risques pas de devoir en baver très longtemps. Esmay et moi, par contre… (Il leva les yeux vers elle avec un sourire malheureux et pincé.) Nous sommes les officiers survivants les plus gradés. On va nous poser des questions. S'ils décident de punir quelqu'un pour l'exemple, ça va tomber sur nous. Les enseignes de première classe sont interchangeables à leurs yeux.

Arphan les regarda tous deux puis, sans ajouter un mot, se faufila entre Esmay et deux autres officiers pour rejoindre la porte.

— Il fuit la contamination, commenta Liam sur un ton enjoué.

C'était un autre enseigne de première classe, moins gradé que Peli, mais qui faisait partie des éléments interchangeables en question.

— Tant mieux, répondit Peli. Je n'aime pas les pleurnichards. Vous savez qu'il voulait que je réclame un dédommagement à l'amiral pour qu'il puisse remplacer un uniforme abîmé?

Esmay ne put s'empêcher de songer à l'effet qu'auraient des remplacements forcés sur ses maigres économies.

— Et il est riche, dit Liam.

Liam Livadhi, FSM jusqu'au trognon depuis bien des générations des deux côtés de la famille. Il pouvait se permettre ce ton enjoué; il avait sans doute une douzaine de cousins dont il récupérerait les uniformes devenus trop petits.

— En parlant de cour martiale, se força à dire Esmay. Quel est le protocole en matière de tenues?

— Les uniformes! s'écria Peli, braquant sur elle un regard mauvais. Tu t'y mets, toi aussi?

— Pour la cour martiale, Peli, pas pour un défilé de mode!

La réponse fusa sur un ton plus brusque que prévu, et il cligna des yeux d'un air surpris.

— Ah! D'accord.

Elle voyait les rouages s'enclencher derrière ses yeux, occupés à calculer, à se rappeler.

— Je n'en sais trop rien. Je n'ai vu que des cubes à l'Académie, pendant les cours de droit militaire. Et en général, c'était seulement le dernier jour, le verdict. Je ne sais pas s'ils portaient des tenues de cérémonie tout le temps.

— Le problème, reprit Esmay, c'est que pour nous faire tailler de nouveaux uniformes, il nous faut du temps.

Les tenues de cérémonie des officiers, contrairement aux uniformes de service, étaient faites à la main par des tailleurs ayant un permis spécial. Elle ne voulait pas apparaître devant le tribunal dans une tenue non conforme au règlement.

— Très juste. Il ne restait pas grand-chose d'intact dans le compartiment de rangement, donc autant partir du principe que toutes nos fringues de cérémonie ont été abîmées. (Il leva les yeux vers elle.) Il va falloir que tu te renseignes, Esmay; c'est toujours toi la plus gradée.

— Plus maintenant.

Alors même qu'elle prononçait ces mots, elle savait que c'était pourtant toujours vrai pour cette mission-là. Peli se retint de prendre l'air sarcastique, mais ne proposa pas non plus de l'aider.

— Sur ce point-là, c'est ton boulot. Désolé, Es', mais il va bien falloir que tu t'y colles.

En posant la question des uniformes, elle attira de nouveau sur elle l'attention de la bureaucratie. En tant que capitaine (même pour ces quelques jours à peine), elle avait la responsabilité de signer les innombrables formulaires nécessaires.

— Pas les lettres de décès, dit le capitaine de corvette Hosri. L'amiral a estimé que les familles préféreront les voir signées par un officier plus gradé qui pourra mieux leur expliquer les circonstances.

Esmay avait complètement oublié cette tâche : le capitaine devait écrire aux familles de tous les équipiers qui avaient trouvé la mort en service sur le vaisseau. Elle se sentit rougir.

— Et il y a d'autres rapports importants que l'amiral estime souhaitable de remettre à plus tard, tant que l'expertise médico-légale n'a pas terminé ses examens. Mais vous avez laissé une grande quantité de paperasse en attente, Suiza.

— Oui, capitaine, répondit Esmay, envahie par une nouvelle vague de découragement.

Quand s'en serait-elle occupée ? Comment aurait-elle pu savoir ? Des excuses lui traversèrent l'esprit mais s'effacèrent aussitôt : aucune ne suffirait.

— Demandez à vos officiers de remplir ces formulaires… (Il lui en tendit une liasse.) Rendez-les complétés et signés par vous d'ici quarante-huit heures, et je les transmettrai pour approbation à l'état-major de l'amiral. S'ils l'obtiennent, les officiers seront autorisés à organiser le remplacement de leur uniforme – et oui, ça inclut l'autorisation de transmettre leurs mensurations à des tailleurs ayant le permis adéquat, afin qu'ils puissent se mettre au travail. Maintenant, nous devons nous occuper des rapports de base qui *auraient dû* être déposés, ou du moins terminés, au moment où on vous a retiré le commandement du *Mépris*.

Les officiers subalternes ne furent pas ravis de voir les formulaires ; plusieurs d'entre eux biaisèrent et Esmay dut les harceler pour qu'ils terminent la paperasse dans les temps.

— Pas trop tôt, grommela le secrétaire d'Hosri quand Esmay lui remit les rapports. (Il jeta un coup d'œil à l'horloge.) Vous avez attendu la dernière minute ?

Elle ne répondit rien ; elle n'aimait pas ce secrétaire, et avait dû travailler avec lui pendant deux tiers entiers sur les rapports incomplets dont Hosri estimait qu'elle devait se charger. *Qu'on en finisse une bonne fois pour toutes*, se dit-elle, tout en sachant bien que les rapports étaient le moindre de ses problèmes. Tandis qu'elle y travaillait, les autres jeunes officiers devaient subir des séances quotidiennes avec des enquêteurs déterminés à découvrir comment un vaisseau de patrouille des FSM avait pu se retrouver sous les ordres d'une traîtresse, puis devenir le théâtre d'une mutinerie. Le tour d'Esmay viendrait ensuite.

Les experts médico-légaux avaient envahi le *Mépris* en nombre, détaillant les enregistrements du matériel de surveillance automatique, fouillant chaque compartiment, questionnant chaque survivant, examinant tous les corps dans la morgue du vaisseau. Esmay ne pouvait qu'imaginer ces fouilles d'après les questions qu'ils posaient chaque jour. Sans support visuel dans un premier temps, lorsqu'ils lui demandaient d'expliquer où elle s'était trouvée à chaque instant et ce qu'elle avait vu, entendu et fait alors que le capitaine Hearne éloignait le vaisseau de Xavier. Plus tard, à l'aide d'un visuel en 3D du vaisseau, ils lui firent tout reprendre depuis le début. Où exactement s'était-elle trouvée? Dans quel sens s'était-elle dirigée? Quand elle disait avoir vu le capitaine Hearne pour la dernière fois, où était-elle et que faisait-elle?

Esmay n'avait jamais été très douée pour ces choses-là. Elle découvrit vite qu'elle s'était déjà parjurée: elle ne pouvait pas, d'après l'endroit où elle se rappelait être assise, avoir vu le capitaine de corvette Forrester sortir de la coursive comme elle l'affirmait. Il était physiquement impossible, lui fit remarquer l'interrogateur, de voir au-delà d'un tournant sans instruments spéciaux. En avait-elle eu? Non. Mais sa spécialité était le scan. Était-elle sûre de ne rien avoir installé? Et ici – des extraits de son témoignage précédent défilaient de haut en bas du moniteur, bordant l'image du vaisseau. Pouvait-elle expliquer comment elle était arrivée *ici* en ayant quitté ses propres quartiers, deux niveaux plus haut, à peine quinze secondes plus tôt? Car il y avait une image très nette (elle se reconnut avec un déplaisir familier) la montrant dans le couloir d'accès à la batterie bâbord à dix-huit heures trente minutes quinze secondes, heure à laquelle elle avait affirmé avec insistance s'être trouvée dans ses quartiers pour le rapport de dix-huit heures trente.

Esmay l'ignorait, ce qu'elle leur répondit. Elle avait pris l'habitude de se trouver dans ses quartiers au moment de ce rapport, afin d'éviter de s'attarder dans le carré des officiers subalternes pour les échanges de ragots quotidiens. Ce qu'elle avait dû faire encore plus volontiers étant donné les rumeurs qui parcouraient le vaisseau. Elle n'aimait pas les rumeurs, qui vous attiraient des ennuis. Les gens se battaient à cause de rumeurs qui ne faisaient qu'accroître leurs problèmes. Elle ignorait alors que le capitaine Hearne était une traîtresse (comment l'aurait-elle su?), mais avait ressenti une sensation désagréable au creux de l'estomac, qu'elle s'était efforcée d'ignorer.

Ce fut seulement une fois contrainte de tout repasser en détail qu'elle se souvint qu'on l'avait appelée pour lui dire de venir parapher le journal de la soute à missiles. Elle avait répondu que c'était déjà fait, son interlocuteur avait insisté en disant que non, et elle avait fini par descendre voir. Qui l'avait appelée? Elle ne s'en souvenait pas. Et qu'avait-elle trouvé une fois là-bas?

— J'avais commis une erreur en entrant le code, répondit Esmay. Ou du moins, je crois que c'était ça.

— Que voulez-vous dire? demanda l'interrogateur.

Esmay n'avait jamais entendu de voix aussi neutre; elle la rendait nerveuse pour des raisons qui lui échappaient.

— Eh bien, le chiffre était erroné. Ça arrive parfois. Mais, en règle générale, il n'aurait pas été accepté; un signal aurait indiqué le conflit.

— Expliquez-vous, je vous prie.

Esmay s'efforça de poursuivre, partagée entre le désir de ne pas ennuyer son auditeur et la nécessité, en tant qu'innocente, d'expliquer en quoi elle n'était pas coupable. Au cours de son service, elle avait entré des milliers de codes dans le journal de scan. Elle commettait parfois des erreurs, comme tout le monde. Elle ne lui dit pas ce qu'elle pensait depuis longtemps: qu'il était ridicule de faire entrer des codes manuellement par des officiers, alors qu'il existait des lecteurs de codes parfaitement corrects et bon marché, capables de les entrer directement. En général, le codeur se bloquait en cas d'erreur et refusait l'entrée. Mais, de temps à autre, il acceptait le code erroné, et l'erreur n'apparaissait que lorsque l'équipe suivante comparait ses codes aux siens.

— Dans ce cas ils m'appellent, et je dois venir moi-même saisir à nouveau le code et parapher le changement. C'est ce qui a dû se passer.

— Je vois.

L'interrogateur marqua une pause au cours de laquelle elle sentit la sueur lui couler dans la nuque.

— Et de quel poste avez-vous envoyé le rapport de dix-huit heures trente, dans ce cas?

Elle l'ignorait. Au départ de ses quartiers… elle visualisait clairement le trajet, mais ne se rappelait pas avoir atteint sa destination. Pourtant, si elle ne l'avait pas fait, quelqu'un l'aurait signalé. Mais c'était à ce moment-là que les mutins, sur le pont, s'étaient soulevés contre le capitaine Hearne. À peu près vers cette heure-là, en tout cas.

— Je ne crois pas l'avoir envoyé, répondit-elle. Je ne me rappelle pas avoir oublié de le faire, pourtant. J'ai atteint la soute des armes, entré à nouveau les codes, je les ai paraphés, j'ai rejoint mes quartiers, et là…

À ce moment-là, la mutinerie s'était déployée au-delà du pont et les mutinés les plus gradés avaient envoyé quelqu'un en bas tenter de garder les subalternes hors de tout ça. Ce qui avait échoué; il y avait bien d'autres traîtres.

L'enquêteur hocha brièvement la tête et passa à autre chose. Une série d'autres choses. Au bout du compte, après de nombreuses séances, ils arrivèrent au moment où elle s'était retrouvée aux commandes.

Pouvait-elle expliquer sa décision de retourner vers le système Xavier pour livrer un combat qui semblait perdu d'avance, sans officiers supérieurs ni pertes sérieuses?

Elle ne s'était autorisée que brièvement, et indirectement, à qualifier sa décision d'héroïque. La réalité ne lui avait pas permis de s'y attarder. Elle ignorait ce qu'elle faisait; son inexpérience avait causé trop de morts. Même si tout s'était arrangé au bout du compte d'une certaine façon, ce n'était pas le cas pour ceux qui avaient trouvé la mort.

Si ce n'était pas de l'héroïsme, comment l'appeler? Tout ça paraissait désormais stupide, imprudent. Et pourtant… L'équipage, malgré son inexpérience, avait vaincu le vaisseau amiral ennemi.

— J'ai repensé au capitaine Serrano, dit-elle. Je devais y retourner. Après avoir envoyé un message, au cas où…

— Courtois mais guère pragmatique, répondit l'interrogateur, dont la voix nasillarde évoquait les planètes centrales des Familias. Êtes-vous une protégée du capitaine Serrano?

— Non.

Elle n'osait pas l'affirmer. Elles n'avaient servi qu'une seule fois sur le même vaisseau, et sans être amies. Elle expliqua, à quelqu'un qui le savait sans doute mieux qu'elle, le gouffre qui séparait un simple enseigne d'origine provinciale et un major qui devait son ascension aux panaches jumelés de la famille et du talent.

— Ni même une… hem… amie très proche?

Question posée avec un sourire en coin lourd de sens.

Esmay se retint tout juste de ricaner. Pour qui la prenait-il, pour une oie blanche sortie de sa campagne profonde, incapable de différencier les deux sexes? D'appeler les choses par leur nom? Elle s'efforça de ne pas penser à sa tante qui n'emploierait certainement jamais les termes usuels de la Flotte.

—Non. Nous n'étions pas amantes. Elle était major, du côté du commandement; j'étais enseigne de deuxième classe qui travaillait dans la technique. Elle faisait seulement preuve de politesse…

— Mais pas les autres?

Sur le même ton.

— Pas toujours, répondit Esmay avant de pouvoir s'en empêcher. (Trop tard à présent; autant aggraver son portrait d'idiote de province.) Je ne viens pas d'une famille de la Flotte. Je suis originaire d'Altiplano – la première jamais entrée à l'Académie. Certains trouvaient ça fendant.

Là encore, elle se rappela trop tard que l'expression n'avait pas cours hors d'Altiplano.

— Certains trouvaient ça très drôle, corrigea-t-elle devant les sourcils levés. C'est un terme de notre argot.

Qui n'était pas plus étrange que celui de la Flotte, simplement différent. C'était justement là qu'elle voulait en venir : Heris Serrano ne s'en était jamais moquée. Mais elle n'allait pas l'expliquer à ces sourcils haussés qui la poussaient pour l'instant à se demander quelle grande famille militaire elle venait d'insulter.

— Altiplano. Oui. (Les sourcils s'étaient baissés, mais le ton condescendant persistait.) Une planète où l'influence âgiste est très prononcée, n'est-ce pas ?

— Âgiste ?

Esmay passa en revue ce qu'elle savait de la politique de sa planète (où elle n'était pas retournée depuis ses seize ans) et ne trouva rien à dire à ce sujet.

— Je ne crois pas que qui que ce soit, sur Altiplano, haïsse les personnes âgées.

— Non, non, répondit l'homme. Les *Âgistes* – vous devez bien les connaître. Ils s'opposent aux traitements réjuvénants.

Esmay le dévisagea, réellement perplexe à présent.

— S'opposer aux traitements réjuvénants ? Pourquoi ?

Pas sa propre famille en tout cas, qui ne serait que trop heureuse de voir papa Stefan vivre à jamais ; il était la seule personne capable d'empêcher Sanni et Berthol de se sauter à la gorge, et ces deux-là étaient indispensables.

— Suivez-vous de près les événements sur Altiplano ? demanda l'homme.

— Non, répondit Esmay.

Elle avait bien volontiers laissé derrière elle toutes ces choses-là. Elle avait jeté, sans y accorder un coup d'œil, l'offre d'abonnement au cube d'infos envoyé par sa famille. Elle avait fini par décider, au cours des mornes instants suivant un cauchemar dans lequel, en plus de lui retirer son brevet, on la condamnait aux travaux forcés, qu'elle ne retournerait jamais sur Altiplano, quoi qu'il advienne. On pouvait la renvoyer de la Flotte, mais pas la forcer à rentrer chez elle. Elle s'était renseignée : aucune action juridique ne pouvait obliger quelqu'un à retourner sur sa planète d'origine pour des crimes commis ailleurs.

— Et j'ai du mal à croire qu'ils s'opposent aux traitements réjuvénants. Ou du moins, je n'arrive pas à imaginer une seule de mes connaissances qui pense ainsi.

— Ah oui ?

Comme il semblait la première personne depuis des années à s'intéresser au sujet, Esmay se retrouva en train de lui parler de papa Stefan, de Sanni, de Berthol et de tout le reste, du moins dans les limites de ce qui concernait leur attitude envers la réjuv. Comme elle ralentissait, il l'interrompit :

— Et votre famille est-elle… hum… très en vue sur Altiplano?

Voilà qui devait sans doute figurer dans son dossier.

— Mon père est un commandant régional de la milice, dit-elle. Les grades ne sont pas équivalents, mais il n'y a que quatre commandants régionaux sur Altiplano.

En dire plus serait le summum de l'impolitesse. S'il ne pouvait en déduire sa position sociale sur sa planète natale, qu'il reste donc confit dans son ignorance.

— Et vous avez choisi de rejoindre la Flotte? Pourquoi?

Il y avait longtemps qu'elle n'avait pas entendu cette question. Elle avait dû y répondre lors de sa première candidature, puis lors des entretiens d'entrée ainsi que des cours de psychologie militaire. Elle débita l'explication qui avait toujours semblé la meilleure et se noya dans le regard fixe et inexpressif de l'enquêteur.

—Est-ce tout?

—Eh bien, oui.

Elle eut le bon sens de ne pas parler de son vœu réalisé, des heures passées dans le verger du manoir à fixer les étoiles en se promettant de s'y retrouver un jour. Mieux valait se montrer pragmatique, terre à terre, sensée. Personne ne voulait de rêveurs aux yeux fous, de fanatiques. Surtout provenant de mondes où la colonisation humaine ne datait que de deux ou trois siècles.

Mais le silence de l'interrogateur lui arracha une phrase de plus.

— J'aimais bien l'idée d'aller dans l'espace, dit-elle.

Puis elle sentit son visage et son cou rougir de manière révélatrice. Elle détestait sa peau si pâle qui trahissait toujours ses émotions.

— Ah, dit-il en appuyant son stylet sur son bloc-notes. Eh bien, lieutenant, ce sera tout.

*Pour l'instant,* disait son expression. L'interrogatoire n'en resterait pas là; les choses ne marchaient pas ainsi. Esmay ne répondit rien, à part la formule de politesse qu'il attendait, et regagna ses quartiers provisoires.

Il lui avait fallu deux ou trois tiers à bord du vaisseau amiral avant de comprendre qu'elle seule, parmi les jeunes mutinés, disposait d'un compartiment privé. Elle ne savait pas trop pourquoi, puisqu'il y avait trois autres femmes, toutes entassées dans un seul compartiment. Elle se serait fait une joie de partager – enfin non, pas une joie, mais elle aurait accepté de bonne grâce – seulement les ordres de l'amiral ne laissaient aucune place à la contestation, comme elle le découvrit lorsqu'elle demanda à l'officier qui leur servait de gardien si elle pouvait modifier l'arrangement. D'un air dégoûté, il lui avait répondu non sur un ton assez ferme pour lui ébranler les tympans.

Elle avait donc son intimité. Elle pouvait s'étendre sur sa couchette (celle de quelqu'un d'autre, mais qui lui appartenait pour l'instant) et se souvenir. Et tenter de réfléchir. Ce qu'elle n'appréciait pas réellement de faire seule. Elle possédait le genre d'esprit qui fonctionnait mieux en présence des autres. Elle faisait naître des étincelles en confrontant son intransigeance à celle des autres. Quand elle se trouvait seule, son esprit tournait à vide, recyclant les mêmes idées encore et encore.

Mais les autres ne voulaient pas bavarder de ce qui la tracassait. Non, ce n'était pas l'exacte vérité. Elle ne voulait pas non plus leur parler de ces choses-là. Elle ne voulait pas discuter de ce qu'elle avait ressenti en voyant les premières victimes de la mutinerie – comment l'odeur du sang et du plancher brûlé l'affectait à présent, ravivant des souvenirs qu'elle avait espéré disparus à jamais.

*«La guerre n'est propre nulle part, Esmay.»* Son père lui avait dit ces mots en apprenant son intention d'aller dans l'espace, de devenir un officier de la Flotte. *«Le sang humain et les tripes humaines ont la même odeur; les humains crient de la même façon.»*

Elle avait répondu qu'elle savait; elle avait cru dire la vérité. Mais ces heures dans le verger, regard levé vers les étoiles lointaines, ces lueurs bien propres sur des ténèbres bien propres... Elle avait espéré quelque chose de mieux. Pas la sécurité, non: elle ressemblait trop à son père pour souhaiter une chose pareille. Mais quelque chose de bien net, un danger affûté par le vide et les armes qui pulvérisaient.

Elle s'était trompée, et le savait maintenant dans chaque cellule réticente de son corps.

— Esmay?

Quelqu'un frappa à sa porte. Esmay leva les yeux vers le minuteur et se redressa en toute hâte. Elle avait dû s'assoupir.

— J'arrive, dit-elle.

Rapide coup d'œil dans le miroir; ses cheveux rebelles avaient toujours besoin d'être recoiffés. Si la chose avait été acceptable, elle les aurait coupés à un centimètre de longueur et en serait restée là. Elle y passa les deux mains et posa la paume sur les commandes de la porte.

— Tout va bien? Tu n'étais pas au déjeuner, et maintenant..., demanda Peli d'un air inquiet.

— Encore un entretien, répondit-elle très vite. Et je n'avais pas très faim de toute façon. J'arrive.

Elle n'avait pas faim maintenant non plus, mais sauter les repas attirait l'attention des psychonurses, et elle n'avait aucune envie de se retrouver à la merci d'une autre meute d'esprits inquisiteurs.

Le dîner lui pesait sur l'estomac. Elle resta assise dans le petit carré bondé sans vraiment écouter parler les autres. Ils essayaient surtout de deviner où ils se trouvaient, quand ils arriveraient, combien de temps il faudrait pour convoquer le tribunal. Qui en ferait partie, qui les représenterait, combien d'ennuis tout ceci leur causerait à l'avenir.

— Moins que de nous trouver aux ordres du capitaine Hearne si elle s'en était tirée, s'entendit répondre Esmay.

Elle n'avait pas eu l'intention de parler, mais elle savait qu'elle seule courait un vrai risque au tribunal. Et ils jacassaient tous comme si rien d'autre ne comptait qu'un hypothétique mauvais point qui les priverait d'une promotion.

Ils la dévisagèrent.

—Qu'est-ce que tu veux dire? demanda Liam Livadhi. Hearne n'aurait pas pu s'en tirer. Pas à moins de conduire le vaisseau droit vers l'Amicale.

Il s'arrêta net, soudain très pâle.

—Exactement, dit Esmay. Elle aurait pu faire ça, si Dovir et les autres officiers loyaux ne l'en avaient pas empêchée. Et nous pourrions tous être prisonniers de l'Amicale. Morts, ou pire encore.

Les autres la fixaient comme s'il venait de lui pousser une armure de bataille et les armes complétant la panoplie.

—Ou elle aurait pu dire à la Flotte que le capitaine Serrano était la traîtresse, que les accusations étaient fausses et qu'elle avait fui pour protéger son vaisseau et son équipage d'une folle furieuse. Elle aurait pu partir du principe que personne n'était capable de vaincre un groupe d'assaut de l'Amicale avec seulement deux vaisseaux de guerre.

Ce que même Heris Serrano n'avait pas fait. Esmay avait conscience du danger alors même qu'elle y mettait fin. Sans sa propre arrivée décisive dans la bataille, Serrano aurait trouvé la mort, et avec elle tous les témoins de la trahison de Hearne.

Peli et Liam regardèrent Esmay avec davantage de respect qu'ils ne lui en avaient jamais témoigné, même au cours de la bataille.

—Je n'avais jamais réfléchi à tout ça, dit Peli. Je n'avais jamais pensé une seconde que Hearne aurait pu s'en tirer, mais tu as raison. Nous n'en aurions peut-être jamais rien su – seuls ceux qui se trouvaient sur le pont ont entendu la sommation du capitaine Serrano. S'il y avait eu ne serait-ce qu'un traître de plus parmi les officiers de pont…

—On serait morts. (Liam ébouriffa sa crinière rousse de Livadhi.) Ouille! Je n'aime pas me dire que j'aurais pu disparaître comme ça.

Arphan fit la moue.

— Ils nous auraient sans doute gardés pour une demande de rançon. Je sais que *ma* famille…

— Des marchands! dit Liam, sur un ton à faire passer le mot pour un synonyme de traîtres. Je suppose que ta famille fait affaire avec eux, hein?

Arphan se redressa d'un bond, un éclat furieux dans les yeux.

—Je n'ai pas à me laisser insulter par des gens comme *toi*!

—En fait, si, répondit Liam, se laissant aller en arrière. Je te dépasse en grade, petit bébé de commerçants. Tu n'es encore qu'un enseigne de deuxième classe, au cas où tu ne l'aurais pas remarqué.

— Pas de disputes, intervint Esmay. (Voilà quelque chose qu'elle pouvait gérer.) Livadhi, il n'est pas responsable de ce que fait sa famille. Arphan, Livadhi est ton supérieur, tu dois faire preuve de respect.

— Waouh, murmura Peli. L'ex-capitaine se rappelle la sensation du commandement.

Mais il parlait sur un ton plus respectueux que méprisant. Esmay parvint à lui sourire.

— Eh bien, oui. Et c'est plus facile de vous empêcher, vous les subalternes, de salir vos uniformes que de livrer un combat. Si on en restait là ?

Son regard croisa des expressions allant de la surprise à la satisfaction. Elle conserva son sourire, qu'ils finirent tous par lui rendre.

— Bien sûr, Esmay, répondit Livadhi. Désolé, Arphan. Je n'aurais pas dû choisir ce moment, encore moins que les autres, pour traiter ta famille de tous les noms. Le lieutenant Suiza a raison. Amis?

Il tendit la main. Arphan, sans se départir de sa moue, finit par la serrer, marmonnant de vagues excuses. Esmay ne manqua pas de remarquer cette formulation qui la désignait comme une amie tout en soulignant l'autorité qu'elle avait sur Arphan. Elle savait exprimer ce genre de choses quand elle y pensait, mais il lui fallait un temps de réflexion. Liam Livadhi, comme tous les autres éléments nés de familles militaires, semblait le faire aussi naturellement qu'il respirait.

# Chapitre 2

**Parc industriel de Harborview, Castle Rock**

On avait balayé et décoré la salle de conférences, en garantissant l'absence de démons d'espionnage dont les oreilles et les yeux inquisiteurs, ainsi que les langues actives, s'en seraient donné à cœur joie. Deux bureaux plus loin, un réceptionniste efficace allait gérer tous les appels tandis que le reste du personnel s'affairait à des projets qu'on leur avait confiés. Les trois partenaires qui avaient fondé le cabinet d'experts en analyse des matériaux spéciaux ressemblaient pour l'instant davantage à des rivaux en affaires qu'à de vieux amis. Arhos Asperson, petit, trapu, cheveux sombres, appuyait ses coudes sur la table vernie tandis que Gori Lansamir rapportait les résultats des recherches clandestines. Face à lui, Losa Aguilar se laissait aller contre le dossier de son siège, s'opposant consciemment à lui par ses gestes comme par son attitude. Cette posture paresseuse ne lui allait pas; son corps mince possédait une énergie qui s'exprimait généralement dans l'action.

— Tu avais raison, Arhos. D'après les prévisions internes de chez Calmorrie, la demande devrait connaître une forte hausse, surtout pour les processus renouvelables, dont le dernier était à base de produits d'origine douteuse.

Gori fit la moue, expression inhabituelle sur son visage généralement aimable. Arhos hocha la tête.

— En d'autres termes, la petite anomalie de la semaine dernière dans le prix d'une première réjuv n'en était pas du tout une.

— Non. (Gori désigna un détail du graphique qu'il affichait.) Depuis l'abdication du roi, on parle de traficotage des composants. Le bouleversement des affaires de la famille Morreline me fait soupçonner quelque chose d'encore plus grave que ne le disent les plaintes déjà déposées.

— Je suppose que nous devrions être ravis de ne pas avoir subi notre traitement l'an dernier, dit Losa.

Arhos se tourna vers elle ; avait-il perçu dans sa voix un soupçon d'arrogance ? Probablement. Losa considérait l'exactitude de son propre jugement comme un fief personnel. En règle générale, il s'en moquait bien, mais en cas de désaccord, cette certitude acérée comme une lame le blessait.

— Le mérite ne nous en revient pas vraiment, puisque nous n'en avions pas les moyens l'an dernier – ni cette année, avec l'augmentation du tarif. Je suppose que nous pourrions en financer une pour l'un d'entre nous ?

Arhos scruta brièvement ses partenaires. Gori s'en contenterait peut-être, mais Losa n'accepterait jamais. Lui non plus, à moins d'être le bénéficiaire de la réjuv.

— Non, répondit très vite Losa, avant que Gori puisse dire quoi que ce soit. Pour les mêmes motifs qui nous ont retenus de rassembler les fonds pour l'accorder à l'un d'entre nous l'an dernier.

— Tu n'es pas obligée d'afficher aussi ouvertement ta méfiance, murmura Arhos. Je ne suggérais rien de tel, je faisais simplement remarquer que nous ne pouvions en financer qu'une cette année. Il nous a fallu cinq ans pour économiser cette somme – et avec la brusque augmentation de tarif attendue…

— Il nous faut d'autres contrats, dit Gori. Avec tout ce qui se passe dans la Flotte en ce moment, on doit bien pouvoir trouver un créneau ?

— On devrait avoir un avantage, dit Losa. On ne devrait pas éveiller les soupçons, comme les fournisseurs et cabinets d'experts importants.

— Ce qui pourrait jouer en notre faveur.

Arhos avait des doutes. Même quand les chasseurs de sorcières étaient de sortie, les bonnes vieilles boîtes semblaient toujours trouver des cachettes sûres.

— On fait du bon boulot ; on a des contrats avec la Flotte par l'intermédiaire de Misiani, si toutefois les gens prêtent attention aux sous-sous-traitants dans des périodes comme celle-ci.

— C'est ce qui t'inquiète ? Notre manque de visibilité ?

— D'une certaine façon. Le problème, c'est qu'ils n'ont aucun moyen de savoir si nous, les sous-traitants, nous nous en sortons bien parce que nous sommes bons, ou parce que nous sommes efficacement contrôlés par le contractant principal. Donc, ils n'ont aucune raison de se fier à nous seuls.

— Nous en avons eu quelques-uns, commença Losa.

Puis elle haussa les épaules avant qu'Arhos puisse rectifier.

— Mais pas des plus juteux. Notre marge bénéficiaire est trop réduite.

—Non, et le vrai problème, j'en suis persuadé, reste que nous n'avons pas encore subi de réjuv. Tous les cadres des grosses boîtes y sont passés, de nos jours.

—Nous ne sommes pas si vieux.

—Non, mais... Gori a perdu de son charme de gamin. Nous n'avons plus l'air de jeunes gens brillants. Écoute, Losa, on a déjà parlé de tout ça.

— Et déjà à l'époque, ça ne me plaisait pas...

Elle avait abandonné sa posture affectée pour reprendre sa position bien droite plus coutumière. Il n'avait jamais vu personne d'autre, hormis des danseuses, ayant un dos et un cou pareils. Il se souvenait de la sensation sous ses paumes, mais ça remontait à des années. Ils n'étaient plus désormais que partenaires de travail. Il s'efforça de ne pas imaginer Losa après une réjuv qui lui redonnerait, disons, dans les dix-huit ans.

— Écoute, c'est simple. Si nous voulons survivre sur ce terrain, nous devons convaincre les clients de notre succès. Les experts à succès sont riches – et les gens riches ont subi des réjuvs. Nous obtenons toujours des contrats, mais pas les meilleurs. Dans dix ans, le genre de contrats que nous obtenons ira aux petits jeunes brillants et tout neufs – ou à nos rivaux actuels qui auront pu s'offrir la réjuv.

— Nous pourrions réduire...

C'était Gori, sans aucune conviction dans la voix. Ils avaient déjà eu cette discussion ; même Gori n'avait pas vraiment envie de vivre de nouveau comme un étudiant sans le sou.

— Non. (Arhos secoua la tête.) Pris sous n'importe quel angle, c'est du suicide. Pour économiser assez pour la réjuv, même une à la fois, il nous faudrait réduire les dépenses – ce bureau, déjà – ce qui nous donnerait des allures de perdants. Nous avons besoin d'une réjuv, tous autant que nous sommes, d'ici cinq ans au maximum. Avec les révélations sur les produits contaminés, le prix va grimper et rester élevé au moment précis où nous en avons besoin.

— Ce qui signifie qu'il nous faut plus de contrats, dit Losa. Sauf que nous ne pouvons rien faire de plus sans embaucher du personnel – ce qui implique une hausse des coûts.

— Peut-être. Il nous faut des idées neuves, des contrats qui nous apporteront une marge bénéficiaire supérieure, sans demander davantage de dépenses.

—D'après le ton de ta voix, je crois deviner que tu en as déjà quelques-uns en tête.

— Eh bien oui. Il y a des spécialités qui offrent un meilleur tarif et pour lesquelles nous sommes déjà qualifiés.

Losa fit une moue méprisante.

— Du sabotage industriel ? On n'a vraiment pas besoin de ce genre d'embrouilles avec la Flotte, surtout vu l'ambiance actuelle.

— L'opinion publique est de leur côté en ce moment à cause de l'affaire Xavier – cette Serrano est une héroïne – mais à long terme, tout ce qu'ils se rappelleront, c'est une héroïne et trois traîtres.

— Et on va devenir des traîtres, nous aussi?

Arhos la fusilla du regard.

— Non, pas des traîtres. Mais aucun d'entre nous n'est entré dans ce métier par amour de la bureaucratie des Familias. Rappelle-toi pourquoi nous avons quitté la Société de contrôle général des systèmes. Ensuite, comme sous-traitants, nous avons eu les mêmes piles de paperasse.

—Tu parles de travailler hors de l'espace des Familias? Ça ne reviendra pas simplement à devoir se bagarrer contre une nouvelle bande de bureaucrates?

— Pas nécessairement. À l'extérieur des Familias, tout le monde ne croule pas autant sous la paperasse. Et ça n'ira pas forcément contre les intérêts des Familias. Du moins, je ne vois pas les choses sous cet angle.

— Tu veux une réjuv, dit brusquement Losa, se penchant en avant.

— Oui. Et toi aussi, Losa. Gori aussi. Aucun d'entre nous n'a été capable d'augmenter le profit dans la limite des contrats de la Flotte: trop de poissons nagent dans cet étang-là, et beaucoup ont les dents plus acérées que nous. Alors soit nous abandonnons nos ambitions, ce dont je n'ai personnellement aucune envie, soit nous trouvons un autre étang. Dans l'idéal, un étang qui soit relié à celui-ci, afin de ne pas perdre toute la clientèle que nous avons gagnée ici.

Losa poussa un soupir théâtral.

— D'accord, Arhos, explique-toi.

Il s'autorisa un sourire.

— Nous avons un client potentiel qui voudrait qu'on mette hors d'état un mécanisme d'autodestruction sur un vaisseau militaire.

— Quel vaisseau militaire? Un de la Flotte?

Arhos hocha la tête.

— Pas le faire sauter – neutraliser son mécanisme d'autodestruction?

— Exactement.

— Pourquoi?

Arhos haussa les épaules.

—Dans ce genre de situation, le motif ne me regarde pas. Je pourrais me perdre en conjectures, mais je préfère éviter.

—Et qui est ce client potentiel?

—Il n'a pas dit pour qui il travaillait, mais une petite enquête discrète m'a conduit à supposer une très forte probabilité qu'il travaille pour le compte du Monde d'Aethar.

Losa et Gori le dévisagèrent comme s'il venait de lui pousser des cornes.

— Tu as parlé à la Horde Sanguinaire? demanda Losa, précédant Gori d'une seconde.

— On peut lui faire confiance? demanda Gori.

— Pas vraiment, admit Arhos, écartant les mains. Mais l'offre était généreuse. Et je présume que nous pourrons négocier à partir de là – sa proposition ne semblait pas aussi ferme qu'il le laissait croire.

— Quel genre de vaisseau? demanda Gori.

— Un engin de maintenance hyperspatial, un de ces vaisseaux usines dotés d'un équipage digne d'une station orbitale. Pourquoi on y a installé un mécanisme d'autodestruction, je n'en ai pas la moindre idée: ça me semble assez dangereux, supposons que le capitaine devienne fou furieux? Ils veulent le désactiver, voilà tout.

— Je déteste l'idée de traiter avec la Horde Sanguinaire, dit Losa. Et ici, on parle de vingt ou trente mille personnes.

— Du personnel militaire, dit Arhos. Pas des gens ordinaires. Ils ont signé pour ce risque. Ils sont payés pour ça. Et on a besoin de cet argent. Si on n'arrive pas à s'offrir le nouveau traitement réjuvénant assez vite…

— Mais la *Horde Sanguinaire*, Arhos! Tous ces baraqués aux cheveux longs avec leurs salades sur la destinée! Ils feraient mieux de rester sur leur planète d'origine, à se tabasser à coups de matraque ou à se cuiter en groupe.

— Évidemment, répondit Arhos avec le sourire. Ce sont des barbares et nous le savons tous. C'est pour ça que je ne m'inquiète pas. La Flotte saura les contenir comme elle l'a toujours fait. Et ce boulot ne nous demande pas de causer le moindre tort à la Flotte…

— Neutraliser un système sur un vaisseau?

— Un système qui n'a jamais servi et ne servira jamais. Les vaisseaux de maintenance hyperspatiaux ne vont jamais au combat de toute manière, alors je ne vois même pas pourquoi ils seraient équipés de mécanismes d'autodestruction. Je m'attendrais plutôt à ce qu'ils fassent l'inverse, en cherchant à les rendre indestructibles. Mais apparemment, ils sont équipés de ce genre de système, et la personne qui nous a contactés voulait le neutraliser.

Losa se redressa:

— C'est évident, Arhos, tu vois bien…

Il leva la main.

— Je ne veux pas voir, plutôt conjecturer. Ça n'aura aucun effet sur le fonctionnement du vaisseau en tant qu'installation de réparation et de maintenance; ça ne tuera personne; ça ne fera rien d'autre qu'empêcher un enseigne maladroit de tout faire sauter par accident. D'une certaine façon, on pourrait qualifier notre intervention de mission de sécurité.

Losa ricana, mais il l'ignora et poursuivit:

— Et la bonne nouvelle, c'est qu'ils ont offert, avant que je commence à marchander, un tarif qui couvrira le prix de la réjuv pour deux d'entre nous.

Profitant du silence qui retombait autour de la table, il lâcha son dernier argument.

— Je les ai convaincus de pousser jusqu'à un demi-million, ce qui signifie que nous avons assez pour nous trois. Net, pas brut. Après le boulot, bien sûr.

— Le processus complet?

— Le nouveau, avec les derniers produits certifiés. Une marge pour l'inflation tant que le boulot est en cours.

Le visage mince de Losa s'éclaira.

— Une réjuv, comme cette lady Cecelia…

— Oui. J'ai pensé que tu verrais les choses sous cet angle. (Arhos pencha la tête et regarda Gori.) Et toi?

— Mmm. Je n'aime pas la Horde Sanguinaire, ce que j'en ai entendu dire, mais c'est sans doute en grande partie de la propagande, de toute façon. S'ils étaient aussi bagarreurs et aussi arriérés qu'on le dit sur le plan de la technologie, leur empire n'aurait jamais survécu au cours du dernier siècle. Je suppose que le paiement se fait en monnaie solide?

— Oui.

Gori haussa les épaules.

— Alors je n'y vois aucun inconvénient, du moment que ça reste dans les limites de notre expertise technique. Comme tu le disais, ce n'est pas comme si nous allions infliger de réels dégâts à un vaisseau, ou attenter à la vie de l'équipage. Un mécanisme d'autodestruction n'est pas une arme; nous ne privons la Flotte de rien du tout. (Après un temps de réflexion, il ajouta:) Mais comment allons-nous monter à bord du vaisseau? Et où se trouve-t-il?

Arhos afficha cette fois un plus large sourire.

— Nous allons obtenir un contrat. Un contrat en bonne et due forme. Il y a un appel d'offres, posté ce matin même. Tout le stock d'armes de la Flotte a besoin d'être recalibré: on raconte qu'ils ont peur que d'autres traîtres comme Hearne aient pu trafiquer les codes des systèmes de guidage. La tâche est tellement énorme qu'ils ont décidé de la soumettre à tous les experts qualifiés qui ont les autorisations appropriées, peu importe leur taille. J'ai posté notre offre en venant ici.

— Mais si nous avions dit non à l'autre?

— Alors nous aurions eu un boulot légitime. J'ai fait une offre pour le contrat dans le secteur 14 uniquement, en prétextant nos effectifs réduits. C'était recensé comme un projet bonus, en raison de la distance avec les liaisons principales. Je crois qu'on correspond parfaitement à ce profil – et par ailleurs, dans le cas contraire, on pourra marchander avec celui qui l'obtiendra.

— Du moment qu'on est *vraiment* payés, dit Losa avec un soupçon de férocité.

— Oh, bien sûr. Le représentant de la Horde arrive demain – pour les négociations standard de la première visite, mais je veux une sécurité maximale. Il est susceptible de sortir de ses gonds, même s'il porte un costume. Il ne sera pas au courant de l'autre contrat, et je vais essayer de lui soutirer une rallonge de budget pour les transports et les dépenses.

— Qui d'autre allons-nous employer pour ce boulot? demanda Gori.

— Du côté de la Flotte, l'équipe habituelle. De ce côté-ci, seulement nous trois. Après tout, nous n'avons pas envie de partager la somme.

— Il y a juste un point délicat, dit Arhos. C'est l'interface entre les civils et la Flotte sur Sierra. C'est le QG d'un secteur en zone rouge. Ils ne se contentent pas d'un simple coup d'œil à tes papiers, là-bas.

Il regarda de l'autre côté du large bureau l'homme blond vêtu d'un costume d'affaires coûteux.

— Vos papiers seront en ordre, répondit l'homme blond.

Il se prélassait sur sa chaise comme sur un trône, posture qui donnait au costume l'air d'avoir été taillé pour quelqu'un d'autre, quelqu'un qui savait comment s'asseoir sans se vautrer.

—Nous pourrions éviter entièrement le problème en voyageant avec la Flotte au départ d'un autre endroit. Comus, par exemple.

— Non.

Direct, brutal, arrogant.

— Expliquez-vous.

— Ce n'est pas à moi d'expliquer. C'est à vous de vous conformer au contrat.

L'homme blond fusilla les autres du regard.

— Mon rôle n'est pas de jouer les idiots, répondit Arhos.

D'un mouvement rapide des yeux, il prolongea de quelques instants l'existence de l'homme blond. La durée du moment de grâce dépendait de son humeur, et de ce point de vue, l'homme blond n'y mettait pas du sien. Il se rappela que le tarif de consultation viré sur le compte de la boîte financerait trois réjuvs et demie au prix que prévoyait Gori au moment où ils termineraient ce travail. Le tarif de la Flotte pour le recalibrage de toutes ces armes leur fournirait une rente sur laquelle vivre. S'ils tuaient ce messager, ils couraient le risque de devoir affronter quelqu'un de bien pire.

— Si vous voulez que tout soit fait proprement, comme vous dites, alors vous devriez écouter les experts.

— Ces faux jetons d'experts.

Remarque faite avec l'air sarcastique qui était la marque de fabrique de la Horde. De toute évidence, l'homme blond n'éprouvait aucun respect pour eux, condition dangereuse en soi, en plus d'être désagréable. Arhos baissa une de ses paupières. Avant qu'il ne la relève, l'homme blond cherchait son souffle, une corde traçant un sillon autour de son cou épais. Des entraves avaient jailli des accoudoirs de la chaise sur laquelle il était assis et se resserraient autour de ses bras. Arhos ne bougeait pas.

—Les insultes nous agacent, dit-il d'une voix douce. Nous sommes des experts, raison pour laquelle vous nous avez embauchés. Voyager incognito, nous intégrer, fait partie de nos compétences. J'estime qu'attendre jusqu'à Sierra Station pour entrer dans la juridiction de la Flotte attirera sur nous une attention gênante. Les entrepreneurs civils et les experts rejoignent normalement les transports de la Flotte plus près de leur point d'origine.

Il sourit. Le visage de l'homme blond avait pris une hideuse nuance violette ; il émettait des bruits répugnants. Mais ses yeux bleus ne trahissaient aucune peur, alors même qu'ils se voilaient sous l'effet du manque d'oxygène. Arhos hocha la tête, et la corde s'éloigna du cou comme si on tirait dessus. Quelqu'un venait de le faire, à distance…

— Ordure matricide ! lâcha l'homme blond d'une voix rauque.

Il essaya de tirer fort, mais les entraves de la chaise maintenaient ses bras en place.

—Des experts, dit Arhos. Vous nous payez, nous faisons notre travail – proprement, en professionnels. Mais ne nous insultez pas.

—Vous allez le regretter, dit l'homme blond.

—Ça m'étonnerait, dit Arhos en souriant. Ce n'est pas mon cou qui porte la marque d'une corde. Ni maintenant, ni plus tard.

— Si j'étais libre de mes mouvements…

Arhos pencha la tête de côté.

—Je devrais alors vous tuer, si vous m'attaquiez. Ce serait vraiment fâcheux.

— Vous ? Vous êtes trop petit !

— Barbare de la Horde Sanguinaire !

Paroles prononcées par l'autre personne présente dans la pièce, la femme qui n'avait encore rien dit, et dont le maintien tranquille collait bien au rôle de subordonnée qu'elle semblait tenir.

— Croyez-vous toujours que seule la taille compte, après toutes vos défaites ?

— Laisse-le, Losa. Notre contrat ne nous oblige pas à apprendre à cet individu les réalités du combat au corps à corps. Nous n'avons aucune raison de lui fournir des données gratuites.

— Comme tu voudras.

Elle semblait davantage boudeuse que docile.

—Maintenant, dit Arhos. Nous attendrons que vous déposiez une avance couvrant la moitié du tarif auprès de nos banquiers d'ici demain midi, un quart supplémentaire quand nous arriverons à Sierra

Station, et le dernier quart lorsque nous aurons terminé le travail. Non, insista-t-il comme l'homme blond faisait mine de parler. Ne discutez pas. Vous avez perdu votre avantage dans la négociation en nous insultant. Vous pouvez toujours engager quelqu'un d'autre si mes conditions ne vous conviennent pas. Vous ne trouverez personne d'aussi bon – vous le savez déjà – mais le choix vous appartient. À prendre ou à laisser – qu'en dites-vous?

— Je prends, dit l'homme blond, la voix toujours enrouée sous l'effet de la corde. Espèce de porc cupide!

— Très bien.

Il n'avait pas besoin de préciser que toute insulte à compter de ce moment augmenterait le tarif du travail. Il n'était pas nécessaire d'apprécier ses clients s'ils généraient assez de profit, et Arhos (le meilleur de son domaine) savait exactement comment le satisfaire.

Le travail était intrigant, un défi auquel il n'aurait jamais songé par lui-même, mais qui méritait largement d'être tenté. *Pas juste tenté*, songea-t-il, *réussi.* Il n'avait aucun doute là-dessus; ils n'avaient échoué dans aucune mission depuis des années. Sa seule préoccupation restait de faire sortir discrètement ce bouffon du bureau, une fois que ledit bouffon aurait marqué de l'empreinte de son pouce une autorisation de crédit.

— Sale type, dit Losa après le départ de l'homme. Et dangereux.

— Oui, mais riche. Nous ne sommes pas forcés de les apprécier.

— Tu l'as déjà dit.

— C'est vrai.

— Il m'a impressionnée. Il n'avait pas peur, il était juste en colère. Et s'ils cherchaient à se venger de l'insulte?

Arhos la regarda et regretta qu'elle ne sache pas décider quel genre de personne elle était.

— Losa, c'est un métier dangereux mais ça ne t'a jamais dérangée jusqu'ici. On a une sécurité suffisante; on prendra des précautions. Tu veux cette réjuv, oui ou non?

— Bien sûr que je la veux.

— Je crois que ça t'ennuie simplement que ce soit moi qui aie trouvé ce contrat, et pas toi.

— Peut-être.

Elle soupira puis sourit, ce qu'elle faisait rarement ces temps-ci.

— Je dois en avoir besoin, à voir comme je me transforme en vieille dame méfiante avant l'heure.

— Tu n'es pas une vieille dame, Losa, et tu n'en seras jamais une!

**Vaisseau amiral *Busard* des FSM**

Quand le vaisseau amiral atteignit le quartier général du secteur, Esmay commençait à considérer la cour martiale comme une porte vers la liberté : un moyen de libérer de leurs tensions et rivalités un groupe d'officiers subalternes effrayés, en manque d'occupations. Même s'il y avait sans doute une logique juridique à les garder tous isolés et dans une relative oisiveté, ça ressemblait à une punition.

Les vaisseaux, même les plus gros, disposaient de ressources limitées pour les loisirs ; les tâches quotidiennes occupaient normalement la majeure partie du temps de l'équipage. Esmay s'obligea à utiliser les cubes d'apprentissage, et encouragea les autres à s'en servir, mais avec le nœud d'incertitude ancré dans son cerveau, elle avait du mal à se concentrer sur des choses aussi ardues que les « Méthodes de rinçage inversé des filtres en système clos » ou les « Protocoles de communication pour les vaisseaux de la Flotte opérant dans des zones classées F et R ». En ce qui concernait les cubes tactiques, elle savait déjà quelles erreurs elle avait commises lors de son retour vers Xavier et ne pouvait plus rien y changer. Par ailleurs, aucun des cubes n'abordait les problèmes qu'elle avait rencontrés en lançant dans la bataille un vaisseau ayant souffert de dégâts internes lors d'une mutinerie.

Elle ne pouvait pas travailler assez dur le jour pour s'assurer un sommeil réparateur la nuit. L'épuisement physique aurait pu l'y aider, mais le temps dont elle disposait dans la salle de gym n'y suffisait pas. Si bien que les cauchemars revenaient, nuit après nuit, et qu'elle s'éveillait trempée de sueur, les yeux irrités. Ceux qu'elle comprenait étaient déjà pénibles, rejouant des scènes de la mutinerie ou de la bataille de Xavier avec les odeurs et les bruits. Mais d'autres semblaient avoir puisé dans les souvenirs de films d'entraînement, d'histoires militaires sanglantes, le tout mélangé comme les éclats acérés d'un bol brisé.

Elle levait les yeux vers le visage d'un tueur… Les baissait ensuite pour voir ses propres mains souillées de sang et de tripes. Fixait la gueule d'un Pearce-Xochin 382 qui semblait s'élargir jusqu'à ce que tout son corps puisse s'y glisser. S'entendait supplier quelqu'un d'arrêter, d'une voix aiguë et fluette. *Non.* Cette fois, lorsqu'elle s'éveilla, emmêlée dans des draps humides, quelqu'un l'appelait en cognant à sa porte. Elle toussa plusieurs fois, puis retrouva assez de voix pour répondre.

Ce n'était pas une porte, mais un sas. Elle n'était pas chez elle, mais à bord d'un vaisseau, ce qui valait mieux que se trouver chez elle. Elle se força à inspirer profondément et expliqua à la voix extérieure qu'elle avait seulement fait un mauvais rêve. Quelqu'un grommela de l'autre côté du sas : « Nous aussi on a besoin de dormir, tu sais ? » Elle s'excusa, luttant contre une bouffée de colère inexplicable et soudaine qui la pressait d'ouvrir à toute volée le… sas, pas la porte, pour étrangler celui qui venait de parler. C'était la situation qui le voulait ; les esprits s'échauffaient naturellement, et elle devait donner l'exemple. Lorsque le râleur finit par s'éloigner, elle se rallongea contre la cloison – la cloison grise et protectrice – pour réfléchir.

Elle n'avait pas fait ces rêves depuis des années, depuis qu'elle était partie de chez elle pour rejoindre les classes préparatoires de la Flotte. Même chez elle, ils s'étaient raréfiés avec le temps, bien que restant assez fréquents pour inquiéter sa famille. Sa belle-mère et son père lui avaient tous deux fourni de longues et fastidieuses explications quant à leur origine. Elle s'était un jour enfuie, après la mort de sa mère, décision stupide et irresponsable qu'excusaient sa jeunesse et la fièvre qu'elle avait sans doute contractée, la même qui avait tué sa mère. Elle avait foncé droit vers les ennuis, une bataille mineure de l'insurrection désormais connue sous le nom de Soulèvement de Califer. Les troupes de son père l'avaient retrouvée et secourue, mais la fièvre avait failli la tuer. D'une certaine manière, ce qu'elle avait vu, entendu, senti, s'était emmêlé sous l'effet de la fièvre pendant ses jours de coma, et lui avait laissé des cauchemars mettant en scène des choses qui ne s'étaient jamais produites. Pas comme elle les rêvait, du moins.

Il y avait une certaine logique à ce que l'expérience d'une vraie bataille ait réveillé ces vieux souvenirs ainsi que la confusion générée par la fièvre. Elle avait réellement déjà senti l'odeur de tripes répandues ; les odeurs étaient particulièrement évocatrices. C'était ce que disaient les livres de psychologie qu'elle avait lus en secret dans la bibliothèque de papa Stefan, quand elle avait cru être folle en plus de paresseuse, lâche et stupide. Et maintenant qu'elle comprenait où la menaient les rêves, qu'elle cherchait à relier ses expériences passées à son présent, elle pouvait les gérer consciemment. Elle avait eu ces cauchemars à cause de la nécessité d'établir ce lien, et maintenant que c'était fait, elle n'aurait plus besoin de recommencer.

Elle s'endormit d'un coup et ne rêva plus jusqu'à ce que la sonnerie lui signale l'heure de se réveiller. Ce jour-là, elle se félicita d'avoir tiré les bonnes conclusions et se donna l'ordre de ne plus faire de cauchemars. Elle se sentait tendue à l'heure du coucher, mais parla toute seule pour essayer de se convaincre. Si elle rêva, elle n'en garda aucun souvenir, et personne ne se plaignit du bruit. Elle ne fit plus de cauchemars qu'à une seule occasion, avant d'atteindre le QG du secteur, et celui-là était encore plus facile à comprendre. Elle rêva qu'elle arrivait à la cour martiale pour découvrir, une fois devant le président, qu'elle était entièrement nue. Tout le monde la regarda, éclata de rire, puis sortit en la laissant seule.

Ce fut presque un soulagement pour elle de se découvrir capable de faire des cauchemars *normaux*.

Au QG du secteur, ses uniformes de remplacement étaient prêts, livrés directement à la section de quarantaine à bord du vaisseau par des gardes qui semblaient estimer la tâche indigne de leur position. Les nouveaux habits semblaient raides et mal adaptés, comme si son corps avait changé d'une manière que les mensurations ne pouvaient refléter. Elle s'était servie chaque jour des quelques appareils de culture physique de la section de quarantaine, et ne pouvait donc attribuer la différence à de la graisse superflue. C'était... davantage mental que physique. Peli et Liam poussèrent des grognements exagérés quand ils virent leur note de tailleur. Esmay ne fit aucun commentaire sur la sienne, et comprit seulement plus tard qu'ils croyaient qu'elle n'avait pas de ressources en plus de son salaire.

Pour la première fois, les jeunes officiers furent convoqués en groupe devant l'amiral. Esmay portait un nouvel uniforme, comme tous les autres. Une escorte armée les précédait; une autre suivait de près. Esmay s'efforçait de respirer normalement, mais ne pouvait s'empêcher de s'inquiéter: est-ce qu'autre chose était allé de travers? De quoi pouvait-il s'agir?

L'amiral Serrano patienta, le visage inexpressif, tandis qu'ils entraient en file dans le bureau, pour s'y entasser si près les uns des autres qu'Esmay sentait l'odeur de leurs uniformes neufs. L'amiral avait répondu à chaque salut formel par un hochement de tête, puis avait lancé un coup d'œil au suivant de la file.

— J'ai le devoir de vous informer que vous êtes tous convoqués devant la cour pour expliquer, si vous le pouvez, les événements ayant conduit à la mutinerie à bord du *Mépris* puis l'implication de ce vaisseau et de son équipage dans le conflit de Xavier.

Esmay n'entendit rien derrière elle, mais devina la réaction de ses camarades officiers; même quand on s'y attendait, les paroles officielles prononcées par un amiral de la Flotte frappaient avec une force incroyable. Cour martiale. Certains officiers servaient jusqu'à leur retraite sans être menacés d'une enquête, sans parler d'une audience devant un conseil disciplinaire... et certainement sans passer en cour martiale. Passer en cour martiale était le comble de la disgrâce, pour qui était reconnu coupable, et entachait votre carrière même après un acquittement.

— En raison de la complexité de cette affaire, poursuivit l'amiral, la justice militaire a choisi de la traiter avec la plus extrême prudence mais aussi le plus grand sérieux. Des chefs d'accusation précis n'ont pas été déterminés pour chacun d'entre vous, mais en général, les enseignes de première classe peuvent s'attendre à une inculpation de trahison et de mutinerie, puisque la justice militaire ne considère pas que les deux s'excluent mutuellement. C'est-à-dire que si vous avez pris part à une trahison, ceci ne vous protège pas ensuite contre un chef d'accusation de mutinerie, et *vice versa*.

Les yeux noirs et vifs de l'amiral semblaient sonder ceux d'Esmay. Cherchait-elle à faire passer un message particulier? Esmay eut envie de laisser échapper qu'elle n'était pas et n'avait jamais été une traîtresse, mais la discipline lui intima de garder les mâchoires serrées.

L'amiral toussa délicatement, de toute évidence une toux de formalité, afin de ponctuer ses paroles.

— Je suis autorisée à vous dire que la raison qui motive ceci est l'inquiétude extrême que suscite l'influence potentielle de l'Amicale sur les corps d'officiers. Nous ne pouvions pas ignorer la possibilité dans ce cas précis; vos avocats vous l'expliqueront. Les enseignes de première classe ne sont inculpés que de mutinerie, à l'exception d'un cas pour lequel l'enquête est en cours.

— Mais nous n'avons même pas vu d'avocat! se plaignit Arphan à l'arrière.

Esmay eut envie de le gifler; cet idiot n'avait pas le droit de prendre la parole.

— Lieutenant... Arphan, c'est bien ça? Vous a-t-on donné l'autorisation de m'interrompre, lieutenant?

L'amiral n'avait pas besoin de l'aide d'un autre enseigne pour moucher un jeune écervelé.

— Non, amiral, mais...

— Alors taisez-vous.

L'amiral se retourna vers Esmay, qui se sentait coupable de ne pas avoir bâillonné Arphan, mais le regard de l'amiral n'exprimait aucun reproche.

— Enseigne de première classe Suiza, en tant qu'officier survivant le plus gradé et ancien capitaine d'un vaisseau mutiné au combat, votre procès sera nécessairement séparé de ceux de vos officiers subalternes, bien que vous soyez appelée à témoigner lors de leurs auditions, et eux lors des vôtres. Par ailleurs, vous passerez devant une commission d'enquête des capitaines afin d'étudier votre gestion du *Mépris* lors du combat.

Esmay s'y était attendue, d'une certaine manière, mais avait continué à espérer qu'une première enquête assortie d'un passage en justice pourrait subsumer l'autre.

— En raison des circonstances inhabituelles de cette affaire de Xavier, y compris les décisions prises par le capitaine Serrano, il a été établi que vous deviez tous rejoindre le quartier général de la Flotte à bord d'un autre vaisseau pour ces cours martiales.

Esmay cligna des yeux. Ils se méfiaient de l'amiral Serrano à cause de sa nièce? Puis elle se rappela les rumeurs (désormais prouvées inexactes) concernant Heris Serrano et son départ de la Flotte.

— Le capitaine Serrano passera bien sûr elle-même devant une commission d'enquête, et trois d'entre vous seront appelés à y témoigner.

Esmay ignorait lesquels d'entre eux seraient jugés susceptibles de détenir des informations utiles.

— On vous permettra l'accès à des moyens de communication afin de prévenir vos familles, et si possible de leur parler directement, mais vous ne devez communiquer avec personne d'autre. Plus particulièrement, vous avez l'ordre, sous peine de châtiment, d'éviter de parler de cette affaire avec qui que ce soit, militaire ou non, à l'exception de vos avocats et des autres personnes ici présentes. Je vous recommande vivement de ne pas discuter de cette affaire entre vous davantage que vous ne l'avez déjà fait. Vous serez surveillés de près, et pas toujours par des gens qui se soucient de vos intérêts. Au quartier général, vous rencontrerez votre avocat attitré, et vous disposerez alors des ressources habituelles pour vous préparer à la cour martiale.

Le regard de l'amiral balaya un instant le groupe. Esmay espéra que personne ne poserait de questions stupides, et personne ne le fit.

— Rompez, dit l'amiral. Sauf le lieutenant Suiza.

Le cœur d'Esmay plongea jusqu'au fond de ses bottes et traversa le pont. Elle resta immobile tandis que les autres sortaient d'un pas traînant, guettant le moindre indice sur le visage de l'amiral. Quand tous furent sortis, l'amiral soupira.

— Asseyez-vous, lieutenant Suiza.

Esmay s'exécuta.

— Cette période va être difficile pour vous, et je veux m'assurer que vous le comprenez bien. Cela dit, je ne veux pas vous faire paniquer. Malheureusement, je ne vous connais pas assez pour deviner combien d'avertissements suffisent à vous effrayer. Votre dossier, en tant qu'officier, ne me renseigne pas vraiment. Et vous, le pouvez-vous?

Esmay empêcha à grand-peine sa mâchoire de s'affaisser. Elle ignorait totalement que répondre; pour une fois, un «Oui, amiral» ne suffirait pas. L'amiral poursuivit, plus lentement, lui laissant le temps de réfléchir.

— Vous vous en êtes très bien sortie à l'école préparatoire à l'Académie; vous avez eu de bons résultats, encore que pas vraiment brillants, à l'Académie elle-même. Je suppose que vous n'êtes pas le genre de personne à consulter vos propres rapports d'aptitude – je me trompe?

— Non, amiral.

— Mmm. Vous ignorez peut-être donc que l'on vous a décrite comme «travailleuse, volontaire, pas l'étoffe d'un chef» ou «stable, compétente, termine toujours ses devoirs, fait preuve d'initiative avec les tâches, mais pas avec les gens, potentiel de meneuse tout juste dans la moyenne».

L'amiral fit une pause, mais Esmay ne trouva rien à répondre. C'était plus ou moins l'opinion qu'elle avait toujours eue d'elle-même.

— Certains vous disent timide, d'autres simplement sans histoire et pas difficile, mais au cours de toute une vie passée dans la Flotte, lieutenant Suiza, je n'ai jamais vu ce genre de rapport d'aptitude – l'un après l'autre, depuis l'école préparatoire et bien après – associé à l'autorité naturelle dont vous avez fait preuve à bord du *Mépris*. J'ai connu quelques officiers tranquilles et modestes qui se révélaient bons au combat – mais il y avait toujours au moins, quelque part en arrière-plan, un faible éclat trahissant ce diamant insoupçonné.

— C'était un accident, répondit Esmay sans réfléchir. Et puis l'équipage a tout fait, en réalité.

— Les accidents, répondit l'amiral, ne se produisent pas comme ça. Les accidents sont provoqués. Quel genre d'accident se serait produit, selon vous, si le lieutenant Livadhi avait eu l'avantage sur vous?

Esmay s'était posé la question. À la suite de la bataille, Liam et Peli avaient tous deux assuré qu'ils auraient choisi une vitesse et un vecteur d'insertion différents, mais elle se rappelait leur expression lorsqu'elle avait annoncé qu'ils faisaient demi-tour.

— Vous n'êtes pas obligée de répondre, dit l'amiral. Je le sais d'après ses entretiens. Il aurait envoyé le même message que vous, puis aurait sauté vers le QG de secteur en espérant trouver quelqu'un qui puisse lui venir en aide. Il n'aurait pas fait faire demi-tour au *Mépris*, et même s'il peut critiquer à raison votre tactique d'entrée dans le système, lui-même serait arrivé bien trop tard pour sauver la mise.

— Je... n'en suis pas si sûre. Il est courageux...

— Il n'est pas seulement question de courage ici, et vous le savez bien. La prudence et le courage font de bons coéquipiers. La lâcheté peut être aussi imprudente que le courage des cubes d'histoires. (L'amiral sourit, et Esmay ressentit un froid glacial.) Lieutenant, si vous arrivez à m'intriguer, je vous assure que vous intriguez encore davantage le reste de la Flotte. Ne croyez pas qu'ils préféreraient que vous ayez agi autrement, simplement ils ne comprennent pas. Si vous êtes capable de cacher de telles capacités, depuis toutes ces années, sous des dehors quelconques, alors que cachez-vous d'*autre*? Certains ont même avancé que vous étiez peut-être un agent secret de l'Amicale, que vous vous étiez arrangée pour installer le capitaine Hearne et initier une mutinerie, juste pour vous faire une réputation d'héroïne.

— C'est faux! s'écria Esmay sans réfléchir.

— Je n'y crois pas, personnellement. Mais, en ce moment, les Familias Régnantes traversent une crise de confiance, qui n'a pas épargné les Forces spatiales de métier. C'était déjà assez pénible d'apprendre que Lepescu s'amusait à tuer du personnel de la Flotte, mais découvrir qu'on pouvait détacher trois capitaines félons vers un endroit comme Xavier – *voilà* qui a ébranlé la confiance des services de renseignements de la Flotte, à juste titre. En toute justice, vous devriez passer devant le tribunal le plus vite possible, puis être saluée comme l'héroïne que vous êtes – et ne prenez pas la peine de le nier. C'est vrai. Malheureusement, les circonstances jouent contre vous, et je prévois pour vous et votre avocat quelques semaines assez rudes. Et je ne peux rien y faire. Pour l'instant, mon influence ne pourrait que se retourner contre vous.

— Ce n'est rien, dit Esmay.

Ce n'était pas rien, si elle comprenait bien ce qu'impliquait l'amiral Serrano, mais elle voyait très bien que l'amiral ne pouvait rien changer à la réalité. Naître fille d'officier lui avait appris ces choses-là. Le pouvoir a toujours ses limites et s'y cogner la tête ne sert qu'à se faire mal.

L'amiral braquait toujours sur elle ce regard sombre et fixe.

— Je regrette de ne pas mieux vous connaître, ainsi que votre histoire. Je ne saurais même pas déterminer, telle que je vous vois en ce moment, si vous êtes arrogante, raisonnablement prudente ou terrifiée. Voulez-vous bien m'éclairer?

— Engourdie, répondit honnêtement Esmay. Je ne suis certainement pas arrogante. Je ne l'étais déjà pas avant votre avertissement. Je sais que les jeunes officiers impliqués dans des mutineries, pour quelque raison que ce soit, en gardent toujours la trace dans leur dossier. Mais quant à vous dire si je suis prudente ou terrifiée… je n'en sais rien moi-même.

— Alors où avez-vous développé ce type de contrôle, sans vouloir être indiscrète? En règle générale, nos recrues des planètes coloniales sont beaucoup trop faciles à cerner.

Elle semblait faire preuve d'un intérêt sincère ; Esmay se demanda si c'était le cas, et si elle oserait lui expliquer.

— L'amiral est au courant pour mon père? commença-t-elle.

— L'un des quatre commandants de secteur sur Altiplano. Je pense pouvoir en déduire que vous avez grandi dans une sorte de foyer militaire. Mais la plupart des milices planétaires sont moins formelles que nous.

— Tout a commencé avec papa Stefan, dit Esmay.

Elle ne savait plus trop si tout avait vraiment commencé là, car comment papa Stefan avait-il accumulé l'expérience militaire qu'il dispensait?

— Ce n'est pas comme la Flotte, mais il y a un enseignement militaire héréditaire. Du moins, chez les familles de commandants.

— Mais d'après votre dossier, vous avez grandi dans une sorte de ferme?

— Une estancia, dit Esmay. C'est… plus qu'une ferme. Et assez gros.

« Assez gros » approchait à peine la réalité. Esmay ne savait même pas combien d'hectares comptait la propriété principale.

— Mais papa Stefan insistait pour que les enfants reçoivent en grandissant un enseignement militaire.

— Toutes les traditions militaires ne préconisent pas le contrôle absolu des expressions du visage et des émotions, commenta l'amiral. Je suppose que la vôtre, oui.

— La plupart du temps, répondit Esmay.

Elle ne pouvait pas expliquer sa propre aversion envers l'étalage inutile des émotions sans entrer dans toutes les histoires de famille, Berthol et Sanni et tout le reste. Papa Stefan et le père d'Esmay appréciaient certainement la maîtrise de soi, mais pas au degré où elle la pratiquait.

— Dans tous les cas… Je voulais que vous sachiez que tous mes vœux vous accompagnent dans cette affaire, dit l'amiral. (Elle affichait un sourire qui semblait sincère et chaleureux.) Après tout, vous avez sauvé ma nièce préférée – pardon, le capitaine Serrano – et je ne l'oublierai pas, quoi qu'il arrive. Je garderai un œil sur votre carrière, lieutenant. Je crois que votre potentiel dépasse ce que vous soupçonnez vous-même.

# Chapitre 3

Esmay eut le temps de méditer ces paroles tandis que le long bras de la division juridique de la Flotte la séparait des autres officiers subalternes, la transférait à bord d'une escorte-courrier, puis l'expédiait au QG de la Flotte une bonne semaine avant l'arrivée des autres. Elle rencontra son avocat, un major d'âge moyen avec un début de calvitie, qui ressemblait davantage à un bureaucrate qu'à un officier ; il arborait la bedaine naissante d'un homme qui évitait la salle de gym à l'exception des quelques semaines précédant le test annuel d'aptitudes physiques.

— Il leur aurait semblé logique de relier les affaires, grommela le major Chapin, parcourant le dossier d'Esmay. Si on ne retient que la fin, vous êtes l'héroïne de Xavier ; vous avez sauvé la planète, le système, et la peau d'une nièce d'amiral. Malheureusement…

— On me l'a déjà expliqué, répondit Esmay.

— Très bien. Au moins, il ne manque aucun des rapports. Nous allons devoir nous préparer séparément à la commission d'enquête et à chacun des principaux dangers de la cour martiale. J'espère que vous avez l'esprit organisé ?

— Je crois que oui, répondit Esmay.

— Parfait. Pour l'heure, oubliez le protocole militaire, si vous y arrivez ; je vais vous appeler Esmay, et vous m'appellerez Fred, parce que nous avons trop de boulot pour laisser les formalités nous ralentir. D'accord ?

— Oui, major… Fred.

— Très bien. Maintenant, dites-moi tout ce que vous avez raconté aux enquêteurs, et ensuite tout ce que vous ne leur avez pas dit. Toute l'histoire de votre vie ne doit pas prendre si longtemps. Je ne trouverai pas ça ennuyeux, et je ne saurai ce qui est utile que quand je l'entendrai.

Au cours des jours qui suivirent, Esmay découvrit que le major Chapin avait parlé sincèrement. Elle se découvrit aussi de plus en plus à l'aise pour lui parler, ce qui la rendit nerveuse. Elle se rappela qu'elle était une adulte, pas une enfant qui pouvait se précipiter vers n'importe quel adulte un peu amical pour chercher du réconfort. Elle mentionna même les cauchemars, ceux qui étaient liés à Xavier.

— Vous devriez peut-être envisager une séance chez un psy, dit-il. S'ils vous dérangent à ce point.

— Pas en ce moment, répondit-elle. Seulement les premiers jours après…

— Ça me paraît normal. Si vous dormez assez bien pour rester alerte… Il y a un avantage à ne pas passer d'évaluation psychiatrique maintenant, voyez-vous, car ça pourrait donner l'impression que nous allons plaider l'incompétence mentale.

— Ah.

— Mais si vous estimez en avoir besoin…

— Non, répondit fermement Esmay.

— Parfait. Maintenant, revenons-en à ces vols dans les casiers des hommes du rang…

Les circonstances conspirèrent pour déplacer la date de la cour martiale afin que la commission d'enquête se réunisse en premier. Le major Chapin pesta aussi sur ce sujet-là.

— Les avocats n'assistent pas aux commissions d'enquête, donc vous devrez vous rappeler seule de tout ce dont nous avons parlé. Vous pouvez toujours demander une brève suspension et venir me chercher, mais au risque de faire mauvaise impression. Bon sang, je voulais que vous ayez une vraie expérience avant d'y aller solo.

— On n'y peut rien, répondit Esmay.

Il sembla légèrement surpris, ce qui la contraria presque. S'était-il attendu à ce qu'elle se plaigne alors qu'elle ne pouvait rien y changer? À ce qu'elle fasse des histoires pour rien, devant lui?

— Je suis content que vous le preniez ainsi. Maintenant – s'ils ne soulèvent pas la question des dégâts infligés à l'ordinateur de navigation, vous avez deux options…

La séance se prolongea des heures durant, jusqu'à ce qu'Esmay ait l'impression de comprendre le conseil de Chapin, ainsi que les raisons qui l'avaient poussé à le formuler.

Le matin où commença l'audience de la commission, Chapin la conduisit vers le bâtiment puis jusqu'à l'antichambre où il attendrait pour le cas où elle demanderait une suspension afin de venir chercher de l'aide.

— Courage, lieutenant, dit-il lorsque la porte s'ouvrit. Rappelez-vous que vous avez remporté la bataille sans perdre votre vaisseau.

La commission d'enquête ne sembla pas faire preuve d'indulgence même au vu des circonstances qui avaient placé Esmay aux commandes du *Mépris*, du moins à en juger par leurs questions. Si un enseigne de première classe commandait au combat, elle avait tout intérêt à savoir ce qu'elle faisait, et ils pointèrent chaque erreur qu'elle avait commise.

Avant même que l'officier qui était son supérieur immédiat ne meure de ses blessures, pourquoi ne s'était-elle pas préparée à prendre les commandes ? On aurait sans doute pu nettoyer le pont beaucoup plus vite ? Esmay se rappelait la panique quasi totale, la nécessité de protéger chaque compartiment, de contrôler chaque membre de l'équipage, et estimait toujours qu'il y avait des choses bien plus importantes que nettoyer le sang du siège de commandement. Elle ne le dit pas tout haut, mais leur dressa la liste des autres urgences qui lui avaient semblé plus pressantes. Le président de la commission, un amiral à une étoile, le visage sévère, l'écouta avec les lèvres pincées et une expression impossible à interpréter.

Donc, quand elle avait pris le commandement, pourquoi avait-elle choisi de pénétrer furtivement dans un système (la bonne décision, tous s'accordaient à le dire, surtout compte tenu de ce qu'elle avait trouvé), puis de revenir si soudainement vers Xavier, où elle avait toutes les raisons de croire qu'une force ennemie attendait ? N'avait-elle pas compris que des mines posées de manière plus compétente dans le couloir d'entrée du point de saut auraient rendu cette stratégie suicidaire ? Esmay n'allait pas avancer que sa décision obéissait à une logique ; elle avait suivi un instinct, rien de rationnel, et les instincts tuaient plus souvent qu'ils ne sauvaient.

Et pourquoi n'avait-elle pas songé plus tôt à recourir à un microsaut pour perdre de la vitesse, ce qui lui aurait permis de sauver deux vaisseaux au lieu d'un seul ? Esmay leur parla de l'ordinateur de navigation, de la nécessité de remplacer la puce défectueuse par une autre récupérée sur l'une des unités de contrôle des missiles. Et ainsi de suite, une heure après l'autre. Savoir comment le *Mépris* avait descendu le vaisseau amiral ennemi semblait les intéresser bien moins (voire pas du tout) que les erreurs d'Esmay. La commission repassa des enregistrements de surveillance, souligna des divergences, la sermonna, et quand tout fut enfin terminé, Esmay sortit avec l'impression d'avoir mijoté dans une marmite de soupe jusqu'à ce que tous ses os se dissolvent.

Le major Chapin, qui patientait dans l'antichambre où il avait tout suivi grâce à une liaison vidéo, lui tendit un verre d'eau.

— Vous n'allez sans doute pas me croire, mais vous vous en êtes sortie aussi bien que vous le pouviez, compte tenu des circonstances.

— Je n'en ai pas l'impression.

Elle but une gorgée d'eau. Le major Chapin resta assis à la regarder jusqu'à ce qu'elle ait fini son verre.

— Lieutenant, je sais que vous êtes fatiguée et que vous devez avoir l'impression d'avoir traversé un champ magnétique, mais vous devez entendre ce que j'ai à vous dire. Les commissions d'enquête sont censées être éreintantes. C'est en partie leur but. Vous êtes restée bien droite, vous avez dit la vérité. Vous ne vous êtes pas laissée démonter. Vous n'avez pas parlé pour ne rien dire. Vous n'avez pas présenté d'excuses. Vous avez expliqué à la perfection ce problème de l'ordinateur de navigation : vous leur avez présenté les faits, puis vous avez changé de sujet. Vous avez laissé Timmy Warndstadt vous en faire voir de toutes les couleurs, après quoi vous étiez toujours debout en train de répondre à des questions idiotes le plus poliment du monde. J'ai travaillé avec des commandants supérieurs qui s'en sortaient plus mal.

— Vraiment ?

Elle ne savait pas trop si elle éprouvait de l'espoir, ou simplement de la stupéfaction, à l'idée que quelqu'un – n'importe qui – puisse approuver l'une de ses actions.

— Vraiment. Et en plus de ça, rappelez-vous ce que je vous ai dit au tout début : vous n'avez pas perdu votre vaisseau et vous avez pris une décision cruciale dans cette bataille. Ce qu'ils ne peuvent pas ignorer, même s'ils pensent y voir un simple accident. Et après votre témoignage, ils sont bien moins enclins à y voir le fruit du hasard. Je regrette qu'ils n'aient pas posé davantage de questions sur les détails ; vous avez eu raison de ne pas en parler de votre plein gré, ce qui aurait donné l'impression que vous cherchiez à vous excuser, mais… ça m'ennuie quand ils ignorent des dossiers. J'y ai tout fait figurer ; ils auraient pu au moins le lire et poser les bonnes questions. Bien sûr, il y aura des commentaires négatifs ; il y en a toujours, quand quelque chose va jusqu'à la commission. Mais qu'ils soient prêts à l'admettre ou non, ils savent que vous vous en êtes très bien sortie pour un officier subalterne qui vivait son premier combat.

La porte s'ouvrit et Esmay dut y retourner. Elle regagna sa place, en face de la longue table où étaient installés les cinq officiers.

— C'est une affaire compliquée, dit l'amiral Warndstadt. Et la commission a opté pour une résolution complexe. Lieutenant Suiza, la commission estime que votre gestion du *Mépris* depuis l'instant où vous en avez pris le commandement effectif, lorsque les blessures de Dovir l'ont mis dans l'incapacité de prendre le pont, jusqu'à votre retour précipité vers Xavier, était à la hauteur de ce que l'on attend d'un capitaine de la Flotte.

Esmay ressentit un premier frisson d'espoir, songea que la cour martiale n'allait peut-être pas déboucher sur une expulsion suivie d'un emprisonnement.

L'amiral Warndstadt poursuivit, lisant cette fois ses notes.

— Cependant, vos décisions tactiques, lors de votre retour vers le système Xavier, étaient très nettement inférieures à la moyenne. La commission note qu'il s'agissait de votre première expérience de commandement d'un navire. La commission fait preuve de l'indulgence nécessaire compte tenu de ces circonstances. Toutefois, la commission recommande que l'on n'envisage pas de vous confier un vaisseau des Forces spatiales de métier avant que vous n'ayez, en situation de combat, fait preuve du niveau de compétence tactique et opérationnelle exigé des commandants de vaisseaux de guerre.

Esmay faillit hocher la tête ; comme Chapin l'en avait avertie, et comme elle le comprenait déjà, ils ne pouvaient ignorer ses erreurs. Ces commissions existaient pour rappeler aux capitaines que la chance, même insensée, ne remplaçait pas la compétence.

Warndstadt leva de nouveau les yeux vers elle, un coin de sa mince bouche étiré pour esquisser un semblant de sourire.

— D'un autre côté, la commission note que vos manœuvres peu orthodoxes ont permis de vaincre un vaisseau ennemi nettement supérieur en masse et en puissance de feu, et contribué au succès de la défense de Xavier. Vous semblez bien consciente de vos défauts en tant que commandant d'un vaisseau au combat ; la commission estime que votre caractère et votre comportement conviennent à de futurs postes de commandement, à condition que vous acquériez auparavant l'expérience requise. Peu d'enseignes de première classe commandent des véhicules plus gros que des navettes, de toute manière. Les recommandations de la commission devraient vous laisser le temps de développer votre potentiel. Maintenant – une transcription complète des recommandations de la commission vous sera remise à une date ultérieure, ainsi qu'à votre avocat, au cas où vous souhaiteriez faire appel.

Faire appel serait de la folie ; c'était l'issue la plus favorable dont elle puisse rêver.

— Oui, monsieur, répondit-elle. Merci, monsieur.

Elle poursuivit le rituel jusqu'au bout, se laissa congédier par la commission et salua individuellement chaque membre, sans être parfaitement consciente de ce qu'elle disait. Elle avait envie de s'écrouler dans un lit et de dormir un mois, mais dans trois jours commencerait son passage en cour martiale. Dans l'intervalle, elle devait enregistrer ses dépositions d'origine pour les autres procès, y compris celui du capitaine Serrano.

— Tout est inhabituel dans cette affaire, dit Chapin, qui n'approuvait guère les principes nés de l'habitude. Ils ont eu du mal à trouver assez d'officiers pour siéger à autant de commissions et de cours en même temps, et ils manquent d'espace, aussi. Donc ils se débrouillent comme ils peuvent avec les gens et les endroits, et ils ont décidé que, sollicitée comme vous l'êtes, ils pouvaient, après tout, accepter un témoignage enregistré pour certaines de ces occasions. Avec un peu de chance, vous ne serez pas obligée d'assister en personne à un seul des procès. Ils ne peuvent évidemment pas vous arracher à votre propre comparution juste pour vous interroger pendant le procès d'un autre enseigne. Pour l'instant, c'est la panique, mais votre défense est simple, de toute manière.

— Ah oui?

—En principe. Étiez-vous une conspiratrice qui comptait lancer une mutinerie? Non. Une traîtresse à la solde d'une puissance étrangère? Non. C'est simple. Je pense qu'ils vont vous poser toutes les questions indélicates qu'ils pourront trouver, juste pour sauver les apparences, et au cas où les enquêteurs auraient oublié de les poser. Mais il me semble très clair, et ils devraient le voir aussi, que vous étiez un enseigne ordinaire qui a réagi à une situation en cours de progression – par chance, dans l'intérêt de la Flotte et des Familias Régnantes tout à la fois. Je ne vois qu'un seul problème…

Il marqua une pause et la fixa longuement.

— Oui? demanda enfin Esmay, comme l'attente ne produisait rien d'autre que ce regard fixe.

— Il va être difficile de vous présenter comme un enseigne ordinaire – même si vos rapports d'aptitude semblent l'indiquer, en vous plaçant tout juste dans la moyenne de votre classe – alors que vous êtes devenue, fait moins banal, le capitaine le plus jeune qui ait jamais détruit un croiseur lourd de l'Amicale. Ils voudront savoir pourquoi vous avez caché ce genre d'aptitude. *Comment* vous l'avez caché. Pourquoi refusiez-vous de laisser la Flotte bénéficier de votre talent?

— C'est ce que m'a demandé l'amiral Serrano.

Esmay se força à redresser les épaules; elle avait envie de se rouler en boule.

— Et que lui avez-vous répondu?

—Je n'ai rien pu lui répondre. Je n'en sais rien. Je ne m'en savais pas capable jusqu'au jour où je l'ai fait, et j'ai toujours du mal à le croire.

— Quelle modestie. (Quelque chose lui sembla glaçant dans le ton de la voix.) Je suis votre avocat, et plus encore, un avocat qui a de nombreuses années d'expérience – j'étais dans la pratique civile et les réserves de la Flotte. Vous pouvez peut-être vous abuser vous-même, jeune femme, mais pas moi. Vous avez agi de la sorte parce que vous possédez des capacités inhabituelles. Certaines de ces capacités apparaissaient sur les examens de sélection que vous avez passés pour entrer dans la Flotte – à moins que vous n'ayez oublié vos résultats?

Elle les avait en effet oubliés. Elle avait cru au hasard quand ses notes de l'école préparatoire avaient légèrement dépassé la moyenne.

— Je suis désormais convaincu, poursuivit Chapin, que vous ne cachiez vos talents pour aucune raison évidente – par exemple, parce que vous étiez un agent de l'Amicale –, mais que vous les cachiez néanmoins.

Vous avez évité la voie du commandement comme si elle était envahie par les ronces. J'ai récupéré votre dossier de l'école préparatoire et parlé à vos instructeurs de l'Académie. Ils se maudissent de n'avoir rien remarqué, de ne pas avoir encouragé un talent aussi évident pour le commandement !

— Mais j'ai commis des erreurs, répondit Esmay.

Elle ne pouvait pas le laisser continuer. Elle avait eu de la chance, épaulée par des sous-officiers remarquables qui avaient fait le plus gros du travail. Elle débita cette réponse aussi vite qu'elle le put, tandis que Chapin restait assis à la regarder avec la même expression sceptique.

— Ça ne marchera pas, dit-il enfin. Pour votre propre bien, lieutenant Suiza…

Il ne l'avait pas appelée ainsi depuis le premier jour ; elle se raidit.

— Pour votre propre bien, répéta-t-il plus doucement. Vous devez assumer ce que vous êtes ; vous devez admettre dans quelle mesure ce qui s'est produit venait de vous. Vos décisions – elles étaient bonnes. Votre capacité à prendre les choses en main, à obtenir ces performances des gens que vous commandiez. Ce n'était pas un accident. Que la cour s'attarde ou non sur ce point, vous le devez. Si vous ignoriez réellement ce dont vous êtes capable – si vous ne saviez pas que vous cachiez vos capacités –, alors vous devez comprendre pourquoi. Autrement, votre vie ne sera plus qu'une succession d'échecs.

Comme si elle venait de répondre, il leva le doigt et le pointa vers elle.

— Et non, vous ne pouvez pas redevenir un simple enseigne ordinaire, pas après tout ça. Quoi que décide la cour, la réalité a tranché. Vous êtes différente. Les gens attendront davantage de vous, et vous feriez mieux d'apprendre à le gérer.

Esmay s'efforça de garder son calme. Un recoin de son esprit se demandait pourquoi elle avait tant de mal à croire à ses propres talents ; la majeure partie d'elle-même se concentrait sur le besoin de se contrôler.

La commission, considérée techniquement parlant comme une autorité administrative et non judiciaire, n'avait attiré aucune attention de la part des médias, mais les multiples comparutions en cour martiale d'officiers subalternes impliqués dans une mutinerie (puis dans la défense de Xavier) représentaient une affaire trop juteuse pour qu'on la manque. La Flotte garda les prévenus séparés aussi longtemps qu'elle le put, mais Chapin avertit Esmay que la politique exigeait l'ouverture des audiences à une couverture médiatique choisie.

— En règle générale, personne ne se soucie tellement des cours martiales, dit-il. Les seules qui s'attirent ce genre d'attention sont souvent gardées fermées, pour des raisons militaires. Mais cette affaire, ou plutôt toutes vos affaires, sont uniques dans l'histoire des Familias. Nous avons déjà dû faire passer des groupes d'officiers en cour martiale – la Révolte de Trannvis, par exemple –, mais jamais un groupe qui ait accompli quelque chose de *positif.* C'est ça l'odeur du sang qui attire les molosses de la presse. Pas encore le vôtre, mais celui qui touchera le sol, quel qu'il soit. Et dans une situation aussi complexe, quelqu'un va saigner.

Esmay fit la grimace.

— Je préférerais qu'ils s'abstiennent.

— Bien sûr. Et je ne veux pas que vous restiez collée aux écrans à suivre les médias ; ça ne servirait qu'à vous rendre nerveuse. Mais vous devez savoir, avant d'y aller, qu'ils essaieront de vous soutirer des déclarations entre les séances, alors même qu'on leur aura dit que vous n'avez pas le droit de leur en donner. Ne dites rien, rien du tout, pendant les trajets entre la salle d'audience et les pièces où vous serez isolée entre les séances. Je n'ai pas besoin de vous dire, à *vous*, de garder un visage neutre ; vous le faites toujours.

Malgré l'avertissement, la masse de capteurs audio et vidéo, les voix des journalistes qui rivalisaient en volume pour être entendus, lui firent l'effet d'une gifle lors de son premier trajet entre la suite des accusés et la salle d'audience.

— Lieutenant Suiza, est-il vrai que vous avez tué vous-même le capitaine Hearne ?

— Lieutenant Suiza, juste un mot sur le capitaine Serrano, s'il vous plaît ?

— La voilà ! Lieutenant Suiza, quel effet ça fait d'être une héroïne ?

— Lieutenant Suiza, que pensera votre famille de votre passage en cour martiale ?

Elle sentait son visage se figer en masque de pierre, mais derrière lequel elle se sentait impuissante, terrifiée. Meurtrière ? Héroïne ? Non, elle était un enseigne de première classe qui aurait largement préféré rester dans l'ombre pendant quelques décennies. La réaction de sa famille à la cour martiale… Elle ne voulait pas y penser. Consciente du problème que posait l'exposition médiatique, elle leur avait envoyé un message bref au possible – en leur demandant de ne pas répondre. Elle ne se fiait même pas aux ansibles de la Flotte pour garantir la sécurité de ce genre de message sous la pression de tous les services d'info des Familias.

À l'intérieur de la salle d'audience, elle affronta une autre horde de capteurs audio et vidéo. Alors même qu'elle se conformait aux rites de la cour, elle ne pouvait manquer de remarquer que chaque expression furtive, chaque mot serait diffusé à la vue de tous dans tous les mondes. Chapin, qui attendait à la table de la défense, marmonna :

— Détendez-vous, lieutenant. À vous voir, on croirait que c'est vous qui allez juger la cour, et pas l'inverse.

Tous les cas étaient liés entre eux par la nécessité de voir les officiers témoigner sur leurs comportements mutuels – afin de déterminer si la mutinerie résultait d'une conspiration. Mais Esmay, en tant qu'officier supérieur le plus gradé, s'était vu accuser nominalement de violations additionnelles du code. Chapin avait souligné que ces accusations étaient obligatoires – il s'attendait à ce que la plupart soient écartées assez vite, compte tenu de l'absence de preuves.

— Malheureusement, avait-il dit, la trahison de Hearne ne vous met pas hors de danger, vous les mutinés : s'il y a la moindre preuve d'une conspiration préparant la mutinerie avant que vous n'ayez eu la certitude très nette de sa trahison, alors cette conspiration elle-même peut entraîner un verdict de culpabilité pour cette accusation.

Mais d'après ce qu'Esmay en savait, aucun des subordonnés qui n'étaient pas à la solde de la Main Secourable n'avait soupçonné Hearne ou les autres. Elle-même n'avait pas eu le moindre soupçon. Hearne leur semblait un peu négligente par moments, mais on la disait brillante au combat, et la rumeur associait également un léger mépris des règles « inutiles » à des capacités supérieures au combat.

Elle se retrouvait maintenant en train de répéter l'histoire intégrale de son affectation sur le *Mépris*. Ses tâches, sa routine habituelle hors des heures de service, ses responsabilités envers les officiers moins gradés qu'elle, l'évaluation de ses compétences par ses pairs.

—Et vous n'aviez aucun soupçon par rapport au capitaine Hearne, au major Cossordi, au major Stek ou au lieutenant Arvad?

— Non, monsieur, répondit Esmay.

Elle l'avait déjà affirmé séparément pour chacun d'entre eux.

— Et, à votre connaissance, personne d'autre ne les soupçonnait d'être à la solde de l'Amicale?

— Non, monsieur.

— Aviez-vous des relations très proches avec Dovir?

L'idée était si ridicule qu'Esmay faillit perdre le contrôle de son expression.

— Dovir? Non, monsieur.

Le silence se prolongea. Elle fut tentée d'expliquer les préférences de Dovir en matière de compagnons, mais se ravisa.

— Et vous n'aviez pas entendu parler d'un complot préparant une mutinerie contre le capitaine Hearne?

—Non, monsieur.

—Pas de récriminations particulières, de la part d'officiers ou d'hommes du rang?

C'était là une autre question. Les récriminations remplissaient les vaisseaux au même titre que l'oxygène. Les gens râlaient sur tous les sujets allant de la nourriture à la difficulté de trouver un créneau dans la salle de gym. C'était inévitable. Esmay choisit ses mots avec soin.

— Monsieur, bien sûr que j'ai entendu des gens se plaindre, c'est ce qu'ils font toujours. Mais pas plus que sur d'autres navires.

Soupir agacé d'un des officiers.

— Parce que vous avez une si grande expérience des navires! commenta-t-il d'une voix empreinte de sarcasme.

Chapin se leva.

— Objection.

— Accordée.

Le président braqua un regard désapprobateur sur l'officier qui venait de parler.

— Vous connaissez le règlement, Thedrum.

— Oui, monsieur.

Le président scruta Esmay.

— Veuillez nous expliquer la nature de ces récriminations, lieutenant Suiza. Cette cour ne sait pas avec certitude si un officier sans expérience est à même de juger quand la quantité de récriminations dépasse la normale.

— Oui, monsieur. (Esmay fit une pause, tirant plusieurs exemples de sa mémoire.) Quand le *Mépris* était en travaux, avant que je le rejoigne, la zone de loisirs avait été réduite d'environ trente pour cent, afin qu'on puisse mettre aux normes le générateur de faisceau à bâbord. Ce qui impliquait de perdre quinze appareils d'exercice. Le nombre aurait pu monter à dix-neuf, mais le capitaine Hearne a donné son accord pour resserrer les installations. Dans tous les cas, ça impliquait de raccourcir la durée des exercices, et certains membres de l'équipage n'auraient pas pu pratiquer les exercices requis sans prendre sur leur temps de repos. Certains se sont plaints en disant que Hearne aurait dû réduire les exercices imposés ou installer les autres machines ailleurs.

— Quoi d'autre?

— Eh bien, il y avait apparemment un voleur qui chapardait dans les casiers des hommes du rang. Ce qui a contrarié pas mal de monde car on aurait dû pouvoir l'attraper facilement, mais les scanners n'ont jamais rien trouvé.

— On les avait trafiqués?

— Le major Bascome pensait que oui, mais n'a jamais pu le prouver. Les vols ont continué pendant une vingtaine ou une trentaine de jours, puis ça ne s'est plus jamais reproduit. Les objets volés étaient rarement précieux, mais avaient toujours une valeur sentimentale.

Devait-elle préciser qu'on les avait retrouvés après la bataille, lors de la phase de nettoyage, dans le casier d'une des personnes ayant trouvé la mort? Oui. On lui avait appris que retenir des informations revenait à mentir.

— On a retrouvé les objets après la bataille, dit-elle. Mais dans le casier d'une personne qui était morte pendant la première bataille.

— Vous voulez dire la mutinerie.

— Oui, monsieur. Compte tenu des circonstances, nous les avons simplement rendus à leurs propriétaires – enfin, à ceux qui avaient survécu.

Le président émit un grognement qu'elle ne sut comment interpréter.

Le procès se poursuivit, une heure pénible après l'autre. La plupart du temps les questions se tenaient, passant en revue ce qu'elle savait, ce qu'elle avait vu, ce qu'elle avait fait. À d'autres moments, la cour semblait déterminée à suivre des pistes d'enquête (comme le genre de récriminations qu'elle avait entendues) pour aller se perdre dans d'épais fourrés dont il fallait les déloger d'un coup de pied pour retourner aux questions principales.

L'une des questions secondaires prit une vilaine tournure. Thedrum, toujours inquisiteur, avait continué à questionner Esmay comme s'il la croyait coupable de sinistres actions. Il se mit à l'interroger sur sa responsabilité dans la surveillance des enseignes de deuxième classe.

— N'est-il pas exact, lieutenant Suiza, qu'on vous avait chargée de vous assurer que les enseignes de deuxième classe s'acquittaient de leurs tâches et consacraient les heures requises à l'étude?

— Monsieur, cette tâche était attribuée à tour de rôle aux quatre enseignes de première classe, sous la surveillance du lieutenant Hangard. On me l'avait attribuée pour les trente premiers jours suivant le départ du QG de secteur, puis elle était passée pour les trente jours suivants à mon supérieur immédiat, l'enseigne de première classe Pelisandre, et ainsi de suite.

— Mais en tant qu'officier le plus gradé, vous étiez responsable de tout?

— Non, monsieur. Le lieutenant Hangard avait bien fait comprendre qu'il souhaitait que le lieut'... désolée...

— Je vous en prie, dit le président. Nous connaissons le mot.

— Très bien, donc le lieutenant Hangard voulait que le lieutenant responsable des deuxième classe en réfère directement à lui. Il disait que nous avions tous besoin d'éprouver seuls cette responsabilité pendant une brève période.

*Où voulait-il en venir?*

— Vous ignorez donc que l'enseigne Arphan était impliqué dans un détournement illégal de matériel militaire?

— Quoi? (Esmay ne put maîtriser le ton de sa voix.) L'enseigne *Arphan*? Mais il...

— L'enseigne Arphan, dit le président, a été déclaré coupable de détournement et de vente illégale de biens militaires à des acheteurs non autorisés – en l'occurrence, la compagnie de navigation de son père.

— Je... C'est difficile à croire, répondit Esmay.

À bien y réfléchir, elle parvenait à l'admettre, mais pourquoi n'avait-elle rien remarqué? Comment avait-on tout découvert?

— Vous n'avez pas répondu à la question: saviez-vous ou non que l'enseigne Arphan avait détourné illégalement du matériel militaire?

— Non, monsieur, je l'ignorais.

— Très bien. Maintenant, à propos de la mutinerie elle-même…

Esmay se demanda pourquoi ils prenaient la peine de poser des questions auxquelles les cubes de surveillance avaient déjà répondu. Hearne avait tenté de détruire tous les enregistrements de ses conversations avec Serrano, mais la mutinerie avait éclaté avant qu'elle y parvienne. Si bien que la cour avait vu la scène, sous plusieurs angles, car Serrano avait, bien sûr, enregistré les transmissions de Hearne, et elles concordaient.

Ce qui semblait inquiéter la cour par-dessus tout était la possibilité que les officiers subalternes aient commencé à comploter avant même que Hearne n'ait défié Serrano. Esmay répéta ses déclarations précédentes, qu'ils décortiquèrent. Comment avait-elle pu ignorer en premier lieu la trahison de Hearne? Comment avait-elle pu prendre part à une mutinerie réussie sans en avoir précédemment formé le projet avec les autres mutinés? Était-il vraiment si facile d'improviser une mutinerie?

À la fin de la deuxième journée, Esmay avait des envies de cogner. Elle avait du mal à croire que toute une batterie d'officiers supérieurs se montre à ce point incapable de voir ce qui s'étalait sous leurs yeux, acharnés à découvrir quelque chose d'autre que la vérité simple et évidente. Hearne avait trahi, ainsi que plusieurs autres officiers et hommes du rang. Personne ne l'avait remarqué car aucune de ses actions n'avait semblé suspecte avant qu'elle ne défie Serrano.

—Vous ne l'avez jamais soupçonnée d'employer des produits pharmaceutiques illégaux? demanda l'un d'entre eux pour la troisième fois.

— Non, monsieur, répondit Esmay.

Elle l'avait déjà dit. Le capitaine Hearne n'avait jamais semblé sous l'influence de drogues, bien qu'Esmay se sache incapable d'en reconnaître les effets subtils, même à supposer qu'elle ait davantage fréquenté Hearne. Esmay n'avait aucun moyen de savoir ce qu'elle prenait. Elle n'avait pas non plus fouillé la cabine de Hearne après la mutinerie pour le découvrir. Elle avait eu une bataille à livrer.

D'autres questions suivirent, concernant les motivations de Hearne. Le major Chapin les interrompait sans cesse. Esmay était soulagée de pouvoir rester assise et le laisser s'en charger; elle se sentait grincheuse et dépassée en plus d'être épuisée. Bien sûr qu'elle ignorait les raisons de la traîtrise de Hearne; bien sûr qu'elle ignorait si Hearne était endettée, avait des liens politiques avec des gouvernements étrangers, si elle nourrissait des griefs envers la Flotte. Comment aurait-elle pu le savoir?

Ses propres motivations furent mises sur le tapis. Esmay répondit aussi calmement qu'elle le put. Elle n'avait aucun grief envers le capitaine Hearne, qui ne lui avait parlé qu'à quelques reprises. Lorsque le journal personnel de Hearne fut présenté à titre de preuve, elle découvrit que Hearne avait décrit l'enseigne de première classe Esmay Suiza comme «compétente mais insipide; ne cause pas d'ennuis, mais manque d'initiative».

— Avez-vous le sentiment de manquer d'initiative? demanda le président.

Esmay y réfléchit. Espéraient-ils qu'elle répondrait oui ou non? À quel crochet comptaient-ils la pendre?

— Monsieur, je suis persuadée que le capitaine Hearne avait des raisons de le penser. J'ai l'habitude de me montrer prudente, afin d'être sûre de comprendre pleinement la situation avant d'émettre une opinion. Je n'étais par conséquent jamais la première à offrir des solutions ou suggestions lorsque le capitaine soulevait un problème.

— Vous ne lui en vouliez pas de vous décrire ainsi?

— Non, répondit Esmay. J'estimais qu'elle avait raison.

— Et vous en étiez satisfaite?

— Monsieur, je n'étais pas satisfaite de moi-même, mais l'opinion du capitaine me semblait juste.

— Je remarque que vous employez le passé... Pensez-vous toujours que l'estimation du capitaine était appropriée?

— Objection, dit très vite Chapin. L'autoévaluation actuelle du lieutenant Suiza et sa comparaison avec l'évaluation du capitaine Hearne sont hors sujet.

Puis l'interrogatoire toucha enfin à son terme, une fois toutes les preuves fournies, toutes les questions posées et répétées, tous les arguments présentés par la partie adverse. Esmay patienta tandis que les officiers conféraient. À l'inverse des procédures des commissions précédentes, elle resta dans la salle d'audience tandis que les autres membres se retiraient.

— Inspirez profondément, dit Chapin. Vous êtes encore très pâle, mais vous vous en êtes très bien sortie.

— Tout ça semblait tellement compliqué.

— Eh bien, s'ils le laissaient paraître aussi simple que ça l'est en réalité, ils n'auraient plus de bonnes raisons de faire de procès, sauf en le justifiant par les règlements. Avec toute la couverture médiatique, ils ne veulent pas que ça semble facile; ils veulent que ça ait l'air éprouvant et détaillé.

— Est-ce que vous avez une idée?

— Du résultat? Je serais très surpris qu'ils ne vous acquittent pas de tous les chefs d'accusation. Ils ont le rapport de la commission; ils savent qu'on vous a enguirlandée pour vos erreurs. Et s'ils ne vous acquittent pas, nous ferons appel – ce qui sera plus facile, en fait, loin du regard des médias. Par ailleurs, ils se sont trouvé une brebis galeuse sur laquelle se défouler, ce jeune type, Arphan.

Les officiers revinrent dans la salle et Esmay se leva, le cœur battant si fort qu'elle respirait à peine. Qu'allaient-ils lui dire?

— Enseigne de première classe Esmay Suiza, la cour vous déclare innocente de tous les chefs d'accusation retenus contre vous. Cette cour a voté à l'unanimité pour un acquittement. Félicitations, lieutenant.

— Je vous remercie, monsieur.

Elle parvint à rester sur pied pendant les cérémonies finales, qui impliquèrent de nouveau de saluer chaque officier de la cour, ainsi que l'avocat général, lequel semblait amical et inoffensif maintenant qu'il ne la harcelait plus de questions.

— Je savais que nous n'avions pas la moindre chance, dit-il en lui serrant la main. Les preuves ne laissaient aucun doute, en réalité, mais nous devions aller jusqu'au bout. À moins de débarquer ici ivre morte et d'agresser un amiral, vous ne couriez aucun risque.

— Je n'en avais pas l'impression, répondit Esmay.

Il éclata de rire.

— Alors j'ai fait mon travail, lieutenant. C'est ce que je suis censé faire, effrayer le prévenu pour lui faire avouer le moindre lambeau de culpabilité. Il se trouvait simplement que vous n'en aviez aucun. (Il se tourna vers Chapin.) Fred, pourquoi avez-vous toujours les cas faciles? Le dernier type que j'ai dû défendre était un salaud particulièrement mesquin qui faisait du chantage aux recrues.

— Je suis récompensé de mes qualités, dit simplement Chapin, et tous deux éclatèrent de rire.

Esmay n'avait pas envie de se joindre à eux, seulement de trouver un endroit tranquille où dormir une semaine.

— Qu'allez-vous faire maintenant, lieutenant? demanda l'un des autres officiers.

— Prendre une permission, répondit-elle. On m'a dit qu'il se passerait un moment avant ma prochaine affectation et que je pouvais disposer de trente jours chez moi en plus du voyage. Je ne suis pas retournée sur ma planète depuis mon départ.

Elle n'avait pas une folle envie de retourner là-bas, mais ne connaissait pas d'autre moyen d'échapper à l'attention des médias.

# Chapitre 4

**Altiplano**

Esmay pensait avoir semé les derniers molosses de la presse deux arrêts avant son monde natal d'Altiplano. Lorsqu'elle sortit du salon d'arrivée pour rejoindre le hall principal, les lumières vives l'aveuglèrent un moment. Ils avaient découvert où elle se rendait, bien sûr. Elle serra les dents et continua à marcher bien droit. Ils pouvaient la filmer tant qu'ils voulaient pendant qu'elle traversait la station à pied. Ils réussiraient peut-être même à poster quelqu'un dans la navette qui descendait sur la planète, mais une fois qu'elle atteindrait la terre ferme, ils se retrouveraient bloqués. Ce serait une conséquence positive de ce retour au foyer mal interprété.

— Lieutenant Suiza !

Il lui fallut un long moment, plusieurs foulées, avant de comprendre que l'un des cris ne provenait pas d'un paparazzi en train de lui demander un commentaire, mais de son oncle Berthol. Elle regarda autour d'elle. Il portait sa tenue de cérémonie et Esmay grommela intérieurement, anticipant les réactions de ses connaissances de la Flotte quand ils en verraient les images aux infos. Lorsqu'il eut attiré son attention, il cessa de lui faire signe et se redressa bien droit. Avec un soupir, Esmay s'arrêta net, prête à entendre les crissements attendus derrière elle, et le salua. Lorsque son père lui avait fait savoir qu'il ne pourrait pas venir la chercher à la station, elle en avait déduit que personne ne le ferait. Elle ne s'était pas attendue à trouver Berthol.

— Ravi de te voir, Esmaya, dit-il, ouvrant un chemin entre eux d'un seul regard qui fit dégager tous les paparazzi du chemin.

— Moi aussi, monsieur, dit Esmay, bien consciente du regard attentif des caméras.

— Par les culottes du Bon Dieu, Esmaya, ne me donne pas du « monsieur ».

Mais une étincelle dans son regard montrait qu'il approuvait ce ton formel. Les étoiles scintillèrent à ses épaules tandis que les caméras se déplaçaient pour saisir un meilleur angle sous les feux croisés de leurs projecteurs. Esmay avait dit à la Flotte que son père était l'un des quatre commandants régionaux. Elle ne leur avait pas rappelé (ce qui devait figurer dans son dossier) que ses oncles Berthol et Gerard étaient deux des autres.

— Je suppose qu'on ne t'a pas laissée mourir de faim dans la Flotte, après tout. Tu sais que grand-mère est toujours convaincue qu'on ne peut pas y trouver légalement de quoi manger…

Esmay se surprit à sourire tout en regrettant qu'il ait abordé le sujet. Grand-mère était sa grand-mère à lui, pas celle d'Esmay – bien plus de cent ans, et une influence aussi puissante à sa façon que celle de papa Stefan.

— Je vais bien, dit-elle avant de se tourner, espérant convaincre Berthol de ne pas trop en faire devant les caméras.

— Plus que bien, Esmaya. (Il se calma et lui posa doucement la main sur l'épaule.) Nous sommes tous fiers de toi. Nous sommes plus que ravis de te revoir à la maison.

Il se tourna. Elle remarqua ses aides, éparpillés dans la foule, qui revenaient maintenant se rassembler derrière son dos. Les lumières éblouissantes s'estompèrent derrière eux malgré les voix de plus en plus fortes.

— Une fois en bas, nous allons fêter ça.

Esmay sentit le découragement la gagner. Elle avait plutôt envie d'une balade tranquille autour de l'estancia, d'une chambre aux fenêtres ouvertes sur la roseraie… et d'une bonne nuit de sommeil, une nuit qui conviendrait au rythme de son corps.

— Nous ne pouvons pas gâcher cette occasion, dit-il plus doucement, tandis qu'ils longeaient un salon de départ rempli de gens qu'elle ne connaissait pas, et qui l'accueillaient par ces claquements de langue approbateurs qu'elle se rappelait si bien. Berthol la conduisit vers la salle d'attente, puis le compartiment arrière que ses aides refermèrent en entrant derrière eux.

— Que se passe-t-il? demanda Esmay.

La tension lui nouait l'estomac; elle n'avait pas vraiment envie de le savoir.

— Ce qui se passe? On t'expliquera tout en détail plus tard, répondit Berthol. Nous n'avons pas réservé une navette entière: nous pensions que ça attirerait trop l'attention. Alors qu'il semblait très naturel de réserver un compartiment privé. Et il n'y a pas moyen d'échapper à la cérémonie d'accueil, même si je suis sûr que tu te prépares pour des vacances à la maison, hein?

Esmay hocha la tête. Elle regarda autour d'elle les aides de Berthol. Les grades de la milice ne correspondaient pas exactement à ceux de la Flotte; les insignes, à l'exception des étoiles indiquant le rang d'amiral, différaient totalement. Tout lui revint d'un seul coup. Infanterie, blindés, aviation, marine – ce que sa Flotte surnommait, un peu méprisante, la «flottille». Des représentants des quatre branches ici, tous plus vieux qu'elle. Celui qui portait une oreillette et se tournait maintenant vers Berthol lança:

— Le général Suiza dit que tout est prêt.

— Ton père, dit Berthol. C'est lui qui est responsable en bas, pour des raisons qui deviendront évidentes plus tard. Entre-temps, il va y avoir une cérémonie officielle au terminal des navettes – brève à souhait, si je connais bien ton père – puis une parade en ville et une présentation formelle au palais.

— Présentation?

Esmay digérait l'information lorsque Berthol prit une inspiration.

— Ah… (Il sembla un temps gêné, puis baissa la voix.) Vois-tu, Esmay, comme tes actions ont sauvé une planète tout entière, et comme tu n'as obtenu de ta Flotte aucun gage de reconnaissance…

Dieu du ciel. Esmay passa en revue toutes les explications qu'elle pouvait lui fournir (sachant qu'il n'en comprendrait aucune) et s'aperçut que c'était peine perdue. Ils avaient décidé que sa Flotte à *elle* ne l'avait pas assez honorée, et il serait inutile de leur faire remarquer que son acquittement représentait en soi une reconnaissance et une récompense suffisantes. Par ailleurs, elle savait que quelqu'un avait fait une recommandation pour qu'elle reçoive une médaille – l'idée seule lui donnait de l'urticaire. Elle aurait préféré qu'ils se contentent d'oublier. Mais ceci…

— Et ce n'est pas comme si tu étais n'importe quel poney hirsute de la cambrousse, poursuivit Berthol. Tu es une Suiza. Ils te traitent…

— Très bien, oncle Berthol, dit-elle dans l'espoir de le faire taire, faute de pouvoir empêcher la cérémonie.

— Non, je ne trouve pas. Et la Longue Table non plus. Ils ont voté pour te donner la Cime Étoilée.

— Non, souffla Esmay.

Elle se rendit compte, non sans gêne, qu'une voix enfouie au plus profond d'elle-même pensait le contraire et soufflait: «Oui.»

— Et un titre bien à toi. Qui pourra être converti si tu te maries sur Altiplano.

*Dieu du ciel,* songea-t-elle encore une fois. Elle n'avait pas mérité ça. C'était ridicule. Et ça causerait d'énormes ennuis, quoi qu'il advienne. Peu importait que la Flotte ne comprenne pas qu'on avait préparé tout ça en guise de reproche: ils trouveraient l'idée embarrassante, ce qui l'embarrassait elle-même.

— Mais il n'y a pas beaucoup de terrain pour accompagner le titre, dit Berthol. En fait, ton père a dit qu'il le fournirait; c'est cette petite vallée où tu avais l'habitude d'aller te cacher.

Malgré elle, une bouffée de plaisir l'envahit au souvenir de cet endroit dans les montagnes, avec ses pentes couvertes de pins et de peupliers, ses prairies herbeuses et son ruisseau limpide. Elle se l'était appropriée des années plus tôt dans sa tête, mais n'avait jamais pensé qu'elle lui appartiendrait. Si c'était possible… Elle se rappelait quelques règlements de la Flotte qu'elle craignait d'enfreindre.

— Ne t'en fais pas, dit Berthol, comme s'il lisait dans ses pensées. C'est inférieur à la limite: ton père a fait un nouveau relevé topographique et l'a raccourci du côté supérieur. Juste au-dessous du glacier. Quoi qu'il en soit, si tu veux te rafraîchir la mémoire sur le protocole de la remise de récompense…

C'était bien sûr le cas. Le cube de données que lui tendit le major arborant l'insigne des cuirassés contenait non seulement la cérémonie, mais un résumé des développements politiques récents, ainsi que la position de sa famille au cours de ces événements. La commission du Développement minéral se chamaillait toujours avec la commission de Biologie marine au sujet du contrôle du développement benthique. Certaines choses ne changeaient jamais, mais au cours des années écoulées depuis son départ, le motif de chamaillerie s'était déplacé de la Fosse Seline (où les colonies qui intéressaient les biologistes disparaissaient, exploitées pour leurs riches minerais), vers la Fosse Plaanid (où de nouveaux évents nourrissaient de nouvelles communautés benthiques). Ce conflit n'aurait eu aucune importance dans la plupart des mondes, mais sur Altiplano, la commission du Développement minéral représentait les Laïcistes, tandis que les Anciens Croyants et les Vitalistes contrôlaient la commission de Biologie marine. Ce qui signifiait qu'un désaccord sur le moment exact où une communauté benthique était considérée comme morte et apte à l'exploitation pouvait provoquer des émeutes religieuses à l'échelle planétaire.

— Sanni, dit Berthol lorsqu'elle eut éteint le lecteur de cubes, s'implique de nouveau chez les Vitalistes.

Esmay se rappelait l'instant précis où les sentiments romantiques que lui inspirait le ciel nocturne s'étaient changés en certitude absolue de devoir quitter son foyer à jamais. Sa tante Sanni – Sanibel Aresha Livon Suiza – et son oncle Berthol, hurlant l'un sur l'autre à travers la grande salle à manger de l'estancia. Sanni, Vitaliste aussi rigide dans sa piété que n'importe quel Ancien Croyant. Esmay trouvait la philosophie vitaliste attrayante, mais la colère de Sanni la terrifiait. C'était pourtant Berthol qui avait lancé la précieuse chocolatière, brisant en éclats son motif peint de cygnes et de nénuphars, abîmant la large table vernie. Le père d'Esmay était entré à la fin de la querelle, alors que Sanni cherchait les éclats par terre à tâtons et que Berthol hurlait toujours. Et papa Stefan, deux pas derrière lui, leur avait tous deux fait honte jusqu'à ce qu'ils se répandent en excuses et se serrent la main.

Esmay avait eu du mal à y croire. Les tensions entre Sanni et Berthol persistaient aujourd'hui encore, et elle se retrouvait de nouveau au milieu.

— Ça ne me concerne plus maintenant, dit-elle. Je ne suis ici que pour une brève permission.

— Elle t'aime bien, dit Berthol. (Il jeta un coup d'œil en direction de ses aides qui ignoraient scrupuleusement la conversation.) Elle dit que tu es le seul membre sensé de ta génération, doublé maintenant d'une héroïne.

Esmay se sentit rougir.

— Ce n'est pas vrai, dit-elle. Tout ce que j'ai fait…

— Esmay, c'est la *famille.* Tu n'as pas à faire semblant. Tout ce que tu as fait, petite, c'est survivre à une mutinerie, en sortir gagnante et ensuite vaincre un vaisseau de guerre deux fois plus gros que le tien.

*Plus grand que ça*, songea Esmay. Elle ne le dit pas tout haut, par crainte d'aggraver les choses.

— Je ne savais pas ce qui se passait jusqu'à ce qu'il soit trop tard, dit-elle.

—Alors tu étais plus maligne que ton capitaine. Une héroïne, Esmay. Essaie de t'y habituer. Tu portes notre drapeau là-bas, et tu le fais très bien.

Elle ne portait pas *leur* drapeau, mais le sien. Ils ne le comprendraient jamais, même si elle osait le leur dire. Et Berthol parlait un peu trop comme le major Chapin, comme l'amiral Serrano. Elle était devenue héroïne par accident : pourquoi les autres ne le voyaient-ils pas aussi clairement qu'elle-même?

— Et Sanni est très fière de toi, reprit Berthol. Elle veut te parler : te poser des questions sur la Flotte, sur ta vie. Savoir si tu as rencontré un beau parti, telle que je connais Sanni.

Il éclata d'un rire qui sonnait un peu forcé.

Elle avait pris le large pour une raison précise. Elle aurait dû garder ses distances. Pourtant, l'idée que toute la famille l'approuve pour une fois, la voie comme un bon élément plutôt qu'une enfant à problèmes, faisait battre son cœur plus vite. La Cime Étoilée… Elle se rappelait le premier soldat qu'elle avait vu recevoir cette décoration quand elle était petite fille, un rouquin maigre à la démarche bancale. Elle avait fixé, encore et encore, la médaille qui se balançait à son cou au bout d'un ruban bleu et argent jusqu'à ce qu'un adulte à l'air sévère la force à s'excuser, puis à cesser de le suivre. Personne sur Altiplano ne pouvait rester indifférent à la Cime Étoilée, et elle n'avait pas besoin d'expliquer à la Flotte ce qu'elle ressentait.

Sur la piste d'atterrissage des navettes, les seuls représentants des médias portaient les uniformes écarlate et vert de l'Agence Centrale de Presse d'Altiplano. Personne ne tenta de lui parler ni de se précipiter vers elle. Elle savait que le trajet parcouru depuis sa sortie de la navette et la traversée du terminal jusqu'à la voiture qui l'attendait ne constitueraient qu'un seul plan du reportage terminé, commenté par un «expert». Personne ne chercherait à l'interviewer ; c'était considéré ici comme un signe d'impolitesse et de manque de respect.

Son père, accompagné d'autres officiers disposés en échelon, lui adressa le même salut formel que Berthol ; elle le lui rendit, et il la gratifia ensuite de l'étreinte et du baiser semi-formels, non pas comme un père, mais comme un commandant à un officier subalterne sur le point d'être honoré. Elle fut présentée à son aide le plus gradé, puis au deuxième de ses aides. On la mena le long d'un couloir où un bloc solide de miliciens leur fournit une parfaite intimité (selon leurs termes, ce qui sous-entendait «à l'abri des regards civils») pour les quelques moments qu'elle passa dans le salon des dames, où elle trouva deux domestiques agaçantes prêtes à lui appliquer une nouvelle couche de maquillage et à tenter d'arranger ses cheveux rebelles. Elles finirent en lui vaporisant quelque chose de parfumé qui allait lui démanger le cuir chevelu pendant deux jours, mais cette fois, ça ne la dérangeait pas. Quelques instants plus tard, elle avait retiré sa veste d'uniforme des FSM, l'avait repassée, et après un coup d'œil à sa chemise au-dessous, avait insisté pour la remplacer par une chemise propre tirée de ses bagages.

Une fois rafraîchie et, à sa propre surprise, ragaillardie par ces soins, Esmay ressortit pour assister à une dispute entre son père et son oncle.

— Ce n'est qu'un nuage, disait son oncle. Et il ne va peut-être pas pleuvoir…

— Ce n'est qu'une balle, disait son père. Et elle va peut-être manquer sa cible. Je ne veux pas courir le risque. Quand ses cheveux sont mouillés… Ah, te voilà, Esmay. Il y a une tempête qui se dirige vers la ville ; nous y allons en voiture.

— C'est beaucoup moins impressionnant, grommela Berthol. Et ce n'est pas comme si tu t'attendais à ce qu'elle monte à cheval pour de *vrai*.

Elle s'était attendue à un trajet en voiture ; elle avait oublié que sur Altiplano, toutes les cérémonies impliquaient des chevaux. Elle remercia une divinité inconnue pour ce risque de pluie providentiel et pour le dégoût qu'inspirait à son père l'aspect crépu et désordonné de ses cheveux une fois mouillés. Au moins n'y avait-il ici personne de la Flotte pour plaisanter sur ces coins reculés où les militaires montaient encore à cheval.

Bien sûr, la parade se faisait toujours à cheval, même si Esmay circulait en voiture. Depuis l'abri du véhicule, elle regarda la cavalerie parfaitement entraînée se mettre en position avant et arrière, tandis que les chevaux avançaient à l'unisson et que leurs arrière-trains luisants se contractaient puis se détendaient. Les cavaliers, dos bien droits, mains au repos, visages figés en une expression neutre qui ne varierait pas si un cheval se dressait sur ses postérieurs, ce qu'aucune de ces bêtes bien entraînées ne ferait de toute façon. Au-delà des chevaux, une foule les contemplait depuis les trottoirs, visages scrutant par les fenêtres des bâtiments les plus hauts. Certains agitaient les couleurs d'Altiplano, rouge et or.

Elle n'était pas rentrée chez elle depuis un peu plus de dix années standard. Elle était partie jeune fille empotée, archétype même de l'incapacité adolescente. Dans ses souvenirs, rien n'était comme il fallait, ni son corps, ni son esprit, ni ses émotions. Entre ne pas trouver sa place chez elle et ne pas la trouver à l'école préparatoire de la Flotte, la transition avait été facile et naturelle. Lorsqu'elle avait obtenu son diplôme de l'Académie, elle s'était attendue à devenir celle qui tranchait avec le groupe, celle dont les réactions n'étaient jamais naturelles.

Elle n'avait pas compris alors dans quelle mesure ces impressions venaient de son âge, puis du déracinement réel dû au fait d'être partie avant que son identité d'adulte ne se soit définie. À présent, à la lumière du soleil d'Altiplano, le corps soutenu par la gravité d'Altiplano, elle commençait à se détendre, à se sentir chez elle d'une manière qu'elle n'avait pas éprouvée depuis son enfance. Les couleurs étaient *correctes* comme elles ne l'avaient pas été depuis des années; ses os mêmes savaient que cette gravité était la bonne, et pas la gravité standard.

Lorsqu'elle sortit de la voiture et gravit les marches de pierre rouge du palais, ses pieds trouvèrent sans effort les bons intervalles. Ces marches avaient la bonne hauteur, la bonne largeur; cette pierre semblait assez solide; cette porte l'accueillait; cet air (elle prit une profonde inspiration) avait la bonne odeur et semblait parfait jusqu'au fond de ses poumons.

Elle regarda autour d'elle les gens qui s'attroupaient dans le hall. Les humains se ressemblaient tous, mais leur forme variait avec leur génome et les mondes qu'ils habitaient. Ici, la structure osseuse semblait familière. C'étaient les visages qu'elle avait connus toute sa vie, pommettes et fronts proéminents, longs mentons saillants, yeux enfoncés profondément sous des sourcils épais. Ces bras et jambes si longs, aux articulations épaisses, ces grands pieds et ces mains osseuses: c'était son peuple, son apparence. Elle était ici à sa place, au moins sur le plan physique.

— Ezzmaya! S'oort semzz zalaas!

Esmay se retourna; ses oreilles s'étaient déjà adaptées au dialecte d'Altiplano, même dans la forme moins évidente adoptée par sa famille, et elle n'eut aucun mal à comprendre le salut qu'on venait de lui adresser. Elle ne reconnut pas tout de suite le vieil homme ratatiné qui se tenait devant elle, bien droit et arborant un galon luisant d'ancien sous-officier, mais l'aide supérieur de son père murmura dans l'oreillette d'Esmay.

Sebastian Coron, adjudant à la retraite. Bien sûr. Il faisait partie de sa vie depuis aussi loin que remontaient ses souvenirs d'enfance, toujours impeccable et correct, mais avec un faible pour la fille aînée de son commandant.

La langue d'Esmay, reconnaissant ce débit familier, s'enroula autour des consonnes roulées sans même devoir y penser. Elle le remercia de ses félicitations avec les formules d'usage qui firent s'élargir son sourire.

— Et votre famille, les fils de votre corps et les filles de votre cœur? Et je ne me rappelle pas si vous avez déjà des petits-enfants?

Avant que Coron puisse répondre, le père d'Esmay lui tendit la main.

— Vous pouvez venir nous rendre visite, dit son père. Nous devons la faire monter.

Coron hocha la tête, gratifia Esmay d'une petite révérence un peu raide puis recula. Tandis que son père l'éloignait, il lui dit:

— J'espère que tu ne m'en voudras pas: il est tellement fier de toi qu'on croirait que c'est lui ton père. Il avait envie de venir.

— Bien sûr que non, je ne t'en veux pas!

Elle regarda en haut des marches tapissées de vert. Elle avait toujours aimé le vitrail du palier, qui déversait une riche lumière sanglante et dorée sur la moquette. Des gardes du palais vêtus d'or et de noir se tenaient aussi droits que les rampes de l'escalier, fixant le vide. Enfant, elle s'était demandé s'ils conservaient cette raideur quand on les chatouillait, mais elle n'avait jamais eu l'occasion, ou l'audace, d'essayer. Elle les dépassait à présent, ébahie par ce mélange de souvenirs et de sensations présentes.

— Il veut entendre l'histoire de ta bouche, du moins en partie.

— Pas de problème, dit Esmay.

Elle préférait la raconter au vieux Coron qu'aux jeunes officiers de milice au visage juvénile qui les entouraient à présent. Coron lui avait davantage appris des bases militaires que son père ne devait en connaître. Elle avait étudié les manuels sur les tactiques des petites unités sous son regard attentif pendant tout un été passé à Varsimla.

— Il se laisse un peu emporter, poursuivit son père. Mais il a sauvé ma peau à bien des reprises.

Il regarda devant lui en direction du hall où un groupement d'hommes en tenue de cérémonie patientait en demi-cercle.

— Nous y voilà. Les conseillers de la Longue Table – tu as eu le temps dans la voiture?

Elle n'en avait pas eu le temps, mais c'était là le but des oreillettes. Elle avait déjà rencontré la plupart de ces gens, comme les enfants d'une maisonnée rencontrent des invités de marque. Elle ne se serait pas rappelé que Cockerall Mordanz était conseiller en ressources maritimes, mais se souvenait qu'il était un jour tombé pendant un match de polo et que le cheval de son oncle Berthol l'avait enjambé. L'Hôte actuel de la Longue Table, Ardry Castendas Garland, avait un jour dérapé en entrant dans leur salle à manger et renversé la petite table où se trouvaient les serviettes chaudes. L'arrière-grand-mère d'Esmay l'avait grondée parce qu'elle l'avait regardé fixement.

— Esmay – lieutenant Suiza ! disait maintenant l'Hôte, se rattrapant pour retrouver le ton formel adapté à la cérémonie. C'est un honneur…

Sa voix s'estompa et Esmay s'autorisa un sourire intérieur. Il manquait sur Altiplano un titre honorifique approprié pour quelqu'un comme elle : une femme, un officier militaire, une héroïne. Elle éprouvait des pulsions contraires lui commandant de le tirer d'affaire, mais aussi de le laisser mijoter dans ses problèmes : après tout, c'étaient eux qui avaient voulu faire d'elle une héroïne. Qu'ils se débrouillent donc.

— Ma chère, dit-il enfin. Je suis désolé, mais je ne peux m'empêcher de me rappeler la douce enfant que vous étiez. J'ai du mal à croire ce que vous êtes devenue.

Esmay l'aurait volontiers giflé. Une douce enfant ! Elle avait été une adolescente boudeuse et ingrate, succédant à une enfant qui ne l'était pas moins. Pas douce, mais étrange et difficile. Et ce qu'elle était devenue, il pouvait facilement s'en rendre compte : un officier subalterne des Forces spatiales de métier.

— C'est bien assez clair, dit un autre homme qu'elle ne reconnaissait pas.

Leader de l'opposition, lui souffla son oreillette. Orias Leandros. Il lui sourit, mais s'adressait en fait à l'Hôte. Il allait profiter d'elle sur le plan politique, croyait-il.

— Hôte Garland, dit très vite Esmay. (Elle n'aimait aucun d'entre eux, mais connaissait son devoir familial.) Je suis aussi surprise que vous de ma situation actuelle un peu compliquée. Mon père m'apprend que vous comptez me remettre une décoration, mais vous devez bien admettre que vous me faites trop d'honneur.

— Pas du tout, répondit Garland, retrouvant son équilibre. (Il fusilla brièvement son rival du regard.) Il est évident que votre héritage familial de capacités militaires se poursuit à travers les générations. Sans aucun doute, vos fils…

Il s'arrêta, de nouveau pris au piège des phrases usuelles d'Altiplano. Ce qui aurait été un beau compliment pour un homme semblait presque indécent adressé à une femme.

— Tout ça remonte à si loin, dit Esmay, changeant de sujet avant qu'Orias Leandros puisse faire un commentaire fielleux. Vous pourriez peut-être me présenter aux autres conseillers ?

— Bien sûr.

Garland transpirait un peu. Comment avait-on pu l'élire Hôte, alors qu'il était toujours aussi maladroit, dans ses gestes et ses propos ? Mais il vint à bout des présentations sans trop de mal, et Esmay parvint à sourire aux bonnes personnes avec l'intensité appropriée.

La cérémonie elle-même se déroula curieusement, car Esmay ne ressentit rien du tout. Elle avait trop conscience du faible murmure de l'oreillette, qui la guidait en lui dictant les répliques adéquates, des expressions des visages qui l'entouraient. La gêne ressentie quand on lui avait parlé de la décoration ne suffisait pas à perturber la concentration nécessaire pour bien faire les choses. La Cime Étoilée elle-même, disque dont le motif d'émail bleu et noir représentait une montagne se détachant sur le ciel, avec un petit diamant qui scintillait au sommet, n'éveillait ni fierté ni culpabilité. Elle pencha la tête pour laisser l'Hôte lui passer au cou le large ruban gris et bleu. La médaille lui parut plus légère qu'elle ne l'aurait cru.

Il ne lui resta plus ensuite qu'à réciter les saluts et remerciements rituels à ceux qui défilaient devant elle : enchantée, comme c'est gentil, merci, comme c'est adorable, comme c'est gentil, merci beaucoup, très gentil, je suis enchantée, jusqu'à ce que la dernière de la file, une vieille dame aux cheveux blancs, parente de la grand-mère d'Esmay selon un schéma complexe, soit passée de son père à elle, puis d'elle à l'Hôte. Elle disposa de quelques minutes pour goûter le jus de fruits piquant et les pâtisseries, puis son père la pressa vers la voiture pour rentrer chez eux.

Elle aurait aimé rester plus longtemps. Elle avait toujours faim, et certains des visages qui avaient défilé très vite devant elle appartenaient à d'anciens amis. Elle aurait apprécié de pouvoir aller faire les boutiques en ville, s'acheter de nouveaux vêtements. Mais elle n'avait pas plus son mot à dire que quand elle était écolière. Le général décidait qu'il était temps de partir, et ils partaient. Elle s'efforça de ne pas lui en vouloir.

— Papa Stefan, lui dit son père. Il ne se sentait pas assez bien pour venir, mais il a prévu une réception familiale.

Elle ne pouvait imaginer papa Stefan autrement qu'en bonne santé. Il avait déjà les cheveux blancs du temps de l'enfance d'Esmay, mais restait vigoureux, montait à cheval et travaillait aux côtés de ses fils et petits-enfants. Puis les choses avaient changé. Elle avait toujours su que ça viendrait un jour, mais c'était difficile d'éprouver la même gravité, de respirer le même air, et de penser aux changements. Les bâtiments qu'ils longeaient, les blocs de pierre solide qui accueillaient boutiques, banques et bureaux, étaient tels qu'elle les avait toujours connus.

À l'extérieur de la ville, les herbages grimpaient vers les montagnes, comme toujours. Esmay regarda par la fenêtre, détendue par ce spectacle familier. Les Dents Noires, entre les sombres cimes desquelles se cachait la tanière légendaire du Grand Ver. Enfant, elle croyait que les histoires de dragons parlaient de son propre monde ; elle croyait que la tanière abritait les trésors des dragons. Elle avait éprouvé une cruelle déception en apprenant que le Grand Ver était le nom de code de l'alliance rebelle qui avait (d'après la légende) massacré le propriétaire d'origine d'Altiplano et toute sa famille. Une excursion scolaire vers la « tanière » avait révélé un bunker parfaitement ordinaire construit à même la pierre d'un côté du canyon.

Au sud des Dents Noires se dressaient d'autres cimes de l'Escarpement Romilo, qui ne semblaient moindres que par contraste avec les Dents. Esmay regarda au travers de ses yeux plissés les kilomètres de lumière miroitante, cherchant l'interruption de la ligne, la niche herbeuse de l'estancia familiale. Voilà : les arbres la délimitaient, longs alignements soignés bordant la route et les allées.

La voiture ralentit, s'arrêta en bord de route. Son père se pencha plus près.

— Je ne sais pas si tu la pratiques toujours, dit-il. Mais c'est la coutume, quand quelqu'un rentre d'un long voyage… Enfin bref, je vais allumer une bougie.

Esmay sentit le rouge lui monter au visage. C'était déjà assez pénible de ne pas se rappeler, mais pire encore que son père puisse soupçonner cet oubli.

— Moi aussi, répondit-elle.

Elle s'extirpa de la voiture, ankylosée et avec une gaucherie que les courbatures seules ne suffisaient pas à justifier. Elle n'avait pas repensé aux cérémonies depuis son départ de chez elle ; elle n'était pas sûre de se rappeler les mots.

Sur l'autel, bâti dans le mur du portail de l'estancia, s'alignaient des gerbes de fleurs fraîches déposées sous la niche. Elle percevait la douce odeur légère des gerbes et l'arôme plus fort des grands arbres qui se dressaient au-dessus d'eux. Même lorsqu'elle était une enfant à l'imagination débordante, Esmay n'avait jamais pu trouver un sens à la forme floue de la statue placée dans la niche. Elle avait un jour eu l'imprudence de dire qu'elle lui évoquait une bougie fondue. Elle ne l'avait jamais plus dit tout haut, mais l'avait souvent pensé. À présent qu'elle la voyait avec des yeux tout neufs, elle lui trouvait toujours l'aspect d'une masse de cire fondue grisâtre et luisante, plus haute que large. Autour de la base, les photophores étaient toujours aussi propres, et les petites bougies blanches se trouvaient dans une boîte sur le côté.

Son père en prit une qu'il plaça dans le photophore vert avant de l'allumer. Esmay en prit une autre, l'alluma à la flamme de son père et la plaça dans un photophore sans se brûler les doigts. Son père ne dit rien, et elle non plus ; ils restèrent debout côte à côte, à regarder les flammes se tortiller dans la brise. Puis il arracha une aiguille d'un des arbres et la posa dans la flamme. Une fumée bleue s'éleva. Esmay se souvint qu'elle devait se pencher pour trouver un caillou à déposer dans la cire de sa bougie.

De retour dans la voiture, avec les vitres désormais ouvertes sur la brise constante, son père ne parlait toujours pas. Esmay se pencha en arrière, appréciant les nombreuses nuances de vert et d'or. L'allée, bordée de rangées de conifères étroits, se prolongeait bien droite sur un kilomètre. Sur la droite se trouvaient les vergers, qui avaient déjà perdu leurs fleurs. Elle apercevait des fruits verts sur certaines branches. Du côté le plus éloigné, les premières prunes devaient être en train de mûrir. Sur sa gauche, les champs de polo familiaux, tondus de manière à former des croisillons. Quelqu'un s'y tenait voûté, occupé à enfoncer des mottes de gazon à coups de talon. Plus près de la maison, des jardins d'agrément rivalisaient de couleurs insensées. La voiture contourna l'avant de la maison pour rejoindre le vaste espace couvert de graviers, assez large pour y passer en revue une troupe à cheval. On l'avait employé à cette fin, des années auparavant. Un large portique, ombragé par des plantes grimpantes aussi épaisses que des arbres à la racine. Deux marches menant vers la large double porte… Elle était chez elle.

Mais ce n'était plus chez elle.

Rien n'avait changé, du moins en apparence. Sa chambre, avec son lit étroit et blanc, ses étagères débordant de vieux livres, ses casiers remplis de cubes familiers. On avait retiré ses vieux habits, mais lorsqu'elle arriva à l'étage, quelqu'un avait défait ses bagages. Elle sut, sans avoir besoin de le demander, ce qu'elle trouverait dans chaque tiroir. Elle se dévêtit, accrocha son uniforme à l'extrémité gauche de la tringle : on allait l'emporter pour le nettoyer et le remettre ensuite du côté droit. S'y trouvaient déjà, à droite, deux tenues qui ne lui appartenaient pas : quelqu'un lui suggérait comment s'habiller pour le repas de famille. Elle dut reconnaître que ces tenues semblaient plus confortables que tout ce qu'elle avait acheté hors de la planète.

Elle traversa le hall familier vers la grande salle de bains carrée, avec ses deux cabines de douche et sa grande baignoire. Après les installations à bord des vaisseaux, elle trouvait à tout ceci des dimensions impossibles. Mais juste pour cette fois, elle fit glisser le curseur de la porte sur « bain prolongé » et sourit pour elle-même. Elle aimait prendre de longs bains chauds.

Lorsqu'elle redescendit, vêtue de la longue tunique crème pardessus un pantalon marron assez souple, son père et sa belle-mère l'attendaient. Sa belle-mère, élégante de naissance, hocha la tête d'un air approbateur, ce qui rendit Esmay furieuse sans qu'elle comprenne bien pourquoi. Sans aucun doute, c'était elle qui avait choisi cette tunique, qui l'avait rangée dans le placard d'Esmay. L'espace d'un instant, elle pensa l'arracher pour la jeter à terre, mais les officiers des FSM ne se comportaient pas ainsi. Et ses demi-frères l'observaient, tandis que d'autres personnes entraient dans le hall. Elle sourit à sa belle-mère et serra sa main tendue.

— Bienvenue à la maison, Esmaya, dit sa belle-mère. J'espère que le dîner te plaira.

— Bien sûr qu'il lui plaira, dit son père.

Le dîner était servi dans la salle à manger dont les larges fenêtres donnaient sur une cour carrelée ornée d'un bassin. Esmay entendait le doux clapotis d'une fontaine même par-dessus le murmure des voix et le bruit des pas sur le sol carrelé.

Elle se dirigea vers son ancienne place par habitude, mais quelqu'un l'occupait déjà (un cousin sans aucun doute) et son père la conduisit en bout de table pour qu'elle s'assoie à la gauche de papa Stefan. L'arrière-grand-mère était absente; elle devait attendre de recevoir Esmay plus tard, dans son petit salon personnel.

— La voici enfin, dit son père.

Papa Stefan avait vieilli; il était plus maigre, la peau plus lâche sur ses os. Mais il gardait les yeux vifs et la bouche toujours ferme, alors même qu'il lui souriait.

— Ton père m'a dit que tu te rappelais toujours l'offrande appropriée pour un retour, dit-il. Tu te rappelles aussi la bénédiction du repas?

Esmay cligna des yeux. Une fois partie d'Altiplano, elle avait totalement cessé de se soucier des nourritures pures ou impures, des bénédictions et malédictions, aussi volontiers qu'elle avait abandonné les sous-vêtements jugés convenables pour les filles vertueuses. Elle ne s'était pas attendue à cet honneur, qui tenait tout autant de la mise à l'épreuve, comme tous le savaient. En règle générale, seuls les fils et les fils de fils appelaient la bénédiction sur le repas lors d'un dîner; les filles et les filles de filles demandaient la grâce matinale au moment de briser le jeûne de la veille. Lors du repas de midi, tout le monde gardait le silence.

Elle parcourut la table du regard pour voir le contenu des vastes plats, et fut encore plus surprise d'en compter cinq, ce qui signifiait qu'on avait tué un veau entier en son honneur.

Elle n'avait jamais entendu parler d'une femme qui ait pris la parole en un tel moment, mais elle connaissait les mots.

— Depuis le commencement, démarra-t-elle avant de poursuivre jusqu'au bout, ne trébuchant que de temps à autre sur les phrases où la prière exigeait un narrateur homme et où elle devait soit parler d'elle-même au masculin, soit changer les mots. De père en fils il m'a été transmis, et ainsi je le retransmets…

Elle n'avait plus réfléchi en détail à sa propre culture depuis sa première année à l'école préparatoire de la Flotte. Elle n'avait jamais remarqué quel carcan le langage pouvait créer. La Flotte l'avait d'abord choquée par la façon dont elle supposait des relations faciles entre les sexes, par certains termes masculins employés pour les hommes comme pour les femmes. Dans la Flotte, les termes importants pour désigner les parents différenciaient les parents génétiques et les parents naturels, mais pas les pères et les mères. Sur Altiplano, il n'existait aucun mot pour dire «parents», et alors même qu'ils étaient au courant des méthodes modernes de reproduction, très peu de gens les emploieraient jamais.

Elle conclut la bénédiction, méditant toujours ces différences, et papa Stefan soupira. Esmay le regarda furtivement ; ses yeux pétillaient.

— Tu n'as pas oublié… Tu as toujours eu une bonne mémoire, Esmaya.

Il hocha la tête. Les serviteurs s'approchèrent ; on déplaça les larges plats sur les côtés pour le découpage tandis qu'on apportait des bols de soupe.

La nourriture de la Flotte était correcte, mais c'était là la nourriture de son enfance. Le bol bleu épais contenant la soupe crémeuse au maïs, garnie de vert et de rouge. L'estomac d'Esmay se mit à gronder, réveillé par cet arôme familier. La cuillère qu'elle souleva arborait les armoiries de sa famille ; elle s'adaptait à ses doigts comme si elle y avait poussé.

La première salade suivit la soupe au maïs, et arrivé à ce stade, on avait découpé la viande pour la disposer en plusieurs couches sur des plats bleus ornés d'arabesques blanches. Esmay accepta trois tranches, un dôme de petites pommes de terre jaunes qui étaient une spécialité familiale, une cuillerée de carottes. Une nourriture si bonne justifiait cette longue attente.

Autour d'elle, la famille poursuivait calmement des conversations qu'elle n'écoutait pas. Pour l'heure, elle n'avait envie que de cette nourriture dont elle ne s'était pas permis de remarquer à quel point elle lui manquait. Des petits pains gonflés qui auraient pu flotter dans les cieux comme des nuages, du beurre moulé pour prendre la forme de bêtes héraldiques. Elle se rappelait ces moules, accrochés à un mur de la cuisine. Elle se rappelait aussi ces petits pains : inutile de les laisser refroidir et devenir secs et insipides. Ils méritaient d'être trempés dans du beurre ou arrosés de miel.

Lorsqu'elle s'interrompit pour reprendre son souffle, personne ne semblait lui prêter attention de toute manière. Ils avaient fini de manger ; des serviteurs emportaient les assiettes.

— C'est une question d'honneur, disait papa Stefan à sa cousine Luci. Esmaya n'échouerait en rien qui touche à l'honneur de la famille.

Esmay cligna des yeux ; la notion de l'honneur familial propre à papa Stefan recelait des zones d'ombre que personne n'avait encore explorées de fond en comble. Elle espérait qu'il n'était pas en train de tramer un de ses complots où il lui assignait le rôle d'héroïne.

Luci, qui avait maintenant l'âge d'Esmay au moment de son départ, ressemblait beaucoup au souvenir qu'Esmay gardait d'elle. Grande, dégingandée, cheveux bruns sévèrement tirés en arrière avec des mèches qui s'échappaient, gâchant l'effet prévu, vêtements manifestement conçus pour une grande occasion, mais qui paraissaient plutôt froissés et sans grâce. Luci leva les yeux, croisa ceux d'Esmay et rougit. Ce qui lui donna l'air boudeur en plus de négligé.

— Bonjour, Luci, dit Esmay.

Elle avait déjà salué papa Stefan et les aînés ; les cousins se trouvaient beaucoup plus bas dans la liste des saluts obligatoires. Elle eut envie de dire quelque chose d'aimable, mais au bout de dix ans, elle n'avait plus la moindre idée de ce qui passionnait Luci – et se rappelait très clairement la gêne éprouvée quand les aînés croyaient qu'on appréciait toujours les poupées avec lesquelles on jouait à cinq ou sept ans.

Papa Stefan lui sourit et tapota le bras de Luci.

— Esmaya, tu ne dois pas savoir que Luci est la meilleure joueuse de polo de sa classe.

— Je ne suis pas si bonne que ça, marmonna Luci.

Ses oreilles semblaient encore plus rouges.

— Sans doute que si, répondit Esmay. Tu es certainement meilleure que moi.

Elle n'avait jamais bien vu l'intérêt de tourner en rond pour chasser une balle à dos de cheval. Un cheval représentait la mobilité, une façon de s'enfuir vers des endroits interdits aux véhicules, si vite qu'aucun piéton ne pourrait jamais la suivre.

— Tu joues dans l'équipe de l'école ou celle de la famille ?

— Les deux, répondit papa Stefan. Nous allons tenter les championnats cette année.

— Si on a de la chance, dit Luci. Et en parlant de ça, je voulais te reparler de la jument qu'Olin m'a montrée.

— Demande à Esmay. Son père lui a acheté une écurie dans le cadre de la donation, et cette jument en faisait partie.

Un éclair de rage traversa le regard de Luci. Esmay fut stupéfaite à la fois de la nouvelle et de la réaction inattendue de sa cousine.

— Je n'étais pas au courant, dit Esmay. Il ne m'en avait rien dit. (Elle regarda Luci.) S'il y en a un que tu voulais en particulier, je suis sûre que…

— Peu importe, dit Luci en se levant. Je ne voudrais pas priver l'héroïne de son butin.

Elle s'était efforcée de prendre un ton léger mais ne parvint pas à dissimuler son amertume.

— Luci !

Papa Stefan lui lança un regard noir mais elle avait déjà passé la porte. Elle ne réapparut pas ce soir-là. Personne ne fit de commentaire, mais ils quittaient déjà la table. Esmay se souvint que dans son adolescence, on ne parlait pas de ces choses-là en société. Elle n'enviait pas Luci, qui allait devoir affronter la rudesse de Sanni et une bonne engueulade en privé, et ce dans les plus brefs délais.

# Chapitre 5

Après le dîner, Esmay rejoignit l'appartement privé où l'attendait son arrière-grand-mère. Dix ans plus tôt, la vieille dame vivait déjà à l'écart, refusant d'habiter le bâtiment principal à cause d'une querelle que personne ne voulait expliquer. Esmay avait tenté de lui soutirer l'histoire, sans succès. Ce n'était pas le genre d'arrière-grand-mère qui encourageait le partage des secrets ; Esmay avait peur d'elle, de son regard dur capable de faire taire même papa Stefan. Dix années avaient raréfié ses cheveux argentés et terni l'éclat de ses yeux.

— Bienvenue, Esmaya. (La voix restait la même, celle d'une matriarche qui attendait que tous ses proches la révèrent.) Est-ce que tu vas bien ?

— Oui, bien sûr.

— Et ils te nourrissent correctement ?

— Oui, mais j'étais ravie de goûter de nouveau à notre nourriture.

— Bien sûr. L'estomac ne peut digérer facilement quand l'esprit est incertain.

L'arrière-grand-mère appartenait à la dernière génération qui obéissait de manière presque universelle aux vieilles exigences et interdictions. L'immigration et le commerce, manières habituelles de rogner les frontières entre cultures, avaient apporté des changements qui lui semblaient immenses, même si Esmay les trouvait insignifiants comparés à la différence entre Altiplano et la désinvolture cosmopolite de la Flotte.

— Je ne peux pas dire que j'apprécie de te savoir en vadrouille à travers la galaxie, mais tu nous as apporté l'honneur, et voilà qui me fait plaisir.

— Merci, dit Esmay.

— Compte tenu de tes handicaps, tu t'en es très bien sortie.

Handicaps? Quels handicaps? Esmay se demanda si la vieille femme ne perdait pas un peu l'esprit, après tout.

— Ce qui signifie sans doute que ton père avait raison, même s'il me répugne de l'admettre, encore aujourd'hui.

Esmay ignorait totalement de quoi parlait son arrière-grand-mère. La vieille dame changea brusquement de sujet, comme toujours.

— J'espère que tu vas choisir de rester, Esmay. Ton père a choisi de te récompenser par de la terre et des pur-sang. Tu ne seras jamais une mendiante parmi nous.

C'était une pique: Esmay s'était plainte, juste avant son départ, de ne rien posséder à elle, avait dit qu'elle aurait tout aussi bien pu être une pauvre mendiante vivant là par tolérance. La mémoire de l'arrière-grand-mère ne lui faisait donc pas défaut.

— J'espérais que vous aviez oublié ces paroles irréfléchies, dit-elle. J'étais très jeune.

—Mais pas menteuse, Esmaya. Les jeunes disent la vérité qu'ils voient, aussi limitée soit-elle, et tu as toujours été une enfant sincère. (Il y avait dans ces mots une emphase qu'elle ne savait comment interpréter.) Tu ne voyais aucun avenir ici; tu le rêvais parmi les étoiles. Maintenant que tu les as vues, j'espère que tu sauras le trouver ici.

— J'ai été heureuse là-bas, dit Esmay.

— Tu pourrais être heureuse ici, répondit la vieille dame, qui remua sous sa robe de chambre. Les choses ont changé: tu es devenue adulte, et une héroïne.

Esmay n'avait pas envie de la peiner, mais l'impulsion de confort céda le pas à la même impulsion d'honnêteté qui avait conduit à cette précédente confrontation.

— C'est ici chez moi, dit-elle, mais je ne crois pas pouvoir rester. Pas en permanence, pas pour toujours.

— Ton père était un idiot, dit son arrière-grand-mère, suivant la trace d'une autre idée. Maintenant, va-t'en et laisse-moi me reposer. Non, je ne suis pas en colère. Je t'aime profondément, comme je l'ai toujours fait, et tu me manqueras énormément après ton départ. Reviens demain.

— Oui, arrière-grand-mère, répondit docilement Esmay.

Plus tard ce soir-là, dans la grande bibliothèque, elle se retrouva confortablement installée au fond d'un grand fauteuil de cuir, avec son père, Berthol et papa Stefan. Ils commencèrent par les questions qu'elle attendait, au sujet de ses expériences au sein de la Flotte. À sa propre surprise, elle s'aperçut qu'elle y prenait plaisir. Ils posaient des questions intelligentes et appliquaient leur propre expérience militaire à la réponse. Elle sentit qu'elle se détendait et qu'elle appréciait d'aborder des sujets dont elle n'aurait jamais cru discuter avec ses proches de sexe masculin.

— Ça me fait penser à quelque chose, dit-elle enfin, après avoir expliqué comment la Flotte gérait l'enquête sur la mutinerie. Quelqu'un m'a dit qu'Altiplano a la réputation d'être âgiste – opposée aux traitements réjuvénants. Ce n'est pas le cas, hein?

Son père et son oncle échangèrent un regard, puis son père prit la parole.

— Pas exactement contre les traitements réjuvénants, Esmaya. Mais bien des gens d'ici pensent qu'ils apportent plus de problèmes qu'ils n'en résolvent.

— Je suppose que tu veux parler de l'accroissement de la population…

— En partie. L'économie d'Altiplano est en grande partie agricole, comme tu le sais. Non seulement le monde y est adapté, mais nous avons tous ces Vitalistes et ces Anciens Croyants. Nous attirons des immigrants qui veulent travailler la terre. Un accroissement plus rapide de la population – ou un accroissement lent étiré sur une longue période – entraînerait un engorgement des terres. Mais réfléchis à l'impact sur une organisation militaire, pour commencer.

— Le personnel militaire ne dépasserait plus l'âge de servir, dit Esmay. Toi, ou Oncle Berthol…

— Les généraux sont à part mais, bien sûr, les plus expérimentés que vous ayez – le type toujours capable d'improviser les réparations d'un engin tout-terrain ou de l'artillerie – resteront utiles et gagneront peut-être même en expertise. L'expérience a son importance et la réjuv permet d'en accumuler beaucoup plus. C'est l'aspect positif. Le négatif?

Esmay eut l'impression de se retrouver de nouveau à l'école, obligée de se produire devant la classe.

— Prolonger la vie des plus gradés, c'est réduire les occasions de promotion pour les jeunes officiers, dit-elle. Ce qui ralentirait l'avancement professionnel.

— Ça l'arrêterait tout net, dit simplement son père.

— Je ne vois pas pourquoi.

— Parce qu'on peut répéter la procédure, à présent. Le général passé par la réjuv, pour commencer tout en haut, gardera éternellement sa place. Oh, il y aura toujours des occasions de promotion: quelqu'un qui mourra dans un accident ou à la guerre. Mais ça n'en représente pas tellement. Ta Flotte deviendra l'arme d'un empire expansionniste des Familias Régnantes.

— Non!

— C'est inévitable, Esmay. Si la réjuv continue…

— Elle est déjà largement répandue, nous le savons, dit papa Stefan. Ils disposent de la nouvelle procédure depuis une quarantaine d'années ou plus, et ils l'ont testée sur bien des gens. Rappelle-toi tes cours de biologie, jeune fille: si la population se développe, elle doit trouver de nouvelles ressources ou mourir. Les changements dans une population sont gouvernés par le taux de natalité et de mortalité : si on abaisse le taux de mortalité, comme avec la réjuv, on obtient un accroissement de la population.

— Mais les Familias ne sont pas expansionnistes.

— Ha ! (Berthol renifla et se hissa sur un accoudoir.) Les Familias n'ont pas annoncé de grande campagne, non, mais si tu observes les frontières, ces trente dernières années... On grignote ici, on grignote là. La terraformation et la colonisation de planètes qu'on avait écartées parce qu'elles ne semblaient pas convenir. Une annexion paisible et docile d'une demi-douzaine de petits systèmes.

— Ils ont demandé la protection de la Flotte, dit Esmay.

— En effet. (Son père gratifia Berthol d'un regard qui lui disait « Tais-toi » aussi clairement que des mots.) Mais ce que nous voulons dire, c'est que si la population des mondes des Familias continue à s'accroître, parce que les personnes âgées subissent une réjuv – et si la population de la Flotte le fait aussi pour la même raison – alors cette pression peut les pousser à l'expansion.

— Ça m'étonnerait que ça se produise, dit Esmay.

— Pourquoi penses-tu que ton capitaine est passé au Coup de Griffe ?

Esmay se tortilla, mal à l'aise.

— Je n'en sais rien. L'argent ? Le pouvoir ?

— La réjuv ? demanda son père. Une longue vie et la prospérité ? Parce que tu sais, une longue vie est *synonyme* de prospérité.

— Je n'en suis pas si sûre, dit Esmay, songeant à son arrière-grand-mère, dont la longue vie touchait maintenant à sa fin.

— Une longue vie de *jeunesse*. Vois-tu, c'est l'autre aspect qui me contrarie dans la réjuv. La longévité récompense la prudence par-dessus tout. Si tu vis assez longtemps, en te montrant assez prudent, tu vas prospérer. Tout ce qu'il y a à faire, c'est éviter les risques.

Esmay croyait comprendre où il voulait en venir mais préférait éviter de charger de front. Pas avec ce vieux soldat rusé.

— Et alors ? demanda-t-elle.

— Alors, la prudence ne se positionne pas très haut dans la liste des qualités militaires. C'en est une, bien sûr, mais où vas-tu trouver des soldats prêts à risquer leur vie, si éviter les risques confère l'immortalité ? Pas l'immortalité des Anciens Croyants, qui s'attendent à l'obtenir après leur mort, mais l'immortalité dans cette vie.

— La réjuv peut fonctionner dans une société civile, dit Berthol. Mais nous pensons qu'elle ne peut causer que des ennuis chez les militaires. Même s'il était possible de garder tous ses meilleurs hommes d'expérience, on perdrait vite l'habitude d'entraîner des recrues – et la population que l'on sert perdrait l'habitude de les fournir.

» Ce qui signifie, poursuivit-il, qu'une organisation militaire ayant autre chose que de la mélasse entre les oreilles va bien voir qu'elle doit limiter le recours à la réjuv, ou prévoir une expansion constante. Et à un moment ou un autre, elle va se heurter à une culture de jeunes, une culture sans recours à la réjuv, et qui sait se montrer plus hardie, plus agressive.

Il n'avait jamais su s'empêcher d'enfoncer le clou.

— On dirait la vieille dispute entre les religieux et les athées, commenta Esmay. Si l'immortalité de l'âme est réelle, alors ce qui importe le plus, c'est une vie prudente, afin de s'assurer que l'âme mérite l'immortalité.

— Oui, mais toutes les religions qui offrent cette récompense définissent aussi cette prudence en des termes plus rigoureux. Elles demandent des vertus actives qui disciplinent le croyant et réfrènent son égoïsme. Certaines exigent même l'opposé de la prudence : l'imprudence d'une vie au service de leur divinité. Ce qui produit de bons soldats ; c'est pourquoi les guerres religieuses sont beaucoup plus difficiles à terminer que les autres.

— Et ici, demanda Esmay pour devancer Berthol, tu vois la réjuv récompenser – encourager – une prudence purement pratique, un égoïsme forcené ?

— Oui. (Son père fit la moue.) Il y aura sans aucun doute de braves gens qui subiront une réjuv.

Esmay nota la supposition sur l'absence d'égoïsme des braves gens. Curieuse présomption de la part d'un homme lui-même riche et puissant. Mais bien sûr, il ne se définissait pas comme égoïste. Il ne s'était jamais trouvé contraint de l'être, selon ses propres termes, pour voir ses moindres vœux satisfaits.

— Mais ils devront se rendre compte eux-mêmes, après plusieurs réjuvs, qu'ils peuvent faire beaucoup plus de bien de leur vivant, tant qu'ils contrôlent leurs biens, qu'après leur mort. Il est facile de se mentir, de se convaincre qu'on peut faire davantage de bien avec davantage de pouvoir.

Il fixait les livres d'un air neutre ; faisait-il là son autocritique ?

— Et c'est sans même tenir compte de la dépendance créée par le besoin de la réjuv, dit Berthol. À moins de disposer du contrôle des produits nécessaires, le frelatage…

— Comme ça s'est produit récemment, dit son père.

— Je vois bien, répondit Esmay, balayant les évidences. Elle ne se sentait pas d'humeur à recevoir un sermon plus long de Berthol.

— Très bien, dit son père. Alors quand ils t'offriront un traitement réjuvénant, Esmay, que feras-tu ?

À cette question, elle n'avait aucune réponse ; elle n'y avait même encore jamais réfléchi. Son père changea de sujet pour passer la cérémonie en revue, et elle se retira bientôt pour aller se coucher.

Le lendemain matin, s'éveillant dans son propre lit, dans sa propre chambre, avec un soleil radieux illuminant les murs, elle fut surprise de se sentir en paix. Elle avait souffert d'assez de mauvais rêves dans ce lit ; elle avait à moitié redouté de retrouver ses cauchemars. Peut-être ce retour à la maison avait-il achevé une sorte de rituel qui les avait bannis à jamais.

Sur cette pensée, elle se précipita pour prendre son petit déjeuner, où sa belle-mère rendit les grâces matinales, puis sortit dans la lumière dorée de ce matin de printemps. Elle dépassa les potagers, les poulaillers où chaque poule semblait annoncer par des gloussements qu'elle était prête à pondre, et où chaque coq chantait pour défier les autres. Elle les entendait vaguement par sa fenêtre donnant sur le devant de la maison ; ici, ils étaient assourdissants, si bien qu'elle ne fut pas tentée de ralentir pour les regarder.

Les grandes écuries dégageaient comme toujours une odeur de chevaux, d'avoine et de foin, une âcreté qu'Esmay trouvait réconfortante après toutes ces années. Il y avait eu un temps où elle les détestait, à l'époque où, comme tous les enfants, elle avait dû nettoyer le box de son propre poney. Contrairement à certains autres, elle n'avait jamais assez aimé monter à cheval pour que la corvée en vaille la peine. Plus tard, lorsqu'un cheval lui avait fourni un moyen de s'échapper vers les montagnes, elle était assez âgée pour ne plus devoir s'occuper elle-même des tâches quotidiennes.

Elle descendait maintenant l'allée centrale pavée dont les grandes arcades s'ouvraient à sa gauche sur l'une des cours d'exercice. Sur sa droite se trouvaient des rangées de boxes d'où dépassaient les têtes étroites des chevaux. Un valet sortit d'une sellerie en entendant le bruit de ses pas.

— Oui, dama ?

Il semblait perplexe. Esmay se présenta et vit son visage se détendre.

— Je me demandais… Ma cousine Luci a mentionné une jument qu'elle avait vue – qu'Olin lui avait montrée ?

— La fille de Vasecsi ? Par ici, dama, si vous voulez bien me suivre. Excellentes lignées, et elle se débrouille très bien au dressage pour l'instant. C'est pourquoi le général l'a choisie pour votre écurie.

Devant le box de la jument, un tortillon bleu et argent. Esmay parcourut la rangée du regard et en vit d'autres semblables. C'était son écurie, sélectionnée par son père, et bien qu'elle puisse les échanger, elle savait qu'elle lui ferait honte en agissant ainsi. Mais offrir une jument à Luci – voilà qui serait acceptable. Du moins l'espérait-elle.

— Ici, dama.

La jument avait la croupe tournée vers la porte, mais fit volte-face lorsque le valet claqua la langue. Esmay reconnut les qualités selon lesquelles son père avait sélectionné les chevaux : les jambes et pieds solides, le passage de sangle profond, le dos et l'arrière-train robustes, l'encolure longue et souple et la tête bien dessinée. La robe d'un brun soutenu, à peine plus clair que du noir.

— Vous aimeriez la voir se déplacer? demanda le valet, main tendue vers le licol suspendu près du box.

— Oui, je vous remercie, dit Esmay.

Pourquoi pas? Le valet fit sortir la jument du box puis lui fit longer l'allée jusque dans la cour. Là, dans la carrière, il la fit parader en accord avec sa conformation. Un pas long et bas, un trot ample et un galop à longues foulées. C'était un cheval bâti pour faire du chemin sur des kilomètres, et pourtant il se révélerait également très maniable. Une bonne jument. Si seulement Esmay portait plus d'intérêt à ces choses-là…

— Désolée d'avoir été malpolie, dit Luci depuis les arcades. (Son visage était plongé dans l'ombre; au son de sa voix, elle avait dû pleurer.) C'est une très jolie jument, tu la mérites.

Esmay s'approcha; Luci avait effectivement pleuré.

— Pas vraiment, dit-elle doucement. Je suis sûre qu'on t'a parlé de ma regrettable attitude envers les chevaux à l'époque de mon départ.

— J'ai hérité de ton cheval de randonnée, dit Luci sans répondre à son commentaire.

Elle l'avait dit comme si la nouvelle pouvait mettre Esmay en rage. Esmay n'avait plus repensé à ce vieux – Red, c'était son nom? – depuis des années.

— C'est bien, dit Esmay.

— Ça ne te dérange pas?

Luci parut surprise.

— Pourquoi ça me dérangerait? Je suis partie d'ici, je ne pouvais pas m'attendre à ce qu'on laisse ce cheval sans cavalier.

— Ils n'ont laissé personne le monter pendant un an, dit Luci.

— Alors ils pensaient que je raterais mes examens et reviendrais? demanda Esmay.

Elle n'en était pas surprise, mais aurait préféré ne pas l'avoir su.

— Bien sûr que non, répondit Luci un peu trop vite. C'est juste que…

— Bien sûr que si, répondit Esmay. Mais j'ai réussi, et je ne suis pas revenue. Je suis contente que tu aies eu ce cheval. On dirait que tu as hérité des qualités familiales.

— Je n'arrive pas à croire que tu n'aies vraiment pas…

— Je n'arrive pas à croire qu'on puisse vraiment rester sur une seule planète, répondit Esmay. Même quand ça paraît la chose à faire.

— Mais elle n'est pas surpeuplée, dit Luci, décrivant un geste du bras. Il y a tellement d'*espace*! On peut chevaucher des heures…

Esmay ressentit la tension familière dans ses épaules. Oui, elle pouvait chevaucher des heures sans jamais atteindre une frontière dont elle doive s'inquiéter, mais pas prendre un seul repas sans se demander si un vieux grief familial allait exploser. Elle se tourna vers Luci, qui ne quittait pas la jument des yeux.

— Luci, tu veux bien me rendre un service?

— Sans doute.

Réponse sans ardeur, mais pourquoi y en aurait-il eu?

— Prends cette jument.

Esmay faillit éclater de rire devant l'expression stupéfaite de Luci. Elle répéta sa phrase.

— Prends cette jument. Tu la veux. Et pas moi. Je m'arrangerai avec papa Stefan, et ensuite avec mon père.

— Je… je ne peux pas.

Mais un désir brut illuminait son visage, un bonheur intense qui craignait de s'assumer.

— Tu peux. Si c'est ma jument, je peux en faire ce que je veux, et ce que je veux, c'est la donner car je vais rejoindre la Flotte. Et cette jument mérite un propriétaire qui saura la dresser, la monter, la faire se reproduire.

Un propriétaire qui se souciait d'elle. Tout être vivant méritait qu'on s'en occupe bien.

— Mais ton écurie…

Esmay secoua la tête.

— Je n'ai pas besoin d'écurie. C'est déjà bien assez de savoir que j'ai ma petite vallée vers laquelle je peux revenir. Qu'est-ce que je ferais d'une écurie?

— Tu es sérieuse.

Luci, redevenue plus grave, commençait à croire que la chose pouvait se produire, qu'Esmay parlait sérieusement, différait d'elle à ce point.

—Je suis sérieuse. Elle t'appartient. Joue au polo avec elle, entraîne-la à la course, tout ce que tu voudras. Elle est à toi. Pas à moi.

— Je ne te comprends pas, mais je la veux vraiment.

Cette expression timide la faisait paraître plus jeune que son âge.

— Bien sûr, dit Esmay, qui se sentit soudain plus vieille d'un siècle au moins.

La gêne l'envahit alors: avait-elle semblé si jeune au capitaine Serrano, à tous ceux qui la dépassaient d'une dizaine d'années ou plus? Probablement.

— Allons faire un tour à cheval. Il va falloir que je me remette en forme si je veux aller visiter la vallée.

Elle ne pouvait pas encore dire «ma vallée», même à Luci.

— Tu pourrais la monter, si tu veux, dit Luci.

Esmay perçut l'effort dans sa voix; elle essayait de faire preuve d'équité, de rendre un geste généreux pour un autre.

— Bon Dieu, non. J'ai besoin d'un des chevaux de l'école, une bête solide et fiable. Je ne monte jamais, à la Flotte.

Des valets sellèrent les chevaux et elles sortirent en direction des champs, entre les rangées d'arbres fruitiers. Esmay observa Luci sur la jument. Elle montait comme si sa colonne vertébrale était soudée à celle du cheval, comme s'ils ne faisaient qu'un. Esmay, juchée sur un hongre impassible aux yeux et au museau cernés de gris, sentait les articulations de ses hanches craquer tandis qu'elle trottait. Mais qu'allait dire son père? Il ne s'était sans doute pas attendu à ce qu'elle s'occupe d'une écurie à des années-lumière de distance? Pensait-il le faire à sa place? Comme Luci faisait galoper la jument en cercles autour d'Esmay, elle décida d'aller jusqu'au bout.

— Luci, qu'est-ce que tu comptes faire?

— Remporter un championnat, dit Luci en souriant. Avec cette jument.

— Sur le long terme, dit Esmay. La stratégie, cousine.

— Ah!

Luci arrêta la jument et resta un moment assise en silence, se demandant visiblement ce qu'elle pouvait dire ou non à sa cousine plus âgée. On lisait «est-elle fiable?» sur son visage aussi sûrement que si les mots y figuraient au marqueur.

— J'ai des raisons de te poser la question, dit Esmay.

— Eh bien, j'allais tenter la formation de vétérinaire au Poly, mais maman veut que j'étudie «quelque chose de plus approprié» à l'université. Je sais que je n'ai aucune chance d'intégrer le personnel de la propriété, mais avec le diplôme, je pourrais aller ailleurs.

— Je m'en doutais.

Esmay avait parlé avec bienveillance mais Luci s'emporta.

— Ce n'est pas juste un rêve…

— Je le sais. Arrête de faire le dos rond. Tu es sérieuse, tout comme je l'étais moi aussi, mais personne ne me croyait, moi non plus. C'est comme ça que j'ai eu l'idée…

— Quelle idée?

Esmay pressa son cheval, qui rejoignit tranquillement la jument de Luci. La jument remua les oreilles mais resta tranquille. Esmay baissa la voix.

— Comme tu le sais, mon père m'a donné une écurie. C'est bien la dernière chose dont j'aie besoin, mais si j'essaie de la lui rendre, il sera blessé et j'en entendrai parler jusqu'à la fin de mes jours.

Le visage de Luci se détendit; elle faillit sourire.

— Et alors?

— Alors j'ai besoin de quelqu'un qui s'occupera de mes chevaux. Quelqu'un qui s'assurera que les juments vont vers les bons étalons. Que les poulains sont bien dressés, et sont effectivement vendus sur le marché… (les chevaux de la famille ne l'étaient presque jamais) et ainsi de suite. Je compte rémunérer cette personne, bien sûr. C'est l'œil du maître qui fait engraisser le troupeau et je serai loin, pendant très longtemps.

— Tu penses à moi? souffla Luci. C'est trop. La jument, et…

— J'ai bien aimé la façon dont tu t'en occupais, dit Esmay. C'est comme ça que je souhaiterais qu'on s'occupe de mes chevaux, si je voulais des chevaux. Et comme on m'en impose, c'est ce que je voudrais. Tu pourrais mettre l'argent de côté pour tes études : je sais d'expérience qu'ils sont impressionnés quand on finance sa propre échappée. Et tu gagnerais en expérience.

— Je vais le faire, répondit une Luci souriante.

Malgré elle, Esmay repensa à la conversation de la veille. Voilà quelqu'un chez qui la prudence ne tempérerait jamais l'enthousiasme.

— Tu ne m'as pas demandé combien je te paierai, dit Esmay. Tu devrais toujours t'en enquérir en premier. Ce que ça va coûter, et ce que tu obtiendras.

— Ça n'a pas d'importance, dit Luci. C'est l'occasion…

— Ça en a une, dit Esmay, surprise elle-même par la dureté de sa voix ; au-dessous d'elle, le cheval remua nerveusement. Les chances ne sont jamais ce qu'elles paraissent.

Puis voyant l'expression de Luci, elle s'arrêta net. Pourquoi se montrer négative, alors même qu'elle venait d'admirer l'impétuosité de la jeune fille ?

— Désolée. Voilà ce que j'attends de toi : des comptes précis de tes coûts et de tes revenus. D'ici le milieu de l'été, ce qui devrait te donner le temps de tout prendre en note après la saison de poulinage.

— Mais combien…

Luci semblait maintenant inquiète.

— Tu ne m'as rien demandé plus tôt. J'en déciderai un peu plus tard. Peut-être demain.

Esmay remit sa monture en marche et se dirigea vers la ligne d'arbres distante au-delà de la piste de galop. Sa cousine la suivit à quelques pas.

Elle avait oublié la présence du vieil homme à la réception jusqu'à ce qu'un serviteur l'annonce après le déjeuner, alors qu'elle s'attardait à la cuisine devant une deuxième part de tarte aux noix rousses noyée sous de la crème épaisse.

— Le soldat à la retraite Sebastian Coron, dama, demande que vous lui accordiez quelques instants.

Seb Coron… Bien sûr qu'elle acceptait de le voir. Elle s'essuya la bouche et se dirigea vers le hall où il se tenait au repos, observant un des jeunes cousins qui s'entraînait au piano avec Sanni battant la mesure debout près de lui.

— Ça me fait penser à toi, Esmay, dit-il quand elle s'avança pour lui serrer la main.

— Ça me rappelle des heures de torture, répondit-elle en souriant. Les gens qui n'ont ni le talent, ni le sens du rythme ne devraient jamais être forcés d'apprendre plus que quelques gammes. Une fois qu'on a reconnu combien c'est dur, on devrait nous dispenser.

— Eh bien, comme tu le sais, ça figure dans les anciennes lois.

En effet, mais Esmay n'avait jamais compris pourquoi chaque enfant, doué ou dépourvu de talent ou d'intérêt, devait subir dix années de cours de musique pour un minimum de quatre instruments. On n'obligeait pas tous les enfants à recevoir un entraînement militaire.

— Venez dans le salon, dit Esmay, le menant vers la pièce où les femmes de la famille recevaient généralement leurs invités.

Sa belle-mère l'avait encore refaite, mais les housses des fauteuils et des longs bancs matelassés conservaient un imprimé traditionnel. Celui-ci avait davantage d'orange et de jaune, moins de rouge et de rose, que dans le souvenir d'Esmay.

— Voulez-vous du thé? Ou quelque chose à boire?

Elle sonna sans attendre sa réponse; elle savait que dès l'arrivée de Seb Coron, le personnel de cuisine aurait commencé à préparer un plateau de ses mets préférés, quels qu'ils soient.

Elle l'installa dans un des fauteuils larges et bas, avec le plateau à côté de lui, et choisit pour elle-même un siège à sa gauche, le côté du cœur, pour montrer qu'elle avait conscience du lien familial.

Le vieux Sebastian tourna vers elle un regard pétillant.

— Tu nous as rendus fiers, dit-il. Et c'est terminé pour toi, les mauvais jours, hein?

Esmay cligna des yeux. Comment pouvait-il le croire, alors qu'elle appartenait toujours à la Flotte? Elle devait s'attendre à d'autres combats futurs, il devait bien s'en rendre compte. Peut-être parlait-il de ses ennuis récents.

— J'espère bien ne plus jamais devoir passer devant une cour martiale, dit-elle. Ou revivre la mutinerie qui y a conduit.

— Mais tu t'en es bien sortie. Ce n'est pas exactement ce que je voulais dire, même si je me doute que ça devait être désagréable. Mais tu n'as plus tes vieux cauchemars?

Esmay se raidit. Comment était-il au courant de ses cauchemars? Son père s'était-il confié à lui? Elle n'allait certainement pas lui en parler.

— Je m'en sors bien, dit-elle.

— Parfait, répondit-il. (Il reprit son verre et but une gorgée.) Ah, c'est très bon. Tu sais, même du temps où j'étais encore actif, ton père n'a jamais lésiné sur les bonnes choses quand je venais ici. Bien sûr, nous comprenions tous deux que c'était quelque chose de spécial, dont on ne pouvait pas discuter.

— Quoi donc? demanda Esmay sans grande curiosité.

— Ton père ne voulait pas que j'en parle, et je le comprenais.

Tu avais attrapé cette fièvre et failli mourir. Il ne savait pas trop ce que tu te rappelais, et ce qui provenait des rêves causés par la fièvre.

Esmay força son corps à l'immobilité. Elle avait envie de frissonner, de s'étrangler, de prendre la fuite. Elle avait fait toutes ces choses-là, par le passé, sans succès.

— C'étaient les rêves, dit-elle. Seulement la fièvre, d'après ce qu'on m'a dit, quelque chose que j'ai attrapé quand je me suis enfuie. (Elle parvint à produire un petit rire sans joie.) Je ne me rappelle même pas où je voulais aller, et encore moins où je me suis retrouvée.

Elle se rappelait un voyage en train cauchemardesque et des fragments d'une autre scène à laquelle elle évitait de penser.

Sans savoir grâce à quel infime mouvement (un battement de paupière, une tension dans les muscles de sa mâchoire), elle eut aussitôt la *certitude* qu'il savait quelque chose. Quelque chose qu'elle ignorait, qu'il brûlait de lui transmettre et savait pourtant devoir cacher. Son cuir chevelu la picotait. Avait-elle envie de savoir, et si oui, pouvait-elle le convaincre de lui dire?

— Eh bien, tu es allée chercher ton père. C'était très simple. Ta mère était morte, tu voulais le voir et il se trouvait en plein milieu d'une vilaine petite dispute territoriale. C'était au moment où la branche borliste des Anciens Croyants avait décidé de se retirer du réseau d'aménagement régional pour prendre le contrôle du graben supérieur.

Esmay connaissait l'existence de ce conflit mal nommé : le Soulèvement de Califer était en fait une guerre civile, petite mais féroce.

— Personne ne pouvait deviner que tu savais si bien lire, sans parler de déchiffrer une carte. Tu as sauté sur ton poney, avec de la nourriture pour une semaine, et tu es partie…

— Sur un *poney*?

Elle avait du mal à l'imaginer; elle n'avait jamais tellement aimé l'équitation. Elle se serait attendue à ce que la jeune Esmay voyage plutôt sur un camion en route pour la ville.

Seb parut gêné (elle ne comprenait pas bien pourquoi) et se gratta le cou.

— À l'époque, tu étais tout le temps collée à ton cheval comme une tique sur un chien, et tout aussi heureuse. Tu passais tout ton temps à dos de poney, jusqu'à la mort de ta mère, et tout le monde a été rassuré de te voir le remonter. Jusqu'à ta disparition.

Elle ne se rappelait rien, ne gardait aucun souvenir d'une époque où elle aurait choisi de passer toutes ces heures à cheval. Elle se souvenait souvent d'avoir haï tout ça, les leçons, les muscles endoloris, toutes les corvées des sabots à curer, du pansage, des boxes à récurer. Était-il possible qu'une maladie ait effacé non seulement le plaisir qu'elle prenait à monter à cheval, mais tous les souvenirs d'une époque où elle avait apprécié leur compagnie?

— Je suppose que tu avais bien planifié ton coup, poursuivit-il, car personne n'a trouvé tes traces nulle part. Personne n'imaginait ce que tu venais de faire; ils croyaient que tu t'étais perdue, ou que tu t'étais aventurée dans la montagne et que tu y avais eu un accident. Et personne n'a jamais su la vérité, car tes propos n'étaient pas très cohérents quand on t'a retrouvée.

— La fièvre, dit Esmay.

Elle transpirait à présent; elle sentait la sueur comme une pellicule malsaine recouvrir tout son corps.

— C'est ce qu'a dit ton père.

Sebastian avait déjà tenu ces propos; à présent, sa voix résonnait en écho avec les souvenirs d'Esmay, et sa nouvelle capacité d'adulte à interpréter les nuances d'expression compara les deux versions pour y trouver une incrédulité cachée.

— Mon père disait? demanda Esmay avec une neutralité prudente, sans le regarder en face.

Pas directement, du moins; elle voyait le pouls battre au niveau de sa gorge.

— Que tu avais tout oublié à cause de la fièvre, et que ça valait mieux, dit-il. *«Ne ramenez pas le sujet»*, disait-il. Enfin, tu dois maintenant savoir que tu n'avais pas *tout* rêvé. Je suppose que les psychonurses de la Flotte l'ont découvert et t'ont aidée à le gérer, hein?

Elle était gelée; elle mijotait dans sa propre terreur. Elle avait chaud et froid tout à la fois, plus proche qu'elle ne le souhaitait d'une affreuse vérité, et pourtant incapable de s'en détourner. Elle devinait le regard fixe posé sur elle et savait que, si elle levait les yeux, elle serait incapable de dissimuler sa terreur et sa confusion. Elle préféra occuper ses mains avec les petites assiettes de pain et de condiments, versa le thé, tendit à Sebastian une tasse et une soucoupe délicates au motif de points souligné d'argent. Elle avait du mal à croire que ses mains ne tremblaient pas.

— Ce n'est pas comme si j'étais en position de contredire ton père, bien sûr. Compte tenu des circonstances.

Compte tenu des circonstances, Esmay lui aurait volontiers tordu le cou, mais elle savait que ça ne servirait à rien.

— Non seulement c'était mon devoir envers lui, mon commandant, mais c'était ton père. Il était le mieux placé pour en juger. Simplement, je me suis parfois demandé si tu te rappelais quoi que ce soit d'*avant* la fièvre. Si c'était peut-être ce qui t'avait changée.

— Eh bien, ma mère venait de mourir.

Esmay réussit à faire franchir ces mots de sa gorge serrée. Sa voix restait aussi maîtrisée que ses mains. Comment était-ce possible, alors que la terreur ébranlait les racines de son cerveau?

— Et j'ai été malade si longtemps…

— Si tu avais été ma fille, je crois que je t'aurais tout raconté. Ça aide les jeunes recrues de parler des choses en détail après un mauvais combat.

— Mon père pensait autrement, répondit Esmay.

Elle avait la bouche desséchée comme par la poussière ; elle sentait des craquelures s'ouvrir dans son esprit comme sous l'effet de la sécheresse, des bouches sans fond prêtes à la prendre au piège…

— Oui. Enfin, bref. Je suis ravi que tu aies finalement eu l'occasion de le gérer. Mais ça a dû être très dur, quand tu as fait face à ce capitaine félon, cette deuxième trahison… (Le ton presque songeur de sa voix se durcit.) Esmaya ! Quelque chose ne va pas ? Je suis désolé, je ne voulais pas…

— Ça me serait très utile si vous pouviez simplement me raconter l'histoire de votre point de vue, parvint à dire Esmay. Sa voix s'épaississait à présent, et la poussière formait des blocs d'argile compacts et anguleux aussi durs que le roc. Rappelez-vous que je ne dispose que de mes souvenirs fragmentaires, et les psychonurses les ont trouvés quelque peu inadéquats.

Ou les auraient trouvés inadéquats s'ils les avaient trouvés tout court, ce qui n'était pas le cas. Ils avaient supposé que chez toute personne ayant ce genre de vécu, on s'en serait occupé plus tôt. Et elle, convaincue par l'insistance de sa famille que tout le contenu des cauchemars provenait de rêves induits par la fièvre, avait redouté de leur laisser découvrir qu'elle avait des problèmes. Elle avait craint d'être étiquetée comme folle ou instable, inapte au service. Rejetée et contrainte de rentrer chez elle en situation d'échec. Était-ce pour cette raison que sa famille avait cru qu'elle échouerait, au point de laisser son cheval de randonnée sans cavalier ?

— Tu devrais peut-être interroger ton père, dit Coron d'un air sceptique.

— Je crois qu'il n'apprécierait pas de savoir son jugement remis en question, dit Esmay en toute sincérité. Même par les spécialistes psychiatriques de la Flotte. (Coron acquiesça.) Ça m'aiderait beaucoup, si vous n'y voyez pas d'inconvénient.

— Si tu en es sûre, dit Coron.

Elle dut soutenir un moment son regard ; elle dut endurer l'inquiétude qu'elle y lut, la tension des rides autour des yeux, le front plissé.

— Cette histoire n'a rien d'agréable – mais bien sûr, tu le sais déjà.

La nausée lui chamboula les entrailles, expédiant des signaux âcres vers sa bouche. *Pas encore*, supplia-t-elle. *Pas avant que je sache.*

— J'en suis sûre, répondit-elle.

Ç'avait été une période d'émeutes et de troubles civils, où une petite fille seule, avec assez de détermination et d'assurance, pouvait voyager à dos de poney, puis par train sur quelques milliers de kilomètres.

— Tu as toujours été douée pour te justifier, dit Coron. Tu pouvais improviser une histoire au moment où tu te faisais prendre. Je crois que c'est ce qui explique que personne ne t'ait vraiment remarquée : tu as brodé une histoire selon laquelle on t'envoyait chez une tante ou une grand-mère, et comme tu ne semblais ni effrayée ni perdue, et que tu avais assez d'argent, on t'a laissée monter dans les trains.

Tout ceci n'était que conjectures ; personne n'avait pu retrouver sa trace entre le moment où elle avait quitté le poney (on ignorait ce qu'il était devenu, mais à cette époque, il avait très bien pu finir dans une casserole) et la dernière partie de son voyage, le train qui l'avait conduite vers le drame.

— Les dernières dépêches envoyées chez vous localisaient ton père à la caserne de Buhollow, et c'est là que se dirigeait le train. Mais entre-temps, les rebelles avaient envahi l'extrémité est du comté, et tout concentré sur un assaut dirigé vers le grand dépôt d'armes de Bute Bagin. Comme la force de la caserne Buhollow était trop petite pour les tenir à distance, ton père avait fait un détour pour les contourner et les prendre par-derrière, tandis que le dixième corps de cavalerie remontait de Cavender pour les attaquer par le flanc.

— Je me rappelle, dit Esmay.

Elle s'en souvenait d'après les rapports, pas par sa propre mémoire. Les rebelles avaient compté sur la réputation de son père, qui n'aurait jamais laissé un morceau de choix comme Buhollow sans protection. Ils avaient envisagé d'immobiliser ses forces sur place avec une partie de leur armée, tandis que le reste allait à Bute Bagin avec le ravitaillement. Plus tard, sa décision d'abandonner Buhollow et de piéger l'armée rebelle serait enseignée comme exemple de génie tactique. Il avait fait ce qu'il pouvait pour la ville. La population civile de Buhollow s'était enfuie avant l'arrivée des rebelles ; on leur avait indiqué quelle direction prendre. La plupart avaient survécu.

Mais Esmay, entassée parmi les réfugiés des combats antérieurs, était restée dans le train deux arrêts de trop. Les deux parties avaient saboté le chemin de fer ; même si les rapports officiels disaient qu'une mine rebelle avait détruit le pont bas surmontant le canal Sinets juste au moment du passage de la locomotive, Esmay avait toujours eu un doute. Un gouvernement avouerait-il jamais que ses mines avaient détruit son propre train ?

Elle se rappelait bien le choc énorme qui avait tordu le wagon. Ils roulaient lentement. Elle s'était retrouvée coincée entre une dame corpulente qui portait un bébé en pleurs et un garçon plus âgé, très maigre, qui passait son temps à lui donner des coups dans les côtes. La secousse avait déséquilibré le wagon, mais sans le renverser. D'autres n'avaient pas eu cette chance. Elle se rappelait seulement avoir bondi de la marche (très haute pour elle, à cet âge-là) et suivi la femme et son bébé, simplement parce que la dame était une mère. Le garçon maigre lui avait donné un dernier coup dans les côtes avant de se détourner pour suivre quelqu'un d'autre. Des gens effrayés sortaient du train à flots, s'éloignant de la fumée et des cris qui s'échappaient de l'avant du train.

Elle avait perdu tout sens de l'orientation ; elle avait oublié, à cet instant, de quel côté elle était censée aller. Elle avait suivi la femme et le bébé, puis ils avaient suivi d'autres gens, puis ses jambes avaient fatigué et elle s'était arrêtée.

— Il y avait un petit village que les gens du coin appelaient Greer's Crossing, poursuivit Coron. À moins d'un klick du chemin de fer, là où le canal de navigation prenait un tournant. Tu as dû t'y rendre avec les autres rescapés du train.

— Et c'est là que les rebelles sont arrivés, dit Esmay.

— C'est là que la guerre est arrivée. (Coron marqua une pause. Elle l'entendit avaler une gorgée de thé. Elle leva les yeux pour croiser un regard qui ne pétillait plus.) Pas seulement les rebelles, comme tu ne le sais que trop bien.

*Je suis censée le savoir ?* songea-t-elle.

— C'est à cet endroit précis que les rebelles ont compris qu'on les dirigeait vers un piège. On peut dire ce qu'on veut sur Chia Valantos, mais il avait entre les oreilles un cerveau doué pour la tactique.

Esmay émit un petit bruit censé exprimer son accord.

— Et il avait peut-être de bons éclaireurs, je n'en sais rien. Quoi qu'il en soit, les rebelles se trouvaient sur la vieille route, car ils avaient des véhicules lourds, et ils devaient donc traverser le village pour rejoindre le pont. Ils semaient la pagaille dans le village, car les gens qui habitaient là n'avaient jamais été des partisans. Je suppose qu'ils croyaient que les passagers du train avaient quelque chose à voir avec les loyalistes.

Les vieux souvenirs cherchaient à ressurgir, pointant sous le calme de la surface. Elle sentait son visage changer et luttait pour garder le contrôle de ses muscles. Ses jambes avaient commencé à lui faire mal après ces heures passées dans le train, l'accident, la chute… La femme, même avec un bébé, avait de plus longues jambes et faisait de plus grands pas. Esmay avait pris du retard, et le temps d'arriver au village, il avait disparu. Les toits s'étaient déjà effondrés ; les quelques murs restants étaient brisés et de guingois. De la fumée envahissait les rues jonchées de pierres, de débris, de branches d'arbres, de piles de vieux habits. Tout était bruyant ; elle n'aurait su définir ces bruits, simplement dire qu'ils l'effrayaient. Ils étaient trop forts, paraissaient pleins de fureur, et se mêlaient dans son esprit à la voix de son père en train de la gronder. Elle n'aurait pas dû se trouver si proche de la source de ces bruits-là.

Aveuglée par la fumée piquante, elle avait trébuché sur un tas de vieux habits et l'avait alors seulement identifié comme une personne. Un cadavre, corrigea son esprit adulte. L'enfant qu'elle était alors avait trouvé que c'était un endroit idiot où s'endormir, pour une femme adulte, et elle avait secoué ce bras lourd et flasque, essayant de réveiller une adulte qui puisse l'aider à retrouver son chemin. Elle n'avait encore jamais vu la mort, une mort humaine (on ne lui avait pas permis de voir sa mère, à cause de la fièvre) et il lui avait fallu un long moment avant de comprendre que la femme sans visage n'allait jamais la prendre dans ses bras, la consoler, lui promettre que tout s'arrangerait bientôt.

Elle avait regardé autour d'elle, clignant des yeux pour chasser la sensation piquante dans ses yeux qui n'était pas due à la fumée, et vu les autres piles de vêtements, les autres gens, les morts… et les mourants, dont elle reconnaissait maintenant les cris. Même après toutes ces années, elle se rappelait que sa première pensée cohérente avait été une excuse : je suis désolée – je ne voulais pas. Aujourd'hui encore, elle savait que c'était à la fois nécessaire et futile. Ce n'était pas de sa faute – elle n'avait pas provoqué cette guerre – mais elle se trouvait là, indemne pour l'instant, et pour cette raison-là, celle-là au moins, elle devait s'excuser.

Ce jour-là, elle avait suivi en trébuchant le sentier défoncé, tombant encore et encore, pleurant sans s'en rendre compte, jusqu'à ce que ses jambes cèdent et qu'elle se blottisse dans le renfoncement d'un mur où un jardin avait autrefois abrité des fleurs aux couleurs vives. Les bruits s'élevaient et retombaient, des silhouettes floues se déplaçaient à travers la fumée, certaines portant une couleur et certaines arborant une autre. La plupart, avait-elle compris plus tard, devaient être les passagers terrifiés du train ; d'autres étaient des rebelles. Plus tard… plus tard, ils portaient tous le même uniforme, celui qu'elle connaissait, celui de son père et de ses oncles.

Mais elle ne se rappelait pas. Elle n'y arrivait pas, pas en totalité. Elle s'était souvenue et on lui avait dit qu'il s'agissait de rêves.

— J'ai toujours pensé qu'ils auraient mieux fait de t'en parler, dit Sebastian. Au moins quand tu étais un peu plus vieille. Comme l'homme était mort et ne pouvait plus faire de mal à personne, surtout pas à toi.

Elle ne voulait pas l'entendre. Elle ne voulait pas se rappeler. Non, elle ne *pouvait* pas. *Des rêves causés par la fièvre*, songea-t-elle. *Rien que des rêves.*

— C'était déjà assez affreux que la chose se soit produite, quel qu'en soit le responsable. Le viol d'un enfant, c'est répugnant. Mais que ce soit un des nôtres…

Elle s'accrocha au seul détail qu'elle pouvait supporter de connaître.

— Je ne savais pas qu'il était mort.

— Eh bien, ton père ne pouvait pas t'en parler sans aborder tout le reste, hein ? Il espérait que tu allais oublier toute l'affaire, ou croire que ce n'était qu'un rêve.

C'était ce qu'il lui avait dit ; il avait affirmé que tout était terminé, qu'elle serait toujours en sécurité. Il disait qu'il n'était pas fâché contre elle. Mais sa colère enveloppait Esmay, nuage immense, dangereux, qui lui brouillait l'esprit comme la fumée avait aveuglé ses yeux.

— Vous en êtes sûr?

— Que ce salaud est mort? Oh oui. Je n'ai pas le moindre doute.

Les rouages invisibles se mirent en marche, s'arrêtèrent, se remirent en place avec un dernier grincement inaudible.

— Vous l'avez tué?

— C'était ça ou la carrière de ton père. Les officiers ne peuvent pas tuer leurs hommes, même les bouchers qui violent les enfants. Et attendre qu'on le traduise en justice, ça t'aurait forcément impliquée, ce qu'aucun d'entre nous ne voulait. Il valait mieux que je m'en charge et que j'en subisse les conséquences. Même si au bout du compte, il n'y a rien eu de plus méchant qu'une sévère engueulade. Les circonstances ont joué en ma faveur.

Circonstances atténuantes? L'esprit d'Esmay s'empressa de bondir sur cette question, cherchant à se rappeler si l'expression s'appliquait dans ce cas précis.

— Je suis contente de le savoir, dit Esmay, pour répondre quelque chose.

— J'ai toujours soutenu qu'on aurait dû t'informer, dit-il avant de prendre un air gêné. Pas que j'en aie parlé à qui que ce soit, tu comprends. Je veux dire que je me le répétais à moi-même. C'était inutile de discuter avec ton père. Et après tout, tu étais sa fille.

— Ne vous en faites pas, dit Esmay.

Elle avait maintenant du mal à rester concentrée; elle sentait la pièce s'éloigner lentement, suivant une lente spirale vers la gauche.

— Et tu es sûre d'avoir réussi à tout gérer, à part le fait qu'il soit mort, je veux dire? On t'a aidée, chez les FSM?

Esmay s'efforça de ramener son esprit sur le sujet qu'il cherchait à fuir.

— Je vais très bien, dit-elle. Ne vous en faites pas.

— J'ai été très surpris, tu sais, que tu aies envie de quitter la planète pour aller les rejoindre. Je pensais que tu t'étais assez battue pour une seule vie. Mais je suppose que c'est ton sang qui parle, hein?

Comment allait-elle se débarrasser de lui, poliment et discrètement à la fois? Elle pouvait difficilement lui dire de s'en aller, prétexter une migraine. Les Suiza ne traitaient pas ainsi leurs invités. Mais elle avait besoin (un besoin vital) de quelques heures de solitude.

— Esmaya?

Esmay leva les yeux. Son demi-frère Germond lui souriait d'un air timide.

— Papa demande si tu veux bien venir au jardin d'hiver, s'il te plaît? (Il se tourna vers Coron.) Si vous voulez bien l'excuser, monsieur?

— Bien sûr. C'est au tour de ta famille maintenant – Esmay, merci de m'avoir accordé ton temps.

Il s'inclina, redevenu très formel, puis se retira.

# Chapitre 6

Esmay se tourna vers Germond, quinze ans à présent, tout en oreilles, en nez, en grands pieds.

— Qu'est-ce que papa voulait?

— Il est dans le jardin d'hiver avec oncle Berthol. Il disait que tu allais te lasser d'écouter des histoires de vieux soldats, d'une part, et d'autre part il voulait te poser d'autres questions sur la Flotte.

Elle avait la bouche sèche et n'arrivait à penser à rien.

— Dis-lui... Dis-lui que Seb est parti et que je les rejoins dans quelques minutes. Je suis remontée me rafraîchir.

Pour une fois, les coutumes de la société d'Altiplano étaient de son côté. Aucun homme n'allait remettre en question son besoin de rester seule quelques instants dans une salle de bain. Ils n'allaient pas non plus la presser de les rejoindre.

Elle monta les escaliers par instinct; elle ne voyait pas les barres de cuivre qui gardaient la moquette bien ajustée aux contremarches, les éraflures sur les marches elles-mêmes. Son corps savait comment monter les marches, raser les murs, où trouver les interrupteurs qui lui garantissaient une intimité absolue.

Elle s'appuya au mur, ouvrit le robinet d'eau froide et y plongea les mains. Elle ne savait pas trop pourquoi. Elle n'était sûre de rien, pas même du passage du temps. L'eau s'arrêta automatiquement, comme à bord d'un vaisseau, et Esmay actionna de nouveau les commandes. Brusquement, elle vomit; les vestiges caillés de son repas se répandirent dans l'eau claire et disparurent par l'écoulement. Son estomac se souleva de nouveau, puis se calma plus ou moins. Elle plaça les mains en coupe sous le robinet et but une gorgée de cette eau douce et froide. Elle eut un autre haut-le-cœur, puis son estomac se calma. Elle n'avait jamais été sujette aux nausées. Même ce jour-là, où la douleur avait été assez atroce pour lui donner l'impression qu'on la déchirait de l'intérieur. La douleur véritable, pas une douleur imaginaire induite par la fièvre.

Dans le miroir, elle ressemblait à une étrangère : une vieille femme émaciée aux cheveux noirs rebelles, le visage strié de larmes et de vomi. Pas très acceptable. Méthodiquement, Esmay prit une serviette du présentoir, l'humecta et se nettoya le visage et les mains. Elle se frotta très fort le visage avec le côté sec de la serviette, jusqu'à ce que le sang revienne et que la teinte verdâtre de la nausée disparaisse sous un rose plus sain. Elle attaqua ses cheveux avec ses doigts humides, aplatissant les mèches échappées, puis se sécha les mains. L'eau s'arrêta de nouveau, et cette fois, elle ne rouvrit pas le robinet. Elle replia la serviette humide et l'accrocha au porte-serviette.

La femme du miroir semblait à présent plus familière. Esmay se força à produire un sourire qui parut plus naturel sur ce visage-là qu'elle ne le devinait sur le sien. Il fallait qu'elle enfile quelque chose de propre, songea-t-elle, en vérifiant si elle avait taché sa chemise. Quelques gouttes apparentes, sombres sur la couleur fauve. Elle allait se changer. Elle allait se changer en quelqu'un d'autre… Son esprit trébucha sur quelque chose au milieu de la fumée qui emplissait son champ de vision.

Se dirigeant toujours par habitude, elle déverrouilla la porte et rejoignit sa propre chambre. Lorsqu'elle eut enlevé sa chemise, elle comprit qu'elle allait devoir se changer intégralement. Elle le fit aussi vite que possible, avec ce qu'elle trouva en haut de ses tiroirs, et ne se regarda dans le miroir que le temps de s'assurer que le col ample reposait bien à plat autour de son cou. La pâleur avait disparu ; elle ressemblait de nouveau à Esmay Suiza.

Mais l'était-elle ? Esmay Suiza était-elle une personne véritable ? Pouvait-on en construire une sur une fondation de mensonges ? Elle lutta pour se frayer un chemin au travers des nuages noirs et étouffants de son esprit, s'efforçant de se raccrocher à ce qu'elle se rappelait, ce que Seb Coron lui avait dit, à toute logique susceptible d'établir un lien.

Lorsque le nuage de fumée s'éclaircit dans son esprit, la première sensation qu'elle reconnut fut un soulagement béat : elle avait eu *raison.* Elle avait su la vérité ; elle ne s'était pas trompée. Son esprit adulte s'interposa : à part la bêtise d'être partie de chez elle en premier lieu, la stupidité d'une enfant qui essayait de voyager à travers champs au milieu d'une guerre civile. Elle fit taire cette voix critique. Elle était alors une enfant ; les enfants, par définition, ignoraient certaines choses. Sur les points fondamentaux (reconnaître ce qu'elle avait vu, dire la vérité sur ce qui s'était passé), elle avait eu raison.

La fureur succéda à ce moment d'extase. Elle avait eu raison et on lui avait menti. On lui avait dit qu'elle s'était trompée – que la fièvre lui avait troublé l'esprit. Et avait-elle vraiment été malade? Elle s'apprêtait à consulter les dossiers médicaux du foyer lorsque sa voix critique lui fit remarquer que cette maladie, cette hospitalisation, figureraient forcément sur les rapports. Tout ça avait pu être trafiqué – comment le saurait-elle? Et à qui voulait-elle le prouver?

À tout le monde, sur le moment. Elle voulait traîner la vérité sous les yeux de son père, de son oncle, même de papa Stefan. Elle avait envie de les saisir par le cou, de les forcer à voir ce qu'elle avait vu, ressentir ce qu'elle avait ressenti, avouer qu'elle avait effectivement enduré toutes ces choses.

Mais ils savaient déjà. L'épuisement succéda à l'euphorie tout comme il succédait à la fièvre. Elle éprouvait cette langueur familière dans ses veines, qui l'affaiblissait pour la contraindre à l'immobilité, à l'assentiment. Ils savaient, et pourtant ils lui avaient menti.

Elle pouvait garder son propre secret et leur laisser croire que le leur était en sécurité, prendre de nouveau la fuite comme elle l'avait déjà fait. Leur tranquillité ne serait pas troublée, grâce à sa complicité.

Ou elle pouvait les affronter.

Nouveau coup d'œil dans le miroir. C'était là la personne qu'elle allait devenir, si elle accédait au titre d'amiral comme la tante d'Heris Serrano. Le manque d'assurance, l'incertitude, qui l'avaient si souvent ridiculisée, venaient de s'évaporer au cours de la dernière heure. Elle ne ressentait pas encore ce qu'elle voyait sur ce visage, mais elle faisait confiance à ces yeux qui la fixaient intensément.

Son père se trouverait-il toujours dans le jardin d'hiver? Combien de temps avait-elle perdu? L'horloge la surprit; elle ne se trouvait à l'étage que depuis une demi-heure locale. Elle se dirigea vers le jardin d'hiver, avec cette fois les sens parfaitement en éveil. À croire qu'elle descendait ces escaliers pour la première fois. Elle sentit la sixième marche à partir du bas céder légèrement, remarqua un clou en train de se défaire sur la moquette du côté de la rampe, repéra une éraflure sur la rampe elle-même. Toutes les couleurs, toutes les odeurs, tous les bruits.

Berthol et son père étaient penchés sur un bac de plantes à repiquer avec un des jardiniers. Grâce à la nouvelle clarté de sa vision, Esmay remarqua le moindre détail des plantes, les pétales ourlés, orange flamme et jaune soleil, les feuilles dentelées. Les ongles du jardinier, noircis par la terre, là où ses mains étaient posées à plat sur la table à rempoter. Les plaques rouges le long du cou de son oncle. Les lignes blanches sur la peau du visage de son père, là où il avait plissé si longtemps les yeux pour les protéger du soleil que les rides n'avaient pas bronzé. Un fil défait sur le bouton de la manche de Berthol.

Son pied racla le sol carrelé parce qu'elle le voulut bien; son père leva les yeux.

— Esmaya, viens voir les nouveaux hybrides. Je crois qu'ils seront d'un bel effet dans les vases de devant. J'espère que le vieux Sebastian ne t'a pas épuisée.

— Pas du tout, répondit Esmay. En fait, je l'ai trouvé très intéressant.

À ses propres oreilles, sa voix semblait parfaitement calme, parfaitement raisonnable, mais son père sursauta.

— Quelque chose ne va pas, Esmay?

— Je dois te parler, papa, dit-elle, toujours très calme. Peut-être dans ton bureau?

— Quelque chose de grave? demanda-t-il sans bouger.

Une bouffée de rage envahit Esmay.

— Seulement si tu considères que les questions d'honneur familial sont graves, dit-elle.

Les mains du jardinier tremblèrent; les plantes frémirent. Il tendit la main vers le carton de pots en murmurant. Son père leva le menton et l'homme s'empara du carton avant de déguerpir par la porte de derrière du jardin d'hiver.

— Tu veux que je m'en aille? demanda son oncle, comme s'il s'attendait à ce qu'elle dise non.

— S'il te plaît, répondit-elle, testant cette fois sa propre capacité à imprimer du mordant à sa voix.

Il tressaillit et ses yeux passèrent d'Esmay à son père, puis revinrent vers elle.

— Esmay, qu'est-ce qui…

— Tu le sauras très vite, dit Esmay. Mais je préférerais parler à papa seule, pour l'instant.

Berthol rougit mais se détourna. Il se retint tout juste de claquer la porte en sortant.

— Eh bien, Esmaya? Tu n'avais pas besoin de te montrer grossière.

Mais la voix de son père ne contenait plus aucune puissance, et elle y perçut un soupçon de peur. Les muscles autour de ses yeux et de son nez étaient tendus; le contraste entre sa peau bronzée et les plis plus clairs avait presque disparu. S'il avait été un cheval, il aurait aplati les oreilles et sa queue se serait agitée nerveusement. Il devrait être capable de tirer lui-même les conclusions; elle se demanda s'il le ferait.

Elle se dirigea vers lui, passa la main dans les feuilles de palmetendre, qui chatouillaient toujours.

— J'ai parlé à Seb Coron – ou plutôt, c'est lui qui a parlé – et j'ai trouvé ça très intéressant.

— Ah oui?

Il s'apprêtait à bluffer.

— Tu m'as menti. Tu m'avais dit que ce n'était qu'un rêve, que ce n'était pas arrivé.

L'espace d'un instant, elle crut qu'il allait feindre de ne pas comprendre, mais ensuite la couleur lui monta brièvement aux joues avant de se retirer de nouveau.

— Nous l'avons fait pour toi, Esmaya.

Elle s'était attendue à cette réponse.

— Non. Pas pour moi. Pour la famille, peut-être, mais pas pour moi.

Sa voix ne trembla pas, ce qui la surprit un peu. Elle avait décidé de poursuivre même si sa voix se brisait, même si elle pleurait devant lui, ce qu'elle n'avait pas fait depuis des années. Pourquoi devrait-elle le protéger de ses larmes?

— Pour plus que toi seule, je le reconnais. (Il la regardait par-dessous ces sourcils broussailleux, désormais gris.) Pour les autres aussi. Il valait mieux qu'une enfant souffre de cette confusion...

— Confusion? Tu appelles ça de la *confusion*?

Son corps retrouvait la douleur de ses souvenirs, les douleurs spécifiques liées à des causes spécifiques. Elle avait tenté de hurler, de le repousser et même de mordre. Les robustes mains d'adulte, endurcies par la guerre, l'avaient maintenue sans aucun mal, l'avaient meurtrie.

— Non, pas les blessures, mais ne pas être sûre de ce qui s'était produit. Tu n'as pas su nous dire qui, Esmaya. Tu ne l'as pas vraiment vu. Et on nous a dit que tu oublierais.

Elle sentit ses lèvres se retrousser sur ses dents; elle vit à l'expression de son père ce qu'était devenue la sienne.

— Je l'ai vu, répondit-elle. Je ne connais pas son nom, mais je l'ai vu.

Il secoua la tête.

— Tu n'as su nous donner aucun détail à l'époque, dit-il. Tu étais épuisée, terrifiée. Tu n'as probablement même pas vu son visage. Maintenant que tu as pris part à des combats, en tant qu'adulte, tu sais à quel point c'est perturbant.

Il doutait d'elle. Il osait remettre en cause, même aujourd'hui, ce qu'elle savait. Un défilé très net d'images du *Mépris* lui traversa l'esprit. Perturbant? Peut-être, en termes d'organisation des informations à rapporter devant la cour martiale, mais elle voyait très bien les visages des gens qu'elle avait tués, et de ceux qui avaient tenté de la tuer. Elle se les rappellerait toujours.

— Montre-moi la liste du régiment, dit-elle d'une voix étouffée par la rage. Montre-la-moi, et je vais te le désigner.

— C'est impossible que tu... après toutes ces années!

— Sebastian dit qu'il l'a tué. Ce qui signifie que tu sais qui c'est. Si je peux te le montrer, ça devrait te prouver que je me rappelle pour de bon.

*Que tu avais tort et que j'avais raison.* Quant à savoir pourquoi le prouver lui importait tant, c'était une question qu'Esmay n'avait pas envie d'examiner pour l'instant. Prouver qu'un général se trompait relevait du suicide professionnel et de la stupidité militaire. Mais...

— C'est impossible, répéta son père, cette fois sans force.

Il la conduisit vers son bureau sans ajouter un mot ; Esmay le suivit, se retenant de le frapper par-derrière. Il se dirigea vers la console et enfonça les boutons de commande. Esmay remarqua que ses doigts tremblaient ; elle en éprouva une tranquille satisfaction. Puis il recula et elle s'avança pour regarder.

Les visages apparurent, six par écran. Elle les fixa, une partie de son esprit persuadée qu'elle saurait, une autre qu'elle ne saurait pas. Son père avait-il seulement affiché la bonne année ? Il avait envie qu'elle échoue, de toute évidence. Il avait pu tricher. Mais elle avait du mal à l'en croire capable, encore maintenant.

Les Suiza ne mentaient jamais, et il était son père.

Il avait menti auparavant, *justement* parce qu'il était son père. Elle s'arracha à ce dilemme pour fixer l'écran.

La plupart des visages ne lui évoquaient absolument rien. Ce qui semblait logique : elle n'était pas allée à la caserne Buhollow après qu'on y avait affecté son père. Elle trouva quelques visages vaguement familiers, mais pas menaçants. Ce devaient être des hommes qui avaient servi sous les ordres de son père auparavant, même parmi la garde privée de l'estancia. Parmi eux, un Sebastian Coron beaucoup plus jeune, qu'elle reconnut aussitôt. Elle avait donc la mémoire très claire sur certains détails remontant à si loin.

Elle entendait son père respirer tandis qu'elle parcourait la liste. Elle ne le regarda pas. C'était déjà assez dur de se concentrer sur l'écran, de respirer à travers une gorge si serrée. Un écran après l'autre… Elle entendit son père remuer sur sa chaise, mais sans l'interrompre. Quelqu'un vint à la porte ; elle entendit un bruissement de tissu mais ne leva pas les yeux. Son père dut faire un geste, car elle entendit, sans un mot, le bruissement s'éloigner, et la porte se refermer avec un choc sourd.

Elle venait de parcourir toute la liste des hommes du rang et n'avait toujours pas trouvé le visage que son esprit refusait de lui montrer. Les doutes la faisaient frissonner. Le visage qu'elle se rappelait était déformé par les émotions, quelles qu'elles soient, qui poussaient les hommes à violer des enfants. Elle ne le retrouverait peut-être jamais parmi les visages solennels, presque inexpressifs, du catalogue. Il devait s'y trouver… Coron le lui aurait dit, sans aucun doute, s'il s'était agi de quelqu'un d'une autre unité, ou d'un officier.

L'aurait-il vraiment fait ? Elle se força à poursuivre, jusqu'aux officiers. Tout au début, elle reconnut son père, sans trace de gris dans les cheveux, la bouche dessinant une longue ligne ferme. Au-dessous, par ordre décroissant, le… Elle eut le souffle coupé. Oui. Son cœur palpita puis se mit à cogner violemment dans sa poitrine, éperonné par cette peur ancienne. Il la regardait à travers la page, séduisant et soigné, ses cheveux couleur de miel tirés en arrière. Elle se les rappelait plus sombres, collés par la sueur et la poussière. Mais elle n'avait aucun doute, pas le moindre.

Elle traqua sur son visage des indices trahissant ses penchants, une marque quelconque de perversion. Rien. Des traits réguliers, des yeux gris et clairs – couleur pas si courante sur Altiplano, mais très prisée. Le petit bouton d'une décoration honorifique, le galon sur son épaulette le déclarant fils aîné, dont on attendait beaucoup. Sa bouche dessinait une ligne bien droite, copie consciente de celle du père d'Esmay. Elle ne semblait pas plus cruelle. Son nom… Elle connaissait son nom. Elle connaissait sa famille. Elle avait dansé avec son jeune frère, aux Jeux de la Moisson, l'année avant de quitter Altiplano pour les étoiles.

Elle avait la bouche trop sèche pour parler. Elle lutta pour avaler, pour débloquer sa langue. Elle avait lutté aussi, à l'époque. Elle parvint enfin à prononcer un mot :

— Ici.

Elle posa le doigt sur l'image, surprise de la fermeté de sa main ; son doigt ne trembla pas.

Son père se leva. Elle l'entendit approcher derrière elle et lutta pour ne pas s'écarter brusquement. Il émit d'abord un grognement, comme si quelqu'un l'avait violemment frappé au ventre.

— Au nom du ciel ! Tu l'as… mais comment ?

La colère libéra la langue d'Esmay.

— Je te l'ai dit. Je me souviens.

— Esmaya…

C'était une plainte, une supplication, et sa main posée sur les cheveux de sa fille en était une autre. Elle l'esquiva, s'éloignant de la console, se relevant tant bien que mal de sa chaise.

— Je ne connaissais pas son nom, dit-elle. (Il lui était étonnamment facile de garder une voix égale et sèche.) J'étais trop jeune pour lui avoir été présentée, même s'il était déjà venu chez nous. Je n'aurais pas pu te donner son patronyme, ou le genre de description qu'un adulte aurait su donner. Mais je *savais*. Tu ne m'as pas montré la liste à l'époque, hein ?

Le visage de son père, lorsqu'elle le regarda, paraissait taillé dans du bois blanchi ; il semblait sec et raide, peu naturel. Était-ce la vision d'Esmay, ou sa réalité à lui ? Elle détourna le regard, le promena autour de la pièce, remarquant à peine les objets familiers avant de passer à autre chose. Dans son esprit s'agitaient des incertitudes de plus en plus nombreuses, comme si des murs de pierre s'étaient révélés n'être que des décors peints sur des écrans mobiles. Que savait-elle réellement d'elle-même, de son passé ? À quoi pouvait-elle se fier ?

Contre ce chaos, les années passées parmi la Flotte formaient une base solide : elle savait ce qui s'y était produit. Depuis son premier jour à l'école préparatoire jusqu'au dernier jour de la cour martiale, elle savait exactement ce qu'elle avait fait, et qui lui avait fait quoi. Elle avait créé ce monde pour elle-même ; elle pouvait lui faire confiance. L'amiral Vida Serrano, du même calibre que son père, ne lui avait jamais menti, n'avait jamais protégé quelqu'un à ses dépens.

Quoi qu'elle ait dû réprimer, limiter, en elle-même pour se bâtir ce havre, elle ne pourrait pas le récupérer. Elle n'avait pas besoin de retrouver la part d'elle-même qui avait adoré monter à cheval, peindre, jouer des instruments antiques. Elle avait besoin de se protéger elle-même, et s'en était très bien sortie. Elle pouvait abandonner Altiplano ; elle l'avait déjà fait.

— Esmaya, je suis désolé.

Il l'était sans doute, s'autorisa-t-elle à penser, mais aucune importance. Il était désolé trop tard et trop peu.

— Si… *Comme* tu te rappelles, tu as sans doute besoin d'une thérapie.

— Une thérapie *ici*?

La réponse fusa avant qu'elle puisse en contrôler l'émotion, le mépris et la colère.

— Ici, où tous les thérapeutes m'ont dit que c'était mon imagination, des rêves causés par la fièvre?

—Je suis désolé, répéta-t-il, mais avec cette fois une nuance d'irritation.

Elle connaissait cette intonation ; il pouvait s'excuser, mais c'était censé mettre fin à la discussion. Elle était censée accepter cette excuse et en rester là. Pas cette fois. Plus jamais.

— Je… nous… avons fait une erreur, Esmaya. Nous ne pouvons plus rien y changer, c'est le passé. Je ne peux pas te faire comprendre à quel point je m'en veux d'avoir commis cette erreur mais il y avait des raisons. J'ai demandé conseil.

— S'il te plaît, non, dit-elle brusquement. Ne t'excuse pas. Je ne suis pas idiote : je vois bien ce que tu aimerais appeler la réalité. C'était… (Elle ne put se contraindre à se salir la bouche en prononçant son nom.) C'était un officier, le fils d'un ami. Il y avait une guerre civile en cours ; tu ne pouvais pas risquer une querelle.

Elle se rappela que le père du jeune homme commandait lui-même une force de taille non négligeable. Pas simplement provoquer une querelle, mais peut-être risquer de perdre une guerre. L'éducation militaire d'Esmay avança que la douleur d'une enfant (même sa douleur à elle) pesait moins qu'une campagne entière. Mais l'enfant qu'elle avait été, l'enfant dont la douleur façonnait toujours ses réactions, l'enfant dont le témoignage avait été nié, refusait cette réponse facile. Elle n'avait pas été la seule victime – et pour les victimes, aucune victoire ne suffisait. Les victoires n'étaient pas pour elles, ne les aidaient pas. Mais la défaite ne promettait rien de différent. Elle ferma les yeux très fort, s'efforça de ravaler toutes les émotions qui cherchaient à s'échapper, de les enfermer dans les ténèbres.

— Il ne t'a pas fallu de réjuv pour devenir *prudent*, dit-elle, lui jetant la seule arme qui lui restait.

Un bref silence, au cours duquel la respiration de son père se fit presque aussi râpeuse que l'avait été la sienne en cette cruelle journée.

— Tu as besoin d'aide, Esmaya, dit enfin son père.

Sa voix avait presque retrouvé son intonation normale, chaude et ferme : le général qui se maîtrise lui-même, habitude entretenue toute une vie durant. Elle eut envie de se détendre dans cette promesse d'amour et de protection paternels.

Elle n'osa pas.

— Sans doute, répondit-elle. Mais pas ici. Pas maintenant.

Pas avec le père qui l'avait trahie.

— Tu ne reviendras pas, dit-il.

Il n'avait jamais été idiot, seulement égoïste. Ce n'était pas entièrement juste, mais lui non plus. Il la scrutait à présent, d'un air aussi franc que s'il regardait un commandant respecté.

— Tu ne reviendras plus jamais, n'est-ce pas ?

Elle ne s'imaginait pas revenir, mais n'était pas tout à fait prête à l'affirmer pour de bon.

— Je n'en sais rien. Sans doute que non, mais... Autant que tu saches : J'ai conclu un marché avec Luci pour l'écurie.

Il hocha la tête.

— Très bien. Je n'aurais pas dû faire ça, mais... Je crois que j'espérais toujours que tu allais rentrer pour de bon, surtout depuis qu'ils t'ont traitée comme ils l'ont fait.

*Parce que tu m'as traitée mieux que ça ?* La question flotta sur ses lèvres, mais sans vraiment émerger. Son père sembla néanmoins l'entendre.

— Je comprends, dit-il.

Ce n'était pas vrai, mais elle n'allait pas le contredire, pas maintenant. Tout ce qu'elle voulait à présent, c'était s'éloigner, très loin d'ici, et passer un moment seule. Elle se doutait bien qu'il lui faudrait consulter les psychonurses de la Flotte à un moment ou un autre, mais pour l'instant...

— S'il te plaît, Esmaya, dit-il. Fais-toi aider par ta Flotte, si tu refuses de le faire ici.

— Je vais sortir me promener à cheval dans la vallée, dit-elle, ignorant ses propos. (Il n'avait aucun droit de lui dire comment traiter la blessure qu'il lui avait infligée.) Juste un jour. Demain. Je ne veux aucune compagnie.

— Je comprends, répéta-t-il.

— Sans surveillance, dit-elle, soutenant fermement son regard.

Il cligna des yeux le premier.

— Sans surveillance, acquiesça-t-il. Mais si tu y passes la nuit, pense à nous avertir.

— Bien sûr, dit-elle, d'une voix qui se détendait comme celle de son père venait de le faire.

Ils se ressemblaient par des aspects qu'elle n'avait jamais remarqués ; même dans sa colère, elle ressentit un besoin soudain de lui parler de la mutinerie, sachant qu'il ne trouverait pas ses actions surprenantes, inexplicables, comme les officiers des Familias.

Elle sortit dans l'air de l'après-midi, n'éprouvant rien d'autre qu'un grand vide, comme si elle était une cosse mûre à la fin de l'été, prête à éclater à la première bourrasque d'automne. Traversa l'allée dont les graviers crissaient sous ses pas. Passa entre les parterres de fleurs dont les couleurs lui blessaient les yeux. Coupa à travers les champs ensoleillés, où les ombres changeantes semblaient l'appeler par son nom, mais elle ne répondit pas.

Elle revint alors que le soleil descendait derrière les montagnes lointaines, accablée d'une fatigue qui n'avait rien à voir avec la distance parcourue, et pénétra dans le hall d'entrée peu éclairé où l'odeur de la nourriture et le cliquetis des plats l'arrêtèrent net.

— Dama ?

Esmay pivota mais c'était l'un des serviteurs, qui lui présentait une tasse et une note pliée posées sur un plateau. Elle refusa la tasse de thé d'un signe de tête, prit la note et monta à l'étage. Personne ne la suivit, personne ne s'imposa. Elle laissa la note sur son lit et remonta le couloir menant à la salle de bains.

La note, comme elle s'y attendait à moitié, provenait de son arrière-grand-mère. *Ton père m'a dit que je suis maintenant libre de te parler. Viens me voir.* Elle la déposa sur l'étagère surmontant la tringle à vêtements et y réfléchit. Elle avait toujours supposé que son père obéissait à sa grand-mère comme Esmay à son grand-père ; malgré les différences de rôle entre hommes et femmes, les aînés avaient toujours l'ascendant. Du moins l'avait-elle cru, imaginant que la chaîne d'autorité descendait, un chaînon à la fois, des aînés vers les plus jeunes en traversant toutes les générations.

Son arrière-grand-mère avait-elle vraiment connu la vérité sans *rien* lui dire ? Comment son père avait-il acquis tant de pouvoir ?

Elle s'allongea sur son lit, et au fil des heures, ne put trouver la force de bouger, de se lever pour aller se laver ou se changer ou même se détourner du carré de ciel qu'elle voyait s'assombrir du bleu au gris, puis au bleu nuit piqueté d'étoiles. Elle ne put rien faire d'autre que cligner des yeux quand ils lui brûlèrent à force de fixer la fenêtre. Rien faire d'autre que respirer.

Aux premières lueurs de l'aube, elle lutta pour se lever, morose et ankylosée. Combien de matins s'était-elle réveillée ainsi, espérant ne voir personne sur le chemin de la salle de bains, ou tandis qu'elle sortait. Et elle se retrouvait de nouveau là, censée être une héroïne (elle en aurait ri si elle l'avait pu), seule une fois de plus en haut de la maison de son père, et maussade des suites d'une nuit blanche.

Fermement, sur le ton qu'elle imaginait l'amiral Serrano employer, elle s'ordonna de se ressaisir. D'aller respirer l'air matinal, adouci par l'odeur des fleurs nocturnes sur le mur de la maison. Elle rejoignit la salle de bains, se doucha, se brossa les dents. Dans sa chambre, elle revêtit ses habits d'équitation. Quand elle redescendit, elle entendit les bruits familiers dans la cuisine où les cuisiniers travaillaient déjà. Si elle passait la tête, espérant pouvoir goûter la première fournée de plats, ils voudraient lui parler. Elle ignora donc la cuisine et poursuivit jusqu'à la réserve. Là-dedans, sur la droite si les habitudes n'avaient pas changé, se trouvait une jarre de pierre contenant du pain. N'importe qui pouvait se servir avant de sortir accomplir des tâches matinales.

L'écurie, toujours aussi active à la lumière du jour... Les valets et leurs assistants s'agitaient d'un box à l'autre dans un cliquetis de seaux. Elle se dirigea vers le bureau, où elle trouva son nom en haut de la liste des cavaliers du jour. Son père s'en était occupé, sans doute la veille au soir, mais elle n'en éprouva aucune gratitude. Une autre écriture avait ajouté le nom d'un cheval : Sam.

— Dama ? (C'était l'un des valets.) Quand vous serez prête, dama.

— Je le suis, répondit Esmay, la gorge sèche.

Elle aurait dû se munir d'une bouteille d'eau, mais n'avait pas envie de retourner la chercher. Le valet la précéda, descendit l'allée de cette grange pour entrer dans une autre et ressortir dans le manège d'entraînement, où un cheval bai qui semblait s'ennuyer posait le menton sur la barre à laquelle on l'avait attaché. Selle de randonnée, imperméable attaché derrière le troussequin, sacoches de selle, bouteille d'eau... Son père avait dû le préciser, là aussi. Le pain n'était pas nécessaire. Une bride de randonnée, dont on pouvait facilement détacher le mors afin de laisser paître le cheval, une longe reliée par un mousqueton aux anneaux permanents de la barre d'attache.

Le valet lui offrit ses mains jointes pour l'aider à monter en selle ; il défit le mousqueton de la longe et lui tendit l'extrémité pour qu'elle la range sous l'anneau de croupière.

— C'est un bon cheval, mais pas trop rapide, dit le valet, avant d'ouvrir le portail menant aux herbages du haut.

Elle tourna la tête de l'animal vers le chemin qui allait, des heures plus tard, la conduire à la vallée. Son corps trop raide finit par se détendre suivant le rythme de son pas et elle se força à regarder autour d'elle. La lumière matinale éclairait les renfoncements des montagnes sur sa droite, et les vastes herbages qui se déployaient à leur pied aussi loin qu'elle y voyait à l'est.

Elle se rappelait être venue ici à cheval dans son enfance. Elle avait toujours inspiré profondément, en passant le portail, car c'était synonyme de liberté. Des milliers d'hectares, des dizaines de sentiers, des cuvettes boisées cachées même dans ce territoire de vastes pâturages, et toute la topographie complexe des montagnes. Personne ne pouvait la trouver, une fois qu'elle était hors de vue de la maison. Ou du moins le croyait-elle alors.

Elle prit une profonde inspiration, qui resta coincée dans sa gorge. La colère lui pesait sur une épaule, la douleur sur l'autre. La puanteur des vieux mensonges lui remplissait le nez et elle ne pouvait penser à rien d'autre. Elle avait surmonté l'agression elle-même – elle avait, grâce à Seb Coron, survécu à l'agresseur. Mais pas aux effets, ni aux pires de tout, les mensonges.

Le cheval avançait d'un pas tranquille, comme le passage du temps, simple transition sans les changements nécessaires, sans guérison. Elle pourrait chevaucher éternellement (le cheval ralentit, et elle découvrit en levant les yeux qu'ils avaient atteint un embranchement du sentier ; elle le dirigea vers la droite) sans que ça lui apporte aucune aide. Rien ne lui en apporterait. Rien ne *pouvait* lui en apporter. Sur Altiplano, en tout cas.

Au deuxième embranchement, elle tourna de nouveau à droite. C'était idiot de rejoindre la vallée alors qu'elle se sentait de cette humeur, et pourtant ça l'avait déjà aidée par le passé. À d'autres sales périodes de sa vie, elle était allée y trouver la paix, du moins pour un temps. Elle poursuivit sa route, sans prêter attention à ce qu'elle voyait ou entendait. Tout ça lui faisait si mal. Au point où la souffrance devenait un brouillard blanc, comme la douleur physique d'alors.

Elle débattait toute seule et une partie d'elle-même défendait sa famille, encore maintenant. Ce n'était pas vrai qu'ils n'avaient rien fait ; l'homme était mort. *Mais c'était Seb Coron qui le faisait pour son père, pas son père qui le faisait pour elle.* Et si Coron avait menti sur ce point ? Ce n'était pas vrai que son père ne s'était pas soucié d'elle : il avait fait ce qu'il avait cru bon. *Mais sans effets positifs pour elle, et il n'avait pas changé d'avis. Lui dont la règle était : « Si une solution ne fonctionne pas, en essayer une autre. »*

Elle longeait maintenant le ruisseau, mais son flux grossi par les crues de printemps ne produisait qu'un bruit blanc qu'elle trouva agaçant. Trop fort à son goût. À l'ombre des arbres, elle avait froid ; au soleil, sa peau lui semblait brûler. Le cheval soupira et tira un peu en direction de l'eau. Elle l'arrêta, descendit avec des courbatures dans tous les muscles et le mena boire. Il plongea les lèvres dans l'eau et aspira ; elle voyait les gorgées remonter dans son gosier. Elle attendit qu'il ait fini, qu'il lève la tête, la regarde puis tente de s'éloigner en direction d'un carré d'herbe. Elle n'avait pas envie de remonter en selle, mais il le fallait.

Elle préféra marcher, menant le cheval par les rênes, jusqu'à avoir moins mal aux jambes. À en juger d'après le soleil, on devait être en fin de matinée. Elle n'avait plus très envie de poursuivre jusqu'à la vallée, mais où pouvait-elle aller? Quelqu'un l'interrogerait, sachant où elle allait toujours. Elle se hissa de nouveau en selle et reprit sa route.

La vallée semblait plus petite que dans son souvenir et ne lui inspirait rien de particulier. Les pins, les peupliers, le ruisseau, la prairie. Elle la parcourut du regard, s'efforçant de ressentir quelque chose. elle lui appartenait, lui appartiendrait à jamais, mais elle ne ressentait que douleur et vide. Elle se laissa glisser au bas du cheval et lui retira le mors. Elle pouvait se promener à pied, le laisser paître pendant une heure avant de reprendre la route. Elle pensa à desserrer la sangle, puis tira une bouteille d'eau de sa sacoche et but. Son corps avait envie de nourriture, mais pas son esprit; elle parvint à avaler la moitié du repas que les cuisiniers avaient empaqueté pour elle avant que son esprit ne remporte la bataille, et elle vomit ce qu'elle avait mangé.

Elle se sentit faible et s'assit sur le sol froid, la tête entre les genoux. Le cheval arrachait l'herbe près d'elle et ses bruits de mastication ponctuaient les pensées d'Esmay. Que pouvait-elle faire? Du vide derrière elle, du vide devant.

Au milieu de ce vide, ces quelques moments très nets où elle avait bien fait les choses, où elle avait sauvé des gens. Heris Serrano. Vida Serrano. Que diraient-elles à présent si elles savaient tout ceci? Est-ce que ça expliquerait les points qui intriguaient l'amiral? Est-ce que ça changerait quoi que ce soit? Ou serait-il pire, bien pire, de leur apprendre ce qui lui était arrivé? Son dossier était déjà entaché; elle savait depuis l'enfance que rien, dans une carrière militaire, n'est jamais totalement oublié ou pardonné. Si elle devenait autre chose que le jeune officier insipide et ordinaire issu d'une planète paumée, qui avait simplement fait ce qu'il fallait par hasard et sauvé la peau d'une Serrano. Si elle avouait être perturbée, esquintée, sujette aux cauchemars, elle courrait alors sans doute un plus grand danger. Le risque de se faire chasser, renvoyer chez elle, sauf qu'elle n'avait plus de chez elle. Pas cette vallée, ni nulle part ailleurs.

Quand ses idées s'éclaircirent, elle se força à boire de nouveau et mangea le reste du repas. Cette fois, elle ne le vomit pas. Il avait un goût de poussière et de bois mais resta en place.

Elle rentra bien avant le crépuscule et tendit au valet le cheval sec et rafraîchi avec un remerciement. Sa belle-mère rôdait dans le hall; Esmay la gratifia d'un signe de tête poli.

— Je suis allée trop loin, dit-elle. J'ai besoin d'un long bain et d'aller me coucher.

— Veux-tu que je te fasse porter un plateau?

Ce n'était pas la faute de sa belle-mère. Ça ne l'avait jamais été; Esmay ne pensait pas qu'elle ait même été au courant de l'histoire. Si son père avait gardé à ce point le secret, peut-être n'en savait-elle toujours rien.

— Merci, dit Esmay. De la soupe et du pain, ce sera très bien – je suis trop fatiguée.

Elle parvint à se traîner jusqu'à la baignoire et à en sortir, puis mangea la nourriture qu'on lui apporta. Elle laissa le plateau dans le couloir et s'allongea. Elle voyait tout juste le coin de la note de son arrière-grand-mère laissée sur l'étagère. Elle n'avait aucune envie de la voir ; elle ne voulait voir personne.

Le lendemain matin se passa légèrement mieux. Luci, qui ne savait visiblement rien, lui demanda de venir assister à une séance de dressage avec la jument baie. Esmay ne trouva aucune manière polie de décliner, et à la moitié de la séance, elle s'arracha suffisamment à ses pensées pour remarquer que le problème posé par le départ au galop venait de ce que Luci n'arrivait pas à garder sa hanche externe en place. Luci accepta la remarque de bonne grâce et offrit à Esmay un tube de pommade pour les courbatures dont elle souffrait visiblement. Elles allèrent déjeuner ensemble.

Dans l'après-midi, sa conscience ne lui permit pas de continuer à éviter son arrière-grand-mère.

— Tu es très en colère contre moi, dit celle-ci sans lever les yeux de sa broderie.

Elle devait se servir d'une loupe épaisse et d'une lumière spéciale, mais d'après Luci, elle y travaillait chaque jour.

— Je suis en colère, répondit Esmay. Mais surtout contre lui, je crois.

Elle parlait de son père, comme son arrière-grand-mère le comprit sans doute.

— Je suis toujours furieuse contre lui, dit l'arrière-grand-mère. Mais je suis trop vieille pour y consacrer beaucoup d'énergie. C'est très fatigant, la colère, alors je la rationne. Un mot blessant par jour, peut-être.

Esmay la soupçonnait de faire de l'humour à ses dépens, mais le visage de la vieille femme dégageait une vulnérabilité tranquille qu'elle ne lui avait jamais vue.

— Je voulais te dire que j'ai eu tort, Esmaya. C'est ainsi qu'on m'a élevée, mais j'ai tout de même eu tort. Tort de ne rien te dire et de t'abandonner comme je l'ai fait.

— Je vous pardonne, répondit très vite Esmay.

La vieille femme la regarda.

— S'il te plaît, pas de ça. Ne me mens pas, pas à moi. Les mensonges additionnés aux mensonges ne conduisent jamais à la vérité. Tu ne me pardonnes pas : tu ne peux pas me pardonner si vite.

— Je ne vous… déteste pas.

— Ne déteste pas ton père, non plus. Sois furieuse contre lui, oui ; il t'a blessée, il t'a menti, et ta colère est justifiée. Tu n'as pas besoin de lui pardonner trop vite, pas plus que tu ne me pardonnes. Mais ne le déteste pas, parce que ça ne t'est pas naturel, et que ça te détruirait.

— Je vais repartir dès que possible, dit Esmay. Et je ne reviendrai pas.

— Je sais. (De nouveau, cette impression de vulnérabilité, mais pas destinée à infléchir sa décision. Son menton se raffermit.) Luci m'a parlé de l'écurie. Tu as raison, et je la soutiendrai le moment venu.

— Merci, dit Esmay.

Ce fut tout ce qu'elle put répondre. Elle embrassa la vieille femme et s'éloigna.

Les jours se succédèrent lentement, puis les semaines. Elle les comptait, car elle n'avait aucune envie de provoquer un scandale en allant passer le reste de sa permission en ville, mais elle ne pouvait s'empêcher de regarder le calendrier. Sa résolution s'était consolidée : elle allait partir et ne reviendrait jamais. Elle nommerait quelqu'un gardien de la vallée (pas Luci, guère douée pour ces choses-là). Plus rien ici ne lui inspirait autre chose que douleur et chagrin ; la nourriture elle-même avait un goût infect dans sa bouche. Elle avait parlé chaque jour avec son père, d'autres choses ; elle avait éprouvé une réelle stupéfaction à voir comme ils arrivaient, tous deux, à éviter toute mention de ce désastreux après-midi. Sa belle-mère l'emmena faire des courses en ville ; elle se laissa vêtir d'habits convenables, qu'elle rangea dans son paquetage pour les emporter.

Puis arriva la dernière semaine… les cinq derniers jours… les quatre derniers. Elle se réveilla un matin tenaillée par la douleur d'avoir *été* dans sa vallée, mais de ne pas l'avoir *vue*. Elle devait s'y rendre une dernière fois, essayer de sauvegarder quelque chose, un souvenir véritable et agréable à la fois, un souvenir d'enfance. Elle avait monté à cheval presque chaque jour, pour tenir compagnie à Luci. Alors si un cheval était libre, elle pourrait y aller maintenant, aujourd'hui.

Pour la dama, il y avait toujours un cheval libre. Un cheval de randonnée ? Bien sûr, dama, et la selle, et la bride. Et le valet pouvait-il lui dire si ce cheval acceptait bien les entraves ? Très bien. Elle retourna dans la cuisine et y récupéra un déjeuner. Elle se sentait, sinon heureuse, au moins d'humeur positive. L'appel de la Flotte, se dit-elle, la certitude que, dans quelques jours, elle rentrerait vers son nouveau foyer, pour toujours.

La vallée s'ouvrit devant elle, toute magie retrouvée, telle que dans son enfance, telle qu'elle se la rappellerait à l'heure de sa mort. Elle méritait à peine le nom de « vallée », même si lorsque Esmay l'avait vue pour la première fois, beaucoup plus jeune, elle lui avait semblé immense. Elle voyait maintenant que ce n'était qu'un disque dans le flanc de la montagne, une clairière dans laquelle un petit étang s'écoulait par un ruisseau murmurant, qui ne deviendrait un cours d'eau plus violent et bruyant qu'un peu plus bas. D'un côté se trouvaient les pins sombres, secrets, se dressant sur des saillies rocheuses, et face à eux les peupliers aux troncs blancs et aux feuilles légères. Au cours de ce bref printemps montagnard, l'herbe nouvelle était piquetée de rose, de jaune et de blanc, anémones des bois et fleurs des neiges. Quelques semaines plus tard, les hauts lupins écarlate et bleu allaient fleurir, mais pour l'instant toutes les fleurs restaient près du sol.

Esmay se laissa aller en arrière sur la selle et prit une profonde inspiration. Elle avait envie d'inspirer, encore et encore, de se remplir de cette odeur résineuse de pin, de ce parfum vif de menthe et d'herbe, de la douceur des fleurs, de l'odeur piquante des peupliers et même de celle, aigre et fétide, des mauvaises herbes luxuriantes près de l'eau. Elle sentit les larmes lui monter aux yeux et réprima ses émotions. Au lieu de pleurer, elle mit pied à terre et mena son cheval boire dans l'étang. Puis elle retira les sacoches de selle et les jeta sur son épaule. Elle conduisit le cheval jusqu'au pin tombé à terre (toujours là après tant d'années) et le dessella. Elle posa la selle sur le tronc incliné, puis attacha l'animal avant de retirer la bride.

Le cheval s'avança vers la lumière du soleil, dans l'herbe de la prairie, où il se mit à paîtrc. Esmay s'installa sur le rocher bien pratique qu'elle avait placé là des années auparavant et s'appuya dos contre la selle. Elle ouvrit la dernière sacoche et en tira les feuilletés à la viande emballés par Veronica. Elle disposait de cinq heures de paix ici, avant de devoir repartir.

Elle avait grand-peine à croire que cet endroit lui appartenait désormais. Sa place était ici, avec cette pierre froide au lichen multicolore, avec ces arbres et cette herbe, avec la montagne elle-même. Mais par loi et coutume, selon leur expression, il lui appartenait désormais. Par loi et coutume, elle pouvait empêcher quiconque d'entrer ici. Elle pouvait l'isoler par des barrières, la protéger, y construire une maison où personne d'autre qu'elle n'entrerait jamais.

Autrefois, ç'avait été son vœu le plus cher. Une petite cabane, une ou deux pièces, à elle seule, qui ne contiendrait aucun souvenir, ici dans cet endroit splendide. Elle était alors enfant ; dans ses rêveries, la nourriture apparaissait sur la table sans le moindre effort de sa part. Le petit déjeuner se composait de céréales avec de la crème et du miel. Quelqu'un d'autre, une présence invisible et magique, lavait son bol sale. Elle prenait toujours son déjeuner dehors, généralement perchée sur un rocher en hauteur, à observer le ciel. Le dîner, dans ces rêves, se composait de poisson pêché dans le ruisseau, une truite des montagnes à la chair tendre, légèrement frite.

Pas ce ruisseau-ci, trop petit, mais à quelques kilomètres en aval. Elle avait pêché là-bas, la fois où elle avait campé une semaine : dans la réalité, non pas dans ses rêves, l'été de ses onze ans. Le poisson était aussi savoureux qu'elle l'avait imaginé, mais le trajet pour aller là-bas et en revenir l'avait convaincue de devoir chercher une autre source de nourriture.

Papa Stefan avait été furieux; son père aussi, quand il était rentré de Kharfra où des émeutes s'étaient déclarées (il semblait toujours y en avoir à Kharfra). Sa belle-mère avait paniqué, persuadée qu'Esmay s'était tuée. À l'évocation de cette dispute déplaisante, Esmay se sentit nouée, envahie profondément par un froid aussi glacial que la pierre. Elle s'écarta du rocher d'une poussée et alla marcher au soleil vers lequel elle étira ses bras.

Même à onze ans, elle savait déjà qu'elle ne se suiciderait jamais, quoi qu'il advienne. Arris l'avait-elle jamais dit à son père? Sans doute que non. Elle aurait craint d'ajouter aux tensions, aux difficultés, déjà présentes entre père et fille. Pauvre Arris, songea Esmay, fermant les yeux pour les protéger du soleil vers lequel elle levait le visage. Elle était arrivée six ans trop tard avec sa compassion, avec ses réactions horrifiées. Elle comprenait maintenant quelle impression de futilité Arris avait dû éprouver face à une belle-fille si difficile, si indépendante.

Esmay descendit la pente menant à l'étendue d'herbe. Elle s'accroupit, posant une main à terre. Le sol était frais (à cette hauteur, il ne paraissait chaud que les jours les plus étouffants du cœur de l'été) mais pas autant que la pierre. Elle s'assit dans l'herbe et s'appuya en arrière avec les mains jointes derrière la nuque. Au-dessus d'elle, le ciel matinal était d'un bleu ardent, le bleu précis qui lui semblait adéquat, qui la rendait le plus heureuse. Elle n'avait jamais trouvé ce bleu sur aucune autre planète. Sous ses épaules et son dos, la terre la soutenait avec une pression tout juste suffisante.

— Tu ne me facilites pas les choses, dit-elle à la clairière.

Ici et maintenant, elle n'imaginait plus quitter Altiplano à jamais, abandonner tout ceci à jamais. Le cheval, à quelques perches de là, dirigea une oreille vers elle sans cesser de mastiquer.

Elle s'étira sur le flanc et regarda les fleurs, se rappelant leurs noms. Certaines faisaient partie des souches d'origine de la terraformation, d'autres avaient été développées ici, pour ce monde bien précis, à partir de gènes terriens. Roses, jaunes, blanches, quelques-unes des minuscules fleurs indigo en forme d'étoile qu'elle avait secrètement surnommées «étoiles de vœux». Elle avait donné des noms à chacune d'entre elles en réalité, inspirés des noms de plantes dans les vieilles histoires, qu'il y ait un lien ou non. Elle avait repris les noms de lychnis, romarin, primevère dont elle aimait la consonance, mais pas campanule qu'elle trouvait ridicule. Elle les frôlait à présent du bout du doigt, répétant leurs noms: romarin rose, lychnis jaune, primevère blanche. C'était sa vallée, ses fleurs, et elle pouvait leur donner des noms. Pour toujours.

Elle jeta un coup d'œil au cheval. Il broutait avec application, sans même remuer les oreilles en signe de danger. Elle appuya de nouveau la tête sur son bras. Elle ressentait la chaleur du soleil là où il l'effleurait, ainsi que la fraîcheur de l'ombre. Elle sentit qu'elle se détendait pour la première fois depuis son arrivée (ou depuis combien de temps auparavant?) et laissa retomber ses paupières. Elle fit rouler son visage dans l'herbe odorante pour chasser le soleil gênant de ses paupières.

Et se réveilla en sursaut, poussant un cri, tandis qu'une ombre se penchait vers elle. Alors même qu'elle se relevait d'un bond, elle reconnut le cheval. Il s'ébroua et s'éloigna brusquement, luttant contre ses entraves, effrayé par la peur d'Esmay.

*Il voulait seulement une friandise*, se dit-elle. Son cœur battait à tout rompre ; elle avait la nausée. Le cheval, hésitant, s'était arrêté à une courte distance et la regardait avec les oreilles dressées.

— Tu m'as fait peur, dit Esmay au cheval. (Il poussa un long soupir bruyant pour lui répondre : «Moi aussi.») C'était ton ombre. Désolée.

Elle regarda autour d'elle. Elle avait dormi au moins une heure, plus probablement deux, et sentait la brûlure d'un coup de soleil sur son oreille. Elle portait un chapeau, mais pas quand elle s'était allongée. Idiote !

Quand son cœur ralentit, elle se sentit mieux, reposée. *Déjeuner*, lui rappela son estomac. Elle retourna vers le rocher, dégourdissant ses membres ankylosés, puis reprit son chapeau et le sac du repas qu'elle rapporta au soleil. Elle était maintenant prête pour le feuilleté à la viande, et le cheval apprécierait la pomme.

Après le déjeuner, elle longea le ruisseau et laissa son esprit vagabonder une fois de plus. Elle était rentrée chez elle, avait découvert la vérité et n'en était pas morte. Elle n'aimait pas beaucoup ça (cette vérité lui faisait mal, et elle savait que ça ne s'arrêterait pas), mais elle avait survécu à ces premières heures terrifiantes comme à l'agression initiale de son enfance. Elle se sentait tremblante, mais pas en danger de destruction.

Était-elle prête à abandonner ceci, cette adorable vallée qui l'avait si souvent aidée à s'accrocher à sa santé mentale? Le ruisseau gloussait et clapotait à ses pieds ; elle s'agenouilla et plongea la main dans le courant glacé. Elle adorait ce bruit, l'odeur piquante des herbes sur ses rives, la sensation de l'eau glacée sur ses mains et son visage quand elle se penchait pour boire. Elle adorait le *tonk* pesant d'un rocher contre l'autre quand elle se tenait sur le plus instable qui balançait d'arrière en avant.

Elle n'était pas obligée de décider maintenant. Elle avait des années. Si elle restait dans la Flotte, si elle gagnait une réjuv, elle disposait de très nombreuses années. Bien après la mort de son père, bien après la mort de tous ceux qui l'avaient trahie, elle pourrait rentrer dans cette vallée, toujours assez jeune pour en profiter. Elle pourrait construire sa cabane et vivre ici en paix. Son retour n'aurait pas à être douloureux ; elle pouvait éviter cette souffrance à force d'obstination.

Le visage passionné de sa cousine Luci s'imposa nettement pour s'opposer à cette idée, Luci qui avait la volonté de risquer la lutte, le conflit, la douleur… tout le contraire de la prudence. Mais Luci n'avait pas souffert autant qu'elle. Les larmes lui brûlaient de nouveau les yeux. Si elle ne gagnait sa paisible vallée qu'en survivant à tous ceux qui l'avaient trahie, Luci serait vieille, peut-être morte. Car combien de vies de durée normale vivrait-elle, avant de gagner sa retraite et la tranquillité de sa vallée?

Elle aurait aimé avoir Luci pour amie aussi bien que partenaire en affaires, Luci qui l'admirait comme personne ne l'avait jamais fait dans la famille.

— Ce n'est pas juste, dit-elle aux arbres, aux pentes, à l'eau qui gargouillait.

Une brise glacée glissa le long du lit du ruisseau et la fit frissonner. Quelle plainte idiote: il n'était pas question de justice dans la vie.

— Il m'a *menti*! hurla-t-elle soudain.

Le cheval leva brusquement la tête, oreilles tendues vers elle. Quelque part en amont, des geais se mirent à crier et s'enfuirent des fourrés en battant furieusement des ailes.

Puis le silence retomba. Le cheval la regardait toujours avec la méfiance que le comestible éprouve pour le mangeur, mais les geais s'étaient enfuis et leurs voix furieuses s'estompaient. L'eau gargouillait comme avant; la brise allait et venait comme le souffle d'une immense créature plus grande que les montagnes. Esmay sentit la rage la déserter, pas vraiment partie, mais la tension immédiate s'était apaisée.

Elle passa une autre heure à errer dans la clairière, en proie à des humeurs aussi changeantes que les nuages qui apparaissaient et disparaissaient au-dessus des pentes. De doux souvenirs d'excursions de son enfance (les fois où elle avait appris à grimper sur les rochers au pied de l'à-pic, celle où elle avait trouvé une rarissime salamandre à queue rousse, sous le rebord du plan d'eau le plus large du ruisseau) se superposaient et se juxtaposaient aux autres souvenirs, les mauvais. Elle songea à grimper de nouveau en haut de l'à-pic, mais elle n'avait pas apporté de matériel d'escalade, et ses jambes étaient déjà courbatues par l'équitation.

Puis, lorsque les ombres de l'après-midi commencèrent à grimper sur les rochers, elle rattrapa le cheval et le sella. Elle se surprit à se demander si son père avait parlé à papa Stefan, ou seulement à son arrière-grand-mère. Elle avait envie d'être furieuse contre son arrière-grand-mère qui n'avait pas contredit son père, mais elle avait vidé toute sa réserve de colère sur son père. Et par ailleurs, quand Esmay était rentrée de l'hôpital, son arrière-grand-mère ne se trouvait même pas à la maison. Était-ce *là* la raison pour laquelle elle avait déménagé – ou avait été chassée?

— Je suis encore une enfant idiote, dit-elle au cheval tandis qu'elle défaisait les entraves et se préparait à monter en selle. (Le cheval la regarda et remua une oreille.) Oui, et je t'ai fichu une trouille bleue, hein? Tu n'as pas l'habitude de ce genre de comportement chez les Suiza.

Elle descendit le sentier ombragé qui longeait le ruisseau, perdue dans ses pensées. Combien de personnes dans la famille connaissaient la vérité ou l'avaient connue? Luci mise à part, à combien pouvait-elle se fier?

Les herbages supérieurs, lorsqu'elle les atteignit, étaient toujours ensoleillés, épargnés par l'ombre des montagnes. Au sud, dans le lointain, elle vit du bétail se déplacer lentement. Au loin, les bâtiments de l'estancia se nichaient parmi les arbres verts comme de petits jouets peints de couleurs vives. Elle éprouva une curieuse bouffée de joie qui se transmit à sa monture, laquelle partit au trot. Elle ne ressentait plus ses courbatures. Sans même comprendre ce qu'elle allait faire, elle lança le cheval au petit galop puis le laissa accélérer. Le vent lui brûlait le visage. Ses cheveux flottaient derrière elle. Elle ressentait chaque traction individuelle sur son cuir chevelu, et la puissance de l'animal qui galopait au-dessous d'elle l'éleva loin au-dessus de la peur ou de la colère.

Elle parcourut le dernier kilomètre au pas, comme on le lui avait appris, et sourit à Luci qui rentrait tout juste de son entraînement de polo.

— Bonne promenade? demanda Luci. C'était toi qu'on a vue galoper dans les champs?

— Oui, dit Esmay. Je crois que je me suis rappelé comment monter.

Luci prit un air inquiet, et Esmay éclata de rire.

— Le marché tient toujours, Luci: je retourne dans la Flotte. Mais j'avais oublié à quel point monter peut être amusant.

— Tu n'avais pas l'air très heureuse.

— Non. Je ne l'étais pas, mais je vais le devenir. Ma place est là-bas, comme la tienne est ici.

Elles rejoignirent l'écurie ensemble. Esmay n'eut pas besoin d'en dire plus, car Luci était prête à parler des heures des talents de la jument baie et de ses propres ambitions.

# Chapitre 7

L'équipe du cabinet d'experts en analyse des matériaux spéciaux descendit de la ligne commerciale à Comus en même temps que tous les autres passagers, cent trente environ. Ici, à l'intérieur des Familias, les contrôles douaniers étaient superficiels. Un coup d'œil aux papiers, aux bagages… Leurs porte-documents identiques, leurs paquetages, arboraient tous le logo de la société.

— Conseillers techniques, hein? demanda l'inspecteur des douanes, visiblement très fier d'avoir deviné.

— C'est exact.

Gori offrit à l'homme ce sourire franc et amical qui était parfois juste un peu trop mémorable. Arhos se demanda s'il avait bien fait de laisser venir Gori – mais c'était le meilleur pour ce type de mécanisme, il battait tous les autres de trente secondes. Et il allait augmenter leur profit sur le contrat de la Flotte: trente secondes cent fois par jour, c'était cinquante minutes de gagnées.

— Quelle belle vie, dit le douanier. J'aimerais bien être conseiller technique.

Il les laissa passer.

— Ils trouvent toujours ça très prestigieux, marmonna Losa, à peine audible. S'ils devaient passer tout leur temps sur la route, entendre râler chez eux…

— Tu n'avais qu'à pas épouser ce loser, répondit Pratt.

C'était un vieux scénario sur lequel ils pouvaient broder des heures.

— Ce n'est pas un loser, il est juste sensible.

— Les artistes, dit Gori. Je ne sais pas pourquoi les femmes intelligentes s'entichent toujours de pauvres types qui se disent créatifs.

Losa poussa un soupir vexé, ce qu'elle faisait très bien.

— Ce n'est pas un pauvre type! Il a vendu trois œuvres...

— En combien de temps? demanda Gori.

— Arrête, dit Arhos, comme le ferait tout manager. Ce n'est pas important – Gori, laisse-la tranquille. Elle a raison: les gens croient que notre boulot est prestigieux, et s'ils savaient à quoi ça ressemble vraiment de passer tout son temps sur la route, de travailler de longues heures pour des gens qui sont déjà furieux d'avoir dû nous embaucher, ils se raviseraient. Mais plus de problèmes personnels sur ce voyage, d'accord? On va se retrouver coincés ici longtemps, inutile d'en rajouter.

— D'accord, dit Gori avec un regard en biais vers Losa.

— Je dois m'arrêter ici, dit Losa, qui disparut aux toilettes des dames sans un coup d'œil à Gori.

Arhos lança un regard mauvais à Gori, qui haussa les épaules. Pratt secoua la tête. Les deux femmes subalternes, techniciennes récemment récupérées d'une grosse boîte qui ne leur offrait pas assez de défis, échangèrent des coups d'œil et se dirigèrent aussi vers les toilettes.

— Allez-y, dit Arhos. On a bien le temps.

— C'est elle qui est sensible, dit Pratt, poursuivant la dispute même en l'absence de Losa.

— Arrête. Ça ne sert à rien, et on ne peut pas diriger sa vie.

Le reste de l'équipe les rejoignit et encombra le passage jusqu'au retour de Losa et des autres femmes. Puis, sans un mot, ils gagnèrent la porte qui séparait l'espace militaire de l'espace civil. Ici, au lieu d'un inspecteur des douanes en train de s'ennuyer, ils se trouvèrent face à un groupe de gardes militaires, énervés et vigilants.

— Arhos Asperson, membre du cabinet d'experts en analyse des matériaux spéciaux, dit Arhos en leur tendant ses papiers. Voici le contrat...

Il tendit un cube de données, frappé de l'insigne de la Flotte sur un côté et d'une gravure élaborée à l'eau-forte sur les autres. Il leur avait fallu deux ans pour produire une copie du matériel de la Flotte, si bien qu'ils pouvaient fabriquer leurs propres cubes au lieu de devoir les voler et les reprogrammer. Puis ils avaient obtenu ce contrat parfaitement légitime et n'avaient pas eu besoin de recourir à leur faux.

— Oui, monsieur, dit le premier garde. Et combien de personnes compte votre groupe?

— Sept, dit Arhos.

Il s'écarta tandis que le deuxième garde récupérait les papiers de tout le monde. Il se serait inquiété, sur Sierra Station, même avec un véritable cube de la Flotte. Même s'ils s'étaient déjà servis auparavant de faux cubes militaires, de faux papiers, la Flotte était d'une vigilance peu coutumière, en raison des répercussions de Xavier. Il ne s'attendait ici à aucun ennui – et en réalité, le lecteur de cubes avait déjà accepté, puis recraché, le faux cube.

— Tout est en ordre, monsieur, dit le garde. Nous allons devoir contrôler tous vos bagages, bien sûr.

Arhos tendit son paquetage et son porte-documents. Du matériel électronique civil standard : bloc-notes, lecteur de cubes, cubes, ordinateurs portables de toutes tailles depuis le format poche au matériel de briefing, kits d'accès aux communications, baguettes de données…

— Vous ne pouvez pas utiliser ceci à bord, monsieur, dit le garde en lui montrant le kit de com et la baguette de données.

— Non, je comprends bien. La dernière fois, vos hommes nous avaient fourni un casier verrouillé.

— Nous pouvons faire ça, monsieur, dit le garde avec un soulagement évident.

Les experts sans expérience répondaient parfois avec insistance qu'ils ne renonceraient à aucune de leurs possessions, et n'obtenaient plus de contrats. L'autre garde, remarqua Arhos, appelait quelqu'un dans le territoire de la Flotte, et un pivot apparut bientôt avec un chariot à bagages et un conteneur muni d'un verrou pour le matériel prohibé.

— Vous n'êtes pas obligés de le verrouiller maintenant, dit le garde. Si vous voulez passer des appels depuis les zones de la Flotte, c'est autorisé depuis n'importe quelle cabine de code bleu. Mais avant de monter à bord…

— Nous comprenons bien, dit Arhos.

Il savait qu'il y aurait une autre fouille avant leur arrivée à bord.

La zone militaire de Comus Station disposait de ses propres restaurants, bars, boutiques et zones de loisirs, et même d'un dortoir public payant. Ils avaient largement le temps de traîner avant le départ de leur vaisseau.

— Quel est précisément votre domaine d'expertise, Dr Asperson ?

Arhos laissa un coin de ses lèvres se retrousser d'amusement contenu face à la naïveté de la question.

— Je suis diplômé en systèmes logiques et en analyse de substrats.

Le jeune officier cligna des yeux.

— … Substrats ?

— Classés secrets, je le crains, répondit Arhos avec un petit mouvement de tête pour en retirer le mordant.

— Lieutenant, je crois que vous avez des tâches en attente, dit le capitaine de corvette en tête de table.

— Bien sûr, capitaine.

Il s'éloigna d'un pas pressé.

— Je suis désolé, dit le capitaine de corvette.

Il ne portait aucun insigne avec son nom ; aucun des officiers présents à bord d'un si petit vaisseau n'en portait.

— Veuillez nous pardonner. Nous n'avons pas l'habitude de transporter des civils…

— Bien sûr, répondit Arhos. Mais vous comprenez notre situation ?

— Bien entendu. Simplement, je n'ai pas reconnu le nom de votre société.

— Des sous-traitants, dit Gori avec un sourire. Vous savez ce que c'est : on travaillait pour les grandes sociétés, tous autant que nous sommes, et puis nous nous sommes mis à notre compte. Nous avons obtenu nos premiers boulots en tant que sous-sous-traitants, et maintenant nous progressons vers le statut de sous-traitants.

— Ça doit être difficile de vous débrouiller seuls après avoir travaillé pour une grande société, dit l'officier.

Il était en train de gober toute l'histoire.

— Ça l'a été, répondit Arhos. Mais nous avons dépassé le stade où nous nous demandions comment payer le loyer.

— J'imagine, dit l'officier avec un sourire entendu, en référence à la qualité de leurs habits, aux porte-documents coûteux qu'ils transportaient.

— Pas que le profit soit facile, dit Arhos avec cette emphase qui impressionnait tant les militaires. Nous travaillons beaucoup plus dur qu'avant – mais c'est pour nous-mêmes. Et pour vous, bien sûr !

— Bien sûr.

À Sierra Station, ils n'eurent aucune douane à passer, rien qu'un long trajet à pied qui longeait un bras de la station et en empruntait un autre. On leur avait adjoint une escorte, en apparence pour s'assurer qu'ils ne se perdent pas ; les civils ne rôdaient pas dans les sections militaires des stations (surtout des stations si proches des frontières) sans escorte. Avec la confortable insouciance de ceux qui n'avaient de toute manière aucune mauvaise intention, l'équipe avançait d'un pas tranquille, bavardait à bâtons rompus de la nourriture qu'on leur avait servie et de celle qu'ils espéraient manger.

La baie d'arrimage du *Koskiusko* était réservée aux navettes. Une fois là, Arhos tendit le cube du contrat au garde responsable, qui l'introduisit dans un lecteur de cubes.

— Je vous appellerai, monsieur, mais la prochaine navette n'arrivera pas avant deux heures au moins. La petite capsule est à mi-chemin avec un officier à bord, et la navette est déjà remplie de cargaison : il ne reste pas de place pour vous, et elle se trouve à Orange 17 de toute façon.

— Aucun problème. En attendant, est-ce qu'il y a un endroit où prendre un verre ?

— Pas vraiment – il y a un distributeur de nourriture dans ce couloir, là-bas, entre les toilettes, mais rien de très bon.

— Rien de mangeable, grommela un autre garde. Le service alimentaire de la station est censé remplacer les en-cas avant qu'ils ne deviennent tout verts, mais…

— On pourrait commander quelque chose, dit le premier garde. Ils font des livraisons depuis le côté civil, mais il y a des frais.

— Ce serait parfait, dit Arhos. Nous sommes arrivés sur un vaisseau qui était décalé de cinq heures par rapport au temps de la station au moment du dernier saut, et j'aurais bien apprécié de manger un morceau. Et si votre temps de pause est proche…

— Non, merci, monsieur. Voici la carte des commandes.

— Vous n'êtes jamais montés à bord d'un VMH? demanda le jeune homme aux yeux brillants qui les escortait depuis la baie d'arrimage.

— Non. Des chantiers sur des stations, quelques croiseurs, mais aucun VMH.

— Je vais vous chercher une puce du vaisseau, dit le jeune homme.

Il actionna un panneau de commandes et entra une séquence si vite qu'Arhos ne put déterminer l'emplacement des capteurs sur la surface lisse. Un bip retentit et des disques minuscules tombèrent en cliquetant dans un réceptacle situé sous le panneau.

Arhos examina le sien en se demandant comment l'activer.

— C'est vocal, s'empressa d'expliquer le jeune homme. Il projette un itinéraire depuis votre position jusqu'à l'endroit que vous nommez – enfin, pour les zones de basse sécurité. Si vous avez besoin d'accéder aux zones de haute sécurité, vous allez devoir le faire reprogrammer. Il faudra vous adresser à la zone administrative du vaisseau, où la puce pourra vous conduire. Enfin c'est moi qui vais le faire cette fois-ci, vu que c'est là que vous devez aller en premier lieu, mais le reste du temps…

— Je vous remercie, dit Arhos.

Derrière lui, le reste de l'équipe le remercia par des murmures appropriés.

On les fit passer de bureau en bureau dans la zone administrative, où ils récupérèrent des insignes d'identité, des cartes d'accès à un certain nombre d'espaces et un nouveau jeu de puces. Puis quelqu'un vint les chercher pour les conduire aux bureaux administratifs du 14e chantier de maintenance lourde.

— Nous n'avons pas de glisseurs, mais nous avons des tubes ascensionnels, leur dit-on. N'essayez pas de monter sur les chariots robotisés: ils sont programmés pour s'arrêter s'ils détectent une masse supplémentaire.

Ils passèrent les premiers jours à parcourir l'inventaire, à parler de leur plan avec le chef technicien, un major à la calvitie naissante du nom de Furlow.

— Je crois que le quartier général se fourre encore le doigt dans l'œil, dit Furlow lors de la première réunion. Reprogrammer *tous* les codes de guidage des armes? Ça implique de partir du principe que tous les gens qui se chargent du boulot sont loyaux et compétents. (Il lança vers Arhos un regard en biais.) Je ne dis pas que vous ne l'êtes pas, mais c'est un trop gros travail pour qu'il se déroule sans problèmes.

— Vous avez sans doute raison, dit Arhos. Mais je refuse de renoncer à un contrat. C'est comme ça qu'on gagne notre vie.

— Oui, eh bien… (Soupir appuyé.) Je sais que vous avez les autorisations des divinités supérieures mais, quand je suis de quart, ces armes sont sous ma responsabilité et je veux qu'un de mes hommes vous accompagne.

— Bien sûr, répondit Arhos. Nous ne voulons pas non plus de malentendus. Voici le protocole qu'on nous a envoyé. Je suppose que vous avez l'autre partie?

— En effet. (Le major prit la version d'Arhos et se mit à l'examiner.) Une perte de temps exaspérante, mais ça va marcher. Combien de temps leur avez-vous dit que ça prendrait?

— Cinq minutes par arme, une heure pour rééquiper entre les différents types d'armes. C'est ce que ça prenait sur les râteliers qu'ils avaient modélisés pour qu'on fasse une offre. (Arhos s'autorisa à sourire.) Nous battions d'une minute le plus rapide sur chacun, et de dix bonnes minutes pour rééquiper. Puis quand ils nous ont fait travailler sur un engin de patrouille, nous arrivions à travailler aussi vite même dans des situations serrées. On ne nous a pas dit en quoi consistait votre inventaire, bien sûr. Nous sommes seulement censés le faire jusqu'au bout. Et puis quand les autres vaisseaux reviendront du déploiement, on fera aussi les leurs.

— J'imagine, dit le major, qu'il n'y avait pas beaucoup de gens qui voulaient passer une année standard ou plus ici, dans le secteur 14.

— Pas beaucoup, reconnut Arhos. La Flotte avait beaucoup de contrats à distribuer pour ce boulot, et la plupart étaient soit plus gros, soit plus petits, ou dans des coins plus populaires. Il se trouve que notre profil convenait pour celui-ci – et que nous nous en sommes bien sortis pendant la série de tests.

— Humph. (Le major ne semblait pas plus heureux pour autant, mais déjà légèrement moins hostile.) Eh bien, vous avez du pain sur la planche. Nous avons entreposé les armes de tout le secteur 14. Il n'y a pas de base arrière ici, pour des questions de sécurité: Sierra Station reçoit pas mal de trafic civil, et on sait qu'une partie est constituée d'agents de la Horde Sanguinaire.

— Alors on ferait mieux de se mettre au travail, non?

Le major ne bougeait toujours pas.

— Ça ne va pas être si facile. C'est un gros truc, mais pas assez gros pour que l'inventaire reste bien sagement aligné. Les armes et les systèmes de guidage sont entreposés séparément, et comme les systèmes de guidage sont compacts, on les a rassemblés là où ils rentraient. Rien à voir avec la manière dont vous avez travaillé sur ce vaisseau de patrouille. Au moins, nous avons un système automatique. Je vais vous montrer une vidéo.

Il passa la main sur le panneau de commandes de son bureau et un écran apparut sur le mur.

— Voici une des baies d'inventaire dans lesquelles les systèmes de guidage sont entreposés.

Des casiers s'élevèrent du pont au plafond, le long de rails verticaux, schéma familier des systèmes d'inventaire automatiques.

— Comme les systèmes de guidage sont petits, et comme on réapprovisionne rarement les vaisseaux de guerre, on les range par taille, pas par type.

— Alors on va devoir passer là pour les retirer un par un?

— Pas tout à fait. Mais un casier à la fois. Dans cette baie, pour l'instant, il y a… (le major activa une autre commande qui fit apparaître un écran sur son bureau) huit mille deux cent soixante-quatre modules ASAC-32. Mais ils se trouvent sur au moins huit piles différentes, et je parierais qu'un imbécile en a déplacé quelques-uns en entreposant d'autres articles, et n'a pas pris la peine de remettre le fichier à jour.

— Votre système automatique ne peut pas le faire?

— Comme ci comme ça. (Le major agita la main pour reproduire ce geste vieux comme le monde.) Les éléments de haute sécurité disposent d'un traceur émettant un signal qui s'éteint quand on le sort de la cale, mais pas quand on le déplace de quelques mètres. Nous aurions dû passer tout notre temps à recoder les traceurs – nous sommes toujours obligés de faire entrer et sortir des articles.

— Donc vous savez qu'ils sont là, et vous savez sans doute où se trouvent la plupart, mais…

— Mais pas tous. Raison pour laquelle cette idée est débile, conçue par quelqu'un qui n'a jamais vu de grand inventaire de réparation. (Le major sourit.) J'espère qu'ils vous payent à la journée et pas à la pièce, sinon vous allez passer l'éternité ici sans gagner un rond.

Arhos ne savait pas trop si cette perspective gênait le major, mais elle le contrariait bien, lui. Il avait redouté que le travail ne soit terminé trop vite – qu'ils se retrouvent obligés de le faire durer – qu'ils n'aient pas à parcourir une assez grande surface du vaisseau avant de trouver le mécanisme d'autodestruction. Au lieu de quoi, ils allaient rester ici bien trop longtemps, et même s'ils avaient un accès illimité à tout le vaisseau, ils seraient peut-être trop occupés pour s'en servir.

— Je me demande si Burrahn, Hing & Cie ont eu des échos de ce problème, et si c'est pour ça qu'ils n'ont fait aucune offre sur ce boulot, dit-il en scrutant le visage du major.

Celui-ci ne cilla pas, mais quelqu'un avait dû cafter. Maudite Horde Sanguinaire !

— Au moins, nous sommes payés à la journée… Ça va être une belle saleté.

Arhos observait ses partenaires tout en jetant des coups d'œil lourds de sens au cylindre gris posé entre eux sur la table. La Flotte attendait d'eux qu'ils désactivent les scans les plus simples de leur compartiment. Arhos n'avait pas caché le mécanisme. Il l'allumait à présent. Les voyants clignotèrent violemment : il avait détecté des signaux qu'ils ne pouvaient brouiller. Il s'y était attendu. Pour l'instant, il importait que la Flotte croie que ses scans les plus délicats fonctionnaient ici. Ce que cachait le cylindre familier, sous le sceau de la Compagnie Morin, servirait plus tard, et donnerait lieu à des conversations plus secrètes. Ses partenaires le sauraient et interpréteraient ses propos à la lumière de la prudence actuellement nécessaire.

— Nous avons un problème, commença Arhos une fois l'équipe rassemblée.

Il répéta brièvement l'explication du major sur le mode d'entreposage des systèmes de guidage sur le *Koskiusko.*

— Ça va prendre beaucoup plus longtemps que prévu. Ce serait peut-être mieux de commencer par les armes à bord des vaisseaux de guerre, comme nous connaissons leur disposition.

— Mais notre contrat établit que nous devons commencer par le VMH, intervint Losa, maligne.

— Oui, mais on ne nous a pas raconté toute l'histoire. Avec cet arrangement, il y aura pas mal de temps mort : on restera là à poireauter pendant qu'ils chercheront où se trouvent certaines des armes. Je suis en train de me demander s'il vaut mieux ou non réorganiser tout le travail.

Ce qui serait difficile, avec un contrat signé ; il devrait prouver que la Flotte n'avait pas fourni les informations nécessaires. Il n'était pas sûr de pouvoir compter sur le major Furlow pour avancer les preuves, s'il fallait en arriver là.

— Une suggestion, commença Gori.

— Vas-y.

— Pourquoi ne pas séparer l'équipe et envoyer plusieurs personnes vers les plus gros vaisseaux de guerre ? Comme ça, les heures de temps mort seront moins importantes.

— Peut-être. En fait, c'est une bonne idée. Nous n'aurons pas à nous inquiéter.

*Qu'ils remarquent quoi que ce soit,* omit-il de préciser, mais les sourcils levés de Gori lui apprirent qu'il avait très bien compris son sous-entendu.

— On n'a pas l'air de pleurnichards, on travaille plus vite et on est ici pour montrer que les meilleurs de nos gars sont capables de faire face à l'imprévu.

Losa paraissait enthousiaste; ses yeux pétillaient. Arhos pesa le pour et le contre, et l'idée lui plaisait de plus en plus. Il craignait surtout que l'un de leurs propres hommes remarque quoi que ce soit. Pourtant, le contrat de la Flotte demandait une plus grande équipe. De cette façon, il se débarrassait de ces esprits vifs et inquisiteurs, d'une manière qui n'attirerait aucun soupçon sur les partenaires.

— Très bien, dans ce cas. Je vais parler au bureau de l'amiral. Si on doit renvoyer des gens, il faut le faire avant Sierra.

D'Altiplano à Comus Station, Esmay voyagea par transporteur civil, un vaisseau passager aux horaires réguliers. Au cours de ses trente jours de permission, d'autres informations avaient envahi les écrans. Personne ne sembla la reconnaître dans ses habits civils et elle en conçut une certaine gratitude. Elle divisa son temps entre ses propres quartiers et les somptueuses machines de remise en forme du transporteur. C'était curieux de se trouver à bord d'un vaisseau sans avoir de tâches assignées, mais elle n'allait pas attirer l'attention sur elle en traînant autour de l'équipage d'un air nostalgique. Mieux valait transpirer sur les machines d'exercice, puis se rafraîchir dans la piscine. Elle comprenait vaguement que certains usagers habitués des machines de culture physique avaient peut-être envie de bavarder, mais c'était difficile en parcourant des longueurs régulières à la nage. Dans ses quartiers, elle étudiait scrupuleusement des séries de cubes éducatifs, tout ce qui semblait présenter un intérêt dans la bibliothèque du vaisseau.

À Comus, elle choisit de parcourir à pied la distance entre la baie d'arrimage du vaisseau de grande ligne et la porte de la Flotte plutôt que d'emprunter un glisseur. Elle avait besoin de faire quelques achats; elle voulait remplacer tous les vêtements apportés d'Altiplano. C'était du gâchis, admit-elle, de jeter des habits en parfait état mais elle ne voulait rien qui la relie à son passé. Lorsqu'elle trouva un point de vente de Charité Spatiale, elle y déposa le contenu de ses bagages, sauf son paquetage de la Flotte.

Elle avait besoin de peu, en réalité. Quelques habits d'intérieur et une bonne tenue de cérémonie. Elle trouva tout dans le premier magasin où elle entra, choisit les articles sans perdre de temps. Peu importait ce qu'elle portait hors de ses heures de service. Il lui tardait de rejoindre le territoire militaire. Lorsqu'elle atteignit la porte de la Flotte, le « Bienvenue chez vous, lieutenant» lancé joyeusement par la sentinelle lui remonta le moral de trois crans.

Esmay découvrit sa nouvelle affectation quand elle vérifia son courrier privé. Elle s'était attendue à devoir se rendre sur Comus elle-même (sinon, pourquoi l'envoyer ici, pour commencer?) mais son ordre de mission la dirigeait vers Sierra Station, où elle servirait auprès du 14e chantier de maintenance lourde à bord du *Koskiusko*. Elle n'avait jamais entendu parler de ce vaisseau. Lorsqu'elle chercha ses références dans le tableau des vaisseaux, elle découvrit que c'était un VMH, un vaisseau de maintenance hyperspatial, appartenant à la deuxième vague de déploiement en provenance de Sierra Station.

Quelqu'un devait sérieusement lui en vouloir. Les vaisseaux de maintenance étaient énormes, disgracieux, compliqués et totalement dénués de prestige. Pire encore, les VMH étaient un cauchemar de logistique, proie naturelle et légitime de tout inspecteur général : il était impossible de les garder parfaitement en ordre, de tenir un inventaire détaillé, car on leur empruntait toujours des éléments en faveur d'autres vaisseaux. De manière légitime, mais inévitable, la paperasse avait un temps de retard sur la réalité.

Pour cette raison, entre autres choses, très peu de gens (exception faite des spécialistes qui s'occupaient de réparations effectives sur d'autres vaisseaux) souhaitaient se retrouver affectés sur un VMH. Les jeunes officiers voyaient dans ces affectations la preuve qu'on leur en voulait. Esmay adhérait à l'opinion générale sur ce point-là au moins, et y vit la preuve que sa disculpation par la cour officielle n'avait pas convaincu tout le monde de son innocence. Elle vérifia le prochain transfert disponible vers Sierra Station. Comme elle était arrivée sur Comus près de vingt-quatre heures avant la fin de sa permission, elle pouvait tout juste prendre un vaisseau de ravitaillement de la Flotte vers Sierra et elle n'avait aucune bonne excuse pour ne pas le faire, puisqu'elle était officiellement en service depuis l'instant où elle s'était connectée pour consulter son ordre de mission.

Après vérification, il restait une place libre sur le vaisseau de ravitaillement, et elle avait deux heures pour se présenter à bord. Un employé qui s'ennuyait visiblement tamponna et valida son ordre de mission original et révisé, remit à jour ses papiers d'identité et ses dossiers. Elle fit un passage éclair au minuscule magasin de l'armée pour récupérer son nouvel insigne (l'employé lui dit que sa promotion au grade de lieutenant était devenue effective pendant sa permission) et une étiquette du *Koskiusko* pour son paquetage. Ce n'était pas obligatoire, dans la mesure où elle n'avait pas signé à bord, mais son paquetage avait de plus grandes chances d'arriver à bon port avec une étiquette qu'avec un nom et un chiffre. Quand elle atteignit la baie d'arrimage du vaisseau de ravitaillement, elle se retrouva à faire la queue avec une demi-douzaine d'autres personnes de la Flotte en cours de transfert. Personne ne la dévisagea ; personne ne semblait savoir qui elle était, ni s'en soucier. La plupart des conversations tournaient autour d'un match de parpaun disputé récemment entre les équipes de deux vaisseaux arrimés (apparemment, quelqu'un avait marqué à la suite les trois buts possibles), mais Esmay n'avait jamais compris grand-chose au parpaun. Pourquoi deux balles? Pourquoi trois buts de couleurs différentes? À quoi rimait tout ça? se demandait-elle souvent, sans jamais le formuler. Mais elle se réjouissait d'entendre les autres s'enthousiasmer pour quelque chose d'aussi banal et espérait que son heure de gloire avait bel et bien pris fin.

Le vaisseau ravitailleur transportait des composants qui serviraient à ravitailler le *Koskiusko.* Son commandant en second avait vu l'ordre de mission d'Esmay et l'avait affectée à la vérification de l'inventaire. Seize jours passés à compter les turbines, les rondelles-joints, les longueurs de tuyaux, les attaches de toutes sortes, les tubes d'adhésif, les mises à jour de manuels de réparation (à la fois sur cube et sur copie papier) Esmay décida que quelqu'un, au quartier général, devait *vraiment* la détester.

Elle était douée pour ces choses-là ; elle n'eut pas de mal à rester concentrée. Le quatrième jour, elle remarqua que l'une des 562 boîtes censées contenir des vis stelliformes de 85 mm avec des filets d'inclinaison 1/10 et de 3 mm d'intervalle portait une étiquette mentionnant des filets d'inclinaison 1/12 et de 4 mm d'intervalle. Deux jours plus tard, elle trouva trois tubes d'adhésif qui avaient des fuites et s'étaient collés aux tubes voisins dans un conteneur ; la décoloration des étiquettes indiquait qu'ils étaient défectueux depuis le début, ce dont elle prit note. Elle en comprenait la nécessité – quelqu'un trouverait les erreurs, et mieux valait maintenant qu'au milieu d'une réparation d'urgence –, mais ce n'était pas le type de travail prestigieux qu'elle avait en tête quand elle rêvait de quitter Altiplano. À chacun de ses départs.

Elle se demanda si elle allait passer tout son temps à bord du *Koskiusko* à faire la même chose. Ce seraient là deux années bien longues. Elle ne rêvait pas de notoriété, pas exactement, mais aurait apprécié quelque chose de plus intéressant qu'un inventaire.

Pendant son temps de repos, elle écouta les fans de sport, espérant un changement de sujet, mais ils semblaient n'avoir aucun autre centre d'intérêt. Apparemment, ils avaient tous fait partie d'une équipe de parpaun à un moment ou un autre, et après avoir passé en revue le match récent, ils prenaient plaisir à se raconter tous les matchs qu'ils avaient jamais disputés. Esmay les écouta assez longtemps pour comprendre enfin quelles étaient les règles, et pourquoi deux balles (chaque équipe avait la sienne, et on ne pouvait marquer de points avec la balle de l'équipe adverse qu'au troisième but, le « neutre »). Mais le jeu lui semblait toujours d'une complexité absurde, et les non-joueurs s'ennuyaient autant à en entendre parler qu'avec n'importe quel autre sport.

Elle finit par abandonner et se mit à lire les cubes de support technique du vaisseau ravitailleur. Contrôle, principes et pratique des inventaires. La conception des systèmes d'inventaires automatiques. Même la lecture d'un article sur les «systèmes de reconnaissance statique de munitions» (dont elle n'imaginait pas pouvoir avoir besoin) valait mieux que le quatre-vingt-huitième récit d'un match qu'elle n'avait pas vu et dont elle se moquait de toute façon. Elle était certaine de ne jamais se trouver face à une mine Barasci V-845 ni face à sa cousine plus vicieuse, la Smettig Série C, mais elle fixa l'écran jusqu'à s'assurer de les reconnaître si elle avait un jour la malchance d'en croiser une.

Sierra Station servait des intérêts à la fois militaires et civils, mais ceux de la Flotte prédominaient. Deux longs bras n'accueillaient que les vaisseaux militaires. Esmay regarda défiler les noms sur l'écran du carré. Le *Pachyderme*, le plus ancien croiseur en activité, et le plus gros de la Flotte. Le *Plénitude*, le *Sauvage* et le *Vengeance*, croiseurs assez semblables au *Vigilance* d'Heris Serrano. Le *Plénitude* avait une étoile à son actif: c'était le vaisseau amiral d'un groupe de combat. Un troupeau d'engins de patrouille: le *Maestria*, le *Ptérophile*, le *Singularité*, l'*Autocratie*, le *Vaurien*, le *Fugitif*, le *Renard*, le *Mépris*... Le *Mépris*? Qu'est-ce que le *Mépris* faisait ici?

Esmay sentit un grand froid la traverser. Elle avait laissé ce vaisseau très chanceux (d'une certaine manière) et malchanceux (d'une autre) pratiquement à l'autre bout de l'espace des Familias. Elle ne s'était pas attendue à retrouver le *Mépris* à moins de se voir transférer dans son secteur. Pourquoi l'avait-on même déplacé? Et pourquoi, surtout, *ici*?

Elle ne voulait pas le savoir. Elle n'avait aucune envie de revoir ce vaisseau; le souvenir de la victoire ne pouvait effacer ce qui l'avait précédée, la mutinerie sanglante et les erreurs qu'elle avait commises ensuite.

Elle chassa cette idée. Elle ne pouvait pas se laisser ainsi déstabiliser, et il y avait peu de risques qu'elle ait la moindre interaction avec le *Mépris* et son nouveau capitaine.

Le *Koskiusko*, indiquait l'écran, qui clignotait à présent car elle avait placé un traceur sur le nom. Elle nota l'allée et le numéro de dock dans son bloc-notes personnel. Un coin de l'écran vira au jaune, puis le numéro du dock d'arrivée clignota en bleu. Esmay consulta la carte de la station. Le *Koskiusko* se trouvait tout au bout du bras le plus long, mais elle pouvait le rejoindre sans passer à proximité du *Mépris*.

Lorsqu'elle atteignit la porte, deux membres de la sécurité de la Flotte vérifièrent une nouvelle fois son ordre de mission. À sa grande surprise, ils ne firent aucun geste pour ouvrir le sas d'accès.

— Ça prendra quelques minutes, lieutenant, dit l'un d'entre eux.

Il arborait des bandes de sergent sur son uniforme, et son insigne d'unité indiquait Sierra Station, pas le *Koskiusko.* Esmay remarqua que nulle part sur le pont de la zone entourant la porte ne figuraient les bandes traditionnelles séparant l'espace du vaisseau de celui de la station.

— Ils ont envoyé une capsule, mais elle n'est pas encore là.

— Une capsule?

— Les VMH ne s'arriment pas aux stations elles-mêmes.

Le ton restait prudemment respectueux, mais Esmay eut la sensation d'avoir posé une question stupide.

— Ils sont trop gros: la masse relative du vaisseau perturberait la gravité artificielle de la station et *vice versa.* (Après une pause, il demanda d'un ton neutre:) Aimeriez-vous voir le *Koskiusko*, lieutenant?

— Oui, répondit Esmay.

Elle avait déjà montré son ignorance; autant apprendre ce qu'elle pourrait.

— Alors regardez.

Sur l'écran de la porte apparut une image floue de quelque chose d'assez gros. L'image se précisa, zooma et se stabilisa enfin pour montrer le vaisseau le plus gros et le plus improbable qu'Esmay ait jamais vu. Il ressemblait à l'assemblage malheureux d'un bâtiment de bureaux, d'un réservoir de cargaison en vrac et d'une sorte d'alignement de coquilles.

— Ces trucs à l'air bizarre se trouvent sur les aires de réparation principales, dit le sergent d'un air serviable. Ils sont ouverts pour l'instant, pour les tester. Comme vous le voyez, une escorte peut y entrer en entier, et même la plupart des patrouilleurs, puis les portes d'accès se baissent.

L'ouverture faisait la taille d'une escorte? Esmay révisa brusquement à la hausse son estimation de la taille de l'engin. Pas seulement un bâtiment de bureaux, mais... Elle comprit que l'alignement de lumières succédant à une protubérance arrondie était un autre «bâtiment de bureaux». Rien de comparable aux schémas de VMH qu'elle avait vus à l'Académie six ans plus tôt. Les deux VMH dont on leur avait montré les plans étaient bâtis comme des grappes de raisin, avec une unique aire de réparation cylindrique qui traversait la grappe. Lorsqu'elle l'expliqua au sergent, il sourit.

— Le *Koskiusko* n'était pas encore en service, dit le sergent. Il est neuf – et il a changé depuis sa construction. Tenez, je vais vous montrer un plan.

Il se présentait selon les trois vues standard, plus un plan oblique semblable à ce qu'Esmay venait de voir. Sur les plans, le VMH ressemblait toujours à plusieurs composants disparates (mais énormes) qu'on aurait pressés ensemble. Cinq bras aux extrémités arrondies partaient d'un moyeu central: c'était la partie «bâtiment de bureaux». Deux bras adjacents s'ornaient d'alignements de coquilles. Derrière ceux-là s'étiraient de grandes formes oblongues étiquetées «cellule d'essai des moteurs». Tout au bout du bras, qui n'était adjacent à aucune «aire de réparation principale», était collé l'objet aux allures de réservoir (plus gros, comprit Esmay, que tous les réservoirs qu'elle ait jamais vus), évoquant un nez bulbeux. Sans le réservoir, l'ensemble aurait eu l'air d'une station orbitale spécialisée dans quelque procédé industriel.

— Qu'est-ce que c'est que ce réservoir? demanda-t-elle, fascinée par cette improbable bizarrerie.

— Je n'en sais rien, lieutenant. On l'a rajouté il y a trois ans, peut-être deux après la mise en service du vaisseau. Ah, voici votre capsule.

L'image clignota et disparut de l'écran, pour être remplacée par un indicateur de situation. Esmay entendit un bruit sourd lorsque la capsule s'arrima, puis le sifflement d'un sas en train de s'ouvrir. L'indicateur d'état passa enfin au vert et le sergent ouvrit le sas.

— Bonne chance, lieutenant. J'espère que vous apprécierez votre séjour à bord.

Esmay trouva la capsule déstabilisante. Elle ne possédait pas de gravité artificielle; elle dut s'attacher aux porte-bagages et rester accrochée là en face d'une rangée de hublots. Le pilote était revêtu d'une combinaison EVA; son casque pendait à un anneau juste au-dessus de lui, indiquant qu'il portait la combinaison davantage par bon sens que par inquiétude. Par les larges hublots de la capsule, Esmay voyait très bien Sierra Station et ses vaisseaux arrimés, évoquant des bernaches accrochées à une roue flottante. Les balises de navigation de la station les éclairaient, réfléchies par les coques à facettes des réservoirs pressurisés, par la surface vivement colorée des vaisseaux de grande ligne, et révélant à peine les coques sombres et mates des vaisseaux de la Flotte, à l'exception de points lumineux renvoyés par les fixations des boucliers et des armes. Au-delà, un champ d'étoiles où l'on ne distinguait aucune planète. Il y en avait dans le système Sierra, mais pas ici, où la station servait surtout au transport vers l'extérieur du système. Une soudaine accélération projeta Esmay contre le porte-bagages, puis s'interrompit. Son estomac traîna en arrière avant de faire un bond vers l'avant.

— Le sac est au plafond, si vous en avez besoin, dit le pilote. (Esmay avala sa salive et garda son dernier repas fermement en place.) Nous y voilà!

Le pilote de la capsule désigna le hublot avant. Des lumières entrecroisées qui s'écartaient à leur approche. Soudain, une lumière éblouissante évoquant un projecteur surgit d'un bras en direction d'un autre, révélant la surface de la coque, inégale, sombre et immense. Esmay avait du mal à s'habituer à cette échelle.

— L'accès réservé aux capsules de passagers se trouve près du moyeu, dit le pilote. Ça donne aux passagers l'accès le plus simple aux ascenseurs du personnel et à la plupart des bureaux administratifs. Les navettes-cargo et les capsules-cargo spéciales s'arriment près des baies d'inventaire réservées à des cargaisons spécifiques. Ça réduit le trafic interne.

Il se pencha pour activer le panneau de commandes ; la décélération repoussa Esmay contre le harnais. Plus près… plus près… Elle leva les yeux vers le hublot du plafond et vit la masse énorme du VMH qui masquait la majeure partie du champ d'étoiles – puis la totalité.

Quittant la capsule par la baie passagers, Esmay enjamba les bandes rouges signalant l'emplacement où le vaisseau commençait officiellement (sans aucun rapport avec son architecture) et salua le drapeau peint sur la cloison opposée.

— Ah, Lieutenant Suiza. (Le regard du sergent qui se trouvait à l'entrée du dock passa plusieurs fois de ses papiers à son visage.) Hem… bienvenue chez vous, lieutenant. Le capitaine a laissé un mot signalant qu'il souhaitait vous voir dès votre arrivée à bord. Souhaitez-vous que je le prévienne ?

Esmay avait cru qu'elle aurait le temps de ranger d'abord son paquetage, mais les capitaines avaient leurs petits caprices.

— Merci, dit-elle. Pouvez-vous m'indiquer la couchette qui m'est attribuée ?

— Oui, lieutenant. Vous avez le numéro 14 dans la section T-2 réservée aux officiers subalternes, de l'autre côté du vaisseau par rapport à votre emplacement actuel. Ici, c'est la base T-4. Voulez-vous que quelqu'un emporte votre paquetage ?

Elle n'avait pas envie que qui que ce soit touche à ses affaires.

— Non merci. Je vais simplement le ranger dans un casier temporaire pour l'instant.

— Ça ne nous pose aucun problème, lieutenant. Les casiers temporaires sont sur le trajet du bureau du capitaine, de toute façon.

Elle n'avait pas envie non plus de gagner dès le début une réputation d'élément difficile.

— Dans ce cas, merci.

Elle lui tendit le paquetage et écouta les consignes données par le sergent pour rejoindre le bureau du capitaine : Tourner à gauche après ce sas, emprunter le deuxième ascenseur pour monter de cinq niveaux vers le Neuvième, puis prendre à gauche en sortant de l'ascenseur et suivre les panneaux.

Le large couloir incurvé s'accordait bien à la taille du vaisseau : il avait sa place sur une station orbitale, pas sur un vaisseau de guerre. Esmay passa le premier groupe de tubes ascensionnels ; les panneaux indiquaient clairement qu'elle se trouvait au niveau Quatre, qui serait le Principal sur un vaisseau ordinaire (lequel n'aurait, toutefois, pas de panneaux). Devant la deuxième série d'ascenseurs, elle entra et regarda les chiffres défiler. Dix-huit niveaux… Comment arrivaient-ils à remplir dix-huit niveaux ?

Elle sortit du tube ascensionnel au niveau Neuf. Ici, le large couloir incurvé qui contournait le moyeu s'ornait du carrelage gris qu'elle associait au niveau Principal sur des vaisseaux ordinaires. En face de la sortie des tubes ascensionnels s'ouvrait un couloir, longeant sans doute un des bras. «T-5», disait le panneau du plafond. D'un côté, un secrétaire était assis à un bureau dans une baie ouverte.

— Ah, lieutenant Suiza. Oui, lieutenant, le capitaine voulait vous voir sur-le-champ. Le capitaine Vladis Julian Hakin, lieutenant. Laissez-moi simplement le prévenir… (Esmay n'entendit pas le signal, mais le secrétaire hocha la tête.) Vous pouvez entrer, lieutenant. Troisième sur votre gauche.

Le capitaine avait fait remplacer le sas d'acier standard par une porte de bois, ce qui n'avait rien d'inhabituel. Il l'était nettement plus de la trouver fermée, alors qu'on venait d'annoncer une visite. Esmay frappa.

— Entrez, rugit quelqu'un de l'autre côté.

Elle ouvrit la porte et entra, pour se trouver face au sommet d'une tête grise. Le bureau du capitaine avait été moquetté de vert foncé, les murs recouverts de placage de bois. Derrière le bureau du capitaine, le sceau des Familias était accroché à la cloison d'un côté, et un document encadré (sans doute son brevet, bien qu'elle ne puisse le voir) de l'autre.

— Ah, Lieutenant Suiza.

Ces mots semblaient être le salut du jour. L'intonation du capitaine Hakin les rapprochait davantage d'un juron que d'un salut.

— J'ai entendu dire qu'on vous considère comme une héroïne sur Altiplano.

Un juron, sans aucun doute. Il aurait pu imprimer avec moins d'emphase la distinction entre «sur Altiplano» et «ici dans le monde réel».

— Un intérêt local, capitaine, répondit Esmay. Rien de plus.

— Je suis content que vous vous en rendiez compte, répondit le capitaine Hakin.

Il leva brusquement les yeux, comme s'il espérait surprendre sur son visage une expression compromettante. Esmay soutint calmement son regard ; elle s'était attendue à ce que la remise de décoration ait des répercussions, ce qui n'était que naturel. Il baissa les yeux vers son uniforme et n'y vit *pas* le ruban or et argent à l'emplacement des décorations non militaires. D'après la loi, elle avait le droit de porter des décorations d'importance de n'importe quel système politique interne aux Familias Régnantes. Par coutume, personne ne le faisait à moins de se trouver en mission diplomatique où ne pas porter une décoration remise localement risquait de passer pour une insulte. Les officiers subalternes, en particulier, ne portaient aucune décoration personnelle, sauf lorsqu'ils étaient en tenue de cérémonie intégrale. Esmay arborait donc les rubans d'ancienneté de service et de bonne conduite correspondant à ses années de service, y compris les deux décorations remises à l'équipage du *Mépris* pour leur engagement récent – et plus incongrue, la Décoration d'Efficacité reçue alors qu'elle servait sous les ordres du défunt capitaine Hearne. Qui était peut-être une traîtresse, mais son vaisseau avait battu tous les autres du même secteur lors de l'inspection générale.

— Oui, capitaine, répondit Esmay, lorsque leurs regards se croisèrent de nouveau.

— Certains capitaines s'inquiéteraient d'un officier subalterne impliqué dans une mutinerie, aussi… hem… justifiée se soit-elle révélée par la suite.

— J'en suis convaincue, capitaine, répondit Esmay, imperturbable. (Elle avait affronté ce genre de choses toute sa vie.) Il doit y avoir quelques officiers qui continuent à s'inquiéter alors même qu'un tribunal a examiné l'affaire en détail. Je peux assurer au capitaine que je n'aurai pas de réaction excessive face à ces inquiétudes, si quelqu'un en exprime.

Hakin la regarda fixement. Qu'avait-il cru, qu'elle allait rougir et fulminer, chercher à se justifier? Elle était passée devant un tribunal; on l'avait disculpée de tous les chefs d'accusation. Elle n'avait rien d'autre à faire qu'attendre que tous admettent son innocence.

— Vous semblez très sûre de vous, lieutenant, dit enfin Hakin. Comment savez-vous que je ne suis pas de ces gens qui s'inquiètent?

*Crétin*, songea Esmay. Sa détermination à la déstabiliser prenait le pas sur le bon sens. Rien de ce qu'elle répondrait ne pourrait entièrement dissiper la tension qu'il venait de créer. Elle choisit la brusquerie.

— Le capitaine s'inquiète-t-il?

Un long soupir à travers des lèvres dessinant une moue.

— Sur bien des sujets, lieutenant, dont votre tendance à la mutinerie n'est qu'une infime partie. Des gens censément bien renseignés m'ont appris que les rapports publics de votre cour martiale étaient en fait exacts, qu'on ne vous soupçonne pas d'avoir préparé cette mutinerie avant la trahison de votre capitaine. (Il patienta; Esmay ne trouva rien d'utile à ajouter et garda le silence.) J'attends que vous fassiez preuve de loyauté, lieutenant.

— Oui, capitaine, répondit Esmay.

Voilà une chose au moins qu'elle pouvait faire.

— Et vous ne redoutez pas que votre prochain capitaine ne soit aussi un traître? Que je puisse être à la solde d'un ennemi?

Elle ne s'était pas autorisée à y réfléchir. L'effort changea sa réponse en exclamation.

— Non, capitaine! Le capitaine Hearne devait être une aberration.

— Et les autres aussi? Vous avez plus de chance que moi, si vous arrivez à y croire, lieutenant.

Où voulait-il donc en venir?

— Nous avons reçu la visite d'inspecteurs sur tous les vaisseaux de la Flotte – ce qui ne rassure que ceux qui croient les inspecteurs incorruptibles. Elle en a causé, des ennuis, cette Serrano.

Esmay ouvrit la bouche pour défendre Heris Serrano et comprit que ça ne servirait à rien. Si Hakin croyait sincèrement que Serrano avait «causé des ennuis» en démasquant des traîtres et en sauvant les Familias d'une invasion, elle ne pourrait le faire changer d'avis. Seulement salir sa propre réputation.

— Je ne nie pas qu'elle soit un capitaine brillant, poursuivit Hakin, comme si elle avait répondu. Je suppose que la Flotte doit s'estimer heureuse qu'elle ait repris du service, si on se retrouve effectivement en guerre. (Il fixa de nouveau Esmay.) On m'a dit que l'amiral Vida Serrano était contente de vous. Ce qui me paraît logique, puisque vous avez sauvé la peau de sa nièce.

Autre commentaire qui n'autorisait pas de réponse. Esmay souhaita qu'il en vienne vite à l'essentiel, si l'essentiel ne consistait pas simplement à la brusquer pour tenter de lui tirer une réaction.

— J'espère que toute cette attention ne vous a pas fait prendre la grosse tête, lieutenant. Ou que la pression de la cour martiale ne vous a pas laissé de trauma psychologique, comme on m'a dit que ça se produisait parfois, même dans le cas d'un verdict favorable.

Son expression indiquait cette fois qu'il attendait une réponse.

— Non, capitaine, répondit Esmay.

— Très bien. Vous comprenez certainement que c'est une période de crise à la fois pour la Flotte et les Familias. Personne ne sait trop à quoi s'attendre. Mais sur ce vaisseau, je veux que tout le monde fasse son devoir. Est-ce bien clair?

— Oui, capitaine.

— Très bien, lieutenant. Je vous verrai de temps en temps au mess.

Il la congédia d'un signe de tête et elle sortit en essayant de réprimer un ressentiment dont elle savait qu'il ne mènerait à rien. Personne ne tenait longtemps, où que ce soit, avec une attitude à la «pourquoi moi?» ; elle n'était pas responsable de ce dont on l'accusait, mais qu'y avait-il là de nouveau? Dans l'histoire de l'univers, leur avait enseigné papa Stefan, la vie se montrait injuste plus souvent qu'à son tour. La vie n'était pas une question de *justice*. Sa nature exacte avait rempli bien des soirées de disputes explosives. Esmay s'efforça de ne pas y penser plus que nécessaire.

Elle tendit sa puce d'ordre de mission à l'employé de l'accueil.

— Savez-vous quelle mission m'est confiée?

Il jeta un coup d'œil à la puce et secoua la tête.

— C'est le 14ᵉ chantier de maintenance lourde, lieutenant: sous le commandement de l'amiral Dossignal. Vous devrez vous présenter à sa section administrative. (Il esquissa le trajet sur l'ordinateur de poche d'Esmay.) Contournez simplement le cylindre central dans le sens des aiguilles d'une montre et vous le trouverez à la base T-3.

— Le pont se trouve-t-il à ce niveau? demanda Esmay, désignant à terre les carreaux portant les codes de couleur.

— Non, lieutenant. Le pont se trouve au 17. Ce vaisseau est trop gros pour mes codes de couleur habituels. Il y a un système, mais il n'est pas standard. Nous appelons celui-ci «pont de commandement» car chaque structure de commandement a sa propre unité de quartier général ici. C'est une question de pratique, en fait: ça réduit le temps de déplacement.

Esmay imaginait bien que dans un vaisseau de cette taille, un message porté à la main avait de faibles chances d'arriver tout de suite. Elle ne s'était jamais trouvée à bord d'un vaisseau où le bureau du capitaine ne voisinait pas avec le pont.

Sur le chemin contournant le cylindre, elle passa devant ce qui était de toute évidence un autre quartier général, affichant cette fois un panneau qui l'identifiait comme le «Commandement de l'Entraînement du secteur 14», sous les ordres de l'amiral Livadhi. Il surmontait de plus petits panneaux: «Bureau administratif de l'École technique supérieure», «Évaluation de l'École technique supérieure», «Systèmes de vie». Elle poursuivit, dépassa la base d'une autre aile, portant cette fois l'inscription T-2. C'était là qu'elle vivrait, mais elle n'avait pas encore le temps de l'explorer. Plus loin, toujours plus loin, et devant elle apparut une large bannière proclamant: «14e chantier de maintenance lourde: une deuxième vie pour la ferraille.» Au-dessous, de plus petits panneaux dirigeaient l'ignorant vers les bureaux administratifs. Là, un pivot supérieur aux yeux vifs l'envoya directement vers le chef d'état-major de l'amiral, le commandant Atarin. Il salua l'arrivée d'Esmay d'une manière très neutre qu'elle trouva rassurante. Il avait déjà lu son rapport sur l'inventaire à bord du vaisseau ravitailleur et semblait bien plus intéressé par cette partie-là que par son passé.

— Ça fait quelques années qu'on essaie de coincer notre fournisseur sur ces tubes d'adhésif défectueux, dit-il. Mais on n'a jamais pu prouver que les marchandises étaient abîmées avant d'arriver ici. Je suis content que ce vieux Scorry – le second de ce vaisseau ravitailleur – ait pensé à vous faire parcourir le stock pendant votre trajet. Nous allons peut-être enfin avoir prise sur eux.

— Oui, commandant.

— Quelle expérience avez-vous du contrôle d'inventaire?

— Aucune, commandant, répondit Esmay.

Elle savait que son dossier sur cube se trouvait sur le bureau du second, mais il n'avait peut-être pas eu le temps de le regarder.

— Alors je suis surtout impressionné que vous ayez remarqué ce problème de vis stelliformes. La plupart des gens abandonnent au bout de cinquante ou soixante articles. Ou partent du principe que l'ordinateur va le remarquer. Ce qu'il est censé faire, bien sûr: il doit y avoir un étiquetage automatique datant de la fabrication. Erreur zéro, comme ils le répètent à longueur de temps. Mais je n'ai jamais *vu* zéro erreur. (Il lui sourit.) Bien sûr, ça pourrait être quelqu'un du bureau de l'inspection générale, qui met en place de petits tests pour voir si nous sommes vigilants.

Cette possibilité n'avait pas traversé l'esprit d'Esmay, même si elle avait pensé au sabotage. Mais lui ne s'était pas trouvé à bord du *Mépris.*

— Bien sûr, il pourrait aussi s'agir d'une action ennemie, dit-il. (Elle espérait qu'il ne l'avait pas lu sur son visage.) Mais je préfère croire à la stupidité plutôt qu'à la malveillance. (Il baissa les yeux vers l'écran de son bureau.) Maintenant, voyons… Votre dernière mission était sur un engin de patrouille – votre spécialité sur vos derniers voyages était la technologie de scan. Franchement, nous avons beaucoup d'experts en scan à bord en ce moment, et tous ont plus d'expérience que vous dans ce domaine. Ça vous serait sans doute profitable de vous diversifier, de développer votre expertise dans d'autres systèmes de vaisseau.

Il leva les yeux vers elle comme s'il s'attendait à ce qu'elle proteste.

— Parfait, commandant, répondit Esmay.

Elle espérait que ça l'était. Elle savait avoir besoin d'en apprendre plus sur d'autres systèmes, mais tenait-il simplement à l'éloigner du scan pour des questions politiques?

— Très bien. (Il sourit de nouveau, lui adressa un signe de tête.) Je pense que la plupart des subalternes considèrent les VMH comme une affectation peu souhaitable, mais vous allez découvrir qu'il n'y a pas de meilleur moyen d'apprendre ce qui garde vraiment les vaisseaux opérationnels. Aucun bâtiment ordinaire n'affronte autant de problèmes que nous, depuis la coque jusqu'à l'électronique. Si vous en tirez parti, ce voyage pourra vous en apprendre beaucoup.

Esmay se détendit. Elle reconnaissait là quelqu'un qui s'embarquait sur son cheval de bataille préféré.

— Oui, commandant, répondit-elle, se demandant s'il allait poursuivre.

— Personnellement, je crois que tous les officiers devraient servir sur un VMH. On aurait alors moins de gens qui débarquent avec des idées brillantes qu'ils devraient savoir irréalisables – voire qui les mettent en place. (Il fit un effort visible pour s'interrompre.) Bien. Je vais vous affecter d'abord à C&A – Coque & Architecture. Que vous trouverez beaucoup plus compliqué que vos cours de base à l'Académie.

— Je m'y attends, commandant, répondit Esmay.

— Vous travaillerez avec le major Pitak. Elle se trouve au niveau Huit, principal bâbord, tiers arrière T-4. Vous pourrez demander à quelqu'un là-bas. A-t-on déjà eu le temps de vous montrer votre matériel?

— Non, commandant.

— Mmm. Eh bien, techniquement, vous n'êtes pas en service avant demain, mais…

— Je vais aller voir le major Pitak, commandant.

— Très bien. Autre chose, l'amiral voudra vous rencontrer, mais il est en réunion en ce moment même et je ne pense pas qu'il se libérera avant demain ou après-demain. Revenez me voir et je vous arrangerai ça.

Vous aurez peut-être besoin de consulter la structure de commandement – ici, elle est plus complexe que sur la plupart des affectations.

— Oui, commandant.

L'organisation hiérarchique n'était pas le seul aspect complexe ici, découvrit Esmay. Elle progressa dans le sens des aiguilles d'une montre depuis T-3, où se trouvaient les bureaux du 14e chantier de maintenance lourde, vers T-4, certaine d'avoir maintenant compris la curieuse structure du *Koskiusko*. Du côté de T-4 donnant sur le moyeu, elle trouva une série de tubes pour le transport du personnel et des marchandises, et prit celui du personnel pour descendre au huitième niveau. Elle se retrouva face à un passage axial assez large pour que trois cavaliers y avancent de front et s'y engouffra, cherchant le troisième passage transversal. Elle longea une série de bureaux administratifs, chacun occupé par un employé très affairé : Systèmes de Communications, Systèmes d'armes, Unité de Télédétection, etc., mais rien ne portait l'indication Coque & Architecture. Elle finit par s'arrêter pour poser la question.

— Coque & Architecture? C'est dans la coursive bâbord du pont principal, lieutenant. Vous allez devoir rejoindre le moyeu et prendre dans le sens des aiguilles d'une montre.

Esmay le soupçonna de s'amuser à ses dépens.

— Il doit bien y avoir des passages transversaux?

Il eut un petit rire qu'il réprima très vite.

— Non, lieutenant… T-4 accueille l'une des aires principales de réparation. Rien ne traverse ce niveau, depuis le niveau Trois jusqu'au Quinze.

Elle avait oublié les aires de réparation. Elle éprouva une vague d'irritation dirigée tout à la fois contre elle-même et contre l'employé.

— Ah oui. Désolée.

— Je vous en prie. Il faut du temps à tout le monde pour s'habituer à cet endroit. Revenez simplement sur vos pas, tournez à gauche. (Le terme civil de « gauche » semblait plus correct que « bâbord » sur un vaisseau de cette envergure, songea Esmay.) Puis cherchez les signes « B » sur les cloisons. C'est le côté bâbord du pont principal. Si vous continuez tout droit, vous allez atteindre le côté bâbord du secondaire, ce qu'il vaut mieux éviter. Coque & Architecture se trouve à peu près aussi loin du côté principal bâbord que nous du côté tribord, donc.

Elle s'était donc contrainte à marcher beaucoup plus que nécessaire.

— Je vous remercie, dit-elle, avec ce qu'elle parvenait à rassembler de politesse malgré son irritation.

Ce vaisseau n'avait pas besoin d'appareils de culture physique, si tout le monde se perdait de temps à autre.

Malgré ses jambes qui éprouvaient la longueur de l'excursion, elle n'eut plus de mal à trouver le bureau de Pitak. Le passage arrière bâbord était facile à trouver, et à la troisième coursive arrière elle croisa un pivot qui la conduisit jusqu'à son but.

Le major Pitak ne se trouvait pas dans son bureau. Le pivot avait commenté «le major est en train de trafiquer quelque chose», mais Esmay ignorait ce qu'il avait voulu dire. Elle jeta un coup d'œil de chaque côté du passage. Des équipiers se déplaçaient d'un air décidé, et pas de major en vue. Elle pensa aller regarder, mais préféra ne pas jouer à ce jeu-là. Elle allait simplement rester plantée ici jusqu'au retour de Pitak.

Elle regarda autour d'elle. Sur la cloison qui faisait face à l'entrée se trouvait une vitrine remplie d'objets métalliques. Esmay se demanda de quoi il s'agissait et s'approcha pour lire l'étiquette au-dessous. «Erreurs classiques de soudage», annonçait-elle. Esmay vit la grosse tache de travers sur une jointure, et une autre tache qui ne réussissait pas à couvrir la jointure, mais qu'est-ce qui allait de travers chez les autres?

— Alors vous êtes ma nouvelle assistante, dit quelqu'un derrière elle.

Esmay se tourna. Le major Pitak ressemblait à son nom: une femme osseuse de petite taille, avec un visage étroit dont Esmay, mal à l'aise, trouva qu'il évoquait une mule.

— Major, dit Esmay.

Pitak lui lança un regard mauvais.

— Et pas la moindre expérience en architecture navale ni en mécanique lourde, je vois.

— Non, major.

— Avez-vous au moins la *moindre* expérience en construction de quoi que ce soit? Même d'une cabane à poules?

De toute évidence, quelque chose avait mis Pitak en colère. Esmay espérait que ce n'était pas sa présence.

— Non, sauf si ça compte d'aider à remettre en place le toit d'une écurie après une tempête, répondit Esmay.

Pitak continua un moment à la fusiller du regard, puis se radoucit.

— Non... ça ne compte pas. Quelqu'un doit nous en vouloir, à toutes les deux, lieutenant. Le QG du secteur m'a volé trois de mes meilleurs spécialistes de C&A, a promu mon assistant qui a donc quitté le vaisseau, et m'a laissée en plan. Maintenant ils vous envoient ici, quelle que soit votre expérience.

— Le scan, principalement, répondit Esmay.

— Si j'étais religieuse, je vouerais leurs âmes pitoyables à un au-delà des plus pénibles, dit le major Pitak, étirant un coin de ses lèvres. Et puis zut. Je ne reste jamais furieuse assez longtemps pour les faire brûler comme il faut, et ils le savent. Très bien, lieutenant, voyons ce que vous savez faire. Quoi que ça puisse être, ce ne suffira pas, mais au moins vous n'avez encore rien fait de stupide.

— Je n'en ai pas eu le temps, major, répondit Esmay.

Elle commençait à apprécier le major, contre toute attente.

— Voilà une déclaration bien naïve, dit Pitak. (Elle s'était avancée vers son bureau où elle tira la poignée d'un tiroir, sans effet.) On m'a envoyé des crétins qui ont réussi à tout foutre en l'air avant même que je les rencontre. (Une autre secousse, assez forte cette fois pour ébranler le bureau lui-même.) Par exemple, ce tiroir… Il n'a plus jamais fonctionné depuis qu'un de vos prédécesseurs a cru malin de recoder le verrou. On ne sait toujours pas comment il s'y est pris, mais aucune des baguettes de commandement n'a d'effet sur lui, il n'y a plus que la force brute et les jurons qui fonctionnent.

Sans changer d'expression, Pitak en lança justement toute une salve cinglante à l'intention du tiroir, qui finit par céder en couinant.

Esmay eut envie de lui demander pourquoi se servir d'un tiroir aussi capricieux – pourquoi ne pas le débarrasser puis le laisser vide ? – mais le moment était mal choisi. Elle regarda le major en fouiller le contenu et en tirer plusieurs cubes de données.

— Vous vous demandez sans doute pourquoi je range des choses là-dedans, dit Pitak. Franchement, moi aussi, mais il y a assez peu de rangements vraiment sûrs ici – avec tous les spécialistes à bord, des gens qui connaissent sur le bout des doigts tous les systèmes de sécurité depuis le loquet. Ils m'ont envoyé des renseignements sur vous, mais je ne les ai pas encore consultés, j'espère que vous ne m'en voudrez pas.

— Non, major.

— Par pitié, lieutenant, détendez-vous un peu. Asseyez-vous donc. Voyons un peu…

Elle inséra le cube dans un lecteur tandis qu'Esmay cherchait autour d'elle un endroit où s'asseoir. Toutes les surfaces horizontales étaient encombrées de fouillis ; les deux chaises étaient occupées par des piles de copies papier qui ressemblaient à des listes d'inventaire. Pitak leva les yeux.

— Vous n'avez qu'à poser ça par terre. Danton était censé faire du rangement hier, mais il est à l'infirmerie avec une saleté qu'il a attrapée. Je crois qu'on ferait mieux de les laisser mijoter leurs saletés de produits chimiques à bord ; ils tombent toujours malades à terre.

Esmay déposa prudemment une pile de papiers par terre et s'assit. Pitak fronçait les sourcils devant l'écran du lecteur de cubes.

— Eh bien ! Pour une mutinée doublée d'une héroïne, je vous trouve affreusement tranquille, lieutenant Suiza. Vous essayez de brouiller les pistes ?

Esmay ne trouva aucune réponse.

— Hmm. Le type forte et silencieuse. Pas le mien, comme vous l'avez déjà découvert. Famille de milice planétaire… Bon sang, une de ces Suiza-*là* !

Esmay n'avait jamais vu personne réagir ainsi dans la Flotte. Elle sentit ses sourcils se hausser. Pitak la dévisagea.

— Est-ce qu'ils *savent* ?

— Je ne suis pas sûre de comprendre de quoi vous parlez, major.

Une expression dégoûtée, qu'Esmay pensa avoir méritée.

— Ne jouez pas avec moi, lieutenant Suiza. Je voulais dire : la Flotte comprend-elle que « milice planétaire » est un euphémisme quand on parle de la famille Suiza d'Altiplano ?

— Je supposais que oui, dit prudemment Esmay. Du moins, quand j'ai posé ma candidature, on a vérifié mes antécédents, et ils ont bien dû le découvrir.

— Vous êtes une jeunette bien prudente, dit Pitak. J'ai remarqué ce « supposais ». Qu'en pensez-vous maintenant ?

— Hem… La plupart ne s'en rendent pas compte, mais je pense que quelqu'un doit être au courant.

Esmay se demanda comment Pitak pouvait savoir – elle ne pouvait pas venir elle-même d'Altiplano. Esmay pensait être la première.

— Je vois. (Pitak fit défiler le contenu du cube. Esmay supposa qu'il devait contenir un résumé de son dossier.) Un endroit intéressant, Altiplano, mais je ne voudrais pas y vivre. Ah… Au moins, vous avez suivi la filière scientifique de l'Académie. Intéressant. Vous n'avez pas suivi le cursus habituel pour quelqu'un qui veut prendre la voie du commandement. Vous pensiez à quoi, à la technique ?

— Oui, major.

— Et ensuite vous devenez l'officier le moins gradé ayant jamais commandé un vaisseau de patrouille au combat – et vous gagnez la bataille. Je parierais qu'on est en train de se repencher sur vos antécédents. Je vais vous dire, lieutenant : le plus important que vous puissiez faire pour l'instant, c'est apprendre à vous diriger sur ce vaisseau, parce que quand j'aurai quelque chose à vous demander, je ne veux pas que vous perdiez une heure à chercher où ça se trouve. Donc : les trois prochains jours, pendant que nous serons arrimés, allez partout, regardez tout, et préparez-vous à un examen d'orientation à votre retour. Rendez-vous à zéro-huit-zéro-zéro le vingt-sept – est-ce bien clair ?

— Oui, major, répondit Esmay. (La curiosité vint à bout de ses derniers lambeaux de prudence.) Si le major me permet… Comment saviez-vous pour Altiplano ?

— Bon point pour vous, dit Pitak, qui souriait à présent. (Elle avait un sourire étrange, plaqué sur ce visage étroit, tout en dents qui semblaient trop grandes pour que cette bouche puisse les contenir.) Je me demandais si vous auriez le cran de me poser la question. J'ai rencontré un type, un jour, avec qui je pensais me caser à l'époque où j'étais un jeune enseigne et où les choses n'allaient pas trop bien. J'ai passé une permission sur Altiplano avec sa famille. J'ai entendu parler des Suiza et de leurs relations, et de la politique locale, mais pendant tout ce temps où il vantait la beauté de ces grandes plaines et de ces montagnes enneigées, je ne rêvais que de l'espace bien confiné d'un vaisseau spatial. Surtout après avoir galopé dans les plaines sous une tempête – j'étais persuadée que les éclairs allaient me griller sur place, et j'étais tellement courbaturée que je n'ai pas pu marcher pendant plusieurs jours. Je suppose que vous montez à cheval?

— Quand j'y suis contrainte, répondit Esmay. (Ce n'était pas le moment de mentionner sa propre écurie, dont elle n'avait de toute manière aucune envie.) C'est obligatoire, l'équitation. Mais j'ai choisi l'espace.

— Mon genre de femme. Maintenant, sortez d'ici et commencez à apprendre où se trouvent les choses. Je vous préviens que mes examens ne sont pas de la rigolade. Tenez, voici ce dont vous avez besoin. (Elle lui lança un cube de données.) Ça et de bonnes jambes.

— Merci, major, dit Esmay.

— 0800 le 27.

— Oui, major.

Esmay fit une pause, mais le major ne leva pas les yeux. Elle revint sur ses pas en direction des couloirs donnant sur le moyeu, puis vérifia où se trouvaient ses quartiers et décida d'un trajet vers ce compartiment. T-2 devait se trouver dans la direction d'où elle était venue, dans le sens inverse des aiguilles d'une montre… puis elle prendrait le tube ascensionnel vers le haut, et ensuite – elle prêta une grande attention à la désignation du passage axial, alors même que T-2 n'était pas coupé en deux par une aire de réparation – quelque part par là.

# Chapitre 8

Le compartiment était petit, mais au moins c'était le sien. Les lieutenants bénéficiaient du privilège d'un peu d'intimité. Son paquetage attendait sur la couchette, les sceaux toujours intacts. Elle rangea ses affaires dans le casier, activa le tableau de situation et confirma son identité à l'ordinateur qui la lui demanda d'une voix monocorde. Sur une cloison, un plan en couleurs expliquait la répartition des quartiers des officiers. T-2 était configuré pour l'hébergement du personnel : plusieurs niveaux de couchage d'hommes du rang, séparés pour la plupart en larges baies, avec des compartiments de deux ou quatre personnes pour les plus gradés. Un pont entier pour les officiers subalternes, avec des enseignes de première classe rassemblés par dix, les deuxième classe dans des compartiments de deux personnes, et les lieutenants dans des compartiments individuels, ordonnés par rang hiérarchique. Au-dessus d'elle se trouvait un pont où l'on cantonnait les officiers supérieurs, et encore au-dessus, un pont pour les officiers généraux. Elle cligna des yeux en voyant le nombre d'officiers à bord.

Le mess se trouvait dans la même aile : deux niveaux de stockage de nourriture, de cuisines et de salles à manger. Des salles d'exercice, de gym, des piscines, même un espace pour les sports d'équipe (l'idée de croiser d'autres fans de parpaun lui arracha un grognement) et sur les niveaux supérieurs, des jardins ouverts. Des jardins ? Certaines stations spatiales disposaient de jardins, mais elle n'en avait jamais vu sur des vaisseaux de la Flotte. Elle remercia les divinités bienveillantes, quelles qu'elles soient, qui ne l'avaient pas affectée au système écologique ; ce devait être une tâche impossible sur un vaisseau comme celui-là.

Elle fit de nouveau le tour de ses quartiers. Les compartiments communs ne la dérangeaient pas quand elle était plus jeune. Une sorte de verrou de sécurité automatique tenait les pires cauchemars à distance quand elle dormait dans un espace public. L'absence d'intimité quand elle était éveillée ne la dérangeait pas davantage. Elle n'avait pas eu assez de temps libre pour la regretter. À présent, elle n'avait plus qu'à espérer que les cauchemars ne réveilleraient pas ses voisins des deux côtés. Sa conscience lui fit remarquer qu'elle pouvait toujours aller voir l'unité médicale et demander l'aide des psys, mais elle l'ignora.

Elle n'avait aucun message en attente; on ne la demandait nulle part en particulier. Ce qui signifiait qu'elle pouvait consulter le cube donné par Pitak, si elle parvenait à trouver un lecteur libre. La console l'informa qu'elle possédait son propre lecteur, qu'il lui fallut un moment pour trouver; elle n'en avait jamais vu refermé entièrement. La plupart des gens les laissaient au moins à demi ouverts pour l'utilisateur suivant.

Le cube contenait ce qui ressemblait à un plan de vaisseau ordinaire. Pas tout à fait ordinaire (ce vaisseau ne l'était pas), mais rien qu'elle n'aurait pu trouver sur la base générale de données et afficher sur sa propre console. Esmay afficha le schéma sur sa console pour le vérifier.

Ce n'était pas tout à fait le même. Des passages figurant sur l'un des schémas devenaient des impasses sur l'autre. Les ascenseurs se trouvaient à des emplacements légèrement différents. Esmay fixait l'écran en fronçant les sourcils. Le major essayait-elle de la mener en bateau, ou le problème venait-il de la base de données du vaisseau elle-même? Si oui, pourquoi?

Elle chercha le point de divergence le plus proche, qui se trouvait en T-3 où une coursive latérale du niveau Trois, censée traverser l'«atelier de formage 2-B» d'après la base de données du vaisseau, se terminait avant l'atelier sur le cube de Pitak. D'après ces données, il était impossible d'atteindre l'«atelier de formage 2-B», sauf en empruntant un chemin qui contournait l'«Entrepôt des matrices».

Il n'y avait qu'une façon de le découvrir. Elle vérifia l'heure. Elle pouvait monter là-haut et rejoindre son mess en T-2 avant le repas suivant.

Retour là où T-2 débouchait sur le moyeu, puis dans le sens des aiguilles d'une montre vers T-3. Elle commençait à prendre le coup. Elle localisa le tube ascensionnel du personnel derrière une série de quatre autres étiquetés «Réservé aux marchandises».

Le voyant de l'ascenseur du personnel passa au vert et Esmay enfonça le bouton. Lorsque le deuxième voyant s'alluma, elle entra et ressentit un double haut-le-cœur avant de se retrouver enfin au repos huit niveaux plus bas. Un autre lieutenant, de sexe masculin, attendait là, avec plusieurs enseignes de deuxième classe dans son sillage.

— Je ne vous connais pas, dit le lieutenant alors qu'elle sortait. Vous êtes affectée ici?

— Je viens d'arriver à bord, lieutenant, répondit Esmay, espérant ne pas avoir les yeux exorbités qui résultaient souvent d'un bref passage par un tube ascensionnel. Esmay Suiza, affectée à Coque & Architecture.

— Ah, oui. (Il lui tendit la main ; il avait une bonne poignée de main.) Tai Golonifer. Diminutif d'un nom affreux donné pour raisons familiales, ne m'en demandez pas plus. J'ai entendu dire que vous arriviez. Je travaille avec le personnel du 14e chantier. Vous êtes occupée en ce moment ?

Où voulait-il en venir ?

— Je suis sous la responsabilité du major Pitak, répondit Esmay, volontairement imprécise.

— Vous êtes occupée, affirma Golonifer comme s'il n'avait aucun doute là-dessus. Ça ne m'étonne pas qu'elle ait déjà commencé à vous faire courir dans tout le vaisseau. Mais je vous présente deux autres nouveaux, les enseignes de deuxième classe Anson et Partrade.

Les deux enseignes serrèrent la main d'Esmay – Anson avait la paume froide et humide, et celle de Partrade donnait l'impression d'être tannée comme le cuir d'une selle.

— On se reverra au mess, dit Golonifer. Allez, les gars, on prend le tube.

Esmay se détourna et regarda autour d'elle. Elle devait trouver la coursive axiale du côté principal tribord pour rejoindre T-3. Sur ce pont, le couloir était assez vaste pour y faire passer un petit camion, et les sillons tracés au sol pour les chariots de transport, ainsi que les couloirs piétons signalés des deux côtés, laissaient penser que des véhicules l'empruntaient effectivement, à grande vitesse.

Un bruissement derrière elle… Elle se retourna pour voir un remorqueur chargé de boîtes métalliques qui roulait tranquillement le long des sillons, son détecteur clignotant comme un œil rouge complètement fou. À cinq mètres d'elle, l'avertisseur automatique retentit trois fois, puis il la dépassa. Plus loin, Esmay le vit ralentir et tourner pour passer un vaste sas du côté externe. Quand elle atteignit le sas et jeta un coup d'œil à l'intérieur, elle vit un long bras robotisé soulever des boîtes du transporteur pour les placer sur des étagères. Quelqu'un brailla dans le compartiment (elle n'entendit pas très clairement) et le bras se figea en plein mouvement, serrant toujours une boîte entre ses pinces.

Elle ne pouvait pas rester ici toute la journée – elle aurait le reste de sa balade pour découvrir ce qui se passait là. Elle se remit en marche. La première coursive latérale faisait le double de la largeur de celle qu'elle empruntait, avec des voyants ainsi que des miroirs placés dans les angles. Esmay jeta un coup d'œil aux miroirs, bien que les voyants soient au vert. Plus loin, du côté interne, elle vit quelque chose de massif et d'immobile avec des phares jaunes clignotants, au milieu de petites silhouettes sombres qui s'affairaient tout autour. Elle cligna des yeux, de nouveau surprise par les distances à l'intérieur de ce vaisseau.

Esmay faillit manquer la deuxième coursive latérale. Une fente sombre s'ouvrait des deux côtés, à peine assez large pour laisser passer un piéton, éclairée seulement par des lampes assez espacées. Elle s'arrêta de nouveau pour l'inspecter. Sur une escorte exiguë, cette largeur aurait pu sembler normale –, mais elle ne cadrait pas avec tout ce qu'elle venait de voir. La troisième coursive semblait la plus normale pour l'instant, si quoi que ce soit l'était sur ce vaisseau. Trois personnes auraient pu marcher côte à côte, si elles ne craignaient pas de se cogner la tête de temps à autre. Des sas espacés de manière régulière s'ouvraient des deux côtés. La quatrième lui ressemblait beaucoup. Un passage qui aurait pu se trouver sur n'importe quel vaisseau, exception faite de sa taille. Elle emprunta la cinquième, celle qu'elle était venue voir, du côté interne.

L'atelier de formage A se trouvait à l'emplacement exact donné par le cube de Pitak et le schéma du bateau. Esmay ignorait à quoi servait un atelier de formage, mais devinait que c'était important. Le sol comportait un tracé destiné à guider les chariots robotisés, s'incurvant pour passer un sas après l'autre. Au travers des sas ouverts, elle voyait de longs alignements de matériel qui ne signifiait rien pour elle : des cylindres et des cônes inversés, des rangées de tuyères montées sur des rails au plafond, d'immenses cubes aux faces nues ornées de logos d'avertissement.

Devant elle, le passage se terminait par un sas scellé. Esmay consulta de nouveau ses notes. De toute évidence, l'ordinateur du vaisseau pensait que ce passage se prolongeait. Et peut-être le faisait-il, au-delà de l'obstacle. « Pas d'accès sans autorisation » en rouge et jaune. Esmay identifia certaines des petites protubérances luisantes sur le sceau du sas comme étant des capteurs vidéo.

Elle revint sur ses pas vers le passage longitudinal et suivit le trajet indirect suggéré par le cube de Pitak. Ce qui lui prit plus longtemps qu'elle ne l'avait calculé. La taille du vaisseau ne cessait jamais de la surprendre, et sa propre surprise l'irritait à chaque fois. Mais elle trouva l'atelier de formage B là où le situait le cube de Pitak, et vu de ce côté, l'obstacle ressemblait à un sas ordinaire arborant l'inscription « Entrepôt des matrices ».

Un signal étouffé retentit dans tout le vaisseau et elle consulta son ordinateur de poche. Presque en retard – elle allait devoir se hâter, et elle se trouvait à l'opposé du territoire qu'elle commençait à considérer comme chez elle. Cette fois, elle ne prit pas la peine de comparer les données de Pitak avec celles du vaisseau ; elle se mit à remonter la coursive tribord du pont principal au pas de course, contourna de nouveau le moyeu, prit le premier tube passager et rejoignit son mess juste avant que ne retentisse le gong.

Elle y découvrit que les lieutenants étaient censés présider une table d'enseignes de première et deuxième classe. Elle n'en avait encore rencontré aucun. Ils se présentèrent poliment et elle s'efforça de retenir les noms et les visages. Elle parla peu et les écouta en espérant trouver un détail qui l'aide à se rappeler chacun d'eux. Le deuxième classe blond, sur la gauche, avait une éraflure à la main; d'ici à ce qu'elle cicatrise, elle aurait certainement d'autres moyens de le reconnaître. Les enseignes de première classe semblaient tous un peu engoncés, comme s'ils avaient peur d'elle. Ils devaient avoir entendu parler de la cour martiale, mais y avait-il autre chose?

— Lieutenant Suiza, vous avez vraiment rencontré l'amiral Serrano?

La question venait d'un deuxième classe, pas le blond mais un jeune homme brun très mince aux yeux verts. «Custis», disait son insigne.

— Oui, en effet, répondit Esmay.

L'enseigne Custis ouvrit la bouche pour ajouter quelque chose, mais l'enseigne blond le fit taire d'un coup de coude peu discret. Suivit un bref silence au cours duquel Esmay mangea sans interruption. Du coin de l'œil, elle voyait Custis la scruter de temps à autre. Puis il finit par rassembler son courage.

— Vous savez que son petit-fils est à bord? Barin Serrano…

— Toby!

C'était le blond, sur un ton réprobateur. Esmay ne mordit pas à l'appât, mais se demanda si l'affectation d'un jeune Serrano dépendait d'une coïncidence ou de l'influence familiale.

— Si tu t'occupais de ce qu'il y a dans ton assiette au lieu de parler, tu ne mettrais pas les pieds dans le plat, dit un des première classe assis plus loin à table.

Esmay leva les yeux à temps pour surprendre un échange de regards lourds de sens entre cet enseigne et un autre. Génial. Quelque chose de mystérieux qui allait, sans aucun doute, retomber sur ses épaules à elle.

Elle posa sa fourchette; l'appétit l'avait désertée.

— L'amiral Serrano est quelqu'un de très intéressant, dit-elle.

*Affirmation sans risque*, espérait-elle. À en juger par l'expression stupéfaite des deux enseignes, peut-être pas.

— Oh bien sûr, la situation était inquiétante.

Tout le monde la regardait à présent. L'année précédente, elle se serait peut-être sentie rougir, mais le battage médiatique entourant la cour martiale avait réglé la question. Elle sourit à la tablée.

— Est-ce que l'un d'entre vous a déjà servi sous les ordres de l'amiral Serrano?

— Non, lieutenant, dit l'enseigne le plus gradé. Mais c'est une Serrano, et ils se ressemblent tous.

Il s'efforçait de prendre un ton supérieur, celui de quelqu'un qui possède des connaissances secrètes, mais son air trop suffisant annulait tout effet. Esmay savait exactement ce que lui ignorait. Pour la première fois, elle comprit qu'elle pouvait y prendre plaisir.

— Je ne le formulerais pas comme ça, dit-elle en se penchant un peu. Franchement, après avoir servi sous les ordres de deux d'entre eux… (Elle n'avait servi qu'indirectement sous les ordres de l'amiral Serrano, et brièvement, mais ce n'était pas le moment de chercher à préciser ce point de détail.) C'est-à-dire l'amiral *Vida* Serrano et le capitaine *Heris* Serrano, (Rappelant ainsi à l'assemblée que tous les amiraux et capitaines Serrano mis côte à côte rempliraient une belle longueur de pont.) Je les ai trouvées très différentes. Et ce n'était pas seulement une question d'expérience.

Qu'ils y comprennent donc ce qu'ils voulaient.

— Mais le capitaine Serrano, Heris Serrano, est bien la nièce de l'amiral ?

Esmay laissa ses sourcils se hausser devant cet effroyable manque de manières.

— Qu'essayez-vous de sous-entendre, précisément ?

— Eh bien… Vous savez, ils se serrent tous les coudes. Comme ils sont très proches, je veux dire.

Esmay n'aurait jamais cru qu'on puisse avoir ce genre de préjugés envers d'autres personnes que les étrangers à la Flotte, comme elle, ceux qui s'étaient engagés en provenance d'une planète quelconque. Les Serrano étaient une famille royale de la Flotte, une des quatorze forces militaires privées qui s'étaient combinées pour former les Forces spatiales de métier des Familias Régnantes. À travers la rage brûlante qu'elle éprouvait, son esprit réagissait comme sous l'effet d'un coup d'éperon, mettait en corrélation des remarques formulées des mois, voire des années plus tôt, remontant jusqu'à son deuxième trimestre à l'école préparatoire de la Flotte. Elle les avait toujours ignorées, les qualifiant de piques, de jalousies, d'irritations temporaires. Si ces gens avaient été sérieux… S'il y avait un ressentiment véritable envers les Serrano (et peut-être certains des autres quatorze premiers), quelqu'un devait savoir. Elle devait en avoir le cœur net, au lieu de perdre son sang-froid et de plonger le visage de ce jeune effronté dans son ragoût.

Son accès de colère regimba comme un tout jeune poulain au dressage et elle tint fermement les rênes, espérant que ses yeux ne trahissaient rien de son effort.

— Je crois qu'avec un peu plus d'expérience, vous ne penserez ni ne direz plus ce genre de choses, lieutenant Callison, répondit Esmay sur le ton le plus badin possible.

Callison rougit et baissa les yeux. Quelqu'un ricana ; elle ne vit pas qui.

La conversation, naturellement, s'éteignit, et elle fit semblant de manger pendant le reste du dîner. Quand le lieutenant le plus gradé frappa son verre pour demander l'attention, Esmay ressentit davantage de soulagement que de curiosité. Elle avait du mal à rester concentrée sur les annonces de missions assignées et faillit manquer sa présentation.

Elle se leva, déstabilisée mentalement à défaut de l'être physiquement, et hocha la tête à l'intention de visages qui ressemblaient à des taches pâles et sombres.

Après le repas, elle partit rejoindre ses quartiers dès qu'elle le put. Elle était agacée d'avoir si vivement réagi à la mention du nom de Serrano. Et pourquoi voyait-elle tout si flou? D'ordinaire, elle arrivait à cerner de nouvelles connaissances sans trop de mal.

Lorsqu'elle y réfléchit, elle comprit qu'elle avait passé près de trente heures standard sans dormir. Son vaisseau de transport était arrivé avec son propre temps interne, en avance d'un tiers par rapport au *Koskiusko.* Le décalage horaire... Par chance, elle n'avait jamais tellement souffert de ses effets. Une nuit de sommeil semblait recadrer son horloge interne, mais pour l'heure, elle avait un terrible besoin de dormir. Comme elle n'était pas encore prévue de quart, elle programma son minuteur personnel de façon à s'accorder dix heures.

Son compartiment filtrait la plupart des bruits. Elle entendait tout juste les basses sourdes d'un cube de musique, TAM-ta-TAM-TAM, en boucle. Pas très agréable, mais ça ne l'empêcherait pas de dormir. Elle éteignit le tableau de situation et s'étira sur sa couchette. Elle eut à peine le temps de se demander si elle allait faire des cauchemars avant de s'endormir.

*Près d'elle, Peli se pencha pour lancer une bombe de gaz dans le passage. Une ligne bleue fendit l'air juste au-dessus de sa tête et il recula d'un bond. Esmay cala les filtres dans ses narines et regarda au travers de la visière du casque. Quand la fumée obscurcit sa vision normale, les capteurs lui transmirent une vue tremblotante du couloir en couleurs factices. Elle s'y faufila, espérant que la personne qui leur tirait dessus ne portait pas de casque semblable. Ils pensaient avoir atteint le casier avant les traîtres, mais aucun des officiers subalternes ne savait combien de casques devaient se trouver dans ce casier.*

*Devant elle, quelqu'un était tapi dans l'angle d'un sas, l'arme prête à faire feu. Esmay ne distinguait pas ses traits, mais elle entendait, avec la clarté fournie par les capteurs externes du casque, les mots «Attrapez cette bande de petits emmerdeurs et on n'aura plus qu'à s'inquiéter de Dovir!»*

*Elle prépara son arme et tira. L'image tremblotante rose et vert se dispersa. Quelque chose de tiède, d'humide, lui éclaboussa le bras. Elle l'ignora. À travers le brouillard dense et piquant, elle continua à se faufiler, toute son attention concentrée sur les données fournies par le casque, consciente que derrière elle, Peli et les autres suivaient, que quelque part le major Dovir menait toujours la dernière poignée d'officiers loyaux.*

*Le brouillard se dissipa en volutes déchiquetées. Elle voyait devant elle les traces de brûlures sur les cloisons. Elle ne regardait le pont que lorsqu'elle y était contrainte, là où elle risquait de trébucher sur les obstacles, mais même alors, elle les voyait. Des tas de vieux vêtements, sales et tachés, éparpillés çà et là… elle n'allait pas y penser maintenant, ne devait pas, elle en aurait bien le temps plus tard…*

Elle s'éveilla en nage, le cœur battant à tout rompre. Plus tard. Plus tard, c'était maintenant, à l'abri. Elle alluma sa lampe de chevet et resta étendue à fixer le plafond. Ce n'étaient pas des tas de vêtements ; elle le savait même alors. Son père n'avait eu que trop raison : la guerre était une sale affaire, où que ce soit. Les tripes, le sang et la chair avaient la même puanteur sur un vaisseau qu'après une émeute dans les rues. Et elle avait elle-même contribué à cette puanteur, à cette laideur. Esmay et les autres subalternes s'étaient battus en remontant le vaisseau vers le pont où Dovir, blessé à mort, avait occupé le siège de commandement après la mort de Hearne. Dovir, dont les entrailles lui glissaient entre les mains, lui avait adressé ce dernier regard vitreux. Sa voix, qu'il s'efforçait de maîtriser tandis qu'il donnait ses derniers ordres.

Elle cligna des yeux, s'efforçant de retenir ses larmes. Elle avait déjà pleuré ; ça ne servait à rien. Elle se sentait toute poisseuse, avec la sueur maintenant froide et glissante, les draps humides et entortillés autour d'elle. Ce qui lui rappelait la description que lui avait faite sa tante de la ménopause : se réveiller en nage puis avoir des frissons. Ou quelque chose de ce genre. Elle força son esprit à revenir au moment présent. Penser à sa famille ne l'aiderait certainement pas.

D'après le chronomètre, elle avait dormi sept bonnes heures. Elle pouvait tenter une autre courte sieste, mais l'expérience lui soufflait qu'elle ne dormirait pas vraiment. Mieux valait se doucher (c'était la fin du troisième tiers sur ce vaisseau) et elle commencerait donc tôt la journée de travail.

Elle ne trouva personne dans la grande salle de douches. Elle laissa l'eau la réchauffer et nettoyer l'odeur de la peur. Alors qu'elle redescendait le passage, elle entendit un réveil se déclencher. Pas le sien : elle l'avait soigneusement éteint. Puis, en provenance du passage, un autre réveil. Elle atteignit son compartiment avant l'arrêt des sonneries, et lorsqu'elle en émergea, ce fut pour trouver deux deuxième classe aux yeux voilés qui se dirigeaient vers les douches, et un enseigne de première classe qui s'appuyait contre la cloison, occupé à replier le rabat de sa botte d'uniforme.

— Lieutenant ! dirent-ils à l'unisson, se redressant plus ou moins.

Esmay leur répondit d'un signe de tête, appréciant le vernis que lui offraient momentanément une toilette matinale, des dents propres et la preuve que ses associés dormaient toujours à moitié.

Elle ne se permit pas de s'attarder. Elle avait du travail : apprendre à connaître le vaisseau, comme l'avait demandé le major Pitak, mais aussi découvrir pourquoi le cube de données du major et celui de la base de données du vaisseau différaient à ce point. Pendant toute cette journée, à l'exception de repas précipités, Esmay parcourut le vaisseau réel en se référant à deux schémas différents. Le cube de données du major Pitak avait raison à une exception près, à l'extrémité de T-1 côté proue, au niveau Treize, où aucun des deux ne correspondait à la réalité. Un sas avait entièrement disparu, remplacé par une cloison peinte de bandes de couleurs criardes. Comme Esmay restait plantée là à se demander ce que signifiait ce schéma, un maître principal chauve surgit de la coursive latérale la plus proche et se précipita vers elle.

— Qu'est-ce que vous… Oh, pardonnez-moi, lieutenant. Puis-je vous aider à trouver quelque chose?

Esmay avait bien perçu sa tension. De toute évidence, il se passait quelque chose. Mais ce n'était pas encore à elle de découvrir quoi. Elle se contenta de sourire.

— Je suis le lieutenant Suiza, dit-elle. Le major Pitak m'a demandé de me familiariser avec tout le vaisseau d'ici 0800 le 27, et je pensais qu'il y avait ici un sas qui donnait sur l'entrepôt de composants électroniques.

— Ah, le major Pitak, répéta l'homme. (De toute évidence, le major était connu hors de son propre territoire.) Eh bien, lieutenant, la base de données du vaisseau n'a pas encore été remise à jour pour inclure les rénovations. L'accès à l'entrepôt des composants électroniques se fait par là-haut. (Il lui montra du doigt.) Je serai ravi de vous y conduire.

— Merci, répondit Esmay. (Alors qu'ils se détournaient, elle ajouta :) Ce motif sur la cloison… C'est quelque chose qu'on ne nous a pas appris, ou bien…

Le rouge monta à la nuque de l'homme.

— C'est sans doute spécifique aux vaisseaux VMH, lieutenant. Ils sont tellement énormes, vous comprenez. Le capitaine a autorisé quelques marquages non conformes pour l'orientation des nouveaux.

— Je vois, répondit Esmay. Très judicieux : je me suis déjà perdue plusieurs fois.

Le rouge reflua. Elle perçut la détente jusque dans sa voix.

— Comme la plupart des gens, lieutenant. Ce motif indique simplement que ce que montre le plan du vaisseau ne se trouve plus là. Qu'ils ne se sont pas vraiment trompés de route, mais que le trajet a changé.

Quelque chose, dans son intonation, ajoutait presque une majuscule à «trajet». Esmay engrangea ce détail pour le méditer plus tard et suivit le maître principal vers l'extérieur, puis de nouveau vers l'avant, en direction d'un sas indiquant bien visiblement «Entrepôt de composants électroniques». Sous cette étiquette officielle une autre était affichée :

ADRESSEZ-VOUS AU RESPONSABLE
AVANT DE RETIRER TOUT COMPOSANT
OUI, VOUS AUSSI !

Esmay remercia son guide et entra. L'endroit ressemblait à tous les entrepôts qu'elle avait connus, aussi grand que la plupart de ceux des grandes bases. Des étagères de conteneurs portant des étiquettes qui affichaient des numéros de composants ; des bacs où les composants les plus fréquemment employés s'entassaient au petit bonheur. Un enseigne de deuxième classe qu'elle n'avait pas encore rencontré émergea d'un labyrinthe d'étagères.

— Fred, c'est toi ? Ah, désolé, lieutenant.

Esmay répéta ses explications et se présenta à l'enseigne Forrest. Il semblait tout à fait disposé à lui montrer tout l'entrepôt.

— Je me demandais simplement… Mon schéma du vaisseau montrait une entrée différente.

— Ça date d'avant mon arrivée, dit-il. J'en sais quelque chose : je me suis perdu en essayant de trouver cet endroit quand on m'a envoyé ici depuis le 14e. On partage cet entrepôt avec l'Entraînement – les gens des écoles techniques ont toujours besoin de nouveaux composants dans le labo. C'est pour ça qu'on a déplacé cet entrepôt. Je ne crois pas qu'ils remettent ces plans à jour assez souvent, surtout dans la mesure où il s'agit d'un VMH : c'est important qu'on sache où on se trouve. Mais vous savez ce que c'est, lieutenant : personne ne demande l'avis des enseignes.

Esmay sourit.

— Je sais, oui. Et je soupçonne, aussi récent que soit mon titre, que personne ne demande celui des lieutenants non plus.

Du moins, pas avant de se trouver en plein milieu d'une mutinerie, après la mort de tous les autres. Mais ce jeune homme au visage juvénile et aux cheveux cuivrés n'était jamais passé par là.

— Vous devez travailler avec le major Pitak, dit-il, et son expression amusa de nouveau Esmay. Elle envoie toujours ses nouveaux subalternes découvrir des recoins impossibles du vaisseau. Je ne suis jamais allé en C&A, et j'en remercie les dieux, quels qu'ils soient, qui président aux affectations.

— Au moins, je sais maintenant où ça se trouve, dit Esmay. Et je ferais mieux de revenir à ma liste.

Elle se réjouissait de ses années d'expérience passées à se déplacer en rase campagne à l'estancia. Elle n'eut aucun problème à revenir sur ses pas en direction de l'arrière et atteignit la section des officiers subalternes largement à temps pour se rafraîchir avant de rejoindre sa table dans le mess. À présent qu'elle était pleinement éveillée, elle avait moins de mal à lier conversation.

Callison, le lieutenant le plus gradé, avait un diplôme en ingénierie écologique. Partrade, son subalterne, travaillait dans l'administration – une spécialité qu'on surnommait toujours paperasserie, même si on n'en imprimait qu'une infime partie sur papier. Parmi les cinq enseignes de deuxième classe de sa table, l'un travaillait en Coque & Architecture, deux en Systèmes d'armes, un au secteur médical et un en Systèmes de données.

Esmay se demanda si un seul d'entre eux avait déjà servi à bord d'un vaisseau au combat, mais n'avait pas envie de le leur demander. Elle les avait déjà bien assez effrayés la veille au soir. Partrade souleva lui-même le sujet sans qu'elle ait à l'aborder.

— Est-ce que les événements de Xavier sont votre seule expérience de combat, lieutenant Suiza?

Esmay parvint à ne pas s'étrangler avec ses petits pois.

— Oui, en effet.

Point barre.

— Je n'ai jamais servi sur un vaisseau de guerre, poursuivit Partrade, embrassant la tablée d'un coup d'œil. Je ne crois pas que qui que ce soit l'ait fait à cette table. On m'a tout de suite affecté à l'Administration de la maintenance, et je suis sur le *Kos* depuis cinq bonnes années.

— J'ai servi sur le *Victorieux*, dit un des deuxième classe. Mais nous n'avons jamais fait autre chose que patrouiller.

— Soyez-en reconnaissant, dit Esmay avant de pouvoir se retenir.

Ils la fixaient tous à présent. Ce qu'elle avait en horreur. Elle se sentait trop jeune et trop vieille tout à la fois.

— Si le lieutenant n'a pas envie d'en parler, ne la forcez pas. (C'était un lieutenant de la table voisine, celui qu'Esmay se rappelait avoir rencontré devant le tube ascensionnel.) Et puis le dîner n'est pas le moment le mieux choisi pour aborder des histoires sanguinolentes.

Il adressa un clin d'œil à Esmay, qui sourit malgré elle.

— Il a raison, dit-elle à sa tablée. Ce n'est pas un sujet convenable à l'heure du dîner.

*Ni devant une assemblée d'étrangers*, songea-t-elle. Elle comprenait maintenant pourquoi les vétérans se rassemblaient souvent à part pour raconter leurs histoires, pourquoi ils se taisaient quand Esmay et d'autres officiers subalternes cherchaient à les écouter.

— Est-ce que certains d'entre vous ont la moindre expérience?

Elle s'étonna de s'entendre insister légèrement sur le mot comme elle l'avait entendu faire par des officiers qui la dépassaient en grade et en expérience.

— Bien, dit-elle. Alors nous n'aurons pas la tentation d'aborder ce genre de choses pendant le repas. (Elle espérait que son sourire adoucirait le mordant de ses paroles.) Voyons… Zintner, vous êtes en C&A. C'était votre projet depuis l'Académie?

— Oui, lieutenant. (Zintner, qui devait se tenir sur la pointe des pieds pour atteindre la taille minimale requise, sembla lancer des étincelles depuis sa chaise.) Ma famille est dans la construction de navires depuis une éternité – enfin, depuis très longtemps. Je voulais travailler sur des appareils militaires. C'est là qu'on trouve les nouveautés intéressantes.

— Et c'est votre première affectation?

— Oui, lieutenant. C'est formidable. Vous avez rencontré le major Pitak, elle sait tellement de choses! Et on a l'occasion de travailler sur tout, une fois lancés.

— Mmm. J'ai une expérience de technologie de scan, alors je ne sais pas grand-chose de C&A. Je pense que vous allez beaucoup m'apprendre.

— Moi, lieutenant? Ça m'étonnerait: le major me fait travailler sur un manuel technique en ce moment. Elle va sans doute demander au major Sivars de vous prendre en main.

C'était impoli de contredire ouvertement, mais le deuxième classe semblait trop radieuse pour avoir eu la moindre intention de mal faire. Simplement, elle adorait son travail. Esmay le comprenait très bien. Elle se tourna vers les enseignes de première classe. Callison était tout à fait disposé à parler des processus les moins répugnants qui maintenaient en vie l'équipage du vaisseau et racontait des anecdotes amusantes sur tout ce qui pouvait mal tourner. Esmay n'aurait jamais cru que quelques oothèques d'insectes prises dans la boue sur des chaussures de randonnée pouvaient éclore et causer de sérieux ennuis, mais apparemment la chose s'était produite sur un autre vaisseau. L'histoire conduisit Partrade à les régaler d'une anecdote sur la fois où un enseigne anonyme de deuxième classe avait transposé quelques chiffres et occasionné un découvert massif sur le compte de son vaisseau. Tout le monde avait grimpé de dix grades, si bien que le vaisseau entier se retrouvait, d'après l'ordinateur, peuplé d'officiers, et le capitaine dépassait en grade le commandant de secteur.

C'était là une des nombreuses différences qu'appréciait Esmay par rapport à chez elle, savoir qu'ils pouvaient parler de leurs affectations à la table du dîner. Sur Altiplano, on ne pouvait aborder aucun aspect de leur travail à l'heure du repas, même si toute la tablée travaillait ensemble. Ce qu'elle trouvait peu naturel. Ici, une rafale d'histoires de boulot évoluait tout naturellement vers d'autres sujets.

— Êtes-vous prête pour mon examen? demanda le major Pitak quand Esmay se présenta devant elle.

— Oui, major. Mais j'ai une question.

— Allez-y.

— Pourquoi le plan du vaisseau ne correspond-il pas à la réalité ou au plan de votre cube?

— Excellent. Combien de points de divergence avez-vous découverts?

Esmay cligna des yeux. Elle ne s'était pas attendue à cette réaction. Elle commença à décrire les divergences, en commençant par la proue et les zones de travail à l'arrière. Pitak l'écouta sans commentaire. Quand elle eut terminé, Pitak griffonna sur son bloc-notes.

— Je crois que vous les avez tous trouvés. Bon travail. Vous m'avez demandé la raison de ces différences, et c'est une question à laquelle je ne peux pas répondre. Je suppose que c'est lié aux nouveaux sous-programmes des IA, qui protègent activement les données jugées de la plus haute importance. Un bug du programme, en d'autres termes, même s'il semble impossible de convaincre les concepteurs de systèmes de la Flotte que c'est un problème. Ils partent du principe que l'architecture, une fois lancée, ne devrait pas être modifiée. Ce qui est sans doute le cas pour la plupart des vaisseaux.

Esmay médita cette réponse.

— Donc vous créez de nouveaux cubes de données individuels à chaque fois que l'architecture change.

— Voilà. Nous pouvons en fait changer le système principal de façon temporaire – généralement une heure environ avant qu'il ne se «guérisse» lui-même en réparant ce qu'il prend pour une anomalie des données.

— Mais il y a deux endroits où votre cube de données ne correspondait pas à la réalité.

Pitak lui sourit.

— Je vous ai donné un vieux cube de données, lieutenant, pour voir si vous alliez vraiment tout examiner. Les idiots reviennent complètement perdus et se plaignent de ne pas pouvoir se guider à partir du plan du vaisseau. Les malins vérifient un ou deux endroits, puis reviennent avec une liste de divergences entre mon cube et le plan du vaisseau. Les officiers bons et honnêtes qui ne craignent pas le travail font ce que vous avez fait: ils vérifient *tout.* C'est ce que je veux dans ma section. Les gens qui manquent des détails en C&A détruisent des vaisseaux, et nous sommes ici pour les sauver.

— Oui major.

Esmay y réfléchit. C'était une manière efficace de séparer les paresseux et négligents des minutieux et prudents, mais elle se demanda ce que le major Pitak lui réservait d'autre. L'examen ne serait pas de tout repos.

— Je vous remercie, major, pour ces explications.

Pitak lui lança un regard étrange.

— Je vous remercie d'avoir réussi le test, lieutenant – à moins que vous ne l'ayez pas encore compris?

En effet, et elle se sentit parfaitement idiote.

— Non, major.

Stupide et gauche… Elle sentit ses oreilles lui brûler et espéra que le rouge ne se verrait pas à travers ses cheveux.

— Un esprit obsessionnel, je me demande, ou bien… Évidemment, vous faites partie des rebuts des puits.

Remarque faite d'une voix songeuse, sans aucune agressivité.

— Rebuts des puits?

Esmay n'avait jamais entendu ce terme, mais il semblait péjoratif.

—Désolée, les vaisseaux VMH développent leur propre argot, presque un dialecte local, même si nous essayons de ne pas être cryptiques. L'expression désigne une personne originaire d'une planète, pour reprendre le terme officiel. Quelqu'un qui débarque en hyperespace à partir d'un puits – un puits de gravité. Et quelqu'un d'assez jeune pour que les différences sautent aux yeux. On ne s'attend pas à ce que les rebuts des puits saisissent d'emblée toutes les nuances de la structure sociale de la Flotte. Quand vous êtes-vous enrôlée, Suiza?

— À l'école préparatoire, major.

Esmay songea aux années qu'elle avait passées dans un environnement de la Flotte. Deux à l'école préparatoire, quatre à l'Académie, un voyage en tant que deuxième classe et deux affectations en tant que première classe. Si elle n'avait pas tout saisi à l'heure actuelle, quand le ferait-elle? Elle pensait l'avoir fait: ses rapports d'aptitude commentaient toujours sa conduite tranquille et bien élevée. Que faisait-elle de travers, à part se retrouver impliqué dans des mutineries?

— Hmm. La voie technique, depuis le début. (Pitak la dévisagea longuement.) Vous savez, Suiza, nous autres, les techniciens, avons la réputation d'être un peu bouchés sur certains points. Je ne serais pas surprise que cc soit aussi votre cas. Ce qui ne me dérange pas et vous causera moins d'ennuis ici que sur un vaisseau de guerre. Mais comme vous ne provenez pas d'une famille de la Flotte, vous aurez peut-être besoin d'ouvrir vos capteurs à un spectre un peu plus large. Ce n'est qu'une suggestion, pas un ordre.

— Oui, major, répondit Esmay.

Elle éprouvait un léger vertige. Qu'avait-elle fait de travers? Qu'y avait-il de si évident? Elle savait qu'elle avait perdu son accent; elle y avait consacré tant d'efforts, mais le major Pitak venait de se pencher sur son diagramme des processus.

— Pour vous retrouver à niveau en C&A, vous allez devoir suivre quelques cours rapides. Tout ce que nous avons pour l'instant, c'est une petite réparation mineure sur une escorte. Ce sera terminé avant que vous en ayez fini avec les bandes, et vous nous serez d'une plus grande utilité à ce moment-là. Comment vous débrouillez-vous avec les outils? Vous avez déjà pris part à la fabrication d'éléments métalliques? Au moulage de céramique ou de plastique?

— Non, major.

— Mmm. Très bien, dans ce cas. Emportez ces bandes à l'Entraînement et parcourez-les autant de fois que nécessaire. Puis revenez ici et je vous dirigerai vers des instructeurs. Vous devez savoir comment un procédé fonctionne en théorie avant de pouvoir le superviser.

Tout ceci semblait très logique et Esmay n'avait jamais répugné à apprendre de nouvelles choses.

— Oui, major, répondit-elle en acceptant une grosse pile de bandes pour les machines.

— Nous serons probablement prêts au déploiement avant que vous en ayez fini avec les bandes, dit Pitak. Prenez le temps qu'il faudra. (Puis elle secoua la tête.) Désolée – vous êtes naturellement méthodique – je n'ai pas à vous rappeler, à *vous*, de ne pas les parcourir trop vite.

— Oui, major.

Esmay sortit en proie à des sentiments contradictoires. Une partie de son esprit se sentait contrariée et irritée ; une autre, confiante et apaisée.

Les séances de planning auprès de l'Entraînement prenaient plus de temps qu'elle ne s'y était attendue. Les techniciens responsables des groupes de machines s'expliquèrent.

— Un VMH nécessite davantage de spécialités que les autres types de vaisseaux. Et nous devons tout savoir : tous les vieux trucs, tous les nouveaux, tout ce qu'on aura trouvé pour faciliter les réparations. Nos hommes passent leur temps à se recycler. Le reste de la Flotte s'en donne seulement l'illusion, avec ses petits exercices prévisibles de temps à autre. Mais nous allons vous trouver un créneau, lieutenant, ne vous en faites pas. Le major Pitak connaît la situation : elle ne va rien vous reprocher.

Néanmoins, il faudrait trois journées standard avant qu'Esmay accède à une machine et, même alors, seulement au cours du troisième tiers.

— Avez-vous quelque chose de semblable que je pourrais parcourir sur mon lecteur de cubes ? demanda-t-elle.

Le technicien consulta les titres sur son scanner.

— Oui, mais tout ça est très technique, lieutenant – ce que j'ai sur cube est beaucoup plus basique. Tout ce que j'ai d'intermédiaire est déjà sorti. En fait, on aurait même déjà dû me les rendre.

— Je vais prendre les cubes de base, dit Esmay. Ça me fera une bonne révision.

Elle prit les cubes et remit ses bandes au technicien, afin qu'il les garde pour sa séance. De retour dans ses quartiers, elle inséra le premier cube. Une heure plus tard, elle se réjouissait de n'avoir pas encore pu passer de temps sur les machines. Le cube du niveau de base la dépassait déjà. Elle se laissa aller en arrière sur son siège, clignant des yeux, et comprit qu'elle devrait y aller par petites doses.

C'était presque l'heure du déjeuner. Elle n'avait pas vraiment faim, mais elle se sentait raide et fatiguée. Elle avait besoin d'exercice. Elle se changea pour enfiler un short et des chaussures doublées, et suivit les instructions (identiques dans ce cas précis) fournies par le plan du vaisseau et le cube du major Pitak en direction de la zone d'entraînement des officiers subalternes.

Outre ses dimensions, elle ressemblait beaucoup aux compartiments d'exercice qu'elle avait vus sur d'autres vaisseaux. Des rangées de machines pour exercer tel ou tel groupe de muscles, des espaces clos pour des jeux pratiqués en double sur un petit court, un vaste espace ouvert équipé de tapis pour faire des cabrioles et pour s'entraîner au combat sans armes. Une demi-douzaine d'officiers subalternes occupaient diverses machines, et deux se battaient à mains nues sur les tapis. Elle consulta les tableaux. À cette heure du cycle, seules quelques machines étaient réservées. Elle pouvait se servir de presque tout. Esmay évita les simulateurs d'équitation et grimpa sur une machine censée simuler la marche dans la neige en rase campagne. Elle n'avait aucun désir de marcher sur de la neige véritable – elle l'avait déjà fait – mais c'était mieux que de faire semblant de monter à cheval sur un assemblage de pistons et de leviers.

Son rythme cardiaque commençait tout juste à s'accélérer quand on l'appela par son nom. Elle regarda autour d'elle. C'était un des enseignes de deuxième classe de sa table. Custis? Non, Dettin, le blond à l'éraflure, guérie à présent.

— Je me demandais simplement si vous accepteriez de parler de l'affaire de Xavier à notre groupe de discussion tactique, demanda-t-il. Pas forcément de votre rôle, même si bien sûr nous aimerions en savoir plus, mais simplement la manière dont vous avez perçu l'ensemble de la bataille.

— Je n'ai pas vu l'ensemble de la bataille, répondit Esmay. Nous sommes arrivés en retard, comme vous l'avez peut-être entendu dire.

— En retard?

Il fronça les sourcils. Se pouvait-il qu'il soit ignorant à ce point?

— Le vaisseau sur lequel je me trouvais était commandé par… (Incroyable comme il était difficile de prononcer le mot «traître» devant un jeune comme lui.) Le capitaine Hearne a quitté le système Xavier avant la bataille, dit-elle. (Elle ignorait pourquoi elle l'avait dit ainsi; elle n'avait jamais tellement aimé Hearne.) C'était seulement après la… («mutinerie» était un mot tout aussi difficile à prononcer, mais elle y parvint cette fois) seulement après la mutinerie, après la mort de tous les officiers supérieurs, que j'ai repris le vaisseau.

Elle ne s'était pas attendue à ce qu'il prenne cette expression, celle de quelqu'un qui vient tout juste de voir se concrétiser des rêves impossibles.

— Vous… On dirait une histoire tirée des *Étoiles d'argent.*

— *Étoiles d'argent*?

— Vous savez, la série de jeux d'aventures.

Le choc lui fit perdre contrôle.

— Ça n'avait *rien* d'un jeu d'aventures!

Il ignora sa réponse.

— Non, mais dans la huitième série, quand le jeune lord a dû vaincre le prince cruel et ensuite mener les vaisseaux au combat…

— Ce n'est pas un jeu, dit fermement Esmay, mais avec moins d'ardeur. Des gens se sont fait tuer pour de bon.

— Je le sais bien, répondit-il, l'air irrité. Mais dans le jeu…

— Je suis désolée, répondit Esmay. Je ne joue pas aux jeux d'aventures.

Elle faillit ajouter : «Je me contente de faire la guerre», mais s'abstint.

— Mais vous voudrez bien parler à notre groupe tactique ?

Elle y réfléchit. Peut-être pourrait-elle souligner la différence entre les jeux et la réalité.

— Oui, dit-elle. Mais je vais devoir consulter mon emploi du temps. Quand vous réunissez-vous ?

— Tous les dix jours, mais on pourrait déplacer l'horaire si ça vous arrange.

— Je vais vérifier, répondit Esmay. Pour l'instant, je dois aller terminer ma séance.

Il s'éloigna, et elle s'exerça jusqu'à éprouver l'impression d'avoir non seulement chassé la raideur de ses heures d'étude, mais aussi la colère irraisonnée qu'elle avait ressentie en se voyant comparer à une héroïne de jeu. Lorsqu'elle se fut calmée, elle commença à se demander si elle avait bien fait d'accepter si vite, même si elle n'avait pas fixé un horaire précis. Devait-elle parler de l'affaire Xavier à une troupe d'enseignes de deuxième classe ? Si elle réduisait son propre rôle au minimum et parlait de la façon dont Heris Serrano avait tenu à distance une force supérieure, ça ne ferait sans doute aucun mal.

# Chapitre 9

Elle s'efforçait de chercher qui consulter lorsqu'elle se rappela qu'il lui fallait prendre rendez-vous avec l'amiral Dossignal. C'était le moment idéal, alors qu'elle parcourait les cubes d'entraînement du niveau de base. Elle contacta le secrétaire du commandant Atarin et reçut une heure plus tard un message lui indiquant que l'amiral la verrait à 13h30. Elle se présenta donc à 13h15 à la suite de bureaux de l'amiral, où le commandant Atarin apportait justement une pile de cubes.

— Comment ça se passe en Coque & Architecture, lieutenant?

— C'est très intéressant, commandant. Le major Pitak m'a demandé de prendre des cours, comme je n'avais aucune expérience.

— Très bien, elle est très méthodique. Vous a-t-elle déjà fait passer le test du vaisseau?

— En premier lieu, commandant.

— Ah. (Ses sourcils se haussèrent puis retombèrent.) Eh bien, vous devez avoir réussi, ou j'en aurais entendu parler. Bon point pour vous. Comment se passent les choses au mess des officiers subalternes? Vous vous adaptez bien?

— Très bien, commandant, répondit Esmay.

— Ce vaisseau est tellement gros qu'aucun d'entre nous ne peut connaître tout le monde. Parfois, des gens provenant d'engins plus petits trouvent ça vraiment déstabilisant. Si vous avez des centres d'intérêt particuliers, vous pourriez peut-être jeter un œil à la liste des groupes de loisirs. Nous encourageons les gens à lier connaissance en dehors de leur propre section de travail – même parmi le commandement.

— En fait, commandant, le groupe de discussion tactique des

officiers subalternes m'a demandé de leur parler de l'affaire Xavier.

— Ah oui? Eh bien, ce n'est pas vraiment ce que j'avais en tête, mais c'est un début. Et ils ont fait preuve d'une certaine initiative en vous posant la question. De qui s'agissait-il?

— L'enseigne Dettin, commandant.

— Mmm... Je ne connais pas Dettin. Mais je suis sûr qu'ils ont tous entendu parler de Xavier et qu'ils sont curieux d'en savoir plus. Je viendrai peut-être jeter un œil.

Fallait-il y voir une menace, un avertissement ou un simple signe d'intérêt?

— Ah, l'amiral est prêt.

L'amiral Dossignal était un homme de haute taille au visage taillé à la serpe et aux mains dotées de grosses jointures qui tripotaient les objets placés sur son bureau. Malgré tout, il semblait plus détendu que le capitaine Hakin et autrement plus accueillant.

— J'ai lu les commentaires de la commission dans votre dossier, lieutenant Suiza. Et bien que je comprenne leurs inquiétudes quant à vos décisions, je ne les partage pas. J'ai une entière confiance en votre loyauté vis-à-vis des Familias Régnantes.

— Je vous remercie, amiral.

— Pas de remerciement qui tienne, lieutenant. Même s'il nous reste sans doute d'autres traîtres à débusquer – Garrivay et ses acolytes ne peuvent pas être les seuls – nous devons garder confiance ou nous n'aurons plus de cohésion.

Il fit une pause, mais Esmay ne trouva rien à ajouter. Quand il reprit, ce fut sur un ton légèrement différent, moins sombre.

— J'ai cru comprendre que vous vous entendiez bien avec le major Pitak. Et le commandant Seveche?

— Je l'ai à peine croisé, amiral.

Le dirigeant de Coque & Architecture ne lui avait parlé que brièvement; il lui avait semblé encore plus occupé que le major Pitak, lorsqu'elle l'avait vue.

— Je suis sûr qu'on vous l'a déjà dit, mais c'est inhabituel de voir un lieutenant affecté ici sans être passé d'abord par l'une des écoles techniques avancées. Vous aurez peut-être besoin de suivre quelques cours.

— Je me suis déjà inscrite à un cours, amiral.

— Très bien. D'après votre dossier, vous apprenez vite, mais la maintenance lourde demande des études interminables. (Il jeta un nouveau coup d'œil à l'écran de son bureau.) Je vois que vous avez bénéficié d'une permission récente pour rentrer chez vous. Comment a réagi votre famille face à tout ce battage médiatique?

Esmay chercha comment le formuler avec tact.

— De manière un peu excessive, amiral.

— Ah bon? Vous voulez parler de la médaille?

Bien sûr, ce détail figurait déjà dans son dossier, elle le savait.

— Oui, amiral.

— Mais c'était le gouvernement, pas votre famille. Vous avez un père, une belle-mère, des demi-frères?

— Oui, amiral. Et aussi des tantes, des oncles, des cousins... C'est un clan assez vaste.

— Ont-ils approuvé que vous ayez rejoint la Flotte?

Ses yeux bruns et chaleureux se firent plus perçants.

— Pas totalement, amiral. Pas au début. Maintenant, oui.

— Nous n'avons pas d'autres officiers provenant de votre planète, voyez-vous. Le dernier remonte à une trentaine d'années.

— Meluch Zalosi, oui, amiral.

Un Zalosi de la Coarchie, qui n'existait plus à présent mais avait été, à une époque, une puissance politique. Les Zalosi, toutefois, étaient au service des Coarches. Les ragots tenaient Meluch pour l'enfant illégitime de la Coarche Tributine et d'un garde Zalosi, confié à la garde d'un lointain parent Zalosi. Il se trouvait avoir les épais sourcils caractéristiques de la lignée des Coarches – un trait dominant – et quand il avait réussi les examens d'entrée de la Flotte, tout le monde y avait vu la meilleure solution. On n'avait pas demandé l'avis de Meluch lui-même. C'était un Zalosi, qui allait là où la Coarchie lui ordonnait d'aller.

— Je me demandais, poursuivit l'amiral Dossignal, interrompant ses méditations, pourquoi vous étiez si peu nombreux? Altiplano, ai-je cru comprendre, est un monde agricole. En règle générale, les mondes agro nous envoient pas mal de recrues.

— Ce n'est pas un monde agro classique, amiral.

Esmay fit une pause, ne sachant trop ce qu'elle devait lui expliquer. L'amiral disposerait de vastes données s'il en cherchait vraiment.

— Et pourquoi donc? demanda-t-il.

Peut-être voulait-il simplement son analyse, plutôt que des données brutes.

— Pas de libre naissance, répondit succinctement Esmay.

Toutes les autres raisons revenaient à celle-là: avec un développement contrôlé de la population, il n'y avait pas de main-d'œuvre inactive à envoyer loin de la planète. Les immigrants devaient accepter cette condition avant d'être admis. S'ils s'étaient déjà reproduits, ils devaient accepter une stérilisation préventive.

—Mais votre famille... Combien de frères et sœurs avez-vous?

—Deux, amiral. Mais ce sont les enfants de la deuxième épouse de mon père, et ils figurent sur son permis à elle.

Elle ne précisa pas ce qu'il pouvait sans doute deviner, à savoir que la limitation des naissances était imposée de manière plus stricte à d'autres familles. Son père aurait pu engendrer d'autres enfants, mais avait transféré ses permis restants à Sanni, qui voulait en avoir.

— Je vois. Et leur attitude envers les traitements réjuvénants?

Elle hésita.

— Je ne connais que le point de vue de mon père et de mon oncle. Ils m'ont parlé de leur inquiétude par rapport à l'effet sur la stabilité de la population, malgré les avantages que représenterait la valeur compétitive d'une expérience en augmentation constante.

— Mmm. Donc le personnel militaire supérieur d'Altiplano n'a pas subi de réjuv?

— Non, amiral.

— Avez-vous perçu à ce niveau le moindre ressentiment envers les Familias?

Esmay se sentit mal à l'aise, mais répondit en toute sincérité.

— Non, amiral, aucune. Altiplano est indépendante. L'amiral sait sans doute que nous ne sommes parrainés par personne qui dispose d'un Fauteuil au Conseil, et que la politique du Conseil ne nous affecte que dans la mesure où elle concerne le droit commercial.

— Il y a eu quelques inquiétudes, surtout depuis les révélations sur la sale histoire de Patchcock, dit l'amiral. Il y a maintenant une puissante faction politique qui s'oppose à la réjuv au motif que les riches personnes âgées exploiteront les pauvres, qui n'ont pas les moyens de s'offrir le traitement.

— Je ne crois pas que qui que ce soit, sur Altiplano, se sente exploité par les Familias, dit Esmay. Ils ont peut-être parfois l'impression de s'exploiter entre eux.

Plus que parfois, mais elle ne voyait pas comment sa connaissance limitée de la politique locale d'Altiplano pourrait clarifier la situation. Elle ne formula pas la première pensée qui lui traversa l'esprit, à savoir que toute puissance cherchant à exploiter Altiplano aurait du pain sur la planche.

— Je suis ravi de l'entendre, dit l'amiral. Je vous verrai de temps à autre – les officiers du 14e se réunissent régulièrement. Le commandant Atarin vous tiendra au courant de la prochaine réunion.

— Oui, amiral. Je vous remercie.

La première chose que fit Esmay, au retour de son rendez-vous avec l'amiral, fut de consulter un diagramme de la structure hiérarchique à bord du VMH. Elle pensait avoir compris comment fonctionnaient les chaînes de commandement, et qui devait rendre compte à qui sur quel sujet, mais plusieurs points soulevés par l'amiral la laissaient perplexe.

Quelques heures plus tard, elle ne se sentait qu'à peine moins perplexe, mais sérieusement divertie. À quelques rares exceptions près (dont les VMH étaient la principale), les vaisseaux de la Flotte avaient une structure de commandement très simple, avec le capitaine au sommet, et l'autorité qui descendait rang par rang des officiers vers les hommes du rang. Un amiral à bord d'un vaisseau amiral n'avait aucune autorité directe sur l'équipage du vaisseau : tous les ordres devaient passer par le capitaine.

Mais la taille des VMH récents avait poussé la Flotte à les traiter comme des bases mobiles. Plutôt que de maintenir des écoles techniques et des laboratoires séparés dans le QG du secteur, l'état-major avait décidé de les placer à bord du *Koskiusko*, qui avait de toute manière besoin de la plupart de ces équipements. Ainsi, le *Koskiusko* disposait de multiples chaînes de commandement, chacune sous les ordres d'un amiral, censées utiliser les mêmes installations (ainsi que les mêmes experts) à différentes fins. Si la Flotte avait voulu préparer le terrain pour d'immenses guerres de territoire, elle n'aurait pas pu concevoir de meilleure organisation.

Esmay trouva dans les dossiers les vestiges de ce genre de batailles. Par exemple l'Unité de Fabrication des matériaux spéciaux : elle était censée servir le 14e chantier de maintenance lourde en fabriquant tous les matériaux nécessaires pour maintenir le stock des éléments de structure. Mais elle servait aussi l'École technique supérieure, où les étudiants apprenaient à fabriquer ces matériaux, et le Labo de Recherche sur les matériaux spéciaux, où les plus inventifs des ingénieurs se bagarraient pour développer de nouveaux produits aux propriétés exotiques.

Lors du premier déploiement, une gigantesque bataille s'était déclarée entre le 14e chantier de maintenance lourde, qui avait besoin d'un plus large stock d'éléments de structures en alliage de métaux et cristaux, lesquels nécessitaient des réparations, et les deux autres commandements, qui affirmaient avoir besoin qu'on leur garantisse un accès minimal à l'atelier pour accomplir leurs tâches.

La dispute était remontée par les différentes chaînes de commandement jusqu'à ce que les amiraux impliqués, comme le formulait Pitak, « s'enferment dans une pièce pour se battre jusqu'à ce qu'un seul ressorte vainqueur ». La solution, un compromis adopté par tous les amiraux encore en vie et très combatifs, n'avait satisfait personne, mais son caractère inadéquat impliquait que se plaindre ne ferait qu'envenimer les choses.

Même la division traditionnelle entre l'équipage du vaisseau et ses passagers s'était amoindrie. Bien qu'en théorie, le capitaine Hakin ait eu l'autorité ultime pour la sécurité et le fonctionnement du vaisseau, son équipage s'était souvent retrouvé dépassé en nombre par le personnel du 14e chantier de maintenance lourde. Lorsqu'un commandant précédent du chantier avait voulu faire passer un tuyau reliant T-3 et T-4, entre les baies d'arrimage latérales, il l'avait fait. Esmay trouva la correspondance furieuse adressée par le capitaine d'alors à l'amiral qui commandait le 14e chantier de maintenance lourde, et la directive du QG du secteur selon laquelle le tuyau incriminé serait autorisé à rester. Le capitaine avait été réaffecté.

Rien d'étonnant à ce que l'architecture du vaisseau ne corresponde pas aux caractéristiques des ordinateurs et à ce qu'il faille des cubes de remise à jour pour réussir à suivre les changements !

Au-dessus du niveau du vaisseau, la chaîne de commandement ressemblait davantage à une architecture en arborescence. Le supérieur du capitaine Hakin était l'amiral Gourache, commandant de cette vague, lui-même sous les ordres de l'amiral Foxworth qui commandait le secteur 14. L'amiral Dossignal, toutefois, se trouvait directement sous les ordres du commandant du secteur; il était responsable de toutes les fonctions de maintenance du secteur. L'amiral Livadhi représentait le Commandement de la formation dans ce secteur et ne se trouvait pas du tout sous les ordres du commandant de secteur: le quartier général de la Flotte avait repris toutes les fonctions d'entraînement soixante ans plus tôt. De la même manière, le commandement médical avait sa propre chaîne à part, qui remontait cette fois jusqu'à l'amiral Boussy, chef du service de santé à Rockhouse.

Son père n'aurait jamais toléré une telle pagaille. Sur Altiplano, le service médical militaire était subordonné au commandement des opérations, de manière ferme et formelle. *Oui, et c'est comme ça qu'il a pu cacher ton trauma*, lui rappela sa mémoire. *Personne n'allait contredire le héros de guerre…*

Ce n'était pas juste. Elle n'était même pas sûre qu'il se soit agi d'un hôpital militaire. Elle n'allait pas y réfléchir, quoi qu'il en soit. Elle replia les écrans. Elle comprenait maintenant bien assez la structure de commandement. Elle pouvait commencer à se préparer pour sa présentation au groupe de discussion, deux jours plus tard.

Les effectifs du *Koskiusko* égalaient la taille de la population d'une petite ville ou d'une grande station orbitale, et la seule liste des officiers équivalait à tout l'équipage d'un vaisseau normal. Esmay le savait, en théorie, mais quand elle vit la masse d'enseignes de deuxième classe qui remplissait l'amphithéâtre et encombrait le passage à l'extérieur, les chiffres se concrétisèrent.

— Vous n'êtes quand même pas tous dans le groupe de discussion tactique, dit-elle au deuxième classe Dettin, qui avait offert de la présenter.

— Non, lieutenant. Mais beaucoup d'autres ont voulu venir – je vais devoir en faire sortir, vu qu'ils surchargent le compartiment.

Elle le voyait en effet. Tous les sièges étaient pris depuis longtemps. Les deuxième classe étaient assis avec les genoux qui se touchaient à l'avant, entassés les uns contre les autres dans les allées et au fond. Ils bloquaient également le passage à l'extérieur.

Elle regarda Dettin tenter de les chasser, en pure perte. Elle comprit qu'elle aurait dû en parler à un de ses supérieurs, ce qu'elle aurait fait si elle s'était attendue à voir plus d'une douzaine d'enseignes. Dettin ne s'en sortait pas, et tout ça relevait de sa responsabilité à elle. Elle tendit la main vers le micro.

— Excusez-moi, dit-elle.

Le silence retomba, tranchant net des phrases à moitié formulées.

— Combien d'entre vous sont des membres réguliers du groupe de discussion tactique?

Quelques mains se levèrent, à peu près le chiffre qu'elle avait escompté au départ.

— Cette réunion était prévue pour ce groupe, dit Esmay. Nous ne pouvons pas nous permettre un tel attroupement; ce n'est pas très prudent. Ceux d'entre vous qui ne font pas partie du groupe de discussion vont devoir partir, jusqu'à ce que nous soyons sûrs d'avoir assez de sièges pour le groupe, et nous verrons alors combien d'autres nous pouvons accueillir.

Des murmures de protestation s'élevèrent tout bas, mais ils étaient des enseignes et elle un lieutenant. Ceux qui s'entassaient dans les allées commencèrent à se lever, se tortillant d'un air gêné; ceux de devant attendirent, espérant peut-être un sursis, mais Esmay leur adressa un regard sévère. Lentement, avec une mauvaise grâce trop évidente, ils se levèrent péniblement et sortirent en traînant les pieds. Elle entendait des voix s'élever depuis le passage, mais chaque chose en son temps. Certains de ceux qui étaient assis se levaient à présent; certains restaient en place comme s'ils étaient collés à leur siège. Elle espérait que tous appartenaient au groupe de discussion.

— Enseigne Dettin. (Il parut légèrement embarrassé.) Assurez-vous que tout le groupe de discussion dispose de sièges – vous les connaissez tous, n'est-ce pas?

— Oui, lieutenant.

— Quand ils seront installés, et si les autres n'y voient pas d'inconvénient, ça ne me dérange pas que les sièges vides soient attribués à d'autres. Mais c'est tout.

— Oui, lieutenant. (Il jeta un bref coup d'œil autour de lui, remuant les lèvres tandis qu'il parcourait une liste mentale.) Ils sont tous là sauf deux, qui se trouvent peut-être dehors.

— Allez les chercher. En les appelant par leur nom.

Il remonta l'allée encombrée et appela dans le passage. Un groupe d'enseignes s'était agglutiné à l'entrée, et deux autres se frayèrent enfin un passage en jouant des coudes. Ce qui laissait assez de place pour une vingtaine de personnes, estima Esmay. Elle regretta de ne pas connaître de moyen équitable d'attribuer ces sièges, mais il était trop tard. Plus vite qu'ils n'étaient partis, d'autres enseignes entrèrent jusqu'à occuper toutes les chaises.

Dettin la présenta, la voix teintée d'excitation. Les lumières baissèrent, à part à l'endroit où elle se tenait. Les jeunes visages impatients se fondirent en une masse floue où se détachaient seulement les yeux et les dents. Elle ne s'y était pas attendue, mais après avoir affronté le regard désapprobateur d'officiers supérieurs, elle n'allait pas se laisser démonter simplement parce qu'on la regardait.

Elle avait préparé un cube de visuels contenant les mêmes informations qu'elle avait données devant le tribunal: la géométrie du système Xavier, la disposition des vaisseaux de la Flotte, les vaisseaux xaviériens et civils disponibles, le nombre et l'armement des envahisseurs. Elle avait parcouru tout ceci tant de fois, pour son avocat, la commission d'enquête, la cour martiale, qu'elle aurait pu expliquer dans son sommeil comment Serrano était déjà dépassée en nombre avant la défection de Hearne.

Lorsqu'elle afficha le premier visuel, un soupir monta du public, suivi d'un silence fébrile tandis qu'elle récitait la séquence familière des faits. Elle ne connaissait certains aspects que par des récits, ce qu'elle leur expliqua. Mais les événements eux-mêmes étaient tellement captivants que personne ne sembla s'en plaindre: l'intrusion de l'Amicale, les deux vaisseaux traînards ennemis, peut-être une nouvelle tactique, peut-être une défaillance. Personne ne le savait précisément. L'attaque menée avec succès contre ces vaisseaux, les dégâts infligés à un transporteur d'assaut, le vaisseau-tueur envoyé avec succès former sa propre embuscade. Le long et dangereux harcèlement des envahisseurs lors de leur trajet vers Xavier, la perte de la station spatiale, les dégâts infligés aux villes xaviériennes.

— Rien que de la terre brûlée, entendit-elle marmonner.

Elle s'arrêta tout net; le silence retomba, épais et tendu. Avec la lumière braquée sur elle, elle ne voyait pas qui avait parlé.

— *Rien* que de la terre brûlée… Quelqu'un pense que la terre brûlée est un problème négligeable? Laissez-moi vous montrer une vidéo!

Elle fit apparaître d'un côté de l'écran l'ancienne capitale de Xavier telle qu'elle avait été, petite ville aux larges rues et aux bâtiments de pierre peu élevés, de jardins et de parcs plantés d'arbres. Les images provenaient des bases de données de la Flotte, les enregistrements provenant de Xavier même avaient tous été détruits.

Sur la moitié de l'écran, un champ de débris accidenté, des vestiges d'arbres détruits, les colonnes de fumée qui se tortillaient paresseusement dans leur propre chaleur, une équipe d'estimation des dégâts de la Flotte en combinaison protectrice. Le capteur vidéo avait zoomé sur des cadavres, humains et animaux. Esmay reconnut un cheval mort, et fut peut-être la seule à le faire.

— Tous les centres de population, dit Esmay, ont été anéantis de cette manière. Le feu a détruit les habitations les plus éloignées, ainsi que des millions d'hectares de pâturages et de cultures. La «terre brûlée» est censée laisser la planète tout juste habitable pour les troupes de l'Amicale, avec un retour à la production agricole au bout de trois à cinq ans. Ce qui ne laisse pas grand-chose pour les gens qui vivent là.

— Mais ils n'ont pas tous été tués? demanda quelqu'un.

— Non, grâce à la prévoyance du capitaine Serrano et de leur propre gouvernement. La majeure partie de la population a survécu dans des régions reculées – il y a des cavernes, m'a-t-on dit – mais leur base économique a disparu. Il leur faudra une ou deux générations rien que pour récupérer ce qu'ils ont perdu.

Elle l'imaginait très bien ; Altiplano avait souffert de dégâts semblables lors des Guerres de Succession où leur Fondateur avait trouvé la mort. Les années de famine, tandis qu'ils rétablissaient leur base agricole. Les années, ensuite, où produire juste assez à manger ne suffisait plus. Avec la distance, ils ne pouvaient pas attendre d'aide du reste des Familias, lorsque de nouvelles crises attiraient l'attention publique.

De nouveau le silence, avec cette fois une coloration différente.

— Commençons par la situation telle qu'elle est d'abord apparue au capitaine Serrano. (Esmay changea de visuel pour montrer de nouveau le système stellaire.) Xavier avait été perturbée, au cours des dernières années, par des incursions périodiques qui semblaient le fait de pirates indépendants. Ils avaient menacé la station orbitale et l'avaient effectivement endommagée à plus d'une reprise. La défense de Xavier se composait d'escortes de classe Demoiselle, dépassés et isolés, dont un seul tenait vraiment l'espace à ce moment-là. Les autres avaient été cannibalisés pour récupérer des composants afin de garder celui-là en état de marche. Xavier ne disposait pas de services passagers réguliers et exportait ses produits agricoles – essentiellement du sperme, des ovules et des embryons congelés de gros animaux – à bord de vaisseaux privés appartenant à des gens du coin. Presque toute sa production minière était employée localement, pour construire l'infrastructure dont ils avaient besoin.

Esmay ignorait tous ces détails avant de lire à l'amiral le rapport d'Heris Serrano (concis, mais pas vraiment un résumé à proprement parler). Elle l'avait trouvé facile à suivre, car Altiplano et Xavier présentaient de nombreuses similitudes.

— Le gouvernement a engagé le capitaine Serrano, qui servait alors de commandant civil à un yacht privé – mais très bien armé – pour défendre le système contre un de ces pirates. Comme vous pouvez vous y attendre… (elle s'autorisa un bref sourire), le pirate, qui ne se méfiait pas, n'avait aucune chance.

— Il était très gros ? demanda quelqu'un depuis le fond de la salle.

— D'après les rapports de scan du moment, c'était un pirate du Monde d'Aethar. (Esmay afficha les caractéristiques de la coque sur l'écran.) Le capitaine Serrano a anticipé son trajet d'attaque et réussi à le prendre par surprise.

— Mais ce n'était quand même pas toute la bataille ? Juste un pirate de rien du tout ?

— Non, bien sûr que non. (Esmay changea de nouveau de visuel afin de montrer la localisation de Xavier par rapport au territoire de l'Amicale et des Familias.) Les techniciens de scan du capitaine Serrano ont repéré un autre vaisseau dans le système, qui semblait être un observateur. Elle pensait que le pirate ne faisait que servir d'éclaireur à une force d'invasion plus puissante. Elle a fait part de ses inquiétudes au quartier général de la Flotte le plus proche.

— Et elle est tombée sur une bande de traîtres, grommela quelqu'un assis au milieu de la salle.

— Pas une «bande», rectifia Esmay. La plus grande partie des officiers et de l'équipage des trois vaisseaux restait loyale, sinon les choses auraient tourné d'une manière très différente. La Flotte a envoyé une petite force, sous les ordres de Dekan Garrivay. Deux vaisseaux de patrouille, un croiseur. Les capitaines des trois vaisseaux se préparaient à collaborer avec l'Amicale, mais ce n'était pas le cas des autres.

— Combien de traîtres y avait-il exactement, et comment savoir s'ils ont tous été découverts?

— Je ne connais la réponse à aucune de ces questions, répondit Esmay. Certains sont morts très vite – impossible de déterminer de quel côté ils se plaçaient. Et il est possible, encore qu'improbable, que certains traîtres ne se soient pas démasqués au cours des bagarres à bord de chacun des vaisseaux. La dernière estimation que j'ai vue disait que cinq à dix pour cent de chaque équipage faisait effectivement partie des traîtres – ce qui inclut des officiers aussi bien que des hommes du rang.

Elle observa les regards obliques tandis que les jeunes officiers estimaient combien de personnes dans la pièce représenteraient ce chiffre.

— Naturellement, la plupart occupaient des postes assez élevés, et même clés. Cinq enseignes félons ne serviraient pas autant l'ennemi qu'un capitaine et le premier technicien de scan. Le problème pour l'Amicale, si j'ai bien compris, était que le genre de projet qu'ils avaient pour Xavier demandait à leurs agents de longue date de s'identifier les uns auprès des autres, ce qui se révéla très dangereux. C'est ce besoin de conférer qui les a perdus.

Esmay sauta rapidement les méthodes toujours classées secrètes grâce auxquelles Koutsoudas avait écouté les conspirateurs en train de comploter.

— Le capitaine Serrano devait empêcher Garrivay de détruire la station orbitale de Xavier et elle avait besoin de ces vaisseaux pour se défendre contre l'invasion prévue. Ce qui signifiait qu'elle devait retirer le commandement à Garrivay et à l'autre capitaine félon, identifier tous les autres traîtres et rallier les équipiers loyaux.

— Oui, mais c'est la nièce de l'amiral Serrano, dit quelqu'un. Il suffisait qu'elle le dise...

Esmay faillit sourire. Avait-elle été à ce point naïve, même avant de rejoindre la Flotte?

— Le capitaine Serrano, rappelez-vous, agissait en tant que civile, dont la démission de la Flotte avait été rendue largement publique. Il y a des preuves indiquant que le commandant Garrivay s'inquiétait de ce qu'elle pouvait faire, surtout de l'influence qu'elle pourrait avoir sur le gouvernement xaviérien. Il essaya alors de la discréditer. Mais réfléchissez : vous êtes civil, du moins en apparence, et vous vous trouvez sur une station spatiale où sont amarrés deux vaisseaux de la Flotte. Un autre se trouve posté un peu plus loin. Comment allez-vous avoir accès aux vaisseaux amarrés ? On ne laisse pas les civils se balader comme ça. Et une fois entré, comment allez-vous convaincre un équipage qui ne se doute de rien que son capitaine est un traître et qu'on doit vous laisser prendre le contrôle du vaisseau ? Vous, par exemple, vous auriez accepté tout de suite de le croire, simplement parce qu'on vous le disait ?

Elle lut sur la plupart des visages qu'ils comprenaient le problème.

— Moi, je ne l'ai pas cru, dit-elle, luttant contre la tension résultant de cette confession. Tout ce que je savais de la situation – en tant qu'enseigne de première classe sur le *Mépris*, sous les ordres de Kiansa Hearne – c'était que nous étions en patrouille, tandis que le reste du groupe restait arrimé. Je n'avais pas entendu parler d'invasion ; nous pensions venir sur Xavier pour servir de baby-sitters à une poignée de colons paranos qui avaient paniqué suite à un raid aléatoire et parfaitement ordinaire. La plupart d'entre nous étaient agacés d'avoir dû renoncer à participer aux jeux de guerre annuels du secteur, et nous pensions que notre artillerie était exceptionnelle.

— Mais vous deviez bien vous douter…

Esmay renifla.

—Nous douter ? Écoutez, la seule chose qui me préoccupait, c'étaient des affaires qui disparaissaient des casiers du personnel. Des vols mineurs. Je ne m'inquiétais pas du capitaine. Le capitaine était le capitaine, qui faisait son travail et commandait le vaisseau. Je n'étais qu'un enseigne en train de faire le boulot qu'on m'avait confié, à savoir, m'occuper des scans automatiques internes et chercher à découvrir qui fouillait dans les casiers, et comment. Quand la mutinerie a éclaté sur le *Mépris*, j'en ai été tellement surprise que j'ai failli me faire tirer dessus avant de comprendre.

Elle attendit que les ricanements nerveux se taisent.

— Ouais, comme ça. C'était ridicule, je n'arrivais pas à y croire. La plupart des autres non plus. C'est pour ça que les conspirateurs ont toujours une longueur d'avance sur les gens qui font le boulot effectif. Ils peuvent compter sur cet effet de surprise.

— Mais comment est-ce que Serrano a *réussi* à prendre le commandement ?

—Je ne peux vous dire que ce que j'ai entendu, répondit Esmay. Apparemment, elle est montée à bord par ruse avec plusieurs de ses équipiers, a demandé à parler à Garrivay dans son bureau. Par chance – ou peut-être parce qu'elle avait les infos nécessaires – plusieurs autres conspirateurs s'y trouvaient. Serrano et son équipage les ont tués.

— Tout de suite? Vous voulez dire qu'ils n'ont pas essayé de les convaincre de renoncer?

Esmay laissa un silence aussi méprisant que le sien accueillir cette question. Quand ils recommencèrent à s'agiter, elle y coupa court en reprenant la parole.

— Quand quelqu'un est déterminé à trahir – quand il commande un vaisseau et s'apprête à livrer des civils innocents à l'ennemi – je doute qu'un sermon le fasse changer d'avis. Le capitaine Serrano a pris une décision de commandement; elle a éliminé les conspirateurs les plus gradés aussi vite que possible. Et même alors, ça n'a pas été facile.

Esmay afficha de nouveaux visuels.

— Reprenons... Le capitaine Hearne a fait quitter très vite le système Xavier au *Mépris*, avec moi et le reste de l'équipage à bord. Notre second était impliqué lui aussi, mais l'officier subalterne suivant était à la fois loyal, et sur le pont pour entendre la transmission du capitaine Serrano au capitaine Hearne, où elle lui demandait de rejoindre la station pour venir aider à défendre Xavier. C'est en fait lui qui a lancé la mutinerie, en faisant appel à l'équipage du pont...

Elle s'interrompit, submergée par les souvenirs des heures suivantes. Les ordres contradictoires transmis par les communications internes du vaisseau, la confusion la plus totale, le temps qu'il avait fallu aux loyalistes (et qui semblait maintenant insensé) pour comprendre qu'une mutinerie était nécessaire et qu'ils allaient devoir prendre les armes contre leurs camarades de bord.

— Du point de vue tactique, dit-elle en se forçant à reprendre le fil du récit, le capitaine Serrano a dû accomplir une tâche très difficile. La force de l'Amicale est arrivée presque en même temps qu'elle prenait le commandement. Si elle avait attendu ne serait-ce que quelques heures, tout ça aurait été impossible. La force de l'Amicale...

Esmay en esquissa les caractéristiques, rappelant à son auditoire les tactiques habituelles employées par les forces de frappe de l'Amicale. À présent, décrivant les actions et décisions auxquelles elle n'avait pas assisté personnellement, elle trouvait plus facile de rester calme et logique. Ce vaisseau ici, ceux-là là-bas, des choix de manœuvres prévisibles ou non. Des résultats soigneusement mis en forme sans aucune référence aux personnes dont les vies avaient changé à jamais.

Bien trop vite, elle dut en revenir à sa propre expérience. Elle sauta la bataille interne pour le contrôle du *Mépris*. Elle avait dû la revivre bien trop souvent devant la cour pour le refaire face à ces jeunes blancs-becs. Mais ils devaient savoir comment la bataille avait pris fin, y compris quelles erreurs elle avait commises.

— Nous sommes arrivés trop vite, dit-elle en affichant un autre visuel. J'avais peur que nous arrivions trop tard, et j'ai pensé que tout barrage d'insertion serait assez dispersé. Comme vous le savez, le calcul du temps réel écoulé lors de multiples sauts supraluminiques est difficile à réaliser dans le meilleur des cas, mais l'erreur est généralement négative, et non positive. Telles que les choses se sont passées, nous avons réussi l'insertion sans problème, effectué un saut ici (elle désigna l'endroit) sans perdre assez de vitesse résiduelle. Nous étions en manque d'équipage et les ordinateurs de navigation avaient subi quelques dommages, si bien que je n'ai pas pu trouver de solution rapide de microsauts qui aurait permis d'entrer avec l'angle correct. Si bien que nous avons dépassé Xavier et que n'avons pu empêcher le *Paradoxe* de recevoir des dommages fatals.

Plus de mille huit cents morts. Par sa faute. La guerre ne laissait aucune marge d'erreur. Elle se rappela la bagarre désespérée sur le pont du vaisseau : l'équipage qui luttait pour prendre le contrôle, pour trouver une solution de saut qui leur permettrait d'arriver assez vite pour agir.

—Nous avons trouvé une solution de saut, dit-elle en laissant de côté le reste, l'instant où elle avait dû choisir ou non de l'accepter, avec le risque qu'elle comportait.

Le risque avait été considérable : avec un intervalle de confiance aussi large que sur ce saut très peu orthodoxe, ils auraient pu foncer droit sur Xavier elle-même.

— Et nous avons effectué notre sortie de saut en tirant bien nettement par-derrière sur le croiseur de commandement de l'Amicale.

Avec un vecteur qui ne leur laissait qu'une seule occasion de tirer. L'équipage qui avait tant râlé d'avoir dû renoncer à devenir les champions d'artillerie du secteur avait réussi ce tir par la fenêtre étroite, puis était parvenu à repositionner le *Mépris* en orbite stable.

—La commission d'enquête, dit Esmay, n'a pas approuvé les moyens, même si elle a apprécié le résultat.

Elle n'avait pas envie de développer. Elle se hâta de leur montrer comment les défenses xaviériennes y avaient contribué : l'utilisation suicidaire d'un canon phasique sur une navette, les mines improvisées, les quelques tirs décisifs du petit *Grogon*, la victoire stupéfiante du yacht sur le vaisseau-tueur.

— Seulement parce qu'ils n'étaient pas attendus, signala Esmay. Le vaisseau de l'Amicale préparait une embuscade – l'analyse d'après la bataille a retrouvé assez de transmissions qui l'indiquaient – et ne savait tout simplement pas que le yacht se trouvait là. Quand il a éteint ses systèmes actifs pour passer inaperçu quelques heures, il représentait une cible facile.

— Qu'est-ce que ça aurait changé si le *Mépris* était resté dans le système Xavier pendant tout ce temps?

Question intelligente, mais difficile.

— D'après les stats du vaisseau, ça n'aurait augmenté les chances que d'environ quinze pour cent. D'après ce que j'en sais, le *Mépris* avait les meilleures performances de tout le secteur en matière d'armes : Hearne avait ses défauts, mais elle demandait et obtenait de son équipage des tirs de grande précision. Mais s'il était resté, la quantité aurait été connue, et la force du capitaine Serrano aurait toujours été dépassée en nombre et en armes. Je n'ai vu aucun des rapports des experts, mais ma propre hypothèse est que, si elle avait contribué tout du long à cette bataille, elle aurait joué un rôle moins décisif qu'en tant qu'opposant inattendu de dernière minute. Mais ce n'est qu'une supposition : ça ne change rien au fait que les choix d'actions du capitaine Serrano aient été sérieusement limités, faute de disposer d'un autre vaisseau – et cette mince marge de manœuvre résultait d'une trahison.

Un silence, attentif et presque fébrile. Esmay patienta. Quelqu'un finit par remuer, bruissement très audible de vêtements contre les coussins des sièges, et ce bruit mit fin à leur immobilité. L'enseigne Dettin se leva péniblement pour reprendre la parole et la remercier de ses explications. Des mains se levèrent pour poser des questions, mais Esmay aperçut des officiers supérieurs tout au fond. Quand étaient-ils entrés? Elle n'avait rien remarqué, mais aucun enseigne censé interdire l'accès à d'autres enseignes ne refuserait l'entrée à la poignée de majors et de capitaines de corvette rassemblés là.

Dettin les vit enfin à son tour et s'arrêta en plein milieu de sa conclusion.

— Euh, commandant?

Esmay reconnut enfin le commandant Atarin lorsqu'il sortit de la pénombre pour les rejoindre à la lumière.

— Je suppose que vous accepteriez de présenter le même briefing à des officiers supérieurs?

Un frisson d'appréhension lui parcourut la colonne vertébrale. Elle n'aurait su dire s'il était en colère ou amusé. Elle ne savait pas s'il fallait s'excuser ou s'expliquer. Mauvaise idée dans les deux cas, lui souffla son héritage familial.

— Bien sûr, commandant.

Elle ravala les protestations instinctives : si elle n'était pas vraiment qualifiée, pourquoi faire son numéro devant les enseignes de deuxième classe?

— Si je pouvais vous dire deux mots, murmura-t-il, parcourant du regard la foule des enseignes, qui commencèrent aussitôt à se lever de leurs sièges pour sortir par l'autre issue.

— Bien sûr, commandant.

Esmay retira son cube du projecteur et descendit de l'estrade. Le major Pitak ne faisait pas partie des officiers présents, et elle ne reconnut personne d'autre qu'Atarin. Ils regardèrent partir les enseignes avec le genre d'expression neutre qui laissait deviner le feu couvant sous les cendres. Atarin ne dit rien de plus avant le départ de tous les enseignes.

— Une explication très claire, j'ai trouvé, déclara-t-il alors.

Esmay ne se détendit pas. Il prenait la même intonation que pour parler d'un manuel, et elle ne savait pas trop s'il la considérait comme l'auteur du manuel ou son sujet.

— J'ai été impressionné par votre analyse de vos propres erreurs.

Cas d'école de l'officier subalterne qui met maladroitement les pieds dans le plat, donc.

— Dans quelle mesure cet ordinateur de navigation était-il endommagé?

Question factuelle dont elle connaissait la réponse.

— Il avait reçu un coup de feu direct. Nous avions remplacé des composants grâce à nos réserves, mais nous ne pouvions pas employer les fonctions de microsaut à plus de quatre-vingts pour cent de leurs capacités normales.

Un des autres officiers prit la parole.

— Vous n'auriez pas pu vous servir de composants du tableau des armes? Il y a pas mal d'équivalents, si j'ai bonne mémoire.

— Oui, en effet. Mais nous ne voulions pas risquer le moindre retard dans l'acquisition de cible ou l'obtention d'une solution de tir.

— Hum. Donc vous avez effectué une séquence de sauts indirecte avec un système défectueux. Un peu risqué, non?

Esmay n'aurait pu que hausser les épaules en réponse, ce qui ne se faisait pas.

— Un peu risqué, en effet.

L'expérience avait été terrifiante sur le moment, alors que les intervalles de confiance s'élargissaient et qu'elle devait progresser au feeling d'un saut au suivant. L'instinct, lui avait-on appris, faisait un piètre guide de navigation dans l'espace.

— Quand j'ai lu le rapport de la commission d'enquête, dit Atarin, je n'avais pas remarqué qu'ils tenaient compte du problème posé par l'ordinateur de navigation. Je suppose que vous l'avez mentionné.

— C'était dans le rapport, commandant, dit Esmay.

Elle ne s'était pas attardée sur les difficultés en question; elle aurait donné l'impression de pleurnicher, de chercher des excuses.

— Oui. Très bien, lieutenant Suiza, je crois que vous pouvez vous attendre à une invitation au groupe de discussion tactique des officiers supérieurs. Je sais très bien que vous n'êtes pas une experte en tactique – mais je doute que nous puissions résister à l'occasion d'entendre de votre bouche le récit d'un combat aussi frappant.

— Oui, commandant.

— Et vous devriez peut-être vérifier l'orientation de votre illustration numéro huit. Je crois que vous l'avez fait pivoter de quatre-vingt-dix degrés. À moins que ce ne soit intentionnel?

— Non, commandant.

Avec un signe de tête, Atarin sortit en entraînant les autres officiers. Esmay eut envie de se laisser tomber sur un des sièges et de passer une demi-heure à trembler, mais Dettin la regardait fixement, visiblement dans l'espoir de pouvoir bavarder.

— Alors vous ne pensez pas qu'elle cherche à pousser les enseignes à quelque sorte d'activité indésirable?

— Non, amiral. Vous connaissez les enseignes: ils se jettent sur toute personne qui a la moindre expérience à partager. Ils adorent les histoires sanglantes, et c'est ce qu'ils espéraient. Au lieu de quoi elle leur a servi le récit parfaitement honnête, aussi peu exaltant que possible, d'un combat naturellement palpitant. Pas la moindre fanfaronnade, ni la moindre tentative pour présenter le capitaine Serrano sous un jour plus héroïque. Je l'ai invitée à parler au groupe de discussion tactique des officiers supérieurs – elle y trouvera des questions plus intelligentes, mais je suppose qu'elle y répondra tout aussi bien.

— Je ne veux pas faire d'elle une sorte d'héroïne, dit l'amiral Dossignal. Ça risquerait d'agacer notre très susceptible capitaine. Trop d'attention…

— Amiral, avec tout le respect que je vous dois, elle *est* une héroïne. Elle n'a pas cherché à attirer l'attention; d'après son dossier, elle ne l'a jamais fait. Mais elle a sauvé le vaisseau de Serrano et Xavier, et nous ne pouvons pas faire comme si rien ne s'était passé. La laisser en parler en termes professionnels est le meilleur moyen de s'assurer que ça ne devienne pas un sujet non professionnel.

— Sans doute. Quand parlera-t-elle? J'aimerais y assister.

— Pas la prochaine réunion, mais la suivante. La prochaine fois, nous avons une conférence.

Lorsque Esmay se présenta le lendemain devant le major Pitak, celle-ci lui dit:

— J'ai entendu dire que vous avez passé une soirée intéressante. Quel effet ça fait d'avoir un auditoire aussi nombreux? Vous avez déjà pensé à vous reconvertir dans le spectacle?

Les cauchemars, qui l'avaient gardée éveillée la majeure partie de la nuit, durcirent la voix d'Esmay.

— J'aurais préféré qu'ils ne me le demandent pas! (Pitak haussa les sourcils.) Désolée, dit Esmay. C'est juste que je préférerais laisser ça derrière moi.

Pitak eut un sourire acerbe.

— Oh, c'est derrière vous, sans aucun doute – exactement comme un propulseur derrière une capsule, qui la pousse toujours vers l'avant.

Faites-vous à l'idée, Suiza : vous ne serez plus jamais un membre anonyme de la meute.

*Tout comme mon père*, songea Esmay. Elle ne put rien trouver à répondre.

— Écoutez-moi, dit Pitak. Vous n'avez pas à me convaincre que vous ne courez pas après la gloire. Je doute que quiconque vous ayant déjà commandée ou ayant servi avec vous ait cette opinion. Mais c'est comme tout le reste : si vous marchez sous la pluie, vous vous faites tremper, et si vous accomplissez quelque chose de spectaculaire, vous vous faites remarquer. Habituez-vous à l'idée. Acceptez-la. Et d'ailleurs, en avez-vous fini avec ce cube sur les caractéristiques des coques des dragueurs de mines ?

— Oui, major, répondit Esmay qui lui tendit le cube, espérant que le sujet avait changé pour de bon.

— J'ai entendu dire que vous étiez prévue pour le groupe de discussion tactique des officiers supérieurs, dit Pitak. (Esmay parvint à se retenir de gémir ou de soupirer.) Si vous avez les moindres données sur les dégâts infligés à la coque du vaisseau de Serrano, j'aimerais que vous m'en disiez plus. Ainsi que sur le transporteur d'assaut de l'Amicale qui a explosé en orbite – des mines, je crois – ce serait utile d'en savoir un peu plus. À la fois sur les mines et sur la coque. Je sais bien que vous n'êtes pas restée longtemps dans le système ensuite, mais peut-être…

— Oui, major.

— Pas qu'il s'agisse de tactique à proprement parler, mais les données contribuent aux tactiques, ou le devraient. Je suppose que le capitaine Serrano s'est servie de tout ce qu'elle savait sur C&A.

Avertie par cet échange, Esmay ne fut pas surprise de voir d'autres officiers supérieurs venir lui tenir la jambe dans les jours qui suivirent. Chacun suggéra des questions particulières qu'elle pourrait couvrir lors de son exposé, rattachées à la spécialité de chaque officier. Elle se plongeait dans les bases de données du vaisseau, dès qu'elle disposait d'un moment libre, cherchant des réponses et s'efforçant d'anticiper d'autres questions. Incroyable comme tout semblait relié. Elle savait des choses évidentes depuis des années, la façon dont la masse relative des vaisseaux de l'Amicale et de la Flotte gouvernait le choix de leur mode d'action, mais elle n'avait jamais remarqué comme chaque détail, chaque sous-système, servait les mêmes buts.

Même la politique de recrutement, qu'elle n'avait jamais considérée comme liée à la tactique. Si on lançait d'immenses vaisseaux en grand nombre dans une guerre offensive, dans un objectif de conquête, on s'attendait à de lourdes pertes, et on avait donc besoin de troupes en grand nombre, à terre et dans l'espace tout à la fois. Un recrutement en masse, surtout en provenance de mondes conquis depuis longtemps, répondait à ce besoin de soldats loyaux. Des conquêtes récentes avaient fourni une force de travail civile pour les petites industries gourmandes en main-d'œuvre. Une force avant tout défensive, comme les Forces spatiales de métier des Familias, qui équipaient de plus petits vaisseaux avec davantage de gadgets, préservait sa base économique civile en n'attirant pas trop de jeunes travailleurs dans le domaine militaire. D'où les familles militaires héréditaires qui n'entraient pas directement dans la hiérarchie politique.

Fascinant, maintenant qu'elle y pensait sous cet angle. Elle ne pouvait s'empêcher de songer à l'impact d'une réjuv à grande échelle sur cette structure, restée stable depuis une centaine d'années ou plus. Puis elle se surprit à anticiper les caractéristiques des coques des prochains vaisseaux tueurs de l'Amicale. Le choix de l'épaisseur de la coque pour des transporteurs d'assaut. Comment l'avait-elle deviné? La brusque exclamation de son père: «Tu es une Suiza!» l'emporta sur le réflexe qui lui soufflait qu'elle avait déjà dû le voir écrit quelque part, n'étant pas assez intelligente pour le deviner par elle-même.

Lorsque arriva le moment de sa deuxième présentation, elle se sentit rassasiée de nouvelles connaissances à peine digérées. Elle avait vérifié ses visuels explicatifs (oui, le numéro huit avait pivoté de quatre-vingt-dix degrés par rapport aux références standard) et assemblé des références générales, qu'elle espérait suffisantes.

# Chapitre 10

— On dirait que vous êtes venue préparée, dit le major Pitak alors qu'Esmay traînait son fourre-tout de cubes et de sorties papier dans la salle de conférences.

C'était un vaste hall de l'aile de l'École technique, en T-1, avec des sièges en gradins entourant une petite estrade.

— J'espère que oui, major, répondit Esmay.

Elle avait en tête une bonne vingtaine d'autres cubes dont elle pourrait avoir besoin si on lui posait certaines des questions les moins probables. Elle était arrivée en avance, espérant disposer de quelques minutes de calme pour tout installer, mais Pitak, le commandant Seveche et le commandant Atarin se trouvaient déjà sur place. Sa chaîne de commandement, comprit-elle.

— Voulez-vous un coup de main pour les visuels? demanda Atarin. Les commandes à distance de cette pièce se bloquent parfois.

— Ça me serait très utile, oui, commandant. Les premiers se trouvent tous sur ce cube. (Elle le lui tendit.) Mais j'ai des visuels supplémentaires si le groupe pose des questions particulières.

— Très bien, dans ce cas. J'ai demandé à l'enseigne Serrano d'être disponible – je vais l'appeler.

Serrano. Elle ne l'avait pas encore rencontré, et après ce qu'elle avait dit au cours du dîner, personne n'avait plus répandu de ragots sur son compte en présence d'Esmay. Elle n'avait pas eu envie d'aller le trouver. Qu'aurait-elle pu lui dire? *J'ai sauvé la vie de votre cousine. Votre grand-mère m'a parlé. Soyons amis?* Non. Mais elle avait éprouvé une certaine curiosité.

La première idée qui lui traversa l'esprit quand elle le vit entrer fut qu'il avait l'allure d'un Serrano : brun, compact, démarche bondissante, quelqu'un dont toute l'ascendance était parsemée d'étoiles, quelqu'un dont la famille comptait qu'il devienne amiral, ou au moins qu'il soit candidat au titre. La deuxième fut qu'il paraissait incroyablement jeune pour supporter le poids d'une telle ambition. Sans son insigne d'enseigne de deuxième classe, elle lui aurait donné seize ans et l'aurait cru à l'école préparatoire.

Elle avait toujours su qu'il existait de jeunes Serrano, bien sûr, avant même de se retrouver à bord du *Koskiusko*. Ils ne pouvaient pas éclore déjà adultes et officiers. Ils devaient bien naître et grandir, comme tout le monde. Mais elle n'avait jamais vu la chose se produire et la découverte d'un jeune Serrano, plus jeune qu'elle, la perturbait.

— Lieutenant Suiza, voici l'enseigne de deuxième classe Serrano.

Dans ses yeux sombres brillait un éclat très familier.

— Lieutenant, dit-il sur un ton très formel, et un spasme l'agita comme si les circonstances le retenaient de s'incliner. Je suis censé garder vos visuels dans le bon sens.

Des générations de commandement avaient imprégné sa voix, mais elle restait expressive.

— Très bien, dit Esmay.

Elle lui tendit le cube contenant ses visuels principaux et fouilla dans son fourre-tout.

— Celui-là contient les visuels dont je sais que j'aurai besoin – et ici, c'est le plan. Ils sont dans l'ordre, mais si jamais quelqu'un souhaite voir un visuel précédent, voici les numéros que je demanderai. Maintenant, ceux-là (elle lui donna trois autres cubes) contiennent des illustrations. J'en aurai peut-être besoin si quelqu'un soulève des points de détail. Je crois que vous allez devoir vous servir de l'index des cubes. Je ne savais pas que j'aurais la moindre assistance, donc il n'y a aucun listing des copies papier. Je vous dirai quel cube, et ensuite le code de l'index.

— Très bien, lieutenant. Je peux m'en occuper.

Elle n'avait pas le moindre doute là-dessus.

D'autres officiers arrivaient, se saluant les uns les autres. L'enseigne Serrano prit ses cubes et s'éloigna (vers une cabine de projection, espéra Esmay), tandis qu'elle organisait le restant de ses références. La salle se remplit, mais les officiers qui arrivaient laissèrent un petit groupe de sièges devant comme si on y avait peint des étoiles. Ce qui était le cas, d'une certaine façon… Les amiraux et le capitaine arrivèrent ensemble, discutant tranquillement. L'amiral Dossignal lui adressa un signe de tête ; il semblait encore plus grand à côté du capitaine Hakin. De l'autre côté du capitaine, l'amiral Livadhi tripotait les commandes de son siège, et l'amiral Uppanos, commandant du secteur infirmerie, se pencha vers son aide pour formuler un commentaire. Atarin se leva pour présenter Esmay. Avec l'arrivée des amiraux, la réunion débuta.

Esmay commença par la même présentation. Personne ne fit de commentaires, ou elle n'en entendit aucun en tout cas. Tous ses visuels furent projetés dans le bon sens, bien orientés. Elle les avait vérifiés encore et encore, sans parvenir à se débarrasser d'une peur tenace. Cette fois, avec ses recherches récentes à l'esprit, elle ajouta ce qu'elle avait appris des méthodes de l'Amicale, des implications des protocoles de la Flotte. Elle vit des hochements de tête et reconnut un intérêt qui dépassait de loin l'appétit des enseignes de deuxième classe pour les histoires palpitantes.

Quand les questions commencèrent, elle se trouva grisée par la qualité de réflexion qu'elles impliquaient. C'étaient là des gens qui voyaient les liens qu'elle venait à peine de découvrir, qui les avaient cherchés, qui avaient soif d'autres données, d'autres idées. Elle répondit de son mieux, soulignant tous ses propos par des références. Ils acquiescèrent et posèrent d'autres questions. Elle demanda les visuels, faisant confiance à l'enseigne Serrano pour passer les bons et dans l'ordre. Ce qu'il fit comme s'il lisait dans ses pensées.

— Donc le yacht n'a pas été impliqué directement dans la bataille? Sauf avec ce vaisseau-tueur?

— Non. Je ne dispose que de connaissances de seconde main sur le sujet, mais j'ai cru comprendre que le yacht n'avait que des boucliers basiques. On s'en était servi en premier lieu pour suggérer la présence d'autres vaisseaux armés, et il n'aurait pas tiré si le vaisseau de l'Amicale ne s'était pas placé dans une position si parfaite.

— Il n'a pu semer la confusion que brièvement, commenta un capitaine de corvette depuis le fond de la salle. S'ils disposaient de scans précis, les données de masse auraient montré…

— Mais je voulais poser une question sur ce minéralier, l'interrompit quelqu'un d'autre. Pourquoi Serrano lui a-t-elle demandé de quitter… Comment ça s'appelait? Zalbod?

— J'ai cru comprendre qu'elle ne l'avait pas fait. Les mineurs eux-mêmes ont décidé de se joindre à la mêlée…

— Et il n'aurait pas dû arriver si loin, avec les caractéristiques que vous nous avez montrées. Comment sont-ils parvenus à le faire se déplacer si vite?

Esmay n'avait aucune réponse à y apporter, mais un autre élément de Moteurs & Manœuvres en fournit une à sa place. Un débat enflammé s'ensuivit entre les membres de l'unité M&M. Esmay n'avait jamais été attirée par la théorie et la pratique de la conception des moteurs supraluminiques, mais elle parvint à suivre la plupart de leurs échanges. Si cet équipement pouvait être reconfiguré, il augmenterait de trente-deux pour cent l'accélération effective.

— Ils arriveraient quand même trop tard pour faire quoi que ce soit, mais ça reste dans le cadre des performances que vous avez mentionnées. Je me demande lequel d'entre eux les a conçus.

— *Si* c'est ce qu'ils ont fait, répondit un autre officier de M&M. Pour autant qu'on le sache, ils ont bricolé quelque chose d'unique.

Esmay ricana, ce qui la surprit elle-même autant que les autres, qui se mirent à la fixer.

— Désolée, dit-elle. En réalité, ils ont pas mal cafouillé, et j'ai entendu parler des conséquences.

La rumeur affirmait que la fille de lord Thornbuckle avait été abandonnée toute nue dans une capsule de mineurs pour deux personnes, supposée intacte, et qu'on avait larguée par accident dans l'espace encombré d'armes entre le minéralier et Xavier. Esmay doutait que ce soit un accident, mais la jeune fille avait survécu.

Haussant les sourcils, l'officier ajouta :

— Je me demande s'ils ont ajouté un composant chimique qui aurait permis de leur donner ce petit plus au niveau de la propulsion.

La discussion se poursuivit. Ils voulaient connaître tous les détails des dégâts infligés au *Mépris* par la mutinerie : de quelles armes s'était-on servi, et quelles cloisons avaient été endommagées ? Et les incendies ? Et les commandes, les pannes du système écologique, les ordinateurs ? Les amiraux, qui étaient restés tranquillement assis à écouter les questions de leurs subordonnés, commencèrent à en poser à leur tour.

Esmay se surprit à dire : « Désolée, je n'en sais rien » un peu trop souvent à son goût. Elle n'avait pas eu le temps d'examiner les éraflures causées par les armes à projectiles manuelles, d'estimer l'effet des armes soniques sur les raccords de tuyauterie.

— Les experts… commença-t-elle à une occasion, avant de s'arrêter net en voyant leurs expressions.

— Les experts s'intéressent aux preuves de défaillance, dit le major Pitak comme s'il s'agissait d'un vice moral. Ils ne connaissent strictement rien aux matériaux. Ils viennent nous demander, à *nous*, ce que ça signifie quand quelque chose a perdu un millimètre de surface.

— Ce n'est pas totalement juste, dit un autre officier. Il y a ce jeune type du labo, à Sturry. Je suis allé le voir plusieurs fois pour l'interroger sur des problèmes d'installations électriques.

— Mais en règle générale…

— En règle générale, oui. Lieutenant, avez-vous par hasard remarqué si les dommages de la cloison que vous avez mentionnés dans les compartiments de l'équipage ont causé la moindre variation longitudinale dans les chiffres de gravité artificielle ?

Elle n'avait rien remarqué. Il y avait beaucoup de choses qu'elle n'avait pas remarquées, au cœur de la bataille, mais personne ne le lui reprochait. Ils fonçaient au galop, comme des chevaux têtus, de la curiosité d'une personne à une autre. Des disputes éclatèrent, se tassèrent, puis reprirent avec de nouvelles questions.

Esmay se demandait combien de temps la séance allait durer. Elle était épuisée et persuadée qu'ils avaient dépassé le temps de réunion prévu – cela dit, personne n'allait demander au capitaine et aux officiers supérieurs de dégager le terrain. Atarin finit par se lever et la conversation mourut.

— Nous sommes en retard ; nous allons devoir conclure. Lieutenant, je crois parler pour tous en disant que cette présentation était fascinante – un briefing très compétent. Vous avez dû effectuer un grand nombre de recherches.

— Je vous remercie, commandant.

— Il est rare de trouver un jeune officier aussi conscient de l'interaction des différents facteurs.

— Commandant, plusieurs autres officiers m'ont posé des questions en avance, ce qui m'a lancée dans la bonne direction.

— Quand bien même. Un bon travail, et nous vous en remercions.

Les autres hochèrent la tête ; Esmay eut la certitude que leurs expressions trahissaient un authentique respect. Elle se demanda pourquoi elle s'en étonnait, pourquoi elle se sentait légèrement coupable de sa propre surprise. Les amiraux et le capitaine partirent les premiers, puis les autres suivirent, parlant toujours entre eux. Puis les derniers franchirent enfin la porte. Esmay s'effondra.

— C'était impressionnant, lieutenant, dit l'enseigne Serrano en lui tendant la pile de cubes. Et vous avez réussi à vous rappeler quel visuel répondait à quelle question.

— Et vous vous en êtes occupé à la perfection, dit Esmay. Ce qui n'a pas dû être facile, quand je devais passer d'un cube à l'autre.

— Pas si difficile – vous arriviez à intercaler ces numéros de volume à chaque fois. Vous les avez vraiment surpris.

— Qui ça ?

— Votre auditoire. Ils auraient dû savoir à quoi s'attendre : ils avaient des enregistrements de la conférence que vous aviez donnée pour les subalternes. Cette fois-ci, c'était juste un peu étoffé, la version adulte.

Fallait-il y voir de l'impertinence ? Ou de l'admiration sincère ? Esmay ne savait pas trop.

— Merci, dit-elle avant de se détourner.

Elle s'en inquiéterait le lendemain, quand le major Pitak l'occuperait assez pour l'empêcher d'en avoir vraiment le temps. Le jeune Serrano lui adressa un signe de tête joyeux avant de s'éloigner.

Le lendemain matin, le major Pitak lui dit :

— Vous savez, il y a encore des gens qui pensent que cette mutinerie avait dû être préparée à l'avance.

Esmay faillit s'étrangler.

— Encore maintenant?

— Oui. Ils affirment que si Hearne savait qu'elle allait trahir, elle aurait placé ses partisans aux postes clés, et on n'aurait pas pu prendre le vaisseau sans infliger de dégâts critiques.

— Ah!

Esmay ne trouva rien d'autre à répondre. Si après toutes les enquêtes et les cours martiales, ils voulaient le croire, elle ne pensait pas pouvoir les convaincre du contraire.

— La Flotte se trouve dans une situation difficile en ce moment. Avec le gouvernement en transition, et tous ces scandales… Je ne pense pas que vous ayez beaucoup entendu parler de Lepescu.

Pitak regardait l'écran de son bureau, un manque de contact visuel qu'Esmay supposa intentionnel.

— Quelques rumeurs.

— Eh bien. C'était plus que des rumeurs – enfin, je connais quelqu'un qui en savait plus qu'elle ne le voulait. L'amiral Lepescu aimait la guerre et la chasse, pour les mêmes raisons.

— Ah bon?

— Elles lui permettaient de tuer des gens. (Pitak parlait d'une voix glaciale.) C'est-à-dire qu'il chassait des gens, et que votre capitaine Serrano l'a pris sur le fait et l'a tué. Un résultat qui me convient, mais pas à tout le monde.

— C'était un agent de l'Amicale?

Pitak parut surprise.

— Pas qu'on ait remarqué. Je n'ai jamais entendu cette rumeur-*là*. Pourquoi?

— Eh bien, j'ai entendu dire que le commandant Garrivay qui commandait le…

— Oui, oui, la force envoyée à Xavier. Je n'oublie pas si vite, Suiza!

— Désolée, major. Bref, j'ai entendu dire qu'il avait servi sous les ordres de Lepescu. Et Garrivay était, *lui*, un agent de l'Amicale, ou du moins un traître à leur solde.

— Mmm. Gardez à l'esprit qu'il y a sur ce vaisseau des officiers qui ont servi sous les ordres de Lepescu il y a quelque temps. Assez longtemps pour ne pas être pris par Serrano, mais ce n'est peut-être pas très sain de conjecturer là-dessus, de chercher à savoir s'il était un agent ou non.

— Non, major. Dans tous les cas, il est mort, alors ça n'a aucune importance.

Elle regretta ces mots alors même qu'ils franchissaient ses lèvres; l'expression de Pitak était éloquente. Ça avait une importance, ne serait-ce que pour les morts, et à juger par l'expression de Pitak, pour certains vivants aussi. Ça en avait sans doute pour Heris Serrano.

— Désolée, dit-elle alors que le rouge lui montait aux joues. C'était stupide !

— Hum. Faites simplement attention à ce que vous dites, lieutenant.

— Oui, major.

N'ayant pas d'autre apparition publique à laquelle se préparer, elle se dirigea vers la salle de gym à la fin de son service. Elle avait pris du retard sur ses exercices réguliers.

La salle de gym était bondée à cette heure-là, mais une des machines se libéra presque aussitôt, et l'enseigne de première classe qui attendait appuyé contre la cloison lui fit signe d'approcher.

— Allez-y, lieutenant. Je préférerais avoir un des chevaux mécaniques.

Esmay grimpa sur la machine et la régla pour son exercice habituel. Elle avait conscience d'une vague compétition pour obtenir la machine voisine de la sienne dans la salle d'exercice, de l'impatience à l'inviter à des parties de balle au mur malgré sa technique de jeu très quelconque, des petites faveurs offertes l'air de rien. Elle supposa que ça disparaîtrait avec le temps, quand les gens auraient oublié sa gloire supposée. Elle n'avait jamais eu d'amis vraiment proches parmi la Flotte et ne s'attendait pas à s'en faire maintenant. Son esprit s'accrocha à cette idée. Pourquoi n'aurait-elle pas d'amis? Si les gens l'aimaient, comme il le semblait…

Ce n'était que sa célébrité passagère. Rien à voir avec sa personnalité réelle.

Pouvait-elle en être sûre?

Elle redoubla d'efforts jusqu'à se trouver essoufflée, en nage, et jusqu'à oublier cette idée d'amitié à force de lutter pour retrouver son souffle.

À l'heure du dîner, elle écouta les discussions à sa table avec un esprit libéré de l'inquiétude de présentations à venir. L'enthousiasme de l'enseigne Zintner pour Coque & Architecture lui rappelait l'engouement si simple de Luci pour l'élevage de chevaux. Elle pouvait s'attacher à Zintner. Elle parcourut du regard le hall du mess et trouva une autre femme lieutenant en train de la regarder. Ce qui lui donna des démangeaisons, et elle reporta son regard sur son assiette. L'exercice lui avait coupé l'appétit ; elle aurait faim dans trois heures, mais pas pour l'instant.

Alors qu'elle sortait, deux autres lieutenants l'arrêtèrent.

— Si vous n'êtes pas de service ce soir, accepteriez-vous de venir regarder une émission avec nous?

Ils lui avaient déjà demandé, mais elle préparait alors la présentation au groupe de discussion. À présent, elle n'avait plus d'excuse toute prête. Elle accepta, espérant pouvoir s'esquiver au bout de quelques minutes.

Au lieu de quoi elle se retrouva coincée au milieu d'une rangée, avec quelqu'un qui se penchait par-dessus le dossier de son siège pour lui parler. Quand l'émission débuta, elle eut un moment de paix, mais dès que ce fut fini, elle se retrouva au centre de l'attention.

C'était ridicule. Il ne pouvait pas s'agir d'une réelle affection, d'un réel intérêt. Ce n'était que sa notoriété. Elle se détestait d'y prendre plaisir, même de manière si infime. Elle n'aurait pas dû ; la seule manière légitime pour qu'une femme d'Altiplano se retrouve au centre de l'attention générale, c'était en tant que matriarche d'une famille. Son arrière-grand-mère la gronderait. Mais son arrière-grand-mère se trouvait à des années-lumière de là, si elle vivait toujours.

Esmay frissonna, et quelqu'un dit :

— Tout va bien, Esmay ?

Elle regarda de qui il s'agissait. Un lieutenant, Kartin Doublos, si bien que l'usage de son prénom ne relevait pas de la familiarité, mais de l'usage normal entre officiers du même rang hors des heures de service.

— Je vais très bien, dit-elle. Je pensais simplement à mon arrière-grand-mère.

Il sembla perplexe, mais ne releva pas.

Au cours des semaines suivantes, elle remarqua que l'intérêt qu'on lui portait, la compétition pour gagner son attention ne faiblissaient pas. Ce qui l'intriguait. Que pouvaient-ils espérer y gagner ? Qu'essayaient-ils de prouver ?

Un recoin de son esprit était titillé par des choses qu'avaient dites l'amiral Serrano, son avocat, son père et le major Pitak. Elle les repoussa. Elle ne pouvait pas accéder à leur demande de quitter la niche sûre et confortable qu'elle s'était elle-même créée. Elle allait y retourner en rampant et s'y blottir, bouclier protecteur.

Les cauchemars revenaient plus fréquemment, preuve supplémentaire qu'elle n'était pas, ne pouvait être, la personne que les autres semblaient déterminés à voir. Pas toutes les nuits, mais surtout après les fois où quelqu'un l'avait convaincue de se joindre à un match ou un loisir qui n'avait (pour autant qu'elle puisse en juger) aucun lien avec le contenu de l'un ou l'autre des rêves. Elle commença à faire marcher un générateur de bruits dans son compartiment, dans l'espoir qu'il couvrirait tous les bruits qu'elle ferait. Personne ne s'était plaint, mais quand elle se réveillait, le cœur battant, à trois heures, elle craignait toujours d'avoir crié dans la vraie vie comme elle l'avait fait dans le rêve.

Les rêves s'emmêlaient, l'enfant impuissante prise dans une guerre qu'elle ne comprenait pas devenait brusquement le jeune officier terrifié qui se retrouvait à plat ventre sur un pont ensanglanté, tirant dans le brouillard.

Elle envisagea d'aller trouver l'unité médicale. Il le faudrait bien, si ses performances s'en trouvaient affectées. Ce qui n'était pas le cas jusqu'à présent, pour autant qu'elle puisse en juger. Pitak semblait satisfaite de ses progrès. Elle s'entendait bien avec le major Sivars, dont la carrure massive ressemblait si peu à celle de Seb Coron qu'elle était parfois surprise par des ressemblances dans leurs attitudes.

— Comment progresse le lieutenant Suiza, major? demanda le commandant Seveche lors du bilan trimestriel.

— Très bien, évidemment. (Pitak baissa les yeux vers le cube de dossiers qu'elle tenait en main.) Elle a travaillé dur pour se mettre à niveau, bien qu'elle n'ait aucune expérience en ingénierie lourde et qu'elle ne puisse jamais apporter une aide technique aussi efficace que celle de Bascock.

— Sa place n'est pas dans la technique, dit Seveche. Cette présentation au groupe de discussion tactique des officiers supérieurs sortait d'un esprit orienté vers le commandement.

— Elle a demandé la technique, dit l'amiral Dossignal, mais avec ce sourire en coin indiquant à ses subordonnés qu'il jouait l'avocat du diable.

— Je crois que c'est son passé colonial, dit Seveche. J'ai fait une recherche sur Altiplano dans l'index culturel. Même si elle est fille de général, ils n'ont aucune tradition de femmes commandants.

— De femmes dans l'armée, dit Dossignal. J'ai vu le même rapport.

— Très bien, dans ce cas. Et les officiers subalternes, ici, tournent autour d'elle comme les abeilles autour du miel.

— Ce qui la met assez mal à l'aise, dit Pitak. Elle m'en a touché deux mots, elle dit ne pas comprendre. Si elle est honnête, comme je le crois, elle n'a pas la moindre idée de ses capacités.

— Qui ne sont pas techniques, d'après vous.

— Eh bien… (Pitak y réfléchit.) Je ne veux rien exagérer. Elle est intelligente et elle s'applique. Je ne peux rien dire de ses qualifications pour le scan, mais elle n'est qu'un amateur appliqué pour ce qui touche à C&A. Et il y a son habitude de tout voir en termes opérationnels.

— Par exemple?

— Elle a terminé le deuxième cours sur le design de la coque, et je lui ai demandé un rapport sur les modifications nécessaires pour monter les nouveaux équipements furtifs. Je cherchais les données habituelles, celles que j'aurais obtenues de l'enseigne Zintner: où l'installer en fonction de son besoin en énergie, de son effet sur le centre de gravité, ce genre de choses. Des données entièrement techniques. Au lieu de quoi elle m'a fourni une analyse des changements de performance en termes de capacité opérationnelle. Comme je lui faisais remarquer, elle a cligné des yeux et répondu: «Ah bon, mais ce n'est pas ça le plus important?»

Seveche et Dossignal éclatèrent de rire.

— Oui, dit l'amiral, je vois ce que vous voulez dire. À ses yeux, tout est important en fonction de son emploi au combat.

— Ce qui est censé compter pour nous, dit Pitak. Je le sais, mais je sais aussi que personnellement, je me laisse détourner par des problèmes purement techniques, des questions de technique pour la technique. Ce qui ne semble pas être son cas, et je me demande si ça l'a jamais été, même au scan.

— J'en doute, dit Dossignal. En raison de ses antécédents sur Xavier, ils ont envoyé son dossier complet. En plus de tous ces rapports d'aptitude habituels, qui la disaient insignifiante et médiocre, il y a ses notes à l'Académie. Devinez dans quels cours elle avait les meilleurs résultats?

— Pas les tactiques et manœuvres?

— Non. Même si elle faisait partie des cinq pour cent de tête. Plutôt l'histoire militaire. Elle a écrit un papier analysant la Campagne de Braemar, qui lui a valu une invitation à travailler comme chercheuse à sa sortie de l'école. Elle a décliné et préféré la voie technique, où elle n'a jamais excellé.

— C'est étrange, dit Pitak, fronçant les sourcils.

— Plus qu'étrange, répondit Dossignal. Absurde. Je ne trouve rien dans le dossier qui suggère qu'on lui ait déconseillé la voie du commandement, même si je trouve les commentaires habituels sur les familles externes à la Flotte jusque dans son dossier de l'école préparatoire. Pourtant, on l'a dirigée vers la voie technique, sur la seule base de sa demande et de ses résultats assez médiocres.

— Quelles étaient ses évaluations personnelles?

— Ce qu'on attendrait d'une étrangère qui ne cherchait pas la voie du commandement… Je ne sais pas pourquoi nous utilisons toujours ces trucs-là. Si le service du personnel voulait bien revenir en arrière et comparer les performances des officiers au regard de ces évaluations, ils devraient en admettre l'inutilité. Elle était moyenne en tout sauf pour l'initiative, où elle était médiocre.

— Domaine où je la noterais très haut, dit Pitak. Elle n'attend pas qu'on lui donne de consignes, quand elle sait ce qu'elle fait.

— La question est: que faisons-nous d'elle? demanda Dossignal. Nous l'avons ici pour quelques années et nous pouvons lui en apprendre beaucoup sur la maintenance, mais est-ce là le meilleur usage de ses talents?

Seveche regarda Atarin et Pitak.

— Je dirais que non, amiral, pas le meilleur. C'est une bonne oratrice, une bonne analyste technique – elle ferait peut-être une bonne instructrice. Ou bien…

Il laissa sa phrase en suspens.

— Ou le genre de commandant de vaisseau qu'elle était pendant la bataille de Xavier, compléta Dossignal.

Le groupe garda un moment le silence.

— Prédiction qui n'est pas sans risques, marmonna Atarin.

— En effet. Mais comparez-la à d'autres officiers lors de leur premier combat aux commandes, même ceux qui la dépassent de quelques rangs. Je crois que nous nous accordons à dire qu'elle possède des capacités qu'elle n'a que rarement montrées – des capacités dont la Flotte a besoin, si elle les possède vraiment et parvient à les débloquer. Je vois là notre mission : pousser ce jeune officier potentiellement hors du commun à montrer ce qu'elle a dans le ventre.

— Mais comment, amiral ? demanda Pitak. J'ai de l'affection pour elle, vraiment. Mais elle est tellement réservée, même avec moi, même après tout ce temps. Comment faire pour débloquer le couvercle ?

— Je n'en sais rien, avoua Dossignal. Ma spécialité, c'est la technique, pas le combat. Je sais que nous ne pouvons pas demander ça au capitaine Hakin, vu qu'il est toujours à moitié convaincu qu'elle a la mutinerie dans le sang. Mais si nous nous accordons tous à dire que le lieutenant Suiza serait mieux employée ailleurs, alors nous chercherons au moins des occasions de la pousser dans ce sens.

Atarin se mit soudain à glousser de rire.

— Quand je pense à tous les jeunes qui se rêvent capitaines héroïques, tous les enfants sans talent issus de familles célèbres, et voilà un génie timide et inhibé qui a juste besoin d'un bon coup de pied où je pense !

— J'espère seulement que nous parviendrons à lui administrer ce coup de pied avant que la vie ne le fasse, dit Pitak. La réalité frappera toujours bien plus fort que nous.

— Entièrement d'accord, dit Dossignal. (Il prit un autre dossier.) Maintenant, passons aux enseignes de deuxième classe. Zintner, par exemple…

Esmay n'avait pas croisé l'enseigne Serrano depuis un moment ; elle l'avait vu à l'occasion en train de jouer à la balle au mur ou de s'exercer avec quelqu'un sur les tapis, mais il ne l'avait jamais approchée. À présent, le roulement des places attribuées à table venait de l'installer à celle d'Esmay. Elle le salua d'un signe de tête tandis que les autres se présentaient.

— Vous êtes en télédétection, n'est-ce pas, enseigne ?

— Oui, lieutenant.

— Votre premier choix ?

— Non, en fait. (Il fit la grimace.) Mais on m'a offert une affectation à court terme juste à la sortie de l'Académie, et ensuite il n'y avait plus de place pour moi dans le planning.

— C'est étonnant, dit un première classe sur sa droite. Je croyais que les Serrano obtenaient toujours ce qu'ils voulaient.

L'enseigne Serrano se raidit un instant, mais haussa ensuite les épaules.

— Une réputation sans doute pas tout à fait méritée, dit-il d'une voix neutre.

— Et quelle est votre spécialité? demanda Esmay au première classe.

Comment s'appelait-il? Plecht, ou quelque chose comme ça.

— Je suis un cours avancé, répondit-il comme s'il espérait l'impressionner. Je fais de la recherche dans le domaine de la fabrication de matériel pour les basses températures. Mais personne n'y comprend grand-chose à moins de travailler dans ce domaine.

Esmay étudia les options qui s'offraient à elle et adopta la neutralité. Il se ridiculisait déjà bien assez tout seul.

— Je suis sûre que vous êtes très bon dans votre domaine, dit-elle d'une manière aussi inexpressive que possible.

C'était déjà trop; deux des enseignes de deuxième classe (mais pas Barin Serrano) ricanèrent et s'étranglèrent avec leur soupe.

En sortant, elle reçut deux invitations à venir regarder la demi-finale de parpaun des officiers subalternes.

— Non, merci, dit-elle à chacun. Je dois vraiment passer un peu plus de temps à m'exercer.

Ce n'était pas seulement une excuse. Les cauchemars revenaient la perturber à chaque fois qu'elle ne s'épuisait pas à force d'exercice. Elle était certaine de pouvoir les surmonter à long terme, mais pour l'instant elle passait chaque jour quelques heures dans la salle de gym.

Les matches de parpaun avaient vidé la salle de gym; Esmay ne vit que trois autres personnes, chacune absorbée par son programme préféré. Elle se tourna vers sa machine favorite. Quelqu'un avait laissé l'écran à visuels programmé en mode miroir. Elle se trouva face à son reflet et détourna automatiquement les yeux du visage. Ses jambes, vit-elle, semblaient fermes et musclées. Elle devait sans doute faire travailler un peu plus le haut du corps. Mais comment? Elle n'avait pas envie de nager, ni de se servir des machines conçues pour muscler le haut du corps. Elle avait envie d'escalader des rochers; rien de très difficile, juste des mouvements moins réguliers que n'en demanderait une machine.

— Excusez-moi, lieutenant.

Esmay sursauta, puis s'en voulut d'avoir réagi ainsi. Elle se retourna et vit l'enseigne Serrano, avec ce qu'elle appelait secrètement *cette expression-là* sur le visage.

— Oui? dit-elle.

— Je me demandais simplement si le lieutenant accepterait un partenaire d'entraînement.

Elle le fixa, en proie à une vive surprise. C'était la dernière invitation qu'elle aurait attendue d'un Serrano, de lui.

— Pas vous! s'écria-t-elle avant de pouvoir se retenir; il rougit mais prit un air têtu.

— Pas moi? Pourquoi?

— Je vous croyais différent, dit-elle.

Cette fois il comprit; il rougit de plus belle, puis pâlit autant que le pouvait un Serrano à la peau si mate, et se redressa d'un air furieux.

— Je ne suis pas obligé de vous lécher les bottes. J'ai plus d'influence dans ma famille.

Il s'arrêta, mais Esmay comprit ce qu'il avait failli dire, ce qu'il aurait pu dire. Avec l'amirauté Serrano derrière lui, il n'avait pas besoin d'elle.

— Je vous aimais bien, reprit-il, toujours furieux. Oui, ma cousine a parlé de vous, et oui, bien sûr, j'ai vu le battage médiatique. Mais ce n'est pas pour ça...

Esmay se sentit coupable de l'avoir mal jugé, et paradoxalement énervée contre lui, parce qu'il lui avait fourni l'occasion de le faire.

— Je suis désolée, dit-elle, regrettant de ne pas se sentir plus sincère. C'était très grossier de ma part.

Il la dévisagea.

— Vous vous *excusez*?

— Évidemment. (La réponse sortit avant qu'Esmay puisse la filtrer, sur un ton tout aussi surpris que le sien, indiquant sans doute possible que, dans son monde, tous les gens bien s'excusaient.) Je me suis trompée sur vos intentions.

— Mais vous êtes... (Il s'arrêta tout net, de nouveau, reformulant de toute évidence ce qu'il s'apprêtait à dire.) C'est seulement que je ne crois pas que ça justifiait une excuse. Pas d'un lieutenant à un enseigne de deuxième classe, même si vous vous êtes effectivement trompée sur mes intentions.

— Mais c'était insultant, dit Esmay, dont la colère s'évanouissait. Vous aviez raison d'être en colère.

— Oui, mais que vous ayez commis une erreur et que ça m'ait mis en colère ne justifie pas ce genre d'excuse.

— Pourquoi?

— Parce que...

Il regarda autour de lui; Esmay prit conscience du silence peu naturel, et quand elle regarda à son tour, elle vit les autres usagers se détourner brusquement.

— Pas ici, lieutenant. Si vous voulez vraiment savoir...

— Oui.

Tant qu'elle avait sous la main un informateur disposé à lui expliquer, elle voulait savoir pourquoi, car elle était agacée depuis des années par l'habitude qu'avaient les officiers de la Flotte de ne pas relever leurs incivilités.

— Alors – sans vouloir vous froisser –, on devrait aller ailleurs.

— Pour une fois, je regrette de ne pas être chez moi, dit Esmay. On croirait que sur un vaisseau de cette taille, il y aurait un endroit tranquille où parler sans que les gens ne s'imaginent des choses.

— Si je peux me permettre une suggestion?

— Allez-y.

— Il y a toujours le mur, dit-il. Là-haut, dans les jardins.

— Les gens ne s'imaginent rien quand on parle de jardins? demanda Esmay, étonnée.

C'était le cas sur Altiplano, où l'expression «Ils sont dans le jardin» s'accompagnait de regards entendus et de haussements de sourcils.

— Je suggérais le mur d'alpinisme. Même si vous n'avez jamais escaladé de vrais rochers…

— Je l'ai déjà fait, dit Esmay. Vous voulez dire qu'ils ont un faux mur de pierre?

— Oui, lieutenant. Et le match de parpaun est dans cette direction.

Esmay sourit, à sa propre surprise.

— J'ai toujours entendu dire que les Serrano étaient retors. D'accord. J'aimerais bien essayer cette fausse paroi.

Le mur, quand ils l'atteignirent, grouillait d'apprentis grimpeurs vêtus de tout l'attirail de leur sport. Esmay leva les yeux vers les cordes de rappel qui se balançaient depuis le plafond.

— Désolé, dit Barin. Je pensais qu'ils seraient partis – l'heure de fermeture habituelle du club est passée, et personne d'autre ne semble jamais s'en servir.

— Peu importe, dit Esmay. Ils ne nous prêtent aucune attention.

Elle examina le mur de plus près. Les prises et appuis dont se servaient les grimpeurs pour placer leurs pieds et leurs mains étaient en fibrocéramique moulée, fixés au mur par des attaches métalliques.

— Ça a l'air amusant.

— Ça l'est, même si je ne suis pas très doué. (Barin leva les yeux.) Mais un de mes copains de chambrée est passionné, et il m'a entraîné ici plusieurs fois. C'est comme ça que je sais quand ils en ont fini d'habitude.

— Venez nous rejoindre, hurla quelqu'un loin au-dessus d'eux.

— Non merci – je n'ai pas de matériel, et puis nous avions une conversation.

— Une conversation ou une dispute? demanda Barin avant de rougir de nouveau. Désolé, lieutenant.

— Pas de mal, répondit Esmay.

Autour de la base du mur, des formes décoratives imitant des rochers avaient été placées pour marquer la limite entre la zone d'escalade et les parterres du jardin. Elle trouva une niche confortable où s'asseoir.

— Mais je ne vous lâche pas pour autant. Si vous pouviez m'expliquer les protocoles d'excuses dans la Flotte, je vous en serais éternellement reconnaissante.

— Eh bien, comme je vous le disais, ce que vous considériez comme une insulte n'était pas si important. Enfin, sauf si vous recherchiez vraiment mon amitié, auquel cas c'est personnel. Ça l'est sur votre monde?

Sur son monde, on se serait battu en duel, au nom de l'honneur, pour des excuses dont la Flotte ne se souciait même pas. Trouverait-il son peuple barbare, simplement parce qu'il attachait de l'importance à ces choses-là?

— C'est différent, dit Esmay, cherchant une manière de le dire sans impliquer ce qu'elle pensait vraiment de leurs manières. Nous avons tendance à nous excuser facilement pour tout.

Il hocha la tête.

— Alors c'est pour ça que le com... que certains vous trouvent hésitante.

Esmay ignora la bourde, tout en se demandant de quel commandant il parlait.

— Ah bon?

— Du moins, c'est ce que j'ai entendu dire par certaines personnes. Vous vous excusez pour des choses que nous..., désolé, que la plupart des familles de la Flotte laisseraient passer, des choses que nous considérons comme allant de soi. Si bien qu'on dirait que vous n'êtes pas sûre de ce que vous faites.

Esmay cligna des yeux, repassant en revue toutes ses années dans la Flotte, depuis l'école préparatoire. Elle avait commis beaucoup d'erreurs; elle s'y était attendue. Elle avait suivi les règles familiales: dis la vérité, reconnais tes fautes, ne fais jamais deux fois les mêmes erreurs, excuse-toi tout de suite et pleinement. Comment pouvaient-ils y voir de la faiblesse et de l'incertitude? C'était la volonté d'apprendre, d'être guidée.

— Je vois, dit-elle lentement, alors même qu'elle ne comprenait toujours pas. Donc, quand on fait une erreur, on ne s'excuse pas?

— À moins qu'elle soit vraiment énorme – oh, on dit qu'on est désolé si on marche sur le pied de quelqu'un, mais on n'en fait pas tout un plat. On reconnaît la plupart des erreurs, bien sûr, et on en accepte la responsabilité, mais l'excuse est comprise.

*Pas aussi bien comprise*, songea Esmay, *qu'une excuse formulée de vive voix et dans les règles*. Quoi qu'il en soit, s'ils préféraient l'impolitesse, elle ne pourrait rien y changer.

— C'est une offense? demanda-t-elle, déterminée à dresser la carte de la politesse de la Flotte.

— Oh non, pas une offense. Un peu ennuyeux, si quelqu'un le fait à longueur de temps: ça rend les supérieurs nerveux, parce qu'ils ne savent pas dans quelle mesure c'est sincère.

Esmay sentit ses sourcils se hausser.

— Vous avez des excuses qui ne sont pas sincères?

— Bien sûr, dit-il. (Puis il la dévisagea de nouveau.) Pas vous.

Ce n'était pas une question.

— Non.

Esmay prit une profonde inspiration. Elle avait l'impression d'avoir monté à cheval dans un lit de rivière asséché puis d'avoir plongé jusqu'aux jarrets dans les sables mouvants. Elle poursuivit très vite, d'une voix aussi vide d'émotion que possible.

— Dans notre… dans notre monde, une excuse revient à accepter la responsabilité d'une erreur. Elle accompagne l'action entreprise pour redresser les torts et s'assurer que l'erreur ne sera jamais répétée. (C'était presque une citation des Conventions.) Une excuse qui n'est pas sincère revient à un mensonge.

Très grave, voulait-elle dire, et elle sentit la bouche lui piquer au souvenir des piments rouges avec lesquels on lui avait imprimé l'importance de dire la vérité, aussi désagréable soit-elle. Elle n'avait jamais soupçonné son père de présenter des excuses non sincères, simplement tardives et insuffisantes.

— Fascinant, dit-il (dans le bon sens, d'après son expression, par réel intérêt et non par vague curiosité quant aux barbares). Ça doit être très différent, si vous ne saviez pas. Enfin je veux dire…

— Je comprends ce que vous voulez dire, répondit Esmay. C'est une idée toute nouvelle pour moi, que les excuses puissent m'attirer des ennuis.

— Pas exactement des ennuis, mais donner de vous une idée fausse.

— D'accord. Je comprends. Merci de l'information.

— Vous n'êtes pas obligée de me remercier. (Son regard se fit de nouveau perçant.) Mais c'est ce que vous faites, hein? Les remerciements vont avec les excuses. Votre monde doit être affreusement cérémonieux.

— Pas pour moi, dit Esmay.

Ce n'était pas de la cérémonie, c'était se soucier de ce qu'éprouvaient les autres, de la manière dont vos actes les affectaient. La cérémonie, c'était les dîners du Jour des Fondateurs, pas un des jumeaux qui venait s'excuser d'avoir cassé sa vieille tasse bleue.

— Est-ce qu'on vous paraît… Enfin nous, les autres, nés au sein de la Flotte, est-ce qu'on vous paraît grossiers?

Devait-elle y répondre? Elle ne pouvait mentir, et il s'était montré avec elle d'une franchise inattendue.

— Parfois, dit Esmay, s'obligeant à sourire. Je suppose que, par moments, je dois vous paraître grossière, à vous ou aux autres.

— Pas grossière, dit-il. Très polie, extrêmement polie, et même solennelle. Tout le monde dit que vous êtes très agréable, tellement qu'ils n'arrivent pas à comprendre comment vous avez fait ce que vous avez fait.

Esmay frissonna. Croyaient-ils vraiment que la grossièreté allait avec la force, avec la voie du meurtre, que quelqu'un qui disait merci, s'il vous plaît et désolé ne pouvait ni se battre, ni commander au combat? Une satisfaction lugubre s'épanouit brièvement : si la milice d'Altiplano quittait jamais la planète, la Flotte ne comprendrait pas ce qui lui tomberait dessus. *L'orgueil fleurit parmi les cendres.* Le vieux dicton résonna à ses oreilles. *Saveur amère dans la bouche, odeur âcre dans les narines, sensation piquant les yeux, emportée par le premier vent des montagnes. Ne plante aucun orgueil, de peur de récolter la honte.* Elle faillit secouer la tête pour en chasser cette voix ancienne.

— Je ne sais pas trop moi-même comment j'ai fait ce que j'ai fait, en plus d'avoir commis un grand nombre d'erreurs inutiles.

— Des erreurs ! Vous avez arrêté une invasion de l'Amicale...

— Pas toute seule.

— Eh bien, non, vous n'étiez pas toute seule à galoper parmi les étoiles sur votre cheval blanc.

Sa voix trahissait la même note sarcastique que son expression.

Cette fois, Esmay s'emporta.

— Pourquoi utilisez-vous si souvent cette image ? Le cheval blanc, je veux dire. Oui, nous avons des chevaux sur Altiplano, mais d'où vient cette idée qu'ils sont tous blancs ?

— Oh, rien à voir avec *vous*, dit-il. Ni avec Altiplano. Ça vient du *Conte des chevaliers blancs*, qui montaient tous des chevaux blancs et passaient leur temps à accomplir de grandes actions. Vous n'aviez pas ça dans vos bibliothèques ?

— Pas que je sache, répondit Esmay. Nos contes populaires parlaient de *Frère l'âne et le carré de cactus.* Ou du *Peuple des étoiles* et des *Nageurs de l'aube.* Les seuls héros cavaliers que nous connaissions, c'était la *Horde étincelante.*

Il cligna des yeux.

— Vous venez vraiment d'une autre culture. Je croyais que tout le monde avait grandi avec les *Chevaliers blancs*, et je n'ai jamais entendu parler des *Nageurs de l'aube* ou de *Frère l'âne.* Et la *Horde étincelante...* ce n'était pas un ancêtre de la Horde Sanguinaire, hein ?

— Non. (Cette idée l'écœura.) Ce sont juste des légendes. Dans les histoires, ce sont des gens doués de pouvoirs étranges, capables de briller dans le noir. (Voyant scintiller ses yeux, elle lui lança un regard mauvais.) Sans qu'ils se soient trop approchés d'une centrale nucléaire, dit-elle d'une voix ferme.

Les grimpeurs, qui se trouvaient à présent près de la base du mur, mirent fin à cette conversation. Esmay alla voir de quel matériel ils se servaient (très proche de celui qu'elle utilisait chez elle) et on lui offrit plus d'aide que nécessaire si jamais elle voulait rejoindre le club d'escalade. Ils lui apprendraient ; elle pouvait commencer par le côté le plus facile.

— J'ai déjà grimpé sur des rochers, dit-elle.

— Dans ce cas, vous devriez venir nous rejoindre, dit un des grimpeurs. On a toujours besoin de nouveaux membres, et bientôt, vous

vous retrouverez là-haut. (Il montra la paroi du doigt.) Ça ne ressemble à rien d'autre, et c'est le seul vaisseau que je connaisse qui dispose d'un vrai mur.

Il était, de toute évidence, tellement épris de son hobby qu'Esmay n'éprouva aucune gêne ; il aurait accueilli de la sorte toute personne qui accepterait de s'élever un peu du sol.

— Allez, grimpez juste un peu, et montrez-moi comment vous vous déplacez. S'il vous plaîîît ?

Esmay éclata de rire et entreprit de gravir le mur. Elle n'avait jamais grimpé autant que ses cousins de sexe masculin, mais elle avait appris comment déplacer son centre de gravité sans s'éloigner de la paroi. Elle grimpa un mètre ou deux avant de perdre prise et de se laisser glisser jusqu'en bas.

— Bon début, dit le grimpeur de haute taille. Il faudra que vous reveniez. Je m'appelle Trey Sannin, au fait. Si vous avez besoin de matériel d'escalade, il y en a dans les casiers du club.

— Merci, dit Esmay. Je vais peut-être le faire. Vous vous réunissez à quelle heure ? (Sannin le lui dit, puis s'éloigna avec les autres grimpeurs à sa suite.) Et merci, dit-elle à Barin. Je suis désolée de vous avoir mal jugé, et vous allez simplement devoir supporter mes excuses – cette fois au moins.

— Avec plaisir, dit-il.

Il avait un sourire charmant, remarqua-t-elle, et elle éprouva l'envie soudaine de lui accorder une confiance encore plus grande que jusqu'ici.

Cette nuit-là, elle dormit sans cauchemars et rêva de grimper les rochers de chez elle avec un jeune homme aux cheveux sombres qui ressemblait un peu à Barin Serrano.

# Chapitre 11

Au cours des semaines suivantes, Esmay se retrouva souvent à discuter avec Barin Serrano, même en dehors du mess. Ils étaient allés grimper une fois, avec le club, et après quelques heures passées à transpirer sur le mur, elle ne pouvait plus jouer les timides avec les grimpeurs, sans parler de Barin. Puis ils s'étaient retrouvés ensemble dans le même coin lors d'une des petites fêtes des officiers, simplement parce que l'enseigne Zintner avait accaparé un plateau des meilleurs biscuits et qu'ils l'avaient vue faire.

Esmay ne s'autorisa pas à remarquer que les cauchemars se faisaient moins intenses les soirs qu'elle passait avec Barin et ses amis. Elle se concentra plutôt sur ce qu'il pouvait lui montrer des coutumes non officielles de la Flotte. Petit à petit, elle pensa de moins en moins à lui comme « le jeune Serrano sympa » et de plus en plus comme le genre d'ami qu'elle avait toujours voulu sans le savoir.

En sa compagnie, elle se surprit à se faire d'autres amis. Zintner, dont les longues études en mécanique lourde désignaient comme la personne idéale à qui demander des références quand Pitak soumettait à Esmay un problème qu'elle n'arrivait pas à résoudre. Le lieutenant Forrester, qui assistait à la moitié des réunions du club d'escalade et dont le naturel enjoué égayait tous les rassemblements. Elle commença à comprendre que tous les gens qui l'approchaient n'étaient pas motivés que par sa notoriété.

Lorsqu'elle commença à s'amuser davantage, elle s'inquiéta de se montrer trop sociable et de négliger ses études.

— Je ne sais toujours pas ce que je devrais faire pour aider le major

Pitak, dit-elle un soir à Barin.

Elle se sentait coupable d'aller à la salle de gym jouer à la balle au mur quand elle aurait pu se trouver en train d'étudier. Pitak semblait satisfaite de ses progrès, mais si un vaisseau avait besoin qu'on le répare en ce moment même, que pouvait-elle *faire* concrètement?

— Vous êtes trop exigeante envers vous-même, lui dit Barin. Et je sais de quoi je parle. Les Serrano ont la réputation d'être trop durs avec eux-mêmes et les autres, mais vous, vous battez tous les records.

— C'est nécessaire, répondit-elle.

Quand avait-elle découvert pour la première fois que si elle se fixait des buts assez élevés, les critiques des autres n'avaient plus d'importance?

— Pas à ce point-là, dit-il. Vous pourriez faire beaucoup plus, mais vous réprimez une grande partie de vos capacités, en vous contrôlant à ce point.

Elle repoussa l'idée.

— Ce que je peux faire, c'est étudier.

Il lui donna un coup léger sur le bras.

— On a besoin de vous; Alana n'est pas d'humeur à jouer, et il nous manque quelqu'un.

— D'accord.

Elle avait envie de coopérer, ce qui l'ennuyait. Pourquoi réagissait-elle ainsi alors qu'elle était immunisée contre le grand et séduisant Forrester, qui lui avait déjà proposé ce que Barin n'oserait sans doute jamais lui demander? Elle n'avait pas envie de complications; elle voulait une simple amitié. C'était le seul plaisir qu'elle désirait.

La partie de ballon se changea en mêlée sauvage lorsque la plupart des joueurs donnèrent leur accord pour une partie en gravité variable. Esmay protesta, mais la majorité l'emporta.

— C'est plus marrant, dit Zintner, réglant les commandes des IA du cours sur gravité variable avec changements aléatoires. Vous allez voir.

— Conseil d'amie, dit Alana, qui arbitrait le match. Je refuse de jouer en GV et vous devriez aussi, Esmay.

— Soyez sympa, cria quelqu'un de l'autre équipe.

Esmay haussa les épaules et enfila le casque et la visière nécessaires.

Une heure plus tard, en nage et couverts de bleus, Esmay et les autres sortirent d'un pas vacillant pour découvrir la présence d'un grand nombre de spectateurs.

— Poules mouillées, dit Zintner à ceux qui regardaient à travers les hautes fenêtres du cours.

— C'est plus facile pour vous, les petits, dit le plus grand joueur de l'autre équipe. Si tout le sang vous monte à la tête, il n'a pas le temps d'aller aussi vite.

Esmay ne répondit rien; son estomac cherchait encore à différencier le haut du bas et elle se réjouissait d'avoir peu mangé au déjeuner. On l'invita à aller se rafraîchir dans la piscine avec le reste de l'équipe, mais elle refusa et préféra se doucher et se changer. Quand ce fut terminé, elle avait faim. À l'extérieur des douches, elle trouva Barin qui soignait un coude enflé.

— Il va falloir le faire examiner, hein, enseigne? dit-elle.

Ils s'étaient découvert un dégoût commun pour les interventions médicales et se taquinaient mutuellement sur le sujet.

— Ce n'est pas cassé, lieutenant, dit-il. Je ne crois pas que la chirurgie sera nécessaire.

— Très bien. Alors vous allez peut-être pouvoir venir manger un morceau avec moi?

— Je crois que je devrais arriver à lever la main jusqu'à ma bouche, répondit-il en souriant. C'est la faute du lieutenant Forrester, de toute façon. Il a essayé d'intercepter mon tir et son genou s'est trouvé sur le trajet de mon coude.

Esmay chercha à comprendre (au cours d'un jeu en grav variable, un saut pouvait se transformer en plongeon imprévu et se terminer en ricochet), puis abandonna. Tandis qu'ils mangeaient, elle aborda pour la première fois le sujet de son expérience passée avec la famille de Barin.

— J'ai servi sur le même vaisseau qu'Heris Serrano, quand j'étais deuxième classe. C'est un bon officier – elle m'impressionnait. Quand elle s'est attiré ces ennuis, j'étais furieuse, et je ne savais pas comment l'aider, si je le pouvais seulement. Et je n'y pouvais rien.

— Je ne l'ai rencontrée qu'une fois, dit-il. Ma grand-mère m'avait parlé d'elle – elle ne m'avait pas tout dit, bien sûr, seulement ce qui était légal. Elle m'a envoyé lui porter un message; elle ne voulait pas d'autres courriers que la famille. On ne savait pas trop lequel d'entre nous la trouverait, et ça a été moi le veinard.

D'après son intonation, Esmay n'aurait su dire s'il considérait avoir eu de la chance.

— Vous ne l'aimiez pas?

— Si je *l'aimais*! (Là encore, une intonation impossible à déchiffrer. Puis il poursuivit moins violemment.) Ce n'est pas une question d'*aimer*. C'est... J'ai l'habitude des Serrano; j'en suis un moi-même. On a souvent cet effet sur les gens. On se retrouve tout le temps accusé d'arrogance, même quand ce n'en est pas. Mais elle ressemblait beaucoup plus à grand-mère que tous les autres. (Il se mit à sourire.) Elle m'a invité à dîner. Elle était d'abord furieuse quand je suis apparu, ensuite elle m'a offert le dîner, un dîner très cher, et... enfin, tout le monde sait ce qu'elle a fait à Xavier.

— Mais vous avez fini par bien vous entendre avec elle?

— J'en doute. (Il baissa les yeux vers son assiette.) Je ne crois pas qu'elle s'entende encore avec un seul des Serrano, même si j'ai entendu dire qu'elle reparlait à ses parents.

— Ce n'était pas le cas?

— Non. Toute cette histoire est assez confuse. D'après grand-mère, Heris pensait qu'ils l'aideraient quand Lepescu l'a menacée, ce qu'ils n'ont pas fait, et ensuite elle a démissionné. C'est là que grand-mère a demandé à tout le monde de la laisser tranquille.

— Mais je croyais qu'elle était en mission spéciale à ce moment-là.

— Ça aussi, mais je ne sais pas quand – ni ce qui se passait. Grand-mère dit que ça ne me regarde pas et que je ferais mieux de tenir ma langue et de ne pas mettre le nez dans ces affaires.

Esmay l'imaginait très bien et se demandait pourquoi il bravait l'interdiction, même dans cette infime mesure. Elle avait ses propres interdits qu'elle ne comptait pas enfreindre simplement parce qu'elle avait trouvé un nouvel ami.

— Je l'ai rencontrée, bien sûr, après Xavier, mais assez brièvement, dit Esmay.

Lors de la période sombre qui avait précédé la cour martiale, alors qu'elle était persuadée de se faire renvoyer de la Flotte, le souvenir du respect lu dans ces yeux noirs l'avait aidée à tenir. Elle aurait aimé mériter plus souvent ce regard.

— Il y avait des raisons légales à ce qu'on nous sépare, m'a-t-on dit.

Puis elle orienta la conversation vers un sujet moins dangereux.

Quelques jours plus tard, Barin l'avait interrogée sur Altiplano et elle lui avait décrit les vastes plaines herbeuses, les escarpements montagneux, l'estancia de sa famille, la vieille ville aux maisons de pierre, même les vitraux qu'elle aimait tant dans son enfance.

— Qui vous représente au Conseil? demanda Barin.

— Personne. Nous n'avons pas de représentation directe.

— Pourquoi?

— Le Fondateur est mort. La Famille que nous servions. Il paraît que la moitié de la milice est morte avec la Famille. D'autres disent que non, que si personne d'Altiplano ne dispose d'un Fauteuil au Conseil, c'est parce qu'il s'agissait d'une mutinerie.

— Et qu'en dit votre grand-mère?

— Ma *grand-mère*?

Qu'est-ce qui lui faisait penser que les paroles de la grand-mère d'Esmay avaient le moindre poids? Oh, bien sûr, sa grand-mère à lui était l'amiral Serrano.

— Papa Stefan dit qu'il s'agit d'un mensonge ridicule et qu'Altiplano devrait avoir un Fauteuil ou peut-être même quatre. (Devant son expression intriguée, elle se vit contrainte de lui expliquer.) Sur Altiplano, on ne fonctionne pas comme la Flotte, même si nous sommes militaires. Les hommes et les femmes ne s'occupent pas des mêmes choses, pas au niveau professionnel. La plupart des militaires, et tous les commandants de rang élevé, sont des hommes. Les femmes gèrent les estancias et la plupart des organismes gouvernementaux qui ne se soucient pas directement des affaires militaires.

— C'est bizarre, dit Barin. Pourquoi?

Elle détestait y penser, sans parler de l'expliquer.

— Ce sont toutes des vieilles coutumes, dit-elle pour éluder le sujet. Et de toute façon, ça ne s'applique que sur Altiplano.

— C'est pour ça que vous êtes partie? Votre père était un commandant de secteur, vous disiez? Et vous ne pouviez pas entrer dans l'armée?

Elle transpirait à présent; elle éprouvait un picotement au niveau de la nuque.

— Pas exactement. Écoutez, je n'ai pas envie d'en parler.

Il écarta les mains.

— Très bien. Je n'ai jamais posé la question, ça ne vous a jamais perturbée, on peut reparler de ma famille si vous préférez.

Elle acquiesça, embrochant au bout de sa fourchette des aliments qu'elle voyait à peine, et il se lança dans une histoire sur sa cousine Esser, qui se révélait toujours une vraie peste lors des vacances prolongées. Elle ignorait si c'était vrai; elle savait que ça importait peu. Il faisait preuve de politesse; elle lui en fournissait une nouvelle occasion, ce qui était en soi assez humiliant.

Cette nuit-là, les cauchemars revinrent, aussi pénibles que les pires qu'elle ait connus. Elle ne se réveilla haletante de la bataille du *Mépris* que pour se retrouver dans le corps de cette enfant terrifiée, impuissante à repousser son agresseur et, à partir de là, revécut les pires moments passés à l'hôpital. Un rêve après l'autre, rien que le feu, la fumée, la douleur, et des voix lui disant que tout allait bien alors même qu'elle brûlait et se tordait sous l'effet de la souffrance. Elle finit par renoncer à chercher le sommeil et alluma la lumière dans son compartiment. Il fallait que ça cesse. Elle devait y mettre fin. Elle devait retrouver son équilibre, d'une manière ou d'une autre.

La démarche évidente s'imposa d'elle-même, et elle la repoussa. Son dossier était déjà bien assez entaché, entre la commission d'enquête et la cour martiale, puis cette récompense ridicule sur Altiplano... Avec les commentaires d'un psy dans son dossier pour compléter tout ça, elle n'obtiendrait jamais ce qu'elle voulait.

Et de quoi s'agissait-il? La question ne s'était encore jamais posée aussi clairement, et au cours de cette nuit lugubre, elle la regarda bien en face. Ce qu'elle voulait... elle aurait dit la sécurité, longtemps auparavant. La sécurité que pouvait lui garantir la Flotte par rapport à son passé. Mais l'homme était mort, le mensonge mis à jour. Elle était en sécurité, de de ce point de vue. Que voulait-elle réellement?

Des cauchemars défilèrent dans son esprit, aussi brefs et nets que des fragments de souvenirs traumatiques. Cet instant, sur le pont du *Mépris*, où elle avait donné l'ordre de rejoindre le système Xavier... Le moment où elle avait donné l'ordre de faire feu, et où le grand croiseur ennemi avait explosé. Le respect qu'elle avait lu sur les visages pendant son briefing, où même les amiraux (même le capitaine, malgré lui) avaient admiré la manière dont elle exposait les faits. Même l'admiration des officiers subalternes, qu'elle s'était reproché d'avoir apprécié. Les amitiés qu'elle commençait à développer, aussi fragiles que de jeunes plantes au printemps.

C'était ce qu'elle voulait : ces moments-là, en plus grand nombre. Se trouver elle-même aux commandes et prendre les bonnes décisions. Employer les talents qu'elle avait démontrés. La reconnaissance de ses pairs ; des amitiés. La vie elle-même.

La partie critique de son esprit lui fit remarquer qu'elle avait peu de chances de se voir offrir de tels moments en tant que spécialiste technique, à moins de prendre l'habitude de servir sur des vaisseaux commandés par des traîtres ou des incompétents. Elle était moins douée que d'autres pour la technique ; en s'appliquant à l'étude, elle arrivait à devenir efficace, mais jamais à exceller.

*« Vous êtes trop exigeante avec vous-même. »* Elle ne l'était pas assez. La vie pouvait toujours se montrer plus dure ; il importait de l'être avant elle. *« Vous réprimez vos capacités. »* Lesquelles imaginait-il qu'elle possédait, cet enseigne Serrano ? Ce n'était qu'un jeune homme – *un jeune Serrano*, lui rappela sa part critique. Donc il pensait qu'elle n'utilisait pas tous ses talents. S'il y connaissait quoi que ce soit. Si, si, si…

Elle pouvait difficilement se réorienter vers la voie du commandement, après tant d'années passées dans la technique. Elle n'avait même pas envie de suivre cette voie. N'est-ce pas ? Elle avait détesté le combat, depuis les premiers instants de la mutinerie jusqu'à ce dernier tir chanceux qui avait fait exploser le croiseur ennemi comme une cosse bien mûre. Elle repoussa le souvenir du sentiment qui avait accompagné la peur, le dégoût suscité par tout ce gâchis : l'impression, beaucoup trop séduisante, d'être quelqu'un de fiable.

Qui savait, de toute manière, ce qu'il ressentait dans ces moments-là ? Peut-être pouvait-elle se diriger vers l'enseignement ? Elle se savait douée pour présenter des sujets complexes. Cet instructeur d'histoire l'avait même suggéré. Pourquoi avoir tourné le dos à cette offre pour choisir la spécialité qui lui convenait le moins ? Son esprit contourna la question en se débattant comme un poisson accroché à un hameçon, incapable d'échapper à la douloureuse réalité, à savoir qu'elle s'était bêtement piégée elle-même. Comme un poisson, en effet… Elle qui était faite pour nager librement. Mais vers où ?

Le lendemain matin, elle était assez fatiguée pour que le major Pitak le remarque.

— Couchée tard, Suiza ?

— Seulement des cauchemars, major.

Elle s'efforça de rendre sa réponse aussi neutre que possible sans se montrer impolie. Pitak soutint son regard un long moment.

— Beaucoup de gens font des rêves post combat, vous savez. Vous ne baisserez dans l'estime de personne si vous allez en parler à quelqu'un de l'unité médicale.

— Ça va aller, répondit-elle très vite. Major. (Pitak continua à la fixer, et Esmay se sentit rougir.) Si ça empire, major, je suivrai votre conseil.

— Très bien, dit Pitak. (Puis alors même qu'Esmay se détendait, elle reprit la parole.) Si ça ne vous dérange pas de m'en parler, qu'est-ce qui vous a fait choisir la voie technique plutôt que celle du commandement?

Esmay en eut le souffle court. Elle ne s'était pas attendue à affronter cette question ici.

— Je ne pensais pas que je serais douée pour le commandement.

— Dans quel sens?

Elle se creusa la cervelle pour trouver une réponse.

— Eh bien, je ne viens pas d'une famille de la Flotte. C'est un sentiment naturel.

— Vous n'aviez honnêtement jamais voulu prendre le commandement d'une unité avant de vous retrouver à bord du *Mépris*?

— Non, je... Quand j'étais petite, bien sûr, je rêvassais. Ma famille est militaire; nous ne manquons pas d'histoires héroïques. Mais ce que je voulais vraiment, c'était l'espace lui-même. Quand je suis arrivée à l'école préparatoire, il y en avait d'autres qui étaient tellement mieux à leur place...

— Au départ, les notes d'évaluation de votre potentiel de meneuse étaient très hautes.

— Je crois qu'ils étaient indulgents avec moi parce que j'étais née sur une planète, dit Esmay.

Elle se l'était expliqué ainsi pendant des années, tandis que ses notes dans ce domaine baissaient peu à peu. Jusqu'au système Xavier, jusqu'à la mutinerie.

— Vous n'avez pas vraiment un esprit technique, Suiza. Vous travaillez dur, vous êtes assez intelligente, mais ce n'est pas là que réside votre vrai talent. Ces exposés que vous avez présentés aux groupes de discussion tactique, ce papier que vous avez écrit pour moi... Ce n'est pas comme ça que pense un spécialiste technique.

— J'essaie d'apprendre.

— Je n'ai jamais dit que vous n'essayiez pas. (D'après le ton de sa voix, Pitak avait pu vouloir dire l'inverse; elle semblait presque agacée.) Mais considérez les choses sous cet angle: votre famille essaierait-elle de transformer un cheval de polo en cheval de trait?

D'une certaine manière, cette reformulation du problème en termes de sa propre culture la poussa à s'obstiner. Elle sentit presque son corps changer, ses longues jambes brunes et ses sabots durs se planter dans la boue, résister, pousser vers l'arrière.

— S'ils avaient besoin de faire tirer un fardeau, et que le cheval était là… (Puis, avant que Pitak n'explose, elle poursuivit.) Je vois où vous voulez en venir, major, mais je ne m'étais jamais considérée comme un cheval auquel on attelait un fardeau par erreur.

— Je me demande ce que vous attendiez *vraiment*, dit Pitak, à moitié pour elle-même.

— Un endroit où travailler, répondit Esmay. Loin d'Altiplano.

C'était la réponse la plus honnête qu'elle puisse fournir à ce stade sans effleurer des sujets qu'elle ne voulait pas, jamais, aborder avec quiconque.

Pitak la fusilla pratiquement du regard.

— Jeune femme, cette Flotte n'est pas « un endroit où travailler loin de chez soi ».

— Je ne voulais pas juste parler d'un travail.

— J'espère bien. Nom d'un chien, Suiza, vous arrivez si près, et ensuite vous dites ce genre de choses.

— Désolé, major.

— Et ensuite vous vous excusez. Suiza, je ne sais pas comment vous avez fait ce que vous avez fait à Xavier, mais vous avez intérêt à le découvrir, parce que c'est *là* que réside votre talent. Et soit vous vous servez de vos capacités, soit elles s'atrophient. Est-ce clair?

— Oui, major.

Aussi clair que de la boue dans un bassin où du bétail a pataugé. Elle avait la désagréable intuition que Barin ne saurait pas lui expliquer ce point, en partie parce qu'elle serait trop gênée pour lui poser la question.

— Je lui ai mis la puce à l'oreille, dit Pitak au commandant Seveche.

— Et ensuite?

— Et ensuite, j'ai failli perdre patience et la cogner. Je ne comprends pas cette jeune femme. On dirait qu'elle est deux personnes différentes, ou peut-être même trois. Elle vous donne l'impression de capacités immenses, d'un vrai caractère, et ensuite elle file soudain comme de l'eau dans un égout. Je n'ai jamais rien vu de pareil, et je croyais avoir vu toutes les variétés de bizarreries qui échappaient aux psychonurses. Elle est entièrement là, et puis plus du tout. J'ai essayé de la convaincre d'aller parler à l'unité médicale de son expérience du combat et elle a regimbé comme si je l'avais menacée d'un séjour dans le vide artificiel.

— Nous ne sommes pas les seuls commandants qu'elle ait intrigués, lui rappela Seveche. Ce qui explique que son comportement au combat ait constitué une telle surprise…

— Il y a déjà un point positif, elle sort de sa coquille avec certains des autres officiers subalternes, dit Pitak. Cet enseigne Serrano et quelques autres.

— Le jeune Serrano? Je ne suis pas sûr que ce soit une bonne idée. Il y avait deux Serrano à Xavier.

Pitak haussa les épaules.

— Je ne vois pas le problème. Celui-ci est trop jeune; les deux autres étaient nettement plus gradées qu'elle. Et puis ils ne complotent pas; ils escaladent le mur et jouent à des jeux d'équipe de temps à autre. Je me suis dit que l'arrogance des Serrano transpercerait peut-être sa carapace, quelle qu'elle soit, et libérerait ce don naturel pour le commandement.

— Peut-être. Elle ne voit pas que lui, dites-vous?

— Non. J'en ai surtout entendu parler par la jeune Zintner, qui joue au ballon avec eux. Elle dit que Suiza déteste les jeux à grav variable, mais qu'elle est bonne joueuse. Sans que je pose la question, elle m'a dit que deux ou trois jeunes hommes ont des vues sur Suiza, sans grand succès. «Pas si glaciale que ça quand on apprend à la connaître, mais réservée», c'est ce que m'a dit Zintner.

Seveche soupira.

— Elle doit cacher quelque chose; les subalternes le font toujours, même quand ils n'en ont pas conscience.

— Et pas nous? dit Pitak.

— Nous aussi, mais nous le savons. L'avantage de la maturité: nous savons où sont enterrés nos cadavres, et nous savons que tout ce qui est enterré peut être exhumé. Généralement au mauvais moment.

— Mais Suiza?

— Laissez-la tranquille un moment. Voyez si elle arrive à quelque chose par elle-même, maintenant que vous avez semé l'idée. Nous sommes tous d'accord pour dire qu'elle n'est pas idiote. Elle va passer quelques années ici, de toute façon, et si elle ne s'est pas décoincée d'ici le prochain bilan, nous ferons un autre essai. Si, comme nous l'avons déjà dit, la vie ne lui donne pas le coup de pied nécessaire où je pense.

Esmay regardait fixement le résultat de son travail, pleine de ressentiment. Elle savait que c'était un sentiment déplacé chez un officier subalterne. Improductif, inutile, même quand il se justifiait. Elle appréciait le major Pitak et se fiait à son honnêteté. Si Pitak disait qu'elle n'avait pas l'esprit technique, alors c'était vrai. Elle s'efforça d'ignorer la partie d'elle-même qui ne souhaitait que s'apitoyer sur toutes ces heures d'études, d'assiduité, de sacrifice...

— Idiote! dit-elle tout haut, à sa propre surprise autant qu'à celle du major Sivars, venu apporter quelque chose au major Pitak.

— Désolée, dit Esmay qui sentait le rouge lui monter au visage. Je pensais à quelque chose.

— Pas de problème, lieutenant, dit-il sur le ton indulgent du sous-officier très gradé au très jeune officier qu'il tolère par affection peu judicieuse.

Ou du moins, Esmay le perçut ainsi, ce qui ne fit qu'ajouter à son ressentiment.

— Major, comment déterminez-vous quels jeunes officiers seront doués pour la technique?

Il lui adressa un regard exprimant clairement que ça ne la concernait pas, ou lui non plus, mais s'appuya ensuite contre la cloison pour lui répondre.

— Certains débarquent avec un tel génie qu'on n'a pas le moindre doute. Je me rappelle un pivot, il y a six ou sept ans, issu d'une formation de base, qui avait cartonné aux tests de niveau. On avait déjà eu des scores très hauts, mais ce gamin ne pouvait rien toucher sans l'améliorer. Au bout de deux jours, on savait ce qu'on avait entre les mains; au bout de dix, on retenait simplement notre souffle en espérant qu'il n'allait pas croiser quelqu'un d'important, comme il avait son franc-parler. (Le souvenir lui tira un sourire.) C'était avant qu'on se trouve à bord du *Kos*, vous comprenez; il était en construction, et on travaillait sur Sierra Station. Le major Pitak était alors lieutenant, comme vous maintenant, mais avec sa personnalité à elle, si vous voyez ce que je veux dire. Bref, ce gamin lui a répondu brusquement un jour, et elle a pris la couleur de la polyglu qui a tourné. Ensuite elle a cligné des yeux, elle m'a regardé en disant que le gamin avait raison, puis elle a quitté la pièce. Ce qui m'a appris quelque chose sur les deux, même si bien sûr j'ai dû passer un savon au gamin pour avoir répondu à un officier. Ce n'était pas vraiment de l'insolence; simplement, il savait ce qu'il savait et ne prenait pas la peine de le cacher.

— Et ceux qui sont un peu moins doués?

— Eh bien... Je peux déterminer lesquels travailleront dur, bien sûr. C'est toujours utile. N'importe quel élément ayant assez de cervelle pour réussir les tests de niveau peut en apprendre assez pour se montrer utile s'il y travaille dur, comme vous l'avez fait. Mais rien ne remplace le don, l'intuition. Je ne saurais pas l'expliquer, lieutenant. Soit ils ont l'instinct du matériel, soit ils ne l'ont pas. Certains en ont un assez limité. Par exemple, ils vont être des génies du scan et ne vaudront rien pour le reste. D'autres ont une intuition pour pas mal de choses qui touchent au domaine technique – ils peuvent travailler sur n'importe quel système ou presque.

— Il vous arrive de vous tromper? demanda Esmay.

Il se mordit la lèvre.

— Parfois, mais en général, ça n'a rien à voir avec leur talent. J'ai manqué d'autres détails, des choses qui ont posé problème. Je me rappelle un jeune sergent, transféré là depuis le secteur 11, avec des scores hors du commun. C'était bizarre en soi: pourquoi un autre secteur le laissait-il partir, s'il était tellement bon? Mais on manquait de personnel, comme on dirait que c'est toujours le cas, et il était sacrément bon.

— Alors quel était son problème?

— La pure méchanceté. Il s'est avéré qu'il prenait son pied à créer des ennuis: dans son propre équipage, dans les casernes, partout. Il dressait les gens les uns contre les autres, étirait la vérité jusqu'aux dernières limites, mais toujours d'une manière qu'il pouvait justifier comme n'étant pas vraiment un mensonge. Rien de ce qu'il faisait n'était contraire aux règlements. Il était très prudent à ce niveau, mais à la moitié de son service, on aurait fait n'importe quoi pour se débarrasser de lui. Enfin moi, en tout cas. Je venais d'être promu major; je voulais que tout se déroule sans encombre dans ma section, et voilà qu'il passait son temps à semer la pagaille. On a fini par nous débarrasser de lui, mais ça n'a pas été facile.

D'après son intonation, il n'avait pas envie d'expliquer comment, et Esmay ne posa pas la question.

— Et puis il y avait un gamin qui était assez malin quand il arrivait à rester concentré sur le boulot, mais il était toujours sur des charbons ardents à cause de quelque chose. Ou plutôt de quelqu'un. On a fini par le conduire à l'unité médicale qui lui a donné un traitement, mais ensuite il a demandé son transfert. J'ai entendu dire plus tard qu'il s'en sortait bien dans le secteur 8. (Il sourit à Esmay tout en se redressant pour se remettre en route.) Continuez à bosser, lieutenant, vous vous débrouillez très bien.

Alors il savait, lui aussi, qu'elle n'était pas douée pour ces choses-là. Esmay résista à l'impulsion puérile de lancer un projectile vers ce large dos.

Ce soir-là, à l'heure du dîner, elle parla moins que d'habitude, écoutant les conversations à sa table. Le génie autoproclamé de la recherche sur les matériaux spéciaux ne disait rien non plus; il avait l'expression préoccupée de quelqu'un qui cherche à résoudre mentalement des problèmes. Barin Serrano décrivait sa tentative de recalibrage d'un gravscan dans lequel, selon ses termes, «quelqu'un avait fait des claquettes sur les connexions». Il semblait plutôt heureux, et l'enseigne de première classe du bout de la table, qui parlait de son histoire d'amour actuelle, le semblait encore plus.

C'était peut-être seulement le manque de sommeil qui lui donnait envie de ramper sous la table. Elle avait eu des cauchemars toute la nuit, ainsi qu'une discussion perturbante et décevante avec sa supérieure; pas étonnant qu'elle ait le moral à zéro. Elle ne toucha pas au dessert et décida d'aller se coucher tôt.

— Je l'ai trouvé, dit Arhos. Et c'est un truc délicat, en plus.

— Pas très différent de ce qu'on nous avait annoncé, j'espère, dit Losa.

— Non, mais apparemment, le capitaine est un peu parano et le déplace de temps en temps. Et il vérifie les circuits régulièrement pour s'assurer qu'il marche.

— Donc on va devoir trafiquer le circuit de test pour falsifier le résultat?

— Oui. J'ai les détails. Incroyable comme certains de ces gens-là parlent facilement quand ils croient qu'on compatit à leurs problèmes. Il y a un quartier-maître qui est persuadé que le capitaine lui en veut à cause d'une blague qui a été en fait montée par quelqu'un d'autre. Il voulait tellement me convaincre que Hakin était injuste et déraisonnable qu'il m'a pratiquement fourni tout le mécanisme sur une puce.

— Alors, quand est-ce qu'on peut le faire?

— Le capitaine l'a testé il y a deux jours. Il se sert d'un schéma qu'il a conçu lui-même, mais il ne l'a encore jamais réexaminé à moins de cinq jours d'un test précédent. Donc si on s'occupe de la partie principale demain, ça devrait nous laisser quelques jours pour tester le test, si je puis dire.

— J'espère que ça va marcher, dit Losa, songeuse. Enfin... On est coincés sur ce vaisseau maintenant, et on ne peut pas faire semblant d'ignorer à quoi ça sert...

— Moi, si, dit Arhos. Quand on me promet l'immortalité, je suis capable de simuler l'impossible.

— Mais si la Horde Sanguinaire débarque?

— Ici? Où nos escortes tellement efficaces vont les pousser droit dans les bras des croiseurs voisins? Je refuse de m'inquiéter; on ne peut rien y faire. De mon point de vue, il y a un capitaine dangereusement parano sur ce vaisseau, qui risque à tout moment de prendre une tache de poussière sur un vidscan pour une flotte ennemie – et décider alors que c'est son devoir de nous faire tous sauter. Tant que je suis à bord de ce vaisseau, je tiens *particulièrement* à lui retirer le contrôle de ce mécanisme, sans quoi je risque de perdre l'occasion de mener une vie longue et heureuse à cause des excentricités d'un abruti de capitaine.

— Mais ça ne te plaît pas non plus, dit Losa d'un air satisfait.

— Mais si.

— Non! Chaque fois que tu deviens verbeux comme ça, c'est signe que tu as des doutes. Des doutes sérieux. Je crois qu'on ferait mieux de garder les commandes dans nos propres mains.

Arhos y réfléchit.

— Pas une mauvaise idée. Ne serait-ce que pour te satisfaire. Gori?

— Ça me plaît bien. À quelle heure demain?

— Eh bien... L'accès le plus pratique se fera par la baie d'inventaire du niveau Dix, celui qui se trouve de l'autre côté de T-4. Et il y a des pièces d'armement dans cette baie.

— Quelle chance, dit Losa.

— Surtout dans la mesure où l'ordinateur indique qu'ils sont localisés exactement au bon endroit...

— Tu as bricolé un truc, Arhos.

Il sourit.

— À quoi bon avoir ce talent si on ne s'en sert pas? C'est vrai que j'ai modifié quelques chiffres dans la base de données, mais c'était pour une bonne cause.

— J'espère bien, dit simplement Losa. Vraiment.

Avec leur matériel le plus sophistiqué, ils réussirent à localiser et duper le scan censé empêcher quiconque de toucher au mécanisme. Il fallut un jour ou deux pour créer les boucles qu'ils inséreraient pendant qu'ils travaillaient. Et encore un jour ou deux pour trouver un nouveau prétexte justifiant leur présence dans cette baie.

Puis ils se retrouvèrent à l'intérieur et le mécanisme, dans son étui, avait exactement l'apparence qu'ils attendaient.

— La partie délicate, dit Arhos, mais il ne semblait pas inquiet.

Très vite, l'étui fut ouvert, les protections cédèrent, les codes changèrent et les voyants restèrent docilement au vert.

— Autant lancer le test, dit Gori.

— Autant essayer. On a dix minutes.

Arhos fit signe à Losa, qui prit l'ascendant sur la ligne de commandes du capitaine, puis inséra un double code. Les voyants passèrent progressivement du vert au jaune. Elle inséra un autre code, et ils repassèrent au vert.

— Magnifique, dit Gori. J'adore quand on réussit du premier coup.

— Si on a *vraiment* réussi, murmura Losa.

Arhos sourit.

— Trois réjuvs, Lo. Trois, de première classe, garanties avec les meilleurs produits. On a réussi.

Il termina de nettoyer, de tout remettre dans l'état où ils l'avaient trouvé, jusqu'au minuscule bout de limaille oublié comme par hasard à cinquante millimètres de l'angle avant droit de l'étui.

— On va vivre éternellement, dit-il en reculant, essuyant le pont derrière lui. Éternellement et très, très riches.

Cette nuit-là, ils sortirent une des friandises apportées de chez eux et trinquèrent ensemble. À l'intention du scan du vaisseau, ils se félicitèrent de leur avancement dans le recodage des armes. La blague leur semblait délicieuse. Arhos sombra dans le sommeil et rêva d'un avenir où il serait si riche et si célèbre qu'il n'aurait plus jamais à travailler pour la Horde Sanguinaire.

# Chapitre 12

Esmay dormait, et faisait un rêve différent pour une fois, lorsque l'alarme retentit, et elle se redressa bien droite avant même de se réveiller. Elle entendait des voix résonner tout au long du passage ; son cœur cognait à tout rompre et elle sentait venir des sueurs froides. Mais alors même qu'elle s'habillait, elle comprit la nature de l'urgence : des vaisseaux qui arrivaient pour se faire réparer. Pas une mutinerie. Ni un combat. Rien, se répéta-t-elle fermement, d'aussi terrible. Pour elle.

Alors même qu'elle s'habillait, puis longeait le passage et gravissait des échelles pour rejoindre sa section, elle ressentit dans ses tripes la sensation d'un vaisseau qui franchissait un point de saut au maximum de ses capacités. La peur rampa le long de sa colonne vertébrale, vertèbre par vertèbre. Les VMH n'étaient pas bâtis pour la course et les sauts ; ils se déplaçaient à l'allure tranquille qui convenait à leur masse et à leur architecture interne. Elle comprenait maintenant, après tout ce temps passé en Coque & Architecture, pourquoi ce n'était pas une simple question d'augmentation de puissance, quels étaient les compromis nécessaires pour donner au *Koskiusko* une telle masse. Que s'était-il passé? Où allaient-ils? Et plus important, fuyaient-ils avec des ennuis à leurs trousses ou fonçaient-ils droit vers eux?

Coque & Architecture, comme toutes les autres sections, grouillait telle une fourmilière réveillée d'un coup de pied. Dans la salle de briefing du département, le commandant Seveche installait un cube dans le lecteur.

— Ah, Suiza. Branchez votre ordinateur de poche, ça va être intéressant.

Esmay s'exécuta et s'assura de régler l'ordinateur de manière à enregistrer directement le visuel. La majeure partie de C&A se trouvait dans la pièce quand Seveche commença son briefing. Les autres arrivèrent un par un lors des minutes qui suivirent.

— Voici ce que nous savons – et nous savons tous que ça va empirer. Le *Spectre* est un patrouilleur en service depuis dix ans, sorti du Chantier Dalverie – un des coques NGL Série 30…

Quelques grognements s'élevèrent, qu'Esmay comprenait maintenant. Les NGL Série 30 avaient bien mérité le surnom d'anguille, signifiant que son architecture offrait le flanc à des révisions non autorisées et potentiellement nuisibles.

— Il s'est trouvé au combat contre la Horde Sanguinaire, et malgré leur infériorité technologique, ils sont parvenus à détraquer la majeure partie de leurs systèmes de scans et ensuite à le bombarder d'explosifs lourds. Il y a eu une panne du bouclier à tribord, à l'avant du châssis 19 (à présent, Esmay comprenait exactement ce qu'était le châssis 19 sur cette classe et cette série), ce qui a occasionné des dégâts sur les baies d'armement avant et une brèche dans la coque, ici.

Le pointeur de Seveche encercla l'intersection du châssis 19 et de l'armature 7.

— Et il arrive jusqu'ici?

Quelqu'un de moins inhibé qu'Esmay avait formulé précisément la même question étonnée qu'elle.

— Il a eu de la chance, répondit Seveche. Ils ont mis ses scans hors service mais pas ceux de ses partenaires de chasse. Le *Dard* et le *Justice* se trouvaient dans le système, ils ont pris les vaisseaux de la Horde en les attaquant par les flancs et les ont chassés. Il y avait bien sûr des blessés graves à bord du *Spectre,* mais ils sont parvenus à rafistoler suffisamment les dégâts pour franchir un point de saut. Ils n'ont pas pu en franchir un deuxième: la brèche colmatée s'est remise à fuir et ils n'avaient rien pour la réparer. Donc, comme vous devez tous vous en douter, nous allons entreprendre un saut pour aller les rejoindre.

Personne ne le dit tout haut cette fois, mais les visages tendus autour d'Esmay trahissaient leurs pensées. Il y avait une raison au fait que les VMH restaient éloignés des champs de bataille. Ils ne savaient ni se battre, ni manœuvrer, ni prendre la fuite. S'ils étaient attaqués…

— J'ai bien rappelé à notre capitaine que le vieux *Kos* n'avait rien d'une escorte, dit Seveche d'un air ironique. Mais tout devrait bien se passer. La moitié de notre protection a sauté avant nous et le reste le fera en même temps que nous. Nous aurons aussi le *Dard* et le *Justice.* Et on dirait que tout le matériel expérimental du *Justice* a fonctionné.

— De combien de temps disposons-nous? demanda Pitak.

— Nous pensons entrer dans le même système d'ici… (Seveche consulta le chronomètre.) Soixante-dix-huit heures et dix-huit minutes.

Nous allons procéder à une série de sauts à insertion rapide pour émerger du dernier à une vitesse relative basse ; ils vont éloigner le *Spectre* de notre point d'arrivée.

Seveche poursuivit le briefing.

— Nous n'en saurons plus sur les dégâts de la coque qu'une fois sortis du dernier saut : nous poussons ce vaisseau à son maximum, et nous n'allons nous attarder nulle part pour recevoir des messages. Pour autant que nous le sachions, le *Spectre* ne pourra pas s'en sortir avant notre arrivée.

Lorsque le *Koskiusko* émergea de son dernier saut, Esmay avait parcouru tout le vaisseau pour diverses commissions demandées par le major Pitak.

— Ne le prenez pas mal, mais vous n'en savez toujours pas assez pour vous montrer vraiment utile – et j'ai besoin de quelqu'un pour garder le contact avec les autres départements. La com du vaisseau est surchargée, ou le sera bientôt.

Esmay ne le prit absolument pas mal. Elle était tout à fait disposée à vérifier auprès du Contrôle d'Inventaire le stock de vis stelliformes, 85 mm, inclinaison 1/10, intervalle 3 mm (elle tapota les boîtes d'une main de propriétaire – c'étaient ses vis à *elle*), à demander au chef du Système d'armes une estimation des dégâts que le *Spectre* avait pu s'infliger suite à l'explosion de ses propres armes quand la coque s'était fissurée, à errer parmi les profondeurs de la soute de stockage remplie d'éléments de structures afin de vérifier chacun avec des instruments servant à détecter toute anomalie dangereuse. Tout avait déjà été vérifié, et le serait de nouveau, mais elle en comprenait la nécessité. Des erreurs restaient possibles. L'uniforme de la mauvaise couleur se retrouvait attribué à la personne qui... Non, elle n'avait pas le temps d'y penser.

Elle avait évité l'unité médicale, tenaillée par la peur un peu superstitieuse que les psychonurses croisées dans les parages lisent sur son visage qu'elle cachait de terribles secrets, et qu'on l'envoie en congé thérapeutique avant qu'elle puisse protester. Mais au cours des dernières heures précédant l'approche du *Spectre*, Pitak l'y envoya coordonner les recherches et le sauvetage à partir de ce que l'on savait sur la coque et ses problèmes.

L'unité médicale occupait une large portion de T-5, avec des salles d'opération, de décontamination, des cuves régen, des cuves de croissance neuro-assistée, des chambres d'isolation pour les maladies infectieuses exotiques, des labos de diagnostic ; l'équivalent d'un hôpital de secteur. Esmay trouva le secteur en proie à la même agitation que le sien et se vit renvoyer d'un bureau à l'autre jusqu'à ce qu'elle localise la traumatologie.

Esmay remit le cube de données de Pitak (remis à jour depuis la sortie de saut par transmission directe du *Spectre*) au lieutenant responsable des équipes de dégagement et de transport des traumas.

— Restez dans le coin jusqu'à ce que je sois sûr que nous comprenions tout ceci, lui dit-il, insérant le cube dans un lecteur.

Le visuel apparut sur le mur ; les autres personnes qui tournaient en rond dans les parages s'arrêtèrent pour regarder.

— Brèche de la coque à l'avant – il faut donc s'attendre à des blessures dues à la décompression dans les compartiments situés au-delà de la rupture.

Dans la brèche elle-même, ça impliquait des morts, qui seraient alors sous la responsabilité de l'équipe de Sauvetage du personnel, pas de celle de Dégagement & Transport.

— On dirait un problème d'armature, ici, dit-il en désignant l'emplacement. Il va falloir découper pour contourner. Lieutenant, qu'est-ce qui va se passer si on découpe ici et là ?

Il désigna les endroits concernés. Esmay, briefée par le major Pitak, montra des découpes alternatives qui figuraient déjà en vert sur le cube. Il fit la moue.

— Ça va tout juste laisser la place pour nos combinaisons – on ne veut pas accrocher quoi que ce soit – et on fera sortir les blessés. Il nous faut plus d'espace que ça. On l'a déjà dit à C&A : il nous faut deux bons mètres d'ouverture. Pourquoi on ne pourrait pas découper comme ça ?

Il montra de nouveau son premier choix.

Esmay pensait le savoir, mais c'était un travail pour quelqu'un de plus expérimenté.

— Je vais vous chercher le major Pitak, dit-elle.

— Faites donc.

Esmay trouva Pitak au fin fond d'une des soutes où l'on entreposait le matériel de C&A, et lui passa le commandant de D&T, puis recula comme l'orage commençait à gronder autour d'elle. Elle n'avait encore jamais entendu Pitak jurer, mais à cette occasion, le major se mit à dégager des volutes de fumée le long des cloisons. Après la première explosion, elle prit la peine de s'expliquer.

— … et si vous voulez quelques dizaines de blessés en *plus* et des débris acérés qui flottent partout, alors allez-y, découpez autant que le cœur vous en dit !

— Nom d'un chien, major.

Pitak se calma aussi brusquement qu'une mule donnant un coup de sabot.

— Maintenant, que vous faut-il pour vos combinaisons? Je vais vous laisser de l'espace, dites-moi simplement…

— Deux mètres.

— Mmm. D'accord. Je vais vous renvoyer Suiza avec un nouveau plan qui vous accordera deux mètres. Section ronde ou carrée?

— Euh, carrée, dans l'idéal, mais une ouverture ronde fera l'affaire. S'il n'y avait qu'une personne, ça n'aurait pas d'importance, mais...

— Oui, enfin, si la Horde était une bande de recrues en première mission, le *Spectre* ne serait pas transpercé de partout. Je vous recontacte.

Pitak se tourna vers Esmay.

— Et pourquoi avez-vous l'air tellement surprise? Vous me pensiez incapable de me mettre en rogne, ou bien de me calmer? Dans un cas comme dans l'autre, ce n'est pas beau à voir. Ne me fixez pas comme ça, lieutenant, vous me rendez nerveuse.

— Désolée, major, dit Esmay.

— Deux saletés de mètres, qu'ils veulent. Bande de sales gloutons. Je suppose qu'ils ne peuvent pas être sûrs de ce qu'ils trouveront là-dedans et qu'ils ont besoin d'espace, mais ils ne peuvent absolument pas couper ici. Si je leur prête un technicien de structure pour faire les coupes, je me retrouve en manque de personnel pour le boulot principal – mais ça pourrait sauver des vies, et ça ne devrait pas en coûter. D'accord, voilà ce que vous allez leur dire.

Elle débita toute une série de plans à leur soumettre et renvoya Esmay au secteur médical. Esmay eut envie de lui demander pourquoi elle ne se contentait pas de les appeler par la com, mais ce n'était pas le moment de lui poser des questions.

Huit heures avant le dernier point de saut, Esmay et tous les membres non essentiels de l'équipage prirent une période de repos forcé dans leur compartiment, à l'aide de soporifiques. Esmay en comprenait la raison (les gens épuisés et nerveux commettaient des erreurs inutiles), mais elle détestait savoir que son repos tranquille était induit par des produits chimiques. Et s'il se produisait quelque chose et que les équipiers restés éveillés oubliaient de déclencher les sprays d'antidote ou n'en avaient pas le temps?

Elle s'en inquiétait toujours lorsqu'elle se réveilla, alerte et reposée, au son de la douce sonnerie de l'alarme de changement de tiers. Ça avait fonctionné, comme d'habitude, mais ça ne lui plaisait pas pour autant.

Le *Koskiusko* avait émergé du système où il entrait à une vitesse relative proche de zéro, le moyen le plus sûr de faire repasser un vaisseau de sa masse en mode classique. Avant qu'Esmay puisse rejoindre le bureau de Pitak en C&A, la nouvelle circulait que le remorqueur du *Spectre* se trouvait à moins de vingt mille kilomètres. Ce qui en faisait, en plus d'une cible, un désastre potentiel.

— Il aurait suffi d'une erreur légèrement inférieure à un millième dans notre vitesse de sortie, et on aurait foncé droit dans le vaisseau et ses andouilles d'escortes, rugit Pitak. Mais ça veut dire qu'on peut se mettre au boulot très vite. Ce qui permettra peut-être de sauver quelques survivants dans les compartiments avant.

Les liaisons com par faisceau restreint étaient déjà actives. Les données en temps réel affluaient vers le poste de communications du *Koskiusko*, pour y être décodées et dirigées vers les compartiments concernés. Esmay passa la première heure à surveiller les données de C&A et à les envoyer aux sous-spécialistes. Puis Pitak lui trouva un autre travail.

— Transmettez ce qu'ils envoient à Moteurs & Manœuvres et matériaux spéciaux. Vous êtes douée pour intercepter les transmissions – il se peut que quelqu'un, là-haut, ait mal dirigé quelque chose dont nous avons besoin.

Pitak elle-même avait une modélisation de la coque NGL Série 30 établie à la fois en version virtuelle et en 3D filaire dans la salle de briefing. Tout autour s'amassaient les ingénieurs de C&A, qui effectuaient des changements afin de refléter les particularités du *Spectre*, tandis que les données affluaient. Esmay levait souvent les yeux pour observer leurs progrès. Elle avait vu de nombreux visuels 3D de coques de vaisseaux, mais jamais rien de semblable à ce modèle filaire qui occupait à présent une longueur de cinq mètres au sol. Ça semblait amusant, même si l'espace vide le long du flanc ne prêtait pas à sourire.

Elle se demanda s'il était très prudent de se préparer à intervenir si près du couloir de sortie du point de saut. Et si quelqu'un d'autre passait par là ? Ce n'était pas son problème ; elle secoua la tête pour en chasser toute inquiétude et se remit à scanner les sujets dirigés vers MatSpec. C'était *là* ce qui la concernait, demander qu'on programme la fabrication de quatre fibres de cristal de vingt mètres. Elle en vérifia l'origine. Si ce n'était pas quelqu'un de C&A, Pitak voulait le savoir. Et ça ne l'était pas : c'était un spécialiste de l'estimation des dégâts à bord du *Spectre*, qui voulait qu'ils remplacent plusieurs lignes de communication. Elle appela Pitak.

— Ah ! Vous avez bien fait. Non, mes chéris, vous ne pouvez pas choisir vos propres priorités, dit Pitak.

Elle annota le message avant de l'envoyer vers la pile du commandant Seveche.

— Mais ils veulent toujours le faire, dit-elle à Esmay avec le sourire. Ils croient nous aider en décidant de ce dont ils ont besoin, quand ils n'ont pas conscience du problème de séquençage. On ne peut rien commencer à MatSpec avant de savoir tout ce qu'il faut au niveau structurel. Si on les met au travail sur des choses dont on n'a pas encore besoin, alors ils ne peuvent pas faire ce dont on a un besoin immédiat, et alors soit on perd ce boulot, soit on reste plantés là comme des canards sur un étang jusqu'à ce qu'ils en aient fini.

— Qu'est-ce qui viendra en premier ? demanda Esmay comme Pitak ne semblait pas pressée de retourner à la modélisation.

— Après l'estimation et l'évacuation, nous devons nettoyer les anciens dégâts – il y a toujours quelque chose qu'on ne voit pas avant de retirer le revêtement et d'exposer au moins dix mètres qu'on croyait intacts.

Je me fous de ce que dit le programme de diagnostic, rien ne vaut la découpe d'une carcasse pour découvrir à quoi ressemblent les os. Tout engin aussi salement abîmé doit être reconstruit à partir de la structure principale, comme s'il était neuf. C'est plus dur, parce qu'on essaie de sauver une partie de l'ancien vaisseau... On économise du temps et du matériel, mais ce n'est pas aussi efficace que de le reconstruire en entier. Je suppose que la première chose qu'il faudra demander à MatSpec, ce sera des cristaux beaucoup plus longs, cultivés par agrégats et scellés à la résine dans le compartiment à grav zéro. Ils permettront de stabiliser les échafaudages pour les vraies réparations plus tard. Ensuite, on aura besoin de gros éléments d'armature, et il peut falloir des semaines pour les fabriquer. Personne n'a encore découvert comment cultiver les allongés et ceux en forme d'anneaux dans le même lot. Pendant ce temps, les sections de moulage pourront travailler sur de petits éléments comme des châssis et des sas. Mais les cristaux linéaires pour les communications viendront beaucoup plus tard.

— Je vois.

Esmay eut l'impression de comprendre bien mieux pourquoi Pitak la chargeait de cette tâche apparemment sans importance. Elle en savait beaucoup plus qu'avant sur les coques, mais cette histoire de séquençage des réparations ne lui était jamais venue à l'idée. Maintenant qu'elle y songeait, tout ça semblait logique.

— Que diriez-vous d'un peu d'aventure? demanda Pitak.

— D'aventure?

— J'ai besoin que quelqu'un examine de visu la brèche de la coque, et tous les gens dont je dispose sont occupés. Il vous faudrait une combinaison EVA. Allez-y avec les premières équipes, emportez un vidscan et un transmetteur, et enregistrez tout pour moi.

— Oui, major.

Esmay ne savait trop ce qui l'emportait, la peur ou l'exaltation.

— C'est pour dans six heures environ, d'après eux. Quand ils seront en position.

Esmay n'avait jamais fait de sortie en EVA depuis l'Académie – et c'était au départ d'une navette-école éloignée d'à peine un kilomètre d'une grande station, en vue d'une planète habitable. Ici, même l'étoile locale était distante, à peine un disque qui fournissait une lumière minimale. Les lueurs vives du *Koskiusko* inondèrent le flanc le plus proche du *Spectre*, projetant des ombres noires et précises. Esmay s'efforça de ne pas penser au néant qui l'entourait, ni à son estomac qui cherchait à s'enfuir par ses oreilles, et s'intéressa plutôt au vaisseau endommagé. Elle n'avait jamais vu l'extérieur d'un vaisseau de ses propres yeux, autrement que par vidscan; expérience instructive.

Comme la plupart des vaisseaux de guerre des Familias, le *Spectre* avait un profil long et arrondi qu'on aurait pu croire choisi pour des questions d'aérodynamisme, mais qui résultait en fait d'un compromis de conception. La technologie des boucliers imposait ces courbes lisses : la forme de coque la plus adéquate pour l'efficacité maximale d'un bouclier était sphérique. Mais les vaisseaux sphériques n'avaient pas fait leurs preuves au combat ; il s'était révélé impossible d'y monter des moteurs, soit classiques soit supraluminiques, de manière à fournir le genre de maniabilité et de fiabilité requises. Les seuls vaisseaux sphériques actuellement en service étaient de gros cargos de commerce, où le gain de volume intérieur et la possibilité de les protéger des débris spatiaux ordinaires compensaient la faible maniabilité.

Un patrouilleur comme le *Spectre* avait donc une forme ovoïde, qui lui donnait un axe longitudinal distinct. À l'avant, sa proue aurait dû former une extrémité arrondie, à peine plus pointue que sa poupe. Au lieu de quoi Esmay vit un fouillis de surfaces cabossées, un éclat luisant couleur de peau fondue là où il aurait dû être (comme la coque intacte) d'un noir mat. À l'arrière, les courbes lisses des logements des moteurs semblaient n'avoir subi aucun dommage, même si elle avait entendu dire que Moteurs & Manœuvres s'inquiétait de l'effet d'un saut avec une coque déséquilibrée.

Elle risqua un coup d'œil par-dessus son épaule, mouvement qui la fit pivoter autour de la corde de sécurité comme un jouet d'enfant. La masse imposante du *Koskiusko* masquait les étoiles bien au-delà des rangées de projecteurs braqués sur le patrouilleur. Elle ne savait même pas avec certitude où les lumières de son extérieur devenaient des étoiles sur fond de ciel noir.

On lui donna un coup sur l'épaule. D'accord. Au boulot. Elle se traîna sans perdre davantage de temps à admirer le paysage. La coque endommagée du *Spectre* se rapprochait petit à petit. Elle voyait à présent les sillons pâles formés par des fragments (des armes ou de la coque elle-même, elle l'ignorait) se détachant contre le revêtement noir de la coque. L'entrée formait une gueule béante, irrégulière, peu accueillante. Quelque chose murmura contre le casque d'Esmay et la fit s'arrêter brusquement. Une tape ferme assénée sur son épaule la fit repartir. L'instant d'après, un déclic se produisit dans son cerveau et elle comprit qu'il avait dû s'agir de projections de la coque abîmée : sans doute des cristaux de glace provenant de la fuite d'air continue que l'équipage n'avait pas pu colmater entièrement.

Elle atteignit la section rouge de la corde : plus que dix mètres à partir du point d'attache. Devant elle, quelqu'un avait déjà attaché la première des lignes de branchement qui allaient encadrer le réseau de travail. Mais c'était là le poste d'Esmay pour l'instant. Elle verrouilla l'anneau coulissant à sa corde de sécurité, attacha la corde de stabilisation qui allait limiter sa rotation à cent quatre-vingts degrés et fit signe aux autres d'y aller.

Avec la caméra vidscan dirigée vers le trou et les travaux en cours, elle pouvait éviter de penser à l'endroit où elle se trouvait. Le major Pitak voulait des détails, encore des détails, toujours plus de détails.

— Pas de précipitation, lui avait-elle dit. Prenez votre temps : restez au niveau de la corde de dix mètres jusqu'à ce que vous soyez sûre de m'avoir montré tout ce que vous pourrez voir de là. Vous ne serez pas dans le passage de l'équipe de mise en cale, mais vous pourrez voir beaucoup mieux. Le moindre détail peut nous aider. Absolument tout.

Esmay resta donc suspendue à son harnais et promena l'œil de la caméra le long des bords de la brèche. Absolument tout ? Très bien, elle passerait quelques minutes sur ces sillons pâles, sur la manière dont la coque s'écaillait *ici* pour exposer une armature tordue, sur le renflement curieux à l'avant de la brèche. Lorsqu'elle eut rempli la moitié d'un cube depuis cet emplacement, l'équipe de mise en cale avait placé le quadrillage principal qui allait définir la position des zones de dommages spécifiques. Esmay signala son intention au chef, reçut sa permission et s'attacha à l'une des lignes transversales.

En fait, songea-t-elle, se trouver là n'avait rien de si terrible. Une fois l'estomac habitué à la gravité zéro, c'était assez amusant de filer le long de cette corde avec juste une traction de temps en temps. Une attache rouge vint lui cogner la main, et elle s'en empara. Son bras tira sur son épaule et elle se mit à tournoyer, prise de vertige, se maudissant d'avoir oublié qu'elle était censée bouger *lentement*. Quand elle parvint enfin à se redresser, la visière d'un casque était tournée vers elle ; elle imaginait très bien ce qu'on devait penser d'elle. Encore un abruti de lieutenant qui apprend l'inertie. Elle se serait bien excusée, mais ils n'étaient pas censés se servir des radios de leurs combinaisons à moins d'une urgence véritable.

Elle se trouvait maintenant du côté opposé à la brèche de la coque, plus près de la proue. Depuis cet angle, elle voyait mieux à l'intérieur du trou – ou alors les projecteurs avaient trouvé un meilleur angle. Elle se força à regarder, mais ne distingua pas de corps. Les dégâts, là-dedans, semblaient entièrement mécaniques, comme un jouet d'enfant sur lequel on a marché. Tordu, brisé, réduit en éclats, tout le lexique de destruction qu'elle connaissait. Lentement, tout en enregistrant, elle commença à s'y repérer. Le renflement à l'avant provenait d'une séparation des éléments d'armature – ils avaient jailli brusquement sous l'impact d'un choc violent, et l'armature brisée était partie avec.

Pitak voudrait savoir jusqu'où s'étendait le renflement. On pouvait en déterminer les limites depuis le *Koskiusko*, si personne ne se servait du scan à courte portée, mais quelqu'un le faisait sans doute. Esmay examina le renflement en regrettant de ne pas pouvoir interroger le major. Si elle parvenait à en atteindre l'autre côté avec la caméra, mais il n'y avait là aucune corde. Elle pensa demander au chef de mise en cale de lui en tendre une mais se ravisa. Ils étaient bien trop occupés pour rendre service à un lieutenant curieux. Non. Soit elle allait en installer une par elle-même, soit elle s'en passait. La seconde option semblait la bonne. Elle avait quatre cordes additionnelles accrochées à sa combinaison, comme tous les membres de l'équipe. Il s'agissait donc simplement de placer les crochets.

Elle laissa derrière elle le gros vidscan sans s'en avouer la raison. Elle n'avait aucune intention de se dégager pour se laisser dériver. C'était une simple question de bon sens de laisser le vidscan là où on le trouverait facilement. Celui qui était intégré à son casque suffirait amplement pour cette brève excursion. Elle fixa l'extrémité d'une de ses longues cordes à l'anneau de sécurité de dix mètres, puis progressa le long de la ligne de mise en cale. Elle était fixée grâce à un double système de patch et de piton. Elle fit passer sa longue corde à travers l'anneau attaché là, ce qui lui prit plus longtemps que de l'y accrocher simplement, mais garantissait une meilleure sécurité.

Elle posa une botte contre la coque et testa. Rien. Elle avait à moitié espéré que la gravité artificielle interne du *Spectre* lui donnerait une certaine adhésion, mais elle ne fonctionnait peut-être même pas. Elle pouvait équiper ses bottes de patches à adhésion limitée, ou simplement poursuivre. Ce qui serait plus facile, et elle pourrait toujours ajouter les patches si elle n'arrivait pas à progresser.

Elle piocha un patch adhésif dans sa trousse à outils à l'aide de sa main droite, le plaça au bout de son majeur ganté et imprima une infime poussée de la main gauche. Elle glissa jusqu'au bout de sa corde de sécurité, lentement. Tendant prudemment la main, elle appliqua le patch contre la coque, qui adhéra exactement comme prévu. À présent elle pouvait y coller un piton, du moins l'espérait-elle. Elle laissa sa main droite contre le patch adhésif et chercha un piton. Voilà. Quand elle se pencha lentement, sa corde de sécurité tira sur sa taille. Elle était bel et bien allée aussi loin qu'elle le pouvait en restant attachée. Elle fit adhérer le piton au patch avec son propre verso à adhésion rapide, puis ouvrit un anneau de connexion, y attacha sa longue corde et referma l'anneau dans l'ouverture du piton.

L'étape suivante avait quelque chose d'irrévocable – lorsqu'elle décrocha sa corde de sécurité du câble de mise en cale, elle dépendait de sa propre capacité à poser des patches et des pitons. La prudence lui rappela qu'elle n'était pas une spécialiste du travail en EVA, qu'elle n'aurait pas les réactions appropriées si quelque chose tournait mal. Esmay accueillit cette prudence par un rictus, seule à l'intérieur de son casque. Elle avait écouté la prudence et quel bien en avait-il résulté? D'abord on l'avait crue insipide, ensuite on l'avait prise pour une activiste enragée.

Ce n'était pas si différent de l'escalade sur les rochers de sa vallée ou le mur d'exercice du *Kos*. Tendre la main, placer un patch adhésif, un piton, accrocher l'anneau au piton, avancer de cette protection à la suivante. Vingt pitons plus loin, elle avait dépassé le renflement, même si à la place des points d'accès du générateur de bouclier de la proue, qui auraient dû former des petites protubérances lisses et luisantes, ne subsistaient que des trous aux contours déchiquetés. Esmay alluma la lampe du vidscan de son casque pour les examiner de plus près. Quelque chose scintilla devant elle. D'autres débris – et le major Pitak en voudrait certainement une image. Elle mit en place un autre piton, s'y accrocha soigneusement et s'approcha en s'aidant de ses doigts.

Puis tenta de s'éloigner d'une poussée et décrivit un mouvement assez violent pour se projeter loin de la coque et aller jusqu'au bout de sa corde. Elle s'efforça de reprendre une position où elle ne se retrouverait pas projetée contre la coque. Et s'il y en avait *deux*?

Était-elle même sûre de ce qu'elle avait vu ? Et même dans ce cas, il pouvait s'agir des armes appartenant au *Spectre*, qui se retrouvaient accidentellement collées à sa propre coque par une réaction qu'Esmay ne pouvait même commencer à comprendre. Elle s'obligea à respirer lentement. Une mine. C'était une mine, parfaitement identique à celles des manuels d'armes ennemies consultés dans le vaisseau de ravitaillement qui la conduisait vers Sierra Station.

En attendant, elle remonta vers la coque, se hissant une main après l'autre, et arriva trop vite vers son dernier anneau. Elle heurta la coque assez fort pour se faire mal et aurait dérivé dans le vide sans protection si elle n'avait agrippé le piton et la corde externe d'une main et la corde interne de l'autre en laissant ses bras encaisser la traction. Elle regrettait à présent de ne pas avoir de patches adhésifs sur les bottes – il lui sembla qu'elle était restée accrochée là un long moment, à rebondir d'arrière en avant. Puis les oscillations cessèrent. Avec une grande prudence, elle tendit la main vers la prise suivante puis se décrocha de ce piton. Vingt... vingt-deux... vingt-sept pitons en tout, à franchir tous avec des mouvements lents. Elle songea plusieurs fois à se servir de l'unité de com de sa combinaison – mais cette mine représentait-elle une urgence immédiate ? Si personne d'autre n'en approchait avant qu'elle les avertisse – et l'équipe de mise en cale était encore en train d'installer son espace de travail dans la brèche de la coque.

Quand elle atteignit le câble et s'accrocha à sa corde de sécurité, elle eut l'impression d'être restée là un demi-tiers au moins. Mais son chronomètre lui disait autre chose. Une heure à peine s'était écoulée. Elle récupéra le gros vidscan et chercha autour d'elle le chef d'équipe. Elle ne pouvait pas rejoindre le *Koskiusko* sans avertir quelqu'un ici. Elle finit par l'apercevoir et s'avança de corde en corde jusqu'à pouvoir lui tapoter l'épaule, puis l'ardoise qu'il transportait. Il hocha la tête sous son casque.

Très vite, Esmay esquissa maladroitement la proue, le renflement, puis l'emplacement de la mine. «Mine», écrivit-elle en lettres soigneuses.

Il fit signe que non. Esmay hocha la tête. Il désigna le gros vidscan et traça un point d'interrogation. Elle dut secouer la tête et désigner la lentille du scan d'un mouvement de son casque. «Suivez», écrivit-il, et il la mena le long des échafaudages vers une liaison com. Pendant l'absence d'Esmay, on avait tendu une ligne directe d'un vaisseau à l'autre et passé un câble au travers du *Spectre* afin que les vaisseaux puissent communiquer par transmission sécurisée. Esmay et le chef d'équipe relièrent tous deux leurs combinaisons à la liaison com.

— Comment ça, une mine? demanda le chef. Et déjà, qu'est-ce que vous trafiquiez aussi loin vers la proue? Votre corde de sécurité n'est pas assez longue.

— Vous avez vu le renflement du châssis endommagé, dit Esmay. Je suis allée le scanner pour le major Pitak. J'ai placé des patches et des pitons dont je me suis servie pour me déplacer. Et quand j'ai dépassé le renflement, j'étais en train de scanner des générateurs de bouclier abîmés. J'ai allumé les lumières de scan de ma combinaison, et elle était là.

— Quel genre d'amorce, vous l'avez vue?

— Non. (Elle n'avait pas envie de le dire, mais ne pouvait en rester là.) J'ai essayé de reculer et j'ai perdu contact avec la coque.

— Donc, vous n'avez pas tous les renseignements?

— Non.

Elle ne savait même pas quelle proportion de la mine son scan avait enregistré. Combien de temps l'avait-elle examinée avant de paniquer?

— Si c'est une mine... (Il poussa le soupir exaspéré de quelqu'un qui n'a pas besoin d'ajouter des complications à une journée déjà chargée.) Enfin, merde. Je vois bien que vous êtes obligée de le signaler, et que si c'est *effectivement* une mine, on va devoir s'en occuper...

Il laissa sa phrase inachevée, comme quelqu'un qui ignore que faire ensuite. Il regarda Esmay, qui allait dire quelque chose mais s'abstint. Elle était un officier; c'était son travail de prendre des décisions. C'était là ce qui arrivait quand on ignorait la prudence, songea-t-elle amèrement, tandis qu'elle cherchait à qui signaler sa découverte à bord du *Koskiusko*. Le major Pitak semblait la réponse la plus simple, mais une mine ennemie collée à bord d'un vaisseau en pleine réparation n'avait rien de simple.

La réaction de Pitak, quand elle la joignit, la rassura à peine.

— Vous croyez avoir vu une mine, une mine ennemie. (Voix plate, presque monocorde.) Et vous l'avez peut-être, ou peut-être pas, filmée avec le vid?

— Oui, major. Je me suis poussée trop loin. J'avais peur.

— J'espère bien. (Remarque faite avec davantage d'énergie.) Vous savez, Suiza, vous avez vraiment le don de tout dramatiser. Une mine ennemie. Tout le monde ne tirerait pas cette conclusion.

— Conclusion ?

Elle ne savait pas si elle entendait dans la voix du major du mépris ou un amusement sincère. Ou autre chose encore.

— C'est bien de tirer des conclusions, Suiza. Maintenant, la première chose que vous allez faire, c'est dire au chef de faire dégager son équipe du *Spectre*. Ensuite, vous bougez vos fesses jusque là-bas et vous m'obtenez un vidscan correct de cette mine hypothétique. J'espère que vous avez assez d'oxygène…

— Heu… Oui, major, dit Esmay après un rapide coup d'œil à ses jauges.

— C'est rassurant.

Une longue pause au cours de laquelle Esmay se demanda si elle était censée rompre la connexion et s'en aller. Mais Pitak n'en avait pas fini.

— Maintenant, je vais aller dire à notre capitaine d'avertir le *Spectre* qu'un officier subalterne totalement dénué d'expérience, lors de sa première sortie en EVA, pense avoir vu une mine ennemie collée à son vaisseau, qu'elle n'a pas obtenu d'images correctes la première fois, mais qu'elle est en train d'en prendre qui nous montreront, si la mine ne la fait pas sauter, qu'elle avait raison ou non. Et nous renseignera sur la manière de procéder.

— Oui, major.

— Vous n'étiez pas obligée de me répondre, Suiza. Y a-t-il des erreurs que vous n'ayez pas encore faites ?

— Je ne l'ai pas déclenchée, répondit Esmay avant de pouvoir se retenir.

Un éclat de rire rauque retentit à travers la com.

— Très bien, Suiza ! Renvoyez l'équipe et allez me prendre quelques bonnes images. Je verrai comment je peux m'y prendre pour vous envoyer une équipe de déminage.

Le chef accepta de bonne grâce les ordres d'un officier subalterne ; il prit à peine le temps d'émettre un grognement rituel. Esmay n'attendit pas le départ de l'équipe. Elle sortit des patches adhésifs pour ses bottes, vérifia deux fois qu'elle avait bien pris ceux qui n'adhéreraient pas de manière permanente. Elle n'avait pas envie de se retrouver collée là comme un bibelot décoratif. Puis elle se servit d'une de ses cordes de sécurité et de ses anneaux pour attacher le gros vidscan dans son dos.

Le trajet fut plus facile cette fois, avec les pitons déjà en place et des bottes capables d'adhérer à la coque du *Spectre*. Elle pouvait faire une partie du chemin en marchant entre deux pitons, laissant filer auparavant un peu de corde. Il était facile de voir, depuis cet emplacement, qu'elle n'avait pas suivi un trajet droit la première fois. Elle avait fait un détour pour contourner le renflement, plutôt que de prendre l'itinéraire le plus court. Elle ne regarda rien d'autre que les pitons, les anneaux, la corde elle-même, jusqu'à se trouver presque au vingtième piton. Puis la lumière l'inonda par-derrière, estompant la lueur plus faible de son casque, et elle manqua le piton. Quand elle se tourna pour regarder, la visière de son casque s'assombrit automatiquement; elle vit que l'une des grosses lampes du *Koskiusko* s'était détournée de la brèche de la coque pour chercher le long de la proue. De toute évidence, le major Pitak avait réussi à joindre le capitaine...

Elle chercha de nouveau le piton, s'y accrocha solidement. À la lumière plus vive, les arêtes des générateurs de bouclier brisés lançaient des ombres irrégulières qui striaient le noir terne de la coque. Les choses avaient une tout autre apparence à présent. Elle ne voyait pas la mine, mais devait s'en approcher. Un autre piton, puis encore un autre, puis un autre...

BIIIIIP! Esmay s'arrêta brusquement et planta ses pieds contre la coque. Ce bruit plaintif et irritant exigeait son attention. Une lumière rouge clignota devant elle. Urgence... Ah. Elle appuya le menton contre l'interrupteur de l'unité de com.

— Ne bougez pas, lui dit une voix à l'oreille. Regardez au niveau de vos genoux, à dix heures, mais sans vous déplacer.

Esmay baissa les yeux, son champ de vision réduit de moitié par le casque. Quelque chose *bougea.* Un petit objet, peut-être de la taille de son poing sans le gant, sombre et luisant, s'élevant sur une mince tige qui brillait sous le projecteur. Elle eut envie de pencher la tête pour regarder d'où il provenait, mais le savait sans avoir besoin de le voir.

— Ne bougez pas, répéta la voix. Avec un peu de chance, il va vous prendre pour un composant du vaisseau.

Alors même qu'elle ouvrait la bouche pour poser une question, la voix ajouta:

— Et ne parlez pas. Nous ne connaissons pas les caractéristiques de son capteur.

Le petit ovoïde noir (le capteur programmable d'une mine intelligente) s'éleva au bout de sa tige. Elle le voyait clairement à présent, et lui la voyait sans doute aussi. Tout le corps d'Esmay se couvrit aussitôt de sueur qui la chatouilla horriblement en descendant le long de ses côtes, de son ventre. Elle avait envie de se gratter. Mais pas autant que de s'enfuir.

Elle faisait partie du vaisseau. Elle était un mécanisme de réparation automatique. Éteint pour l'instant, hors service. Elle s'efforça de ne pas respirer lorsque le capteur passa près d'elle en oscillant, selon un schéma conique dicté par la raideur de sa tige et les vibrations induites à sa source. Elle avait elle-même travaillé au scan; elle savait ce que pouvait contenir un si petit emballage. Il avait déjà pu associer son profil thermique à celui d'un «humain en combinaison EVA» s'il faisait partie de son programme. Il pouvait avoir enregistré la densité de son squelette, son rythme respiratoire, même la couleur de ses yeux.

Et s'il avait fait tout cela, alors elle était déjà morte, cadavre en sursis.

Le petit capteur continuait à tourner au bout de sa tige, mais il s'était de nouveau abaissé. Elle ignorait ce que ça signifiait. Une mine intelligente prendrait-elle la peine de rentrer ses capteurs avant d'exploser? Elle le voyait à peine à présent, par-dessus le rebord de sa visière. Puis il se trouva hors de son champ de vision mais elle ne fut pas tentée de se pencher pour le regarder de plus près.

— Désolé, lieutenant, dit la voix à son oreille. Notre projecteur a étiré votre ombre au-delà de son seuil. Mais vous aviez raison: c'est sans aucun doute une mine, et très certainement une mine ennemie.

En plein dans le mille... Ça ne lui plaisait pas du tout.

— Nous avons une équipe d'estimation du matériel dangereux en route, poursuivit la voix. Simplement, ne bougez pas.

Elle n'en avait pas l'intention; elle n'était pas sûre d'arriver un jour à remuer de nouveau. Quelques instants plus tard, les secousses commencèrent, derrière ses genoux. Elle lutta pour les contrôler. Le capteur était-il très sensible? Quel petit mouvement risquait de le déclencher? La raison lui souffla qu'elle s'était agitée un peu plus tout à l'heure et qu'il n'avait pas réagi, mais la raison n'avait aucun contrôle sur son bulbe rachidien, où la panique dansait la gigue sur sa colonne vertébrale.

Elle en avait plus qu'assez d'avoir peur lorsque la voix reprit.

— Votre installation est solide, lieutenant. Ne bougez pas. Nous sommes au piton suivant et nous vous voyons nettement.

Elle eut envie de se tourner pour les regarder, de voir quelque chose d'amical, même si c'était la dernière chose qu'elle verrait jamais, mais elle ne bougea pas.

— Nous avons peur de déclencher une autre séquence de recherche si nous éteignons le projecteur, et nous ne savons pas comment cet engin est réglé.

La voix n'avait pas besoin d'en dire plus. Elle se rappela que certaines mines étaient programmées pour exploser une fois qu'un nombre précis de recherches avait été déclenché, même si elles ne trouvaient rien. Elle en avait peut-être déclenché une un peu plus tôt, lorsqu'elle s'était éloignée brusquement de la mine.

— Avec un peu de chance, elle cherche à identifier quelque chose de précis, qui ne nous ressemble pas, mais...

Elle aurait préféré que la voix se taise à présent. Et si la mine réagissait aux infimes vibrations des combinaisons? Même la sienne. Il devait bien y avoir quelqu'un qui observait. Ils devaient bien avoir un plan...

— Le *Spectre* nous a informés de ce qui se trouve derrière la brèche de la coque – ils sont en train d'évacuer le personnel. (Une pause, pendant laquelle elle s'efforça de ne pas penser. Puis:) Quel est le niveau d'oxygène de votre combinaison? Donnez-moi une réponse en une lettre : « S » pour suffisant, « R » pour réduit, « C » pour critique, puis un chiffre pour le nombre de minutes restantes.

Esmay consulta la jauge et fut surprise de la voir descendue aussi bas.

— R, dit-elle. Seize.

— Je qualifierais ça de critique, personnellement, dit la voix. Voilà ce que nous allons faire. Quelqu'un va approcher derrière vous, en essayant d'adopter le même profil et de projeter la même ombre, et vous brancher sur une réserve externe. Ne bougez pas. Il va faire tout le raccordement de son côté.

— Oui, monsieur, répondit Esmay.

Ses yeux s'étaient fixés sur la jauge d'air. Le chiffre descendit à quinze, puis passa incontestablement dans le rouge.

— Respirez lentement, dit la voix. Vous n'êtes pas en train de travailler ; vous disposez peut-être de plus de temps que ça.

La peur brûle de l'oxygène. Elle se rappela cette sentence en même temps que d'autres du même genre. C'était incroyablement difficile de respirer lentement parce qu'il fallait économiser l'oxygène. Elle s'efforça de penser à autre chose. Ressentirait-elle la vibration lorsqu'on l'approcherait par-derrière ? Le capteur de la mine la percevrait-il ? Ce genre d'idée n'aidait pas à respirer lentement. Elle tenta de se concentrer sur sa vallée, son exercice de relaxation préféré et le plus fiable, mais lorsque la jauge descendit à quatorze, elle eut néanmoins un hoquet. Ne panique pas. Ne regarde pas la jauge. Soit elle va descendre jusqu'à zéro, soit elle n'en fera rien.

Elle ne ressentit pas la vibration. La première chose qu'elle perçut fut une minuscule poussée qui la fit osciller vers l'avant. Elle se raidit pour résister. Puis quelqu'un tapota l'arrière de son casque et une nouvelle voix lui parla à l'oreille.

— Vous vous en sortez bien, Suiza. Simplement, ne vous tortillez pas pendant que je raccorde ce réservoir.

Des impacts et poussées aléatoires, tandis qu'elle s'efforçait de résister afin de ne pas déclencher le capteur par ses mouvements. Nouveau coup d'œil à sa jauge d'oxygène. Neuf. Avait-elle vraiment passé plus de six minutes à attendre là ? Il semblait que oui. La jauge baissa de nouveau, jusqu'à huit. Elle entendait sa combinaison cliqueter et grincer tandis que son sauveteur invisible essayait de raccorder le réservoir auxiliaire avec le moins de mouvements possibles.

— Jauge ? demanda la voix.

Elle la consulta de nouveau. Sept à présent.

— Sept, dit-elle.

— Merde, dit la voix. Elle est censée... Oh !

Elle ne sut pas ce que signifiait ce « Oh ! », ce qui la mit en rage. Comment osait-il ne pas lui dire ce que sous-entendait son exclamation ?

Un crissement irritant, répété encore et encore, tandis qu'elle s'efforçait de ne pas regarder la jauge. L'intervalle sembla long, mais elle n'était pas encore retombée à six lorsque l'indicateur repassa subitement dans le vert.

— Jauge? demanda de nouveau la voix.

— Vert, répondit Esmay.

— Le chiffre, dit la voix avec un soupçon de désapprobation.

Esmay ravala le «Ah!» qu'elle s'apprêtait à émettre et cligna des yeux pour se concentrer sur le chiffre.

— Un, quatre, sept.

— Très bien. Maintenant, je vais me connecter à votre télémétrie. Vous êtes restée dehors plus longtemps que votre combinaison ne le permet normalement...

Nouvelle série de crissements. Esmay s'en moquait. Elle respirait; elle n'allait pas se retrouver à court d'oxygène.

— Votre température interne est basse, dit la voix. Allumez le chauffage de votre combinaison.

Elle s'exécuta et la température s'éleva depuis la semelle de ses bottes. Le tremblement qu'elle tentait de contrôler se calma – il s'agissait donc du froid, et non pas de la panique? Elle avait envie d'y croire, mais l'odeur âcre de sa sueur le démentait.

# Chapitre 13

— Nous avons un problème, Suiza, dit la voix à son oreille.

Ils auraient pu lui dire quelque chose de plus rassurant. Elle savait bien qu'ils avaient un problème – elle avait *elle-même* un problème.

— Si c'est la seule mine, et si elle explose, elle ne va sans doute endommager que les compartiments avant, qui sont vides pour autant qu'on sache. Et vous avec, bien sûr.

Aucun commentaire ne semblait nécessaire.

— Nous n'avons pas remarqué d'autres mines, mais nous ne comprenons pas pourquoi il n'y en a qu'une. S'il n'y en a qu'une.

S'attendaient-ils à ce qu'elle le comprenne ?

— Ça ne ressemble pas à la Horde Sanguinaire, mais sans aucun doute possible, les vaisseaux responsables de l'attaque en faisaient partie. Ils sont arrivés dans l'optique explicite de détruire – les données de scan obtenues par le *Spectre* sont sans équivoque – et ensuite ils se sont interrompus quand le *Dard* et le *Justice* se sont dirigés vers eux.

Esmay s'interrogea. D'après la rumeur, si un groupe de la Horde Sanguinaire s'approchait dans l'optique de détruire, il ne s'arrêtait pas simplement pour éviter le contact d'un autre vaisseau. À moins que ses vaisseaux n'aient des ennuis. Elle regretta de ne pas voir elle-même les données de scan. Peu probable, si la mine sautait. Elle risqua néanmoins une transmission.

— Étaient-ils assez proches pour poser manuellement la mine ?

— Ne communiquez pas, dit la voix. Si elle vous entend…

— Vous vouliez savoir pourquoi, dit-elle. Le technicien de scan du

*Spectre* est-il disponible?

— Attendez.

Elle imaginait très bien la scène dans le poste de communications du *Koskiusko* – le major Pitak s'y trouvait, sans doute avec le capitaine. Une voix différente s'éleva en imprimant une minuscule secousse à sa combinaison EVA.

— Vous allez les perturber, lieutenant.

La voix semblait amusée. Elle n'était pas sûre de comprendre ce qu'elle voulait dire. Esmay haussa les épaules assez fort pour faire bouger celles de la combinaison; un gloussement de rire lui parvint au travers de la liaison.

— Vous avez une idée, hein? Bon point en votre faveur. Je n'arrive pas à comprendre pourquoi cette chose ne nous a pas fait exploser tous les deux, mais je pourrai vivre avec.

Nouveau gloussement. Esmay sentit son propre visage crispé se détendre en un sourire.

— Suiza, juste au cas où vous auriez une théorie, nous vous avons raccordée au premier technicien de scan du *Spectre*. Essayez simplement de rester aussi brève que possible, vous comprenez?

— Oui, monsieur. Les vaisseaux de la Horde Sanguinaire se sont-ils approchés assez pour qu'une combinaison EVA puisse poser la mine manuellement ou par capsule?

Une pause. Puis une autre voix.

— Heu, oui, je crois. Nous avons essayé de pivoter, suite aux dégâts infligés au bouclier et à la coque à tribord. Ils se sont pas mal approchés.

Esmay eut envie de hurler «Des CHIFFRES, bordel!» mais entendit un grondement à l'arrière-plan, sans doute la voix du superviseur du technicien de scan en train de lui dire la même chose, car la transmission suivante lui donna les chiffres qu'elle attendait. Pas mal approchés, en effet. Son esprit fit défiler à toute allure les équations des mouvements d'une combinaison EVA et d'une capsule... oui.

— Au bout de combien de temps les vaisseaux de la Horde se sont-ils éloignés?

— Dès le retour du *Dard* et du *Justice*, dit le technicien.

Esmay patienta, se fiant à ces beuglements d'arrière-plan. Comme elle s'y attendait, le technicien revint lui fournir l'intervalle précis. Esmay eut l'impression qu'on venait de faire circuler un courant le long de sa colonne vertébrale. Peut-être avaient-ils repéré les vaisseaux de la Flotte avant de se faire tirer dessus, ou peut-être pas. Ils avaient posé une mine intelligente, programmée pour une tâche spécifique, puis s'étaient enfuis en laissant le *Spectre* endommagé, mais pas détruit. Et pourquoi?

Qu'espérait donc la Horde? Un vaisseau militaire endommagé des Familias ne serait pas abandonné, donc ils n'avaient pas pu espérer le capturer – et s'ils l'avaient fait, pourquoi le miner? Les vaisseaux des

Familias endommagés allaient vers des chantiers de réparation. Soit des chantiers navals, trop loin dans ce cas précis pour qu'un vaisseau estropié comme le *Spectre* les atteigne, ou les chantiers navals mobiles appelés VMH... Le *Koskiusko*. Qu'est-ce que la Horde Sanguinaire connaissait des VMH? Tout ce qui se trouvait dans le domaine public, sans doute – et le public savait les VMH capables d'accueillir les plus petits vaisseaux de la Flotte dans leur vaste aire de réparation centrale.

Ça semblait logique. Elle y réfléchit avant de transmettre ses conclusions.

— La Horde Sanguinaire a choisi de mettre hors de combat un petit vaisseau, d'y poser une mine intelligente, puis de se retirer afin que le *Spectre* les mène à un VMH. La mine est programmée pour se déclencher quand le *Spectre* entrera dans l'aire de réparation, ce qui mettra le VMH hors de combat. Elle n'est pas assez puissante pour le désactiver, mais sans doute assez pour l'empêcher de passer en hyperespace.

— Certainement assez pour l'en empêcher, dit la voix de Pitak à son oreille.

— Et il serait donc immobilisé pour l'attaque. (Esmay fit une pause, mais personne ne répondit.) Soit ils suivaient le *Spectre* et son escorte vers ce système, soit la mine dispose aussi d'un module de guidage pour les conduire ici. Ils veulent le VMH, presque certainement pour le capturer, puisqu'ils auraient pu couvrir le *Spectre* d'assez de mines pour faire exploser le VMH entier s'ils l'avaient voulu.

Nouvelle pause prolongée pendant laquelle un sifflement résonna doucement à son oreille. Puis :

— Ça se tient. Je n'avais jamais pensé la Horde aussi sournoise. Pourquoi veulent-ils un VMH, à moins qu'ils n'aient quelque part de sérieux dégâts résultant d'une bataille?

Avec confiance, Esmay continua à suivre le cours de son intuition.

— Il leur manque les compétences techniques dont ils ont besoin ; ils ne disposent pas d'un chantier de niveau militaire. Ils veulent un VMH pour améliorer toute leur flotte spatiale. D'un seul coup, ils obtiennent des installations de fabrication, des composants et des techniciens experts. Avec un VMH, ils pourraient remettre à niveau n'importe lequel de leurs vaisseaux pour en faire l'équivalent de ceux de la Flotte – ou apprendre rapidement à fabriquer leurs propres croiseurs.

Le sifflement prolongé qui suivit trahissait l'horreur et le respect à la fois.

— Bien sûr, dit doucement quelqu'un.

— Ce qui signifie, dit Esmay, que cette mine ne se déclenchera que lorsque les paramètres correspondront à l'idée qu'ils se font de l'intérieur d'une aire de réparation, ou lorsqu'on essaiera de la retirer. La Horde ne sait pas encore qu'elle a été détectée, à moins qu'on n'essaie de la manipuler.

Ses genoux faiblirent sous l'effet du soulagement ; elle s'appuya contre la personne invisible derrière elle.

— Ce qui signifie qu'on peut s'éloigner sans qu'elle n'explose, tant qu'on ne place pas le *Spectre* dans l'aire de réparation.

— Pas si vite, dit Pitak couvrant le brouhaha derrière elle. Vous devez toujours en obtenir un bon scan.

— Pas actif, dit Esmay. Mais oui, je peux le passer au vidscan.

Sans attendre d'ordre ou de permission, elle se déplaça, se pencha pour l'atteindre. Elle la vit là, forme cylindrique à l'extrémité arrondie, avec le petit capteur sur son câble qui s'était à présent rétracté pour former une protubérance sur le cylindre. Elle parvint à capter un numéro de série, ainsi que l'une des formes tourbillonnantes qui signifiaient quelque chose dans la langue du Monde d'Aethar. Sans doute des termes grossiers ; l'extérieur des vaisseaux de la Horde s'ornait souvent de slogans destinés à effrayer et choquer leurs voisins.

Elle transféra le signal du vidscan vers ses écouteurs et attendit que Pitak lui dise qu'ils disposaient d'assez de données. Puis elle entendit enfin :

— C'est suffisant. Maintenant, le type derrière vous va se retirer...

Une dernière tape sur son épaule, puis elle vit l'ombre projetée par la lumière du *Koskiusko* en train de s'éloigner. Le capteur de la mine intelligente ne bougea pas. Curieux, mais bienvenu. Elle attendit encore un peu, regardant son indicateur d'oxygène compter les secondes et les minutes, puis décolla une de ses bottes de la coque. Le capteur remua, pivotant sur sa tige.

— Le capteur bouge un peu, dit Esmay. Que diriez-vous d'éteindre la lumière pendant que je me libère?

—Nous avions peur que le changement ne déclenche quelque chose, dit la voix.

— S'il est programmé pour les aires de réparation, dit Esmay, alors la lumière activera le programme correspondant, mais l'obscurité le désactivera.

La lumière disparut derrière Esmay, et avec elle l'ombre bien nette qu'elle projetait. Elle augmenta la sensibilité du scan de son casque et discerna tout juste la mine. Le capteur ne bougea pas. Lentement, elle se replia autant que le permit sa combinaison, afin de pouvoir agripper sa corde de sécurité près du piton et libérer sa deuxième botte. Toujours aucun mouvement du capteur. Lentement, elle progressa à reculons, une main à la fois, contournant la courbe de la coque, jusqu'à se trouver hors de vue de la mine. Puis elle colla ses bottes à la coque et progressa jusqu'à la corde qui reliait le *Spectre* au *Koskiusko*. Les spécialistes de l'équipe de déminage l'attendaient là, portant d'étranges combinaisons volumineuses qu'elle n'avait vues que dans des cubes d'entraînement.

— Suiza, rejoignez le *Koskiusko*, entendit-elle.

— Oui, monsieur.

Elle avait envie de savoir ce que l'équipe de déminage allait faire pour la mine ; à présent qu'elle se trouvait là, autant rester. Mais la voix qui lui parlait à l'oreille ne lui laissait aucun choix. Et elle aurait besoin d'un autre réservoir auxiliaire pour prolonger sa sortie.

— Bon travail, lieutenant, dit un des démineurs. Content que vous ayez découvert que je pouvais revenir sans risques.

— Moi aussi, répondit Esmay avant de s'accrocher à la corde de transfert et de s'éloigner d'une poussée.

Lorsqu'elle eut fini de s'extirper de sa combinaison, elle eut envie de s'effondrer en tas sur le pont. La sous-combinaison lui collait de partout ; elle détestait devoir rester ainsi, vêtue de rien d'autre, tandis que le responsable des combinaisons examinait celle qu'elle venait de rendre et prenait note de son état. Après un coup d'œil, elle ignora le grand miroir au bout de la baie ; ses cheveux ressemblaient à du feutre sale collé sur son crâne.

Après s'être rhabillée lentement et correctement, elle se dirigea vers le numéro de compartiment que lui indiquait un message reçu dans sa boîte. T-1, niveau Neuf, numéro 30. C'était dans la zone administrative de l'École technique supérieure, dans la coursive qui donnait sur le bureau de l'amiral Livadhi.

Quand elle arriva, la conférence rassemblait le capitaine Hakin, l'amiral Dossignal, le commandant Seveche et le major Pitak, plus deux capitaines de corvette qu'elle ne connaissait pas. L'un portait l'insigne du 14e chantier de maintenance lourde, avec sur le col les écussons du Système d'armes ; l'autre, arborant les mêmes écussons, portait le brassard de l'équipage du navire. Le capitaine prit la parole en premier.

— Eh bien, lieutenant, ravi que votre hypothèse concernant la programmation de la mine se soit révélée exacte. Du moins, ravi pour vous.

— Moi aussi, capitaine.

Esmay espérait que le mordant perçu dans la voix du capitaine devait autant à la situation qu'à elle-même.

— Je suppose que vous n'avez pas eu le temps de réfléchir à la manière dont nous allons évacuer le *Spectre* et le réparer sans déclencher le programme de reconnaissance de la mine ?

— Non, capitaine.

De toute évidence, il était mécontent d'elle ; ce regard noir et glacial ne pouvait rien signifier d'autre.

— Avons-nous des analystes de la Horde Sanguinaire à bord ? demanda Dossignal, regardant l'amiral Livadhi.

— Pas vraiment, Sy. Ils ont récupéré le meilleur pour une histoire de planning politique et stratégique sur Rockhouse, et le suivant se trouve sur le vaisseau de l'amiral Gourache. J'ai un instructeur pour les cours de tactique, mais il se spécialise dans l'histoire de l'Amicale. Il est en train de fouiller les bases de données.

— Il est hors de question d'abandonner le *Spectre*, dit le capitaine. L'amiral a bien fait comprendre que nous ne devons fournir à la Horde aucun accès à de la haute technologie, et il y a trop de gadgets à bord de ce vaisseau pour le laisser tomber entre les mains de la Horde Sanguinaire, ou même d'un pirate occasionnel. Si on ne peut pas le réparer assez pour le sécuriser de nouveau...

— On peut, dit l'amiral Dossignal. C'est exactement le genre de dégât que nous sommes équipés pour réparer. La seule question est comment le faire en toute sécurité, sans risquer l'intégrité de *notre* vaisseau.

Il jeta un coup d'œil au commandant Seveche, qui prit sa suite.

— Nous devons réparer cette brèche dans la coque et relancer les moteurs, ou il ne pourra plus jamais sauter. Ça implique de travailler tout autour de cette mine, même si on ne l'installe pas dans l'aire de réparation. J'aimerais bien entendre l'avis des spécialistes des armes.

Le capitaine acquiesça et l'officier des armes prit la parole.

— Compte tenu du type de mine, on peut recourir à différentes approches, en fonction de la quantité de dégâts tolérable sur le *Spectre*...

— Le *Spectre* en a déjà subi assez !

Pitak semblait hors d'elle. Dossignal leva la main et elle se tut.

— Nous comprenons bien que vous voulez minimiser les dégâts additionnels qui pourraient survenir, mais il y a ici un compromis entre vitesse et sécurité. Nous pouvons accueillir plus vite les vestiges du *Spectre* pour les réparer si des dommages additionnels sont acceptables. Dans le cas contraire, nous aurons besoin d'une longue période de préparation dans un vaisseau déjà endommagé – un moment dangereux, pour les travailleurs comme pour les deux vaisseaux – afin de tenter quelque chose qui n'est peut-être pas possible.

— Expliquez-nous quelles procédures vous allez employer, dit le capitaine.

— Dans l'idéal, nous détacherons la mine, nous l'envelopperons d'une couche de mousse et nous la déclencherons à une distance de sécurité suffisante. Toutefois nous pensons, le capitaine de corvette Wyche et moi, qu'il y a un risque considérable de faire sauter la mine si nous essayons de la détacher. La meilleure solution reste une couche de mousse à la fois intérieure – derrière la coque où elle est attachée – et extérieure. Ici, le problème est de savoir quelle proportion de l'intérieur il faudra recouvrir de mousse. Et il y a ce signal de guidage que nous soupçonnons, même si tout dépend de sa nature.

— Combien de temps vous faudra-t-il pour le déclencher ?

— Tout dépend de ce que nous dira C&A. (Il se tourna vers le commandant Seveche.) Aurons-nous également besoin de recouvrir l'intérieur de mousse? Combien de dommages additionnels provoquerait ce genre de mine?

D'un geste, Seveche repassa la question à Pitak.

Pitak fit la moue; Esmay reconnut l'expression qu'elle prenait quand elle réfléchissait.

— Il y a déjà tellement de dégâts à l'avant – nous allons de toute façon devoir remplacer le plus gros de la structure. D'un autre côté, ça épuise nos ressources, surtout si nous attendons une attaque. Pensez-vous que c'est une charge ciblée, ou plus simplement destinée à tout faire sauter?

Il fit signe que non.

— S'ils ont pris la peine de placer ce truc à la main, je parierais sur une charge ciblée, avec sans doute une puissance de pénétration conséquente. Sans aucun doute, ça ferait des dégâts sur une coque.

Quelqu'un s'agita un peu plus loin.

— Mais s'ils voulaient mettre le VMH hors service, la charge ne serait-elle pas dirigée vers l'extérieur?

— Pas nécessairement, dit Pitak. Une explosion de cette ampleur, dans l'aire de réparation, pourrait certainement endommager du matériel sensible – bien assez pour nous empêcher de retirer le *Spectre* et de fermer l'aire.

Elle fit une pause et personne ne l'interrompit.

— Désolée, mais je crois que vous feriez mieux de garnir l'intérieur de mousse, au moins ces compartiments-ci. (Elle afficha un visuel et souligna certains des compartiments avant.)

— Si nous pouvions déjà sauver ceux-là : dix-sept A, dix-huit A et B, et vingt-trois A, ça nous permettrait de gagner un temps considérable sur les réparations.

— Dans ce cas – avec les précautions que nous devrons prendre pour protéger le personnel – nous parlons de quatre-vingt-seize heures pour recouvrir ces compartiments ainsi que l'extérieur.

— Pourquoi l'extérieur? demanda quelqu'un d'autre.

— Parce que nous ne voulons pas risquer de nous faire bombarder de pièces volant dans tous les sens, dit Pitak. Ni le reste du *Spectre.*

— Et j'aurais besoin d'équipes additionnelles, dit-il. Plus on aura d'hommes, plus ce sera rapide. Tant qu'ils ne travaillent pas trop, ça devrait être sans risques.

— À moins que la mine n'ait pas un délai programmé.

— À moins qu'il ne pousse des cornes aux étoiles... Bien sûr, ça nous tuerait tous, mais le seul moyen de le savoir, c'est de se lancer.

— Très bien commandant, dit le capitaine. Je présume que la sécurité pourra envoyer du personnel entraîné vaporiser une couche de mousse?

— Oui, capitaine.

Le capitaine Hakin se tourna vers son second.

— Assurez-vous qu'il dispose de tout le nécessaire. Major Pitak, C&A pourrait-il faire quelque chose pour accélérer tout ceci?

Pitak hocha la tête.

— Oui, capitaine. Avec votre permission, j'ai des équipes de construction qui se tiennent prêtes à élargir l'accès aux compartiments qui doivent être recouverts de mousse. Ils ont déjà commencé à nettoyer les débris.

— Je croyais que nous avions évacué tout le monde, dit le capitaine.

— En effet, capitaine, mais quand l'analyse tactique a conclu que la mine avait été programmée pour notre aire de réparation interne, je les ai renvoyés là-bas.

— Très bien. Tenez-moi au courant.

Sur ce, le capitaine se leva; tous l'imitèrent aussitôt. Pitak fit signe à Esmay.

— Lieutenant, vous n'êtes pas prête à diriger une équipe dans ce genre de situation. Je veux que vous gardiez le bureau, que vous me serviez de liaison com. Je vais m'y rendre moi-même.

— Oui, major.

Pitak s'engagea dans le passage; Esmay la suivit.

— Vous allez vous charger de faire accélérer le transfert de matériaux et d'outils dont nous aurons besoin. Vous trouverez un modèle dans mon bureau, mais il faudra y apporter des modifications – comme toujours. Gardez en tête les limitations de la zone de stockage du *Spectre*. Nous voulons éviter tout encombrement là-bas.

Le modèle ne servit tel quel qu'une heure environ, puis Pitak se mit à appeler pour signaler des changements, et Esmay ne pensa plus qu'à sa mission. Elle relaya des demandes d'outils, de matériaux, de personnel. Plusieurs maladresses nécessitèrent une intervention d'en haut; elle monta le bureau du commandant Seveche contre cette tête de mule de maître principal de l'École technique qui ne comprenait pas pourquoi un instructeur de Systèmes d'armes devait renvoyer une classe pour aller aider à s'occuper de la mine. Il répondit que le 14^e^ était censé disposer de sa propre équipe de déminage. Mais des demandes polies par le biais des voies appropriées firent bientôt apparaître une femme enjouée avec une main prothétique, sa combinaison EVA habituelle sur le dos. Esmay la dirigea vers le sas EVA et se remit au travail.

Elle aurait aimé pouvoir regarder le travail sur le *Spectre*. Elle n'avait qu'une vague idée de ce qu'était cette «couche de mousse» et de son usage. Mais les équipes de construction de Pitak avaient trouvé d'autres victimes dans les compartiments avant, mortes pour la plupart, inconscientes pour les autres.

— Il y a eu ici un problème de gravité artificielle, qui est tombée en panne en même temps que les lignes de communication – un éclat d'obus a dû les trancher comme un couteau. C'est un miracle qu'il y ait des rescapés, et je ne sais pas combien d'entre eux vont survivre – ils ont l'air en sale état. Mais on les a tous évacués, alors vous pouvez nous envoyer la cargaison suivante dès qu'ils auront dégagé les couloirs.

Esmay regarda l'écran encombré qui représentait maintenant tout ce qui se trouvait entre le *Koskiusko* et le *Spectre*. Elle demanda au superviseur de scan de placer un traceur sur la capsule d'évacuation médicale sur son écran. Quand il fut hors de vue, elle en plaça un prioritaire sur l'envoi demandé par Pitak et s'entretint avec le sergent de T-3 responsable de l'expédier.

Elle se concentrait si fort pour suivre les demandes de Pitak qu'elle sursauta quand le sergent de l'autre console lui dit: «La vache!», puis: «Bonne chose qu'ils l'aient recouverte de mousse...»

— La mine? demanda-t-elle quand elle retrouva son souffle.

— Ouais. Vous voulez que je vous repasse l'enregistrement?

Elle ne put résister. Il le transféra vers sa console. La brèche de la coque du *Spectre* ne faisait plus face au *Koskiusko*; elle n'en voyait plus que le rebord. Ce qui signifiait que la mine était hors de vue et que le point de vue se déplaçait. À présent, là où elle se rappelait la mine, se trouvait une tache grisâtre irrégulière, fortement éclairée de côté par les lumières du *Koskiusko*.

— Ils ont pris ça à partir d'une capsule, dit le sergent. Relayée par faisceau restreint. Ils en avaient plusieurs en attente.

L'image zooma jusqu'à ce qu'elle voie que la tache ressemblait à de la crème fouettée ou à du glaçage décorant un cylindre trapu. Elle vit apparaître une autre tache de mousse qui s'éleva, puis glissa de côté pour sceller l'extrémité du cylindre.

— Ils ont garni de mousse tous les compartiments à bord, dit le sergent. Et ils ont formé un cylindre de mousse tout autour, en le dirigeant dans le sens opposé au nôtre. Puis ils ont fini en plaçant un lobe au sommet. C'est là que...

Elle explosa. La masse de la couche de mousse éclata en morceaux et quelque chose jaillit du sommet, s'éloignant du *Spectre*.

— Toutes les projections sont parties dans le bon sens, dit le sergent. Bonne conception. D'après les rapports, très peu de choses ont explosé à l'intérieur. Tout ce qui leur reste à faire, c'est évacuer toute cette mousse. On pourra le faire dans la grande baie.

— Je ne comprends pas comment ça fonctionne, dit Esmay. Je croyais qu'isoler avant une explosion ne faisait qu'aggraver les choses.

Le sergent haussa les épaules.

— Je ne comprends pas bien non plus, mais j'avais un copain dans le secteur 10 qui faisait partie de leur équipe de déminage. Il disait qu'on avait le choix: on pouvait essayer de diriger l'explosion de la mine afin que son énergie s'échappe dans une direction qui ne causait aucun dégât, ou bien de la rembourrer pour absorber la puissance de la déflagration.

— Mais la couche de mousse a éclaté...

— On aurait peut-être dû la faire plus épaisse, mais elle l'était assez pour diriger les projections dans un sens qui ne nous causait pas d'ennuis. Vous avez remarqué où elle se dirigeait?

— Loin du *Kos*, c'est tout ce que je sais et qui m'intéresse, dit Esmay.

— Vers la sortie du point de saut, dit le sergent avec un rictus. On peut toujours espérer qu'un crétin de vaisseau de la Horde va débouler ici et se prendre sa propre balle en pleine figure.

— Suiza!

C'était Pitak, qui voulait savoir si elle pouvait envoyer quelqu'un à l'inventaire sonner les cloches de l'abruti qui affirmait qu'ils n'avaient plus de matériel pour colmater une brèche de la coque et refusait d'attendre qu'on fabrique le nécessaire.

— Je sais de quoi je me suis servie, dit Pitak. Et je sais ce que j'ai mis en réserve et ce qui se trouvait dans l'inventaire quand nous avons quitté Sierra Station. Il devrait y en avoir seize de plus, et je les voulais il y a deux heures.

— Tout ce sang, dit l'infirmière à la station de triage avant.

— Au moins ils respirent.

Avec une habileté née de l'expérience, l'équipe de dégagement fit basculer sur un lit à roulettes la forme flasque à l'uniforme maculé de sang, puis se dirigea vers la suivante.

— Ils sont tous inconscients. Nous avons fait un scan rapide des deux premiers et trouvé un niveau très bas d'oxygène dans leur sang. Quelqu'un a dû puiser dans les réserves d'urgence quand la coque a explosé.

— Donc vous n'avez pas de diagnostic?

— Non. S'ils ont tous leurs membres, on se contente de les transférer en prenant les précautions nécessaires.

Il s'agissait d'éviter d'abîmer leur moelle épinière plus qu'elle ne l'était déjà.

— Combien?

— Une trentaine, je crois. Je n'en suis pas encore sûr. Nous sommes juste en train de gagner l'accès à la plupart des compartiments avant.

L'équipe de dégagement se détourna pour se diriger vers son chargement suivant.

Esmay regarda la proue endommagée du *Spectre* avancer doucement dans l'aire de réparation. C'était facile d'oublier les dimensions de cette aire quand elle était vide, mais le vaisseau fournissait une échelle.

— Suiza ! (Seule Pitak criait ainsi.) Arrêtez d'admirer le décor et donnez-moi des chiffres.

— Oui, major.

Esmay consulta son tableau. Pitak s'inquiétait du déplacement du centre de gravité, tandis que le *Spectre* pénétrait dans le champ de gravité artificielle du *Koskiusko*. Des changements rapides pouvaient exercer une pression sur la structure interne du *Koskiusko* au-delà des limites de sécurité.

— La gravité artificielle du *Spectre* est-elle activée dans l'une ou l'autre partie du vaisseau ?

— Non.

— Il y a une force de torsion qui s'exerce sur les sections centrales controlatérales ; seulement 5,4 dynes pour l'instant, mais ça augmente en relation linéaire avec la masse du *Spectre* à l'intérieur du champ du *Kos*.

— C'est prévisible. Pas souhaitable, mais prévisible. Transférez les données vers mon écran et vers l'Alimentation électrique.

— Oui, major.

Esmay actionna les commandes du transfert et continua à surveiller son tableau. Son regard était en permanence attiré vers le haut pour surveiller l'approche du *Spectre*, mais elle se forçait à chaque fois à le baisser. La pression qu'elle surveillait plongea au-dessous de la courbe ; elle appela Pitak.

— Ça vient de tomber au-dessous de la ligne...

— Très bien. Ça signifie que l'Alimentation compense. Mais surveillez ce renflement un peu à l'avant des dégâts : c'est quelque chose qu'on ne pourra pas vraiment modéliser pour le générateur de champ.

Le *Spectre* avançait un centimètre à la fois. Lorsque les amarres furent en place, des signaux d'avertissement retentirent dans tout le VMH.

— Mise en place de la cellule à T moins quinze minutes. Mise en place de la cellule...

Esmay transféra ses derniers chiffres au major Pitak et à l'Alimentation électrique, puis se retira vers un poste de contrôle derrière la double ligne rouge. Seuls quelques hommes indispensables resteraient sur la cellule pendant la mise en place.

— J'ai horreur de penser aux dégâts que cette mine aurait pu causer au niveau des mécanismes de la cellule, dit quelqu'un derrière elle.

Elle regarda par-dessus son épaule. Barin Serrano fronçait ses sombres sourcils.

— On s'en occupe, dit-elle.

Elle se demandait ce qu'il faisait là ; on n'avait pas besoin de ses services au scan en ce moment.

— Le lieutenant Bondal m'a envoyé ici voir si le major Pitak avait décidé où placer les nouvelles unités, dit-il, anticipant sa question.

— Elle ne m'a rien dit, mais je vais vérifier pour vous. Vous avez quoi que ce soit sur l'arrivée de vaisseaux de la Horde Sanguinaire ?

— Non, et je suis certain que j'en aurais entendu parler, comme… Enfin bref, j'en saurais quelque chose. Mais je sais que le *Dard* et le *Justice* ont franchi le point de saut.

— Pourquoi ?

— Ils ont livré le *Spectre*, et ensuite ils devaient retourner patrouiller là d'où ils venaient. Ils croyaient peut-être qu'ils repéreraient toute personne cherchant à entrer sur les traces du *Spectre*.

Le gar-sig (chef de meute) Vokrais s'éveilla dans l'agitation d'une infirmerie. Quand il tourna la tête, il vit Hoch, son second de meute, lui retourner son regard.

— Qu'est-ce qui s'est passé ? demanda-t-il en s'efforçant de parler la langue standard des Familias.

— Saloperie de gaz soporifique, dit Hoch. On nous a emmenés ici en tant que blessés. Je ne crois pas que ce soit le même vaisseau.

Ils restèrent étendus à écouter les bavardages autour d'eux.

— On est sur le VMH, dit enfin Hoch avec un sourire carnassier. Pile à l'intérieur.

— Tous les deux, dit Vokrais.

Comme personne ne semblait lui prêter attention, il leva prudemment la tête. Il portait une chemise de nuit bleu pâle faite d'un tissu froissé, et vit que le reste de son équipe d'assaut, pareillement vêtue, occupait la rangée de lits. Du moins, la majeure partie de l'équipe. Il ne compta que vingt-cinq hommes sur les trente de départ, et ne vit pas Tharjold – leur expert technique, celui qui en savait le plus sur la technologie des Familias. Ni Kerai, ni Sij. Il passa mentalement en revue les absents et les voua à l'un ou l'autre des deux endroits possibles où passer l'éternité. Tous les autres étaient là, entièrement nus à l'exception des chemises d'hôpital, mais tous réveillés à présent ; ils le fixaient avec l'air de se livrer à de folles conjectures.

Avant qu'il ait le temps de s'inquiéter de la manière dont il allait rhabiller son équipe et la faire sortir de l'infirmerie, une montagne de muscles arborant un air sévère que n'aurait pas renié un sergent de la Horde dévala l'allée séparant les lits.

— Très bien, les dormeurs, dit-il. Vous êtes réveillés et aucun d'entre vous n'a reçu de traitement plus lourd qu'une dose de tranquillisant. Suivez-moi, je vais vous filer des habits propres et vous mettre au travail… On va avoir besoin de votre aide pour réparer le *Spectre*.

— Nos papiers d'identité ? demanda Hoch.

Il avait la voix à moitié étranglée, mais sans doute seulement parce qu'il tentait de maîtriser son accent.

— C'est moi qui les ai. Je les ai déjà transmis aux Fournitures, comme ça vous aurez quelque chose presque à votre taille.

Vokrais sortit du lit, surpris de découvrir l'absence de vertige. Les autres suivirent. Il vit des bras agités de spasmes tandis qu'ils se retenaient de saluer par réflexe, conscients de leur situation. Leur guide ne remarqua rien ; il fixait d'un air songeur la liste qu'il tenait en main.

— Santini ?

Vokrais fouilla sa mémoire du vocabulaire étranger et finit par se rappeler avoir lu sur l'insigne de son uniforme volé un mot qui ressemblait à celui-là, dans leur langue bâtarde.

— Heu... oui, monsieur ?

Quelqu'un ricana, trois lits plus loin, de l'entendre dire « monsieur » à un ennemi appartenant aux Familias. Quelqu'un se ferait sonner les cloches un peu plus tard.

— *Réveillez-vous*, Santini. Écoutez, je lis ici que vous êtes un spécialiste en ventilation ?

— Oui, monsieur, répondit Vokrais, qui se demandait lequel des différents sens qu'il connaissait à ce mot importait ici. *Ventilation ? Comme dans respiration artificielle ? Comme dans perforation ?*

— C'est parfait. Je vous envoie aux Systèmes de vie dès que vous aurez votre matériel. Oh, et Camajo ?

Nouveau silence. Vokrais pria le Mange-Cœur que quelqu'un ait le bon sens de parler.

Après une pause beaucoup trop longue, Hoch se mit à tousser – en se forçant manifestement, jugea Vokrais – et répondit : « Oui, monsieur ? »

— On dirait que vous êtes tous un peu dans les vapes. On m'a dit de vous accorder une heure de plus, mais on a besoin d'aide sur-le-champ. Camajo, vous irez trouver le major Pitak, en C&A. Maintenant, voyons... Bradinton ?

Cette fois, les autres comprirent plus vite et quelqu'un répondit « Oui, monsieur » sur un ton presque enjoué. Vokrais se demanda si les autres se rappelaient les noms figurant sur les uniformes qu'ils avaient retirés aux cadavres ou s'ils répondaient juste au hasard. Ça n'avait sans doute aucune importance. Les vaisseaux des Familias devaient bien avoir des moyens sophistiqués de découvrir l'identité réelle de quelqu'un, mais il n'en avait vu aucun signe jusqu'ici.

Arriva le moment où ils eurent tous répondu à leurs nouveaux noms, qui leur procuraient un sentiment de malaise même alors qu'ils les portaient avec tant de légèreté. C'étaient des noms qui ne renvoyaient à aucun chant familial. L'espace d'un instant, Vokrais se demanda si les étrangers avaient des familles, si ces familles avaient leurs propres chants, mais ce n'était pas une réflexion très convenable quand on se trouvait dans le ventre d'un vaisseau ennemi. Il la repoussa, et elle fut arrachée à son esprit comme un homme des terres balayé du pont d'un bateau-dragon sur une mer agitée. Il songea plutôt à la bataille à venir, au sang chaud des ennemis qui aspergerait bientôt ses habits, non pas froid et poisseux cette fois, mais bien fumant. Ça ne l'avait pas dérangé de dépouiller les morts et d'enfiler leurs uniformes trempés de sang – pas après les rituels du Sang-versé – mais ç'avait été désagréable de le sentir déjà froid.

Sa meute le suivit à travers le vaisseau ennemi. Il percevait leur amusement alors même que le sien bouillonnait tout juste sous la surface. L'ennemi... Plus proche d'une proie que d'un véritable adversaire, comme si des moutons accompagnaient un loup déguisé, en croyant suivre un chien de berger. Alors même qu'il acceptait une pile de vêtements pliés, il était persuadé que sa meute aurait pu prendre ce vaisseau entièrement nue, armée de sa seule soif de sang. Au lieu de quoi... Il s'habilla très vite, évitant soigneusement les regards. Il avait déjà porté des habits des Familias, à l'époque où il jouait les espions. Le tissu souple, les attaches en biais lui semblaient presque aussi familiers que les siens.

Mais pas l'absence d'armes. La pression familière du pistolet à aiguilles, du choqueur, du casse-tête. Les troupes des Familias ne portaient d'armes qu'au combat, et les VMH ne se battaient pas.

L'ennemi, serviable, leur avait permis de sauter d'un bond les deux premières étapes de leur plan en leur donnant l'occasion de se disperser dans tout le vaisseau. Avec un peu de chance – et les dieux semblaient leur en envoyer –, aucun des hommes du *Spectre* ne remarquerait que des imposteurs portaient les uniformes de leurs camarades de bord.

Vokrais suivit l'itinéraire indiqué par la carte électronique qui tenait dans la main, persuadé de pouvoir réagir à ce qu'il trouverait en arrivant.

— Non, je ne vais envoyer personne du *Spectre* là-bas – pas alors qu'ils se sont retrouvés assommés pour une semaine au gaz soporifique. Il va bien se passer deux tiers avant que leurs rouages fonctionnent, et on veut éviter les accidents.

Vokrais entendit la fin de cet échange et se demanda si feindre la maladie mentale lui servirait à quelque chose. Sans doute que non. On risquait de le renvoyer à la zone médicale, où il pouvait se retrouver au lit sans rien sur les fesses. Mieux valait sembler consciencieux, mais un peu paumé – sur ce dernier point au moins, il serait honnête.

La technologie des Familias l'impressionna comme à chaque fois: une telle quantité, et si efficace. Pas de puanteur familière de sueur et d'haleine aigre. De l'air propre émergeait d'une grille pour disparaître dans une autre. Les lumières ne clignotaient jamais. La gravité artificielle semblait aussi solide qu'une planète. Les appareils de communication et la baguette de données qu'on lui avait fournis étaient plus petits et fonctionnaient mieux que leurs équivalents des vaisseaux de la Horde Sanguinaire.

C'était après tout la raison de leur venue ici. La technologie qu'ils n'avaient pu ni acheter, ni voler, ni encore inventer – dernier stratagème, et le moins efficace. Des vaisseaux plus grands, plus performants, capables de vaincre au combat des croiseurs des Familias et de la Main Secourable. Les techniciens nécessaires pour garder cette technologie en état de marche... Vokrais lorgna les autres autour de lui. Ils ne ressemblaient pas à grand-chose, mais il avait surmonté les préjugés de son éducation. Il savait que des esprits intelligents pouvaient se cacher dans des corps de toutes formes. Mais un sur cinquante à peine avait des airs de guerrier.

En attendant, sa meute se trouvait dispersée dans tout le VMH, ce qui l'arrangeait bien. Plusieurs superviseurs décideraient sans doute, comme le sien, de leur confier des tâches simples. Un repas finirait par arriver, et ils auraient accès à des ustensiles pour manger, si faciles à convertir en armes efficaces.

Une heure, puis deux. Vokrais se mit au travail, s'affairant de bonne grâce à trier des composants, à les emballer sur des plateaux, à les empiler sur des transporteurs automatiques. Le temps ne pressait pas. Ils en avaient gagné en se retrouvant endormis et admis comme blessés, une ironie qu'il espérait être capable de partager avec son commandant lors du festin de la victoire. À une occasion, il aperçut un autre membre de sa meute, transportant quelque chose qu'il n'identifia pas. Leurs regards se croisèrent un instant, puis l'autre homme détourna le regard. Oui. Malgré l'immensité de ce vaisseau, ils se localiseraient les uns les autres et leur plan fonctionnerait. Et plus ils disposeraient de temps pour l'explorer, pour apprendre ses capacités, plus il serait facile de lui ouvrir le ventre le moment venu.

Esmay leva les yeux quand une ombre traversa son écran. «Camajo», disait l'insigne, agrafé à un uniforme qui allait à son propriétaire comme une nouvelle selle, bien ajusté, mais l'homme semblait peu à l'aise dedans. Un insigne de quartier-maître avait été appliqué récemment sur sa manche, pas tout à fait droit.

— On m'a dit de me présenter ici, dit l'homme. Au major Pitak.

Ses yeux vagabondèrent dans le compartiment comme s'il le scannait à la recherche d'armes cachées. Il avait braqué sur Esmay un regard dédaigneux. Elle en eut la chair de poule. Il lui rappelait quelque chose – quelqu'un. Son esprit, soudain vigilant, fouilla frénétiquement sa mémoire pour trouver quoi. Elle reporta son regard sur l'écran avant de répondre.

— Elle est avec le commandant Seveche. Vous venez du *Spectre*?

Elle n'imaginait personne du *Koskiusko* lui adresser ce regard. Ce n'était pas l'expression qui disait «Vous n'êtes pas vraiment de la Flotte, hein?», ni celle qui disait «Vous êtes la gamine qui a commandé le *Mépris*, c'est ça?», ni aucune des autres expressions qu'elle aurait reconnues.

— Oui, lieutenant. (Cette pause arracha son attention aux graphiques de l'écran.) Nous étions dans le compartiment avant. Le gaz soporifique...

— Vous avez de la chance d'être en vie, dit Esmay, lui pardonnant aussitôt son comportement étrange (peut-être les effets du gaz ne s'étaient-ils pas encore dissipés). Nous avons fait entrer le *Spectre*; les travaux ont déjà commencé. Vous pouvez attendre le major Pitak ici, ou dans le bureau du commandant Seveche.

— Où se trouve le bureau du commandant Seveche? demanda l'homme.

Sa puce du vaisseau se mit à sonner dans sa poche, et il fixa en louchant un point situé entre Esmay et lui. Elle savait ce que ça signifiait: la puce projetait un itinéraire.

— Suivez simplement votre puce, dit-elle.

Il se tourna sans la saluer dans les règles. Esmay allait dire quelque chose, mais il avait été gazé et restait peut-être un peu dans le vague. Toutefois, quelque chose n'allait pas...

— Quartier-maître? dit-elle.

Il s'arrêta en pleine foulée, puis se retourna brusquement. Quelque chose allait vraiment de travers. Il n'avait pas les yeux de quelqu'un qui se trouve abruti par les drogues. Ils brillaient d'un éclat vif, à demi dissimulé par ses paupières baissées.

— Oui, lieutenant?

Elle n'arrivait pas à définir ce qui n'allait pas. Rien d'aussi flagrant qu'un manque de respect, dont elle avait une large expérience. On parlait de respect et de manque de respect dans le cadre d'une relation, d'un contact. Ici, elle ne ressentait pas le moindre contact, comme si le quartier-maître Camajo n'était pas du tout militaire, mais civil.

— Quand vous verrez le major Pitak, dites-lui que les simulations de fabrication sont arrivées de MatSpec.

— Les simulations sont arrivées. Oui m... lieutenant.

Camajo se détourna, avec des gestes plus décidés que quelqu'un qui plane à cause des effets du gaz, et disparut avant qu'Esmay puisse ajouter quoi que ce soit. Elle fixa l'écran, songeuse. *«Oui m... lieutenant»*? Qu'avait-il failli répondre?

Elle se sentait mal à l'aise. Le *Spectre* avait-il abrité des traîtres? Était-ce pour cette raison qu'il avait subi tant de dommages? Pourquoi Camajo était-il en vie, indemne, après qu'une telle brèche dans la coque l'avait séparé du reste du vaisseau?

C'était ridicule. Elle n'avait rien remarqué d'anormal à bord du *Mépris*, n'avait reconnu aucun des traîtres pour ce qu'ils étaient. Elle n'avait pas ressenti alors ce malaise. Peut-être l'expérience l'avait-elle rendue paranoïaque, prête à interpréter tout écart comme un mauvais signe. Camajo avait eu de la chance, voilà tout, et il était maintenant désorienté, privé de ses compagnons familiers sur un vaisseau étranger.

Ça ne tenait pas la route. Parmi les victimes du *Mépris*, traîtres ou loyales, aucune n'avait achoppé sur les saluts et titres familiers de la

Flotte. Juste avant de mourir, le major Barscott, la bouche en sang, avait répondu à Esmay: «Oui, lieutenant...» Combien des survivants de ces compartiments avant avaient eu cette chance? Quelle chance? Et en était-ce seulement?

Les yeux de Camajo, son regard, lui rappelaient les soldats de son père. Des yeux d'homme de terrain, de commandos, qui vagabondaient, estimaient, cherchaient les faiblesses d'un endroit stratégique, réfléchissaient à la manière de s'emparer... s'emparer de quoi?

Tout en se réprimandant elle-même, Esmay passa à l'écran suivant, mais son esprit continuait de vagabonder. Au cours des guerres civiles (qu'elle appelait maintenant ainsi, même si sa famille continuait à parler du Soulèvement de Califer), chacune des deux parties avait tenté d'infiltrer les positions défensives de l'autre avec des troupes portant des uniformes volés, en se servant de papiers dérobés. Ce qui avait fonctionné plusieurs fois, alors même que les deux savaient la chose possible. Elle n'avait jamais entendu parler d'un cas semblable au sein de la Flotte. Les vaisseaux n'étaient pas infiltrés par des individus. Ils étaient attaqués par d'autres vaisseaux. Dans l'histoire de la Flotte, on mentionnait très peu d'abordages car les zones de bataille étaient trop dangereuses pour les manœuvres en EVA. Les pirates abordaient parfois des vaisseaux de commerce individuels mais ça ne concernait pas les militaires. Il faudrait... Il suffirait d'un seul vaisseau de la Flotte gravement endommagé, un vaisseau incapable de détecter les mouvements d'individus en combinaison EVA, d'une brèche dans la coque pour les laisser entrer, d'une manière d'obtenir les bons uniformes. Non. C'était absurde.

Le major Pitak entra tandis qu'elle se disputait toujours avec elle-même.

— Ce type, Camajo, qui vient du *Spectre*, il doit être à moitié abruti par les tranquillisants, dit-elle en déposant une demi-douzaine de cubes sur son bureau. Je n'ai pas réussi à lui faire dire *quelles* simulations étaient en cours. Je l'ai renvoyé vers E-12. Ils pourront au moins se servir de lui comme coursier, à défaut d'autre chose. Il ne peut pas faire grand mal comme ça.

Esmay laissa la prudence prendre le dessus.

— Major, je réfléchissais à la possibilité d'une infiltration...

— Une infiltration! De quoi parlez-vous?

— Camajo. Je ne suis sûre de rien, mais quelque chose ne tournait pas rond.

— Il est resté inconscient une semaine; ça suffit à déranger la cervelle de n'importe qui. Comment pourrait-il être un espion infiltré?

— C'est seulement qu'il ne réagissait pas comme il aurait dû, répondit Esmay. La façon dont il me regardait. Ce n'était pas l'expression de quelqu'un qui est dans les vapes.

Pitak la dévisagea avec attention.

— Vous avez vécu une mutinerie. Si ça ne vous a pas rendue parano, vous remarqueriez sans doute quelque chose qui ne tourne pas rond. Vous pensez qu'il pourrait être un traître, comme Hearne et Garrivay?

— Non, major. Je me demandais si quelqu'un avait pu infiltrer le *Spectre*. En passant peut-être par la brèche de la coque. Les troupes de la Horde n'auraient-elles pas pu passer par là, avant que le *Spectre* n'effectue un saut?

— Vous voulez dire comme un abordage de navire dans une histoire de pirates? Personne ne fait ça, Suiza, pas dans la vraie vie, dans l'espace. Même les pirates envoient des hommes dans des capsules. Et puis comment survivraient-ils au saut?

— On a trouvé des rescapés dans les compartiments avant.

— Mais c'était l'équipage du *Spectre*, portant les uniformes du *Spectre*, et leurs noms figuraient sur la liste de l'équipage. J'y étais en personne, Suiza. Je n'ai rien vu qui ressemblait à des commandos de la Horde Sanguinaire, simplement des blessés qu'on avait assommés au gaz pour préserver l'oxygène.

— Vous en êtes certaine?

Pitak la scruta avec un mélange d'irritation et d'épuisement.

— À moins que vous ne suggériez que la Horde a eu l'intelligence de vêtir ses soldats de nos uniformes – des uniformes qui, comme par hasard, se trouvaient avoir le bon code de reconnaissance dans le tissu et les bons insignes dans les poches – puis de les blesser, de les asperger de leur propre sang et de les abandonner là pour sauter dans un vaisseau endommagé?

— Je suppose qu'ils étaient réellement blessés?

Pitak renifla.

— Je ne suis pas médecin, comment le saurais-je? Ils étaient inconscients et couverts de sang, et portaient notre uniforme. Que voulez-vous de plus?

Question idiote, mais Esmay ne prit pas la peine de lui signaler. La sensation de démangeaison entre ses épaules refusait de disparaître.

— Camajo n'était pas blessé. Je crois que je vais vérifier auprès de l'infirmerie, si vous n'y voyez pas d'inconvénient.

— Crénom, Suiza, pourquoi ne pas rester concentrée sur votre boulot – ou c'est moi qui ne vous en donne pas assez? Laissez l'unité médicale s'inquiéter des blessés, à moins que vous n'ayez envie qu'on vous transfère là-bas...

— Non, major.

Esmay perçut dans sa propre voix la conviction obstinée d'avoir raison.

Pitak la fusilla du regard.

— Quelque chose vous tracasse.

— Oui, major.

— Alors crachez le morceau.

— Major, j'ai un sale pressentiment. (Pitak renifla et roula les yeux comme une jument nerveuse. Esmay s'obstina.) Le problème, major, c'est que s'ils ont pu s'approcher assez pour planter manuellement une mine, ils peuvent aussi avoir placé des troupes à bord.

— Sans que personne le remarque? C'est...

— Major, le *Spectre* était isolé au moment de l'attaque. Des individus en combinaison EVA, ou simplement dans des petites capsules, ne seraient pas apparus sur les scans du *Justice* ou du *Dard*, et le scan du *Spectre* était gravement endommagé. L'analyse tactique a suggéré que la Horde Sanguinaire avait pu vouloir capturer un VMH, pas simplement en détruire un. Je sais qu'en règle générale, nous ne pensons pas la Horde capable d'établir ce genre de stratégie, mais réfléchissez: s'ils peuvent faire monter une équipe de commando à bord du VMH, ils peuvent semer une pagaille suffisante pour ouvrir la voie à un deuxième vaisseau ou à toute une vague qui viendrait aborder et capturer le VMH.

— Je vois bien le plan, Suiza, mais je répète: ces blessés portaient notre uniforme. *Notre* uniforme, avec le code de reconnaissance de la Flotte dans le tissu. Vous croyez qu'ils ont volé une mesure de notre tissu et fabriqué des uniformes, ensuite volé la liste du personnel du *Spectre*...

— Non, major. (L'esprit d'Esmay s'emballa, s'efforçant de ne pas perdre le fil de son intuition.) Supposez... supposez qu'ils aient abordé, à l'avant de la brèche, en comptant sur la confusion. Les communications avec les compartiments avant étaient interrompues à cause des dégâts, donc tout ce qu'ils trafiquaient là-dedans se faisait à l'insu de l'arrière. Ils ont très bien pu prendre l'avantage sur l'équipage indemne, le tuer, endosser les uniformes, balancer dans l'espace leurs propres uniformes et les cadavres.

— Ça ressemble toujours à une histoire de cube d'aventure, Suiza, pas à la vraie vie. (Pitak se mordit la lèvre.) Mais d'un autre côté, la Horde Sanguinaire a le goût du théâtral. Vous pourriez me répondre alors que le sang appartenait aux vrais hommes des FSM, qui sont morts à présent, et qu'à l'intérieur de ces uniformes ensanglantés, les ennemis n'étaient pas blessés?

— Oui, major, à moins qu'ils n'aient souffert du passage en hyperespace. Ces compartiments n'étaient pas très sûrs, comme vous le disiez.

— Non. (Pitak braqua sur elle un regard furieux.) Je dois dire, Suiza, que votre passion pour l'exactitude est assez pénible par moments. Nous avions déjà assez à faire. (Elle tendit la main vers l'interrupteur de com.) Mais je vais vérifier.

Pendant le temps nécessaire à Pitak pour franchir les obstacles que la section médicale plaçait sur la route des simples curieux, Esmay s'efforça de se borner à ses tâches personnelles. Les lignes et les chiffres se brouillaient sur la page. Elle ne cessait de voir en pensée ce qu'elle n'avait pas vu de ses yeux, les compartiments obscurs de la proue du *Spectre*, jonchés de débris et d'hommes et de femmes inconscients. D'hommes et de femmes qui avaient les yeux de Camajo (ou quel que soit son nom véritable), les regards alertes de personnes en mission. Elle fit courir son stylet le long d'une colonne de chiffres, cherchant à obliger son esprit à se focaliser sur une tâche utile.

Percevant un changement d'intonation dans la voix de Pitak, elle se redressa, aux aguets.

— Ah oui ? (Un ton volontairement badin.) Intéressant... J'ai aidé à évacuer certains d'entre eux, voyez-vous, et ils étaient couverts de sang. Oui. Je vois. Seulement l'effet du gaz ? Et ils se trouvent toujours à l'infirmerie ? (Sa voix se fit plus perçante.) Quand ça ? (Son regard croisa celui d'Esmay.) Je vois.

Esmay patienta tandis que Pitak fermait le circuit.

— Si vous gardez cette habitude d'avoir raison, Suiza, vous allez vous faire détester. (Esmay ne répondit pas.) Aucun d'entre eux n'était blessé. Vingt-cinq individus de sexe masculin, qui semblaient un peu perdus et dans les vapes à leur réveil, et qu'on a envoyés, il y a trois heures, à différents postes à travers le vaisseau. Camajo, comme nous le savons toutes les deux, a été envoyé ici, à C&A. S'ils sont de la Horde Sanguinaire, tous ces hommes en liberté à bord du vaisseau pourraient nous causer pas mal d'ennuis.

— Oui, major.

— Et je ne sais même pas où ils sont. Un quartier-maître du nom de Barrahide, du service du personnel, est venu les chercher. Pas quelqu'un du *Spectre*, car tous les hommes du *Spectre* qui ne se trouvent pas à l'infirmerie sont occupés à aider nos hommes à estimer les dégâts. (Tout en parlant, Pitak faisait défiler l'arbre des communications.) Ah. Nous y voilà. Le poste 7762.

Un autre appel, mais cette fois Pitak parla comme si elle attendait que quelqu'un décroche à l'autre bout.

— C'est-à-dire *si* ce sont des hommes de la Horde. Ce n'est peut-être pas le cas. Nous avons besoin de quelqu'un du *Spectre*, ou plutôt, le capitaine en a besoin. Mais je vais voir ce que Barrahide peut m'apprendre.

— Quelqu'un pourrait jeter un œil aux lignes de communication des compartiments vers l'arrière du *Spectre* ? Ont-elles été endommagées par l'explosion ou bien coupées ?

— Bonne idée, Suiza. Appelez mon quartier-maître et dites-lui de vérifier. Oh, quartier-maître Barrahide ? Écoutez, au sujet des hommes du *Spectre* que vous avez fait sortir de l'infirmerie...

# Chapitre 14

Barin essayait de ne pas penser à Esmay Suiza. Il avait assez à faire, si seulement il parvenait à se concentrer sur son travail. Par ailleurs, elle le dépassait de deux grades, il n'était qu'un gamin pour elle. C'était ce qu'il se répétait, mais sans y croire. Elle le respectait. Après cette première dispute désastreuse, elle l'avait traité en égal. Il se sentit faire la moue. Ce n'était pas une question de respect, pas exactement. C'était... Il se tortilla, cherchant à repousser cette idée. Née sur une planète, et plus gradée. Il n'avait *aucune* bonne raison de penser à elle de la sorte, et pourtant il le faisait. Ses cheveux bruns et doux faisaient paraître rêche la crinière noire des Serrano. Sa taille donnait à leur carrure compacte l'air trapu. Sa nuque, et même ses coudes... Il n'avait pas envie de ressentir ces choses-là, et les éprouvait pourtant.

Les Serrano, lui avait dit sa mère, tombent de haut quand ils tombent. Il l'avait accepté comme la plupart des choses qu'on lui avait dites sur son héritage, avec bien plus qu'un soupçon d'ironie. Sa mère n'était pas une Serrano; ses sarcasmes occasionnels trahissaient peut-être de la jalousie. Barin lui-même avait vu dans ses béguins adolescents des pics temporaires d'activité hormonale. Il s'était attendu à trouver quelqu'un, s'il le faisait jamais, dans les rangs respectables des familles traditionnelles de la Flotte. Une Livadhi, peut-être. Une Damarin. Il y en avait une de sa promo, une beauté aux yeux verts avec le dos souple de la famille. Si on les avait affectés sur le même vaisseau... Mais ce n'était pas le cas.

C'était inconvenant. Il le savait. Grand-mère hausserait les sourcils. Maman pousserait son fameux soupir. Sa lointaine cousine Heris... Il ne savait pas que penser d'elle non plus. La rumeur disait qu'elle avait choisi un partenaire pas convenable, mais il ne pensait pas qu'elle compatirait pour autant.

La partie de son esprit qui ne vagabondait pas le long de ce chemin séduisant le força soudain à retrouver sa vigilance. Le commandant Vorhes voudrait sa tête sur un plateau s'il ne se dépêchait pas de sortir ces composants de l'inventaire pour les apporter à l'aire de réparation. Sa propre stupidité lui fit secouer la tête et il croisa le regard amusé d'un enseigne de deuxième classe qu'il connaissait.

— Réveille-toi, Serrano. Tu as entendu parler de ces mystérieux intrus?

— Des intrus? Quels intrus?

— Des blessés évacués du Spectre qui n'avaient pas grand-chose, alors on les a mis au boulot, et ensuite ils ont disparu. C'est à peu près à ce moment-là que quelqu'un de Coque & Architecture a flippé et commencé à déclarer que c'étaient des agents de la Horde, ou un truc comme ça. Enfin bref, personne n'arrive à les retrouver, il y a comme qui dirait un état d'alerte.

— Encore rien d'officiel?

— Non... (Un signal bruyant les interrompit.) À moins que ce ne soit ça.

Ça l'était, en effet.

— Tout le personnel est prié de se présenter au tube ascensionnel le plus proche aux niveaux Sept et Huit pour une confirmation d'identité. Tout le personnel est prié...

Barin et les autres personnes en vue se dirigèrent vers le groupe de tubes le plus proche.

— C'est idiot, vous savez, dit l'autre enseigne. Ils ne retrouveront jamais personne dans ce labyrinthe... Cinq bras, le moyeu, dix-huit niveaux, tout l'espace mort entre ici et là, sans parler des baies d'inventaire. C'est impossible!

— Si c'est vraiment un groupe d'assaut de la Horde, ils ont tout intérêt à les trouver, dit Barin. Enfin de toute façon, on a un scan interne dans chaque compartiment. (Il se rappelait ce qu'Esmay lui avait dit des preuves par scan interne utilisées lors de ses procès.) Il leur faudrait savoir comment les neutraliser pour éviter qu'on les repère. Ça ne devrait pas être si dur de les repérer, même dans un vaisseau de cette taille.

— Et qu'est-ce qu'ils pourraient faire, de toute façon? Si on ne les retrouve pas, ils vont se contenter de se promener sans but. Ils ne peuvent pas être bien nombreux.

L'autre enseigne ralentit lorsque la foule apparut devant eux.

Barin se rappela ce qu'Esmay lui avait dit de la mutinerie et ce qu'il avait entendu raconter de la capture du croiseur de Garrivay par Heris Serrano.

— Pas besoin d'être nombreux pour semer la pagaille, dit-il. S'ils obtiennent le commandement du pont...

D'un seul coup, le vaisseau qui avait semblé trop vaste pour être un vrai navire, trop sûr pour être intéressant, lui paraissait fragile dans l'immensité de l'espace. Il s'efforça de se répéter que le scan interne détecterait les intrus, mais tous les compartiments n'étaient pas pleinement équipés. Et en raison du seul volume de données, il serait facile de manquer des détails importants. Ce nouveau système d'IA qui avait déjà eu des ratés au moment de mettre à jour les changements architecturaux... pouvait-il vraiment mener à bien ce genre de tâche?

Il rejoignit la file qui se formait devant un équipier du *Koskiusko* portant les écussons de la Sécurité. Devant lui, d'autres posaient les questions auxquelles il voulait des réponses, mais celles-ci n'arrivaient pas.

— Regardez ici, dit-on à chacun d'entre eux. Posez la main à plat ici. Vous allez ressentir une piqûre... maintenant, circulez!

Vérification complète d'identité? Barin n'en avait pas subi depuis son entrée à l'Académie. Croyaient-ils vraiment qu'on pouvait falsifier un scan rétinien ou les lignes de la main? Était-il *possible* de les falsifier? Il se balança d'un pied sur l'autre. Derrière lui, la file s'allongea. Il fallait une minute au moins pour faire passer chaque personne et lui fournir un nouvel insigne d'identité. Il s'occupa l'esprit aux calculs évidents... Un maximum de soixante personnes par heure à chaque poste de vérification, et il n'y en avait que dix? Il leur faudrait des heures et des heures avant qu'ils n'aient confirmé tout l'équipage et produit de nouveaux insignes...

— Regardez ici... et vos mains... vous allez ressentir une piqûre.

Le flash le fit cligner des yeux lorsque la machine procéda à un scan rétinien; il ressentit une brève douleur lorsqu'elle préleva son sang pour le comparer à son dossier. La machine émit un bip et Barin prit l'insigne rose vif qu'elle produisit. À la différence de son ancien insigne, il n'affichait pas sa photo, seulement la bande luisante qui permettrait au scan de l'identifier comme légitime. Alors même qu'il s'éloignait, en route vers l'inventaire où il allait chercher les composants demandés par Vorhes, il vit d'autres agents de sécurité qui arrivaient munis de nouveaux équipements de protection.

Il prit le tube vers le niveau Treize et soumit sa requête au major qui supervisait le système de retrait automatisé. Elle ne portait pas l'un des nouveaux insignes roses, mais regarda le sien avec un signe de tête.

— Je suppose que le capitaine va bientôt fermer le système automatisé, et alors je pourrai aller chercher mon nouvel insigne. Vous avez de la chance d'être venu ici maintenant.

À l'intérieur, les râteliers en mouvement étaient moitié moins bruyants que d'habitude. Très vite, l'un des petits chariots robotisés rejoignit la porte en glissant, emportant ce qu'il était venu chercher; le major le cocha sur la liste.

— Avez-vous besoin d'aide pour le transport?

Barin jeta un œil à son fardeau et décida qu'il pouvait s'en sortir.

— Non, merci.

— Très bien, dans ce cas.

Il ramassa les composants emballés et décida de ne pas prendre le tube pour descendre. Il pouvait contourner le moyeu à pied, dans le sens des aiguilles d'une montre en suivant la foule, puis prendre l'échelle pour monter vers le niveau Douze et se retrouver à l'inventaire de l'École technique pour aller chercher les autres articles que demandait Vorhes. Et il verrait peut-être quelque chose... Son pouls s'accéléra. S'ils étaient des intrus et faisaient partie de la Horde, à quoi ressembleraient-ils? Tout ce qu'il savait de la Horde, c'était que les grands blonds prédominaient chez eux.

Lorsqu'il passa près de la base T-5, il vit l'intérieur de la baie de sécurité du vaisseau qui donnait l'impression d'une fourmilière dérangée par un coup de pied. Pourquoi n'avait-il pas pu faire partie de l'équipage du vaisseau lui-même? Il s'imaginait très bien dans la peau de ce lieutenant de la sécurité, celui qui le regardait maintenant en faisant la moue comme s'il se demandait ce qu'un enseigne de la section télédétection du 14e trafiquait là. Ce serait beaucoup plus intéressant que son travail. Il ne verrait pas d'intrus, ni d'ennemi à l'extérieur non plus. Il poursuivit sa route d'un bon pas, souhaitant tous les maux de l'univers à la personne qui l'avait affecté au scan sur un VMH, au lieu de quelque chose qui convenait à un Serrano.

Lorsqu'il arriva, l'inventaire de l'École était vide. Il se pencha sur le comptoir, tenta de planter sa baguette dans la console pour découvrir où se trouvaient les composants dont il avait besoin. Ce n'était pas très sûr, vraiment. Si quelqu'un était parti chercher son nouvel insigne, qui s'assurait que les intrus n'entraient pas dans un endroit comme celui-là? À supposer toutefois qu'ils aient des raisons de le faire.

Il entendit approcher des pas et sentit son pouls s'accélérer de nouveau. Et s'il s'agissait d'intrus? Il regarda autour de lui et ne vit rien qui puisse servir d'arme, mais le sergent dodu qui apparut arborait un nouvel insigne rose.

— Désolé, dit-il, les joues rendues écarlates par l'effort. J'ai dû monter toutes les échelles. Ils ont fermé les tubes ascensionnels, juste au cas où, ce qui est ridicule... Ça ne fait que nous rajouter du boulot, à nous autres.

Barin lui tendit sa liste.

— Ils craignent peut-être que les intrus coupent l'alimentation des tubes.

— Vous ne croyez pas qu'ils feraient ça!

Le sergent s'arrêta alors qu'il entrait les codes d'accès.

— Je ne sais pas ce qu'ils feraient ou non, dit Barin. Mais si quelqu'un voulait causer des ennuis, c'est un moyen d'y arriver.

— C'est idiot, dit l'homme avant de terminer d'entrer les codes. Voyons... allée 8, niveau Deux, étagère 13. Juste un instant, je vous prie.

L'inventaire de l'École technique n'ayant jamais été automatisé, Barin patienta tandis que le sergent cherchait ses articles et venait les lui remettre. Barin signa le terminal et revint sur ses pas. Valait-il mieux se servir des échelles – T-1 était sans doute moins encombré – ou continuer à contourner le moyeu et prendre directement en T-3?

Il opta pour un compromis en descendant au niveau Six, puis en contournant le moyeu pour l'ultime descente vers le niveau Quatre.

Vokrais avait trouvé l'endroit, un des quatre accès de maintenance pour les séries de tubes ascensionnels, situé au croisement interne de T-3 et T-2 au niveau Six, sur son trajet vers le repas pendant lequel il avait récupéré une fourchette et un couteau au bout affreusement arrondi qu'il cachait maintenant sous sa combinaison. Il avait retrouvé Metris et lui avait passé le mot. Metris le passerait à son tour, et lui continuerait à le faire. De combien de temps disposeraient-ils? Son sang bourdonnait d'excitation, évacuant les vestiges du gaz. Tout ceci n'avait rien de commun avec un abordage classique où ils débarquaient armés, à grand fracas, pour prendre rapidement le contrôle d'un gros navire marchand paresseux. C'était ici un vrai défi.

Il se demanda si qui que ce soit avait remarqué leurs armes et leur matériel sur le *Spectre*. Ils avaient trouvé la mine – devenue le sujet de ragots ordinaires qu'ils étaient ravis de colporter auprès d'un équipier présumé du *Spectre*.

— Elle vous aurait éparpillés aux quatre coins de l'espace, lui avait dit quelqu'un. Si nos hommes ne l'avaient pas trouvée et entourée de mousse.

Mais avaient-ils également garni de mousse les compartiments internes? Si c'était le cas, ses lames et outils préférés se trouvaient peut-être à l'abri sous une couche de mousse, et il pourrait aller les rechercher plus tard. Son couteau de bataille lui venait de son grand-père. Il voulait le récupérer.

Ils avaient besoin d'armes. Il savait qu'il pourrait affronter deux ou trois de ces techniciens mollassons à mains nues, mais il y en avait des milliers. Son équipe au grand complet pouvait en tuer des dizaines, mais ça ne suffirait pas. Quelque part, sur ce vaisseau monstrueux, se trouvaient toutes sortes d'armes, des manuelles et des missiles, des munitions, des packs d'alimentation électrique. Tout. Il devait simplement les trouver.

Son superviseur supposé ne l'observait pas de trop près; il pouvait se balader, l'air de rien, vers les toilettes. Non, ils disaient «latrines» pour des raisons qui lui échappaient. Ça sonnait intello, ce qui ne le surprenait pas de la part de cette bande de mollassons. Il sentit un regard braqué sur lui et tourna la tête pour voir son superviseur, l'air contrarié. L'homme haussa les épaules lorsque Vokrais passa la porte.

À l'intérieur se trouvaient trois autres personnes, un homme et deux femmes. Vokrais observa les femmes. La Horde Sanguinaire engageait des mercenaires de sexe féminin, mais elles se battaient dans des unités exclusivement féminines. C'était l'ordre naturel des choses, faute de quoi les hommes ne penseraient qu'au rut à longueur de journée. Il y pensait en ce moment même, alors que la grande rousse se lavait les mains. Elle croisa son regard dans le miroir et lui retourna une expression sévère. *Regarde-moi comme ça tant que tu veux*, songea Vokrais. *Tu te retrouveras embrochée sur ma lance avant le matin*. Elle ou une autre; aucune importance.

Après leur départ, il explora l'espace rempli d'échos avec son sol dur et sans jointures, ses murs brillants. Il trouva deux autres portes; l'une s'ouvrait sur un placard de rangement, l'autre sur un couloir. Il essaya le haut du placard – il pourrait sortir par là, en cas de besoin –, mais choisit de sortir par l'autre porte comme s'il était entré par là. Ici, il n'y aurait pas de superviseur pour lui empoisonner la vie en surveillant ses moindres mouvements. Il tenta de se rappeler où on avait envoyé son second de meute et eut le réflexe d'utiliser la baguette de données.

Il l'enfonça dans un des dataports et entra la série de codes de contrôle qu'on lui demandait.

— Vous avez besoin d'aide? demanda quelqu'un derrière lui.

Vokrais parvint à se retenir de le frapper, mais son geste était assez brusque pour que l'homme (plus âgé, cheveux gris) recule d'un air surpris.

— Désolé, grommela-t-il. Toujours un peu décalé...

Puis il désigna son insigne, qui portait toujours le code du *Spectre*.

— Ah... Je croyais que vous étiez perdu, ou quelque chose comme ça. C'est un dataport à bas débit. Si vous voulez une réponse rapide, il y a un haut débit en bas.

— J'aimerais retrouver les autres survivants, dit Vokrais. (Il s'efforça de se rappeler les noms sur les insignes d'uniformes.) Camajo, Bremerton...

— Vous connaissez leurs numéros?

Non, il ne connaissait pas les numéros fictifs qui accompagnaient leurs noms fictifs.

Comme il n'avait aucune confiance en sa propre voix, il secoua la tête.

— Une recherche sur le *Spectre* devrait permettre de les retrouver, dit l'homme avant d'insérer sa baguette dans un dataport quelques mètres plus loin.

Vokrais remarqua que celle-ci était entourée d'un double anneau, bleu et vert. Celle dont il se servait avait une double bande jaune et verte.

— Tenez, dit l'homme. Je vais vous transférer les informations.

Il s'empara de la baguette de données de Vokrais, l'approcha un instant de la sienne, puis la lui rendit.

— Merci, pensa à dire Vokrais.

L'homme haussa les épaules avant de s'éloigner. Il examina les options à l'écran et parcourut le couloir comme s'il réfléchissait, étudiant les noms et les missions qui apparaissaient. Cet homme se souviendrait-il de lui? Parlerait-il de lui? Les gens étaient-ils censés connaître les codes de couleur des dataports? Il se sentait déjà bien satisfait d'avoir reconnu un dataport.

Hoch se trouvait effectivement en Coque & Architecture, dans l'aile T-3 du niveau Quatre. Vokrais examina la distance et jura tout bas. Quelle espèce de bâtard ahuri d'ingénieur avait conçu ce vaisseau? Ça n'avait aucun sens. Une station spatiale avec un moteur trop puissant, voilà ce que c'était, pas un vaisseau. Il gaspillait trop de temps à retrouver ses gens, mais pouvait difficilement les appeler par l'intercom (s'il y en avait seulement un).

Il aperçut un autre de ses hommes en train de flâner, image vivante du paresseux incompétent, et lui fit signe. Sramet s'approcha, Vokrais lui donna le lieu de rendez-vous et lui dit qu'il allait trouver Hoch.

— Et ne te traîne pas comme ça, conclut-il. Donne au moins l'impression de travailler.

Sramet hocha la tête et se glissa dans la peau du personnage sérieux, terne et travailleur comme s'il venait d'enfiler un masque.

Encore une chose qu'ils avaient perdue à bord du *Spectre*. Non seulement leur expert technique et leurs armes, mais aussi leurs outils et leur matériel spécial, parmi lequel des déguisements et camouflages.

Il trouva Hoch en train de se faire réprimander par un des sous-officiers des Familias, qui concluait sur une description cinglante de ses capacités avec quelques insultes ethniques destinées à sa planète d'origine présumée.

— Et vous pouvez ramener vos fesses chez le secrétaire du commandant Atarin, et lui expliquer que le second maître Dorian ne veut pas de vous dans l'équipage, compris?

Hoch croisa le regard de Vokrais, mais son expression d'incompétence maussade ne changea pas.

— Oui, major, dit-il d'une voix étranglée.

— Alors allez-y.

Le sous-officier, dont tout le corps trahissait une fureur contenue, s'éloigna dans le passage d'un pas vif. Hoch regarda Vokrais avec une expression livrant cette fois ses pensées: il tuerait cet homme quand il le trouverait de nouveau sur sa route.

— On a un endroit, dit Vokrais tandis qu'ils repartaient en sens inverse. (Il lui donna l'emplacement, puis reprit:) J'ai besoin de trouver les autres – je n'en ai vu que deux pour l'instant. Cet endroit est trop grand.

— Je vais y aller, moi aussi. Tu sais où ils se trouvent?

Vokrais parvint à répéter l'astuce, comme il l'appelait, consistant à raccorder sa baguette de données à celle de Hoch pour transférer la liste des affectations du personnel.

— On va bientôt être découverts, dit-il. J'ai un pressentiment. On ne s'intègre pas à ces gens.

— Esclaves, dit Hoch, dans leur langue, et Vokrais braqua sur lui un regard perçant.

— Sois prudent. Tout reste encore à faire.

— Je le ferais dans mon sommeil, chef de meute.

Il avait parlé encore plus bas, mais toujours dans leur langue.

— Bientôt, alors, dit Vokrais dans la langue des Familias. Tourne une fois dans le sens des aiguilles d'une montre – on dirait qu'ils vont tous dans ce sens quand ils prennent le grand passage autour du moyeu – et on se retrouve ensuite. Je veux progresser autant qu'on pourra vers le haut du vaisseau avant qu'ils comprennent qu'on est à bord.

— Pourquoi ils s'en rendraient compte? Ils sont à moitié endormis, comme des moutons prêts pour la tonte.

— Vas-y, frère de meute, dit Vokrais.

Les yeux de Hoch brillèrent et un spasme agita son bras. Il s'éloigna vers la gauche. Vokrais se dirigea vers la série de tubes ascensionnels la plus proche et monta. Il avait souvent apprécié la vitesse du trajet lors de ses visites à bord des stations spatiales des Familias; la Horde Sanguinaire, en raison de ses problèmes avec la technologie du contrôle de la gravité, se servait rarement des tubes, et jamais pour de telles distances. Il ne pensait pas qu'il pourrait monter jusqu'en haut, mais voilà qu'il y arrivait: niveau Dix-sept.

Il sortit dans le large couloir incurvé, moins occupé ici qu'au niveau Quatre. Il le longea d'un pas vif, comme s'il savait où il allait. Un garde qui semblait s'ennuyer se tenait devant une entrée qui menait peut-être au pont, du côté du cylindre. Vokrais n'essaya pas de regarder. Ses épaules le démangeaient; il savait qu'on l'observait. Il continua d'avancer, contournant presque tout le moyeu, surpris de ne pas trouver d'autres tubes ascensionnels comme aux niveaux inférieurs. Y avait-il un seul groupe de tubes qui menait si haut? Il n'avait pas envie de retourner sur ses pas pour repasser devant le premier garde, avec l'air de s'être perdu.

Il atteignit une autre entrée gardée. Ici le garde semblait plus vigilant, promenant les yeux de gauche à droite. Vokrais distinguait plus loin la masse des tubes ascensionnels, mais auparavant, il y avait une vaste entrée menant à T-2. Une inscription la surmontait, et il se rappela que la salle à manger se trouvait elle aussi en T-2. Il jeta un œil et faillit trébucher de stupéfaction. L'endroit était rempli de plantes, de plantes vertes.

Il franchit la porte comme s'il se dirigeait là depuis le début et sentit l'attention du garde s'abattre sur lui comme un lourd fardeau.

Sous ses pieds, quelque chose qui ressemblait presque à de la terre amortissait ses pas ; des deux côtés se trouvaient des plantes, certaines lui montant à la cheville, d'autres à la taille, certaines portant des fleurs colorées. Il suivit un chemin d'un pas tranquille, sans voir personne. Des chemins croisaient le sien, divergeaient, contournaient de hautes tiges qui bloquaient la vue, de telle sorte qu'il n'aurait su se faire une idée des dimensions de l'endroit.

De l'eau lui picota le visage. Lorsqu'il leva les yeux, il vit un halo brumeux entourant les lumières, loin au-dessus de sa tête. Le chemin était brusquement interrompu par un mur à hauteur de sa taille, fait de fausses pierres – il le tâta et eut la certitude qu'elles étaient moulées. Un chemin longeait le mur vers des marches de fausses pierres sur sa gauche. Au-dessous, encore un jardin, et un arbre énorme qui s'élevait à quinze mètres au-dessus de sa tête. Derrière, un mur gris d'aspect rêche avec des taches de blanc flou, sur lequel quelqu'un se trouvait positionné comme pour un sacrifice : bras grands ouverts, jambes écartées. Tandis qu'il regardait, quelqu'un éclata de rire, loin au-dessous de lui, et la silhouette se hissa un peu plus haut, perdit prise et chuta.

Vokrais la regarda tomber, guettant un choc sourd réjouissant, au lieu de quoi le grimpeur s'arrêta à mi-chemin du sol pour y rester suspendu. Il voyait à présent la mince corde, qui décrivait une boucle loin au-dessus pour revenir dans les mains de quelqu'un qui se tenait près du mur.

Il se mit à descendre les marches. Les responsables de la Flotte avaient-ils enfin décidé d'initier leurs troupes aux techniques d'abordage ? Mais dans ce cas, pourquoi ne pas leur avoir fourni le matériel adéquat ? Pourquoi s'entraîner en mince pantalon court et en maillot déchiré ?

Depuis le jardin du niveau Seize, il descendit en courant une volée de marches (dans une cage d'escalier comme dans un bâtiment, il n'y avait pas d'échelles comme sur un vrai vaisseau) vers le niveau Quatorze, puis emprunta le passage principal incurvé pour prendre le tube jusqu'au niveau Six. Il aurait pu se servir de l'accès de maintenance, mais il était impatient de voir combien de personnes Hoch avait trouvées.

Quand il franchit le sas, il ne vit d'abord rien, comme il s'y attendait. Au-dessus et au-dessous, l'accès de maintenance semblait vide, tube gris maculé de traces avec une échelle en colimaçon qui s'enroulait autour de tuyaux et de paquets de câbles. Vokrais sourit, notant les emplacements bien pratiques où les lumières avaient grillé, et siffla quelques notes.

Ses hommes apparurent, émergeant de l'ombre l'un après l'autre par des sas qui s'ouvraient sur d'autres tunnels d'accès, quittant les cachettes qu'ils avaient trouvées. Un par un, ils montaient ou descendaient l'échelle pour se rassembler près de lui. Un, trois, quatre, six, dix, plus Hoch et lui-même. Seulement douze, c'est-à-dire pas assez. Il regarda Hoch d'un air sévère.

— C'est tout ?

— Non, mais sont présents tous ceux qui pouvaient venir sans risques pour l'instant. Trois autres arriveront dès qu'ils pourront se faufiler. Sramet a vu Pilan et Vrodik, mais il n'a pas pu leur parler longtemps. Geller est le seul que personne n'ait vu ou signalé.

— Qui a des armes ? demanda-t-il, tirant le couteau et la fourchette qu'il avait emportés.

— Ils ne transportent pas d'armes, dit Sramet d'un air dégoûté. Même pas ceux qui ont l'insigne des Systèmes d'Armes.

Deux autres avaient volé des couteaux à table ; Brolt avait déjà commencé à affûter le sien pour lui donner le tranchant d'un poignard.

— Les exécutants ?

— Ils sont ici, dit Hoch. Mais on ne les a pas encore contactés.

— Donc on ne sait rien du mécanisme. (Vokrais réfléchit un moment.) Ce serait mieux de nous en assurer nous-mêmes, sans leur poser la question. Je n'ai pas confiance en eux.

C'était sa méfiance qui les avait tous conduits ici. Il avait avancé, avec succès, que même si ces ordures étaient honnêtes, ils risquaient de paniquer et de défaire le travail dès qu'ils auraient compris qu'ils risquaient leur propre peau. Plus tard, son plan s'était développé. S'ils étaient assez rapides, sa troupe guerrière aurait toute la gloire pour elle-même, la capture la plus riche de toute l'histoire de la Horde.

— On pourrait les faire venir. On pourrait *s'assurer* qu'ils ont tout bien fait.

Vokrais eut un rictus.

— Il nous faut quelques otages.

— Ils s'en foutront, dit Hoch.

C'était vrai au sein de la Horde. Toute personne assez négligente pour se laisser prendre ne valait rien. Même si elle s'échappait ensuite, plus personne ne lui ferait confiance avant longtemps.

— Les Familias, c'est différent. Et puis on a besoin de certaines de leurs astuces techniques. On est censés savoir faire des choses qu'on ne comprend pas.

Ils acquiescèrent ; ils avaient tous fait cette découverte au bout de quelques heures. Incroyable que l'équipage d'un vaisseau de guerre, même jusqu'aux moins gradés, soit censé comprendre tous ces gadgets, mais c'était bien le cas, avaient-ils compris. Si leur seule ignorance ne les avait pas trahis, c'était seulement parce qu'ils avaient été gazés, et qu'on avait supposé qu'il leur en restait des séquelles.

— Si on en prend un de la bonne famille, ça va les ralentir. Ils vont s'arrêter pour y réfléchir ; ils vont essayer de lui venir en aide. Alors, on pourra en prendre d'autres.

— Alors tu veux choisir plusieurs aiguilles dans une pile d'un millier ?

— Si ça se révèle utile. Tiens, insère cette baguette dans le dataport et on va trouver une liste de l'équipage.

C'était un dataport avec des anneaux bleu et vert, remarqua-t-il. Hoch inséra sa baguette et les informations apparurent en petites lettres brillantes, projetées dans l'air lui-même.

Au début, cette longue liste de noms ne leur évoqua rien. Puis Vokrais se rappela que les Familias avaient l'habitude de placer dans le système des diagrammes d'organisation et trouva le bon code pour les demander.

— Il nous faut quelqu'un du scan, pour qu'il puisse nous dire comment désactiver leurs systèmes minables sans tout faire sauter, dit Hoch.

— La question, c'est de savoir si on veut quelqu'un de l'équipage du vaisseau, quelqu'un de l'École technique ou du chantier de maintenance lourde?

— Maintenance lourde, décida Vokrais. D'après ce que j'ai entendu dire, ils ont procédé à toutes sortes de modifications dans l'architecture originale du vaisseau. L'équipage ne connaît peut-être pas tout, mais quelqu'un de la maintenance devrait savoir.

Quelques minutes plus tard, ils obtenaient une liste du personnel affecté à la Télédétection, 14ᵉ chantier de maintenance lourde.

— Commandant Vorhes, marmonna Vokrais. Ça ne marchera pas : il sera entouré de gens en permanence. Le lieutenant Bondal... L'enseigne de deuxième classe Serrano...

Il leva les yeux, souriant.

— Serrano. Ce n'était pas la garce qui nous a causé tant d'ennuis sur Xavier?

— C'est le nom d'une famille importante de la Flotte. Même si c'est seulement un enseigne, ça devrait attirer l'attention.

— S'il en sait assez, dit Hoch. Ce n'est qu'un enseigne. Le lieutenant que j'ai trouvé en Coque & Architecture n'est pas une experte. Les officiers subalternes peuvent être envoyés ici pour des stages de courte durée.

— S'il n'en sait pas assez, on pourra en prendre un autre du scan – son lien familial nous sera déjà très utile.

— Otage ou vengeance?

— On leur dira, à *eux*, que c'est un otage.

Ils ricanèrent tout bas ; ils comprenaient. Cet avorton de Serrano retournerait dans sa famille (s'il le faisait jamais) édenté et apprivoisé, pour les avertir de ne plus jamais contrarier les nobles de la Horde.

— Vous avez tous déjà utilisé la fonction cartographie sur ces trucs?

Certains secouèrent la tête, et Vokrais les fusilla du regard. Ils étaient venus pour la technologie ; ils auraient dû apprendre à s'en servir. Les baguettes de données n'avaient rien de compliqué. Il inséra la sienne dans le dataport et leur expliqua le système des ports rapides et lents comme s'il les connaissait depuis toujours. Puis il passa à l'écran et le plan du vaisseau se mit à luire devant eux.

— Il nous faut un accès plus large pour trouver tout ce qu'on veut, dit-il. Donc il nous faut tuer quelqu'un de la sécurité – avec plein de galons – et nous servir des siens. Mais ici, vous voyez... (Il désigna le pont, le centre de commandes secondaire casé entre les deux moteurs supraluminiques, les secteurs médicaux et les bureaux de sécurité du vaisseau en T-5.) Ils auront des armes à la sécurité – même ces moutons doivent avoir des moments de folie de temps en temps – et si on neutralise leur personnel de sécurité, on aura éliminé toute résistance. (Tout ce qui comptait, tous ceux qui savaient se battre de manière organisée.) Dans le secteur médical, ils auront de ce gaz soporifique, ainsi que les antidotes.

— Œil pour œil, murmura Hoch, souriant.

C'était la tradition de la Horde Sanguinaire de rendre les insultes aussi précisément que possible avant la saignée finale.

La sonnerie bruyante d'une alarme les fit tous regarder autour d'eux. Puis ils entendirent la voix étouffée qui devait être une annonce retransmise. Hoch inséra sa baguette de données dans le dataport, choisissant cette fois le haut débit, que seul l'utilisateur voyait.

— Ils ont compris, dit-il au bout d'un moment. Ils convoquent tout le monde pour vérification d'identité, la totale, quoi que ça puisse vouloir dire.

Vokrais était impressionné. Après ce début bâclé, il s'était attendu à pouvoir se balader des jours entiers avant qu'on le découvre. Mais c'était bien mieux ainsi. Il sourit à sa meute.

— Ils savent que quelque chose ne tourne pas rond, mais ils ne savent pas où nous sommes. Il va leur falloir un moment pour tout vérifier et fabriquer les nouveaux insignes. Des heures, sans doute. D'ici là, ils ne sauront même pas combien nous sommes. Vanter, Pormuk, (c'étaient leurs noms véritables, pas ceux de la Flotte), vous allez nous procurer de nouveaux insignes. Essayez d'abandonner les corps là où on ne les retrouvera pas tout de suite. Si vous croisez d'autres de nos hommes, faites-les venir. Hoch, prends-en deux – trois s'il le faut – et va chercher les exécutants. On doit découvrir où se trouve le mécanisme d'autodestruction et s'assurer que le capitaine ne pourra pas s'en servir. Les autres, suivez-moi. Il nous faut des armes, surtout si nous restons en si petit nombre.

—Et on revient ici?

—Non. Ils ont des jardins sur ce vaisseau, croyez-le ou pas. Peut-être plusieurs, mais en haut de T-2, niveaux Seize et Dix-sept. Plein d'endroits où se cacher et de moyens d'entrer et sortir. Il y a un gros arbre, vous ne pourrez pas le rater, et un mur d'assaut.

—Si on nous voit?

—Neutralisez ou tuez, et n'en capturez pas plus que vous ne pourrez en gérer pendant les déplacements. Ils savent qu'ils ont des ennuis; on va leur montrer à quel point.

Des grondements étouffés lui répondirent ; ça leur plaisait bien plus que de se faire passer pour des petites natures de techniciens de la Flotte.

— Allez-y !

Le capitaine Hakin, arborant son nouvel insigne, avait l'air lugubre au possible tandis qu'il attendait les autres officiers. Il les avait convoqués dans le salon le plus proche du pont, où se croisaient de manière informelle des gradés qui terminaient leur service ou s'apprêtaient à le reprendre. La pièce était à présent gardée par du personnel de sécurité qui surveillait tous ceux qui s'approchaient.

— Les équipiers du *Spectre* qui sont montés à bord en tant que blessés des compartiments avant ne se sont pas présentés pour le contrôle d'identification, dit-il. Nous avons transmis le peu d'images de vidscan dont nous disposons au capitaine Seska, à bord du *Spectre*, et il est persuadé que huit d'entre eux au moins n'ont jamais fait partie de son personnel. Il est en train de montrer toutes les images aux survivants de son équipage, afin de vérifier l'identité de ceux pour lesquels il avait un doute. Mais nous devons supposer que les vingt-cinq équipiers du *Spectre* qui n'étaient pas blessés et auxquels le quartier-maître Barrahide a assigné des tâches sont des imposteurs. Nous ignorons d'où ils viennent. J'ai cru comprendre que le lieutenant Suiza les soupçonnait d'être des intrus de la Horde Sanguinaire. Si c'est le cas, ce vaisseau court un danger encore plus grand que nous ne le pensions.

— Y a-t-il la moindre trace d'un vaisseau de la Horde ? demanda l'amiral Dossignal.

— Non, amiral. Toutefois, en ce qui concerne notre escorte, la situation est pour le moins précaire.

— Précaire ? demanda l'amiral Livadhi.

— Oui. Le *Dard* et le *Justice*, comme l'amiral se le rappelle, ont été affectés dans la même zone que le *Spectre*. Leurs capitaines ont insisté pour retourner dans cette zone de patrouille, avançant qu'ils pourraient alors surveiller le point de sortie de saut, si la Horde tentait de passer par là. Ce qui semblait logique, avant que nous n'apprenions la présence de la mine à bord du *Spectre* ; ils étaient partis depuis longtemps quand nous avons commencé à soupçonner la présence d'intrus à bord.

— Et notre escorte actuelle ?

— Ne sert à rien si les intrus prennent le contrôle du vaisseau – ils pourraient détruire le *Koskiusko*, bien sûr, si on leur en donnait l'ordre, mais qui le leur donnerait ? J'ai bien fait comprendre aux deux capitaines que c'est précisément ce qu'ils doivent faire, s'ils pensent que le vaisseau a été capturé, mais ils n'ont pas encore donné leur accord. Le capitaine Plethys a dit qu'il n'était pas sûr de pouvoir déterminer quand un vaisseau était perdu de manière irrévocable, même si aucun officier de la liste d'équipage n'est identifiable sur une liaison com. Il a répondu que les intrus pouvaient interdire les communications sur un vaisseau sans avoir pour autant pris le contrôle effectif...

— Ce qui est tout à fait possible, intervint l'amiral Livadhi.

— Exactement. En fait, tous les types de signaux que j'ai tenté d'imaginer pourraient, en théorie, être bloqués par les intrus avant qu'ils ne prennent le contrôle. Le capitaine Martin est tombé d'accord avec le capitaine Plethys et a ajouté qu'il ne souhaitait pas être responsable de cette destruction considérable de vies et de matériel, même si les intrus semblaient réellement contrôler le vaisseau. Il a avancé que le reste de la vague de soutien reviendrait sans aucun doute nous protéger et a proposé que son vaisseau aille leur expliquer la situation. J'ai insisté pour qu'il reste, mais je ne suis pas sûr qu'il le fera.

— Vous croyez qu'il va nous abandonner en plein milieu d'une attaque ennemie? C'est de la trahison!

— Il n'y a pas de vaisseaux ennemis sur le scan, fit remarquer Livadhi, joignant le bout des doigts. Et il sait qu'il ne peut rien faire contre les intrus déjà à bord. Il croit sans doute que ça l'innocentera devant une commission.

— Pas si je suis dans le coin pour contre-attaquer, grogna Dossignal.

— Je suis bien d'accord, mais si je me souviens bien du capitaine Martin, et je crois que c'est bien le même Arlen Martin auquel j'ai autrefois tenté d'enseigner la justice militaire, il a l'esprit aussi fuyant qu'une anguille. C'est dans sa nature de se tortiller et de se faufiler. Je n'ai jamais compris pourquoi on lui avait confié un vaisseau.

— Donc vous pensez qu'il va se défiler, dit le capitaine Hakin.

— C'est probable. C'est même certain, si ses techniciens de scan parviennent à localiser un vaisseau ennemi à une distance où il pense que nous ne verrons rien. Et ensuite il prétendra qu'il ne savait pas qu'il était là. Il ne commet pas d'erreurs, voyez-vous.

Hakin prit l'air encore plus lugubre.

— Dans ce cas, messieurs, je me retrouve face à un dilemme que vous avez sans doute déjà anticipé: Quand dois-je appuyer sur le bouton?

— Le bouton?

Hakin soupira.

— L'amiral se rappellera que ce vaisseau, à la différence de ceux qui sont conçus pour le combat, est équipé d'un système d'autodestruction et que mes ordres sont sans équivoque. Si je crois que le *Koskiusko* court un danger de capture imminente par une force ennemie, je dois empêcher cette capture et appropriation par son ennemi, en détruisant le vaisseau et, si nécessaire, la totalité de son personnel.

— Vous êtes *sérieux*?

— Tout à fait. (Hakin parut prendre dix ans d'un coup.) Nous avons parlé de l'utilité que présenterait ce vaisseau pour la Horde

Sanguinaire: leur propre chantier privé capable de fabriquer deux ou trois croiseurs pleinement armés rien qu'avec le matériel de l'inventaire, et de construire un groupe de bataille avec le ravitaillement le plus basique. En ce moment même, il transporte à bord les gens les plus à même de savoir s'en servir – dont certains, menacés de torture ou de mort, coopéreraient avec la Horde, du moins assez longtemps pour former leurs remplaçants.

— Personne ne... commença Livadhi.

— Si l'amiral me permet, aucune organisation militaire dans toute l'histoire de l'humanité n'a atteint le taux d'échec zéro dans n'importe quel système. La bataille récente de Xavier, tout comme le cas du capitaine Martin, démontre que la Flotte n'y fait pas exception. Par ailleurs, même si chaque personne actuellement présente à bord de ce vaisseau choisissait la mort, la Horde peut recruter des civils dans toute la galaxie pour faire fonctionner ce qu'elle ne comprendra pas elle-même.

— Mais nous n'en sommes tout de même pas arrivés là. Il n'y a qu'une poignée d'agents de la Horde à bord; la sécurité va très certainement les retrouver d'ici quelques heures.

— Le moment où je *devrais* appuyer sur ce bouton, c'est avant que la Horde ait la moindre occasion de l'empêcher de fonctionner. Croyez-vous qu'ils n'aient jamais soupçonné l'existence de ce système? Croyez-vous qu'ils ne soient pas en train de le chercher ou de le neutraliser, s'ils l'ont trouvé? Ils ne veulent pas plus que nous perdre ce vaisseau – mais le seul moyen pour moi de m'assurer que nous ne le perdions pas, c'est de le détruire.

Dossignal lui lança un regard compatissant.

— Vous avez raison, capitaine, c'est une décision difficile. Êtes-vous en train de me demander conseil?

Hakin fit la grimace.

— C'est ma décision, ma responsabilité, mais je serais ravi d'entendre votre point de vue quant au choix du bon moment. Comprenez seulement que le bon moment doit survenir trop tôt plutôt que trop tard.

— Comment testez-vous le bon fonctionnement du système? demanda Livadhi. Et quel est votre cycle de normal de vérification?

— On le teste chaque semaine, en enclenchant partiellement le système. Il a son propre tableau de commandes, avec la batterie de capteurs habituels et tout le reste. J'en ai un vidscan, afin de surveiller les indicateurs d'état, et j'ai aussi un scan qui m'apprend quand les circuits fonctionnent correctement.

— L'avez-vous testé depuis que les intrus sont montés à bord?

— Pas encore. Mais ce qui m'inquiète, c'est que même si on le testait maintenant, ils pourraient toujours le trouver et le désactiver à tout moment.

— Vous le faites surveiller par un garde?

— Oui, mais comme vous le savez, nous avons besoin du personnel de sécurité dans les autres zones, y compris pour rechercher les intrus. Le garde ne pourra pas résister seul.

— Quand bien même, ça devrait vous donner quelques indices. Si le garde ne se présente pas au rapport, si le vidscan change. Vous pouvez *vraiment* tester le système pendant que le garde s'y trouve, n'est-ce pas?

— Oui...

— Souhaitez-vous un témoin pour le test?

— J'aimerais bien.

— Alors je vous suggère de le tester maintenant – immédiatement. Et je vous suggère ensuite de sauter pour quitter ce système, afin que le groupe de vaisseaux d'attaque de la Horde ait plus de mal à nous trouver.

— Et nos propres vaisseaux aussi, dit le capitaine Hakin.

— C'est exact. Mais éviter un groupe d'assaut de la Horde Sanguinaire me semble plus important à ce stade. Je suis persuadé qu'avec plus de vingt-cinq mille hommes loyaux à bord, nous pouvons gérer les intrus - qu'ils soient de la Horde ou de tout autre groupe hostile – tant qu'ils ne reçoivent pas de renforts extérieurs.

— Très bien.

Hakin releva le garde posté devant la porte et les mena de l'autre côté du pont.

# Chapitre 15

— Le capitaine propose et l'amiral dispose, dit le lieutenant Bondal, fixant son tableau de situation.

— Lieutenant ?

Barin s'arracha à une autre rêverie dans laquelle il tirait Esmay des griffes d'hommes de main de la Horde.

— Tous ces vidscans censés surveiller le moindre centimètre carré de ce vaisseau, et qui devraient en théorie retrouver les intrus ?

— Mmm ?

— Ne sont pas là ou ne fonctionnent pas, et le capitaine a très judicieusement demandé au 14e de voler à son secours. Donc nous allons – vous et moi, par exemple – remplacer, installer... Ensuite, je suppose que les intrus, quels qu'ils soient, parviendront à défaire ce que nous avons mis en place, juste après notre passage.

— J'espère que non, dit Barin. Pourquoi est-ce que le capitaine ne condamne pas les différentes ailes ? Il pourrait faire ça, non ?

— Il pourrait nous faire tous sauter s'il le voulait, ou désactiver la gravité artificielle, ou... je ne sais pas pourquoi il a fait ce qu'il a fait, ni pourquoi il va faire ce qu'il va faire, et ça ne me regarde pas. C'est le scan qui me regarde. (Il soupira profondément et se mit à prendre des notes.) Je sais que vous êtes allé à l'inventaire il n'y a pas une heure, lieutenant, mais vous allez devoir y retourner.

— C'est à ça que servent les enseignes, répondit Barin d'un ton enjoué. C'est ce que vous m'avez dit hier : servir de coursier, se charger des corvées...

— Et faire des remarques de petit malin. Ouais, vous êtes bien parti pour faire une belle carrière d'enseigne, gamin.

Barin grimaça d'un air théâtral. Le lieutenant Bondal avait un sens de l'humour tordu, mais travailler avec lui devenait plus facile s'il pensait qu'on l'appréciait. Et il connaissait son boulot, ce qui aidait à faire passer les taquineries.

Les couloirs étaient vides à l'exception de la queue qui patientait devant le poste de contrôle d'identité. Barin montra son passe rose au garde avant d'entrer dans le tube ascensionnel. C'était comme se retrouver à l'école, où il fallait obtenir une fiche pour se rendre aux toilettes. Il décida de ne pas formuler cette remarque devant le garde au visage sévère qui l'observait. Suite aux vérifications d'identité à l'échelle du vaisseau, Barin comprenait pourquoi on avait désactivé les râteliers d'inventaire automatiques. Avec des intrus à bord, le capitaine ne voulait pas que quiconque puisse être surpris par un déplacement brusque des racks. Un tel mouvement risquait d'être perçu comme une attaque ennemie. Toutefois, le retrait d'un composant rangé sur le deuxième râtelier à partir du haut, à l'arrière, prenait désormais beaucoup plus de temps.

Barin leva les yeux, vérifiant les numéros des râteliers. Oui, le 58GD4 se trouvait là-haut, avec ce dont il avait besoin. Il regarda l'échelle de maintenance avec son panneau d'avertissement et son fouillis de harnais de sécurité. « Danger : vibrations de râteliers en mouvement. Attachez-vous avant de vous en servir. » Mais les râteliers ne bougeraient pas, et enfiler le harnais ne ferait que le ralentir. D'un autre côté, il aurait l'air parfaitement crétin s'il glissait pour une raison ou une autre et se cassait le bras. Le lieutenant Bondal serait furieux ; ils manquaient déjà de personnel avec la pagaille semée par les intrus.

Avec un soupir, il sangla le harnais, qui le gênait dans ses mouvements ; il était pratiquement sûr de ne pas en avoir besoin. L'anneau de sécurité s'accrochait autour d'une tige derrière les barreaux de l'échelle, mais devait être décroché et raccroché tous les cinq ou six échelons. Il regarda autour de lui ; il espérait que personne ne le verrait progresser avec ce mélange de prudence et de maladresse. Il gravit le premier niveau, puis le deuxième. C'était agaçant de devoir s'arrêter pour se décrocher et se raccrocher toutes les trente secondes, même s'il progressait de plus en plus vite. Quelque part dans le compartiment retentit un bruit métallique assorti d'un juron étouffé. Son cœur s'emballa un moment, puis se calma. Ce devait être un camarade de bord ; on avait aperçu les ennemis pour la dernière fois deux niveaux plus bas, à tribord, un kilomètre plus loin, et seulement cinq minutes plus tôt. Devait-il appeler et s'identifier ? Sans doute.

— Hé ho, dit-il.

Une voix distante lui renvoya un cri indistinct qui semblait réciter un grade et un nom se terminant sur une note interrogative. La cadence des pas se rapprocha.

— … tout va bien?

— Très bien, dit Barin depuis son perchoir à huit râteliers au-dessus du pont.

Il voyait une tête brune se déplacer le long d'une allée, ainsi qu'un uniforme familier, même si l'angle ne lui permettait pas de voir l'insigne.

— Là-haut, dit-il.

La personne leva les yeux et sourit.

— Je vous vois. Vous m'avez entendu trébucher sur la trappe d'aération que quelqu'un a laissé ouverte.

— Une trappe ouverte? (Barin n'aimait pas ça.) Où?

— Là-bas.

L'homme, qui s'était rapproché, désigna un point derrière lui, vers l'entrée du compartiment. Barin vit à ses bandes qu'il s'agissait d'un sergent.

— Une trappe d'aération interne, sans doute un crétin de garde qui est parti à la recherche des méchants en oubliant de refermer derrière lui.

— Espérons, marmonna Barin.

Il ressentait un grand froid, sans savoir pourquoi. Il regarda autour de lui. Les râteliers d'inventaire s'élevaient jusqu'au plafond, à quinze mètres au-dessus du sol, séparés par des allées et contre-allées qui résonnaient généralement du bourdonnement de transporteurs mécaniques. À l'exception de cette allée-là, il n'y voyait pas très loin dans les autres directions. Les râteliers près desquels il grimpait étaient hauts d'un demi-mètre, mais ceux d'en face faisaient bien un mètre. Certains étaient remplis, d'autres à moitié vides. Il n'y manquait pas d'endroits où se cacher, même dans les racks de cinquante centimètres.

— Qu'est-ce que vous cherchiez? demanda-t-il à l'autre homme.

— 57GD11, numéro de code 3362F-3B, répondit l'autre, très vite. Des couvercles de filtres. Ça devrait se trouver par ici.

— Je suis au 58GD4, dit Barin. Si ça peut vous aider.

Il regarda l'autre scruter un râtelier après l'autre.

— Ah… le voilà.

L'homme se mit à grimper une échelle deux niveaux au-dessous de celui de Barin sans enfiler de harnais. Barin allait lui faire une remarque, mais se contenta de hausser les épaules. Il n'avait pas eu besoin de son harnais jusqu'ici. Il se retourna vers sa propre échelle; il lui restait encore du chemin à faire.

Lorsqu'il eut grimpé dix niveaux de plus, il avait du mal à respirer. Quinze mètres à la verticale, c'était autre chose que les escabeaux de trois mètres dont il avait l'habitude. Le mur d'escalade ne faisait que dix mètres. Toutefois, il avait dépassé la moitié de l'échelle. Il leva les yeux; les râteliers restants semblaient se dresser au-dessus de lui. Il chercha autour de lui l'autre grimpeur.

Personne en vue. Était-il reparti après avoir trouvé ses articles? Barin s'appuya contre le harnais de sécurité, cherchant à y voir quelque chose… rien. Lorsqu'il baissa les yeux, il ne vit que le plancher de l'allée. Bizarre. Il se serait attendu à ce que l'homme lui dise quelque chose avant de partir. Barin finit par hausser les épaules et tendre la main au-dessus de sa tête pour accrocher la ligne de sécurité.

Lorsque ses yeux atteignirent le rebord du râtelier, il eut à peine le temps de penser «C'est bizarre» avant que la gueule ronde et froide d'une arme à feu vienne se planter sous son menton. Elle ressemblait exactement à celles des agents de sécurité du vaisseau.

— Ne bougez pas.

La voix était inexpressive. Barin se raidit pendant un instant dont il comprendrait plus tard à quel point il était critique, puis quelqu'un le saisit par les chevilles. Il se cambra en arrière, essayant de se dégager d'un coup de pied; le canon de l'arme heurta sa tempe assez fort pour l'étourdir. Il se débattit mais quelque chose venait de saisir son harnais de sécurité pour le pousser très fort contre l'échelle – ses pieds – puis ses bras – puis un autre coup à la tête qui le précipita dans un trou noir. Il n'eut que vaguement conscience d'être traîné loin de l'échelle contre le grillage métallique glacial du râtelier d'inventaire.

Il éprouvait des sensations beaucoup trop nombreuses pour les trier facilement. Ses pieds, rebondissant sur une surface semée d'obstacles réguliers. Ses épaules, où la traction de ses bras provoquait des crampes douloureuses. Sa tête palpitait, avec des éclairs occasionnels de douleur plus vive qui créait des pics spectraux dans son champ de vision. D'autres douleurs aussi – ses côtes, sa hanche gauche, ses poignets – mais *où se trouvait-il*?

Il voulut poser la question, mais s'étrangla à cause du bâillon placé dans sa bouche. Quelque chose de souple – du tissu ou une autre matière semblable, qu'il ne pouvait recracher malgré ses tentatives. La partie de son esprit capable de réfléchir lui suggéra de rester prudent, d'attendre de voir ce qui se passait, mais entre le noir et la sensation d'étranglement, les instincts de son corps choisirent l'action. Il dilata les narines, essayant d'aspirer un peu plus d'air, et se tortilla autant qu'il le put. Quelqu'un éclata de rire. Des coups se mirent à pleuvoir, de tous les côtés. Il tenta de se recroqueviller par réflexe de défense, mais quelqu'un étira ses jambes pour les remettre à plat, et les coups ne cessèrent que lorsqu'il reperdit connaissance.

— Tu es un Serrano, dit la voix.

Barin se concentra pour respirer. Son nez lui semblait être devenu une masse de douleur de la taille d'un oreiller, et ne laissait plus passer l'air. Ses ravisseurs avaient desserré le bâillon de sorte qu'il puisse respirer par la bouche. On lui avait bien fait comprendre qu'on pouvait lui retirer ce privilège à tout moment. Il y voyait à peine au travers de ses cils, qui semblaient collés. Lorsqu'il tenta de cligner des yeux, ses paupières lui firent mal et sa vision ne s'éclaircit pas.

— On n'aime pas les Serrano, reprit la voix. Mais on reconnaît ta valeur en tant qu'otage. Pour l'instant.

Il eut envie de lancer une réponse cinglante, mais le bruit qui résonnait dans sa tête ne lui permettait aucun effort d'imagination. Il voulait savoir où il se trouvait, qui étaient ses ravisseurs, ce qui se passait.

— Tu auras peut-être même assez de valeur pour qu'on te laisse vivre après la capture du vaisseau, dit la voix. Peut-être même que tu iras jusqu'au Monde d'Aethar. Un Serrano dans l'arène, ce serait une attraction de choix.

Ce qui lui restait d'intelligence lui fit remarquer, avec un rien d'arrogance, qu'il devait s'agir de soldats de la Horde Sanguinaire, les ennemis que tout le monde cherchait. Et n'était-il pas question de combats dans l'arène sur le Monde d'Aethar? Lentement, à contrecœur, sa mémoire lutta pour se dépêtrer du labyrinthe de douleur et de confusion afin de trouver la catégorie et l'index adéquats, et lui offrit un résumé de ce que les renseignements de la Flotte connaissaient de ces arènes.

Barin vomit bruyamment.

— Eh bien, en voilà une réaction, dit son ravisseur, qui fit courir quelque chose de froid et métallique le long de sa colonne vertébrale. (Arme à feu ou manche de couteau, Barin n'aurait su le dire.) J'attends toujours impatiemment la semaine des combats. Mais je ne me suis jamais trouvé moi-même sur le sable, c'est vrai.

— C'est peut-être le coup à la tête, dit un autre.

— Non. C'est un Serrano, et je sais d'expérience qu'ils sont solides comme des rocs à tous points de vue.

C'était mauvais signe que ses ravisseurs parlent autant. Barin s'efforça d'en tirer des conclusions, toutes les variations possibles. Ils devaient se trouver à un endroit où ils se pensaient impossibles à repérer, ou à entendre, ce qui signifiait qu'ils avaient trafiqué les capteurs du vaisseau. La puanteur du vomi lui donna un autre haut-le-cœur; elle ne sembla pas déranger ses ravisseurs qui continuèrent à bavarder, cette fois dans une langue qu'il ne comprenait pas.

Ils laissèrent le bâillon défait pour l'empêcher de s'étouffer avec son propre vomi s'il avait encore un haut-le-cœur. Il cligna des yeux et l'un des deux s'éclaircit soudain, lui laissant entrevoir des uniformes qui semblaient en tous points semblables au sien, en plus propres. Un écusson du *Spectre* sur le bras le plus proche, avec des bandes de caporal-chef. Il ne voyait pas l'insigne. Un autre plus loin... il cligna de nouveau des yeux, et son autre œil se décolla.

Il voyait maintenant qu'un des hommes l'observait attentivement; des yeux gris et froids dans un large visage. Santini, disait l'insigne; les bandes indiquaient un pivot supérieur. L'expression trahissait un tueur fier de l'être.

Barin lutta pour se persuader qu'il pouvait reprendre l'avantage. Il savait ce qu'on attendait d'un Serrano dans une mauvaise passe : triompher en dépit des probabilités. S'échapper, certainement. Capturer les ennemis, dans l'idéal. Il fallait simplement de la jugeote, dont il ne manquait pas, du courage, et la forme physique – qu'il était censé posséder. Sa grand-mère y arriverait dans son sommeil. Comme n'importe lequel des grands Serrano.

Il ne se faisait pas l'effet d'un grand Serrano. Plutôt celui d'un gamin sans expérience, avec le nez au moins aussi gros qu'une balle de parpaun, endolori de partout, entouré d'hommes costauds et dangereux qui comptaient bien le tuer : en un mot, impuissant. Il détestait se sentir impuissant, mais même ce ressentiment ne parvenait pas à réveiller la vague de colère rebelle dont il avait besoin.

*Fais-le quand même*, se dit-il. Faute d'arriver à se sentir courageux, il pouvait néanmoins utiliser sa cervelle. Il baissa les paupières jusqu'à presque les fermer. Cet homme n'était pas un pivot supérieur nommé Santini, mais il avait un nom, et ses compagnons l'utiliseraient peut-être. Il l'apprendrait peut-être, même sans connaître leur langue. Il devrait au moins réussir à découvrir la structure hiérarchique de ce groupe, rien qu'en les observant.

L'homme qu'il surveillait parla, et Barin ressentit une brusque traction sur son cuir chevelu. Il étouffa un grognement et rouvrit les yeux.

— Tu n'as pas besoin de dormir, gamin, dit l'homme.

Ce n'était pas l'accent le plus fort que Barin ait entendu à l'intérieur des Familias, mais même ses premiers instructeurs de l'Académie n'avaient pas cette intonation dure et méprisante. Eux ne se souciaient pas de savoir s'il réussirait ou non ; cet homme se moquait de savoir s'il allait vivre ou mourir.

— Tu vas devoir apprendre ce que tu es.

Une rafale de mots dans cette autre langue (Barin ignorait même comment appeler le dialecte de la Horde Sanguinaire) et quelqu'un, par-derrière, appuya quelque chose de dur et froid contre son cou.

Derrière lui, d'autres bavardages dans cette langue étrange ; l'homme qui lui faisait face sourit. La douleur explosa dans son cou, descendit le long de son bras ; il eut l'impression d'éclater, comme si ses doigts s'étaient désintégrés en éclats de douleur projetés à des mètres de lui et qui continuaient à le blesser. Avant qu'il puisse hurler, le bâillon crasseux réapparut dans sa bouche. Des larmes jaillirent de ses yeux ; tout son corps tremblait. Puis ce fut fini.

— Voilà ce que tu es, dit l'homme. Une distraction. Garde bien ça en tête.

Il prononça d'autres mots et tous se redressèrent. On tira Barin pour le remettre sur ses pieds instables, et ils le traînèrent à leur suite le long d'un passage qu'il n'avait encore jamais vu. Et aucune caméra de vidscan en vue.

— Mauvaise nouvelle, dit le major Pitak de retour d'un briefing. (Esmay leva les yeux.) La sécurité a trouvé un corps fourré dans un placard du niveau Huit, en T-2, et c'était quelqu'un qui portait un insigne rose. La nuque brisée de façon nette et professionnelle. Et puis ils ont pris un otage, du moins, on le pense. Barin Serrano.

— Barin !

L'exclamation lui échappa. Elle se dit qu'il n'était plus temps de se soucier d'un embarras idiot.

— On l'a envoyé chercher quelque chose à l'inventaire - aucun des systèmes automatisés ne fonctionne - et il n'en est jamais revenu. Quand son unité est allée le chercher, ils ont trouvé un harnais fourré dans le râtelier sur lequel il se trouvait, et une trace de sang - comme s'il y en avait eu plus, mais qu'on l'avait effacé négligemment.

— Ils ont dû l'assommer pour l'emmener, dit Esmay.

— Ça semble probable. Le commandant Jarles et le commandant Vorhes sont tous deux furieux et ont failli se bagarrer violemment en plein briefing. Pourquoi l'a-t-on envoyé seul? Pourquoi personne n'a-t-il donné l'alarme plus tôt? Ce genre de choses. L'amiral était très mécontent, c'est le moins qu'on puisse dire. Le capitaine... Je n'ai même pas envie d'en parler. D'après la rumeur, il s'est mis en travers du chemin d'un Serrano il y a une vingtaine d'années. Si le gamin se fait tuer sur ce vaisseau, il aura toute la famille sur le dos.

— Mais Bar... l'enseigne Serrano doit représenter bien plus qu'une simple querelle.

Alors même qu'elle parlait, elle sut qu'elle se trompait. La famille était la famille, aucune ne mettrait sa réputation en danger pour un seul individu. La sienne ne l'avait pas fait.

Pitak haussa les épaules.

— Ce n'est qu'un enseigne de deuxième classe, sur un vaisseau qui transporte vingt-cinq mille hommes. Le capitaine ne peut pas laisser ses inquiétudes relatives aux Serrano prendre le pas sur son principal souci : la sécurité du vaisseau. (Son regard s'intensifia.) Vous avez passé du temps avec lui récemment, n'est-ce pas ?

— Oui, major.

— Mmm. Il y a quelque chose entre vous ?

Esmay sentit le rouge lui monter aux joues.

— Pas vraiment. Nous sommes seulement amis.

Sa réponse lui sembla maladroite et peu sincère au possible. Qu'éprouvait-elle *vraiment* quand Barin était dans les parages ? Elle n'avait fait aucune des choses que les règlements interdisaient entre officiers supérieurs et subalternes dans une chaîne de commandement, encore qu'ils n'appartiennent pas à la même. Mais elle avait, pour être honnête, souhaité faire certaines de ces choses. Si lui le voulait aussi. Il n'avait jamais laissé supposer que oui. Elle se força à soutenir le regard de Pitak.

— Après le briefing du groupe de discussion tactique des officiers supérieurs où il m'avait aidée, nous avons parlé à plusieurs reprises. Je l'aimais bien et il savait beaucoup de choses sur la Flotte qu'on ne nous apprenait jamais à l'école.

— J'avais remarqué quelques changements, dit Pitak sans préciser leur nature. Il vous briefait, c'est ça?

— Oui, dit Esmay. L'amiral Serrano et d'autres avaient signalé que je... que j'intriguais les gens, je crois que c'était le terme employé, à cause de comportements qui sont la norme sur Altiplano. Barin a réussi à m'expliquer ce que je faisais de travers.

— Je ne dirais pas exactement de travers, murmura Pitak.

— Et à me montrer les habitudes de la Flotte.

— Je vois. (Pitak se balança un long moment d'arrière en avant sur sa chaise, le regard braqué derrière Esmay.) Suiza, tout indique dans votre dossier que vous êtes équilibrée, que vous n'avez rien d'une agitatrice. Mais vous n'avez jamais eu de partenaire à notre connaissance. Est-ce le cas?

— Oui. (Face à cette question directe, elle avait répondu avant même de s'en rendre compte. Elle ne se mit à rougir qu'après coup) Oui. Je n'en ai jamais eu.

— Hum. Et vous ne prenez aucun traitement qui l'expliquerait. N'est-ce pas?

— Non, major.

Pitak soupira longuement.

— Suiza, vous avez dix ans de trop pour ce conseil, mais d'une certaine façon, si je ne vous connaissais pas, je vous en donnerais dix de moins. Alors n'y voyez que de bonnes intentions. Vous êtes mûre et prête à cueillir, et Barin est le seul homme que vous ayez côtoyé pendant plus d'un tiers de suite. Que vous le sachiez ou non, vous êtes maintenant sur la pente.

— Non. (Sa réponse n'était qu'un murmure.) Je ne...

— Il n'y a là rien de *mal*, Suiza, dit brusquement Pitak. Vous n'êtes qu'un lieutenant; il est enseigne de deuxième classe – c'est un niveau d'écart assez courant. Vous n'êtes pas son commandant. Le seul problème, c'est qu'il se trouve maintenant dans les mains de l'ennemi et que nous sommes face à une urgence. Ne vous précipitez pas pour faire preuve d'une bravoure inutile en espérant sauver votre amoureux.

Amoureux? Son cœur s'emballa; son estomac plongeait en chute libre dans ses talons.

— Ce n'est pas...

Pitak renifla, évoquant tellement une jument qu'Esmay, surprise, se mit à sourire.

— Jeune femme, que vous ayez effectivement fait des galipettes ou non, c'est le premier homme qui vous ait inspiré des sentiments depuis que vous êtes adulte. C'est plus qu'évident. Acceptez-le et vous le gérerez bien mieux.

Pouvait-elle l'accepter? Vraiment? Elle avait eu de vagues souhaits, des fantasmes naissants. Les mains de Barin ne seraient pas comme ces mains-là. L'uniforme était différent. Elle s'arracha à ces idées et lutta pour réprimer les palpitations de son diaphragme.

— Je me soucie beaucoup de son sort. Je... Nous n'avions parlé de rien d'autre.

Elle faillit ajouter «pour l'instant» et vit que le major Pitak l'avait comprise sans l'entendre.

— D'accord. Maintenant que vous l'avez admis, vous allez devoir admettre ceci: vous et moi n'avons pas à nous mêler de la recherche de Barin, des intrus, de tout le reste. Notre boulot, c'est de remettre le *Spectre* en état avant qu'un groupe de bataille de la Horde débarque ici pour nous faire tous sauter – ou pire encore, nous capturer. Quoi qu'il puisse arriver à Barin Serrano, ce sera toujours moins terrible que la capture de ce vaisseau par un ennemi. Est-ce bien clair?

— Oui, major.

C'était clair, dans la partie de son esprit qui parvenait à réfléchir clairement. Le mot «capture» résonnait dans son esprit avec le caractère définitif de l'acier sur la pierre. S'ils ne faisaient pas leur travail, ils risquaient de se retrouver tous captifs, et elle savait qu'elle ne pourrait pas le supporter. Cette vision s'imposa en un éclair dans son esprit: le lieutenant Suiza, calme, compétente, ordinaire, en train de devenir complètement folle, de manière irrévocable, dès l'instant où elle redeviendrait captive. Quels que soient ses sentiments pour Barin, elle ne pouvait pas laisser ces choses-là se produire.

— Très bien. Je ne pensais pas que vous feriez quoi que ce soit d'irréfléchi, mais le peu que je sache d'Altiplano me laissait craindre que vous ayez le genre de réflexes qui risquaient de vous conduire à une tentative de sauvetage idiote.

— Mais il va y en avoir une, n'est-ce pas? demanda Esmay.

— Je n'en sais rien. (Pitak détourna le regard.) Le plus urgent reste pour l'instant de trouver les intrus avant qu'ils ne provoquent de dégâts importants. Voler au secours d'un enseigne doit être une priorité secondaire. Ce qui tracasse vraiment le capitaine, c'est le risque qu'ils désactivent le mécanisme d'autodestruction.

— Le mécanisme d'autodestruction?

— Oui. Le capitaine ne va pas nous laisser capturer par la Horde

Sanguinaire : ils risqueraient de fabriquer des croiseurs avec nos installations et l'expertise de nos hommes. Il a dit aux amiraux qu'il nous ferait sauter avant.

— Très bien, répondit Esmay avant d'y réfléchir.

Pitak lui lança un regard étrange.

— La plupart d'entre nous n'en sont pas vraiment ravis, dit-elle. Nous en comprenons la nécessité, mais… ça vous plaît ?

— Toujours mieux qu'être prisonnière, dit Esmay.

Les tremblements avaient disparu ; la peur refluait.

— Eh bien ! Vous ne cessez jamais de m'étonner, Suiza. Comme votre cerveau semble en bon état de marche, je vais répondre à des questions que vous me poserez certainement dans cinq minutes si je ne prends pas les devants. Nous n'allons pas passer en hyperespace pour quitter ce système, parce que c'est impossible. Je ne sais pas pourquoi. Il se peut que les intrus aient saboté le moteur supraluminique, ou bien que les sauts rapprochés que nous avons entrepris en arrivant aient desserré quelque chose. Moteurs & Manœuvres y travaille en ce moment. J'ai besoin que vous fassiez des recherches, comme vous êtes douée pour ces choses-là : à supposer que les sauts rapprochés aient causé des dégâts structurels, de quoi peut-il s'agir ?

— Oui, major.

— Si vous trouvez quoi que ce soit, sonnez-moi. Nous allons recevoir des éléments de structures du *Spectre* et je dois être sur place pour l'installation. (Elle fit mine de franchir la porte, puis se retourna.) Ah oui : d'après la nouvelle procédure, personne ne doit se déplacer seul, y compris pour aller aux toilettes. Nous savons qu'un des intrus au moins possède un badge d'identité récent. Ils vont sans aucun doute vouloir s'en procurer d'autres. Le capitaine peut très bien décider de blinder le vaisseau, mais pour l'heure, il n'y a pas assez de personnel de sécurité pour placer des hommes aux points d'accès. Nous sommes censés rester vigilants pour repérer les étrangers, tous les gens que nous n'avons pas l'habitude de croiser, même si sur un vaisseau de cette taille, ça ne sert pas à grand-chose. Je ne connais même pas de vue la moitié des instructeurs de T-1, sans parler des étudiants. (Elle soupira.) Ça va être une belle vacherie à mettre en pratique. Recoder des milliers d'identifiants chaque jour, revérifier tout le personnel auquel on les donne. Et nous, obligés de porter des traceurs et de nous déplacer en groupe.

— Est-ce qu'on va devoir tous dormir dans des compartiments ouverts ?

— J'espère bien que non. (Pitak se gratta la tête.) Je ne peux plus dormir dans ces conditions ; je suis assez vieille pour être réveillée par les ronfleurs. Mais il se peut qu'on en arrive là, même si ça implique de laisser vides un grand nombre de compartiments – ce qui ne peut que servir aux intrus. Quoi qu'il en soit, le capitaine a demandé aux amiraux un supplément de personnel de sécurité – et j'ai cru comprendre qu'il y avait eu des échanges à ce sujet entre notre amiral et Livadhi. Mais nous devons remettre le *Spectre* en état. Si, comme nous le pensons, un groupe de bataille de la Horde vient par ici dans l'intention de nous capturer, nous aurons besoin de toute l'aide disponible.

— Est-il possible... Enfin, vous disiez que ça prendrait...

— Plus de temps que nous n'en avons. Je sais. Les réparations de la coque devraient nécessiter à elles seules soixante à soixante-dix jours. Et puis il y a la remise en marche des systèmes internes, l'installation des armes, les tests. Mais nous ne pouvons rien faire d'autre. Ils arriveront peut-être en retard – ou bien ils pourraient se perdre. Peut-être que notre flotte reviendra. Ou peut-être qu'on va activer le système d'autodestruction et que nous n'aurons plus à nous soucier de rien, du moins ceux d'entre nous qui ne croient pas à la vie après la mort. Et vous? Croyez-vous que ce soit une bonne idée?

— Pas exactement.

Elle ne croyait pas en la vie après la mort telle que la présentait son arrière-grand-mère, avec les morts placés au niveau qu'ils avaient mérité comme des pots de fleurs sur un étal. Mais elle avait du mal à concevoir le néant, la fin de tout.

— Mmm.

Pitak semblait sur le point d'ajouter quelque chose, mais on l'appela depuis le passage et elle sortit sans un mot. Esmay contempla un moment son écran, puis la cloison. Barin pris en otage, Barin tué? Elle ne pouvait imaginer ni l'un ni l'autre. Pas Barin, tellement débordant d'énergie, tellement Serrano. Ce n'était pas son travail à elle. Pitak le lui avait dit. Mais, de tous les gens présents à bord, elle seule s'était effectivement battue à bord d'un vaisseau.

Il devait y en avoir d'autres. Le personnel de sécurité possédait de l'expérience; on les entraînait à cette fin. Elle n'avait aucun entraînement. Ni aucune arme.

Elle réfléchissait de travers. Voire pas du tout. La mémoire inondait son esprit d'images du combat à bord du *Mépris*. Elle n'avait aucun mal à imaginer un individu armé rôdant entre son poste de travail et le reste des bureaux.

Ridicule. Mais elle ne pouvait pas rester assise là; ça la démangeait de se trouver quelque part, à faire quelque chose. Elle se reprocha de laisser une brève expérience du commandement lui monter à la tête. Avec toute une brassée d'amiraux à bord, ils n'allaient pas laisser un lieutenant de Coque & Architecture se mêler d'autre chose que la consultation des statistiques dans des fichiers d'ordinateur.

Barin s'était assoupi, mais s'éveilla lorsqu'il entendit un bruit qui approchait de lui. De l'aide, peut-être? Mais c'était l'un des intrus, accompagné de deux hommes et d'une femme en tenue civile. Barin savait vaguement de qui il s'agissait : des conseillers techniques civils, des experts, des exécutants embauchés pour travailler sur les systèmes d'armes. Il ne les avait jamais vraiment rencontrés, même s'il les avait croisés à l'occasion dans les couloirs et tubes ascensionnels. *Des civils ordinaires d'âge moyen*, se dit-il. Qui ne présentaient aucun intérêt pour lui, puisqu'ils ne travaillaient pas dans son domaine. Ils le fixaient à présent comme s'il était un monstre. Il devait avoir une sale mine avec son nez enflé et son visage tuméfié, mais ils n'étaient pas obligés de sembler croire que tout était sa faute.

— Vous nous avez menti, dit un des hommes de la Horde. On vous a payés pour trafiquer ce système, et vous ne l'avez pas fait. Quand nous avons vérifié, les voyants étaient verts.

— Mais nous *l'avons* trafiqué, dit l'homme le plus grand, qui semblait sincère. Nous l'avons trafiqué pour qu'il ne marche pas, mais que le capitaine pense que si. C'est pour ça que tous les voyants sont verts. Il pourrait tester le système, et le résultat dirait...

— Ils ne sont pas verts en ce moment, dit le ravisseur de Barin.

— Qu'est-ce qui s'est passé? (L'homme se pencha derrière son ravisseur pour jeter un œil et son visage prit une nuance intéressante de vert pâle.) C'est vous qui avez arraché ces câbles?

— Pour nous assurer que ça ne fonctionnerait pas, oui. Parce que vous nous avez menti.

— Mais je n'ai pas menti. Maintenant, il sait que ça ne marche pas, et il a peut-être un système de sauvegarde!

— Vous étiez censés désactiver tous les mécanismes d'autodestruction.

Remarque formulée tout en bousculant l'homme jusqu'à ce qu'il aille heurter la cloison.

— Vous étiez *payé* pour ça! (Une autre poussée plus rude ; l'homme tituba.) Donc si vous en avez laissé un, vous avez manqué à votre parole, et nous prenons ces choses-là très au sérieux.

— Mais... Nous ne savons pas... Nous avons fait ce que vous demandiez...

L'homme semblait avoir du mal à croire à la situation ; il ne cessait de lancer des coups d'œil à Barin, puis de détourner le regard.

— Trafiquez-le de nouveau pour faire croire au capitaine que ça marche, dit le chef de la Horde.

— Mais le capitaine doit savoir qu'on y a touché. Le trafiquer maintenant ne servira à rien. Il faudrait que quelqu'un l'informe... Je pourrais aller lui dire que je vais le réparer, comme il sait que nous sommes experts en systèmes d'armes, et ensuite je pourrais...

L'homme trouva la mort avant d'avoir pu reculer, la lame plantée profond dans sa gorge, une main robuste plaquée sur sa bouche, étouffant son dernier cri mué en gargouillement. Du sang jaillit, puis s'écoula, puis se tarit, et le compartiment se remplit d'une odeur de sang si forte qu'elle couvrait presque la puanteur de la mort elle-même.

La femme hurla, un cri bref qu'elle interrompit, terrifiée, lorsqu'un des autres la gifla. Le tueur laissa tomber le cadavre, essuya sa main ensanglantée sur sa propre bouche, puis sur celle de la femme.

— On ne nous appelle pas pour rien la Horde Sanguinaire, dit-il avec un rictus.

Avec le même couteau (qu'il n'avait pas nettoyé après la mise à mort, ce qui rendit la situation plus atroce encore aux yeux de Barin), il trancha l'oreille gauche du mort, la mordit très fort, puis la rangea dans son uniforme.

— Maintenant, dit-il au deuxième civil. Vous allez bricoler le système pour faire croire qu'il marche.

Le deuxième homme, plus petit et plus brun que l'autre, s'empressa d'obéir. Lorsqu'il en eut fini, les voyants étaient repassés au vert.

— Et voilà, dit-il.

— Ça fonctionne bien? demanda le tueur à la femme.

— Oui... Oui, ça fonctionne, dit-elle.

— Si vous savez ces choses-là, alors on n'a plus besoin de lui, dit le tueur avant d'agripper le civil par le col, l'étouffant à moitié. Nous préférons travailler avec vous.

— Non!

La femme plongea, mais l'un des autres la rattrapa. Elle essaya de se libérer, mais il lui manquait l'habitude, et la force nécessaire pour compenser cette lacune.

— Non, laissez-le. S'il vous plaît...

Le tueur éclata de rire.

— Nous avons entendu ce que vous disiez de la Horde Sanguinaire. En quels termes vous parliez de notre agent.

Elle pâlit encore plus.

— Vous avez osé l'attacher. (Il tordit le col de l'homme jusqu'à ce que son visage vire au violet.) Vous l'avez menacé. Vous lui avez passé une corde autour du cou. À présent, elle est autour du *vôtre*. Même des barbares, comme vous dites, comprennent la justice immanente.

Barin ne pouvait détourner le regard; il éprouvait une fascination qui le dégoûtait lui-même. Le tueur tordit, tordit encore, et lentement, horriblement, le petit homme fringant dont Barin ne savait rien mourut, se débattant de plus en plus faiblement jusqu'à cesser tout à fait.

— Nous payons nos dettes, dit le tueur à la femme. Toutes, celles que vous connaissez et les autres. Est-ce que nous croyons que seule la taille compte? Je crois que c'était votre récrimination, non? Alors je crois que vous devriez goûter à la taille d'une manière qui vous conviendrait tout particulièrement.

La femme lança un regard désespéré à Barin, et le tueur éclata de rire.

— Vous croyez qu'il peut vous aider? Ce gamin au nez cassé, qu'on a capturé aussi facilement que vous?

Il devait agir. Il ne pouvait pas rester étendu là à ne rien faire, mais malgré tous ses efforts, il ne parvenait pas à défaire les liens très efficaces qu'ils s'étaient procurés auprès de la sécurité du vaisseau. Pendant tout ce qui suivit, il lutta, se meurtrit les poignets, récolta de temps à autre une gifle de la part des hommes plus amusés qu'inquiétés par ses efforts. La femme se débattit elle aussi, mais en vain. L'un après l'autre, ses ravisseurs la violèrent de plus de façons que Barin, faute d'expérience, n'aurait pu l'imaginer. Puis ses efforts, ses hoquets et ses gémissements s'affaiblirent et elle resta étendue, immobile. Il n'aurait su dire si elle était morte ou seulement inconsciente. Apparemment, elle avait trahi d'une manière ou d'une autre – c'était ce qu'il avait déduit de ses propos – mais personne ne méritait le sort qu'elle venait de subir.

L'un des ravisseurs adressa à l'autre quelques mots dans leur langue, ce que Barin devina être une plaisanterie. L'homme qui venait de s'en prendre à la femme se redressa, riant, puis se tourna vers Barin. Son sourire s'élargit.

— Le gamin est perturbé, dit-il. C'était peut-être sa copine?

— Trop vieille, dit un des autres. Un gentil garçon comme lui ne voudrait pas d'une femme comme elle.

— Je suis sûr qu'il a une copine quelque part sur ce vaisseau, dit le premier. On va devoir s'assurer de la trouver.

Il aurait vomi de nouveau s'il lui restait quelque chose dans le corps.

— Ce que je ne comprends pas, c'est comment ils ont trouvé si vite le mécanisme d'autodestruction, dit le capitaine Hakin. Très peu de gens savent où il se trouve.

— Ils ont embauché des exécutants civils, dit l'amiral Dossignal.

— Mais comment pourraient-ils le savoir? Ce sont des spécialistes des armes; ils étaient occupés à recalibrer les systèmes de guidage... Ah.

— Si quelqu'un a suborné les civils, alors ils peuvent avoir désactivé le mécanisme – ils peuvent l'avoir trouvé pendant qu'ils faisaient semblant de travailler sur les armes en inventaire. Je vois.

— Ce que je ne comprends pas, c'est pourquoi ils ont été capturés, s'ils avaient déjà fait leur travail.

— Ils ne l'avaient pas fait, dit le capitaine. Rappelez-vous, il y a encore une heure, tous les voyants étaient au vert.

— Compte tenu de la qualité du travail qu'ils ont accompli sur les armes, *s'ils* l'avaient fait, je suppose que ce serait indétectable, dit le commandant Wyche. Je crois qu'on les a simplement enlevés pour leur expertise des armes, avec les baguettes de données que les intrus ont récupérées sur les trois hommes dont on sait qu'ils les ont tués, ils disposaient d'un accès assez large pour découvrir le mécanisme.

— Donc le mécanisme d'autodestruction échappe actuellement à mon contrôle. (Hakin fusilla les amiraux du regard.) J'aurais dû m'en servir.

— Non, dit Dossignal. Pour régler notre problème, tout détruire était la manière la plus pratique, la plus facile et la moins évidente, mais pas la seule. Sur ce vaisseau, avec ce que nous avons dans l'inventaire et l'expertise du seul 14e, nous pouvons éviter la capture. Nous allons l'éviter.

— J'espère bien, dit le capitaine. Je l'espère sincèrement, car dans le cas contraire, nous ne serons pas les seuls à en souffrir.

— Le *Spectre* nous offre une autre possibilité, dit le commandant Wyche.

— Le *Spectre*?

— Il dispose encore d'un tiers de ses armes, toutes à bâbord. Et d'une puissance de feu suffisante pour démolir le *Kos*. Pas à partir de l'aire de réparation: emprisonné comme il l'est dans la cellule d'essai, même s'il se faisait sauter, la majeure partie du *Kos* aurait soixante-douze pour cent de chances de survivre. Il nous faudrait le repositionner, ce qui prendrait plusieurs jours. Mais si nous parvenons à le mettre en position de tirer sur le moyeu...

— Il ne peut pas manœuvrer! s'écria le commandant Takkis, qui dirigeait Moteurs & Manœuvres. Nous avons démonté les moteurs lors de son arrivée à bord, et il faudrait des jours pour les remonter. Par ailleurs, j'ai mis tous mes hommes au travail sur les moteurs de *notre* vaisseau.

— Je pensais à la cellule d'essai des moteurs. On peut très bien l'y installer et le mettre ensuite en position sans qu'il doive manœuvrer, même, à la rigueur, à l'extrémité des lignes. Le moteur de la cellule lui-même suffirait, si nécessaire, à le placer dans la meilleure position pour tirer sur le *Kos*, ou peut-être de tenter des tirs en direction de la Horde.

Il y eut un silence, tandis qu'ils méditaient la question. Dossignal et Livadhi acquiescèrent tous deux.

— Ça pourrait fonctionner – certainement, pour ce qui est de la destruction du *Kos*, et très probablement pour ce qui est d'infliger quelques tirs aux vaisseaux de la Horde.

Le capitaine Hakin hochait la tête, lui aussi.

— Si ces armes n'ont pas été retirées du *Spectre*, et si nous avons la certitude qu'on ne les a pas trafiquées, alors nous tenons là une solution de rechange, tant qu'elles ne sont pas épuisées à canarder l'ennemi.

— Non. Je comprends bien la nécessité de limites très strictes d'utilisation, mais ça devrait nous laisser assez de marge pour causer des dégâts. Surtout si nous disposions d'autre chose. Une des navettes, peut-être. Pendant la bataille de Xavier, la défense planétaire s'est servie de navettes qui se sont révélées très efficaces.

— Ils s'en sont servis pour mouiller des mines. Je ne crois pas que ça marcherait ici.

— Si seulement on pouvait leur envoyer un cheval de Troie, comme ils l'ont fait pour nous. (Livadhi sourit brièvement.) Ce serait avec grand plaisir.

— Monter à bord d'un vaisseau de la Horde? Je ne vois pas comment. Dans la mesure où ils le font, ils savent que c'est possible – ils nous surveilleraient. Et nos hommes tenteraient un abordage et rencontreraient une résistance.

— Je me disais que si nous avions des natifs parlant leur langue, si nous pouvions localiser l'un de ces intrus et lui faire cracher des codes de reconnaissance, alors nos hommes pourraient se faire passer pour leur propre équipe revenant de mission.

— Ça ne marchera pas. (L'amiral Livadhi, surpris, lança un regard mauvais au capitaine de corvette, deux sièges plus loin.) Désolé, amiral, mais nous ne devrions pas perdre de temps avec des plans voués à l'échec. Les équipes d'opérations spéciales de la Horde appartiennent toutes à une même lignée. Chaque équipe, je veux dire. Ils s'entraînent ensemble depuis des années et développent leur propre argot distinctif. Le commandant Coston, qui est retourné à Rockhouse récemment, a mené une étude sur les opérations spéciales de la Horde. Nos hommes ne pourront pas imiter une de leurs meutes : pas sans tout un entraînement que nous n'avons pas le temps de leur fournir. Et puis nous n'avons que treize personnes à bord qui parlent leur langage assez couramment, et leurs accents trahissent diverses origines.

— Nous n'avons pas besoin d'ondes négatives en ce moment, commandant Nors, dit Livadhi. Nous en sommes au stade d'envisager les options.

— Désolé, amiral. Eh bien, supposons qu'un des vaisseaux de la Horde Sanguinaire soit tout proche, et vide ou presque d'équipage. Nous avons développé une assez bonne modélisation des systèmes de commande des vaisseaux de la Horde, en partant des modèles commerciaux sur lesquels ils sont bâtis et d'informations clandestines. Il ne faudrait pas longtemps pour entraîner nos équipages des vaisseaux de guerre à s'en servir – ou même, d'ailleurs, à importer notre propre matériel de scan.

— Mais où comptez-vous trouver tout près un vaisseau de la Horde sans équipage? demanda Hakin, non sans sarcasme.

La question flotta un moment, tandis qu'ils réfléchissaient tous, puis plusieurs visages s'animèrent sous l'effet de la même idée. Celui de Hakin prit un air sinistre.

— Non. Hors de question. Je refuse de laisser d'autres troupes de la Horde monter à bord de mon vaisseau, rien que pour avoir l'occasion de capturer l'un des leurs.

— Ils aimeraient sans doute se servir d'une de nos aires de réparation, dit lentement Dossignal. Le *Spectre* se trouve dans l'une de ces aires et ils le savent. L'autre est vide, et c'est le meilleur endroit où arrimer un petit vaisseau. Rempli de choses dont ils ont besoin.

— Non ! dit Hakin, plus fort.

— Avez-vous des informations sur les procédures d'abordage de la Horde Sanguinaire, commandant? demanda Dossignal, ignorant Hakin pour l'instant.

Nors réfléchit un instant.

— Tout ce que nous avons pour l'instant, ce sont les rapports des quelques civils qui ont survécu à une attaque de la Horde sur un grand vaisseau civil. Ils arrivent vêtus d'équipements de protection qui servent à la fois de combinaison EVA et d'armure de combat. Dans ce cas précis, ils étaient tout à fait disposés à endommager le vaisseau qu'ils avaient capturé pour en prendre le contrôle. Aucun des civils auxquels nous avons parlé n'était capable de distinguer les niveaux d'armes, mais l'un d'entre eux a décrit un engin capable de percer les cloisons intérieures d'un seul tir. Ici, toutefois, nous supposons qu'ils veulent le VMH en parfait état. Je suppose qu'ils lui infligeront le minimum de dégâts possible en le capturant, mais ils sont bien obligés d'aborder.

— Il y a aussi, dit le commandant Wyche, l'option des armes à bord d'un vaisseau de la Horde dans une aire de réparation. Supposons qu'on puisse l'y immobiliser. Alors ses armes nous fourniraient un autre moyen d'autodestruction. Toutes les classes de vaisseau ont des armes montées à l'avant.

— *Si* nous parvenions à monter à bord et à prendre le contrôle.

— Je crois que nous pouvons le considérer comme acquis, commandant. S'ils restent simplement sans rien faire, ils n'accomplissent rien. Ils ne peuvent pas nous tirer dessus sans causer les dégâts qu'ils veulent éviter, et par ailleurs, ils n'ont pas une réputation de grande patience. Je crois que nous pouvons nous attendre à ce qu'ils sortent, dans l'intention de prendre le contrôle des systèmes clés.

— Raison pour laquelle nous ne pouvons pas les laisser faire, dit le capitaine Hakin. Il faudrait du temps à vos hommes pour monter à bord, prendre le contrôle de leur vaisseau, et *peut-être* réussir à s'en servir pour vaincre leurs autres vaisseaux ou nous détruire. Dans l'intervalle, j'aurais un vaisseau rempli d'ennemis… *Non.*

— Alors le vrai problème est de leur faire quitter leur vaisseau sans les laisser monter sur le nôtre, dit l'amiral Livadhi, joignant le bout des doigts. Vous savez, il existe peut-être un moyen. Si nous pouvions isoler l'aire de réparation. L'aile tout entière…

— Nous pourrions simplement la désassembler, dit l'amiral Dossignal.

— Désassembler? demanda le capitaine Hakin.

— Oui. Commandant Seveche, passez en revue les données de construction d'origine et toutes les modifications intervenues depuis. Il existe peut-être un moyen de démonter une des aires de réparation - discrètement, bien sûr – et de l'isoler du reste du *Koskiusko*.

Moins d'une heure plus tard, Seveche revint avec les données prêtes à être affichées. Il régla l'écran sur le grand format et l'alluma.

— Ici, regardez: quand ils ont assemblé le *Kos*, ils avaient prévu la possibilité de changements en se servant de fixations temporaires.

Hakin devint tout rouge.

— Vous voulez dire que nous travaillons depuis le début sur un vaisseau qui n'est pas solidement assemblé?

— Non, capitaine. Il est assemblé, et très solidement, mais il ne faudrait que quelques heures, et non pas des jours, pour le démonter. Ces pinces à pression, puis ces connecteurs ici... (Seveche les montra sur l'écran.) Tout ceci peut être démonté assez facilement. Enfin, relativement. Le sceau qui relie T-4 au moyeu est une sorte de vaste joint d'expansion. (Il fit apparaître un autre visuel.) Lorsqu'on assemblait le *Kos*, avant la fixation d'un des bras, l'extrémité interne de ces parties-là était attachée au moyeu, et puis l'autre extrémité au bras. Tandis que les bras venaient s'assembler au cylindre, les joints élastiques se comprimaient, ajoutant une marge de sécurité supplémentaire à la fixation.

— Oui, mais je suppose que vous comptez les étirer de nouveau. Vous espérez vraiment qu'ils seront encore solides après tout ce temps?

— Je ne vois pas pourquoi, dit Seveche. Nous nous sommes servis des mêmes matériaux sur la même durée, en multipliant les extensions et compressions, sans le moindre problème. Et puis nous pouvons fermer les verrous des deux côtés. Compte tenu de la conception des bras, il y a des sas à l'extrémité interne de chaque niveau.

— Je le sais bien, commandant, dit Hakin, l'air irrité. Mais ils remarqueront certainement que les sas sont verrouillés, et alors ils les feront sauter.

— Ils n'en feront rien. Nous pouvons trafiquer l'accès au dock. Ils ne savent pas à quoi c'est censé ressembler.

— Mais en se détachant, on risque une dépressurisation.

— Pas s'il y a quelqu'un pour verrouiller les sas.

Seveche implora du regard l'aide de Dossignal.

— Quelle que soit notre décision, il y aura des victimes, dit Dossignal. Pour éviter la capture, vous êtes prêt à détruire le vaisseau et son équipage. Je le comprends très bien, et ce sera peut-être nécessaire. Mais je crois que nous avons une chance de sauver à la fois le vaisseau et une grande partie de l'équipage si nous tenons jusqu'au retour de l'amiral Gourache. Je ne vois qu'une manière d'y parvenir: refuser à l'ennemi l'usage du vaisseau – en nous en servant nous-mêmes – et en utilisant la puissance de feu que le *Spectre* possède encore. Je suis sûr que nous ne manquerons pas de volontaires pour la mission la plus dangereuse de toutes.

— Il nous faudra quelqu'un qui commande chaque section libérée – avec l'autorisation de faire le nécessaire, quel qu'il soit. Diviser le commandement serait désastreux, et nous ne pouvons pas être certains que les communications tiendront.

— Ce qui signifie que nous devons commencer à planifier tout de suite.

— Je n'aime pas ça, dit le capitaine Hakin. C'est la porte ouverte au chaos : le vaisseau tout entier est sous mon commandement, et vous me proposez d'en détacher des portions pour les faire commander de manière indépendante. Séparés, ils représenteront des proies encore plus faciles pour les envahisseurs.

— Capitaine, nous proposons une solution qui nous tire tous deux d'affaire. Le *Koskiusko* a été assemblé à partir de sections précédemment autonomes dans l'espace. Vous le savez très bien. T-3 et T-4 portaient même des noms : *Portion* et *Repas*, ça ne ressemble peut-être à rien, mais ce sont des noms. On aurait pu les mettre en service en tant que vaisseaux indépendants si la Flotte n'avait pas décidé de les assembler pour obtenir un VMH. On peut raisonnablement affirmer qu'ils sont tous deux sous l'autorité du 14ᵉ.

— Vous allez devoir leur fournir un équipage, dit Hakin. Vous ne prendrez aucun des hommes dont j'ai besoin pour la sécurité du *Kos*.

Était-il en train de capituler? L'amiral Dossignal dévisagea Hakin un long moment.

— Vous savez, Vladis, si ça vous reste vraiment en travers de la gorge, vous pourrez toujours rédiger un rapport.

— J'y compte bien. (Hakin prit un air encore plus sinistre.) En partie pour remettre en question votre autorité à attribuer un capitaine à un vaisseau dans ce secteur : c'est le boulot de Foxworth, ou à un niveau moindre, celui de Gourache.

— Je vois ce que vous voulez dire. Mais je vais le faire néanmoins, et nous pourrons tous en discuter plus tard à l'occasion d'une commission, voire d'une cour martiale.

Hakin secoua la tête.

— Ça n'augmentera pas nos chances, et ça ne fait que me compliquer la tâche.

— Je ne vois pas comment, dans la mesure où nous sommes presque certainement en train de vous débarrasser de vos intrus et d'un des vaisseaux qui tentent de vous attaquer. Maintenant, pour la question de l'équipage, nous avons les survivants indemnes du *Spectre*...

— Dont nous aurons besoin pour manier les armes du *Spectre*, dit Livadhi.

— Leurs équipes affectées aux armes, certainement. Comme le *Spectre* ne manœuvrera pas, je ne sais pas ce qu'il en est de l'équipage du pont. Je déteste gaspiller un capitaine ayant une expérience du combat en lui confiant un vaisseau endommagé. Nous n'en avons pas tant que ça sous la main.

Le commandant Atarin prit la parole.

— Amiral, j'ai préparé une liste de tous les officiers et hommes du rang à bord de ce vaisseau qui ont une expérience du combat remontant à moins de trois ans. Ils sont classés par grade, par spécialité et par résultats au combat – et pas seulement par expérience.

— Très bien. Voyons. Oh, mon Dieu !

— Quoi donc ?

Hakin se tordit le cou pour essayer de lire.

—Nous ne manquons pas de spécialistes des armes ayant une expérience du combat, grâce à la formation sur les armes. Le scan ne pose pas de gros problèmes ici. Nous manquons de spécialistes des systèmes écologiques, mais la situation devrait se résoudre assez vite pour éviter la catastrophe. Nous pouvons équiper nos hommes de matériel autonome. Nous manquons aussi de personnel de communications, mais la plupart des techniciens de scan ont une formation secondaire en communications, et nous ne manquons pas de techniciens de scan. Ce qui nous manque, ce sont les commandants de vaisseau. Ou plutôt, nous en avons tout juste assez : pour le *Spectre*, son propre capitaine et pour le vaisseau de la Horde, le commandant Bowry qui est ici pour la formation spéciale.

—Je ne crois pas que nous aurons la chance d'en prendre plus d'un.

—J'en doute. Pourquoi amèneraient-ils plus d'un vaisseau à la fois ? S'ils nous faisaient ce cadeau, il ne nous resterait qu'à trouver quelqu'un pour le prendre, mais ça nous ramène à des officiers peu gradés qui ont très peu d'expérience du commandement en situation de combat.

Dossignal envisagea de préciser qui, mais il savait que Hakin protesterait s'il entendait parler d'Esmay Suiza.

# Chapitre 16

Esmay découvrit une cause possible de la panne des moteurs supraluminiques et la rapporta au major Pitak, qui supervisait le déplacement des longs agrégats de cristaux de l'Unité de Fabrication de matériaux spéciaux vers T-3 et le *Spectre*. Même transportés ainsi, ils restaient plus flexibles qu'Esmay ne l'aurait cru; elle regarda les équipes de transport des matériaux spéciaux les faire circuler le long des rails de transport. Elle savait, en théorie, que tous les vaisseaux disposaient de ce genre d'éléments d'armature et qu'on les concevait en fonction de leur flexibilité latérale. Mais ces formes qui frémissaient et se tortillaient semblaient beaucoup trop fragiles pour qu'on en fasse dépendre des vies dans l'espace.

Pitak lui lança un bref coup d'œil avant de se détourner de nouveau.

— Ah, Suiza... Vous avez trouvé quelque chose?

— Seulement une hypothèse.

— C'est déjà bien. Vous avez déjà vu ça? (Elle poursuivit avant qu'Esmay puisse répondre.) Remuants, hein?

Elle parlait sur un ton satisfait.

— Plus que je ne l'aurais cru, répondit sincèrement Esmay.

Des écrans de vidscan montraient l'itinéraire complet, qui sortait de MatSpecFab, remontait T-1 en direction du moyeu puis redescendait de nouveau entre T-3 et T-4.

— Pourquoi n'a-t-on pas construit les aires de réparation du même côté du vaisseau que MatSpec? Ça ne faciliterait pas le transport de ces choses-là?

— Oui, mais on a jugé cet aspect tout à fait mineur au niveau de la conception. Si ça vous intéresse vraiment, quand cette crise sera terminée, vous pourrez consulter les archives. Tout le débat sur la conception y figure. (Elle zooma sur l'écran et désigna les cristaux.) En voilà un joli lot. Au bout d'un moment, vous reconnaîtrez les bonnes fibres des mauvaises rien qu'à leur façon d'osciller. S'il n'y avait pas cette autre crise, je vous enverrais chez MatSpec les observer pendant le décollement.

Esmay se sentait soulagée d'y échapper. Elle avait entendu parler des décollements les plus spectaculaires, avec des séquences de tests impliquant davantage d'oscillations qu'un cristal défectueux ne pouvait en supporter, et des éclats voltigeant partout avec un bruit réputé rendre fou.

— Montrez-moi ce que vous avez, dit Pitak. (Elle examina les données fournies par Esmay et fronça les sourcils.) Je ne crois pas que ce soit ça. L'effort de tranchant n'est pas suffisant pour déstabiliser les générateurs de gravité artificielle, et vous suggérez que c'était l'instabilité de la gravité qui a provoqué la panne de moteur, c'est bien ça?

— Oui, major.

— Que donne la modélisation?

— On a interdit l'accès du gros ordinateur à tous les subalternes, mais d'après le petit ordinateur, c'est possible. C'est pourquoi je l'ai apporté.

— Ah. En fait, je n'aime pas me servir du programme de modélisation sur le petit pour résoudre autre chose que des problèmes de structure. Pour ce genre de choses, nous avons besoin d'un ordinateur de la série Mishnazi, mais je suppose qu'ils cherchent à maximiser leur analyse de données. Je ne crois pas que ce soit assez probable pour que nous demandions nous-mêmes à en disposer. (Elle se tourna vers Esmay.) Vous devriez vous arrêter et dormir un peu tant que vous le pouvez - ou prendre au moins un bon repas. Avez-vous noté qui a mangé ou pas?

— Non, major, mais je peux m'en charger dès mon retour.

— Faites-le, dans ce cas, et merci pour ceci. Je penche personnellement pour le sabotage, mais M&M nous a demandé d'y réfléchir.

Esmay hocha la tête et se retira avec son escorte, un caporal-chef qu'elle avait arraché à la section administrative de C&A lorsqu'elle avait eu besoin de trouver Pitak. Elle détestait se sentir impuissante. Bien sûr, elle devait manger; bien sûr, elle devait s'assurer que tout le monde dans la section en faisait de même. Mais elle voulait en faire plus.

Elle venait d'atteindre le bureau central et vérifiait où se trouvait tout le personnel sous ses ordres lorsque la sonnerie de la com retentit. C'était Pitak.

— En plein milieu d'une crise, il faut qu'on me court-circuite. Suiza, qu'avez-vous donc fait pour intéresser les amiraux?

— Je n'en sais rien, répondit Esmay.

— Dans tous les cas, vous devez vous présenter sur-le-champ au bureau de l'amiral Dossignal, et la note précise que je ne dois pas attendre votre retour dans l'immédiat. Ça ne rate jamais. Je forme des gens jusqu'à ce qu'ils commencent à m'être utiles, et les huiles me reprennent tout.

— Désolée, major, répondit Esmay, avant de se rappeler qu'elle n'était pas censée s'excuser.

Elle songea à Barin avec un pincement au cœur. Était-il toujours vivant? Était-il... allait-il bien?

— Mieux vaut vous mettre en route, dit Pitak. Et si vous en avez l'occasion, tenez-moi au courant de ce qui se passe. Il règne une drôle d'atmosphère sur ce vaisseau.

— Oui, major.

Dans le bureau externe de l'amiral, le commandant Atarin la guettait.

— Ah, lieutenant Suiza. Très bien. Nous nous rendons directement dans une salle de réunion sécurisée en T-1 ; notre escorte nous retrouvera au tube ascensionnel.

— Oui, commandant.

Deux pivots supérieurs armés, arborant des insignes de la sécurité, attendaient près des tubes.

— Commandant, le capitaine nous a dit qu'il valait mieux éviter les tubes, dit l'un d'entre eux.

Esmay vit une pellicule de sueur sur son visage.

— Il s'est passé quelque chose?

— Je ne peux pas en parler, commandant, répondit l'homme.

Il respirait un peu trop vite.

— Alors allons-y.

Esmay et le commandant Atarin le suivirent, tandis qu'il leur faisait contourner le moyeu vers la base de T-1. Le large passage était plus occupé que d'habitude, comme si les autres évitaient les tubes ascensionnels et les glisseurs. Ils avaient cinq niveaux d'échelles à grimper. Quand ils émergèrent de la dernière, Esmay vit deux autres gardes de la sécurité, avec leur arme en main ceux-là, devant un sas verrouillé. On avait installé tout près un poste de vérification d'identité mobile, et Esmay remarqua les lourdes boîtes grises et les câbles d'un système d'isolation maximale placé le long de la cloison. Quoi qu'il puisse se passer là, on déployait un maximum d'efforts pour empêcher toute intrusion.

Atarin et elle passèrent par une vérification complète d'identité, scans rétiniens, empreintes de la main, test sanguin. Puis les gardes de la porte les firent entrer.

À l'intérieur, la salle de conférences de taille moyenne était équipée d'autres systèmes d'isolation antiscan; au centre, un groupe d'officiers se penchait par-dessus une large table sur laquelle se trouvait une reproduction en 3D du *Koskiusko*. Esmay connaissait déjà de vue les amiraux Dossignal et Livadhi, ainsi que le capitaine Hakin, mais elle n'avait jamais rencontré le commandant aux cheveux gris qu'on lui présenta comme le capitaine du *Spectre*, ni son second, le capitaine de corvette Frees. Un autre commandant du nom de Bowry, qui n'arborait aucun insigne de vaisseau, portait un insigne de col le désignant comme formateur de l'École technique. Mais que se passait-il donc?

— Messieurs.

C'était l'amiral Dossignal, qui prenait maintenant place à une extrémité de la table. Esmay vit qu'on avait préparé des tables, avec des chevalets à leur nom. Le sien se trouvait près de l'extrémité opposée de la table. Elle s'assit en même temps que les autres.

— Comme vous le savez, dit Dossignal, avant même que la dernière chaise ne glisse pour se remettre en place, nous affrontons ici une situation délicate. Dans quelques minutes, vous aurez l'occasion de passer en revue les détails de cette affaire, mais vous devez savoir avant tout que vous êtes tous immédiatement dégagés de vos tâches habituelles. Vous allez vous voir confier, sous mes ordres directs, une mission difficile et dangereuse. Ceci est la première des réunions visant à préparer l'exécution de cette mission.

Il fit une pause, comme s'il attendait des commentaires, mais personne n'eut l'imprudence d'en formuler.

— Vous devez également savoir que le capitaine Hakin désapprouve le but de cette mission et compte rédiger une lettre de protestation. Je respecte le courage moral dont il fait preuve en exprimant ainsi son désaccord, et la loyauté qui lui a permis de coopérer malgré ses objections.

Esmay jeta un coup d'œil au capitaine, qui passa du rouge betterave au blanc pendant la durée de cette remarque.

— Je prends la pleine responsabilité, poursuivit l'amiral Dossignal, de ce que nous faisons là et de ses conséquences. J'en ai informé le capitaine Hakin et je l'ai stipulé dans le journal officiel. Est-ce bien clair?

Il attendit que tout le monde ait acquiescé.

— Très bien. Maintenant, notre mission consiste à capturer un vaisseau de la Horde Sanguinaire et à nous en servir, ainsi que du *Spectre*, afin d'empêcher la capture de notre vaisseau. Vous êtes les officiers qui commanderont les éléments impliqués dans cette mission, et c'est à ce titre que vous êtes ici pour tout préparer.

— Mais le *Spectre* est endommagé, dit quelqu'un – un capitaine de corvette dont Esmay avait déjà oublié le nom.

— Très juste. Les moteurs du *Spectre* ont été démontés et il ne peut manœuvrer. Mais on peut le conduire jusqu'à la cellule d'essai, où ses armes pourront être dirigées vers les vaisseaux de la Horde ou bien vers le *Koskiusko*, selon la nécessité.

— Le *Koskiusko*? murmura quelqu'un, assez fort pour être entendu.

— Si la capture apparaît inévitable, le *Koskiusko* doit être détruit. Ses ressources ne doivent pas tomber entre les mains de la Horde – ni d'ailleurs ses milliers de techniciens expérimentés.

Un silence pesant régnait dans la pièce. Esmay supposa que les autres avaient déjà réfléchi à cette équation : la Horde n'avait pas coutume de libérer ou d'échanger des prisonniers, même si quelques-uns avaient été arrachés à des conditions effroyables. Si bien qu'une mort rapide (ou relativement rapide) devait sembler miséricordieuse comparée à la captivité sur une des planètes du Monde d'Aethar. Mais envisager la mort d'un si grand nombre de leurs gens...

— Nous croyons, enfin *je* crois, qu'il y a une chance de défendre ce vaisseau et d'empêcher ces morts, dit Dossignal. Pas très élevée, mais il y a une chance. Vous êtes les personnes les plus à même d'y parvenir. Nous ignorons de combien de temps nous disposons ; n'en gaspillons pas.

Sur ce, la séance de préparation commença pour de bon. Esmay n'avait jamais pris part aux préparatifs d'une mission. Elle écouta en silence, tout en s'interrogeant sur sa place dans tout ceci. L'amiral Dossignal décrivit ses idées dans les grandes lignes, puis affecta des officiers à des tâches spécifiques.

— Lieutenant Suiza, dit-il enfin. Exception faite de l'équipage du *Spectre*, vous êtes celle qui a l'expérience du combat la plus récente, et d'une certaine manière la plus précieuse.

Esmay sentit tous leurs regards braqués sur elle. Elle retint son souffle.

— Amiral, vous savez que je n'ai...

Il l'interrompit.

— Ce n'est pas le moment de faire preuve d'humilité, lieutenant. Vous êtes le seul officier à bord qui se soit réellement battu à *l'intérieur* d'un vaisseau. Et vous avez commandé le *Mépris*, avec des résultats remarquables. Je ne vous affecte pas au commandement du vaisseau que nous espérons capturer – il y a pour cela un officier plus gradé et plus expérimenté –, mais j'en appelle à votre connaissance du combat à bord.

— Oui, amiral.

— Par ailleurs, je crois que les équipes de sécurité du capitaine Hakin pourraient profiter de votre expertise. (Il jeta un coup d'œil au capitaine, qui rougit.) Nous avons des forces ennemies à bord, et nous avons déjà subi des pertes. La sécurité ne les a pas encore localisées et n'a pu empêcher les ennuis qu'elles ont causés jusqu'ici.

— Si l'amiral le souhaite, dit Hakin, serrant les dents. Mes objections sont écrites noir sur blanc.

Il lança à Esmay un regard empli d'un dégoût glacial.

— Commandant Seveche, vous avez la responsabilité de détacher T-4 du moyeu. Je vous laisse décider d'un moyen d'empêcher les intrus de remarquer que nous procédons aux préparatifs nécessaires, car je suis persuadé qu'ils observent tout ce qu'ils peuvent.

— Oui, amiral. Je crois que trafiquer de manière judicieuse les commandes de la gravité artificielle pourrait nous fournir une excuse.

— Comme vous voudrez. Si les événements nous dépassent avant que nous puissions procéder au détachement, il nous faudra un plan de repli. En plus de vos autres tâches, lieutenant Suiza, j'aimerais que le commandant Atarin et vous assuriez la liaison avec la sécurité du *Koskiusko* sur ce point. Commandant Jimson, veuillez vous assurer que les gens obtiennent ce dont ils ont besoin dans l'inventaire, sans laisser d'autres hommes se faire capturer.

— Il nous faut un supplément de personnel de sécurité, dit le capitaine Hakin.

— C'est vrai, capitaine. Si ça peut vous aider, je suis sûr que l'amiral Livadhi peut proposer des individus actuellement inscrits dans l'une des formations techniques, qui disposent d'assez de connaissances pour être utiles et sont à bord depuis assez longtemps pour savoir s'y repérer.

— J'ai déjà demandé au commandant Firin de dresser une liste, dit l'amiral Livadhi. Nous avons vingt-huit hommes du rang dont la spécialité secondaire est la sécurité du vaisseau, et trente-quatre autres qui ont effectué du travail de sécurité à un moment ou un autre au cours des dix dernières années. Tous ont la formation adéquate pour les petites armes du vaisseau. Par ailleurs, nous avons plus d'hommes en cours de télédétection qu'il ne nous en faudra pour le reste de cette mission, d'après l'amiral Dossignal. Ils peuvent contribuer à la surveillance.

— Je serai ravi de pouvoir en disposer, dit le capitaine, cette fois sans la moindre trace de ressentiment dans la voix.

— Je dois insister sur l'urgence de la situation, dit Dossignal. Nous ignorons combien de temps il nous reste avant l'arrivée du groupe de combat de la Horde – et combien de vaisseaux il comprendra – et de quelle manière les intrus vont contrarier nos efforts. Nous…

Il s'arrêta lorsqu'on frappa à la porte. Le garde qui s'y trouvait posté haussa les sourcils. Dossignal hocha la tête et le garde ouvrit la porte.

Un garde de sécurité débraillé regarda le capitaine bien en face.

— Capitaine, nous avons besoin de vous sur le pont, de toute urgence. Nous avons un problème.

— Excusez-moi.

Hakin recula sa chaise.

— Quel genre de problème? demanda Dossignal.

Le garde regarda le capitaine qui haussa les épaules d'un air irrité.

— Dites-lui, caporal-chef.

— Le système d'urgence de conservation d'oxygène est désactivé sur une demi-douzaine de niveaux de T-5, et toutes les personnes présentes dans l'infirmerie et les bureaux administratifs du vaisseau se retrouvent inconscientes. Deux personnes sont sorties donner l'alarme.

— J'y vais tout de suite. Si vous voulez bien m'excuser…

Ce n'était pas une question.

— Je n'y avais pas pensé, dit Dossignal. J'aurais dû – nous n'avons aucune expérience de ce genre de choses. Lieutenant Suiza, pouvez-vous nous dire à quels genres de malveillances nous attendre?

Esmay rassembla ses souvenirs épars.

— Amiral, ils vont tenter de prendre des armes, s'ils n'en ont pas déjà. Avec des baguettes de données volées, ils peuvent découvrir où se trouvent les casiers d'armes de la sécurité du vaisseau, et s'ils obtiennent une baguette de données du personnel de sécurité, elle leur donnera peut-être même les codes d'accès. Ensuite ils essaieront d'isoler et d'immobiliser une grande partie de l'équipage, sans doute en les enfermant dans différents compartiments. C'est ce que les alliés du capitaine Hearne ont tenté de nous faire à bord du *Mépris*. Ici, je suppose qu'ils s'efforceront d'isoler les ailes du moyeu. Ils endommageront des systèmes qui leur donneront un contrôle effectif des opérations du vaisseau: les systèmes écologiques, y compris la ventilation comme ils l'ont fait ici, le contrôle des sas, les communications, le scan. Je m'attends aussi à ce qu'ils prennent des otages à des postes clés. S'ils ont eu libre accès à l'infirmerie, ils doivent avoir du personnel médical et des fournitures, y compris du matériel respiratoire, pour que nous ne puissions pas leur rendre la pareille.

— Et votre réaction serait...

Tout ce qu'elle savait des VMH lui traversa l'esprit.

— La même tactique fonctionnerait contre eux, si elle était initiée par le capitaine. Réinstaller manuellement les systèmes de vie du vaisseau afin que chaque aile se retrouve indépendante au niveau des équipements de vie, comme elles sont conçues pour l'être, puis isoler les ailes. Ils seront pris au piège et dépassés en nombre, où qu'ils soient. S'ils ne se trouvent pas dans la section du moyeu, ils ne pourront pas rejoindre le pont. S'ils y sont, ils ne pourront pas se réfugier dans les ailes, et la sécurité du vaisseau pourra d'abord passer par le moyeu, puis une aile à la fois, jusqu'à ce qu'on les ait localisés. La sécurité du vaisseau aura besoin d'un système de communications différent et plus sûr, car nous devons supposer que l'actuel est déjà compromis.

— Mais si nous le faisons, nous ne pourrons pas préparer le détachement de T-4, dit quelqu'un. Et si les autres vaisseaux arrivent...

— Si on nous assomme tous au gaz soporifique, répondit Esmay, nous ne pourrons pas le détacher non plus.

Il y eut un silence tandis que les autres digéraient cette réponse, puis elle comprit qu'elle venait de sous-entendre – non, de dire tout haut – qu'un commandant faisait preuve de bêtise.

— Lieutenant Suiza, dit Dossignal. Je vous confie la responsabilité du 14e – plus précisément, de T-3 et T-4. Assurez la liaison avec la sécurité habituelle du vaisseau, mais ne tardez pas: faites comme bon vous semble. Atarin, qui avez-vous pour elle?

La porte se rouvrit ; le capitaine Hakin l'interrompit sans s'excuser.

— Ils sont entrés à la sécurité ; ils ont pris les armes et les masques à gaz. Du gaz lacrymogène, sans doute. Peut-être plus.

Presque aussitôt, toutes les têtes se tournèrent pour dévisager Esmay, toujours debout.

— Comme je le disais... (Dossignal se leva aussi, et tous se hâtèrent de l'imiter.) Le lieutenant Suiza a déjà vécu cette situation ; elle a correctement anticipé leurs mouvements.

— Je fais bloquer les ailes, dit le capitaine, ignorant les paroles de Dossignal. Nous allons devoir isoler les systèmes de vie, mais au moins j'ai demandé qu'on fasse fermer tous les sas, sauf en T-1. Je vais vous donner les nouveaux codes, mais...

À l'extérieur retentit un vacarme confus, suivi de petits chuintements étouffés comme si on lâchait quelque chose de mouillé dans un bac de friture.

— Capitaine ! brailla quelqu'un à l'extérieur.

Le garde placé devant la porte l'ouvrit et se tourna pour jeter un coup d'œil dehors.

Esmay bougea avant de s'en rendre compte. Comme le capitaine allait se détourner, elle le saisit à bras-le-corps et hurla : « Fermez ça tout de suite ! » Le capitaine, déversant un torrent de jurons, se tortillait en cherchant à l'atteindre d'un coup de pied ; elle le relâcha, se remit debout puis éloigna brusquement le garde de la porte et la claqua, sans inspirer une seule fois.

— Qu'est-ce que... commença Dossignal, mais il s'arrêta lorsque le garde s'effondra au sol, le visage d'un gris déjà bleuâtre.

Le capitaine se redressa, rouge et furieux.

— Vous, commença-t-il, avant de s'étrangler et de se mettre à siffler.

— Aidez-le à se relever, dit Esmay. C'est plus lourd que l'air !

S'ils ne pensaient pas à désactiver la gravité artificielle. S'ils ne franchissaient pas directement la porte verrouillée. Elle prit l'arme du garde et s'en servit pour briser les commandes internes du verrou. Le capitaine et le second du *Spectre* se précipitèrent pour aider le capitaine à se relever et le conduire vers la table.

— Du gaz, je suppose, dit l'amiral Livadhi sur un ton de légère curiosité intellectuelle.

— Le pont, haleta le capitaine, qui cherchait son souffle.

— Quand nous serons sortis d'ici, dit Esmay.

De préférence avant que les intrus ne localisent la réserve d'air de ce compartiment et ne déversent simplement le gaz de cette façon.

— Si nous arrivons à sortir de ce compartiment, je peux suggérer un itinéraire sûr – du moins en théorie – pour s'éloigner d'ici, dit le commandant Bowry. J'ai parcouru T-1 de fond en comble ce dernier trimestre.

— Le plafond, dit Esmay. Ou le faux plancher, mais je ne sais pas comment y pénétrer.

— Vous pourriez simplement y faire un trou, commenta le capitaine Hakin d'une voix acerbe.

— Gaspillage de munitions, dit le capitaine du *Spectre*, Seska. On passe par le haut. (Il grimpa sur la table et déplaça un des panneaux du plafond.) Ouais. Exactement comme dans toutes les stations spatiales, même si ce dont nous avons besoin se trouve là-bas.

Il fallut plus de temps que ne le souhaitait Esmay pour faire passer le groupe entier par le trou du plafond. Le capitaine était toujours sonné et mal coordonné, et il représentait un fardeau encombrant à soulever. Esmay passa la dernière, gardant leurs arrières avec son arme unique, tout en sachant bien que ce serait inutile si les intrus parvenaient à entrer.

Mais ils n'en feraient rien. Elle le savait comme par télépathie. Ils avaient isolé le capitaine et les officiers les plus gradés et les laisseraient mijoter là-dedans le plus longtemps possible. À chaque seconde qui s'écoulait, ils devaient être en train de causer un maximum de dégâts. Ils devaient avoir rejoint le moyeu et chercher à prendre le pont, si ce n'était déjà fait.

Dans l'espace sombre et peu pratique situé entre les panneaux du plafond et la base du plancher au-dessus de leurs têtes, elle suivit les autres – le capitaine de corvette Frees, en l'occurrence – et regretta de ne pas en savoir plus sur le commandant Bowry. Connaissait-il vraiment un chemin permettant de quitter cette section? Et comment au juste avait-on isolé les ailes du moyeu? Elle supposa que ça ressemblait aux exercices d'évacuation, mais sans en avoir la certitude.

Pas le temps de s'en inquiéter. Devant elle, les autres avaient cessé de bouger. Esmay se tortilla de manière à pouvoir regarder dans la direction d'où elle provenait. On n'y voyait rien d'autre que les traces laissées sur leur passage, là où ils avaient dérangé la poussière.

Quelqu'un lui tapota la jambe et elle se tourna. Ils avançaient de nouveau, plus lentement. Au bout d'une minute ou deux, elle comprit que les meneurs se faufilaient au travers du plafond pour descendre le long d'un passage.

Lorsqu'elle se trouva assez proche, elle entendit des voix.

— Ils ont bien failli nous avoir tous. Et vous?

C'était l'amiral Livadhi, qui semblait plus contrarié qu'inquiet.

Un murmure inaudible lui répondit. Frees, devant elle, se faufila par le trou pour atterrir dans des bras accueillants. Esmay jeta un dernier coup d'œil derrière elle et ne vit rien, mais n'importe qui pouvait suivre leurs traces. Elle se détourna et se laissa tomber les jambes en avant. Plusieurs hommes du rang arborant les écussons de l'École technique replacèrent le panneau du plafond alors qu'elle regardait de part et d'autre du passage.

À quelques mètres, des deux côtés, des agents de sécurité montaient la garde avec des armes. L'un d'entre eux portait un gilet pare-balles et un casque; l'autre, rien du tout. Esmay vit des brèches dans plusieurs compartiments, mais personne ne se dirigeait par là.

— Le capitaine Hakin a toujours du mal à respirer, dit Dossignal. Quelqu'un sait de quel gaz il s'agit?

— Sans doute du SR-58, dit Bowry. Ils doivent avoir l'antidote à l'hôpital, mais...

Esmay ne connaissait rien aux différents types de gaz volatils, mais d'après le ton de sa voix, la vie du capitaine était peut-être toujours en danger.

— On ne peut pas y accéder.

Un cri provenant de l'autre bout du couloir les fit sursauter. Très vite, mais sans paniquer, ils se dirigèrent vers l'ouverture la plus proche. Esmay s'aplatit contre la cloison interne, espérant que les gardes de la sécurité auraient le bon sens de se cacher eux aussi. Les pas approchèrent – plusieurs personnes, devina-t-elle. Ils s'arrêtèrent devant l'ouverture.

— L'amiral Livadhi aime la soupe aux pois et aux poireaux, déclara le nouvel arrivant sur le ton de la conversation.

— Carlton, dit Livadhi, souriant. Par ici, major.

Le major qui franchit l'ouverture avait les bras remplis de matériel. Il haussa les sourcils lorsqu'il aperçut Esmay et son arme.

— L'amiral devrait sans doute enfiler ceci, dit-il en lui tendant un masque à gaz. Ils se sont servis de gaz soporifique.

— Ils ont utilisé bien pire, dit Livadhi. Le capitaine Hakin en a pris une pleine bouffée; un garde est mort.

— Oui, amiral. J'ai dix filtres sur moi, et le caporal-chef Jasperson est en train de les distribuer à votre personnel de sécurité. Le commandant Bowry a suggéré de sécuriser les postes de secours et les casiers d'armes avant la réunion; nous avons assez de matériel pour une cinquantaine de personnes. Gilets pare-balles, casques, armes, unités de com. Et les fournitures médicales.

— Bon travail. Où avez-vous rangé le matériel?

— Par ici, amiral.

Le major Carlton les mena le long d'un passage, bifurqua vers un autre. Deux hommes aidèrent le capitaine à les suivre. Esmay vit d'autres gardes, portant tous des masques à gaz et des armures pour certains. Elle se demanda où ils allaient, et pourquoi ils perdaient leur temps là au lieu de fuir T-1 avant de s'y retrouver pris au piège. Mais elle avait une arme et resta en retrait avec l'arrière-garde.

Ils se rendaient en fait à une salle de réunion sécurisée, planquée au milieu du Laboratoire de Recherche sur les matériaux spéciaux.

— Système de ventilation indépendant, une bonne cuirasse épaisse tout autour – il va leur falloir un moment pour nous trouver, assez pour nous permettre d'établir un plan.

L'amiral Livadhi se tourna vers Carlton.

— Du personnel médical en T-1 ?

— Je fais venir quelqu'un qui travaille dans l'aile de la clinique. Les seules fournitures dont nous disposons proviennent des casiers d'urgence, vu que les intrus ont saccagé la clinique.

Le capitaine Hakin s'était effondré un peu plus tôt, et il réagit à peine lorsque Livadhi s'adressa à lui.

— Capitaine ?

— Uhhh...

— Capitaine, nous avons un problème d'ordre légal : vous êtes le seul officier du *Koskiusko* ici présent, et nous devons préparer un plan de résistance.

— Allez-y, dit Hakin.

— Je vous remercie, capitaine ; j'accepte votre permission.

Lors des quelques minutes qui suivirent, les amiraux s'accordèrent sur la nouvelle structure de commandement rendue nécessaire par l'urgence de leur mission. Puis ils réfléchirent à un moyen de regagner le contrôle du vaisseau.

— Il nous faut du personnel ayant l'expérience du combat en T-3 et T-4, dit Dossignal. C'est là que se trouve le *Spectre* et qu'avec un peu de chance, nous capturerons un vaisseau de la Horde. Plus tôt nous mettrons ce personnel en action, mieux ça vaudra.

— Par les écrans pare-feu et pare-souffle ?

— Vous voyez un autre moyen ?

— S'ils sont malins, et s'ils ont assez d'hommes, ils surveilleront tous les points d'accès.

— Mais ce n'est pas le cas, répondit Esmay, confiante. Ils n'étaient que vingt-cinq à l'infirmerie.

— Pas une équipe complète, donc. En général, ils envoient une meute divisée en trois dizaines.

— Vous voulez dire que nous en avons manqué plusieurs ?

— Certains ont pu trouver la mort à bord du *Spectre*. Nous n'avons pas eu le temps d'inspecter les compartiments recouverts de mousse. C'est aussi là que doivent se trouver leurs armes et leur matériel.

— Mais le problème, c'est que nous n'allons pas pouvoir surveiller chaque endroit où nous pourrons entrer. Donc où vont-ils se trouver *effectivement* ?

— Là où ils sont tous en contact les uns avec les autres, pour les renforts, dit Bowry. S'ils voulaient s'emparer du pont – et c'est ce que je ferais, si je voulais tenter ce petit tour – ça signifie qu'ils doivent surveiller le niveau Onze, où nous allons peut-être tenter d'atteindre les armes entreposées dans les casiers de la sécurité, et le niveau Dix-sept.

— Alors essayons le niveau Huit, dit Dossignal. Le commandant Takkis peut pénétrer dans le moyeu, pour atteindre le centre de commande secondaire et les empêcher de contrôler le moteur supraluminique.

Quant à nous...

— Comment ça, « nous » ? Vous n'irez pas là-bas.

— Oh que si. Ma place est là-bas, dans le 14e, avec mes hommes.

Sur le chemin du niveau Huit, ils ne virent aucune trace des intrus. La plupart des gens présents ici étaient des membres de l'équipage ou des étudiants du Commandement de l'Entraînement du Secteur de l'École technique. Parmi eux se trouvaient éparpillés des éléments de l'équipage du vaisseau, agents de sécurité pour la plupart, et des chercheurs en matériaux spéciaux. Yeux écarquillés, ils regardèrent passer le groupe masqué et armé.

Le niveau Huit semblait particulièrement calme lorsqu'ils atteignirent le bas de l'escalier. Esmay, à leur tête, s'arrêta net lorsqu'elle vit le premier corps affalé dans le couloir.

— Des ennuis, murmura Seveche derrière elle.

— Et nous ne savons pas si c'est du gaz ou autre chose, répondit-elle.

Il n'y avait aucun autre accès aux portes coupe-feu à partir d'ici. Elle prit une inspiration et se remit à avancer prudemment, aussi silencieusement que possible.

— Mort depuis plusieurs heures, dit Seska lorsqu'ils approchèrent du corps.

L'homme portait des insignes de la sécurité sur son épaule, dont un coin était détaché : quelqu'un avait dû tenter de tirer dessus puis abandonner.

— C'était peut-être un des premiers, dit Dossignal. Et ensuite l'agresseur est allé retrouver les autres.

Esmay avait envie qu'ils se taisent tous. Elle n'entendait rien, ne voyait rien. Elle jeta un œil dans le premier compartiment. Cinq corps étaient affalés à terre, ou sur des surfaces de travail toujours assis sur leurs chaises. Son estomac se souleva ; elle avala péniblement sa salive. La personne venue ici, quelle qu'elle soit, savait tuer très vite.

Plus près du moyeu, ils virent le mur solide qui les isolait du reste du vaisseau. Esmay savait à présent que ce n'était pas une simple cloison, mais une section de la coque elle-même, capable de supporter la pression si l'aile se détachait. Elle reposait contre une section semblable du moyeu : deux épaisseurs de coque. Une fois ces barrières mises en place, on ne pouvait plus passer qu'au moyen des codes de priorité, commandant l'ouverture de sas.

L'amiral Dossignal entra un code, tandis que les autres montaient la garde. Le sas ne bougea pas. Il fit une nouvelle tentative ; toujours rien.

— Commandant Seveche, dit-il. Avez-vous entendu le capitaine donner le code ?

— Oui, amiral.

— Alors essayez. J'ai pu me tromper.

Seveche entra le code à son tour, mais il ne se produisit toujours rien.

— Soit le capitaine ne se rappelait pas la bonne séquence, soit ils ont trouvé un moyen de la modifier, dit Dossignal.

— Ou bien un membre de l'équipage l'a changé, en croyant peut-être que les intrus l'avaient fait, dit Seveche.

— Ce qui revient au même, répondit Dossignal. Donc, il doit y avoir un autre moyen de passer.

Seveche grogna.

— Pas sans le matériel qui se trouve dans notre section, amiral. Deux épaisseurs de coque… On y arrivera peut-être avec la première, avec les outils du secteur Recherche de MatSpec, mais pas deux.

— Quelle est notre situation au niveau des communications?

— Nous pouvons joindre l'amiral Livadhi sur son casque. Jusqu'ici, je n'ai rien capté d'autre en provenance du reste du vaisseau. C'est ce à quoi je m'attendais avec les ailes isolées; nous aurions besoin d'une alimentation plus importante.

— Faute de pouvoir entrer, si nous essayions de sortir? demanda le capitaine Seska.

— Même problème, il faut traverser la coque.

— Au niveau de T-3 et T-4, il y a des sas à tous les niveaux, dit Seveche.

Il avait projeté une carte de T-1 sur la cloison et la parcourait niveau par niveau.

— Celui-ci ne dispose d'aucun sas. Il y en a un à l'extrémité de l'Unité de Fabrication de matériaux spéciaux, bien sûr, mais…

— T-1 a été conçue pour rester à l'abri d'éventuelles interférences, dit Dossignal.

— Alors nous allons devoir traverser tout MatSpecFab en espérant que personne ne va appuyer sur le bouton. Bien. Le jour où je concevrai un VMH, je m'assurerai d'ajouter quelques options.

— Celui-ci en a; c'est même une partie du problème. (Dossignal parcourut son groupe du regard.) Nous ferions mieux d'y aller, alors. Je crois que nous pouvons partir du principe que tous les intrus se trouvent ailleurs, sans doute dans la section du moyeu. Venez!

Il s'éloigna brusquement, les surprenant tous par sa diligence. Esmay surprit un échange de regards entre le capitaine Seska et son second, et en conclut qu'ils n'étaient pas plus ravis qu'elle de voir l'amiral décider de ne pas se soucier des intrus.

— Heureusement que c'est à ce niveau-ci, dit Dossignal.

Esmay souhaita qu'il ralentisse pour laisser une partie de son escorte le précéder.

— Amiral, dit Seveche au bout de quelques mètres. Laissez-nous passer devant.

Dossignal ralentit et se tourna.

— Mari, il y a…

Il eut un hoquet et tituba. Esmay comprit qu'elle venait de plonger à l'instant même où son corps touchait terre. Tout comme Seska, Frees et Bowry. Les autres se tenaient là où ils s'étaient arrêtés et regardaient autour d'eux.

— TOUS À TERRE! hurla Seska, et les autres s'exécutèrent. Amiral?

— Vivant, grommela Dossignal. J'ai eu de la chance.

Esmay regarda derrière Dossignal, dans le passage, cherchant à deviner d'où provenait le tir, et de quel genre d'arme il s'agissait. Elle n'avait rien entendu avant l'impact.

— Beaucoup de chance, acquiesça Seveche, qui s'avança en rampant.

— Plus pour longtemps, dit une voix calme. La silhouette qui s'avança était beaucoup plus proche qu'Esmay ne s'y était attendue, et chargée d'armes.

— Baissez-vous!

Elle avait tiré presque avant de s'en rendre compte. Le coup de l'intrus ricocha sur la cloison alors que celui d'Esmay le déchirait du cou à la hanche. Quelqu'un (mais pas l'intrus) se mit à hurler.

Elle l'ignora, se força à se relever et à avancer, dépassa l'amiral Dossignal, piétinant les éclaboussures de sang et de tissu, pour vérifier l'ouverture d'où était sorti l'assaillant. C'était un petit compartiment bordé d'étagères de fournitures de bureau, désormais vide.

— ... deux blessés, disait Seveche dans son casque. Niveau Huit, passage principal.

— C'est vous qui avez pris part à une mutinerie? dit le capitaine Seska à Esmay.

— Oui, capitaine.

— Bon temps de réaction. Je suppose que celui-ci s'est trouvé isolé quand les portes se sont baissées; s'il avait eu un partenaire, nous le saurions déjà.

Esmay y réfléchit.

— Ça me semble logique, capitaine. (Elle ne voyait ni n'entendait rien d'autre que les bruits de leur groupe.) Nous pourrions mettre l'amiral à l'abri dans ce placard. Juste au cas où.

Lorsque les renforts arrivèrent, ils avaient caché les deux blessés dans le compartiment, avec Esmay et le second du *Spectre*, le commandant Frees, qui montaient la garde en cas d'ennuis. Dossignal ne cessait de répéter qu'il allait très bien, qu'ils feraient mieux de continuer sans lui, et qu'une fois les autres arrivés, il en donnerait l'ordre direct.

— Je ne suis pas assez idiot pour penser que je devrais y aller – je ne ferais que vous ralentir –, mais vous ne pouvez rien faire d'utile ici, et là-bas vous pourriez sauver le vaisseau. J'ai dicté des ordres pour le 14ᵉ. Lieutenant Suiza, portez-les à l'officier le plus gradé que vous trouverez en arrivant. Maintenant, allez-y.

# Chapitre 17

Rien ne gêna leur progression jusqu'à ce qu'ils atteignent la zone d'accès de l'Unité de Fabrication de matériaux spéciaux.

— Vous ne pouvez pas faire ça! Il y a des travaux en cours. Quatre-vingt-dix mètres de trichite en train de se développer!

Le superviseur de l'Unité de Fabrication était un quartier-maître robuste et grisonnant qui ne se laissait pas impressionner par la bagatelle de quatre officiers.

— Il vous faudrait la permission du commandant Dorse, et je ne veux pas...

— Écartez-vous, ou il y aura quatre-vingt-dix mètres de trichite plus votre corps, étalé sur un mètre soixante-dix environ.

Seska, déterminé à récupérer son vaisseau, furieux contre bien plus que la seule Horde, avait dépassé le stade des civilités, même s'il avait commencé par là.

— L'amiral Dossignal va me tuer si vous entrez là-dedans et détruisez tout un lot...

— Non! La Horde Sanguinaire va vous tuer. L'amiral ne fera que vous rabaisser au grade de pivot et vous en faire baver pendant vingt ans si vous ne dégagez pas le terrain.

— La Horde Sanguinaire? Qu'est-ce que la Horde a à voir là-dedans?

— Vous n'êtes au courant de rien?

Esmay s'avança, s'efforçant de prendre un air inoffensif et sincère.

— Non, rien. Je surveille la formation d'une trichite depuis cinq heures, la relève n'est pas venue, et...

Esmay baissa la voix.

— Des commandos de la Horde sont en vadrouille sur ce vaisseau et votre relève est sans doute morte. Le seul moyen de les combattre est de sortir de T-1, et le seul moyen d'y arriver est de passer par ici. Je vous suggère de nous laisser passer, et quand nous serons sortis sans dommage, laissez entrer la Horde s'ils viennent ici. Puis procédez à un décollement anticipé.

— Mais ça reviendrait à gaspiller quatre-vingt-dix mètres...

— Pardonnez-moi, dit Frees d'un côté.

L'homme tourna la tête et Esmay le frappa de toutes ses forces à l'aide de son arme. Elle aurait pu le tuer; pour le moment, elle s'en souciait peu.

Ils barricadèrent de leur mieux le sas donnant sur le passage et enfilèrent rapidement les combinaisons EVA trouvées dans le casier le plus proche. Ils vérifièrent mutuellement leurs combinaisons avant d'ouvrir le premier des sas de sécurité qui isolaient l'Unité de Fabrication de matériaux spéciaux de la gravité artificielle du vaisseau. À l'intérieur se trouvait une passerelle métallique de dix mètres de long, qui se terminait par un autre sas de sécurité. Des rambardes longeaient les deux cloisons, avec des anneaux placés tous les cinquante centimètres. Ils franchirent le sas, le fermèrent derrière eux et choisirent l'option «vide artificiel». Le voyant, devant eux, passa au vert et ils s'engagèrent dans le passage.

Esmay eut l'impression de s'élever à chaque pas, comme si elle marchait dans de l'eau de plus en plus profonde. Au niveau du dernier mètre, chaque pas la projetait carrément à l'écart de la passerelle et ses pieds traînaient derrière elle, attirés par la faible attraction de la masse réelle du *Koskiusko.* Elle saisit la rambarde et espéra que son estomac allait retrouver sa place.

— Je déteste la gravité zéro, dit Bowry.

— Je déteste la Horde Sanguinaire, dit Seska. La gravité zéro n'est qu'un sale moment à passer.

Ils franchirent le deuxième sas pour entrer dans un long tube sombre éclairé par l'étrange lueur verte et violette de la cuve de croissance. Il semblait s'étendre à l'infini, se réduire à un point sombre tout au loin. Ici, Esmay n'éprouvait pas la moindre impression d'attraction à quelque masse que ce fût. Son estomac se glissait dans sa gorge lorsqu'elle bougeait dans un sens, puis lui redescendait le long de la colonne vertébrale quand elle se tournait dans l'autre sens. Elle s'efforça de se concentrer sur son environnement. D'un côté se trouvait une étroite passerelle surmontée d'une rampe.

— Rappelez-moi encore ce qui se passe si nous dérangeons la croissance des trichites, dit Seska.

— Elles éclatent et on se retrouve empalés sur les débris, dit Bowry.

— Alors ne les dérangeons pas, dit Seska. Vibration minimale, variation de température minimale. Nous glissons sur la rampe. Pas de grands gestes, pas de contorsions pour essayer de regarder. Restons détendus, comme ceci.

Esmay le regarda entourer la rampe de ses gants formant un large cercle, puis s'éloigner du sas d'une poussée. Il s'éloigna en glissant, s'éloigna encore, et disparut dans la pénombre. Esmay remarqua qu'il s'était poussé de manière à suivre précisément l'axe de déplacement souhaité ; ses jambes le suivaient simplement.

— J'espère qu'il y a un support auquel s'accrocher à l'autre bout de ce truc, dit Frees en l'imitant.

— Lieutenant, c'est à mon tour de former l'arrière-garde, dit Bowry.

Esmay entoura la rampe de ses gants, les desserra dans des proportions qu'elle estimait correctes, puis s'éloigna d'une poussée. C'était une sensation étrange. Elle se laissait entraîner sans effort, comme si la rampe elle-même bougeait, et ne voyait rien que le faible reflet de la lueur verte et violette sur la cloison, ainsi qu'une longue tache floue qui n'était pas tout à fait une couleur.

Quand elle ralentit, elle ne s'en aperçut pas tout de suite. Puis la tache se stabilisa, elle lui sembla immobile. Et maintenant? Si elle la contournait trop énergiquement, elle risquait de percuter la cloison et de déranger les trichites. Elle avança très lentement, levant l'autre main pour se stabiliser, puis se tourna pour regarder derrière elle. Elle voyait maintenant au loin la petite grappe de lumières au niveau du sas. Plus près... quelque chose approchait en glissant, trop vite. Si Bowry la percutait, ils allaient tous deux heurter la cloison, ou pire. Elle saisit la rampe et se hissa une main après l'autre, s'efforçant de laisser son corps suivre le mouvement sans se tortiller.

Elle ne pouvait regarder et bouger en même temps, pas sans se contorsionner. Et elle n'avait pas envie d'aller trop vite ; elle ne savait pas quelle distance il lui restait à parcourir. Elle levait les yeux de temps à autre, alignant sa vitesse sur celle de Bowry. Lorsqu'il ralentit à son tour, elle fit de même. Les autres se trouvaient quelque part devant eux ; elle n'avait pas non plus envie de leur rentrer dedans.

— Ralentissez maintenant, entendit-elle.

Elle espéra que Bowry avait entendu lui aussi, mais elle ne regarda pas et se contenta de tendre le bras pour imprimer une résistance qui freina son mouvement. Ses jambes pivotèrent de côté, mais elle parvint à raidir son torse de manière à les tenir éloignées de la cloison.

Lorsqu'elle se tourna pour regarder devant elle, elle vit l'extrémité étroite et arrondie de l'Unité de Fabrication, et le gros verrou rond qui permettait le retrait des travaux terminés. D'un autre côté se trouvait un verrou. Pourquoi n'avaient-ils besoin de verrou que de ce côté, alors que l'intérêt même de MatSpecFab était de permettre le vide artificiel et la gravité zéro? Elle trouva la réponse presque alors même qu'elle formulait la question. Bien sûr, ils ne voulaient pas que tous les débris de l'espace pénètrent dans l'unité.

Le verrou était manuel, simple contrôle du sas qu'il suffisait de forcer un peu pour ouvrir. Puis ils se trouvèrent dehors, s'agrippant aux anneaux et poignées pour lesquels l'appellation d'équipements de «sûreté» semblait abusive. À côté se trouvait une rangée de jacks pour les communications et l'oxygène.

— Faites le plein de vos réservoirs, dit Seska.

Esmay avait presque oublié cette procédure standard. Elle jeta un œil à ses jauges. Il semblait peu raisonnable de prendre tout ce temps maintenant pour un si faible pourcentage. Mais les autres étaient tous raccordés. Elle haussa mentalement les épaules et inséra son propre tube auxiliaire. Sa combinaison émit un signal lorsque la pression du réservoir atteignit son niveau maximal, et elle se libéra.

Seska accrocha sa corde de sûreté au premier anneau et commença à se hisser jusqu'à l'extrémité arrondie de l'Unité de Fabrication en longeant les supports conçus pour le transport des trichites. Esmay suivit de nouveau Frees, avec Bowry derrière elle, s'arrêtant pour décrocher et raccrocher sa ligne à chaque fois qu'elle arrivait au bout. Lorsqu'ils atteignirent le haut (défini par le système de transport des trichites) Seska fit une pause.

D'ici, la taille du *Koskiusko* surprit de nouveau Esmay. L'Unité de Fabrication, à elle seule, dépassait en masse la plupart des vaisseaux de guerre, enduite comme eux d'un noir mat, parsemée des protubérances luisantes des générateurs de boucliers. Au-delà s'élevait la face externe de T-1, tout en angles, d'un noir mat se détachant sur le champ d'étoiles, avec la faible lueur des rails de transport qui s'élevait par-dessus le bord.

— Vérification, dit Seska.

— Deux.

— Trois.

— Quatre.

Esmay frissonna. Ils n'étaient que quatre, seuls sur un vaisseau si gros qu'elle n'en voyait qu'une infime partie...

— Nous allons suivre les rails de transport, dit Seska. Ça nous fera gagner du temps.

Personne ne mentionna le niveau d'oxygène restant; personne n'y était obligé.

Esmay voyait aux jauges de sa combinaison qu'ils avaient passé vingt minutes à franchir des sas, à traverser le long tunnel de l'Unité de Fabrication, à grimper jusqu'ici. Et il leur fallait maintenant parcourir la même distance en sens inverse, traverser tout le vaisseau, trouver un accès à un des verrous qui donnaient sur l'aire de réparation de T-3. À l'intérieur, en marchant sur un sol ferme, même en montant et descendant les échelles à toute allure, ils auraient pu y parvenir sans dépasser les limites d'un réservoir de combinaison. Mais ici? Aucune importance: il le fallait. Seska accrocha sa ligne à une des rampes du système de transport et s'avança d'une poussée. Ils le suivirent.

Esmay s'était demandé à quelle distance de la surface du vaisseau s'étendait la gravité artificielle. Lorsqu'ils franchirent le bord de T-1, avec le dôme du pont devant eux, elle ne ressentait rien, mais lorsqu'elle regarda, ses jambes avaient dérivé vers la surface.

Les rails de transport menaient directement au-dessus du dôme du moyeu, et Esmay songea que, sans cette pression et cette fatigue, elle aurait profité de la vue. Les cinq ailes aux extrémités arrondies se déployaient autour d'eux, le dôme était lui-même parsemé de protubérances des générateurs de boucliers et d'une série de pylônes rétractables pour la communication et la télédétection. Elle chercha, sans en voir, d'autres formes de vaisseaux se détachant sur les étoiles. Les escortes étaient là-dehors, quelque part, mais trop loin pour bloquer une zone importante du champ d'étoiles.

On perdait facilement la notion du temps lors de cette longue traversée des ténèbres. À l'intérieur de son casque, les chiffres lumineux firent défiler des dixièmes de seconde, puis des secondes, puis des minutes. Elle ne consulta pas sa jauge d'oxygène. Si elle baissait trop, ou trop vite, il n'y aurait pas de démineurs serviables pour l'aider à refaire le plein.

— Des ennuis.

C'était Seska. Esmay se tourna vers lui. Derrière lui, le champ d'étoiles changea brusquement. L'esprit d'Esmay se figea net, mais alors même que Seska disait: «Ils sont en train de manœuvrer», elle venait de comprendre par elle-même. Quelqu'un avait décidé de faire pivoter le vaisseau, et ce quelqu'un ne pouvait être le capitaine.

Mais il pouvait très bien s'agir des commandos de la Horde Sanguinaire, qui contrôlaient le pont.

Elle s'interdit de paniquer. Elle se dit que, malgré la solidité et l'immobilité apparentes du *Koskiusko*, le vaisseau n'avait jamais été immobile: tous les vaisseaux bougeaient, tout le temps, et elle ne risquait pas davantage de perdre prise et de tomber quand il avançait sous l'effet de ses propres moteurs que quand il n'obéissait qu'aux lois anciennes de la physique. Le *Kos* n'avait rien d'un vaisseau de guerre; il ne pouvait égaler l'accélération du vaisseau cargo le plus anémique en mode de propulsion classique.

La voix de Bowry, d'une désinvolture calculée, l'interrompit dans ses pensées.

— Lieutenant, je ne crois pas que vous sachiez si les dommages du moteur supraluminique sont irréparables?

Le moteur supraluminique. Elle sut aussitôt ce qu'allait faire la Horde Sanguinaire, et elle se botta mentalement les fesses pour ne pas l'avoir vu plus tôt. Bien sûr, ils allaient emporter leur trophée hors de portée des secours avant d'essayer de l'ouvrir comme un geai le fait d'une noix.

— Non, commandant, dit-elle à Bowry. Les gens de Moteurs & Manœuvres semblaient croire à un sabotage, mais quelque chose a pu se desserrer pendant la série de sauts.

— Ces escortes devraient faire quelque chose d'utile, dit Seska. Comme nous tirer dessus quand ils nous voient nous déplacer avec les moteurs actifs.

Esmay avait oublié les escortes. Sa bouche s'assécha. Elle se trouvait là, accrochée à l'extérieur d'un vaisseau spatial aux moteurs actifs, qui avait de grandes chances d'essuyer des tirs. Sa combinaison lui semblait la protéger autant qu'une fine épaisseur de tissu.

— À moins que ce ne soit l'œuvre de nos équipiers, et qu'ils soient en train de leur parler. (Bowry ne semblait guère optimiste.) Je suppose qu'ils peuvent être en train de s'éloigner du point de saut et de se rapprocher des escortes.

— Non... (C'était Frees.) J'ai bien l'impression qu'on se dirige par là, mais selon un vecteur différent. Sans l'ordinateur de navigation, je ne peux pas en être sûr, mais ce point de saut n'avait-il pas quatre vecteurs de sortie?

— Oui, répondit Seska. Je ne peux pas juger de l'approche, mais vous avez sans doute raison, Lin. Nous sommes à moins d'une demi-heure du saut, je crois, et à beaucoup plus d'une demi-heure de tout ce que nous pourrions atteindre à l'intérieur du vaisseau. Ça devrait être intéressant, dommage que nous n'ayons aucun moyen d'enregistrer l'expérience des premières personnes qui vont mourir en franchissant un point de saut sans protection.

— Les commandos ont survécu, commenta Esmay, qui ignorait encore l'instant d'avant ce qu'elle allait dire.

Suivit un silence. Elle supposa que les autres contemplaient la rotation du champ d'étoiles prouvant que le *Kos* se déplaçait avec les moteurs activés.

— Ils étaient dans le *Spectre*, dit Seska.

— Mais il y avait une brèche dans la coque et une panne du bouclier avant. Les boucliers supraluminiques du Kos sont en parfait état.

Elle ne connaissait rien à la technologie des boucliers. Tout ce qu'elle savait, c'était que les vaisseaux supraluminiques en avaient.

— Si nous arrivons à descendre de ce truc et à progresser le long de la coque...

— Bonne idée, Suiza.

Il leur fallut presque toute la demi-heure pour descendre péniblement, en décrochant et raccrochant soigneusement les lignes de sûreté, encore et encore, depuis la courbe haute et lisse des rails de transport jusqu'à la coque. Ici, pour la première fois, Esmay perçut à travers les semelles de ses bottes une faible traction latérale, preuve supplémentaire que le *Kos* bougeait par ses propres moyens, contrastant avec l'inertie de sa trajectoire précédente.

Ils avaient parcouru deux tiers environ du trajet depuis l'Unité de Fabrication de matériaux spéciaux, dont la masse leur cachait T-1 et presque tout MatSpec, sauf l'extrémité. Soudain apparut une lumière derrière eux, dont l'éclat répandit une lueur diffuse au-dessus d'eux. Esmay plongea par réflexe et leva les yeux. Les rails de transport des matériaux éclatèrent en dégageant une vapeur aveuglante et répandirent des débris enflammés qui se déversaient dans une direction suivant leur progression.

— Voyons voir, dit Seska. Nous nous trouvons maintenant à l'extérieur d'un vaisseau qui se prépare à sauter, et *en plus* on nous tire dessus. Je me demande où se trouve l'équipe de tournage du cube d'aventures?

— Sur l'autre escorte, bien sûr, répondit Frees. C'est pour ça qu'on ne nous vise pas encore directement.

— Je me demanderais bien quelle autre tuile pourrait nous tomber dessus, mais j'ai peur de donner des idées à l'univers, dit Bowry.

Esmay sourit. Elle comprit qu'autre chose lui avait manqué : un sens de l'humour en phase avec le sien.

— S'ils se trouvent à une distance standard, ils ne peuvent pas nous tirer dessus avec des armes de masse avant qu'on franchisse le point de saut, dit Seska. Et ce n'est qu'une escorte, hein? Encore deux tirs d'armes énergétiques et il leur faudra recharger, après quoi nous serons partis.

— À supposer que l'autre ne réussisse pas à nous griller, dit Bowry.

Nouvel éclat lumineux, et cette fois le brouillard s'épaissit. Le reste des rails de transport fut balayé.

— Bien visé, mais ils vont épuiser leurs réserves d'énergie s'ils ne se calment pas.

Une pénombre les engloutit subitement ; Esmay cligna des yeux et les étoiles réapparurent.

— Si l'autre le voulait, ils l'auraient déjà fait. Ce que j'ai entendu dire au cours de la première conférence, c'est que l'une des escortes bluffait et franchirait sans doute le point de saut en faisant semblant d'aller chercher de l'aide.

— Désertion, réfléchit Frees.

— Ils couvrent leurs arrières, dit Bowry. Ce que je peux détester la prudence.

— Tout va bien, lieutenant? demanda Seska, pas comme s'il s'inquiétait, plutôt pour vérifier.

— Très bien, capitaine, répondit Esmay. J'essaie simplement de me rappeler s'il y a moyen de faire le plein d'oxygène par ici.

Car même s'ils survivaient au passage en hyperespace, ils tomberaient à court d'oxygène avant d'en avoir fini. Même un bref saut dépassait de plusieurs jours la durée des réserves d'air d'une combinaison EVA.

— C'est une idée, dit Seska. On rentre les chercher?

— Non, capitaine. Je vous rappelle que nous ne sommes que quatre, avec seulement quatre armes légères. Je me disais qu'il valait mieux rester dans le tunnel d'accès, avec le sas externe ouvert de sorte que personne ne puisse y accéder de l'intérieur, jusqu'à notre sortie de saut. Et ensuite y aller.

— Ça pourrait marcher, dit Seska. On pourrait se servir des combinaisons...

Le *Koskiusko* passa brusquement en mode de saut avec une secousse perturbante et une vibration qui transperça les semelles d'Esmay et lui remonta jusqu'aux sinus. Les étoiles avaient disparu. Elle ne voyait rien au-delà des compteurs de son casque, dont les chiffres semblaient effectivement très étranges. Sa com était silencieuse, d'un silence aussi sombre que les ténèbres palpables autour d'elle. Au-dessous d'elle, la vibration continuait encore et encore, nocive pour le vaisseau, pour la connexion de l'aile au moyeu, pour la stabilité des moteurs eux-mêmes. Si les moteurs tombaient en panne, s'ils sortaient d'hyperespace à un emplacement non indiqué sur les cartes...

Elle s'accrocha à ses poignées et chercha à repousser sa panique naissante. Évidemment qu'il faisait noir, ils n'avaient plus de lumière. Si ses compteurs affichaient des chiffres étranges, au moins les voyait-elle toujours. L'oxygène, par exemple, lui donnait deux heures de plus, mais aucune des valeurs ne semblait changer. L'écran indiquant le temps passé dans cette combinaison était figé, immobile.

Elle n'avait jamais été très bonne en théorie, et ne connaissait pas grand-chose au vol supraluminique, mais savait simplement qu'il n'y avait aucun moyen de définir où et quand se trouvaient les vaisseaux lorsqu'ils disparaissaient à un point de saut pour réapparaître (plus tard, s'il existait quelque chose comme le temps absolu, ce qui n'était pas le cas). Le vol supraluminique n'était pas instantané, comme la transmission par ansible ; le temps interne d'un vaisseau pouvait présenter un décalage de plusieurs heures, plusieurs jours ou même (pour le vol le plus long jamais recensé) d'un quart d'année standard. À bord, à l'intérieur de la coque et du bouclier supraluminique, les horloges fonctionnaient. Ici... Elle se força à inspirer, ce qui ne la rassura pas. Elle respirait ; elle percevait le flux tiède de son expiration sur ses joues. Mais le minuteur de la combinaison n'avait plus aucune notion du temps, ce qui signifiait qu'il n'enregistrait pas l'oxygène qu'elle respirait, et par conséquent qu'elle pouvait se retrouver à court sans même le savoir.

Et quand on se trouvait à court d'oxygène, valait-il mieux savoir? Elle chassa cette idée pour se concentrer sur l'hypothèse d'une panne de la combinaison. Les lumières et la com fonctionnaient très bien à l'intérieur de vaisseaux en vitesse supraluminique, pourquoi pas ici, s'ils se trouvaient à l'intérieur des boucliers?

S'ils ne s'y trouvaient pas...

Un faible gémissement traversa les écouteurs de la combinaison, s'étirant encore et encore comme le bruit d'une vache perdue par une nuit de printemps. Esmay n'aurait su dire de quoi il s'agissait, jusqu'à ce qu'un long sifflement vienne ponctuer le bruit. Son esprit rassembla les sons comme les pièces d'un puzzle : il pouvait s'agir d'un mot au ralenti. Elle s'efforça d'imaginer duquel il pouvait s'agir, mais un crissement perçant y succéda. Elle poussa les commandes de la combinaison pour amortir le bruit – avec succès, au moins. Mais si la com des combinaisons ne fonctionnait pas, ils étaient bien avancés.

Quelque chose heurta l'arrière de son casque ; elle se tourna prudemment. Ce devait être un des autres. On la heurta de nouveau. Elle entendait maintenant une voix – celle de Seska – ainsi qu'un faible crissement là où leurs casques se touchaient.

— Les radios ne fonctionnent pas. Il faut approcher nos casques l'un contre l'autre. Rattachez-vous.

Il lui tapota le bras et elle se rappela sa corde de sécurité. Bien sûr.

Esmay alluma la lampe de son casque et regarda, stupéfaite, la lumière descendre lentement, lentement, de son tube comme de l'adhésif semi-solide. Quand elle atteignit la coque, les rebords de la forme ainsi dessinée décrivirent des vaguelettes instables, schéma moiré de couleurs étranges. Elle n'éclaira hélas aucun marqueur utile, rien qui puisse leur suggérer de quel côté chercher le sas.

— … Suiza ?

Si la lumière bougeait au ralenti, la com en ferait de même, avec les ondes radio déformées par les effets du vol supraluminique sur l'espace et le temps. Esmay eut l'impression de s'éveiller d'une lenteur semblable, comme si une partie de son corps, en harmonie avec la vitesse de la lumière elle-même, traînait loin derrière eux.

— Ici, dit-elle à Seska.

Elle baissa la tête ; le faisceau lumineux de son casque se plia lentement, ondulant avec le mouvement. Elle tendit le bout de sa corde à la main gantée apparue à la lumière.

— … connais quelqu'un qui jetterait un œil à ce truc et passerait le mois suivant dans une transe mathématique, à essayer de l'expliquer.

C'était une autre voix, plus faible, et elle comprit qu'elle devait être transmise d'un casque à l'autre, depuis l'autre côté de Seska.

— Frees en réseau. Bowry en réseau.

— … le sas ? L'horloge ne fonctionne pas.

Bien sûr, ils en avaient compris les implications par eux-mêmes. Où se trouvait le sas le plus proche ? Elle fixa la pénombre, cherchant à se représenter cette partie du vaisseau, à reconstruire la maquette de ses premiers jours passés à bord à étudier le *Kos*. Il y avait un sas pour l'évacuation d'urgence de l'équipage du pont à la base du dôme, de l'autre côté de T-1, donc sur leur trajet actuel, à peut-être un quart d'heure de traversée prudente. Dans la pénombre, elle ne savait trop quel avait été leur trajet précédent, mais la fuite de l'unité de gravité l'aida à trouver l'aval.

— Suivez-moi, dit-elle, désignant l'aval d'un mouvement de son casque.

Le faisceau lumineux se courba, ondulant comme l'eau d'un tuyau en mouvement, et décrivit des vagues dans la direction approximative du bas. Esmay se mit en route dans ce sens, consciente de pouvoir retomber sur sa propre lumière. Exactement comme ces capitaines idiots dont on leur parlait à l'Académie, qui avaient fait franchir des microsauts à leurs vaisseaux devant leurs propres armes énergétiques et s'étaient fait griller. Elle regarda de côté sans bouger la tête et vit d'autres faisceaux lumineux semblables au sien, mais de couleur légèrement différente. Elle sentit quelque chose la toucher dans le dos.

— ... vous suivre, dit Seska. Restez en contact direct.

Elle progressa prudemment en s'agrippant d'une protubérance à l'autre. C'était comme gravir des rochers dans le noir, ce qu'elle n'avait fait qu'une seule fois car c'était une manière particulièrement idiote de se blesser, de rester suspendue dans l'obscurité en cherchant des prises à tâtons sans savoir à quelle hauteur on se trouvait.

Ici, la *hauteur* était un concept absurde, et elle ignorait ce qui se produirait si elle perdait contact avec la coque. Elle n'éprouvait aucune sensation de pression externe sous les assauts du vent, comme ce serait le cas avec la vitesse dans l'atmosphère. Non, mais une autre pression provenait de l'intérieur, comme si chacune des cavités de son corps insistait pour lui faire comprendre que quelque chose allait de travers et n'aurait pas dû bouger de la sorte. Le pire de la vibration s'était stabilisé, tout aurait dû s'arranger. Mais elle ressentait une pression croissante dans son crâne ; elle sentait les racines de ses dents lui chatouiller les sinus ; ses yeux voulaient jaillir de ses orbites pour échapper à son visage enflé.

Elle fit une pause lorsqu'elle ressentit une traction sur la corde qui la reliait aux autres. Un casque cogna le sien, puis s'arrêta.

— ... crois qu'on n'est peut-être pas à l'intérieur du bouclier supraluminique, dit Frees. Seulement des boucliers anticollision.

Bien sûr. Sa mémoire déroula les bonnes références cette fois, lui montra la disposition des générateurs de boucliers supraluminiques, juste au-dessous du revêtement de la coque. Bien sûr, la coque externe ne pouvait être protégée des influences du vol supraluminique – elle devait y voyager.

C'était difficile de ne pas gaspiller la lumière, mais elle finit par comprendre comment positionner sa tête et bouger, de manière à voir des prises possibles et des endroits où s'accrocher tout juste à portée de main. Elle passa devant un poste de communications et se rappela qu'il n'était qu'à quelques mètres de l'entrée du sas. Mais dans quel sens ? Et combien au juste ? Elle s'arrêta là, enroula sa corde autour de la base de l'installation. (Et pourquoi n'avait-elle pas cédé lorsqu'ils avaient franchi le point de saut ?)

— C'est tout proche, dit-elle aux autres lorsqu'ils la rattrapèrent pour un contact avec son casque, exactement comme des vaches s'approchant nez à nez. Attendez, je vais regarder.

Une pause.

— ... brille dans différentes directions. Ça pourrait être utile.

Ça le serait. Elle regarda les deux faisceaux visibles s'enrouler des deux côtés du sien. Elle se donna cinq ou six mètres de corde et fila jusqu'au bout, puis se mit à décrire des cercles.

Lorsqu'elle trouva le sas, elle vit un hublot près du panneau de contrôle. Elle s'accrocha à la rampe conçue à cet effet, jeta un œil à l'intérieur et ne vit que de la pénombre. Elle n'avait aucune envie d'allumer les lampes intérieures – pourquoi signaler leur emplacement aux commandos de la Horde?

Elle tira sur sa corde en guise de signal et lutta avec le panneau de contrôle tandis qu'elle attendait qu'ils la rattrapent. Elle avait du mal à garder sa lumière dirigée vers les commandes qu'elle essayait d'actionner. Le panneau de sécurité glissa enfin, et elle consulta les instructions. Le sas avait été conçu pour sortir en cas d'urgence, pas pour entrer, si bien que les instructions d'entrée étaient remplies d'avertissements et de séquences destinés à empêcher un idiot de saboter la pression des compartiments voisins.

Elle entra la séquence qui devait fonctionner. Rien ne se produisit. Elle examina de nouveau les instructions. D'abord verrouiller le sas interne, le bouton indiquant «Sas interne», puis l'interrupteur «Fermeture». Puis vérifier la pressurisation, «Test pression». Arrivée à ce stade, elle lut la suite et termina la séquence. Mais les voyants ne passèrent pas au vert et le sas ne s'ouvrit pas.

— ... existe un code de priorité manuel? demanda Seska.

Elle n'avait même pas remarqué qu'il approchait, ni prêté attention au contact de son casque.

Elle chercha de nouveau et ne vit rien de familier.

— Je n'en ai pas trouvé – j'ai essayé deux fois la séquence automatique.

Elle s'écarta.

Frees trouva le cadran du code de priorité, sous un panneau distinct, avec ses propres instructions. C'était un système mécanique qu'il fallait tourner vigoureusement dans le sens des aiguilles d'une montre, ce qui dévoilait d'autres cadrans à faire tourner pour former la séquence numérique imprimée à l'intérieur du panneau. Seska et Frees se débattirent avec le levier. Elle imaginait très bien les propos qu'ils échangeaient. Lutter contre le levier consommait rapidement l'oxygène.

Esmay fixa les instructions de la séquence automatique et se demanda pourquoi elle ne fonctionnait pas. Verrouiller le sas interne, tester la pressurisation, entrer le nombre de personnes qui allaient passer, puis la séquence d'ouverture du verrou externe. C'était ce qu'elle avait fait.

Elle poursuivit sa lecture, au-delà des mises en garde contre l'usage non autorisé, jusqu'aux petits caractères, espérant trouver un détail qu'elle avait manqué et qui permettrait d'ouvrir.

En petits caractères, tout en bas, les derniers mots étaient : « Note : les sas externes ne peuvent être utilisés pendant un vol supraluminique. » En caractères encore plus petits : « Cette contrainte ne présente aucun risque pour le personnel tant que le personnel n'est pas engagé dans des activités externes en EVA pendant un vol supraluminique. »

Elle se pencha pour appuyer son casque contre celui de Seska.

— Un crétin a dû le bloquer en le réparant, disait-il.

— Non, répondit Esmay. Ça ne marche pas en vol supraluminique. C'est ce que ça dit tout en bas.

Les autres abandonnèrent leurs efforts.

— En effet, dit Frees, se penchant contre le casque d'Esmay. Sur ce panneau également. Il dit que nous n'en avons pas besoin, car bien sûr, nous ne sommes pas dehors en vol supraluminique. Quelle bande de crétins on fait, à défier la logique.

— J'aimerais bien qu'ils aient raison, dit Bowry. D'accord, Suiza. Et maintenant ?

Esmay ouvrit la bouche pour protester (ils la dépassaient en grade, c'était à eux de prendre les décisions) puis la referma, songeuse. L'oxygène qui se raréfiait, à une vitesse impossible à déterminer. Le temps qui défilait... Quelque part, au moins à l'intérieur du vaisseau, le temps passait. Parviendraient-ils à destination avant de tomber à court d'oxygène ? Pourraient-ils entrer si c'était le cas ? Si tous les sas étaient inutilisables en vol supraluminique, ils pouvaient au moins recourir aux accès d'oxygène des aires de réparation, s'ils fonctionnaient.

Puis elle songea que ce sas disposait peut-être lui aussi d'une alimentation externe en oxygène. C'était le cas de certains accès, à l'usage du personnel qui patientait pour les emprunter. Elle se tourna de nouveau vers le panneau de contrôle et y jeta un œil. Là : l'embout vert traditionnel, même s'il n'y en avait qu'un au niveau de ce sas. Allait-il fonctionner ou se bloquait-il automatiquement parce que personne ne pouvait s'en servir pendant un vol supraluminique ?

— Oxygène, dit-elle avant de tapoter l'épaule de Bowry, qui se trouvait près d'elle.

Il la regarda, fit un signe de tête et se détourna. Elle trouva le tuyau de recharge à l'arrière de sa combinaison et le détacha pour lui.

Le voyant indiquant la recharge s'alluma quand il se raccorda, ce qui signifiait que le système du vaisseau savait au moins qu'il fournissait de l'oxygène.

— La jauge est toujours bloquée, dit Bowry.

Ce qui allait tout compliquer, voire empêcher totalement de déterminer quand les réservoirs des combinaisons seraient pleins.

— Je compte mes pulsations, dit-il ensuite. Ne m'interrompez pas.

Esmay ne s'attendait pas à ce que ses pulsations approchent de la normale, et ne savait pas davantage combien de temps il lui faudrait pour remplacer une consommation inconnue, même si elle pouvait se servir de son pouls pour déterminer une durée. Ils restèrent accroupis en silence pendant ce qui sembla une éternité, jusqu'à ce que Bowry reprenne :

— Voilà, ça devrait suffire. (Il se décrocha de l'accès et ajouta :) À vous. Si vous connaissez votre rythme cardiaque, calculez trois minutes. Sinon, je peux compter pour vous.

— Les autres d'abord, dit Esmay. Ils se sont bagarrés avec ce levier.

— Pas trop de noblesse, lieutenant, on pourrait croire que vous tablez sur une promotion.

Seska s'avança pour se connecter, suivi de Frees puis enfin d'Esmay.

— Pourquoi trois minutes? demanda Frees alors qu'Esmay était toujours connectée.

— Parce que – si j'arrive seulement à le sortir – j'ai un test qui ne dépend pas de l'horloge interne de la combinaison. Il nous faudra plus, mais j'ai pensé que trois minutes nous donneraient une marge de quinze, au moins. Ma combinaison a cessé d'enregistrer à une heure cinquante-huit minutes trois secondes. Est-ce que c'est quelque chose du même ordre pour les autres?

En effet, et alors qu'Esmay avait compté les secondes plutôt que ses pulsations, Bowry dit : « Aha ! » d'un air satisfait.

— Ça marche?

— Je crois que oui. Mais ce serait pratique si on pouvait trouver un moyen de tous nous raccorder en même temps, vu que c'est un peu délicat de calculer les écarts des périodes d'attente.

— Donnez-nous une estimation ; ça prendrait trop longtemps et nous n'avons pas les outils.

— D'accord. Suiza, vous êtes encore raccordée – vous allez devoir rester plus longtemps. Je vais compter pour vous.

Esmay se demanda à quel genre de système Bowry comptait recourir, et combien de temps ça durerait, mais elle n'avait pas envie de l'interrompre pendant qu'il comptait. Elle se sentit vaguement idiote, accrochée là en silence dans la pénombre, à attendre qu'on lui dise qu'il était temps de se déconnecter de la réserve d'oxygène, mais elle s'efforça de se dire que ça valait mieux qu'être morte. Puis enfin (elle ignorait combien de temps s'était écoulé), Bowry dit :

— Et voilà. Suivant?

Quand ils eurent tous rechargé selon le système de Bowry, dont Esmay espérait qu'il collait un tant soit peu à la réalité, il leur restait encore à décider que faire ensuite.

Seska prit l'initiative.

— Suiza, savez-vous où se trouvent tous les sas?

— Je les ai étudiés pour l'examen du major Pitak quand je suis arrivée à bord, mais je ne sais pas vraiment... Je m'en rappelle quelques-uns. Sur chaque niveau, entre T-3 et T-4, par exemple. Quand nous atteindrons T-3, il y a à la fois des sas à l'intérieur de l'aire de réparation, et d'autres qui s'ouvrent sur la face externe en direction de T-4.

— On pourrait se contenter de rester ici, dit Frees. Pour l'oxygène, nous savons où se trouve cette réserve-*là*.

— Si nous pouvions savoir combien de temps a duré la transition de saut... Si c'est plus d'une journée, nos combinaisons vont nous imposer d'autres limitations.

— Je suppose que vous ne connaissez pas d'autre source externe qui tomberait à pic pour nous fournir des encas, de l'eau et des packs d'alimentation électrique?

— Et des toilettes?

Esmay se surprit à ricaner.

— Désolée, dit-elle. Je crois que toutes ces ressources sont limitées à l'intérieur du vaisseau pendant un vol supraluminique.

— Alors on ferait mieux de se diriger vers le prochain accès d'oxygène, en espérant trouver un moyen d'entrer avant d'y être contraints.

La navigation allait leur poser le plus gros problème. Même si la coque du *Kos* était semée de plus de protubérances qu'Esmay ne l'aurait cru, elle restait malgré tout essentiellement d'un noir mat et sans marques. Rampant sur cette vaste surface, progressant à tâtons, elle se faisait l'effet d'une de ces créatures marines dont sa tante lui avait montré des images. Certaines, se rappela-t-elle, s'amassaient autour d'évents qui leur fournissaient de la chaleur et des nutriments. Comment trouvaient-elles leur chemin? Par chimiotactisme, quelle que soit la manière dont ça fonctionnait. Elle n'arrivait pas à en trouver un équivalent sur la coque d'un vaisseau en hyperespace, et continua donc simplement à avancer.

Un changement abrupt et visible de la topographie lui signala la descente, pour ainsi dire, dans le fossé entre T-3 et T-4. Esmay s'efforça de réfléchir à la direction à prendre ensuite. Descendre vers les niveaux inférieurs dans le repli entre T-3 et le moyeu? En longeant le sommet de T-3? Elle ne savait même pas si les grands portiques étaient refermés autour du *Spectre* ou s'ils étaient passés en mode de saut avec l'aire de réparation ouverte sur la pénombre.

Comme pour répondre à sa question, la lumière réapparut dans la pénombre extérieure. Du moins supposait-elle que c'était de la lumière, car ses yeux y réagissaient, ainsi que son cerveau, cherchant à distinguer dans ce qu'elle voyait les formes qu'elle espérait. Tout ceci paraissait étrange et ressemblait davantage à de la fumée pâle qu'à de la lumière, des courants épais qui s'effilochaient pour former des filaments plus lâches sous ses yeux, mais dégageaient une impression de masse angulaire un peu plus loin sur sa gauche, avec des volutes qui s'élevaient au-dessus. Au loin, un faisceau lumineux irrégulier, sillon mal labouré, s'amenuisait.

Ils s'étaient tous arrêtés et s'entassaient pour approcher leurs casques.

— Si j'étais physicien, dit Seska, je crois que je deviendrais fou. La plupart des choses que nous avons vues depuis le saut contredisent la majeure partie de ce que j'ai appris sur le vol supraluminique. Mais comme je ne suis qu'un simple capitaine de vaisseau, je dirais que c'est superbe.

— Les portiques sont relevés, dit Esmay. L'aire de réparation est déverrouillée. S'il n'y a pas d'autres types de barrières dont j'ignorerais l'existence, nous devrions pouvoir rentrer par là.

— Pourquoi est-ce qu'ils ont allumé les lumières *maintenant*? demanda Frees.

— Ils viennent de raccorder une source d'alimentation indépendante, dit Esmay. La Horde Sanguinaire a pris le contrôle du pont. Ils ont sans doute coupé l'alimentation des ailes, peut-être même les équipements de vie, mais chaque aile dispose en fait de ses propres ressources.

— Alors on se contente de marcher jusque-là et on saute par une des entrées?

— Seulement si on veut tomber de seize ou dix-sept niveaux après une accélération de 1 g. On arrivera peut-être à descendre les supports des portiques.

Elle ne s'était en fait jamais trouvée sur les portiques, mais elle avait vu d'autres gens là-haut. Restait un problème: leurs amis leur tireraient-ils immédiatement dessus ou leur laisseraient-ils le temps de décliner leur identité?

— La com de nos combinaisons devrait fonctionner ici, dit Seska. Ou peut-être qu'ils ne nous verront pas tout de suite.

L'avancée le long du sommet de T-3 vers la première entrée fut plus facile que la traversée finale du dôme, mais présenta ses propres difficultés. La lumière peu pratique qui se déversait des ouvertures n'illuminait rien de leur trajet, lequel comptait beaucoup d'obstacles. Les racines arrachées des supports des rails de transport, des câbles conçus pour soutenir les coquilles, des contrepoids pour les mécanismes qui les levaient et les abaissaient. Au moins se trouvait-il toujours quelque chose à portée de main pour attacher les mousquetons des cordes.

L'accès du personnel pendant les opérations normales se trouvait au centre d'ouvertures incurvées, à présent clairement en aval par rapport aux supports eux-mêmes cintrés. Ils longèrent prudemment le bord de l'ouverture, et la lumière changea de couleur tandis qu'ils se déplaçaient tout près. Même ces quelques dizaines de mètres en amont étaient trop bleus, et en tournant la tête, on les voyait rouges.

La cage d'ascenseur du personnel se trouvait là où Esmay l'avait prévu. Loin, très loin au-dessous, avec les commandes bloquées. Elle voyait une section du *Spectre* qu'on avait dépouillée de son revêtement et un groupe de travailleurs en combinaisons EVA rassemblés autour d'un amas de cristaux qui disparaissaient de leur champ de vision à l'avant et à l'arrière.

Au moins bénéficiaient-ils du confort d'une niche située au-dessous de la ligne de la coque, une plate-forme assez large pour que vingt travailleurs ou plus y attendent l'ascenseur du personnel. Esmay commença à descendre les dix marches qui y menaient. Au niveau de la deuxième, la gravité du vaisseau agit sur ses pieds ; elle se sentit collée aux marches. Lorsqu'elle atteignit la plate-forme, elle sentit l'attraction de la gravité dans tous ses os, mais sa tête lui semblait plus légère. À l'intérieur, la lumière lui semblait normale, quoique moins vive que d'habitude. Elle regarda autour d'elle. Seules quelques lampes étaient allumées, éclairant les travailleurs. Évidemment, quand ils fonctionnaient sur leur propre alimentation, ils économisaient où ils pouvaient.

Les autres descendirent un par un, prudemment ; aucun ne parla jusqu'à ce qu'ils atteignent la plate-forme. Esmay regarda autour d'elle. Des câbles de fourniture d'oxygène dans la cloison, une vraie cloison, avec le triangle vert de l'accès d'oxygène peint dessus. Un robinet d'eau. Même un système permettant de se soulager sans quitter sa combinaison. La maintenance des combinaisons détestait les personnes qui les rendaient souillées. Un mouvement dans son casque attira son attention – l'horloge interne de sa combinaison fonctionnait de nouveau, et la jauge d'oxygène remonta brusquement, puis retomba, puis s'éleva lentement de nouveau pour indiquer qu'il lui restait trente-cinq pour cent de ses réserves, une heure et dix-huit minutes selon son usage actuel.

Elle ouvrit la bouche pour parler, puis comprit qu'on risquait de les entendre si la com des combinaisons fonctionnait normalement. Et pourquoi n'entendait-elle pas les autres ? Circuits différents ?

Elle trouva les commandes de sa combinaison et fit tourner le cadran.

— ... Donnez-m'en *un*... juste *un*... maintenant la moitié...

Puis elle repassa sur l'autre fréquence, celle dont ils s'étaient servis pendant le saut.

— Ils sont sur une autre fréquence, du moins pour certains d'entre eux.

— Ça se tient. (Seska regardait son vaisseau par-dessus la rampe.) Comment on descend ?

— Prudemment, dit Frees avec un coup d'œil à l'échelle d'urgence qui menait à la première passerelle horizontale de ce côté de l'aire de réparation, cinq niveaux plus bas. Si on essaie de faire monter l'ascenseur, ils sauront qu'on est ici.

— Mieux vaut nous signaler tout de suite, dit Esmay. Si on les salue sur leur propre fréquence, il pourrait s'agir de quelqu'un que je connais. Ils peuvent au moins demander au major Pitak de m'identifier.

— Vous avez raison, mais dans la grande tradition, ça paraît un peu fade de leur signaler notre présence. Des aventuriers qui ont survécu à un vol supraluminique sans protection devraient faire quelque chose de plus théâtral ! Pourquoi est-ce qu'on ne nous a pas fourni ces espèces de câbles dont les espions et les voleurs se servent tout le temps pour descendre de très haut ?

— Adressez-vous au service des accessoires, dit Esmay à sa propre surprise.

Ils se mirent tous à pouffer de rire.

— Suiza, le jour où vous vous lasserez de la maintenance, je serai ravi de vous avoir sur mon vaisseau, dit Seska. Je m'interrogeais au début, mais je comprends maintenant pourquoi l'amiral voulait que vous preniez part aux opérations.

Esmay sentit ses oreilles rougir.

— Merci, capitaine. Maintenant, je vais simplement leur dire que nous sommes là.

Elle changea de fréquence et se retrouva en train d'écouter la fin d'une suite d'instructions.

— ... Maintenant reculez d'un dixième... voilà... comme ça.

— Ici le lieutenant Suiza, dit-elle, espérant ne pas interrompre une autre transmission.

— Quoi ? Qui ? Où êtes-vous ?

— Je suis en haut de la baie, sur la plate-forme du personnel près de l'ascenseur numéro un. Avec trois autres officiers : le capitaine Seska et le capitaine de corvette Frees du *Spectre*, et le commandant Bowry de l'École technique. J'ai un message urgent de l'amiral Dossignal pour l'officier supérieur de T-3.

# Chapitre 18

— Mais qu'est-ce qui vous a pris de rester cachée là-haut comme ça pendant tout ce temps? On m'avait dit que vous alliez en T-1 assister à une sorte de conférence avec l'amiral, le commandant Seveche et d'autres huiles.

Le commandant Jarles, chef du Contrôle d'Inventaire, était le commandant le plus gradé à bord de T-3. Esmay l'avait croisé brièvement, à l'une des fêtes des officiers, mais le connaissait mal. Il était maintenant en colère, sa solide carcasse penchée en avant sur son siège, les joues rougies.

— C'est ce que j'ai fait, commandant.

— Et avec tout ce qui se passait d'autre, vous vous êtes amusée à prendre le chemin des écoliers? Vous ne pouvez pas me dire que vous avez raté les portes pare-souffle, ou que vous n'avez pas entendu l'appel général, qui demandait à toutes les personnes présentes dans cette aile de se présenter aux points de rassemblement?

Esmay déduisit de l'accent porté sur le mot «huiles» que le commandant Jarles du Contrôle d'Inventaire avait très peu apprécié qu'on ne l'invite pas à cette conférence. Il prenait à présent de grands airs.

— Commandant, si je puis me permettre... Quel est l'état des communications avec le reste du vaisseau, et T-1 en particulier?

— Nous avons une liaison avec T-4, grâce au tunnel d'accès, mais personne d'autre. Pourquoi?

— Alors vous ne savez peut-être pas que le capitaine a été gazé et se trouve dans un état critique. L'amiral Dossignal a été blessé lors d'un échange de coups de feu, et c'est la raison pour laquelle il ne nous accompagne pas. J'ai ses ordres ici même.

Esmay les tira de sa poche et les lui tendit. Jarles fit la moue et lui adressa un signe de tête signifiant clairement : « Racontez-moi tout le reste. »

— Nous n'avons pas pu sortir de T-1 par les pare-souffle, dit-elle. Le capitaine nous a donné les codes de priorité mais ils n'ont pas fonctionné. Les amiraux ont jugé impératif de renvoyer le capitaine Seska et son second sur le *Spectre* – le raisonnement se trouve dans ce cube d'ordres, commandant. Si bien que nous sommes passés par MatSpecFab, et nous avons traversé le vaisseau en suivant en partie les rails de transport.

Il ouvrit de grands yeux.

— Vous avez traversé tout le vaisseau ?

— Oui, commandant. Je ne sais pas si les scans internes l'ont capté, mais le vaisseau a reçu des tirs ennemis d'armes énergétiques. Les boucliers ont tenu, mais les rails de transport ont été détruits. (Elle attendit de voir s'il avait des questions, puis lâcha le gros morceau.) Et puis le vaisseau est passé en mode de saut. Ce qui explique qu'il nous ait fallu si longtemps pour revenir.

— Vous êtes en train de me dire que vous étiez à l'extérieur du vaisseau pendant l'insertion de saut ?

— Oui, commandant.

Longue pause.

— Lieutenant, soit vous êtes cinglée, soit vous avez de la chance, soit vous êtes bénie par une combinaison de divinités inouïe. Les officiers qui vous accompagnent confirmeront-ils cette histoire ?

— Oui, commandant.

— Très bien. Je suppose que vous aurez besoin d'un petit moment pour vous restaurer, ou ce genre de choses. Nous avons improvisé un mess de bric et de broc ; mon secrétaire va vous y conduire. Donnez-moi un peu de temps pour lire ces ordres et ensuite j'attendrai de vous et des autres un rapport détaillé, jusqu'à chaque inspiration que vous avez prise. Vous pouvez disposer d'une heure.

Pitak l'attendait à l'extérieur.

— Mais *où* étiez-vous passés ?

Esmay était trop fatiguée pour prendre des pincettes.

— Nous avons traversé le vaisseau par l'extérieur pendant la bagarre, le saut et le vol supraluminique. Merci, d'ailleurs, à la personne qui a allumé les lampes de l'aire de réparation. On avait quelques problèmes jusque-là.

Pitak haussa les sourcils.

— Eh bien. Je suppose que d'une certaine façon, je suis en train de vous perdre pour Coque & Architecture. Je vais vous apporter ce qui passe pour de la nourriture. Où est l'amiral ?

— En T-1, pour autant que je sache. Il était blessé mais vivant. Le capitaine a inhalé du gaz, et il était peut-être mourant quand nous sommes partis.

— Et nous voilà ici, détournés comme n'importe quel commerçant au gros bide, en train de nous diriger vers un endroit dont nous ignorons tout, pour y trouver des ennuis que nous ne pouvons qu'imaginer. Elles nous ont bien aidés, nos escortes !

Esmay trouva les toilettes, puis de la nourriture, une bouillie sommaire, mais elle était chaude et le cuisinier improvisé l'avait relevée d'un ingrédient qui lui donnait un goût véritable. Elle avait pensé se sentir mieux après avoir mangé, mais la chaleur dans son ventre la rendit au contraire somnolente. Il lui semblait qu'elle aurait pu s'endormir debout, et peut-être même en marchant. C'était absurde... Elle s'éveilla avec la joue contre la table. Le major Pitak se trouvait à quelques mètres de là, en train de parler dans la com. Esmay s'efforça de lever la tête tandis que Pitak approchait.

— Vous avez besoin de sommeil, dit-elle. J'ai parlé au commandant Jarles, et il a dit qu'avec le saut et tout le reste, il allait lui falloir plus longtemps pour étudier les ordres de l'amiral. Vous pouvez prendre au moins un demi-tiers.

Esmay aurait voulu protester, mais quand elle se redressa d'une poussée, la tête lui tournait. Pitak lui trouva un espace vide dans un couloir tout proche, parmi une rangée d'autres formes assoupies, et avant de s'en rendre compte, Esmay dormait sur le sol dur. Aucun rêve ne troubla ce sommeil, et elle se réveilla avec les idées plus claires.

Elle contourna les autres dormeurs, trouva des toilettes et une douche en état de marche – difficile de croire qu'avec toutes ces urgences, il leur restait de l'eau pour se doucher, mais elle en avait besoin. Puis elle regagna le bureau du commandant Jarles, où elle trouva Bowry en train de dicter son propre compte-rendu de leurs expériences.

Il lui sourit sans cesser de parler.

— ... puis les lumières se sont allumées, ce qui nous a facilité la tâche pour trouver notre chemin vers T-3 et l'accès par le plafond. Dans tous les cas, une fois de retour à l'intérieur du vaisseau, nous avons trouvé une gravité normale, et les instruments de nos combinaisons se sont remis à fonctionner. (Il éteignit le magnéto.) Vous vous êtes effondrée comme une masse, vous aussi? Moi oui, et je viens de parler à Seska et Frees à bord du *Spectre* – ils disent qu'ils se sont endormis sitôt mis pied à bord. Ce qui a fichu une trouille bleue à leur équipage.

— C'est peut-être à cause du séjour à l'extérieur des boucliers supraluminiques, dit Esmay.

— Peut-être. Ou bien de cette journée longue et intéressante. Vous savez que vous êtes vraiment douée pour ces choses-là. Comment vous êtes-vous retrouvée coincée à bord d'un VMH, sans vouloir être indiscret?

— Cette mutinerie, sans doute. Je suppose qu'ils ne voulaient pas envoyer les mutinés dans des endroits où ils risquaient de se retrouver impliqués dans des ennuis semblables, et comme j'avais atterri aux commandes, ils m'ont envoyée aussi loin que possible.

— Où vous avez très vite trouvé un moyen d'utiliser votre expertise récemment acquise. Ouais. Ils feraient mieux de vous renvoyer aux commandes ; vous êtes un paratonnerre.

— Avant, j'étais dans la technique. Au scan.

— Vous ? (Il secoua la tête.) Votre conseiller s'est planté ; vous êtes faite pour le commandement, et je ne dis pas ça à la légère. Demandez un transfert.

— C'est ce que ma supérieure d'ici m'a déjà dit une fois. Le major Pitak, de Coque & Architecture.

— Croyez-la !

Elle y arrivait presque. Venant de quelqu'un comme lui, un vétéran aguerri qui l'avait observée, peut-être que c'était vrai, qu'elle avait eu plus que de la chance, un don pour ces choses-là.

Le commandant Jarles sortit de son bureau.

— Lieutenant Suiza – ravi de vous voir. (Il semblait nettement plus cordial que la veille – était-ce bien la veille ?) J'espère que vous êtes reposés, tous les deux. Le capitaine Seska dit qu'il reste à bord du *Spectre*, mais le capitaine de corvette Frees vient discuter avec nous d'un plan visant à reprendre le *Koskiusko* et repousser toute tentative d'abordage. Lieutenant Suiza, l'amiral Dossignal semble avoir une grande confiance en vous.

Esmay ne put trouver que répondre (« Oui, amiral » semblait un peu trop arrogant) mais Bowry prit la parole.

— Si l'on considère qu'elle a sauvé la vie du capitaine, et plus tard celle de l'amiral, je dirais qu'il a raison.

— Sans doute. (Il baissa les yeux vers les dossiers qu'il avait en main.) Il voulait que vous preniez en charge toute la sécurité pour T-3 et T-4, et il disait que vous aviez conçu un plan pour capturer un vaisseau de la Horde Sanguinaire. Franchement, avec l'amiral injoignable, je n'aime pas trop l'idée d'accorder de telles responsabilités à un officier subalterne que je connais mal. J'ai consulté le major Pitak, qui dit de vous le plus grand bien, mais je ne sais pas trop.

— Vous avez déjà un plan ? demanda une voix depuis la porte.

C'était Frees, que le repos et la nourriture avaient rendu presque sautillant.

— Le capitaine Seska vous envoie ses hommages, et dit qu'il a une petite idée du temps que nous allons passer en vol supraluminique. (Il attendit un moment que l'information s'imprime, puis agita un cube de données.) Il n'y a pas de problème avec les ordinateurs de navigation du *Spectre*, même s'il n'a pu nous fournir aucune donnée de scan. Mais à partir de notre emplacement, nous connaissons quatre itinéraires recensés – et nous savons que la Horde les connaît. Ils figurent tous dans les données standard. Il y en a deux que nous pouvons écarter ; ils ne retourneront pas là où ils nous ont attaqués, car ils peuvent se douter que nos vaisseaux les y attendront. De la même manière, ils ne vont pas sauter pour retourner là d'où vous venez, car ils ignorent s'il y avait là-bas d'autres vaisseaux de la Flotte. Mais il y a Caskadian, qui donne accès à un itinéraire direct vers l'espace de la Horde à Hawkhead. Et Vollander, qui est à l'écart de la plupart des itinéraires, et à une assez longue durée de saut de tous les détachements de la Flotte.

— Affichez-le à l'écran, dit Jarles.

Frees s'exécuta et ils fixèrent le fouillis de lignes, plus épaisses ou plus minces selon l'afflux de données, bordées de couleurs indiquant quelles entités politiques les empruntaient habituellement.

— Les systèmes internes du *Spectre* disent que nous avons franchi le premier point de saut il y a environ quarante-trois heures. Il va falloir que quelqu'un de Moteurs & Manœuvres nous fournisse les chiffres du moteur supraluminique de ce vaisseau, et ensuite nous saurons peut-être sur quel itinéraire nous nous trouvons et quand nous pourrons sortir.

— À combien se trouvent-ils en vitesse classique?

— Caskadian devrait être à cent vingt-deux heures environ, peut-être plus compte tenu de la lenteur d'insertion et en supposant une sortie semblable. Vollander devrait se trouver à deux cent trente-six heures.

— Des sauts assez longs – plus longs que ceux que nous avons effectués à l'aller. Je m'attendrais à ce qu'ils choisissent le plus court, comme ils ne sont plus très nombreux à bord.

— Maintenant, comment ce vaisseau supporte-t-il les sauts en série?

— Il ne les supporte pas. Ou plutôt, il peut le faire en théorie, et nous l'avons fait en sortant après vous, mais en règle générale il y a une pause de plusieurs heures pour recalibrer entre les sauts.

— Par ailleurs, dit Esmay, ils chercheront à faire monter des renforts à bord. Les intrus ont travaillé aussi dur que nous – sans répit, et avec des effectifs réduits.

— Alors il nous reste tout juste soixante heures avant l'heure de sortie de saut que vous estimez, et jusque-là, nous aurons simplement à nous occuper de ceux qui se trouvent à bord.

— Oui, commandant.

— Le capitaine Seska veut savoir dans quelle mesure les réparations du *Spectre* pourront avoir avancé d'ici là, dit Frees.

Le commandant Jarles haussa les épaules.

— Nous n'avons aucun accès aux réserves principales d'inventaire – et nous ne pouvons rien sortir de MatSpec tant que nous nous trouvons en vol supraluminique. Je suppose que le major Pitak sera au courant des réparations structurelles?

Esmay jugea le moment mal choisi pour lui dire que rien ne pourrait rejoindre MatSpec par le système de transport externe tant qu'il ne serait pas reconstruit.

— Soixante heures, dit Bowry. Rien ne peut venir de l'extérieur tant que nous nous trouvons en vol supraluminique – et ces types de la Horde Sanguinaire doivent être en train de fatiguer. Ils ne sont pas si nombreux. Si nous parvenons à renouer le contact avec le reste du vaisseau, nous arriverons peut-être à reprendre le contrôle.

— Et à nous préparer pour ce qui nous attend à votre sortie de saut, dit Esmay. S'ils sautent vers un endroit où un groupe de bataille les attend... Combien de vaisseaux est-ce que ça représenterait?

— Avec la Horde Sanguinaire, cinq ou six, sans doute.

— Un plan en deux parties, dit Bowry. Prendre le contrôle de ce vaisseau, et vaincre ce qu'on trouvera en train de nous attendre.

— Pour ça, il nous faut des vaisseaux de guerre, dit Jarles. On ne peut pas monter d'armes sur le *Koskiusko.*

— Qui représente les Armes, ici? demanda Esmay. Je sais que le commandant Wyche se trouve en T-1.

— C'est impossible à faire, dit fermement Jarles.

Esmay le regarda, puis jeta un coup d'œil à Bowry. Celui-ci prit la parole.

— Je crois, commandant, qu'afin d'utiliser au mieux les ressources du 14e, la personne la plus gradée de chaque département devrait nous aider à concevoir le plan.

L'espace d'un moment, le cou du commandant se gonfla, rappelant à Esmay les grenouilles de chez elle. Puis il céda.

— D'accord, d'accord.

Quand la quatrième personne se mit à rappeler au groupe qu'ils ne pouvaient pas recourir aux modes d'action habituels, Esmay perdit patience.

— Maintenant que nous savons ce que nous ne pouvons *pas* faire, il est temps de penser à ce que nous *pouvons* faire. Cinquante-huit heures, à partir de maintenant: que pouvons-nous faire en cinquante-huit heures? Des milliers de personnes intelligentes, inventives, pleines de ressources, avec l'inventaire dont nous disposons, devraient bien arriver à quelque chose.

— Lieutenant, commença Jarles, mais le commandant Palas leva la main.

— Je suis d'accord. Nous n'avons pas le temps de ne parler qu'à la forme négative. L'un d'entre vous sait-il ce que comptaient faire les officiers supérieurs en cas d'attaque de la Horde?

Bowry l'exposa rapidement.

— Donc, conclut-il, je pense qu'amener un vaisseau de la Horde en T-4 fonctionnerait toujours. Y a-t-il un moyen pour qu'il se retrouve coincé, de sorte qu'ils ne puissent pas le déplacer? Je crois qu'ils sortiraient furieux, et s'il y avait moyen de faire diversion pour les en éloigner, certains de nos hommes pourraient entrer… si on parvenait à le décoincer…

— Il y a un nouvel adhésif, dit quelqu'un au fond. Très puissant, mais il se dépolymérise en présence de fréquences sonores spécifiques. Nous pourrions en enduire les barrières.

— C'est ce que nous avions besoin d'entendre. Nous savons maintenant que nous n'avons pas beaucoup de troupes capables de se battre au corps à corps. Il faut réfléchir à un moyen d'immobiliser les troupes de la Horde Sanguinaire, qui porteront des combinaisons de combat EVA.

— Donc le gaz ne fonctionnera pas, marmonna quelqu'un. Si nous connaissions les caractéristiques des signaux des combinaisons…

— Et si on les collait au sol, *eux*?

— Alors nos hommes ne pourraient pas atteindre le vaisseau : ce truc continue d'adhérer trop longtemps.

— Vous allez trouver quelque chose, dit Esmay. Maintenant, pour ce qui est d'atteindre le reste du vaisseau…

— Une fois que nous serons repassés en mode classique, nous pourrions installer un câble de communications qui nous relie à T-1.

— Une fois que nous serons repassés en mode classique, les accès d'oxygène fonctionneront. Et nous disposons de combinaisons EVA en grand nombre ; nos hommes travaillent souvent dans le vide.

Le commandant Bowry acquiesça.

— Alors pour diriger l'équipe qui va préparer le *Spectre* pour son transport vers la cellule d'essai : le major Pitak, parce qu'elle est de Coque & Architecture.

— J'aurai besoin d'emprunter des hommes à…

— Allez-y. S'il y a un conflit, contactez-moi. Commandant Palas, pourriez-vous diriger l'équipe qui va préparer la capture d'un vaisseau de la Horde Sanguinaire, si toutefois nous arrivons à en faire entrer un en T-4?

— Certainement. Puis-je vous demander où vous allez recruter votre équipage?

— C'était la première mission que m'avait confiée l'amiral Dossignal. Je vais choisir un équipage parmi les gens qui ont servi assez récemment à bord de vaisseaux de guerre. Lieutenant Suiza, j'aimerais que vous me serviez de second, le moment venu, mais en attendant je voudrais que vous travailliez à la mission que vous a confiée l'amiral Dossignal : préparez la sécurité à défendre ses ailes contre les intrus. Je suppose qu'ils essaieront d'entrer en T-4 afin de le préparer pour leurs propres vaisseaux.

— Oui, commandant.

Esmay se demanda comment elle aurait le temps de faire les deux, mais ayant protesté contre les pensées négatives, elle eut le bon sens de ne rien répondre.

Vokrais souriait à sa meute d'un air satisfait. Mordus, ensanglantés mais pas vaincus, ils tenaient le pont où les survivants de l'équipage, découragés, se montraient coopératifs (du moins pour l'instant). Le vaisseau était passé en vol supraluminique sans tomber en morceaux. Les ailes étaient bloquées, impuissantes. Trois d'entre elles ne contenaient plus, en grande partie du moins, que des rêveurs inconscients et des cadavres. T-3 et T-4 tenaient bon jusqu'à présent ; il s'était attendu à davantage de résistance de leur part, mais peu importait. Lorsqu'ils repasseraient en mode classique dans quelques heures, la meute de vaisseaux les attendrait, avec assez de guerriers pour s'en occuper. Après tout, ils n'avaient pas d'armes véritables là-bas, et ils n'étaient de toute manière que des mécaniciens et des techniciens.

Ses hommes avaient même pu prendre un peu de repos ; il n'y avait pas besoin de toute la meute pour mater ces mauviettes. Trois d'entre eux dormaient en ce moment même. En forçant l'équipage du pont à travailler pendant des tiers plus longs, il les avait suffisamment épuisés pour leur faire passer l'envie de la rébellion. Il s'étira, soulageant ses épaules. Ils avaient fait tout ce qu'ils avaient prévu, et même dépassé leurs prédictions. Leur commandant ne les avait pas crus capables de faire sauter ce vaisseau. Il attendait un message ; il serait ravi de récupérer le trophée tout entier.

Toutefois, il détestait laisser une partie du travail inachevé. Il avait manqué quatre années de piratage ; la meute avait moins de cicatrices de vaisseau que n'importe quelle autre de leur rang. Ils avaient payé (chèrement, en honneur et en occasions) la préparation nécessaire à cette opération. Il ne voulait en partager la gloire avec personne. S'il pouvait offrir le vaisseau tout entier à ses hommes de sang, il pourrait dresser sa bannière lorsqu'il le choisirait, et le commander de manière indépendante.

Il regarda autour de lui. Hoch semblait s'ennuyer ; il avait tourmenté l'avorton Serrano jusqu'à ne plus en tirer le moindre plaisir. Trois hommes de sa meute restante suffiraient à défendre le pont contre les moutons sans armes, sans caractère, qui tenaient à présent les commandes.

L'exaltation bouillonna de nouveau dans ses entrailles.

— Allons-y, dit-il dans sa propre langue.

Les hommes de sa meute levèrent les yeux, impatients. Qui devrait rester en arrière ? Tandis qu'il décrivait ce qu'ils allaient faire, il guettait leurs visages, traquant tout signe de faiblesse, d'épuisement, ou pire encore, de satisfaction.

En premier lieu, ils déverrouilleraient les barrières de T-4. Avec le *Spectre* endommagé en T-3, la majeure partie du personnel se trouverait là-bas. Pourraient-ils réparer le *Spectre* à temps ? Il en doutait, mais même si c'était le cas, ils ne pourraient pas battre toute une meute de vaisseaux. Vokrais réfléchit au niveau le plus adéquat. D'après les plans du vaisseau, le niveau Dix-sept contenait des sections hydroponiques et même de petits jardins enfouis entre les supports des portiques. On risquait peu de les chercher là-haut, et ils auraient une bonne vue de l'aire de réparation tout entière. Ils pourraient progresser vers le bas, en se servant de leurs armes et de leurs bombes de gaz pour maîtriser toute personne qui se mettrait sur leur chemin, et la conduire vers une soute située à la base dont elle n'aurait aucun moyen de sortir. Pas s'ils n'ouvraient que le sas du niveau Dix-sept. Ils allaient s'assurer de le fermer derrière eux.

Le caporal-chef Jakara Ginese avait gardé les yeux fixés sur ses écrans, docile et tout aussi effrayée que les autres en apparence. Elle ne s'était pas autorisé un de ces regards en biais qui avaient valu une rossée au sergent Blanders. Elle n'avait pas protesté quand un des hommes de la Horde l'avait pelotée en annonçant à ses amis ce qu'il comptait lui faire plus tard. Par-dessus tout, elle n'avait révélé par aucun changement d'expression qu'elle comprenait tous les propos qu'ils échangeaient dans leur langue. Tant qu'elle ne pouvait rien faire, elle s'était retenue d'agir.

Mais à présent, elle y réfléchissait alors même qu'elle semblait chercher à fuir les mains brusques et ensanglantées du meneur.

— Tu vas être gentille, hein? demanda-t-il. Tu n'essaies surtout pas de nous causer d'ennuis?

Elle poussa un gémissement et se mit à trembler, et se répéta que tout prendrait bientôt fin, d'une manière ou d'une autre.

Elle était assise devant le mauvais tableau de commande, même si la Horde ne s'en était pas aperçue. Ils avaient débarqué en hurlant et en tirant partout; lorsqu'ils avaient eu fini, entre les corps qui jonchaient le sol et le bruit qu'ils faisaient tous, ils ne l'avaient pas vue échanger son insigne avec une femme morte. Sur le moment, elle ne savait pas trop pourquoi elle avait agi ainsi. L'instinct l'y avait poussée, et une fois qu'ils eurent laissé vide le tableau de communications, et qu'elle fut passée à celui du système éco, occupé habituellement par le caporal-chef Ascoff, elle se mit à réfléchir aux différentes options. Aucun de ses camarades de bord n'avait fait de commentaire, même si elle s'était attiré quelques regards, mais après ce qui était arrivé au sergent Blanders, ils n'osaient plus lever les yeux de leur travail.

Le tableau des systèmes écologiques communiquait avec la sécurité du vaisseau, un autre tableau que la Horde avait laissé vide après avoir modifié les codes de priorité. Ils l'ignoraient peut-être; elle n'en aurait rien su elle-même, si elle était restée comme à son habitude assise au tableau de com, mais Alis Ascoff et elle avaient travaillé pendant le même tiers assez longtemps pour échanger des détails sur leur travail. La sécurité ou le système éco avaient peut-être eu des raisons d'isoler les ailes du moyeu ou de prendre le contrôle des équipements de vie.

S'ils la surveillaient de trop près (comme ils le faisaient tous les dix, toujours vigilants, toujours occupés à épier par-derrière), elle ne pourrait rien faire. Mais s'ils ne laissaient que trois hommes, à un moment ou un autre, elle se retrouverait brièvement sans observation, et quelle serait la meilleure chose à faire? Si elle ouvrait toutes les ailes, le gaz soporifique se diffuserait-il simplement jusqu'à la zone du moyeu pour endormir tous ceux qui se trouvaient là?

Le capitaine était parti en T-1 s'entretenir avec les amiraux. Elle le savait; elle avait vu le capitaine sur le pont peu de temps avant que les commandos de la Horde ne débarquent pour prendre le contrôle. Donc si le capitaine était toujours en vie, il se trouvait en T-1, et peut-être aussi les amiraux. S'il n'avait pas été gazé. S'il n'était pas mort.

«*Quand tu n'arrives pas à prendre une décision*, lui disait toujours sa mère, *agis quand même.*» Par chance, le système écologique central avait besoin de réglages fréquents quand on l'isolait des ailes. Ce qu'elle avait expliqué, avec le plus grand sérieux, quand il lui avait fallu pour la première fois accéder au tableau. Un homme de la Horde s'était penché vers elle, beaucoup trop proche pour qu'elle se sente à l'aise, et avait fixé l'écran un long moment avant de lui accorder la permission de le toucher. Après le dixième ou onzième changement, ils lui avaient prêté moins d'attention, pour lui demander seulement de temps à autre, lorsque l'écran affichait une bande jaune au lieu de verte, ce qu'elle attendait pour agir.

Les trois qui resteraient en arrière devaient être nerveux. Elle tendit l'oreille lors du départ des autres et ne se retourna pas. Quelqu'un d'autre le fit; elle entendit le coup et l'ordre furieux de se remettre au travail. Ils devaient l'observer, mais comprendraient-ils? Une lumière jaune clignota sur son panneau, comme précédemment. Le moyeu, à la différence des ailes, ne disposait pas d'une vaste zone hydroponique pour la production d'oxygène et l'absorption de dioxyde de carbone. L'oxygène était fourni par électrolyse de l'eau du bassin du niveau Un, et elle devait empêcher les collecteurs d'hydrogène de déborder. Et elle devait également raccorder de nouveaux filtres à $CO^2$. Elle commença à entrer ces commandes, et comme elle s'y attendait, un des trois s'approcha par-derrière.

— Qu'est-ce qu'il y a maintenant?

— L'hydrogène. (Elle montra du doigt.) Il a besoin d'un nouveau collecteur. Et je dois raccorder dix packs de $CO_2$.

— Mais pas de sale tour, compris?

La gueule de l'arme lui caressa la joue. Elle frissonna, hocha la tête et entra les valeurs avec des doigts tremblants. Elle entendit l'homme s'éloigner.

La question était maintenant de savoir combien de temps il lui restait, et comment parvenir à en faire un maximum dans le temps le plus bref? Elle allait ouvrir l'accès à T-1, avait-elle décidé, mais pas T-5, car elle savait qu'on y avait déversé du gaz. Si elle en avait le temps, elle reprogrammerait les codes de priorité pour toutes les ailes, de sorte que le capitaine ou tout membre de la sécurité du vaisseau encore en vie et conscient puisse les utiliser.

— Amiral !

Livadhi leva les yeux ; un des gardes de sécurité se tenait sur le pas de la porte, tout essoufflé.

— Oui ?

— Amiral, les sas sont ouverts ! Nous ne sommes plus isolés du moyeu.

— Tous les sas ? Tous les niveaux ?

— Oui, amiral, du moins, c'est ce que dit le système.

Livadhi regarda en direction de Dossignal qui se tenait voûté sur son siège, l'air mal en point.

— Je ne crois pas que ce soit grâce à *eux*.

— Non. Je serais d'avis de rejoindre le pont avec tout ce que nous avons.

Ils avaient prévu une attaque du pont, mais avaient échoué à percer la barrière.

— Vous allez vous en sortir ici ?

— Il va bien falloir, répondit Dossignal en grimaçant. J'ai été assez idiot pour me laisser tirer dessus. (Puis il sourit.) Ça va déconcerter nos ennemis, dit-il.

— Je compte faire bien plus que les déconcerter, dit Livadhi, avant de parler dans son casque.

— Équipe du pont : allez-y !

— Espèce de salope de... !

Le rugissement s'éleva juste avant le coup qui l'assomma et la jeta à terre. Si elle avait été en état de penser, le caporal-chef Ginese s'en serait voulu à mort d'avoir oublié que les indicateurs d'état de la barrière apparaissaient clairement sur le tableau. Elle reçut un violent coup de pied dans les côtes et se recroquevilla autour de la douleur. Elle ne dit rien. Elle répéta mentalement, avec l'intensité contenue dans tout son être : *Je vous en prie, je vous en prie, je vous en prie... faites que ça marche. Faites qu'il y ait là-bas quelqu'un qui soit vivant, conscient.*

Ils étaient maintenant deux à s'acharner sur elle ; elle entendit les os céder lorsque l'un d'eux lui cogna furieusement les bras, les côtes. La douleur était pire qu'elle ne s'y attendait, et le bruit... Elle ne comprenait pas ce qui pouvait faire un tel vacarme, tout ce fracas, cette clameur et ces cris. Tant qu'à faire du bruit, pourquoi ne pas se contenter de lui tirer dessus ?

Elle remarqua à peine que les coups avaient cessé, puis le silence retomba. Quelqu'un se mit à pleurer au loin. Plus près, des pas. Elle eut envie de reculer, mais ne pouvait bouger.

— Je crois qu'elle est vivante, dit quelqu'un.

Pas l'un d'entre eux. Pas quelqu'un du pont. Elle ouvrit l'œil qui le pouvait encore et vit ce qu'elle avait espéré voir : des camarades de bord armés, et juste derrière eux, un cadavre de la Horde Sanguinaire. Elle sourit.

— Ils essaient de s'infiltrer par la barrière du niveau Dix-sept, dit le sergent. Ils ont ouvert la barrière du côté du cylindre, mais la sécurité que nous avons placée sur celle du côté de l'aile tient toujours.

— Sont-ils vraiment déterminés ?

— Il semble que oui.

— Alors je crois que le moment est venu pour *Frère l'âne et le carré de cactus*, dit Esmay.

— Quoi ?

— Un conte de ma planète, légèrement revisité. Tant que nous présentons assez de résistance, ils seront certains que nous ne voulons pas qu'ils aillent là-bas. Seulement nous *voulons* qu'ils y aillent, parce que notre piège se trouve là-bas.

— Combien de temps les faisons-nous attendre ?

— Assez longtemps pour...

Un cri retentit depuis le passage.

— Suiza !

— Oui ?

— Nos hommes ont repris le pont ! Les barrières fonctionnent avec les anciens codes de priorité !

Esmay retourna à son unité de com.

— Maintenant ! Laissez-les entrer maintenant.

S'ils savaient qu'ils avaient perdu le pont, ils risquaient de ne pas foncer dans le piège.

— Assurez-vous de verrouiller derrière eux, une fois qu'ils auront changé de niveau.

Selon toute la logique du combat, ils devaient espérer traverser tout T-4 à partir du haut, s'ils trouvaient le niveau supérieur vide, ils devraient aller rechercher une résistance.

Les techniciens de scan avaient installé une surveillance additionnelle près du sas et dans les passages au-delà. Esmay regarda le sas coulisser de côté. Les commandos de la Horde portaient toujours leurs uniformes de la Flotte, à présent crasseux et tachés de sang, sous une armure légère volée à la sécurité du vaisseau. Des casques et des masques à gaz. On ne pouvait pas les gazer, mais les masques étaient assez bruyants pour affecter leur audition. Les casques étaient censés compenser par une sensibilité accrue, ce qui n'était pas sans défauts. Chacun portait plusieurs armes, les légères étant prévues pour réprimer la violence à bord.

— Ils sont dépassés en nombre, mais nous le sommes toujours en armes, dit le premier maître en regardant par-dessus son épaule.

— Les armes à feu ne sont pas l'arme suprême, dit Esmay.

Choisiraient-ils le passage bien éclairé devant eux, ou le plus sombre sur la gauche, parmi les rangées de jardins? Ils n'avaient pu se procurer que quelques obus percutants, empruntés à la batterie de tribord endommagée du *Spectre*, et elle n'avait pas été en mesure d'en semer sur tous les itinéraires possibles.

Comme elle l'avait espéré, ils empruntèrent le passage moins éclairé. Ils avançaient comme elle se rappelait voir marcher les troupes de son père, prudentes mais rapides. C'était sur la base de cette progression due à l'entraînement qu'elle avait placé les obus aux endroits choisis, et lorsqu'ils passèrent l'emplacement indiqué, les obus éclatèrent tout autour d'eux. Esmay avait coupé le circuit audio de son casque, mais pas eux. Ils se retrouvèrent à plat sur le sol, en train de tirer dans le vide, incapables d'entendre autre chose que leur propre vacarme et leurs oreilles qui résonnaient. Elle en était sûre.

Le niveau supérieur de T-4 était trop vaste pour une fouille minutieuse; elle avait compté sur ce point, et sur leur réaction à la résistance. D'un emplacement au suivant, ils suivirent ce qui semblait être une force de moindre puissance en train de se retirer. Ils devaient essayer de capter ses communications par leurs casques, ils allaient changer de fréquence avant d'y parvenir. Et ce qu'ils entendraient semblerait authentique. Esmay avait découvert que le 14e possédait son propre club de théâtre, dont les membres avaient accepté bien volontiers de créer et d'enregistrer un texte rempli de conflits dramatiques. Il possédait des ramifications multiples, juste au cas où l'ennemi dévierait du fil d'intrigue principal, et l'un des techniciens de com s'occupait de l'enchaînement tout en surveillant sur le vidscan les actions effectives des intrus.

Elle se connecta pour écouter un instant par elle-même.

— Retenez-les au niveau Quinze – on ne peut pas les retenir s'ils ne descendent pas par cette échelle interne.

— Caporal-chef Grandall, isolez cette échelle...

— ... Voici les munitions, mais nous allons manquer...

Comme elle s'y attendait, le vidscan montrait que la Horde Sanguinaire avait fait demi-tour pour chercher, et trouver, l'échelle interne. Des crépitements retentirent alors qu'ils commençaient à descendre. De la fumée se mit à tournoyer. Des uniformes de la Flotte drapés autour de rouleaux d'isolant se déplacèrent, tombèrent, furent tirés en arrière.

— Visibilité nulle! Visibilité nulle! Ils sont sur l'échelle...

— RETENEZ-les...

— On ESSAIE… NON ! Ils ont eu Pete.

— … d'autres masques à gaz ! Ils en ont encore…

Tout ceci aurait pu être amusant à regarder, comme l'enregistrement d'un cube d'aventures vu des coulisses, sauf que plus de la moitié des sites avaient besoin d'une personne en chair et en os, sur la scène, pour produire un effet réaliste. L'ennemi ignorait quelles cibles étaient vivantes, mais Esmay le savait. Elle avait d'abord proposé une approche moins risquée (quitte à asperger d'adhésif les intrus, faute de mieux) mais la capture d'un vaisseau ennemi serait plus facile si celui-ci croyait aborder un bâtiment contrôlé par ses propres hommes.

Dans l'idéal, ils atteindraient la base de l'aire de réparation au moment où le vaisseau repasserait en mode classique. Ils trouveraient les casiers de combinaisons EVA ; ils ouvriraient l'aire de réparation – tout était prévu pour un usage automatique, avec des panneaux de contrôle tout neufs (et nouvellement vieillis et éraflés) et des étiquettes d'instructions.

Esmay passa au lien sécurisé avec le pont : ils avaient ouvert un sas d'accès en T-3 et fait passer par là un lien optique. Elle savait que le capitaine était en vie, mais dans un état critique, actuellement plongé dans une cuve régen de l'unité médicale, qu'on avait purgée du gaz. Le nombre recensé de victimes augmentait au fur et à mesure que les équipes de recherche découvraient de nouveaux corps. La plupart étaient morts, mais quelques-uns seulement blessés. On n'avait pas encore trouvé Barin.

Un sursaut pareil à celui qui succède à la descente d'un rebord dans le noir fit cogner sa colonne vertébrale contre la chaise. Elle jeta un coup d'œil à l'horloge. Une heure d'avance ?

— Sortie du point de saut, dit quelqu'un, sans nécessité. (Puis quelques instants plus tard :) Système Caskadian, sortie à basse vitesse.

Ils se trouvaient donc là où ils l'attendaient, et en un seul morceau. Une sortie à basse vitesse signifiait que le scan deviendrait bientôt lisible, et ils sauraient dans quel pétrin ils se trouvaient. Esmay se demanda à quoi avait dû ressembler la sortie de saut, vue de l'extérieur, et frissonna. Ils n'auraient pas pu survivre à la totalité du trajet dehors, elle en était sûre.

— Scan préliminaire : six, je répète, six vaisseaux de la Horde Sanguinaire. Analyse des armes à suivre…

Maintenant, où se trouvaient les intrus de la Horde ? Elle reporta son attention sur le vidscan. Au niveau Dix. Trop haut. Elle voulait qu'ils soient en mesure de contacter leurs propres vaisseaux, et à cette fin, il fallait qu'ils se trouvent au niveau Quatre.

— La suite, la suite ! dit-elle.

Le technicien de com hocha la tête et passa au dernier segment : angoisse, terreur, respiration pénible. La résistance qui se dissolvait dans la panique. Comme ils s'y attendaient, l'équipe de la Horde suivit, et malgré un restant de prudence au moment d'entrer dans le compartiment de contrôle de l'aire de réparation, ils n'hésitèrent pas longtemps.

Ils avaient fait bon usage de leurs baguettes de données. Deux d'entre eux allèrent tout droit aux centres de contrôle, et les autres aux casiers EVA. Le technicien de com enclencha la bande d'après la bataille. S'ils écoutaient toujours, ils entendraient des individus en train d'essayer de se trouver les uns les autres, de décider que faire, où emporter les blessés.

Les deux capables de parler (ou du moins comprendre) le dialecte de la Horde allumèrent l'émetteur du pupitre de communications de l'aire de réparation. Qu'allaient-ils dire à leurs vaisseaux?

Le vaisseau de la Horde Sanguinaire ne ressemblait en rien aux ovoïdes noirs et luisants de la Flotte.

— Saleté de cargo reconverti, grommela quelqu'un dans la liaison com.

Esmay aurait préféré qu'ils se taisent, mais elle leur donnait raison. Un peu plus gros qu'une escorte de la Flotte, et peut-être plus court d'un tiers qu'un patrouilleur, il possédait une coque au tracé plus angulaire suggérant ses origines de cargo civil.

— Une partie est en métal nu, dit quelqu'un d'autre.

Esmay remarqua la pièce oblongue, qui luisait d'un éclat terne sous les projecteurs de l'aire de réparation. Le reste se composait sans doute du même matériau organocéramique qu'utilisaient la plupart des vaisseaux, et ses couleurs irrégulières et marquées révélaient des pièces d'âge et d'origine différents. Le long du flanc, des symboles peints de couleurs vives qui devaient avoir un sens pour la Horde. Près du nez, des rangées d'yeux stylisés et de dents acérées. Elle frissonna.

Le vaisseau entra lentement, toujours sans entraves, mais désormais à portée des grappins. Quelqu'un donna un coup de coude à Esmay; elle suivit le geste pour voir de minuscules silhouettes en combinaison EVA avancer au niveau Un. Ce devaient être les intrus de la Horde, sortis accueillir leurs amis pour les faire monter à bord. L'un d'entre eux se dirigea vers le panneau de contrôle des grappins situé du côté d'Esmay; un autre se tenait derrière celui de l'autre jeu de grappins.

Elle ne voyait pas leurs mains activer les commandes mais constatait le résultat, les mouvements des têtes de grappin qui se plaçaient en position, les tintements dans son casque lorsque les grappins quittèrent les têtes, puis entrèrent en contact avec le vaisseau. L'amortisseur de l'extrémité interne de l'aire de réparation se déploya, comme s'il était relâché par les systèmes automatiques d'amarrage Ils espéraient que la Horde allait le croire. Elle vit pivoter l'intrus qui contrôlait les grappins et imagina sa surprise. Mais il ne se produisit rien de plus. Il fit un signe de main à un autre membre de son équipe, hors du champ de vision d'Esmay, puis se retourna vers les commandes.

Le vaisseau de la Horde bougea à peine, attiré par les grappins en train de se rétracter. Esmay augmenta le grossissement du scan de son casque et regarda l'intrus pousser au maximum les commandes du grappin. Elle sourit malgré la tension. Elle s'était attendue à cette réaction. Le plan fonctionnerait de toute manière, mais c'était un bonus.

Le vaisseau avançait plus vite, comme tous les grappins étaient à leur puissance maximale. Ils devaient penser que l'amortisseur l'arrêterait s'il se déplaçait trop vite. Ce qu'il allait faire, après avoir un peu secoué les passagers.

Elle regarda, fascinée, le vaisseau avancer lentement, inexorablement, dépasser la limite de sécurité marquée au sol, étirant de nouveau ses grappins, oscillant telle une balle au bout d'un élastique. Comme en réaction automatique, un autre amortisseur se déploya, puis un troisième. Le vaisseau ennemi les percuta, nez en avant, étirant le premier jusqu'à ses limites – une... deux... plusieurs courroies cédèrent et se trouvèrent projetées en arrière à travers la baie dans un vacarme indescriptible. L'impact secoua la baie tout entière. *Maintenant*... Allaient-ils remarquer quoi que ce soit? Le deuxième résista et le troisième se déforma à peine. Le vaisseau ennemi fut parcouru d'un frisson, maintenu par le revêtement adhésif des amortisseurs et les grappins tendus derrière.

— On l'a fait, dit-elle tout haut. On a gagné un vaisseau de guerre!

# Chapitre 19

— On a gagné deux problèmes par la même occasion, dit la femme qui tenait le scan sur le pont. Regardez !

Les deuxième et troisième vaisseaux de la Horde continuaient d'avancer et se dirigeaient visiblement vers les cellules d'essai des moteurs.

Ils auraient dû y penser. Ils avaient supposé que la Horde ferait preuve de prudence, testerait avec un vaisseau avant de s'assurer que c'était sans risque. Ce n'était pas leur style. Évidemment, ils arriveraient aussi nombreux que possible, en formation rapprochée, et avec ces petits vaisseaux, ce n'était pas difficile de manœuvrer ainsi.

— Et maintenant, Einstein ? murmura le major Pitak.

Esmay regardait droit devant elle tandis que son esprit faisait défiler des possibilités plus vite encore que les cadrans rotatifs d'un jeu de biabek.

— Nous n'allons plus pouvoir faire sortir le *Spectre*, dit quelqu'un d'autre. Nous aurions dû commencer par là.

Le *Spectre*, immobile, prisonnier de l'aire de réparation, capable de se faire sauter lui-même, mais sans doute pas le reste par la même occasion, à moins que son autodestruction ne déclenche les armes des autres. Serait-ce le cas ? Était-ce suffisant, le mieux qu'elle puisse espérer ?

Non. Elle ne jouait pour aucune autre issue que la victoire. Selon ses termes.

— Prenons-les tous les deux, dit-elle. Ceux qui sont sur la cellule d'essai. Ensuite, faisons sortir le *Spectre*, et l'autre vaisseau de la Horde, si nous y parvenons. C'est mieux, en fait : ça égalise les chances.

— Mais nous n'avons pas assez d'équipage pour tous – et ce ne sont même pas nos vaisseaux…

À la panique initiale avait succédé une bouffée d'euphorie. Son esprit lui semblait fonctionner deux fois plus vite.

— Oh si, nous en avons assez. Nous avons des milliers des meilleurs experts de tous les systèmes ici même, en ce moment même.

— Qui?

Esmay agita la main, désignant les deux ailes.

— Réfléchissez. Croyez-vous vraiment nos techniciens incapables de comprendre les commandes des vaisseaux de la Horde? Elles sont très simples. Croyez-vous que nos hommes ne puissent pas offrir une résistance efficace aux troupes de la Horde, si on les lâche dessus? Moi, je crois que SI. Je crois qu'ils VONT le faire.

Il le fallait. Et c'était mieux ainsi. Même s'ils n'en prenaient que deux, les chances seraient presque égales.

Bowry l'avait compris, lui aussi.

— Mais nous allons devoir faire vite pour préparer deux – non, trois – équipages à l'abordage. Ils seront prêts en moins d'une demi-heure. (Il lui sourit.) Eh bien, lieutenant, je crois que je vais devoir trouver un autre second. Vous allez devoir prendre un de ces vaisseaux vous-même.

— Moi?

*Mais bien sûr*, insista son esprit. *Qui d'autre?* Le plus effrayant dans cette histoire était qu'elle n'éprouve pas une terreur aussi grande que prévu.

— D'accord, dit-elle avant qu'il puisse ajouter quoi que ce soit. Lequel?

— La cellule d'essai de T-3 – parce que j'ai déjà un équipage assemblé là-bas. Le capitaine Seska peut vous prêter une partie de son équipage.

— Oui, commandant.

Elle réfléchissait déjà aux gens qu'elle voulait.

— Avant de prendre le contrôle d'un vaisseau, il faut penser à la coordination du groupe, poursuivit Bowry.

Esmay n'y avait pas songé, mais ils en auraient besoin.

— Mon conseil, si vous êtes la première, est de dégager ce truc de la cellule – ne m'attendez pas – et de tirer sur le premier vaisseau que vous localiserez.

Vokrais était furieux. Après tout ce qu'ils avaient accompli, cette tête de mule de commandant de meute de vaisseaux allait laisser monter deux autres équipages à bord. Il savait ce que ça signifierait: ils s'attribueraient le nombre d'hommes tués par lui et sa meute; ils s'accapareraient le butin.

— Pas la peine, dit Vokrais. Nous avons ce vaisseau à notre merci. Nous n'avons besoin que des troupes à bord du *Lame fatale*. Et si les vaisseaux des Familias suivent? Si vous sortez plus de deux vaisseaux de la formation, comment comptez-vous les vaincre?

— Vous m'avez assuré qu'ils ne pouvaient pas suivre, comme ils n'ont pas la moindre idée de votre emplacement.

Le commandant semblait beaucoup trop content de lui. Quand Vokrais avait lancé cette mission, on avait promis le commandement de la meute de vaisseaux à son propre clan de guerre. Qui avait finalement été confié à la Confrérie d'Antberd, sur les tombes de laquelle il irait cracher s'il en avait l'occasion. Ambitieux, enrichis grâce à des butins pour lesquels ils n'avaient jamais saigné, il ne savait pas pourquoi le Commandement Supérieur les laissait s'en tirer comme ça. Et voilà qu'arrivait ce type, pas même un Antberd, mais un mercenaire. Il avait rencontré Cajor Bjerling une fois à l'arène et ne l'avait guère apprécié.

Il avait envie de cogner quelqu'un, et malheureusement ils avaient donné l'avorton Serrano à garder avant d'arriver en T-4.

— Je revendique ce vaisseau, dit-il. (Il ne l'obtiendrait pas, mais au moins la demande serait-elle enregistrée.) Je revendique le sang versé, les richesses conquises, les morts et les trésors, pour les hommes qui ont tout mené à bien.

— Il est assez gros pour partager la gloire, dit Bjerling. Et il sera bien assez tôt pour répartir le butin une fois l'acte accompli.

— Il est accompli, protesta Vokrais.

— Vous n'avez pas à redouter ma justice, dit Bjerling. À moins que vous ne vouliez me défier pour l'honneur.

Bien sûr. Au milieu de l'opération, il était censé défier le commandant. Même s'il gagnait, le Commandement Supérieur n'en serait pas ravi.

— Je ne remets pas votre honneur en doute, dit-il. Mais rappelez-vous seulement qui a ouvert ce vaisseau comme une huître.

— Aucun risque que vous me laissiez l'oublier, dit Bjerling. Les troupes du *Lame fatale* attendront l'arrivée de celles de la *Hache d'Antberd* et du *Casque d'Antberd* avant de manœuvrer.

En d'autres termes, songea amèrement Vokrais, il n'aurait aucune occasion de montrer aux troupes du *Lame fatale*, dont il connaissait bien le commandant, comment il avait vaincu. Les autres allaient tout écraser sur leur passage.

— Je voudrais qu'il pousse des épines dans la fourrure de sa femme, dit calmement Hoch.

— Si seulement c'était possible, dit Vokrais, à qui l'idée plaisait bien.

— Alors on doit attendre ici qu'ils aient tous atterri – à supposer que ces incompétents soient bien capables de se poser sur les cellules d'essai – et qu'ils entrent dans le vaisseau? On se contente de rester ici comme des cibles?

— Il ne serait pas mécontent si l'un de ses hommes nous tuait – sale porc cupide. Nous allons être très prudents, second de meute. Il n'y a aucune raison que nous prenions des risques, quand ils sont si nombreux à vouloir trouver du butin.

Hoch se mit à glousser.

— On pourrait peut-être même disparaître?

— Non, je ne pense pas. Après tout, nos hommes sont aux commandes sur le pont. Nous devrions peut-être retourner nous assurer qu'ils savent qui a fait tout le boulot.

Un assassinat en mission était inhabituel, mais pas sans précédent, et Vokrais se sentait d'humeur à tuer.

— Que ces gens trouvent donc leur propre moyen d'entrer; ça leur fera un bon entraînement. Tous les abordages ne se font pas sans opposition.

Esmay venait tout juste de rejoindre T-3 quand on l'appela à l'un des postes de communications.

— J'ai entendu dire que nous allions nous retrouver pris au piège ici, dit Seska, l'air furieux.

— Pas longtemps, dit Esmay. Nous allons prendre le vaisseau derrière vous, et celui qui arrive vers la cellule d'essai de T-4. Dès que ce sera fini, ils vont faire passer le *Spectre* en mode de saut.

— Plus équitable, dit Seska, un peu moins en colère. Vous m'en gardez un, d'accord? Je suppose que vous allez en prendre un vous-même?

— Oui, celui qui se trouve derrière vous. Le commandant Bowry a déjà envoyé son équipage en T-4.

— Qui va prendre celui qui est amarré? Ou comptiez-vous le laisser là où il se trouve?

— Laissez-le – nous n'avons pas l'équipage.

— Et je présume que vous avez un plan pour atteindre la cellule d'essai et aborder? Et que ferez-vous s'ils repartent une fois leurs troupes lâchées?

— Dans ce cas, vous n'êtes pas bloqués, et Bowry peut prendre leur vaisseau qui se trouve en T-4. Mais ce que nous avons entendu par leurs transmissions, c'est qu'ils comptent rester un moment – ce qui rend le chef du commando fou de rage. Il pense qu'ils essaient de lui voler sa gloire.

— Très bien. Et bonne chance, lieutenant.

Esmay retourna au centre de commandement installé dans le quartier général du 14^e^.

— J'ai une liste de volontaires pour votre équipage, lieutenant, dit le commandant Jarles. Vous semblez très populaire. (Elle ne savait trop s'il fallait y entendre du sarcasme ou une surprise sincère.) Ils sont classés par spécialité, puis par ordre de rang pour ceux qui ont de l'expérience dans des vaisseaux semblables à ceux de l'ennemi. Je leur ai dit de vous attendre en R-17.

— C'est formidable, commandant.

Ça l'était en effet. Le seul problème restait de savoir combien d'hommes elle devait choisir.

— Nous avons maintenant une liaison avec les autres ailes. L'un des instructeurs sous les ordres de l'amiral Livadhi a effectué une analyse tactique. Il suggère...

Une alarme retentit.

— Ils se sont infiltrés quelque part ! dit Esmay.

— Ils ne sont même pas encore descendus de ce vaisseau, dit le commandant Palas. Nous les avons observés.

— Alors ce sont les autres, les intrus d'origine. Mais pourquoi ? Et où ?

— Prévenez le pont, dit Jarles. C'est là qu'ils doivent se rendre – ils ne savent peut-être pas que nous l'avons repris. Lieutenant Suiza, choisissez votre équipage et mettez-vous en position. Je crois que nous pouvons ignorer cette analyse tactique.

Esmay prit la liste et l'examina pendant son trajet vers R-17. Le second maître Simkins, de Moteurs & Manœuvres, avait travaillé sur l'équivalent commercial des vaisseaux de la Horde pendant ses trois années d'activité dans le civil. Deux autres avaient une expérience moindre, mais bien réelle, sur ces vaisseaux. Au scan, elle espéra qu'ils pourraient prendre certains des leurs à bord, ou communiquer en faisceau restreint avec le pont du *Koskiusko.* Personne n'avait une grande expérience dans le domaine qui les intéressait, mais il y avait un pivot supérieur, Lucien Patel, que toute l'Unité de Télédétection tenait pour un deuxième Koutsoudas. Ce qui méritait au moins un essai. Elle choisit comme second de scan la seule personne ayant une expérience de combat récente, et une autre au passé à la fois commercial et militaire. Communications, un choix critique... Celui-là et celui-là, et un troisième en renfort. Le système écologique ne l'inquiétait pas trop – ils se battraient en combinaison, et gagneraient – ou bien mourraient – dans la hâte. Pour les armes, elle aurait besoin de très bons éléments. Il y en avait cinq qui semblaient se distinguer du reste de la liste.

Quand elle atteignit le lieu de réunion, elle fut surprise de leur réaction : le murmure d'approbation rapide, l'exaltation sur leurs visages. Ils la regardaient comme s'ils la croyaient capable de faciliter cette entreprise insensée. Elle sentit son cœur battre plus vite et leur retourna le sourire qu'ils semblaient attendre.

— Je vous l'avais dit, entendit-elle quelqu'un affirmer. Elle a un plan.

Pas encore, mais elle avait une liste d'équipage. Elle la lut tout haut, et ceux qu'elle appela s'avancèrent ; d'autres semblèrent déçus.

— Vous n'avez pas besoin de quelques hommes de plus ? demanda un sergent solidement bâti qui lui semblait vaguement familier. S'il y a quelqu'un à bord, s'il y a une bataille. J'ai gagné pas mal de bagarres dans des bars.

Quelques hommes de plus avec ce genre d'attitude ne pouvaient pas lui nuire. Esmay acquiesça et une autre demi-douzaine d'individus s'assembla autour d'elle. D'autres s'attardèrent, mais sans s'avancer.

— Les autres, au cas où vous ne le sauriez pas, plusieurs des intrus d'origine se sont éparpillés dans le reste du vaisseau. Et il y a des troupes qui arrivent en grand nombre. Je suis sûre que vous trouverez quelque chose d'approprié à faire. Les plans que nous avions conçus pour gérer les troupes à bord d'un vaisseau de la Horde vont devoir fonctionner pour un nombre trois fois supérieur.

Le problème réellement inquiétant consistait à protéger des regards les cellules d'essai des moteurs. Les deux aires de réparation étaient à présent ouvertes et éclairées, si bien que tout mouvement dans cette zone risquait d'être vu, et le serait certainement si la Horde surveillait par là. Même si Bowry et Esmay disposaient de guides, de spécialistes des cellules d'essai, ce qui leur permettrait d'approcher la cellule par en dessous plutôt que par la partie supérieure où reposaient les vaisseaux – ils se trouveraient à un moment donné dans le champ de vision de toute personne montant la garde depuis les aires de réparation. Esmay n'avait pas envie de partir du principe que personne n'allait regarder par là et remarquer une file de combinaisons EVA en train d'avancer dans la mauvaise direction.

— Il nous faut autre chose pour attirer leur attention, dit Esmay. D'autres écrans de fumée, comme ceux que nous avons utilisés pour faire entrer les intrus en T-4, mais assez gros pour bluffer ceux d'entre eux qui sortiront, quel que soit leur nombre.

— Si on éteignait les lampes, ils vous verraient moins bien.

— Au début, mais ils ont sans doute leurs propres lampes. Ils s'attendront à quelque chose…

— Nous sommes censés avoir subi des dommages partiels. Si nos lampes s'éteignaient, puis se rallumaient? S'ils ont des visières sophistiquées sur leurs casques, ça va les déconcentrer.

— Je crois qu'on pourrait avoir l'air totalement dépassés, dit quelqu'un d'autre. Des fluctuations de la gravité artificielle, des lumières qui clignotent… On pourrait donner l'impression que l'électricité échappe à tout contrôle.

— Mais pas avant que nous ne soyons en route, dit Esmay. Et ça signifie bien après que la plupart d'entre eux auront quitté les cellules d'essai – le timing va être juste.

— Faites-nous confiance, lieutenant, dit une des personnes qu'elle n'avait pas choisies dans son équipe. Nous, on a confiance en *vous.*

Bonne chose. Esmay lui adressa un signe de tête.

— Très bien, alors je vous laisse faire. Venez, les autres – allons enfiler nos combinaisons et mettre la pâtée au groupe de combat de la Horde Sanguinaire, ou quel que soit le nom qu'ils se donnent.

Les vaisseaux de la Horde déversaient des silhouettes en combinaison EVA par grappes qui rappelaient à Esmay les rangées de têtards dans les étangs de chez elle. De petites taches brillantes, par groupes de deux et trois, luisant d'un éclat argenté à la lumière de l'aire de réparation. Ils continuaient d'affluer, plus nombreux qu'Esmay n'aurait cru un si petit vaisseau capable d'en contenir.

— Savent-ils à quel point ils sont visibles?

— Probablement. Ça les aide à se retrouver mutuellement, après tout. Mais je ne sais pas si les autres vaisseaux qu'ils attaquent sont éclairés à ce point depuis l'extérieur. Pourquoi serait-ce le cas? C'est déprimant de penser à quel point nous allons, *nous*, être visibles.

Les combinaisons EVA étaient conçues pour l'être; c'était un critère de sécurité.

— Dommage que nous n'ayons pas pensé à nous asperger de noir mat ou quelque chose comme ça.

Le regard d'Esmay tomba sur les rouleaux de revêtement destinés aux flancs dénudés du *Spectre*.

— La peau.

— Quoi?

— Le revêtement, ces rouleaux, ils ne brilleraient pas. Si seulement nous y avions pensé plus tôt. Mais si on essayait de s'en servir maintenant, ils le verraient.

— C'est assez facile de dénuder la coque, dit un des techniciens. Il suffit d'un générateur sonique réglé sur la bonne fréquence pour dépolymériser l'adhésif. Vous pensiez à quoi, à vous en envelopper? Ce n'est pas si flexible que ça.

— Quelle est sa flexibilité?

— Ça ferait un rouleau de cette taille environ…

L'homme écarta les bras.

— En d'autres termes, on y tiendrait à plusieurs, avec nos combinaisons?

— Oh, bien sûr.

— Et ce serait efficace contre les scans?

— La plupart, en tout cas, vu le peu de place que vous prendriez.

Mais ils n'avaient pas le temps; il pouvait leur falloir une heure pour découper et rouler assez de tubes, et ils ne disposaient pas de tout ce temps. Esmay chassa cette idée et dit:

— Vous voyez d'autres moyens de nous couvrir?

— Eh bien... On ne peut pas se servir des vaporisateurs rapides dans les aires de réparation, parce qu'ils les verraient, et puis ça fait partie du plan. (Esmay se demanda quel plan, mais ne l'interrompit pas pour poser la question.) Mais il y a les vaporisateurs manuels dans l'atelier de peinture des composants.

L'un des techniciens spécialistes des combinaisons rejeta l'idée – la peinture risquait de traverser l'étoffe, et ils n'avaient pas le temps d'en faire l'expérience –, si bien qu'ils s'étaient préparés à partir tels quels, dans leurs combinaisons argentées, lorsque l'un des assistants de cuisine arriva en courant avec une brassée de sacs-poubelle vert sombre.

— On va ressembler à une rangée de pois verts, marmonna Arramanche.

— Ça vaudra toujours mieux que des perles argentées, dit Esmay. Au moins, c'est sombre, et pas brillant.

Devant elle se dressait la base de la cellule d'essai, clairement visible à la lumière de l'aire de réparation. Tout aussi apparente, leur ombre s'élargissait au fur et à mesure de leur approche. Au centre se trouvait le petit point rouge clignotant du télémètre de son casque, qui lui donnait la distance et la vitesse d'approche.

— Maintenant, dit Esmay.

Les lumières s'éteignirent. Elle n'avait plus que le compteur de son casque pour progresser, et une seule occasion de faire les réglages nécessaires. Mais les attaquants de la Horde seraient certainement surpris par le changement de lumière – ils chercheraient des gens dans les aires de réparation. Seb Coron lui avait parlé du combat de nuit, lui avait expliqué que personne ne pouvait résister à la tentation de chercher où une lumière venait de s'allumer ou de s'éteindre.

Plus près – cinq mètres... quatre... elle poussa l'interrupteur de fortune et un petit jet de gaz jaillit. Elle ressentit l'impact comme si les hommes placés derrière elle s'appuyaient sur son dos. Trois mètres... une très lente progression vers deux, puis un, puis elle baissa la tête, fit une roulade et sentit ses bottes heurter la coque ; ses genoux amortirent facilement l'impact.

La base de la cellule d'essai était un labyrinthe de câbles et d'attaches, mais le superviseur qu'ils avaient trouvé connaissait l'emplacement du sas le plus proche. Une fois à l'intérieur, ils se hissèrent à l'aide de brèves tractions sur la ligne. Puis ils se trouvèrent au niveau du sas supérieur, et Esmay y jeta un œil. Elle vit le vaisseau de la Horde Sanguinaire, masse sombre et anguleuse se détachant sur le champ d'étoiles. Elle n'aurait su dire s'il était occupé, pas avant d'avoir mis en marche les instruments de la cellule d'essai. C'était un travail pour le superviseur, qui passa un moment à tâtonner en grognant. Puis...

— Ils scannent cet engin de la tête aux pieds, dit-il. On ne peut pas faire grand-chose sans qu'ils le remarquent. Le point positif, du coup, c'est qu'ils ne risquent pas de nous remarquer quand on va trafiquer le câble. Vous voulez que j'envoie un signal au *Kos*?

— Oui.

Quelques instants plus tard, le signal revint: leur arrivée était enregistrée et ils attendaient le rapport de Bowry depuis l'autre cellule d'essai. Esmay se rappela que son équipe avait parcouru un trajet plus long, qu'ils avaient dû contourner la file des troupes de la Horde en train d'arriver. Puis alors qu'il lui semblait ne plus pouvoir attendre un moment de plus, le signal arriva.

— Prêts?

— Allez-y.

Ce n'était qu'un passage délicat parmi tous ceux que comportait le plan. On n'avait pas pu le simplifier. Il fallait focaliser l'attention de la Horde sur les aires de réparation, loin des équipes d'assaut qui en avaient après les vaisseaux de la Horde. Les moyens dont ils disposaient tenaient davantage des signes de main et des fumées colorées que des vraies armes ou du talent nécessaire pour s'en servir – mais chez les équipes de réparation d'un VMH, les signes et la fumée étaient une seconde nature. Esmay ne savait pas ce qu'ils allaient faire, sinon que ça se produirait par pics de soixante secondes de distraction maximale. Du moins l'espéraient-ils.

Le premier des renforts de la Horde venait d'atteindre les cellules lorsque les lumières s'éteignirent. Il maudit les crétins des Familias qui n'avaient pas eu le bon sens de se rendre sans jouer des tours de gamins, et alluma leurs propres projecteurs. Les faisceaux créaient des ombres vives et mouvantes à partir des machines de construction, des supports des cellules, des logements des grappins, des portiques et des engins robotisés qui poussaient dessus comme des bernaches sur un dock. Dans le vide des aires de réparation ouvertes, les télémètres laser ne laissaient aucune trace; les premières victimes ne voyaient même pas les petits points colorés sur leurs combinaisons à force de plisser les yeux pour sonder cette masse de lumière vive et d'ombres mouvantes. D'autres jurons retentirent dans les écouteurs, mais ils savaient comment gérer ce type de résistance. C'était délicat, avec leur propre vaisseau amarré en T-4, mais ils lancèrent plusieurs de ces petites mines dites bondissantes et attendirent que trois ou quatre aient explosé. Ils disposaient de fusées de proximité, mais elles reconnaîtraient les insignes sur les combinaisons EVA de la Horde, ce qui n'en ferait que des jouets plus dangereux.

Ils arrivèrent, guettant avec vigilance toute résistance plus directe. Une centaine d'autres étaient parvenus à longer leur vaisseau, puis le

*Spectre*, lorsque les lumières se rallumèrent, clignotèrent à plusieurs reprises, puis s'éteignirent de nouveau. Les filtres des casques s'assombrirent, oscillèrent en réponse aux changements rapides, puis s'éclaircirent de nouveau tandis que la pénombre retombait. Leurs lampes fouillèrent de nouveau l'obscurité et ils se rappelèrent la confusion qu'ils y avaient vue. Ils n'avaient rien de novices, pour se laisser dissuader par des astuces aussi basiques. Plutôt que de s'agglutiner, ils avancèrent en ligne d'escarmouche disciplinée, jusqu'à ce que leurs éléments avant atteignent le sas de l'aire de réparation situé du côté du moyeu.

Puis les gros vaporisateurs robotisés, qui avaient glissé le long des portiques un centimètre à la fois en pleine lumière, chutant de plusieurs mètres quand les lumières n'étaient pas braquées sur eux, pivotèrent, visèrent, et déversèrent sur eux un épais liquide jaune. Il se dispersa dans le vide en un nuage de gouttelettes qui adhéra avec une égale rapidité à leurs combinaisons, y compris aux visières des casques.

Tous ne reçurent pas une dose entière. Certains, près des tuyères, furent renversés par la force du jet, et parmi ceux-là, quelques-uns parvinrent à se rouler en boule pour se protéger, de sorte que les visières de leurs casques ne se retrouvent pas entièrement voilées. Mais il leur fallut quelques instants critiques pour comprendre ce qui s'était produit, ainsi que ses conséquences. Au cours de ces quelques instants, leur formation se désintégra. Quelques-uns tentèrent maladroitement de rejoindre les sas. Mais les autres furent aveuglés, les capteurs externes bouchés, certains restèrent collés au pont pour avoir marché sur une couche d'adhésif pas encore entièrement solidifiée.

Les combinaisons étaient actives ; ils pouvaient se dégager. Mais ils n'y voyaient rien ; ils ne pouvaient pas retirer la peinture avec des mains gantées. En fait, même s'ils l'ignoraient, ils auraient eu besoin d'un solvant inhabituel pour retirer la peinture sans ronger leur visière.

— Ils sont en colère, dit un de ceux qui comprenaient le langage déversé par la radio des combinaisons. Ils maudissent le nom et le clan guerrier de quelqu'un qui s'appelle Vokrais.

Sur le pont de l'aire de réparation, les combinaisons jaunes et brillantes semblaient presque luire dans les zones ombragées. De toute évidence, ceux qui préparaient la peinture y avaient ajouté des agents réfléchissants et fluorescents.

— Parfait. Combien d'entre eux le piège a-t-il manqué ?

Les vidscans externes, montés à la hâte quelques heures plus tôt pour couvrir des zones restant généralement sans surveillance, montraient plusieurs grappes d'envahisseurs de la Horde le long des murs des aires de réparation.

— Peut-être une cinquantaine, voire même une centaine…

— Gardons-les occupés.

Les vaporiseurs remontèrent bien plus vite qu'ils n'étaient descendus, leurs becs pivotant vers l'intérieur. D'autres machines se déplaçaient de bas en haut, d'arrière en avant, selon une danse élaborée censée paraître vaguement menaçante. Suffiraient-elles à détourner l'attention de la Horde de ce qui se passait derrière eux? Un opérateur plein d'initiative détacha l'un des vaporiseurs de son support habituel et l'envoya vers l'ouverture de l'aire de réparation, comme s'il cherchait d'autres troupes à asperger. Il le dirigea au bout d'une perche, le bec oscillant d'un air menaçant, et regarda sur le vidscan les troupes de la Horde s'agiter avec anxiété au bout de leurs lignes. L'un d'entre eux éleva une arme et lâcha un cri strident de triomphe lorsque son coup de feu perça le réservoir de peinture.

Il n'avait pas réfléchi aux conséquences en cas de réussite : l'explosion du réservoir libéra un nuage de peinture assez collante pour voiler plusieurs autres visières. D'autres jurons hurlés retentirent dans la radio ; les autres troupes perdirent leurs derniers vestiges de discipline et se ruèrent vers l'aire de réparation.

Esmay se hissa dans le vaisseau. Les sas externes et internes étaient ouverts, ce qui semblait indiquer que toutes les personnes présentes à bord porteraient des combinaisons EVA. Elle avança prudemment vers le sas interne, notant la sensation vaguement visqueuse causée par l'entrée en gravité artificielle, et observa autour d'elle. Elle regardait l'intérieur d'un vaste compartiment ouvert avec des rangées d'étançons, chacun équipé d'une barre transversale et de plusieurs anneaux. Ils ne ressemblaient à rien qu'elle ait vu sur des vaisseaux de la Flotte. Puis elle en comprit l'utilité pour permettre à quelqu'un d'entrer sans aide dans une combinaison EVA. C'était là que les troupes de la Horde Sanguinaire se préparaient à l'abordage.

Où était leur pont? Y avait-il quelqu'un ici? Elle fit signe à deux de ses hommes de se diriger vers l'avant, et deux à l'arrière. Elle-même choisit l'avant, derrière les deux autres. Elle vit le bras du meneur s'élever et retint son souffle. Son équipe et celle de Bowry possédaient les cinq seuls pistolets à aiguilles disponibles, des armes qu'on pouvait utiliser sans risque sur le pont d'un vaisseau de guerre.

Sa main s'agita deux fois, puis il s'avança. Esmay suivit, guettant toutes les directions pour y discerner des mouvements. Elle ne vit rien. Sur le pont, la Horde avait abandonné deux hommes (dont elle ignorait totalement la fonction), morts tous deux.

— Démarrons ce vaisseau, dit-elle.

Quelqu'un traîna les corps jusqu'au gros compartiment proche des sas. Les spécialistes se dirigèrent vers leurs secteurs respectifs.

Les commandes semblaient assez familières, malgré le curieux lettrage sur les étiquettes.

— Ça devrait aller, capitaine, dit le second maître Simkins.

Esmay allait répondre qu'elle n'était pas le capitaine, quand elle se rappela que si, du moins pour le moment. Un capitaine, sinon *le* capitaine. Simkins, qui lui tenait lieu d'ingénieur, travaillait habituellement en Moteurs & Manœuvres.

— C'est seulement un petit cargo basique sur lequel on a monté des armes. Les boucliers ne dépassent pas le niveau des engins civils. Si les autres boucliers ne valent pas mieux, quelques tirs suffiront.

Tous comprenaient bien que quelques tirs ennemis suffiraient à les détruire.

— Les armes? demanda-t-elle.

C'était le major Arramanche, qui leva un doigt pour demander encore un instant de répit.

— Nous avons presque un arsenal complet de missiles, capitaine, dit-elle alors. Ce qui suffira pour cette mission. Mais ce truc ne dispose pas d'armes énergétiques.

Ce qui signifiait qu'ils devraient s'approcher pour être sûrs de détruire leur cible.

— Scan? demanda Esmay.

— Alimentation effective. Capitaine, nous sommes opérationnels.

Lucien Patel parlait d'une voix basse, presque voilée, mais qui dénotait une certaine confiance.

— Et nous avons... voilà le signal du *Kos*... les trois autres vaisseaux de la Horde. L'un d'entre eux est certainement un supercargo piraté, et l'autre est à peu près de la taille de celui-ci.

Vokrais, anxieux, scrutait le passage vide et incurvé. Quelque chose avait changé, et il n'aurait su préciser quoi.

— À quel niveau sommes-nous?

— Le quatre.

— Je vais vérifier l'oxygène, dit-il.

Il retira son masque et souleva le casque. Les lumières... Avaient-ils, oui ou non, dit à cette garce de couper les lumières au-dessous du niveau Huit? Il ne s'en souvenait pas. L'odeur semblait plus fraîche que dans son souvenir, mais c'était peut-être seulement d'avoir respiré des heures à travers ce masque. Il ne voyait, n'entendait ni ne sentait rien de défini, mais ne pouvait pas se détendre. Dès l'instant où il avait découvert que Bjerling commandait, il avait eu le sentiment que tout allait de travers.

— Des ennuis, chef de meute?

— Rien que je puisse déceler, dit-il. Mais...

Son équipe manquait à présent d'effectifs – ils étaient si peu nombreux –, et Bjerling le détestait, il en était sûr. Si les hommes de

Bjerling les tuaient tous, on pourrait faire porter le chapeau aux troupes des Familias. Qui en saurait jamais rien?

— Il nous faut un otage, dit-il enfin. Quelqu'un dont Bjerling aurait besoin. Peut-être ces amiraux, s'il en reste encore en vie.

— L'avorton Serrano? demanda Hoch.

— Non – s'il est toujours en vie, ce n'est toujours qu'un gosse. Bjerling sera obligé de nous parler si nous avons des prisonniers importants, et ses hommes seront assez nombreux à entendre pour porter témoignage. Autrement...

— Le pont? demanda Hoch.

— Sans doute.

Il se trouvait à présent dans le creux de la vague, avec le ciel au loin et la mer froide toute proche. L'espace qui séparait des vagues d'euphorie du combat, où il sentait l'épuisement et la faim et comprenait que ce n'était pas encore fini.

— Oui. Le pont.

Alors qu'il montait les marches en courant, précédant les autres, la rage lui revint et l'énergie avec elle. Que les fils de Bjerling aient tous les couilles ratatinées, que ses filles se prostituent aux prisonniers dans l'arène. Que les disputes et la jalousie rongent la Confrérie d'Antberd, que son dernier survivant meure pauvre et infirme.

Il vit le petit tas de débris un instant trop tard pour s'arrêter et eut juste le temps d'en comprendre la nature et d'étendre ses jurons à l'ensemble des Familias Régnantes lorsque l'escalier explosa dans un déluge de flammes et de fumée, le tuant au paroxysme de sa colère.

Anticiper ce que feraient les autres vaisseaux de la Horde relevait de l'impossible. Alors qu'ils activaient les machines de la *Hache d'Antberd*, Esmay croisait mentalement les doigts.

— Vous croyez qu'on devrait se fier à leurs équipements de vie? demanda l'un de ses techniciens.

— Non, répondit Esmay. Démarrez quand vous serez prêt, accélération maximale – la nôtre, pas la leur.

La *Hache d'Antberd* s'élança de la cellule d'essai comme un cheval qui regimbe. Son générateur de gravité ne compensa que très peu, et les genoux d'Esmay cédèrent.

— Waouh! s'écria Simkins, assise à la barre. Je crois qu'ils ont déplacé la ligne rouge...

Dix-huit niveaux de T-3 défilèrent devant eux, et un hurlement d'un homme de la Horde, qu'Esmay identifia comme une suite de jurons, crépita dans les haut-parleurs du pont.

— Ils sont contrariés, dit le pivot supérieur assis au tableau de communications. (Elle était censée connaître un peu la langue.) Ils croient que leur capitaine en a eu marre et qu'il est parti s'amuser. Mais maintenant, je connais notre nom : la *Hache d'Antberd.*

— Où se trouve l'autre? demanda Esmay. (Elle ne savait pas interpréter le scan flou.) Scan?

La voix de Bowry retentit dans ses écouteurs, éraillée mais reconnaissable.

— Nous sommes partis. Je prends le gros, dit-il.

— Scan...

— Là!

L'image du scan se stabilisa, toujours granuleuse, mais assez nette pour qu'Esmay puisse maintenant interpréter ce qu'elle voyait. Sans doute le vaisseau de la Horde commandé par Bowry, qui s'éloignait du sien pour se diriger vers le plus gros vaisseau à l'écran. Le vaisseau amiral de la Horde, si toutefois ils en avaient un. Esmay chercha sa propre cible, qu'on avait parquée, pour ainsi dire, à quelques milliers de kilomètres de l'autre côté du *Koskiusko*, où elle pouvait tirer droit dans la gueule de tout vaisseau qui surgirait du point de saut.

Avaient-ils miné le point de saut? Elle supposait que non. La Horde recourait très rarement à des champs de mines, même si elle avait posé un de ces engins à bord du *Spectre*. Peu importait, elle se dirigeait là de toute façon. Le troisième vaisseau de la Horde, placé de l'autre côté du VMH par rapport au point de saut, demanderait un assaut séparé. Un missile lancé depuis l'emplacement de la *Hache d'Antberd* risquerait de toucher le *Koskiusko*. Esmay espérait que, comme le sien, ce vaisseau ne disposait pas d'armes énergétiques.

— Je l'ai, dit Arramanche. J'attends vos ordres, capitaine.

— L'équipage de ce vaisseau s'interroge sur vos intentions, dit l'officier de communications. Il trouve que le moment est mal choisi pour danser avec l'ours, quoi que ça puisse vouloir dire.

Attendre ou tirer maintenant? Son esprit se débattit avec la géométrie de la situation, leur mouvement relatif par rapport au *Koskiusko*, au vaisseau de la Horde, à l'autre vaisseau de la Horde, la distance, la vitesse des armes, la qualité probable des boucliers de l'autre vaisseau, sa capacité à manœuvrer.

— Attendez, dit-elle. On s'approche.

L'approche rappelait une balade sur le dos d'un cheval de polo. La *Hache d'Antberd*, quelles que soient ses lacunes par rapport aux standards de la Flotte, rebondissait joyeusement d'un cap au suivant sans la moindre résistance. Elle avait eu raison de s'approcher ; l'autre vaisseau pouvait à tout moment s'esquiver. Au lieu de quoi il maintint sa position, comme s'il était persuadé qu'elle ne représentait aucune menace.

— Le gros se déplace, dit Lucien. Il brouille pas mal les scans, mais Bowry devrait l'avoir.

— En joue, capitaine, dit Arramanche.

— Allez-y, dit-elle.

Arramanche actionna les commandes. Le vaisseau tout entier trembla au départ de chaque missile.

— Pas étonnant qu'on ne monte pas d'armes énergétiques sur ces engins, ils tomberaient en morceaux, dit Simkins.

— On le tient! hurla le technicien de scan du *Kos*. Vous avez...

L'écran clignota et leur cible disparut.

— Joli tir, dit Esmay. Maintenant, au tour de ce troisième vaisseau.

— On en a abattu deux, dit le contact du *Koskiusko*.

Ce devait être Bowry, dans l'autre vaisseau de la Horde. Ils n'avaient pas pu faire sortir si vite le *Spectre*.

— Joli coup, dit Lucien.

Esmay jeta un œil à son écran et trouva l'image bien plus nette qu'auparavant. Peut-être tenait-elle un génie en la personne de Lucien.

La gravité artificielle de leur vaisseau flancha lorsque Simkins tenta de manœuvrer assez vite pour viser le troisième vaisseau de la Horde selon un bon angle de tir. Il s'était précipité vers le *Koskiusko*, puis avait dévié en voyant Esmay et Bowry qui se dirigeaient tous deux vers lui.

— Il a lancé des missiles, dit Lucien, alors même que le technicien de scan du *Koskiusko* leur disait la même chose. Un vers le *Kos* et un chacun pour nous et Bowry. En visant n'importe comment. Pourtant, avec une cible de la taille du *Kos*...

Esmay ignora cette remarque et dit à Simkins de pousser le vaisseau jusqu'à son accélération maximale.

— On ne va pas y arriver, dit Arramanche. C'est...

La position du *Spectre* s'alluma sur le scan de Lucien.

— Tout est actif, dit Lucien. Je ne pensais pas qu'il leur en restait tant que ça.

— Je l'ai, dit calmement Seska dans le casque d'Esmay.

Et toute la batterie d'armes à bâbord se concentra sur le vaisseau de la Horde en train de fuir, détruisant ses boucliers. L'écran clignota une dernière fois.

— Capitaine au capitaine, dit Bowry. Je dirais qu'il n'y aura pas à se bagarrer pour la première et la deuxième place, hein? Un chacun, ça me semble équitable. Même si deux d'entre eux étaient des proies faciles.

— Pas notre faute, dit Seska. Et puis tous les deux, vous deviez les viser avec leurs propres armes – ce qui relève le niveau de la compétition.

— Merci, dit Bowry.

Esmay sourit à son équipage.

— Très bien, ramenons cet engin au *Kos* avant que quelqu'un d'autre ne nous tire dessus au jugé.

— Personne n'oserait, dans ce système, dit Arramanche.

Esmay ramena la *Hache d'Antberd* sans fioritures vers la cellule d'essai. Un équipier du *Koskiusko* attendait pour les guider à la voix vers le dock et attacher le petit vaisseau avec «une attention particulière». Elle supervisa l'arrêt des machines, le verrouillage des armes et s'assura que les deux cadavres de la Horde soient placés dans des sacs et pris en charge. Simkins lui tendit la petite clé rouge – une véritable clé, remarqua-t-elle avec surprise, sans aucun rapport avec les baguettes de commandement dont la Flotte se servait pour déverrouiller les commandes – et la glissa dans le fourre-tout de sa combinaison. Puis elle suivit les autres à l'extérieur du vaisseau et ferma elle-même les sas.

Quand ils rejoignirent le *Koskiusko* et l'espace oxygéné, et quittèrent les combinaisons qui avaient acquis leur propre puanteur, Esmay songea qu'elle ne désirait que trois choses : une douche, une couchette et des nouvelles de Barin Serrano. Au lieu de quoi elle se retrouva au centre d'un attroupement de gens qui criaient, pleuraient, riaient, dansaient. Son équipage, celui du *Spectre*, et celui de Bowry, déboulèrent du tunnel, ainsi qu'une bonne moitié des gens restés en T-3. On la serra, on lui donna des tapes dans le dos, on l'acclama. Avec les deux autres capitaines, elle se retrouva soulevée à hauteur d'épaule, portée le long des coursives en direction du moyeu.

Où elle vit l'amiral Dossignal qui se tenait un peu voûté près de la série de tubes ascensionnels la plus proche. Près de lui, Seveche et le major Pitak observaient Esmay.

La foule ralentit, toujours exubérante mais consciente de la présence d'étoiles et de leur implication. Esmay parvint à descendre à terre en se tortillant, puis à s'extirper de la foule.

— Amiral…

— Beau travail, lieutenant ! Félicitations à vous tous.

— Y a-t-il des nouvelles…

— De l'enseigne Serrano ? (C'était le major Pitak, le visage solennel. Esmay se prépara au pire.) Oui, on l'a retrouvé. Il est vivant, mais gravement blessé.

Mais vivant. Il n'était pas mort parce qu'elle s'était croisé les bras. Le sachant toujours en vie (et sans doute tiré d'affaire une fois sorti des cuves régen), le cœur d'Esmay se mit à cogner à toute allure. Elle se retourna en direction de la foule, cherchant ceux qu'elle connaissait.

— Vous avez réussi ! cria-t-elle à Arramanche. Vous avez réussi ! (À Lucien.) Nous avons RÉUSSI ! (À tous les autres.)

L'amiral Dossignal se pencha pour parler à Pitak à travers le vacarme.

— Je pense que nous pouvons cesser de nous inquiéter, major. Je crois sincèrement que la vie vient de lui donner ce bon coup de pied où je pense.

# Chapitre 20

Lorsque Esmay put enfin prendre un peu de repos, tandis que d'autres redirigeaient le *Koskiusko* vers l'espace des Familias, son euphorie initiale s'était évaporée. Elle se réveilla plusieurs fois, le cœur cognant suite à des rêves qu'elle ne pouvait se rappeler. Elle éprouvait de la colère, mais sans parvenir à lui trouver une cible. Les intrus de la Horde étaient morts ; inutile d'être furieuse contre eux. Rien ne semblait fonctionner normalement, mais bien sûr les horaires et services du vaisseau étaient toujours bouleversés. Ceux qui avaient combattu avec elle à bord de la *Hache d'Antberd* vinrent la féliciter à leur tour. Elle eut du mal à leur faire les réponses qu'ils méritaient. Elle en avait envie, mais se sentait vide à l'exception de cette irritation sans objet. Lorsque Bowry vint la trouver pour lui dire qu'il serait ravi de lui faire une recommandation enthousiaste pour la diriger vers le commandement, elle éprouva un frisson de peur.

Un autre cycle de sommeil lui fit du bien, mais lors du suivant, l'un des cauchemars la rattrapa, assez net cette fois pour qu'elle se réveille en s'entendant hurler. Elle alluma la lampe et resta étendue à fixer le plafond, s'efforçant de respirer plus lentement. Pourquoi n'arrivait-elle pas à surmonter tout ceci? Elle n'était plus cette enfant, elle l'avait prouvé. Elle avait commandé un vaisseau – le *Mépris* ne comptait pas, mais elle s'autorisa à prendre en compte la *Hache d'Antberd* – et détruit un vaisseau ennemi.

Seulement parce qu'il ne s'était douté de rien ; seulement parce que le capitaine était stupide. Elle parcourut mentalement toutes les manières dont chacune de ses décisions aurait pu mal tourner. Elle s'était montrée brouillonne, impulsive, comme cette enfant qui avait pris la fuite. Elle aurait pu tous les faire tuer.

D'autres estimaient qu'elle s'était bien débrouillée, mais elle savait sur son propre compte des choses qu'eux ignoraient. S'ils savaient tout, ils comprendraient qu'elle ne pouvait pas vraiment être qualifiée. Comme un cavalier débutant capable de rester en selle pour franchir plusieurs haies, elle avait eu de la chance. Et le soutien d'un équipage expérimenté.

Il vaudrait beaucoup mieux pour tout le monde qu'elle reste dans l'ombre, où était sa place. Elle pouvait mener une vie correcte si elle se contentait d'éviter les ennuis.

Le visage de l'amiral Serrano sembla se former devant elle. *« Vous ne pouvez pas redevenir ce que vous étiez. »* La gorge d'Esmay se serra. Elle vit les visages de son équipage. L'espace d'un instant, elle sentit la vague de confiance qui lui avait permis de prendre ces décisions critiques. C'était là la personne qu'elle voulait être, celle qui se sentait chez elle, entière, la personne qui avait gagné le respect que d'autres lui vouaient.

Ils ne la respecteraient pas s'ils étaient au courant de ses rêves. Elle grimaça, s'imagina en capitaine de croiseur pour qui chaque bataille était suivie d'une série de cauchemars. Elle voyait l'équipage s'approcher sur la pointe des pieds pour l'écouter gémir et se débattre. Pendant quelques minutes, l'idée l'amusa presque, puis ses yeux se remplirent de larmes. Non. Elle devait trouver un moyen d'y remédier. Elle se redressa et se dirigea vers les douches.

Lors du tiers suivant, elle apprit que Barin était sorti de régen et pouvait recevoir des visites. Esmay n'avait pas vraiment envie de savoir quelles horreurs il avait subies, mais elle devait aller le voir.

Barin avait les yeux éteints. Il ressemblait moins que jamais à un Serrano. Elle songea qu'il devait être sous sédatifs.

— Vous avez envie de compagnie?

Il sursauta puis se raidit, fixant un point derrière l'oreille d'Esmay.

— Lieutenant Suiza... J'ai entendu parler de vos exploits.

Esmay haussa les épaules, de nouveau gênée.

— J'ai fait ce que j'ai pu.

— Plus que moi.

Remarque formulée sans humour ni amertume, sur un ton monocorde qui fit courir des frissons dans le dos d'Esmay. Elle se rappelait cette même intonation dans sa propre voix, à une époque à laquelle elle ne voulait pas penser.

Elle ouvrit la bouche pour lui dire ce qu'il avait sans doute déjà entendu, puis la referma. Elle savait ce que d'autres auraient dit – elle avait autrefois entendu ces mots-là, qui ne l'avaient pas aidée. Qu'est-ce qui pourrait aider Barin? Elle l'ignorait.

— Je ne suis pas à ma place, dit-il sur ce même ton monocorde. Un Serrano, Un *vrai* Serrano, comme ma grand-mère ou Heris, aurait fait quelque chose.

Dans la fraction de seconde qui précéda ses paroles, la conscience de ce qu'elle allait dire faillit lui bloquer les mâchoires. Pour lutter contre cette douleur, elle formula la première phrase.

— Quand j'ai été capturée...

— Vous avez été capturée? On ne me l'a pas dit. Je suppose que vous leur en avez fait voir.

La colère et la peur durcirent la voix d'Esmay jusqu'à la rendre méconnaissable à ses propres oreilles.

— J'étais enfant. Je n'en ai fait voir à personne.

Elle ne pouvait pas le regarder. Elle ne pouvait rien fixer d'autre que les ombres mouvantes, dans son esprit, qui s'affirmaient en sortant du brouillard.

— J'étais partie chercher mon père. Ma mère était morte – d'une fièvre locale d'Altiplano – et mon père était parti avec son armée prendre part à une guerre civile.

Rapide coup d'œil au visage de Barin. Ses yeux avaient retrouvé une étincelle de vie. Elle avait au moins accompli ça. Elle lui raconta l'histoire aussi vite, aussi abruptement qu'elle le put, s'efforçant de ne penser à rien pendant qu'elle parlait. La fuite, la femme corpulente dans le train, les explosions, le village et les cadavres qu'elle avait d'abord pris pour des dormeurs. Puis les hommes en uniforme, les mains brutales, la douleur, l'impuissance pire encore que cette souffrance.

Un autre coup d'œil rapide. Le visage de Barin avait pâli pour prendre une nuance presque égale à la sienne.

— Esmay... Lieutenant... Je ne savais pas...

— Non. Ce n'est pas quelque chose dont je parle. Ma famille m'a dit et répété que ce n'était qu'un rêve, provoqué par la fièvre. Je suis restée longtemps malade, de cette même fièvre qui avait tué ma mère. On m'a dit que je m'étais enfuie, que je m'étais approchée du front, que j'avais été blessée, mais d'après eux, tout le reste n'était qu'un rêve.

— Tout le reste?

Il lui semblait avoir des couteaux dans la gorge, et pire encore.

— L'homme... C'était quelqu'un que je connaissais. Que j'avais connu. Sous les ordres de mon père. Cet uniforme...

— Et ils vous ont *menti*? (La colère des Serrano brûlait maintenant dans ses yeux.) Ils vous ont menti sur ce sujet?

Esmay agita la main, geste que sa famille aurait compris.

— Ils pensaient faire pour le mieux. Ils croyaient me protéger.

— Ce n'était pas quelqu'un de votre famille?

— Non.

Elle répondit avec fermeté, alors qu'elle n'avait aucune certitude.

N'y avait-il eu que ce seul agresseur? Elle était si jeune – elle avait des oncles et des cousins plus âgés dans cette armée, dont certains étaient morts. Dans le livre du souvenir de la famille, les commentaires disaient «mort au combat», mais elle savait désormais très bien que les commentaires et la réalité divergeaient parfois.

— Mais vous avez continué. (Barin la regardait en face maintenant.) Vous étiez forte, vous n'avez pas...

— J'ai pleuré. (Elle eut du mal à extirper ces mots.) J'ai pleuré, nuit après nuit. Les rêves... On m'a donné une chambre en haut de la maison, au bout du hall, parce que je les réveillais à force de gigoter. J'avais peur de tout, y compris de ma propre peur. S'ils savaient comme j'avais peur, ils me mépriseraient. C'étaient tous des héros, voyez-vous. Mon père, mes oncles, mes cousins, même ma tante Sanni. Papa Stefan n'aimait pas les pleurnichards. Je ne pouvais pas pleurer devant lui. «*Laisse ça derrière toi*, me disaient-ils. *Le passé est le passé.*»

— Mais vous deviez bien savoir... Même moi, je savais, par ma famille, que les enfants n'oublient pas ce genre de choses.

— Sur Altiplano, on oublie. Ou on part. (Esmay prit une profonde inspiration, s'efforçant de maîtriser sa voix.) Je suis partie. Ce qui les a soulagés, car je ne leur ai toujours apporté que des ennuis.

— Je ne peux pas croire que vous ayez causé des ennuis.

— Oh que si. Une Suiza qui ne montait pas à cheval? Qui refusait de s'occuper d'élevage de pur-sang? Qui ne flirtait pas et n'attirait pas les jeunes gens comme il faut? Ma pauvre belle-mère a passé des années à essayer de me rendre normale. Et rien de tout ça n'a fonctionné.

— Mais vous vous êtes inscrite à l'école préparatoire de la Flotte! Vous deviez bien avoir guéri. Qu'ont dit les psychonurses? Est-ce qu'on vous a fait suivre une thérapie additionnelle?

Esmay esquiva la question.

— J'avais lu des textes de psycho sur Altiplano – il n'y avait pas de thérapie disponible là-bas – et j'ai fini par réussir les examens.

— Je n'arrive pas à croire...

— Je l'ai fait, c'est tout, dit-elle brusquement.

Il sursauta, et elle comprit comment il risquait de le prendre.

— Ce n'est pas la même chose dans votre cas.

— Non. Je suis adulte, ou censé l'être.

Sa voix se chargeait de nouveau d'amertume.

— En effet. Et vous avez fait ce que vous pouviez, ce n'est pas votre faute.

— Mais un Serrano est censé...

— Vous étiez prisonnier. Vous n'aviez pas le choix, à part celui de survivre ou mourir. Vous croyez que je ne me suis jamais torturée avec des «Une Suiza est censée...»? Bien sûr que si. Mais ça ne sert à rien. Et peu importe ce que vous avez fait – si vous avez vomi tripes et boyaux...

— Je l'ai fait, dit Barin d'une petite voix.

— Et alors? C'est votre corps. S'il a envie de vomir, il le fera. S'il a envie de déborder, il le fera. Vous ne pouvez pas l'en empêcher.

Elle était consciente de parler à elle-même autant qu'à Barin, de dire à la partie d'elle-même qui souffrait depuis si longtemps ce qu'elle avait besoin d'entendre.

— Si j'avais été plus courageux, continua Barin d'une voix plus fluette encore.

— Le courage aurait empêché vos os de se casser? Votre sang de couler?

— C'est différent. Ça, c'est physique...

— Mais pas vomir? (Elle parvenait de nouveau à bouger et s'approcha du lit.) Vous savez qu'on peut faire vomir n'importe qui avec les produits chimiques appropriés. Le corps les produit, et on vomit. A conduit à B, c'est tout.

Il s'agitait sans pouvoir s'arrêter, évitant de la regarder.

— Je n'arrive pas à me représenter ma grand-mère amiral en train de vomir sur un commando de gros baraqués de la Horde juste parce qu'on a mentionné les combats aux arènes.

— On vous avait frappé à la tête, non?

Il tressaillit comme si on venait de toucher ses côtes blessées.

— Pas si fort que ça.

Esmay ravala une bouffée de colère. Elle avait essayé. Elle lui avait dit des choses qu'elle n'avait jamais dites à personne, et il semblait déterminé à se vautrer dans les affres de sa culpabilité. Si toutefois on pouvait se vautrer dans des affres.

— C'est juste que je ne sais pas si je pourrai affronter ça, dit Barin, presque trop bas pour couvrir le bourdonnement sourd du ventilateur.

— Affronter quoi? demanda Esmay, la voix dure.

— Ils vont vouloir que j'en parle.

— Qui?

— Les psychonurses, bien sûr. Comme ils l'ont fait avec vous. Je n'ai pas envie d'en parler.

— Évidemment, dit Esmay.

Son esprit esquiva l'hypothèse de Barin selon laquelle elle avait suivi une thérapie.

— Est-ce que c'est si terrible? Qu'est-ce qu'ils disent? (Une pause pour avaler sa salive.) Qu'est-ce qui figure dans notre dossier?

— Ce n'est pas si terrible.

Esmay fouilla parmi ses souvenirs de ces textes, mais ne put rien trouver de concret. Elle détourna le regard, consciente de celui de Barin braqué sur elle.

— Vous allez vous en sortir, dit-elle très vite, avant de se diriger vers la porte.

Barin leva une main toujours striée de traces roses de colle organique.

— Lieutenant, s'il vous plaît.

Esmay se força à prendre une profonde inspiration avant de se retourner vers lui.

— Oui?

Quelque chose, dans l'expression d'Esmay, fit ouvrir de grands yeux à Barin.

— Vous n'avez *jamais* parlé aux psys, c'est ça? Jamais?

L'inspiration qu'elle venait de prendre s'était évaporée quelque part.

— Je... je...

Elle avait envie de mentir mais s'en trouva incapable. Pas à lui; pas maintenant.

— Vous l'avez simplement caché. C'est ça? Toute seule?

Elle se força à aspirer une goulée d'air, à la faire descendre dans sa poitrine, puis s'obligea à la faire ressortir par une gorge aussi rigide que du fer.

— Oui. Il le fallait. C'était le seul moyen. (Une autre inspiration, un autre effort.) Et ça valait mieux... Je vais bien maintenant.

Barin l'observa.

— Tout comme moi.

— Non. (Nouvelle inspiration.) Je suis plus âgée. Ça remonte à plus loin. Je sais ce que vous ressentez, mais ça passe avec le temps.

— C'est ça qui intriguait les gens, dit Barin, comme pour lui-même.

Ce saut du coq à l'âne retint l'attention d'Esmay.

— Comment ça, intriguer?

— Ce n'était pas seulement la différence entre les habitudes sociales d'Altiplano et celles de la Flotte. C'était ce secret que vous cachiez. C'est pour ça que tous vos talents étaient emprisonnés, réprimés..., et qu'il a fallu le combat pour les libérer, vous laisser montrer de quoi vous êtes capable.

— Je ne sais pas de quoi vous parlez, dit Esmay.

Une secousse ébranlait son esprit, évoquant celle qui agite la surface tremblotante d'un marais dans lequel on pénètre.

— Non, mais vous avez autant besoin d'aide que moi.

Panique. Elle sentit son visage se figer en un masque de calme.

— Non, pas moi. Je vais très bien, maintenant. Tout est sous contrôle. Comme vous le dites, j'arrive à fonctionner.

— Pas au meilleur de vos capacités. J'ai entendu raconter ce dont vous êtes capable. Grand-mère disait que votre analyse au combat était incroyable.

L'espace d'un instant, la situation lui parut amusante.

— Votre grand-mère ne faisait pas partie de la commission d'enquête.

Il fit un geste grossier avec les mains.

— Les commissions d'enquête n'existent que pour donner des ulcères et des crises cardiaques aux capitaines. Ce que j'ai entendu, par ma famille, c'était la façon dont l'avaient perçu les vrais commandants, ceux qui ont une expérience de ce boulot.

Esmay haussa les épaules. Ce sujet-là la mettait à peine moins mal à l'aise que l'autre.

— Et personne, y compris grand-mère, n'arrivait à comprendre comment vous l'aviez fait. Il n'y avait aucun indice dans votre passé, d'après elle.

— Mon père n'est pas mauvais tacticien, dit sèchement Esmay, qui se rendait bien compte que son irritation instinctive n'était pas totalement honnête.

— J'imagine que non. Mais tous les enfants n'héritent pas de ces talents – et chez ceux qui le font, les signes apparaissent généralement plus tôt. Vous n'avez même pas choisi la voie du commandement.

— J'ai suivi des conseils, dit Esmay. On m'a fait remarquer à quel point il était difficile pour des étrangers de réussir dans le commandement supérieur de la Flotte.

— Protestez tant que vous voulez, dit Barin, se redressant sur son lit, sans grimacer cette fois. Je vous répète, comme grand-mère, que vous cachiez quelque chose, qui vous empêchait de montrer de quoi vous étiez capable.

— Eh bien, je ne le cache plus, dit Esmay. J'ai commandé un vaisseau, deux en fait, maintenant.

— Ce n'est pas ça, dit-il.

— Je viens de vous le dire, répondit Esmay. Je ne le cache plus.

— Je ne suis pas psychonurse. Vous croyez que *vous* parler de mon expérience me suffirait?

Malgré ses tentatives de persuasion, elle entendit sa supplication muette: il espérait qu'elle répondrait qu'il n'avait besoin d'en parler à personne d'autre.

— Non. (Elle prit une rapide inspiration et se dépêcha de reprendre.) Ils savent déjà. Vous devez leur parler. Et ils vous aideront, j'en suis sûre.

— Hum. Tellement sûre que vous allez le faire aussi?

— Moi?

— S'il vous plaît. (Il s'appuya contre ses oreillers.) Ne jouez pas avec moi... Vous savez que vous n'êtes pas guérie. Vous savez que vous avez toujours besoin d'aide.

— Je... Ils vont me chasser! Une mutinée qui a caché des antécédents de folie... Ils vont me renvoyer là-bas.

Elle remarqua, après avoir parlé, qu'Altiplano était devenu «là-bas» et non plus «chez moi».

— Ils ne le feront pas. Grand-mère les en empêchera.

L'arrogance typiquement Serrano de cette réponse coupa le souffle d'Esmay. Elle éclata de rire avant de s'en rendre compte.

— Votre grand-mère ne gère pas tout dans la Flotte!

— Non, sans doute que non. Mais ça ne peut pas faire de mal de l'avoir de votre côté, comme c'est le cas. Elle ne voudra pas perdre un officier qu'elle considère comme brillant. (Il se calma.) Et si vous leur parliez de votre problème? Vous savez, je n'ai jamais connu personne d'autre qui ait... qui ait...

— Vous voulez un partenaire, c'est ce que vous essayez de me dire?

Il hocha la tête sans répondre. Son expression trahissait clairement l'effort nécessaire pour s'extirper de sa propre douleur assez longtemps pour tenter d'atteindre Esmay.

Elle sentait son cœur cogner; son souffle se faisait court. Était-ce possible?

— Vous me l'avez déjà raconté, dit-il alors. Ce n'est pas comme si c'était la première fois pour vous.

*«Quand on heurte le sol,* disait toujours papa Stefan, *il est trop tard pour s'inquiéter de se faire désarçonner. On a déjà survécu au pire. Tout ce qui reste à faire ensuite, c'est rattraper le cheval et remonter en selle.»*

— J'ai rattrapé le cheval, dit Esmay; elle faillit éclater de rire devant la mine perplexe de Barin. D'accord, dit-elle, sachant que la panique reviendrait, mais capable pour l'instant d'affronter l'ombre qui piaffait et s'ébrouait, et de marcher vers elle. Je vais leur parler – mais vous devez coopérer, vous aussi. Je veux un allié Serrano plus proche de mon âge que votre estimable grand-mère ou que votre féroce cousine. Marché conclu?

— Marché conclu. Mais je crois que vous avez interverti les adjectifs.

Le major Pitak leva les yeux lorsque Esmay revint de l'infirmerie.

— Comment va le gamin?

— Il est secoué, mais en voie de guérison. Il doit voir les psys, d'après lui.

— C'est la procédure standard, dit Pitak. Et ça l'ennuie?

— Autant que ça ennuierait n'importe qui d'autre, dit Esmay, avant de rassembler son courage.

L'ombre se condensa et le nuage de fumée se changea en une forme sinistre qui crachait du feu.

— Major, avant que tout ceci se produise, vous m'avez dit que je devrais peut-être voir les psys à propos de ce qui s'est passé à bord du *Mépris.*

— Ça vous tracasse toujours?

— Non, pas seulement ça. Je sais que nous sommes en manque d'effectifs, mais j'aimerais me lancer.

Pitak la scruta longuement sans ciller.

— Très bien. Allez vous renseigner sur le temps que ça prendra et revenez me tenir au courant. Vous êtes assez bien vue en ce moment pour que personne ne vous reproche de recevoir de l'aide. Voulez-vous que je les appelle pour leur demander quand ils peuvent vous recevoir?

— Je... Merci, major, mais je crois qu'il vaut mieux que je le fasse moi-même.

— Vous n'êtes pas obligée de toujours chercher les complications, Suiza, dit Pitak sans la moindre dureté dans la voix.

Obtenir un rendez-vous fut d'une déconcertante facilité. Le secrétaire ne s'enquit pas des détails quand elle affirma vouloir un rendez-vous avec un psy, et demanda seulement si c'était urgent. Est-ce que ça l'était? Elle pouvait remettre à plus tard en lui disant que non, mais agir ainsi n'avait pas réglé le problème les fois précédentes.

— Ce n'est pas une urgence, dit-elle enfin. Mais ça devient gênant.

— Juste un instant.

*Bien sûr qu'ils étaient occupés*, se dit Esmay. Barin n'était pas le seul à avoir des besoins urgents relatifs aux événements récents. Tous ceux qui avaient été prisonniers, supposa-t-elle, et d'autres qui avaient simplement vu la mort et la douleur de trop près.

Une autre voix parla dans ses écouteurs.

— Lieutenant Suiza, ici Annie Merinha. J'ai juste besoin de quelques renseignements afin de vous confier à la personne la plus à même de vous aider.

La gorge d'Esmay se serra. Elle ne put rien dire et attendit les questions comme des coups.

— Est-ce simplement lié aux événements récents, ou y a-t-il autre chose?

— Autre chose, dit Esmay.

Elle pouvait à peine parler.

— Je vois que vous avez vécu une situation difficile à bord du *Mépris* et n'avez reçu aucun soutien psychologique par la suite. Est-ce à ce propos?

Elle pouvait répondre oui, et dirait la vérité, mais pas toute la vérité. Elle pourrait sans doute leur raconter le reste plus tard, mais tout ceci avait commencé par des mensonges, et elle voulait en finir.

— En partie, dit-elle. Il y a... Tout est mêlé à... d'autres choses.

— Qui datent d'avant votre entrée dans les Forces spatiales de métier?

— Oui.

— Votre dossier n'indique rien.

— Non, je... S'il vous plaît, je ne peux pas l'expliquer comme ça.

— Bien sûr.

Il y eut une pause, au cours de laquelle Esmay imagina des croix accablantes près d'une liste interminable de maladies mentales qui allaient lui interdire à jamais tout ce qu'elle voulait faire.

— Je peux vous recevoir à 14 heures aujourd'hui. T-5, niveau Sept, suivez les panneaux menant au département Psycho et demandez à l'accueil. Vous êtes sur le planning. Ça vous convient?

Pas vraiment ; il lui fallait encore du temps pour se préparer, mais elle pouvait difficilement se plaindre qu'on l'aidait trop vite.

— C'est parfait, dit-elle. Merci.

— Il va vous falloir environ deux heures. Nous programmerons le reste de vos séances quand nous nous serons rencontrées.

— Merci, répéta Esmay.

Elle consulta l'horloge. 10h30. Il lui restait peu de temps à vivre comme elle avait vécu, quoi que ça puisse signifier. Elle avait l'impression d'un malheur imminent prêt à s'abattre sur elle. Elle alla prévenir le major Pitak qu'elle s'absenterait plusieurs heures.

— Aucun problème. En attendant, je veux que vous déjeuniez avec moi.

Son estomac protesta.

— Major, je n'ai vraiment pas faim.

— C'est vrai, mais vous êtes aussi toute nouée. Je ne vais pas vous demander de quoi il s'agit, maintenant que vous allez recevoir de l'aide, mais je ne vais pas non plus vous laisser broyer du noir toute seule. Soupe et salade – vous devez avaler quelque chose avant d'aller là-bas cracher vos tripes. Ça va être épuisant.

Au cours du repas, Pitak lui raconta une série d'anecdotes qui n'attendaient pas vraiment de réponse de sa part. Esmay mangea peu, mais apprécia sa prévenance.

— Lieutenant Suiza. (Le secrétaire lui sourit.) Je sais que vous ne me connaissez pas, mais nous voulons tous vous remercier pour ce que vous avez fait. *Moi*, j'ai passé la plupart du temps inconscient, à faire des rêves que je ne me rappelle même pas, sans être utile à quoi que ce soit. Sans vous…

— Et beaucoup d'autres, dit Esmay, prenant le dossier qu'il lui tendait.

— Oh, bien sûr, mais tout le monde sait que vous avez capturé ce vaisseau de la Horde et que vous avez battu l'ennemi. On devrait vous nommer capitaine de croiseur, voilà ce que j'en dis. (Le secrétaire consulta l'écran de son bureau et annonça :) Voilà, la pièce sera prête dans quelques minutes à peine. On aime l'aérer entre deux séances. Vous voulez boire quelque chose ?

Elle avait de nouveau la bouche sèche, mais ne pensait pas réussir à boire. Son estomac s'était entièrement refermé.

— Non, merci.

— C'est la première fois que vous recevez un soutien psychologique ?

Esmay hocha la tête. Elle détestait être aussi transparente.

— Tout le monde a peur, avant, dit le secrétaire. Mais nous n'avons encore tué personne.

Esmay essaya de sourire, mais la réponse ne l'amusait pas vraiment.

Une moquette rugueuse, couleur de pain grillé, tapissait la moitié inférieure des cloisons, peintes ici de couleur crème; un canapé aux coussins dodus, drapé d'un châle à une extrémité, ainsi que plusieurs fauteuils donnaient au petit compartiment des allures de salon particulièrement douillet. L'endroit était calme et dégageait une légère odeur de menthe. Consciente de s'être arrêtée sur le pas de la porte comme une pouliche méfiante au moment de passer une barrière, Esmay se força à poursuivre.

— Je suis Annie Merinha, dit la femme qui se trouvait à l'intérieur.

Elle était grande avec une épaisse natte de cheveux clairs qui viraient à l'argent au niveau des tempes. Elle portait un pantalon brun souple et une chemise bleue avec un insigne accroché à la manche gauche.

— Nous n'employons pas les grades ici. Donc je vais vous appeler Esmay, à moins que vous n'ayez un surnom coutumier.

— Esmay, ça ira, répondit-elle à travers une gorge sèche.

— Très bien. Vous ignorez peut-être qu'une demande de soutien psychologique donne à toute personne travaillant avec vous un accès illimité à vos dossiers, y compris toutes les évaluations personnelles. Si ça vous pose problème, il faut me le dire tout de suite.

— Pas du tout, dit Esmay.

— Très bien. J'ai consulté votre dossier médical un peu plus tôt, bien sûr, mais rien de plus. Il y a d'autres choses que vous devez savoir sur la procédure avant de commencer, si vous pensez pouvoir les comprendre à ce stade.

Esmay força son esprit à sortir de sa cachette. Elle s'était attendue à tout devoir raconter tout de suite. Ceci était plus ennuyeux, encore que moins pénible.

— On nous surnomme psychonurses, comme vous le savez certainement. Ce qui est assez approprié, car la plupart d'entre nous sont des nurses, pas des techniciens médicaux ou des médecins psychiatres. Vous venez d'Altiplano, où je crois qu'on appelle toujours les nurses des nourrices, est-ce exact?

— Oui, dit Esmay.

— Le fait de vous voir confier à une psychonurse plutôt qu'à un médecin vous pose-t-il le moindre problème d'ordre culturel?

— Non.

Annie cocha quelque chose.

— Maintenant, vous devez savoir que bien que nos séances soient confidentielles, il y a des limites à cette confidentialité. Si j'ai des raisons de penser que vous représentez un danger pour vous-même ou pour d'autres, je le signalerai. Ce qui inclut la participation à certaines formes d'activités religieuses ou politiques qui pourraient mettre en danger vos camarades de bord, et l'usage de produits illicites. Même si vous pouvez choisir de cacher ce type d'activités, je dois en mon âme et conscience vous avertir que je suis très douée pour détecter les mensonges, et en toutes circonstances, le manque de sincérité affectera fortement la valeur de votre traitement. Voulez-vous poursuivre?

— Oui, répondit Esmay. Je ne fais rien de tout ça.

— Très bien. Maintenant, allons au cœur des choses. Vous dites avoir eu des problèmes liés à la fois à vos expériences à bord du *Mépris*, et à d'autres datant d'avant votre entrée dans les FSM. Je m'attendais à ce que des problèmes antérieurs à votre admission aient été pris en charge à ce moment-là.

Elle s'arrêta là. Il fallut un long moment à Esmay avant d'y déceler une question.

— Je n'en ai parlé à personne.

— Vous avez caché quelque chose dont vous étiez informée?

— Je ne savais pas, à l'époque, ce que c'était.

*Des rêves, des rêves, des rêves*, martelait son pouls.

— Mmm. Pouvez-vous m'en dire plus?

— Je croyais que ce n'étaient que des cauchemars, dit Esmay.

— Il y a une question, lors de la visite médicale d'admission, sur des cauchemars excessifs, dit Annie sans emphase particulière.

— Oui, et j'aurais dû en parler, mais je ne savais pas vraiment s'ils étaient excessifs, et je voulais m'échapper, entrer à l'école préparatoire.

— Quel âge aviez-vous alors?

— Quatorze ans. La première année, j'ai présenté ma candidature. Ils m'ont dit qu'elle était satisfaisante, mais que je devais attendre un an ou deux, parce qu'ils étaient déjà au complet, et aussi parce qu'ils voulaient que je suive des cours en plus. Ce que j'ai fait. Et ensuite...

— Vous êtes entrée à l'école préparatoire. Les rêves?

— Ils étaient moins pénibles à ce moment-là. Je croyais que je m'en débarrasserais avec l'âge.

— Vous n'en saviez rien.

— Non On m'avait dit que ce n'étaient que des rêves.

— Et maintenant, vous savez que non?

— Oui. (Son intonation trahissait son humeur lugubre. Elle croisa le regard d'Annie.) Je l'ai découvert quand je suis rentrée chez moi. Après la cour martiale. Que c'était vrai, que tout était vrai, et qu'on m'avait menti!

Annie resta assise en silence, attendant que sa respiration redevienne régulière. Puis elle dit:

— Si je comprends bien, vous êtes en train de me dire qu'il vous est arrivé quelque chose quand vous étiez enfant, avant que vous rejoigniez la Flotte, et que votre famille vous a menti, en prétendant que ça ne s'était jamais produit et que vous l'aviez seulement rêvé. Est-ce exact?

— Oui!

Annie soupira.

— Encore un exemple de familles qui maltraitent leurs enfants en croyant bien faire.

Esmay leva les yeux.

— Ils ne me maltraitaient pas, c'est seulement...

— Esmay. Écoutez-moi. Était-il douloureux de croire que vous deveniez folle parce que vous faisiez des cauchemars insensés, dégoûtants, terrifiants?

Elle frissonna.

— Très.

— Et vous ressentiez cette douleur tous les jours?

— Oui, sauf quand j'étais trop occupée pour y penser.

Annie hocha la tête.

— Si vous tourmentiez quelqu'un chaque jour, si vous le rendiez malheureux chaque jour, si vous lui faisiez peur chaque jour, si vous lui faisiez croire chaque jour qu'il était mauvais, qu'il était fou, vous parleriez de maltraitance?

— Bien sûr! (Elle vit le piège et se détourna comme une vache enragée qui fait un écart pour éviter une barrière.) Mais ma famille n'était pas... Ils ne savaient pas.

— Nous en reparlerons. Donc votre premier problème est celui de ces rêves, qui finalement n'en étaient pas, au sujet d'une terrible épreuve subie dans votre enfance. Quel âge aviez-vous quand elle s'est produite?

— Presque six ans, dit Esmay.

Elle rassembla son courage pour affronter les questions suivantes, celles auxquelles elle n'était pas sûre de pouvoir répondre sans craquer.

— Faites-vous toujours ces rêves, maintenant que vous savez de quoi il s'agit?

— Oui, parfois, et je n'arrête pas d'y penser. De m'en inquiéter.

— Et votre deuxième problème est lié à vos expériences à bord du *Mépris*?

— Oui. La mutinerie. Je rêve de ça aussi. Parfois tout se mélange, comme si les deux se produisaient en même temps.

— Ça ne m'étonne pas. Bien que vous ne m'ayez pas encore révélé la nature de votre trauma d'enfance, il y a des parallèles: dans les deux cas, vous vous trouviez sous la protection de quelqu'un, protection qui a échoué, et une personne en qui vous aviez confiance s'est retournée contre vous.

Esmay se sentit particulièrement stupide de ne pas l'avoir compris par elle-même. Tout semblait évident maintenant qu'Annie l'avait formulé.

— Je présume que la mutinerie à bord du *Mépris* a impliqué beaucoup de combats au corps à corps?

— Oui.

— Donc il semble logique que l'intrusion de la Horde Sanguinaire ait réveillé les mêmes impressions et se soit également mêlée au premier trauma.

— Je n'ai pas eu aussi peur cette fois, dit Esmay. Pas sur le moment, en tout cas.

— Heureusement pour nous autres. Maintenant, avez-vous jamais raconté à quelqu'un les événements de votre enfance?

Esmay sentit ses épaules se voûter.

— Ma... ma famille sait déjà.

— Ce n'est pas ce que je vous demandais. En avez-vous parlé à quelqu'un depuis que vous êtes adulte?

— À une seule personne: Barin Serrano. Parce qu'il se sentait très mal, à l'idée de devoir vous consulter, et à cause de ce qui s'est passé.

— Barin Serrano? Ah. L'enseigne de deuxième classe qui se trouve à l'infirmerie. On l'a confié à quelqu'un d'autre. Intéressant. Vous êtes amis?

— Oui.

— Ça a dû être très dur pour vous de lui en parler. Comment a-t-il réagi?

Esmay haussa les épaules.

— Je ne sais pas quelle réaction est normale ou pas. Il était furieux contre mon père.

— Très bien de sa part, dit Annie. C'est une réaction que je qualifierais de normale. Maintenant, comme vous en avez déjà parlé une fois, pensez-vous pouvoir le faire avec moi?

Esmay prit une inspiration et se plongea de nouveau dans l'histoire. Ce n'était pas plus facile, mais pas plus difficile non plus, bien qu'Annie soit une étrangère. Lorsqu'elle hésitait, Annie lui en demandait juste assez pour la relancer. Puis au bout de ce qui semblait plusieurs heures, elle atteignit la fin du récit.

— Je croyais que j'étais peut-être devenue folle. À cause de la fièvre, ou quelque chose comme ça.

Annie secoua la tête.

— Voilà un point dont vous n'avez pas à vous soucier, Esmay. Selon la définition de la santé mentale, vous êtes largement saine d'esprit. Vous l'avez toujours été. Vous avez survécu à un trauma énorme, physique et émotionnel, et bien qu'il ait perturbé votre développement, il ne l'a pas arrêté. Vos défenses étaient parfaitement normales; c'était la réaction de votre famille qu'on qualifierait de folie si elle se manifestait chez un individu – ou qu'on jugerait en tout cas malsaine.

— Mais ils n'étaient pas fous. Ce n'était pas eux qui réveillaient toute la maison en hurlant la nuit.

C'était absurde de parler de folie à propos de ses proches, ces gens normaux qui se promenaient dans des habits de tous les jours, menaient des vies ordinaires.

— Esmay, les cauchemars ne sont pas symptômes de folie. Il vous est arrivé quelque chose d'affreux, vous en avez fait des cauchemars : réaction normale. Mais votre famille a tenté de faire comme si rien ne s'était produit, comme si vos cauchemars normaux étaient le vrai problème. Ce qui témoigne d'une impuissance à affronter la réalité, et se détacher de la réalité, *voilà* un symptôme de maladie mentale. C'est tout aussi grave venant d'une famille ou de tout autre groupe, que venant d'un individu.

— Mais...

— Vous avez du mal à faire coïncider votre famille normale – qui vit sa vie de tous les jours – avec votre image mentale de la folie ? Ça ne me surprend pas. Nous allons en reparler, ainsi que de vos autres problèmes, mais laissez-moi vous rassurer : vous êtes saine d'esprit et vos symptômes sont guérissables. Nous allons devoir y consacrer un peu de temps ici, et vous aurez des devoirs à faire par vous-même. Ils devraient vous prendre deux heures environ, entre nos séances, que je fixe à une tous les cinq jours pour l'instant. Avez-vous des questions sur la procédure ?

Esmay était certaine d'en avoir, mais aucune ne lui venait pour l'instant. Elle éprouvait un désir écrasant de s'allonger et de dormir. Elle se sentait aussi fatiguée qu'après deux heures d'exercice.

— Vous aurez certainement des symptômes somatiques au cours des premières séances, poursuivit Annie. Vous serez fatiguée, vous aurez peut-être mal partout. Vous serez peut-être tentée de sauter des repas ou de vous goinfrer de dessert. Essayez de manger régulièrement et modérément. Accordez-vous du temps de sommeil en plus, si vous le pouvez.

# Chapitre 21

C'était facile à dire, mais à quoi bon disposer de temps pour dormir si elle ne pouvait fermer l'œil? Esmay apprit à connaître intimement chaque défaut de la surface de la cloison, chaque objet de ses quartiers. Quand elle fermait les yeux, elle se sentait bien plus éveillée qu'auparavant, son cœur battant la chamade. Lors des repas, elle se forçait consciencieusement à avaler une bouchée après l'autre, imitant quiconque se trouvait à quatre sièges d'elle sur la gauche, prenant une bouchée quand il ou elle le faisait. Personne ne parut le remarquer. Elle avait l'impression d'être suspendue à l'intérieur d'une sphère creuse, rien ne semblait vraiment à sa portée.

À sa grande surprise et à son soulagement, personne ne paraissait s'attendre à ce qu'elle fasse davantage que le travail de routine, alors même que le vaisseau manquait d'effectifs. Pitak lui donnait d'interminables listes d'inventaire à vérifier, des notes sur l'avancement des travaux du *Spectre* à entrer dans la base de données. Elle avait vaguement conscience de faire du travail administratif de routine, davantage adapté à un pivot ou un caporal-chef, mais n'en éprouvait aucune rancœur. Ces tâches simples l'absorbaient entièrement, la gardaient occupée. Quelle qu'ait pu être cette énergie soudaine qui lui avait fait traverser le vaisseau, pénétrer dans l'appareil ennemi, se lancer dans la bataille, elle avait disparu. Quelqu'un d'autre pourrait réfléchir à un moyen de renvoyer le *Koskiusko* dans l'espace des Familias, avec le reste du déploiement de la Flotte. Quelqu'un d'autre pouvait s'inquiéter des réparations du *Spectre*, des dommages internes, et même des blessés. Elle n'arrivait pas à s'en soucier.

Lors de la séance suivante, Esmay se retrouva en train de défendre sa famille.

— Ils ne comprenaient pas, dit-elle.

— Vous faisiez des cauchemars. Vous hurliez tellement, d'après vous, qu'ils vous avaient exilée dans une partie éloignée de la maison.

— Je n'étais pas exilée.

— Faire dormir un enfant seul, aussi loin de qui que ce soit? J'appelle ça un exil. Et vous aviez changé d'une manière que la plupart des adultes identifieraient comme une réaction au stress. Non?

Seb Coron disait qu'elle aimait monter à cheval, jusqu'à ces événements. Elle était extravertie, exubérante, enthousiaste, aventureuse. Mais tous les enfants, en grandissant, perdaient cette joie facile de la petite enfance. Elle s'efforça de l'expliquer à Annie, qui s'obstinait à lui renvoyer d'autres interprétations.

— Quand le comportement d'un enfant change brusquement, il y a une raison. Un changement progressif n'est pas aussi significatif: l'exposition à de nouvelles expériences peut signifier que de nouveaux enthousiasmes remplacent les anciens. Mais un changement brutal signifie quelque chose, et la famille d'un enfant est censée s'en rendre compte et en rechercher la cause. Dans votre cas, bien sûr, ils connaissaient déjà une cause.

— Mais ce n'était pas lié. Ils disaient que j'étais juste devenue paresseuse.

— Les enfants ne «deviennent pas juste paresseux». C'est une étiquette que les adultes s'empressent de leur coller quand un comportement leur déplaît. Avant, vous aimiez monter à cheval, puis vous avez arrêté, et même oublié que vous aviez aimé. Et vous croyez que ça n'a aucun lien avec une agression sexuelle?

— Je... c'est sans doute possible.

Tout son corps tressautait comme la peau d'un cheval qui essaie de chasser une mouche.

— Vous rappelez-vous si l'agression a eu lieu dans un bâtiment ou à l'extérieur?

— Tous les bâtiments étaient détruits, du moins en partie. J'avais trouvé un coin, plus grand que moi, mais assez petit. Il y avait de la paille, et je m'y étais réfugiée.

— Quelle était son odeur?

Elle retint son souffle; une bouffée de cette odeur, pas la fumée mais l'autre, lui traversa l'esprit.

— Une écurie, dit-elle si doucement qu'elle s'entendit à peine. C'était une écurie. L'odeur me rappelait la maison.

— C'est sans doute pour cette raison que vous y avez trouvé refuge: votre nez vous avait conduite vers quelque chose qui ne vous abrutissait pas de peur. Et là, dans un endroit que vous aviez cru sûr – rappelez-vous, les odeurs agissent sur le centre émotionnel du cerveau –, vous avez été agressée de la manière la plus terrifiante qui soit par quelqu'un dont l'uniforme était pour vous synonyme de sécurité. Est-il étonnant que vous ayez plus tard détesté nettoyer les boxes?

Elle éprouva cette fois encore de la stupéfaction.

— Je n'étais pas seulement paresseuse, dit-elle, le croyant à moitié. Et je ne faisais pas de manières quand les mouvements des chevaux me rendaient nerveuse.

— Non, votre mémoire des détails vous disait que les écuries n'étaient pas vraiment des endroits sûrs, qu'il pouvait s'y produire des choses affreuses, si on se retrouvait prisonnière dans un coin. Votre cerveau fonctionnait très bien, Esmay, il essayait de vous garder en sécurité.

Son esprit continuait à nier ce qu'entendaient ses oreilles.

— Mais j'aurais dû être capable de...

— Holà. (Annie leva la main.) En premier lieu, vous ne pouvez pas plus changer la perspicacité nouvelle résultant de votre expérience qu'un ordinateur de bas niveau ne peut changer le programme que vous lui donnez. La partie de votre cerveau qui s'occupe de la survie est un ordinateur très basique. Tout ce qui l'intéresse, c'est relier des données sensorielles au danger et à la nourriture. Si vous aviez reçu plus tôt un traitement adéquat, avec des drogues neuroactives, le plus gros des dégâts aurait pu être évité, mais il en serait toujours resté une trace. C'est la nature même de la vie, après tout: c'est pourquoi les lavages de cerveau sont illégaux.

— Vous voulez dire que je vais garder ça à jamais?

Si elle devait en subir les effets permanents, pourquoi s'embarrasser d'une thérapie?

— Pas exactement. Le type de travail que vous faites en ce moment, en réfléchissant point par point, amoindrira les effets. Il y a toujours des médicaments que nous pouvons vous donner, pour stabiliser vos prises de conscience et placer une sorte de bouclier entre votre conscience actuelle et les connexions enracinées en attendant que les nouvelles connexions se renforcent.

— Et pour les cauchemars?

— Ils devraient diminuer, peut-être disparaître à jamais, même s'il est possible qu'ils reviennent au cours d'autres périodes de stress. D'autres schémas de pensée qui ont gêné votre développement – en tant que personne et en tant qu'officier – changeront avec un entraînement continu.

— Je n'aime pas l'idée de médicaments, dit Esmay.

— Très bien. Les gens qui aiment l'idée de prendre des médicaments se sont déjà bourrés de produits qui ne marchent pas et leur laissent les neurones en sale état. Vous n'êtes pas obligée d'aimer les médicaments, simplement de me faire confiance pour décider du moment où vous en avez besoin.

— Je ne peux pas m'en passer?

— Peut-être. Vous progresserez plus lentement, plus difficilement, et avec moins de certitude. Que croyez-vous que vont faire les médicaments, vous transformer en ces personnages des cubes d'horreur qui traînent en pantoufles miteuses dans les couloirs des asiles?

Comme c'était l'image même qu'elle avait eue en tête, Esmay ne trouva rien à répondre. Elle baissa la tête pour la hocher faiblement.

— Quand vous serez prête pour les médicaments, Esmay, je vous dirai exactement à quoi vous attendre. Pour l'instant, retournons aux autres liens entre ce qui s'est produit et ce que vous avez cessé de faire, cessé d'aimer.

Elle avait cessé d'aimer les chevaux; ce qui la choquait toujours encore plus que les cauchemars. Elle ne s'était même pas rappelé les avoir appréciés. L'image que lui avait donnée Seb Coron, celle d'une enfant presque toujours à dos de poney, lui semblait étrangère. Comment avait-elle pu être cette enfant-là et devenir cette femme-ci? Mais si elle le croyait sur le sujet du viol, elle devait le croire sur celui du poney. Ce détail ne signifierait rien pour la Flotte, bien sûr, mais dans sa propre famille, il suffisait à la rendre différente, inférieure.

Pouvait-il vraiment s'agir seulement d'odeurs, de son système olfactif qui s'obstinait à suivre sa propre voie en associant l'odeur des écuries et des chevaux à toute la terreur et la douleur de ce jour-là? Tout ça semblait trop simple. Pourquoi son nez n'aurait-il pas pu associer tout le plaisir qu'elle avait pris à cheval, si ce plaisir avait existé?

Son nez choisit cet instant pour commenter l'odeur du dîner, dont elle avait enfourné des bouchées sans s'en rendre compte. Elle n'avait rien remarqué depuis des jours, mais une nouvelle odeur venait de se frayer un chemin, et elle s'aperçut que sa bouche était remplie de ragoût de ganash, qu'elle ne pouvait pas recracher. Elle parvint à avaler cette bouchée puis avala une longue gorgée d'eau.

— Vous venez jouer au ballon, lieutenant? lui demanda quelqu'un.

Qui était-ce? Son esprit s'agita frénétiquement sans parvenir à trouver le nom de cette jeune femme au visage agréable. Barin l'aurait su. Barin n'était plus très présent depuis un moment. La thérapie, se rappela-t-elle. Il se sentait sans doute comme elle, pas d'humeur à jouer.

Il lui fallait une excuse.

— Non, merci, dit-elle, assemblant les mots comme les parties d'une maquette complexe, s'efforçant soigneusement de maîtriser l'intonation, le volume, les changements de ton. Je dois aller m'exercer – peut-être un autre jour.

Elle se dirigea vers la salle de gym, désertée depuis les batailles. Tous les emplois du temps étaient bouleversés, pas seulement le sien. Elle se réprimanda de sa distraction et grimpa sur l'un des tapis de jogging.

Quand elle jeta un œil de côté, son regard accrocha le mécanisme du simulateur d'équitation. Elle n'était jamais montée sur ces engins au cours de sa carrière dans la Flotte. Elle n'avait jamais envisagé de s'en servir. Si elle n'appréciait pas de monter de vrais chevaux, pourquoi perdre son temps sur un simulateur?

Il n'aurait pas l'odeur d'un vrai cheval. Cette pensée s'insinua dans l'esprit d'Esmay, qui produisit une image de Luci sur la jument baie, deux jeunes animaux gracieux grisés par le mouvement. Un élancement de douleur la tirailla : avait-elle été, *aurait-elle* pu être comme Luci? Aurait-elle pu posséder cette grâce?

Jamais, jamais! Elle s'élança sur le tapis de jogging, forçant de toute la puissance de ses jambes, et faillit tomber. La rampe de sécurité était froide sous ses paumes. Elle se força à ralentir, à progresser de manière plus régulière. Le passé était le passé. Il ne changerait pas parce qu'elle en apprenait davantage ou voulait qu'il change.

— Bonsoir, lieutenant.

Un enseigne de première classe passa près d'elle pour se diriger vers le cheval. Il monta maladroitement en selle, et Esmay vit aux mouvements de la machine qu'il l'avait réglée sur le mode basique, un trot lent sur une ligne droite. Même alors, il n'arrivait pas à garder le rythme et se redressait toujours avec un temps de retard.

Elle pouvait faire mieux. Même maintenant, elle pouvait faire mieux et le savait.

Elle n'avait aucune raison de faire mieux. Cette vie ne nécessitait pas d'expertise équestre. Elle se rappela l'odeur, la poussière, le malheur. Son esprit produisit des images de vitesse, de beauté, de grâce. De Luci et presque, en titillant les lisières de sa conscience, d'elle-même.

Sur le mur de la chambre d'Annie (qu'elle appelait ainsi mentalement, même si rien n'indiquait que c'était vraiment sa chambre), un écran plat affichait un paysage vague et brumeux de vert et d'or pâles. Rien de comparable à Altiplano où les montagnes se dressaient et se détachaient nettement sur le ciel, mais c'était une planète. Ce petit détail suffisait à l'ancrer au sol.

— Dans votre culture, commença Annie, une partie de la définition globale d'une femme ou d'une fille est d'être quelqu'un que l'on protège. Vous étiez une petite fille, et on ne vous a pas protégée.

*Je ne méritais pas qu'on me protège,* pensa-t-elle automatiquement. Elle se recroquevilla sous le châle, sans trembler tout à fait, et se concentra sur sa texture, sa chaleur. Quelqu'un l'avait fait au crochet, à la main ; elle remarqua un défaut du motif.

— Les enfants raisonnent différemment, dit Annie. On ne vous a pas protégée, donc votre esprit d'enfant – pour protéger votre père, comme le font les enfants, et d'autant plus fort que votre mère venait de mourir – votre esprit d'enfant a décidé que soit vous n'étiez pas *vraiment* une fille, soit vous n'étiez pas une *bonne* fille, et dans un cas comme dans l'autre, vous ne méritiez pas que l'on vous protège. Mon hypothèse est que votre esprit, pour des raisons qui lui sont propres, a choisi la branche «pas vraiment une fille».

— Pourquoi dites-vous ça? demanda Esmay, se rappelant toutes les fois où on lui avait dit qu'elle était une mauvaise fille.

— À cause de votre comportement d'adolescente et d'adulte. Celles qui se considèrent comme de mauvaises filles se comportent comme telles, quelle qu'en soit la définition dans leur culture d'origine. Pour vous, je suppose que ça aurait consisté à avoir des aventures avec tout ce qui possède un chromosome Y. Vous vous êtes montrée remarquablement sage – du moins, d'après vos rapports d'aptitude –, mais vous n'avez noué aucune relation durable avec l'un ou l'autre sexe. Par ailleurs, vous avez choisi une carrière qui contredit la définition d'une femme dans votre culture, comme si vous étiez un fils plutôt qu'une fille.

— Mais c'est seulement sur Altiplano...

— Oui, mais c'est là que vous avez grandi. C'est ce qui a formé vos attitudes ancrées les plus profondément par rapport aux bases du comportement humain. Est-ce que vous vous intégrez, en tant que femme, dans votre société?

— Eh bien non.

— Êtes-vous assez éloignée de leurs normes pour les mettre mal à l'aise?

— Oui.

— Au moins, vous n'avez pas adopté l'approche relevant de la provocation totale: certaines personnes dans votre cas choisissent d'inverser les deux parties de la définition et se considèrent comme «de mauvaises non-filles».

— Est-ce que ça veut dire que je ne suis pas vraiment une femme, maintenant?

— Grand Dieu, non! D'après les standards de la Flotte, et de la majeure partie du reste des Familias, vos comportements et centres d'intérêt entrent largement dans la définition. Le célibat est inhabituel, mais pas rare. Et puis vous ne l'aviez jamais considéré comme un problème jusqu'à présent, n'est-ce pas?

Esmay secoua la tête.

— Alors je ne vois pas pourquoi nous devrions nous en inquiéter. Tout le reste – les cauchemars, les flash-back du combat, les problèmes de concentration et ainsi de suite – nécessite un traitement. Si, une fois que vous aurez résolu les aspects qui vous ennuient, d'autres vous inquiètent, nous pourrons alors nous en occuper.

Voilà qui semblait plein de bon sens.

— Mon hypothèse – et ce n'est qu'une supposition, pas une opinion d'expert – est que lorsque vous aurez réglé tout le reste, il vous deviendra plus facile de décider si vous souhaitez ou non un partenaire. Si c'est le cas, vous en trouverez un.

Une séance après l'autre, dans cette pièce calme et douillette aux textures accueillantes, aux couleurs chaleureuses, elle avait cessé de craindre la thérapie, même si elle en regrettait la nécessité. Il lui semblait toujours quelque peu indécent de passer tout ce temps à parler d'elle-même et de sa famille, surtout quand Annie refusait d'excuser leurs erreurs.

— Ce n'est pas mon travail, dit Annie. Plus tard, ce sera peut-être à vous de leur pardonner – pour votre propre guérison –, mais ce n'est pas à moi ou à vous de les excuser, de faire comme s'ils n'avaient pas agi de la sorte. Nous travaillons ici sur la réalité, et la réalité, c'est qu'ils ont aggravé les choses. Leur réaction vous a fait vous sentir moins compétente et plus impuissante.

— Mais j'étais impuissante, dit Esmay.

Le châle recouvrait ses genoux, mais pas ses épaules. Elle avait commencé à reconnaître, d'après sa position, l'intensité du stress qu'elle éprouvait.

— Oui et non, répondit Annie. D'une certaine manière, tout enfant de cet âge est impuissant face à un adulte – il lui manque la force physique pour se défendre sans aide. Mais l'impuissance physique et la sensation d'impuissance ne sont pas tout à fait la même chose.

— Je suis perdue, dit Esmay. Elle avait enfin appris à le dire. Quand on est impuissant, on se sent impuissant.

Annie regarda l'écran sur le mur, affichant cette fois une nature morte qui représentait un fruit dans une coupe.

— Laissez-moi reprendre. La sensation d'impuissance implique que quelque chose aurait pu être fait – que vous devriez être en train de faire quelque chose. On ne se sent pas impuissant si on n'a pas une sensation de responsabilité.

— Je n'y avais jamais pensé, dit Esmay.

Elle tâtonna à l'intérieur d'elle-même, jouant avec l'idée. Était-ce vrai?

— Vous sentez-vous impuissante sous une pluie torrentielle?

— Non.

— Vous pourriez éprouver de la peur, dans certaines situations – peut-être un temps épouvantable –, mais pas de l'impuissance. Les sentiments opposés d'impuissance et de confiance/compétence se développent pendant l'enfance au fur et à mesure qu'un enfant commence à essayer d'intervenir. Tant qu'on ignore qu'une chose est faisable, on ne s'inquiète pas de ne pas la faire. (Longue pause.) Quand les adultes imposent à un enfant la responsabilité d'événements que l'enfant ne pouvait pas contrôler, l'enfant est impuissant parce qu'il ne peut pas le refuser, pas plus que la culpabilité qui s'ensuit.

— Et c'est ce qu'ils ont fait, dit Esmay.

— Oui.

— Alors quand j'ai été en colère, en apprenant...

— Une réaction sensée.

Elle l'avait déjà dit, mais cette fois Esmay parvint à l'entendre.

— Je suis toujours en colère contre eux, dit Esmay, comme pour la défier.

— Bien sûr, dit Annie.

— Mais vous m'avez dit que je la surmonterais.

— Ça prendra des années, pas des jours. Donnez-vous du temps. Vous avez de nombreuses raisons d'être en colère.

Avec cette autorisation, sa colère commençait à sembler limitée.

— Je suppose qu'il y a bien pire...

— Nous ne parlons pas ici des problèmes des autres : nous parlons des vôtres. Vous étiez sans protection, et quand on vous a fait du mal, ils vous ont menti. En conséquence, vous avez passé un grand nombre d'années pénibles, et vous avez manqué une grande partie des expériences normales de la croissance.

— J'aurais pu...

Annie éclata de rire.

— Esmay, je peux vous garantir une chose sur votre personnalité d'enfant avant que tout ceci se soit produit.

— Quoi donc ?

— Vous aviez une volonté de fer. L'univers a de la chance que votre famille vous ait inculqué le sens des responsabilités, car si vous aviez choisi la branche de la « mauvaise fille », vous seriez devenue une criminelle sans égale.

Esmay ne put qu'en rire. Elle accepta même de prendre les neuroactifs pour lesquels Annie l'estimait prête.

— Alors, comment ça se passe avec les psys ? demanda Barin.

C'était la première fois, depuis sa sortie d'infirmerie, qu'ils avaient l'occasion de parler. Ils avaient marché jusqu'au mur mais personne ne l'escaladait. Tant mieux. Esmay n'avait pas envie de grimper elle-même. Regardant le mur, elle vit l'extérieur du vaisseau, les vastes surfaces qui semblaient toujours un peu trop hautes.

— Je déteste ça, dit Esmay.

Elle n'avait pas parlé à Barin de l'excursion à la surface du *Koskiusko* pendant le saut ; même le sujet de la thérapie lui semblait préférable. Elle ne supportait pas de repenser aux effets bizarres du voyage supraluminique sans protection.

— Ce n'était pas si terrible quand j'ai commencé, quand je parlais simplement à Annie. Ça m'aidait bien, je crois. Mais ensuite, elle a voulu que j'assiste à cette thérapie de groupe.

— Je déteste ça aussi. (Barin plissa le nez.) C'est une perte de temps. Certains parlent pour ne rien dire pendant des heures, sans jamais arriver nulle part.

Esmay hocha la tête.

— Je croyais que ce serait pénible et terrifiant, mais la moitié du temps, c'est seulement ennuyeux.

— Sam dit que c'est pour ça que la thérapie n'a lieu qu'à des moments et des endroits particuliers, parce que écouter les gens parler d'eux pendant des heures, c'est *vraiment* ennuyeux, à moins d'avoir été formé à pouvoir y réagir.

— Sam, c'est votre psychonurse ?

— Oui. J'aimerais bien que vous soyez dans mon groupe. J'ai encore du mal à leur en parler. Ils veulent faire toute une histoire des dégâts physiques, les os cassés et tout le reste. Ce n'était pas ça, le pire.

Sa voix s'estompa, mais elle sentit qu'il avait envie de lui parler.

— C'était quoi, alors ?

— Ne pas être ce que je suis censé être, dit-il tout bas, détournant le regard. Ne pas être capable de faire *quoi que ce soit*. Je n'ai même pas réussi à les égratigner, à les ralentir, rien.

Esmay acquiesça.

— J'ai du mal à me pardonner, moi aussi. Même si je sais, intérieurement, que ce n'était pas possible, j'ai toujours l'impression que c'était ma faiblesse – ma faiblesse mentale – qui m'a empêchée de les arrêter.

— Mon groupe passe son temps à me répéter que je ne pouvais rien faire, mais je n'ai pas cette impression. Sam dit que je ne l'ai pas encore entendu de la part de la bonne personne.

— De la famille ? demanda Esmay dans un grand élan d'audace.

— Il parle de moi. Il croit que je pense trop à la famille, entre guillemets. Je suis censé établir mes propres critères, d'après lui, et me juger de cette façon. Il n'a jamais eu une grand-mère comme la mienne, *lui*.

— Ni un grand-père comme le mien, dit Esmay. Mais je vois ce qu'il veut dire. Est-ce que ça vous aiderait si votre grand-mère vous disait que vous avez fait votre possible ?

Barin soupira.

— Pas vraiment. J'y ai réfléchi, et je sais ce que je penserais si elle le faisait. *Pauvre Barin, il faut le dérider un peu, lui remonter le moral.* Je ne veux pas être le « pauvre Barin ». Je veux être ce que j'étais. Avant.

— Ça ne marchera pas, dit Esmay, parlant d'une longue expérience. C'est la seule chose qui ne marchera pas. Vous ne pouvez pas redevenir comme avant ; seulement espérer devenir quelqu'un d'autre, avec qui vous pourrez vivre.

— C'est tout ce qu'on peut espérer, Es? Seulement acceptable?

Il baissa les yeux à terre un moment, l'air furieux, puis les releva avec un air de Serrano qu'Esmay ne lui avait pas vu depuis longtemps.

— Ça ne me convient pas. Si je dois changer, très bien: je vais changer. Mais je veux devenir quelqu'un que je pourrai respecter et aimer – pas seulement quelqu'un avec qui j'arrive à vivre.

— Vous placez la barre très haut, vous les Serrano, dit Esmay.

— Eh bien, je connais une Suiza qui me donne cet exemple en permanence.

Des exemples. Elle ne voulait pas être celle qui donnait l'exemple. Elle n'avait pas été capable de se montrer à la hauteur d'un seul. Son tout nouveau réflexe d'analyse bondit sur cette idée, la retourna dans tous les sens, l'éleva vers un soleil imaginaire. Enfant, elle copiait les gens qu'elle aimait et admirait; elle avait essayé d'être ce qu'ils voulaient, dans la mesure où elle le comprenait. Là où elle avait échoué, ce n'était pas seulement sa faute – ce n'était même pas, dans le contexte plus vaste de la Flotte et des Familles Régnantes, un échec.

La Flotte semblait penser qu'elle avait donné un exemple acceptable. Maintenant que le *Koskiusko* avait rejoint ses compagnons, elle entendait des rumeurs sur les réactions des gens haut placés. Sa tête se vidait, petit à petit, des ténèbres initiales de la thérapie. Elle vit que Pitak et Seveche ne se contentaient pas de tolérer la faiblesse qui lui faisait recourir à la thérapie; ils voulaient qu'elle prenne le temps nécessaire. Les enseignes de première et deuxième classe à sa table la traitaient avec la nuance exacte d'attention respectueuse qu'une vie entière passée dans l'armée lui avait appris à identifier comme une affection sincère.

Ils l'aimaient bien. Ils l'aimaient bien, *elle*, ils la respectaient, pas seulement pour sa célébrité et son passé familial, dont ils ne savaient rien de toute façon. Elle était la seule Suiza – la seule altiplanienne – qu'ils aient jamais rencontrée, et ils l'aimaient bien. *«Avec raison»*, disait Annie quand elle lui confiait sa gêne, sa confusion. Progressivement, elle en était venue à le croire, chaque journée d'expérience ajoutant un mince vernis de confiance par-dessus les vieux doutes.

De temps à autre, elle regardait le cheval mécanique de la salle de gym, songeuse. Elle n'avait pas dit à Annie qu'il commençait à la hanter. C'était quelque chose qu'elle devait régler par elle-même. Par réflexe, son esprit jouait maintenant avec cette idée. Réaction de rejet? Non, mais c'était là un point qu'elle *voulait* résoudre seule. Un choix qu'elle ferait quand elle serait libre de le faire.

— Je pourrais m'attacher à ce rafiot, dit Esmay, regardant à travers les hublots d'observation les dessins que formaient les lumières de T-1 et T-5. C'est un vaisseau épatant.

Barin et elle avaient trouvé un coin tranquille dans le compartiment des loisirs. Le club d'escalade s'activait sur le mur, et Barin lui avait confié qu'il n'avait pas plus envie qu'elle de grimper. Il semblait aller beaucoup mieux; elle savait qu'elle-même se sentait mieux. Elle n'avait pas eu de cauchemars au cours des vingt derniers jours et commençait à espérer qu'ils aient disparu à jamais.

— On va vous transférer au Commandement de la maintenance?

Barin leva les yeux de la maquette qu'il assemblait, un squelette de bête exotique. Il arborait une expression indéchiffrable, mais elle vit une tension dans les muscles de son visage.

— C'est tentant. Il y a beaucoup d'autres choses à apprendre ici.

— C'est très bien pour une éponge, dit Barin sur un ton qui trahissait son opinion des éponges.

— Ça vous tracasse, c'est ça? demanda Esmay, plissant le nez. Vous avez hâte de rejoindre la *vraie* Flotte?

Il rougit, puis sourit.

— La thérapie avance bien, même la partie groupe. Et peut-être même que sur le long terme, ça finira par porter ses fruits.

— Amiraux, prenez garde! Quelqu'un en a après votre travail.

— Pas exactement. D'ici à ce que j'atteigne cet âge-là, il n'y aura peut-être même plus de créneaux pour de nouveaux amiraux. Mais j'ai une autre raison de vouloir retrouver ma place dès que possible. (Il s'éclaircit la gorge.) Comment avancent les choses de votre côté?

— Les choses? Je ne suis pas timide sur le sujet, Barin. Les séances m'ont aidée. Je regrette toujours de ne pas savoir quelle partie du changement vient de moi, et quelle partie de ces médicaments, mais on m'a dit que ça n'avait pas d'importance.

— Alors qu'est-ce que vous allez faire? Retourner à la technique, au scan?

— Je vais me faire transférer, dit Esmay. Avec leur accord, et j'espère l'avoir. Jusqu'ici, ils ont été encourageants.

Elle avait toujours du mal à croire à quel point ils l'avaient soutenue. Pitak, cette ourse bourrue, avait pratiquement bondi par-dessus le bureau, et elle avait indéniablement souri.

— Transférer vers *quoi*, espèce d'enquiquineuse?

Esmay baissa la tête, puis le regarda bien en face.

— Le commandement. Je crois qu'il est temps que des étrangers de la cambrousse prennent les commandes.

— Oui! (Le sourire de Barin illumina le compartiment.) S'il vous plaît, quand vous obtiendrez votre premier poste *légal* de commandement, vous pourrez vous débrouiller pour m'obtenir une place dans votre équipage?

— Me débrouiller? (Elle feignit de le fusiller du regard, mais son visage refusa de rester impassible.) Vous autres, les Serrano, vous pouvez vous débrouiller pour obtenir tout ce que vous voulez, mais les Suiza doivent *mériter* le commandement.

Il fit la grimace et poussa un soupir théâtral.

— Les dieux nous aident tous : on a laissé les Suiza quitter Altiplano.

— Laissé ?

Esmay tendit la main pour le chatouiller. Surpris, il lâcha la maquette sur le bureau.

— Vous m'avez touché !

— Je suis idiote, dit Esmay qui se sentit rougir.

— Non, vous êtes humaine. Envoûtée par mon charme.

Esmay éclata de rire.

— Dans vos rêves !

— Oui, j'en rêve, dit-il avec un brusque changement d'expression. (Lentement, il tendit la main pour lui toucher la joue.) Je rêve d'une alliance avec cette Suiza d'Altiplano. Pas seulement parce que Suiza a tiré Serrano d'affaire à deux reprises, mais parce que je vous aime bien. Je vous admire. Et je souhaite désespérément que vous m'aimiez assez pour m'accueillir dans votre vie. (Suivit une pause qu'elle savait calculée.) Et dans votre lit.

Le pouls d'Esmay s'emballa. Elle n'était pas prête pour ceci, elle ne s'était pas autorisée à y penser depuis le sermon de Pitak pendant la crise. Son corps l'informa qu'elle mentait, qu'elle n'avait pratiquement pensé à rien d'autre à chaque fois qu'elle en avait eu l'occasion.

— Heu...

— Mais pas si cette idée vous dégoûte, bien sûr. Seulement si... Je n'aurais jamais cru que vous me toucheriez, à part pour me donner de violents coups de coude ou de genou pendant les parties de balle au mur.

Il plaisantait maintenant, rougissant un peu lui-même, ce qui émut assez Esmay pour la convaincre de voler à son secours.

— Je suis timide, dit-elle. Inexpérimentée au point d'en être totalement ignorante, à part ce que j'ai vu à la ferme, et que j'espère très éloigné de ce que vous aviez en tête, vu que ça impliquait pas mal de morsures, de coups de pied et d'entraves.

Barin réprima un rire.

— Esmay !

— Sans expérience, j'ai dit. Mais comme vous allez le remarquer, pas sans envie.

Lors du long silence qui suivit, tandis qu'elle observait les expressions changeantes de son visage, éprouvait le premier contact léger de ses doigts sur son visage, sur ses cheveux, Esmay enterra le dernier de ses violents fantômes.

Les remises de décorations se déroulaient toutes de la même manière : elle se demanda si tous les récipiendaires se sentaient un peu idiots, si loin de l'humeur avec laquelle ils avaient accompli les faits qui leur valaient de se voir honorés. Pourquoi ce décalage? Pourquoi la Cime Étoilée l'avait-elle rendue muette d'admiration quand elle la voyait sur l'uniforme de quelqu'un d'autre, alors qu'elle n'avait d'abord presque rien ressenti, puis ensuite une sorte de confusion honteuse, quand elle la portait elle-même? Comme l'amiral Foxworth parlait brièvement à chaque récipiendaire, elle s'aperçut qu'elle arrivait à croire que les autres méritaient leurs médailles, que ces décorations-là étaient réelles. C'était la sienne qui paraissait une imposture.

Les séances de thérapie se dressaient comme un miroir dans son esprit. Son vrai visage, autrefois une forme vague dans les ténèbres, se précisait pour devenir aussi net que celui de n'importe qui d'autre. Elle était réelle. Elle avait fait ce qu'elle avait fait, et sa valeur ne reposait pas sur ce qu'*eux* en disaient. Ce qui la dérangeait... Elle lutta contre, se débattit pour l'attirer à la lumière. Pourquoi était-ce normal pour les autres, mais pas pour elle? *Tu ne le mérites pas*, disait une partie de son esprit. Elle connaissait maintenant la réponse à cette affirmation, connaissait les racines de cette certitude et savait arracher ces racines quelle que soit la fréquence à laquelle repoussaient ces graines ridées. Mais ensuite? Si elle devenait cette personne que l'on pouvait honorer, reconnaître comme honorable en public, que se passerait-il ensuite? Quelqu'un pourrait la regarder avec la même admiration qu'elle avait eue alors pour ce jeune homme, quelqu'un qui risquerait de s'attendre à ce qu'elle soit vraiment ce que cette médaille la faisait paraître, ce pour quoi on la jugeait prête.

Elle faillit sourire en établissant ce lien.

Elle se rappelait, des années plus tôt, avant les ennuis, un moniteur en train de dire à un malheureux élève : « Ne me dis pas que je t'ai donné un cheval trop grand : tais-toi et *monte*. » Puis il l'avait regardée, la petite Esmay qui arrivait aux genoux des grands chevaux et avait dit : « Elle va te montrer. » Il l'avait hissée sur un autre cheval – la première fois qu'elle montait un cheval au lieu d'un poney. Elle avait éprouvé plus d'excitation que de peur, étant trop jeune pour savoir qu'elle ne pouvait pas faire ce qu'on lui disait – et comme elle l'ignorait, elle était restée en selle. Elle avait eu l'impression de voler, si loin au-dessus du sol, si vite. Elle sentait presque ce sourire-là étirer son visage.

— Comme ça, avait dit l'instructeur en la reposant à terre. (Puis il s'était penché vers elle.) Continue comme ça, petite.

Elle ne montait plus de poneys. Elle était lâchée dans le monde, sur les grands chevaux, sautait de grands obstacles – et il ne lui restait qu'à se montrer à la hauteur de sa réputation au fur et à mesure qu'obstacles et chevaux gagneraient en taille.

— Lieutenant Esmay Suiza.

Elle se leva, s'avança comme on le lui indiquait et écouta l'amiral Foxworth lire la citation. Elle attendit qu'il prenne le ruban que son aide tenait sur un plateau, mais il se contenta de hausser un sourcil gris et broussailleux.

— Vous savez, lieutenant, j'ai lu le rapport de la commission d'enquête.

Esmay patienta, et comme le silence s'éternisait, elle se demanda si elle était censée lui répondre. Il poursuivit enfin.

— Le dernier paragraphe spécifie que vous n'aurez le commandement d'aucun appareil de combat tant que vous n'aurez pas démontré vos compétences durant les exercices d'entraînement appropriés. Mais votre citation dit que vous avez pris le commandement de la *Hache d'Antberd* qui a ensuite engagé le combat contre des vaisseaux ennemis. Votre commandant loue votre initiative, alors que j'attendrais qu'il vous reproche d'avoir ignoré de manière si flagrante les conclusions de la commission d'enquête. (Il la dévisagea, totalement inexpressif à présent.) Qu'avez-vous à répondre, lieutenant?

Toutes les choses qu'elle avait envie de rétorquer, sans le pouvoir, se bousculèrent dans sa tête. Qu'est-ce qui était convenable? Sans risque? Qu'est-ce qui était vrai? Elle répondit enfin :

— Eh bien, amiral, dans mes souvenirs, la commission a dit que je ne devrais plus commander de vaisseaux de combat des FSM jusqu'à ce que je reçoive une nouvelle formation, mais elle n'a rien dit des vaisseaux de la Horde Sanguinaire!

Il y eut un long moment de silence stupéfait, au cours duquel Esmay eut largement le temps de regretter son audace et de réfléchir au pouvoir des amiraux furieux. Peut-être avait-elle choisi un trop grand cheval, peut-être l'obstacle était-il trop haut. Puis un sourire plissa lentement le visage de l'amiral, qui regarda derrière elle le reste de l'assemblée.

— Et *en plus* elle ne manque pas de repartie, dit-il.

La foule éclata de rire; Esmay sentit le rouge lui monter aux joues. L'amiral reprit la décoration et l'épingla.

— Félicitations, lieutenant Suiza.

De l'autre côté de l'obstacle, le sol était toujours là. Elle allait survivre, cette fois, et poursuivre sur sa lancée. Rejoignant son siège, elle croisa le regard de Barin. Il pétillait de la joie qu'elle lui inspirait, et elle s'autorisa à rêvasser un instant. Suiza et Serrano. Oui. Oh, mon dieu, *oui.*

Achevé d'imprimer sur les presses de l'Imprimerie CHIRAT
Dépôt légal : octobre 2005
4916-1

Numéro d'impression : N° 7050
Imprimé en France